수레바퀴 VI

수레바퀴 VI

발행일	2022년 5월 31일

지은이	정신안		
펴낸이	손형국		
펴낸곳	(주)북랩		
편집인	선일영	편집	정두철, 배진용, 김현아, 박준, 장하영
디자인	이현수, 김민하, 안유경, 김영주	제작	박기성, 황동현, 구성우, 권태련
마케팅	김회란, 박진관		
출판등록	2004. 12. 1(제2012-000051호)		
주소	서울특별시 금천구 가산디지털 1로 168, 우림라이온스밸리 B동 B113~114호, C동 B101호		
홈페이지	www.book.co.kr		
전화번호	(02)2026-5777	팩스	(02)2026-5747

ISBN	979-11-6836-307-6 04810 (종이책)	979-11-6836-308-3 05810 (전자책)
	979-11-6299-113-8 04810 (세트)	

(주)북랩 성공출판의 파트너

북랩 홈페이지와 패밀리 사이트에서 다양한 출판 솔루션을 만나 보세요!

홈페이지 book.co.kr   •   **블로그** blog.naver.com/essaybook   •   **출판문의** book@book.co.kr

작가 연락처 문의 ▸ ask.book.co.kr

작가 연락처는 개인정보이므로 북랩에서 알려드릴 수 없습니다.

정 신 안 에 세 이

저마다의 짐을 지고 굴러가는

모든 영혼에게 바치는 위로와 공감의 헌사

수레바퀴

VI

북랩

신문은 선생님입니다(2021. 5. 31. 조선일보, 이주은 건국대 문화콘텐츠학과 교수)

"하고 싶은 일을 하세요. 당신 나이가 80이라도."

- 다음 달 51번째 생일을 맞는 미국 골프선수 필 미컬슨이 지난주 미국에서 열린 PGA(미국프로골프) 챔피언십에서 우승해 역대 메이저 골프 대회 최고령 우승 기록을 세웠습니다.

- 74세 윤여정 배우가 올해 미국 아카데미 영화제에서 여우 조연상을.

- 천경자 화백(1924~2015)이 70세 때 그린 '모자 파는 그라나다의 여인'과 31세에 그린 '목화밭에서'는 차이가 났습니다. '목화밭에서'는 남편과 아이와 자신이 있지만 왠지 홀로 외로워 보이는 여인으로 보입니다. '모자 파는 그라나다의 여인'에서는 건강하고 자유로운 느낌이 듭니다. 그녀는 할머니가 되어가면서 생각이 더 자유로워지고 활동 범위도 더 확장된 듯합니다.

천경자는 여행하면서 두려움을 극복하고, 새로운 매력에 눈을 뜹니다. 열대 지방의 뜨거운 태양과 이국적 원색 옷을 입은 여인들, 열대 꽃의 아름다움을 발견하게 됩니다. 그 경험을 계기로 천경자의 그림 속에 이국적인 여인과 꽃이 주된 소재로 등장하게 됩니다.

나는 천경자의 그림 중 「미인도」, 「장미와 여인」, 「내 슬픈 전설의 22페이지」(1977)를 좋아한다. 여인의 아름다움에 화려한 꽃 왕관을 쓴 모습이 좋다. 여인들이 거울을 통해 자신의 아름다움을 확인하고 외출하려는 화장한 여인 모습이다. 친구들을 만나서 자신의 아름다운 모습을 보여주고 싶은 마음이 거울 속에 있듯이 그림 속에서 나 자신을 발견하는 것이다. 거기에 천경자의 예술적 발견은 여행을 통해 이국적인 여인과 아름다운 꽃이 있었다. 그것이 천경자의 가장 소중한 사랑이고 곧 그림일 것이었다.

- 우리나라에 천경자가 있다면 미국에는 조지아 오키프(1887~1986)가 있다. 그는 태양이 뜨거운 미국 뉴멕시코주 산타페를 좋아했다. 오키프는 74세 때 뉴멕시코 사막의 태양 아래에서 열심히 작업을 하는 모습을 사진으로 찍혔다. 그의 작품 「캘리코 장미가 있는 소의 뼈」는 사막의 햇빛을 받아 밤에도 반짝반짝 빛을 내는 소의 두개골을 주워 와서 마치 묘지에 꽃을 장식하는 마음으로 뼈 위에 흰 꽃을 함께 그려 넣은 작품이다. 오피키는 죽음보다 뼈가 여느 생명처럼 살아있음을 설명한 것처럼 그렸다. 오피키는 산타페에서 백 살까지 살았다. 그곳에서 40년을 머물렀다. 마지막 10년은 그림을 그릴 수 없어서 도자기를 빚으며 창작 열정을 빛냈다.

- 76세에 시작, 100세에 국민화가 된 모지스는 '모지스 할머니'(1860~1961)로 부른다. 할머니는 평생 농장에서 살았고 관절염 때문에 취미로 한 자수를 못 하게 되자 그림을 그렸다. 그는 5년 만에 개인전(80세)을 열었고, 93세에 미국 타임스지 표지를 장식했다. 101세에 세상을 떠났고 그림 1,600점의 작품을 남겼다. 그의 시골 풍경 그림은 전 국민의 사랑을 받았다. 그의 자서전에서 그는 "정말 하고 싶은 일을 하세요. 신이 기뻐하며 성공의 문을 열어주실 겁니다. 당신 나이가 이미 80이라 하더라도요."

이 글을 읽고 나는 감동했다. 나이가 들면서, 노인이 되어가는 사람들은 자신을 희망보다 절망, 어둠, 부정, 슬픔, 아픔 쪽으로 마음을 쏟는다. 그리고 자신을 자학하며 힘들게 하여 대부분 우울증에 걸리는 경우가 많았다. K 친구가 그랬다. 학창 시절 그는 재학생들의 영웅이었다. 그는 공부를 잘해서, 학력고사는 항상 톱으로 우승했다. 입학하는 학교에도 톱이었다. 대학도 서울대학이었다. 그는 시골에서 뛰어난 인재로 소문났다. 그런데 어느 날 그는 파킨슨병으로 70세도 채우지 못하고 세상을 떠났다고 들었다. 나는 그 소식을 듣고 가슴이 멍~ 했다.

나는 다시 인생을 생각했다. 모지스 할머니의 삶이 좋아 보였다. 나도 그 할머니의 삶을 배워서, 응용하며 즐겁게 살겠다는 마음을 가졌다. 난 무엇을 좋아할까……? 내가 좋아하는 것을 열심히 찾아야겠다.

2020.2.13. 영화 호밀밭의 반항아를 생각했다.

- 제리 데이빗 샐린저는 대학에서 쫓겨나고 방황하다가 사교계의 스타 우나 오
닐에게 첫눈에 반한다. 그녀는 유명 극작가 유진 오닐의 딸이다. 그녀의 마음
을 사로잡기 위해 유명 극작가가 되기로 결심한다. 그는 단편소설을 써서 엄
마에게 보여준다. 엄마는 그의 재능을 알아보지만, 아버지는 집안 가업인 육
류와 치즈 수입상을 하길 바랐다.

그가 쓴 「호밀밭의 파수꾼」에서 주인공 홀든 콜필드는 한 발은 현
실에 또 한 발은 이상에 집어넣고 고뇌하는 젊은이로, 그는 펜실베이
니아에 있는 펜시 프렙 스쿨(사립고등학교)에서 낙제해 뉴욕 집으로 돌
아가며 겪는 이야기다. 그의 바람은 사랑하는 동생 피비를 지키는 '호
밀밭의 파수꾼'이다. 어린아이의 순진성을 수호하고자 하는 심리를
말한다. 그러나 영속하는 순수란 없으며, 인간은 필연적으로 순수를
상실하고 타락하며 결국 허위와 가식 속에 살게 되는 것이다. 홀든은
바로 그런 필연적인 사실의 슬픔을 인식하는 것이다.

홀든은 늘 외롭고 고독하다. 그가 보는 성인은 모두가 허위이고 가
짜여서 거기에 혐오감을 느낀다. 그러나 그는 결국에, 그 자신도 어른
의 세계로 편입되어 들어갔다. 홀든은 이상적인 반항아이면서 동시에

사회의 부적응자였다. 그러나 홀든은 체제 저항적일지는 몰라도 체제 파괴자는 아니었다. 소설의 마지막에 홀든은 고등학교 시절의 추억에 잠겨 속물이라고 무시했던 친구들을 그리워했다. 이 책은 당시 기성세대에 대한 통렬한 비판이며 고발이지 않았을까.

*

아침이 되면 신문을 펼친다.

"나도 고발하라"(2020.02.14. 김아진 기자, 원선우 기자)

- 민주당은 지난 5일 임미리 고려대 한국사연구소와 그의 칼럼을 게재한 경향신문 담당자를 선거법 위반 혐의로 서울 남부지검에 고발했다. 이에 대해 진보 진영에서는 "진보를 표방하는 현 정권이 언론과 표현의 자유에 재갈을 물리고 있다."라는 비판이 쏟아졌다. 임 교수는 노동, 인권 운동에 관심이 많은 진보 성향 학자다.

- 그러자 진중권 전 동양대 교수 등 진보 인사들은 이날 줄줄이 "나도 고발하라."라며 민주당을 비판했다. 그는 "이쯤 되면 막 가자는 것"이라며 "리버럴 정권이 표현의 자유를 억압한다, 여러분 민주당은 절대 찍지 맙시다."라고 했다.

"좌파 정권, 나라는 거덜 내도 내 냉장고는 꽉꽉 채워준다."

- 작년 12월 10일 알베르토 페르난데스 대통령 취임식이 열린 아르헨티나의 수

도 부에노스아이레스 5월 광장에서 만난 철강 노조원 카를로스 씨의 얼굴은 상기돼 있었다. 이날 알베르토 대통령은 "실업수당을 2배로 올리겠다."라고 선언했다. 광장은 자축연장이 되었다. 한 시민은 "앞날이 캄캄하다"라고 했다.

"국민 35%가 배곯는 국가"

- 아르헨티나는 팜파스 대평원을 기반으로 1930년대까지 세계 10위의 경제 대국 지위를 누렸다. 그러나 1985년부터 보조금을 받는 인원이 50만 명에서 2005년 600만 명, 현재는 1,000만 명으로 늘었다. 보조 재원은 세금을 올려 뽑아내고 있다.
- 부에노스아이레스대 정치학과의 루이스 토네이 교수는 "정부가 노조와 영합한 포퓰리즘을 펼치는 동안 빈곤이 더욱 심화해 통제 불가능한 지경이 됐다."라고 진단했다.
- 화폐 가치가 폭락하고, 물가가 치솟고, 긴축 정책을 실시하던 우파 정부가 물러나고, 좌파 정부가 들어서자 물가 상승률은 54%를 넘었다. 2018년 IMF로부터 빌린 570억 달러를 갚지 못하면 국가 부도를 맞는다. 그런데 정치인들은 빚을 갚지 않고, 돈을 풀어 허기부터 채운다고 수석 연구원은 비난했다.
- 부패 혐의로 검찰 기소된 前 대통령, 그런데도 선거에서 이겨 부통령이 되었다. 친노조, 퍼주기 정책으로 나라를 거덜 낸 아르헨티나 좌파 정권, 앞에선 빈곤층을 위해 기부활동을 펼치며, 뒤에서는 돈세탁, 횡령으로 돈을 챙겼다. 부자는 국내에서 번 돈을 들고 해외로 도망가고 노동자와 빈민들만 남아 세계를 상대로 구걸하고 있다.
- 좌파 포퓰리즘 정부는 노조에 퍼주기 위해 농축산업과 천연자원마저 다국적

기업에 팔아넘겼다. 노조가 포퓰리즘 정권을 지지한 대가로 최저 임금을 321%나 올렸다.

"포퓰리즘이 파괴하는 폴란드, 한국 모습 보는 듯"

- 폴란드 집권당이 현금을 뿌리고 사법부를 무력화하는 좌파 포퓰리즘으로 민주주의를 파괴하고 있는 현장이 조선일보에 실렸다. 폴란드 집권 '법과정의당'은 5년 전 집권한 이래 각종 현금 살포 정책으로 전 국민을 복지 중독자로 만들었다. 현금 수당을 받는 국민만 전체의 44%에 달한다. 최저 임금도 54% 추가 인상하겠다고. 재정은 결국 적자로 가고, 부작용이 본격화되는.

- 집권당은 사법부와 언론도 장악했다. 판사 임명, 징계권, 헌법재판관을 친 정부 판사로 채웠다. 검찰총장을 법무부 장관이 겸직하도록. 과거사 이용. '역사 포퓰리즘'도 기승. 그래도 선거만 하면 승리를 거두며 장기 집권 체제를 굳혀 간다.

- 이 모든 것이 한국에서 벌어지는 일과 놀랄 만큼 닮았다. 세금 중독자로 전체 43% 가구에 각종 수당, 보조금, 명목으로 현금 지급, 현금 복지가 1,670종에 달한다. 최저 임금을 60% 올리고, 세금 아르바이트에 수십조 원 퍼붓고, 공수처 만들고, 친여 판사 장악하고. 공영 방송 장악하고. 시도 때도 없이 과거사 이용하고. 폴란드와 너무나 유사하다. 포퓰리즘의 목적은 선거 승리이다. 그 대가는 국가의 장기적 몰락이다. 결국 국민에게 달려 있다.

이 글을 읽고 있으면 살이 오그라진다. 이번 4월 15일 선거에 꼭 좌파 정권이 몰락해야 함을 깨닫는다. 이처럼 온 세상의 나라들이 자기

나라를 망치면서, 좌파 집권자들이 계속 자기들의 정권을 유지하며, 사리사욕을 취하고 있는 것이 현실이다. 지금 정권을 옹호하며 계속 지원받는 사람들과 집권을 끝까지 유지하며 독점하겠다는 욕심이 부합해서 나라를 통째로 거덜 내는 나라로 가겠다는 것이다. 거기에 북한 정권과 통합해서 고려 연방제로 이 나라를 갖다 바치겠다는 심보가 참을 수 없는 것이다.

*

그런 와중에 새로운 조용헌의 살롱(조선일보 조용헌 살롱, 2020.2.17.)이 위안이 되었다.

- 궁합을 볼 때 상극이면서 궁합이 맞는 경우가 있다. 돼지고기와 새우젓이 그렇다. 그리고, 정치적으로 재벌과 좌파의 관계도 그렇다. 인촌 김성수가 빨갱이인 죽산 조봉암을 후원해서 죽산이 남한의 혁명적 토지개혁을 주도할 수 있었던 배경은 대지주였던 인촌의 '백업'이 있었다.
- 이번에 아카데미 4관왕을 석권한 영화 '기생충'도 CJ라는 재벌이 돈을 대고 봉준호라는 좌파 성향 감독이 재능을 발휘한 구조이다. 기생충이 침체하여 있던 나라 분위기를 바꿨다.
- 6~7년 전 이미경은 필자와 식사할 때, "나는 자식도 없고, 남편도 없어요. 거기에다 몸도 불구예요. 그래서 영화를 좋아해요. 내 병 고칠 수 있는 영험한

도사 좀 소개해 주세요."

- 나는 그녀의 병을 낫게 해 줄 수 있는 도사로, 지리산, 설악산, 오대산, 팔공
  산, 계룡산, 가야산, 한라산 등에 사발통문을 보냈다. 팔봉 선생에게 회답이
  왔다.

- "그녀는 전생에 큰 객줏집의 대모(代母)였다. 많은 사람에게 밥을 먹이고도 그
  외상값을 받지 않는 공덕을 쌓아서 부잣집에 태어났다. 몸이 불구인 것은 선
  대에 사냥을 즐긴 업보다."라는 해석이었다.

- 이번 기생충의 오스카상 수상에는 재벌가 이미경의 전생 업보와 한(恨)이 크
  게 기여했다. 영화 사업은 그의 업보이자 한을 푸는 계기였다. "조 선생, 한국
  이 가진 자산은 훌륭한 아티스트들입니다"

나는 이런 기사를 읽으면 무슨 비하인드 스토리가 생각나고, 그 속
에 나타나는 극적 인생사가 신비롭다. 돈 많은 재벌가 딸인 부회장이
지만 그 내면세계는 자식도 없고, 남편도 없는 홀로 외로운 사람이라
는 것, 거기에 몸도 불구였다는 사실이 먼 옛날이야기 속의 주인공
같았다. 그리고 그녀는 전생에 큰 객줏집의 대모였다는 것, 많은 사람
에게 밥을 먹이고도 그 외상값을 받지 않는 공덕을 쌓아서 부잣집에
태어났다고. 거기에 몸이 불구인 것은 선대에 사냥을 즐긴 업보라는
해석이었다. 그와 같은 일은 불교의 교리처럼 빈부와 귀천이 생을 바
꾸면서 교대한다는 윤회의 법칙을 설명하며. 그것은 나에게 이런저런
신비스러운 이야기의 재미를 느끼게 했다.

*

나는 요즘 유튜브에 빠져있다.

나는 처음에 김창옥 교수의 강연회에 빠졌고. 그다음에는 남편이 좋아하는 뉴스에 빠졌다. 아침에 일어나면 나는 몸을 점검한다. 허리 통증이 재발하였기 때문이다. 허리 운동을 하고, 아침 식사로 만두를 빚는다. 남편은 만두 세 개, 나는 한 개를 삶아 먹는다. 거기에 고구마 하나를 만두에 넣어서 함께 삶아 반씩 먹는다. 양배추, 당근, 오이, 브로콜리, 양파 등을 썰어 절여서 헹군 야채에 파인애플 식초를 뿌려서 먹고, 생마늘도 곁들여 먹는다. 다행히 올겨울 감기에 걸리지 않았다. 아마 만두와 마늘의 효험이었을까.

신문을 보니 무여 스님의 사찰여행 유튜브가 소개되었다. 나는 그것을 찾아보았다. 갑자기 나도 한번 유튜브를 찍고 싶다는 생각이 났다. 계속 설명하는 방식이 아니라 인스타그램처럼 동영상 그림만 이어지는 장면과 필요한 곳에 글씨를 삽입하여 만드는 것을 찍고 싶었다. 그러나 편집이나 글씨를 삽입하는 방식을 공부해야 하는 것이 어려울 것 같았다. 그래도 내가 유튜브에 관심이 생겼다는 것에 나를 칭찬하고 싶다. 우리가 살아도, 사는 데 흥미가 없다는 것은 노인의 특징이 아닐까. 나는 무엇이든 관심이 있고 관심 있는 곳에 에너지를 쏟는 것이 좋다.

여하튼 아침 식사하며, 우리는 신문 대신 유튜브를 보게 되었다.

- 강명도 TV

김정은 정권, 1년 내로 끝장난다고. 탈북 비하인드 스토리, 다급해진 북한! 강명도는 하루빨리 북한이 망해서 북한 주민이 자유주의 국가로 태어나기를 바라는 사람이다.

- 문갑식의 진짜 TV

특종!! 부엉이바위에서 그를 지켜봤던 경호원이… "검찰이 공개하면 조국은… 특종! 이호철과 임종석의 '접점' 주사파 자금이 모조리 사모펀드와 리츠 펀드로.

- 공병호 TV

유시민 참 편리하게 산다. 박지원 참 편리하게 산다. 다들 난리다. 성창호 판사 귀환. 추미애, 거칠다. 승리에 취하다/진보좌파, 자화상. 우리가 무조건 옳다. 폭풍우 속으로/더불어민주당

- 광화문뉴스

대한민국 북한처럼 만들자? 자유 박탈 / 청와대에서 밝힌 공산화 전략. 문재인 대통령 G20 공식 행사 참석 안 하고 어디 있었나?

이런저런 뉴스를 보고, 뚝딱 5분 만에 호로록 잡채를 만드는 것을 유튜브로 보았다. 그때 작은딸이 와서 계속 나에게 엄마가 요리하는

음식을 유튜브로 찍어보라 권했다. 나는 사실 관심이 없었다. 그런데 무여 스님의 사찰여행을 찍은 유튜브가 관심 있다고. 그리고 생각했다. 어떻게 작성하고 찍을 것인가? 우선 디카로 찍나? 찍어서 어디나 저장하는가? 옮겨 넣을 수 있는 곳은? USB의 저장량이 많은 것을 찾으면 될까? 그런데 디카는 내가 손쉽게 조작할 수 없을 것 같은데…. 그러니 차라리 핸드폰 화질이 좋은 것을 선택해서 찍어보는 것은 어떨까? 나는 지금 계속 고민 중인 것이다.

*

AI의 창작품, 인간의 예술성에 도전장 던졌다.
/ 김정호의 AI시대의 전략

- 2018년 10월 19일 뉴욕 크리스티 경매에서 '인공지능'이 그린 인물 초상화가 43만 2,500달러(약 5억 1,500만 원)에 팔렸다. 작가의 서명은 인공지능 알고리즘인 '비용함수 수학 공식'이 적혔다. 이것은 프랑스 연구팀이 인공지능을 이용해 그린 그림이다.
- 인공지능이 처음엔 모방을 통해 작품을 만들지만, 다음 단계에서는 변형과 융합을 통해서 작품을 만들어 낼 수 있다.
- 인간의 창작 능력은 모방, 변형, 융합, 창조의 4단계로 볼 수 있다. 이 창작 단계를 인공지능이 그대로 따라갈 수 있다. 미술작품만이 아니다. 음악도 작곡

하고 문학 작품도 쓸 수 있다. 그리고, 다른 장르인 음악과 미술, 문학을 융합할 수 있다.

- 인공지능의 기술적 발전은 기하급수적이다. 인간의 창작과 예술의 존재감이 심각하게 도전받는 시점이 온 것이다.

AI 창작품이 경매에서 팔리다니! 정말 놀라운 사실이다. 인간의 창작까지 인공지능이 침범한다는 사실이다. 인공지능이 모방하고, 변형하며, 창조까지 한다니 말이다. 우리 인간이 다음 세대에는 지적인 교육이 필요 없는 시기가 오는 것인가? 필요할 때마다 AI에 물어보면 되는 시대가 되니까 말이다. 알 수 없는 새로운 신비의 시대가 도래하고 있다.

*

요즘 세상 돌아가는 이야기는 너무 시끄럽다.

나는 아침이 되면, 으레 유튜브를 틀고 식사한다. 남편은 하루 종일 뉴스에 빠져있다. 처음에는 왜? 저럴까? 저것은 아닌데? 그렇게 생각했다. 그런데 시외삼촌을 만나 식사하고 가족 간의 이런저런 이야기를 하는데, 시외삼촌과 할 이야기가 없었다. 대개 사람을 만나면, 정치, 경제, 여행, 자기의 일상생활 등 다양한 이야기를 할 수 있을 텐데. 그분은 이야깃거리가 없었다. 참 이상했다. 그래 사람은 갈등이 있어도 정치에 관심이 있으면, 현 정권이 잘못하는 일을 꼬집어 이야기 재료로 쓸 수 있는데 말이다. 거기에 그분은 관심이 있는 것이 없었다.

그분은 오로지 술을 마시고 과거 당신이 살았던 이야기를 골백번 더 했다. 당신이 서울대 들어갔던 자랑스러운 일, 누님이 학비를 안 주었던 일, 당신 어머니가 그립다는 일. 당신 마누라네 식구가 못됐다는 일 등등. 그분은 평생을 우리 만날 때마다 그 이야기를 되풀이했고, 만날 때마다 소주를 유리컵으로 물 마시듯 들이마셔서, 제발 그만하시라고. 그래서 간신히 헤어지고 다시는 그분을 안 만나겠다고 나는 남편에게 협박하고, 시간이 지나면, 다시 만날 수밖에 없는 그분을 보고, 나는 남편이 정치 뉴스를 보며, 세상사를 이해하는 것은 좋은 것으로 생각했다.

그러나 남편은 뉴스에 너무 집착한다는 생각이 들었다. 어쩌다가 내가 TV를 보려 하면, 이미 남편은 뉴스에 빠져있고, 내가 보고 싶은 채널을 볼 수 없었다. 그는 계속 채널을 바꾸며 뉴스를 봤다. 나는 속으로 짜증이 났다. 할 수 없이 나는 소리 나지 않는 유튜브 영상을 보며 즐겼다. 그리고 다시 그가 세상사의 뉴스를 통해 스스로 즐길 수 있다는 것에 나는 감사한다. 퇴직한 나이 많은 남성들이 취미가 없고, 할 일이 없으며, 친구도 없는 고독한 생활자는 결국 치매에 걸릴 확률이 높다는 것이다.

내가 젊을 때? 나는 뉴스에 관심이 없었다. 원래 그쪽에 취미도 없었고, 나와는 상관없는 일이었다. 정치가 나를 살리는 것도 아니고, 나에게 혜택을 주는 것도 아니었다. 나는 오로지 나 사는 데 바빴다. 그런데 내가 어렸을 때 시골 할머니 집에 가면, 할아버지들이 사랑방에 모여서 날마다 정치 얘기로 몹시 시끄러웠다는 생각. 그들은 아침 식사 후 할아버지 사랑방으로 모였다. 그리고 슬슬 이야기하다가 큰 소리가 나고 싸우듯이 편을 갈라 정치를 욕했던 생각이다.

지금 우리가 유튜브를 보며, 이러쿵저러쿵하는 것이 그 모습이다. 나는 다시 내 모습을 생각해 본다. 내가 경제 활동을 했을 때, 그 일은 힘들었다. 그러나 내 온 정신을 쏟고 최선을 다하며 긴장했고, 휴일은 편안함을 더 즐길 수 있었다. 다시 주변을 생각해 보자. 내가 어렸을 때 동네 한가운데 작은 주막을 하는 호랑이 할머니가 있었다. 그의 자식들은 부자였다. 그러나 할머니는 그의 자식들과 상관없이 막걸리와 잡다한 식품을 파는 것, 번 돈을 세는 것 그 자체를 즐겼다.

그 할머니는 늙어도 자력을 가지고 자기 삶을 사는 것을 사랑한 것이다. 거기에 손자들에게 용돈을 주는 것도 그의 즐거움이었으리라. 그리고 내가 롤 모델로 하는 그리스의 선박왕 오나시스를 생각했다. 그는 낡은 선박을 사서 수선해서 임대를 놓았다. 그 일을 죽을 때까지 했다. 그러다 보니 그는 선박왕이 되었다. 나는 그처럼 되고자 고민했다. 무엇이 나의 부가가치를 그처럼 높여줄 것인가. 그래서 나는 부자가 될 수 있다는 책, 부자가 되는 길이라는 책을 십수 년 읽고 또 읽고 다시 읽었다. 그런 책이 그렇게 재미있을 수가 없었다. 나에게 부자 책을 읽으면 부자가 되었다. 그래서 행복했다. 그런 책을 좋아해서 저절로 부자가 되었을지도 모른다. 여하튼 나는 젊을 때 밥보다도 부자 책을 좋아했던 기억이다.

*

큰딸은 저녁 산책하자고 전화했다.

- 엄마 저녁 먹었어요?

- 응.

- 엄마 산책할까요?

- 그러지 뭐.

- 내가 엄마 집 쪽으로 갈게요.

- 그래.

나는 산책 준비를 했다. 그러면서 중얼거렸다. 또 뭔 일이 있는 거겠지. 그놈이 산책하자면 그런 거지 뭐. 못난 자식이 내 자식이라잖아. 나는 남편에게 들으라는 식으로 중얼거렸다.

- 자기는 좋아하는 뉴스 보고 있어요.

- 응.

나는 아파트 입구로 나갔다.

- 엄마!

- 응.

우리는 산책을 하며 여러 가지를 말했다.

- 엄마 뭐 먹었어?

- 밥을 먹기 싫어서 막걸리 한잔 걸치고 이것저것 그냥 먹었지.

- 엄마 나 결혼 잘못한 건가?

- 너, 네가 좋아서 했잖아.

- 아니, 내가 아르바이트를 해도 250만 원은 벌어오겠다. 달랑 월급 140만 원이
  뭐야. 나 정말 미치겠다고요. 진짜 결혼 잘못한 거 같아.

- 야, 너 그래도 이 동네 살잖아. 너희 집이 9억이 넘잖아. 넓은 집으로 이사 간다
  고 갔어 봐라. 거기에 너희 시어머니까지 빚이 많은데 여기서 산다고 왜? 이사
  안 가냐고 난리를 치더니만. 이제는 말 못 하겠구나.

- 그렇지요. 그렇게 작은 며느리랑 짝짜꿍을 하더니만 일이 터져서 말 못 하지요.

- 내가 생각했는데, K 오빠네 엄마도 굉장해서 장가가기 어렵겠더라. 사실, 너희
  시어머니도 보통 사람 아니야. 우리 집이 대단한 집이라 생각해서 너에게 그만
  한 거지. 그런데, 요즘 시어머니들 다 그렇다고. 엄마 친구들 모두 대단해서 며
  느리들과 아들들이 견디기 힘들어. 그런 거 보면 너희 신랑은 오히려 너희 시어

머니가 주무르기 어려울걸?

- 맞아. 엄마. 용은 자기가 아닌 것은 아니라 해. 그런데 시어머니와 시동생과의 관계는 친밀하면서 복잡한 거 같아.

- 일반적으로 엄마 시대만 고부간의 갈등이 큰 것이 아니더라고. 내 친구들을 보면, 역시 현대판 고부지간의 갈등이 있더라. 날마다 아들이 자기 어머니에게 전화해야 하는 장면이 있더라. 넌 어쨌든 너의 시어머니로부터는 자유롭잖아.

- 엄마 정말, 고통의 질량이 똑같은가 봐.

- 너 알지만 말이다. 네 아들 웅이가 아빠(할아버지)에게 와서 공부하는 것이 얼마나 예쁜지 몰라. 농구도 열심히 하고.

- 나는 너희가 안양에서 여기로 이사 오면 서울대, 연고대 다 가는 줄 알았잖아. 그런데 징그럽게도 공부를 안 했잖아.

- 그래, 맞아요. 그래서 엄마가 대신 공부했어요.

- 알기는 아는구나.

- 나는 용이(사위)가 답답해요. 내가 애들도 다 키우고. 뭘 도와주는 일이 없어요.

- 야, 나도 너희 아빠 마찬가지다. 오늘은 갑자기 토요일인데, 만두를 빚기가 싫은 거야. 그런데, 아빠가 만두를 빚자고 해서. 나도 모르게 화가 막~ 나면서, 오늘은 안 할거요. 그리고 만두를 빚어 냉동실에 있던 것을 끓였지. 그리고, 그런데, 왜? 내가 남편에게 화가 나지? 참 이상하구나. 원래 남편 DNA는 그런 DNA인데. 그리고 오늘 우면산을 가는데, 배낭에 주먹밥을 싸고, 사골국물을 보온통에 담고, 녹차와 보이차를 보온 통에 넣고 여하튼 몇 킬로는 되는데, 가벼우니까 내가 메겠다 했어. 중턱에 오르면서 힘이 들더라고. 속으로 이제 배낭은 내가 멜게, 그랬으면 좋겠는데 그걸 몰라요. 에이, 더 참고 힘을 기르게 내가 메

지 뭐. 그렇게 산으로 올랐어. 꼭대기 휴식터에 가서, 벤치에 배낭을 놓고 소망탑을 돌면서 기도했어. 그런데 아빠가 비닐로 벽을 친 바람막이 벤치에 점심을 먹기 위해 자리를 잡았는데, 나는 속으로 아니, 다른 벤치에 있는 내 배낭도 가져다가 놓아야 하는데…. 그런데, 아빠는 그러지를 않았어. 나는 속으로 아이고 답답한 DNA야. 그러면서 이해했다니까.

- 아이고 엄마 내가 성질난다. 난 365일 아빠 만두 못 해준다. 진짜 못 말려.

- 엄마, 다른 사람들은 월급을 오백을 타느니 연봉이 일억이 넘는다느니 하는데, 내 남편은 꼴랑 140만 원이라니. 나 미쳐요. 미쳐. 차라리 내가 나가서 아침 8시에 나가서 저녁 8시까지 아르바이트를 해도 250만 원은 타겠다는 생각이 들어. 내가 정말 속이 터진다고요.

- 야, 엄마도 그랬잖아. 고급 공무원이라도 우윳값이 없었잖아. 거기에 지금까지 양쪽에 생활비를 주잖아. 그래서 엄마가 공부도 하고 부동산도 하고 했지. 그렇지 않으면 우리는 경기도 변두리에서 간신히 살았겠지. 너 우리가 잠원동 17평 살 때 생각 안 나? 너희가 공부를 안 하니까 너희가 고 3일 때, 에라 모르겠다. 우리도 좀 큰 집에 살자 해서, 상봉동 34평 분양 받은 거 아니냐? 승이 학교 가는 데 시내버스로 한 시간 반이 걸렸잖아. 하여튼 나도 못 말린다니까. 승이 불만을 토로하고….

- 그때, 엄마, 나는 상봉동에서 사는데, 집만 좋으면 뭘 해. 거기서 대충 결혼하고 산다 싶으니까 정신이 아득하더라고. 그래서 나는 내가 다니던 학교도 때려치우고 가깝게 다니는 인 서울 학교를 다시 선택하려 애썼던 거야. 그리고 내가 다니던 잠원동 성당을 멀지만 다녔다고요.

- 그래, 그랬지. 네가 강남에 가야 네가 원하는 신랑감을 구할 것 같다 해서 빚을

내서 다시 여기로 이사 왔잖아.

- 엄마 그래서 내가 수양이에게 인터넷을 찾아서 여기가 많이 올랐는데, 그중 싼 것을 골랐잖아. 그래서 이층집을 구경했는데, 수리도 안 되고 허름하다고 아빠가 불평했는데, 내가 아빠에게 지금 찬밥 더운밥 가릴 때가 아니라고 말했잖아.

- 맞아 맞아. 그래서 주인을 못 만나서 엄마가 부동산에 무조건 500만 원 맡기고 가면서 계약체결을 해달라고 했잖아. 나는 그때 엄마, 우리가 여기로 이사 오리라는 것은 상상할 수 없었어.

- 그래도 너 왔잖아. 그리고 여기서 네 짝도 만났고. 여기서 살고. 그럼 성공인 거지. 문제는 월급 145만 원을 타 온다는 것이 너를 힘들게 하지만.

- 엄마. 이제 내가 벌어야겠어.

- 맞아. 나도 아빠 월급이 너무 적고, 시댁에 생활비를 보태야 하니까 벌어 보려고 애썼지. 그래서 석사 박사를 하면 돈이 될까 했는데 그게 아니더라고. 그래서 다시 부동산 대학원을 들어간 거지. 혹 돈을 벌어 볼까 해서. 그러니 너도 부동산 자격증을 따 보라 한 거잖아.

- 아니 내가 공부해 보니, 거기는 마냥 법, 법 등에 관한 것이고, 자격증을 땄어도 다시 실무 3년을 부동산에 대해 배워야 하는데 나에게 맞지 않은 거 같더라고요.

- 그럴 것 같구나. 그럼 내가 이번에 경매 사이트 보내주었잖아. 그거 해봐. 엄마는 이제 정열이 없어. 그리고 내가 사는 집값이 오르니 배가 부른 거지. 간절한 열망과 정열이 있어야 뭐라도 힘차게 할 수 있는 거라고. 네가 해봐. 그럼 엄마가 지원할게.

- 알았어요. 나는 지금 돈을 벌어야 해요. 용의 월급 145만 원으로 내가 살 수가

없어요.

- 너 그래도 엄마가 너희 주택부금 다 내주고, 너희 식구 운동 레슨비는 다 주잖아.

- 그러니까 살지요.

- 그럼 너, 우선 경매에 관한 책 10권 모두 읽고, 유튜브에 나오는 경매 모두를 보고 익혀봐! 그리고 너 스스로 경매장에 갈 때 내가 따라가 줄게. 물론 돈도 지원하고.

- 알았어요. 난 꼭 하겠어요. 엄마, 난 여행사를 차릴 때, 처음에 내가 근무하던 여행사 사장이 반반씩 수익을 해 주겠다 했는데, 자기가 실수해서 생긴 일로 손해나는 것을 나에게 떠넘겼어요. 그때 200만 원쯤 됐는데, 나에게 손해배상을 100만 원, 떠넘기더라고요. 내가 사장이면 내가 실수했으니, 내가 다 손해 보지 직원에게 안 떠넘겨. 그런데, 아빠가 지원해서 여행사가 커지니까 어음을 얻어, 회사를 확장하여, 더 크게 하니까 나는 겁이 났어요. 아빠에게 손해를 끼칠 수도 있고요. 그래서 이건 아니다. 그리고 내가 사이트 들어가서 일 처리를 배우고 모든 것을 공부해서 여행사를 차렸어요. 어떤 무엇도 도움받지 않고요. 난 경매 공부도 자신 있어요. 공부할 수 있어요.

- 그랬구나. 그럼, 넌 할 수 있겠네. 열심히 공부하고 싶다면 나에게 연락해.

그렇게 우리는 이런저런 이야기를 하며, 산책하고 헤어졌다. 그러나 과연 내 큰딸은 책을 읽으며 공부할 수 있을까? 생각했다. 그는 책을 읽는 형이 아니었다. 그의 결심은 항상 입으로 시작하고 입으로 끝나는 형일 뿐이었다. 내 주변은 그런 사람들이 많았다. 그러나 그들은 그렇게 태어난 유형이었다.

與 "대구 최대 봉쇄" 파문…

文 대통령 대구서 직접 해명(조선일보, 2020.2.26.)

- '대구 코로나' 공문 이어 당·정·청이 또 대못… 대구, 경북 거센 반발 文, 두 차례
  나 "지역봉쇄 아닌 코로나 확산 최대한 차단한다는 뜻"
- 25일 민주당, 정부, 청와대 협의회 뒤 민주당 홍익표 수석대변인은 "대구와 경
  북 청도 지역은 특별관리지역으로 지정해 통상의 차단 조치를 넘는 최대한의
  봉쇄정책으로 코로나 확산을 차단키로 했다."라고.
- 지금 대구는 상점들은 문을 닫고 시민 발길도 끊겨 거리는 텅텅 빌 정도다. 중
  국 우한과 비슷한 상황으로 가는 것 아니냐는 공포도 있다. 이런 재난 상황에
  정부는 대통령과 여당 지도부는 "승기를 잡았다." "조만간 종식될 것"이라고 엉
  뚱한 얘기를 했다.
- 우한 코로나 감염증이 본격적으로 번지기 이전에 질병관리본부가 '중국 전역
  에 대한 입국 제한' 요청했지만 청와대에서 거부한 것으로 드러났다. 이런 요청
  을 정권이 묵살한 것이었다.
- 정부가 중국 감염의 유입을 왜 방치했는가? 시진핑 방한과 같은 정치적 고려
  때문에 중국 입국 제한을 하지 않으면서 국민에게는 말도 안 되는 억지 이유를
  대며 거짓말을 하고 있다. 복지부 장관은 중국 관광객보다 중국 다녀온 국민이
  더 감염시킨다고.

- 다른 나라는 모두 중국을 차단했는데, 정부는 이제 해외 유입 차단보다 국내 감염에 집중해야 한다고.
- 이제 중국이 한국인 강제 격리. 어떻게 이럴 수가…? 중국 산둥성 웨이하이시가 25일 한국발 항공편으로 도착한 승객 163명 전원을 강제 격리했다. 미 질병통제예방센터는 한국에 대한 여행 경보를 최고 등급인 3단계로 올렸다. 현재 한국인 입국을 금지, 통제하는 나라가 20국을 넘었다.
- 이스라엘은 체류 중이던 우리 국민 400여 명을 자국 전세기에 태워 돌려보냈다. 아프리카 섬나라는 한국 신혼부부 17쌍을 공항에서 곧바로 수용시설로 보냈다. 이 판국에 외교관은 또 한국을 비우고 딴짓거리를 하려고 비웠다.

<전염병과 인류 역사>
- 1차 대전보다 많이 죽은 스페인 독감 / 1918년 창궐, 2,000만 명 목숨 앗아 / 南美 퍼진 천연두도 2,000만 희생 / 1817년 콜레라는 조선까지 번져
- 1520년에 코르테스의 스페인 부대가 퍼뜨린 천연두로 아메리카 주민 2,000만 명이 숨지고 한 세기 동안 전 세계인구 1억 명이 죽었으리라고 추산한다.
- 역사상 가장 큰 공포의 전염병은 페스트였다. 14세기에 유라시아를 강타했다. 유래는 중국으로 짐작. 1331년부터 1393년까지 1억 2,500만이던 인구가 9,000만 명으로 줄었다. 1/3이 사망했다. 몽골 전사들의 이동으로 페스트는 흑해로. 이탈리아 무역선의 매개로 터키, 그리스, 이집트의 항구, 지중해의 섬 등에 균을 뿌렸다.
- 공포에 싸인 제노아가 입항을 거부하자 이 선박은 마르세유로 갔다. 1347년 11월에 입항 허가. 결과는 참혹했다. 이 지역 주민이 몰살했다. 그 후 프랑스, 이탈

리아, 영국, 아일랜드, 스칸디나비아, 모스크바까지 맹렬히 퍼져 1460년까지 인구 70%가 사라졌다.

- 전염병은 정신까지 황폐화한다. 사람들은 신의 응징을 찾으며, 유대인, 이방인, 순례자 등에 대한 공격이 급증했고, 가혹한 유대인 학살사건이 일어났다. 카라반이 페스트를, 증기선이 콜레라를 전파하는 이상으로 비행기 여행이 각종 전염병을 신속하게 퍼뜨릴 수 있다. 현재의 코로나19와 유사한 사태는 언제든 터질 수 있으니 우리는 의학적으로나 사회적으로 철저하게 준비하는 수밖에 없는 것이다.

지금 코로나19가 한창이라 모든 것이 폐쇄되었다. 체육센터, 테니스 라커룸, 종합운동장 코트장 등. 머리털 나고 처음 있는 현상이다. 여기에 슈퍼의 물가가 2배로 뛰고 있었다. 청양고추 2천 원짜리가 4천 원을 받으니 말이다. 어서 빨리 코로나19가 물러가야 할 텐데….

*

나는 이 편지를 좋아한다.

<임태주 시인 어머니가 아들에게 쓴 편지>

아들아, 보아라.

나는 원체 배우지 못했다. 호미 잡는 것보다 글 쓰는 것이 천만 배 고되다. 그리 알고, 서툴게 썼더라도 너는 새겨서 읽으면 된다. 내 유품을 뒤적여 네가 이 편지를 수습할 때면 나는 이미 다른 세상에 가 있을 것이다. 서러워할 일도 가슴 칠 일도 아니다. 가을이 지나고 겨울이 왔을 뿐이다. 살아도 산 것이 아니고, 죽어도 죽은 것이 아닌 것도 있다. 살려서 간직하는 건 산 사람의 몫이다. 그러니 무엇을 슬퍼한 단 말이냐.

나는 옛날 사람이라서 주어진 대로 살았다. 마음대로라는 게 애당초 없는 줄 알 고 살았다. 너희를 낳을 때는 힘들었지만, 낳고 보니 정답고 의지가 돼서 좋았고, 들 에 나가 돌밭을 고를 때는 고단했지만, 밭이랑에서 당근이며 무며 감자알이 통통하 게 몰려나올 때, 내가 조물주인 것처럼 좋았다. 깨꽃은 얼마나 예쁘더냐. 양파꽃은 얼마나 환하더냐.

나는 도라지 씨를 일부러 넘치게 뿌렸다. 그 자태 고운 도라지꽃들이 무리 지어 넘실거릴 때 내게는 그곳이 극락이었다. 나는 뿌리고 기르고 거두었으니 이것으로 족하다.

나는 뜻이 없다. 그런 걸 내세울 지혜가 있을 리 없다. 나는 밥 지어 먹이는 것으로 내 소임을 다했다. 봄이 오면 여린 쑥을 뜯어다 된장국을 끓였고, 여름에는 강에 나가 재첩 한 소쿠리 얻어다 맑은국을 끓였다. 가을에는 미꾸라지를 무쇠솥에 삶아 추어탕을 끓였고, 겨울에는 가을무를 썰어 칼칼한 동태탕을 끓여냈다. 이것이 내 삶의 전부다.

너는 책줄이라도 읽었으니 나를 헤아릴 것이다. 너 어렸을 적, 네가 나에게 맺힌 듯이 물었었다. 이장 집 잔치 마당에서 일 돕던 다른 여편네들은 제 새끼를 불러 전 나부랭이며 유밀과 부스러기를 주섬주섬 챙겨 먹일 때 엄마는 왜 못 본 척 나를 외면했느냐고 내게 따져 물었다.

나는 여태 대답하지 않았다. 높은 사람들이 만든 세상의 지엄한 윤리와 법도를 나는 모른다. 그저 사람 사는 데는 인정과 도리가 있어야 한다는 것만 겨우 알 뿐이다. 남의 예식이지만 나는 그에 맞는 예의를 보이려고 했다. 그것은 가난과 상관없는 나의 인정이었고 도리였다.

그런데 네가 그 일을 서러워하며 물을 때마다 나도 가만히 아팠다. 생각할수록 두고두고 잘못한 일이 되었다. 내 도리의 값어치보다 네 입에 들어가는 떡 한 점이 더 지엄하고 존귀하다는 걸 어미로서 너무 늦게 알았다. 내 가슴에 박힌 멍울이다. 이미 용서했더라도 애미를 용서하거라.

부박하기 그지없다. 네가 어미 사는 것을 보았듯이 산다는 것은 종잡을 수가 없다. 요망하기가 한여름 날씨 같아서 비 내리겠다 싶은 날은 해가 나고, 맑구나 싶은 날은 느닷없이 소낙비가 들이닥친다. 나는 새벽마다 물 한 그릇 올리고 촛불 한 자루 밝혀서 천지신명께 기댔다. 운수소관의 변덕을 어쩌진 못해도 아주 못살게 하지는 않을 것이라고 믿었다. 물살이 센 강을 건널 때는 물살을 따라 같이 흐르면서 건너야 한다.

너는 네가 세운 뜻으로 너를 가두지 말고, 네가 정한 잣대로 남을 아프게 하지도 마라. 네가 아프면 남도 아프고, 남이 힘들면 너도 힘들게 된다. 해롭고 이롭고는 이것을 기준으로 삼으면 아무 탈이 없을 것이다.

세상 사는 거 별거 없다. 속 끓이지 말고 살아라. 너는 이 애미처럼 애태우고 참으며 제 속을 파먹고 살지 마라. 힘든 날이 있을 것이다. 힘든 날은 참지 말고 울음을 꺼내 울어라. 더없이 좋은 날도 있을 것이다. 그런 날은 참지 말고 기뻐하고 자랑하고 다녀라. 세상 것은 욕심을 내면 호락호락 곁을 내주지 않지만, 욕심을 덜면 봄볕에 담벼락 허물어지듯이 허술하고 다정한 구석을 내보여 줄 것이다.

별것 없다. 체면 차리지 말고 살아라. 왕후장상의 씨가 따로 없고 귀천이 따로 없는 세상이니 네가 너의 존엄을 세우면 그만일 것이다.

아녀자들이 알곡의 티끌을 고를 때 키를 높이 들고 바람에 까분다. 뉘를 고를 때는 채를 가까이 끌어당겨 흔든다. 티끌은 가벼우니 멀리 날려 보내려고 그러는 것이고, 뉘는 자세히 보아야 하니 그런 것이다. 사는 이치가 이와 다르지 않더구나. 부질없고 쓸모없는 것들은 담아두지 말고 바람 부는 언덕배기에 올라 날려 보내라. 소중하게 여기는 것이라면 지극히 살피고 몸을 가까이 기울이면 된다.

어려울 일이 없다. 나는 네가 남보란 듯이 잘 살기를 바라지 않는다. 괴롭지 않게, 마음 가는 대로 순수하고 수월하게 살기를 바란다.

혼곤하고 희미하구나. 자주 눈비가 다녀갔지만 맑게 갠 날, 사이사이 살구꽃이 피고 수수가 여물고 단풍 물이 들어서 좋았다. 그런대로 괜찮았다. 그러니 내 삶을 가여워하지도 애달파하지도 마라.

부질없이 길게 말했다. 살아서 한 번도 해본 적 없는 말을 여기에 남긴다. 나는 너를 사랑으로 낳아서 사랑으로 키웠다. 내 자식으로 와주어서 고맙고 염치없었다. 너는 정성껏 살아라.

이 시인의 어머니는 죽음 앞에서, 당신의 마음을 아들에게 전했다. 그는 사랑하는 아들에게 너의 삶을 정성껏 살되, 힘들게 살지 말라고 당부했다. 당신은 밭일과 들일로 힘들게 경제를 보살폈다. 그러나 그 속에서 피어나는 깨꽃과 도라지꽃, 양파꽃을 통해 조물주의 기쁨을 맛보았다. 당신은 밥하기의 소임을 다했고, 당신의 윤리·도덕을 지켜내려 애썼다. 당신의 삶은 쉽지 않았으나 지나고 보니 그런대로 괜찮은 삶이었음을 말했다.

너는 쓸데없는 것은 모두 날려버리고, 네가 세운 잣대로 남을 슬퍼하게 하지 말며, 너 자신도 그 잣대로 자신을 옭아매지 말라 했다. 거친 파도가 밀어닥치면, 몸으로 받으면서 거센 물 흐름에 맞춰서 따라가면 세상 삶도 흘러갈 것이고, 매사 자신의 욕심을 버려라. 그러면 사는 것이 힘들지 않다고 어머니는 말했다.

정말, 좋은 내용이었다. 거기에는 모든 어머니의 인생철학이 다 들었다. 내가 죽음에 이르러 과연 이런 편지를 미리 써놓을 수 있을까? 매우 어려운 일일 것이다. 당장 나 죽는다. 아파죽겠다고. 병원에 가서 좋은 의사 선생님을 찾으라고. 자식들에게 난리를 치는 나는 제발 이런 일이 없기를 바랄 뿐이다.

*

문재인 탄핵 청원 숫자 조작 논란…靑은 "가짜뉴스"(조선일보, 2020.03.01.)

- "중국이 그리 좋으면 나라를 통째 바치시든지."
- 법무부 장관은 "(코로나 방역을 위해) 중국에서 오는 입국자를 차단하는 것은 정치적"이라며 차단하지 않았다. 결국 3,000명 이상 바이러스 감염이 되어 지금 온 나라가 쑥대밭이 되었다. 문 대통령은 2017년 12월 베이징 대학 연설에서

중국은 '높은 산봉우리' 한국은 '작은 나라'라며, '한국은 작은 나라지만 대국 중국의 중국몽(中國夢)에 함께하겠다고 했다. 문 대통령은 시진핑의 방한 성사를 위해 국민을 코로나 제물로 바치며, 굽신거리고 있는 것이다.

나라 전체는 계속 시끄러웠다. 나는 뉴스를 보면 속이 울렁거렸다. 촛불시위로 나라를 잡았다고 자기 맘대로 나라를 들고 흔드는 꼴이 언제까지 갈 것인지 알 수 없는 것이다. 지금 정권은 계속 편법으로 장기 집권 해보겠다고 온갖 수단으로 나라를 뒤흔들고 있었다. 법으로, 세금으로, 경제를 바닥내고, 중국의 세력을 이끌어 와서 같은 사회주의를 꿈꾸며, 장기적으로 김정은을 모델로 삼아 함께 고려 연방제를 꿈꾸는 것이었다.

그래도 3월이라고 봄은 오고 있었다. 창밖의 목련이 꽃망울을 터트리려고 고개를 들고 있었다. 찔레꽃 가지가 푸른빛을 띠며 물이 올라 있었다. 아! 그래도 봄은 봄이구나. 앙상한 가지 사이로 솟아오르는 푸른 나뭇잎이 밥풀때기처럼 가지 끝에 매달려 있으니. 세상이 시끄러워도 시간은 가는 것이다. 세상은 사람들에게 움직이지 말라고. 집회에 가지 말라고. 모이면 코로나19에 감염될 수 있다고. 69세 확진자가 죽었다고. 그 나이 숫자는 나도 늙어서 죽을 수 있는 것이라고.

나는 무작정 걸어서 움직일 수 있는 곳을 찾았다. 가장 가까운 우면산을 향해 걸었다. 도로는 텅텅 비었다. 차도에 차가 없었다. 다른 때 같으면 차가 도로에 꽉 차서 항상 정체하는 도로였다. 걸어가는 사람도 없었다. 핸드폰에는 계속 재난 문자가 쏟아졌다. 나라나 잘 지키지 쓸데없이 문자나 보낸다고 나는 투덜댔다. 중심가 사거리 길 건너는 사람들이 없었다. 빌딩 짓는 인부들이 마스크를 착용하고 파이프를 날랐다. 학교 정문에는 운동장과 교실을 폐쇄한다고 플래카드가 걸렸다.

도로변 상가는 모두 불만 켜져 있었다. 사람은 하나도 보이지 않았다. 빵집, 옷 가게, 식당, 분식집, 카페, 곱창집, 안경점 모두가 등불만 켜져 있고 사람이 없었다. 나는 남부 터미널 화장실에 들렀다. 다른 때 같으면 여성 화장실에 줄이 길어서, 한참을 기다려야 했지만, 거기에도 사람이 없었다. 그곳에서 볼일을 보고 도로를 따라 다시 우면산 쪽으로 걸었다. 터미널에서 나오는 시외버스에는 사람이 한 명만 타고 있었다. 여기도 한 명, 저기도 한 명, 버스마다 한 명이라니.

세차게 바람이 불어왔다. 거리와 도로는 한산했고 꼭 명절에 모두 고향으로 떠나 서울이 텅텅 비어 버린 듯한 느낌을 주었다. 나는 마지막 건널목을 지나 산 입구로 들어갔다. 젊은 엄마가 아기를 안고 산 입구에서 서성댔다. 내가 그 옆을 지나가려니 마스크를 쓴 엄마는 내가 무슨 중병 걸린 환자처럼, 얼른 나를 피해 다른 쪽으로 이동했다. 내가 늙은이라 그런 것 같았다. 아기를 기르는 젊은 엄마는 나 같이 늙은 사람을 되도록 빨리 피하면서 경계를 지었다. 요즘 내가 자주 겪는 일이었다.

그들만의 경계심으로 병을 방어해보겠다는 심리였다. 하기야 우리 나라가 지금 세계적으로 따돌림받고 있다는데… 70여 개의 나라들이 한국인의 입국을 허용하지 않았으니. 거기에 청와대에서 대구를 봉쇄한다고 해서 난리가 나지 않았던가. 나는 계단을 밟으며 산행했다. 다른 때보다 집단 산행자가 없었다. 하나둘씩 각자가 마스크를 쓰고 조용히 오르고 내려갔다. 한강 쪽인 북쪽 바람은 찼다. 그 바람은 옷깃으로 스며들었다. 금방 몸이 써늘해졌다. 해가 드는 산등성은 따뜻했다.

나는 잠시 벤치에 앉아 햇볕을 받았다. 햇볕은 바이러스를 죽인다 했으니. 다시 계속 정상을 향해 걸었다. 정상에는 제법 사람들이 많았다. 시원한 한강 바람이 온몸을 식혔다. 희망 탑에서 탑돌이를 하며 기도했다. 제발 나라가 시끄럽지 않게. 모두가 건강하게. 모든 경제가 나아지고. 나쁜 재앙이 빨리 물러가라고. 싸 간 주먹밥과 커피를 벤치에서 마시고 하산했다. 길목에 있는 예술의 전당도 절처럼 고요했다. 모든 전람회와 음악회는 폐쇄되었다. 간간이 들려가는 길목의 사람들만 조용히 지나갔다. 서울에서 산 지가 40년이 넘었는데 이런 적은 한 번도 없었다. 지금 우리나라 전체에 위기가 온 것은 확실한 것이리라.

집으로 돌아와 샤워하고 저녁을 먹고 제시간에 잠을 잤다. 그러나 새벽 2~3시에 잠을 깨서 잠은 오지 않았다. 뒤척이다가 결국 다시 내

방으로 와서 책을 폈다. 1시간가량 읽고 다시 침대로 들어가서 잠을 청했다. 잠들지 못하니 머릿속은 계속 과거로 들어갔다. 아버지가 몇 년에 돌아가셨지? 86년? 아니 87년? 내가 안양에 살 때였고 아버지가 퇴직금 1/3을 떼어주셨는데? 내가 처음 맨션아파트를 샀는데. 내 딸이 학교에 들어갔는데. 그래, 87년도였구나. 동생이 언제 죽었지? 우리가 과천에 살았을 때였는데. 고모 아들이 눈 오는 날, 그때 우리는 전화가 없었고, 그래서 그가 동생이 죽었다고 알려주었고, 그날 눈이 왔으며, 고모 아들이 자기는 눈 오는 날 처음 운전한다고 했던 기억.

시아버지는 몇 년도에 돌아가셨지? 97년도쯤? 그때 내가 처음으로 동창 A네 집에서 동창회를 하던 날이었는데. 그런데 핸드폰이 없었고, 전화 연락이 안 되었는데. 저녁때 집에 와서 소식을 알았던 기억. 그리고 그때 친구 B가 재혼을 했고, 내가 B에게 신혼 재미가 어떤가를 물었던 기억. B는 결혼한 지 1년 만에 남편이 암으로 갔고. 애기를 혼자 20년을 키웠지. 그 녀석이 20세가 되어 대학을 들어간 후 재혼을 할 거라고. 다른 사람은 재혼하고도 이미 20년을 넘기고도 남았구먼. 아이고 우리 막내 새끼는 아직도 결혼을 못 했으니. 이러다가 함께 죽음을 기다리는 신세가 되겠구먼….

그래 친구 C의 동생 딸이 이번에 20세인데 백혈병으로 죽었다니 그보다 낫구나. 자아. 이제 잠을 다시 청해야겠구나. 하나, 둘, 셋 … 백 … 이백…… 간신히 잠들었다가 아침에 눈을 떴다. 아마 이런 날은 계속될 것이리라.

*

1999. 1. 21. 학문의 경지에 이르러야 하는데…

나는 40대 후반에 무슨 생각에 빠져서 살았을까를 생각했다. 묵은 노트에 적혀있는 것을 바라다보며 회상했다.

나의 공부에는 경계가 생겼다. 내가 쓸 마지막 큰 논문이라는 타이틀에 얽매여서 더 큰 우물을 못 파는 것인지. 아니면 그것 때문에 나의 눈을 더 크게 뜨지를 못하는 것인지…. 항상 날마다 꾸준히 같은 공간에서 같은 시간을 할애하여 열심히 노력하며 전진해야 하는데…. 요즘은 잡다한 내 주변의 인간적 갈등이 복잡하게 나의 머리를 지배하고 있으니. 그로 인해 학문의 전진이 더디어 안타깝다.

나는 지금 심리적으로 힘들다. 10년 동안 이웃하고 살던 이웃이 나를 멀리하며, 나를 비방하여 새로운 이웃을 등장시켜 갈등을 유발하는 것을 보니 머리가 아프다. 나는 그런 경계를 짓는 것이 싫다. 그런 경계에서 벗어나고 싶다. 나는 그런 이웃에서 떨어지고 싶다. 쓸모없는 곳에 에너지를 소모하고 싶지 않다. 나는 이런 분위기에서 벗어나서 나의 할 일에 집중하고 싶다. 그런데 그렇지 못한 것이 문제가 되는 것이다.

계속 머릿속에는 그동안 쌓였던 정과 미운 감정이 교차하여 나를 괴롭히며, 그것을 벗어나고자 하는 마음의 갈등이 나를 힘들게 한다. 벗어나자. 벗어나. 내가 가진 욕심, 남의 욕심, 버리지 못한 집착과 그들의 흠, 그러면서 나의 깨끗한 마음을 지키려 하는 것들이 나를 괴롭힌다. 인생의 얽힌 삶을 통해 내가 하려는 학문의 길을 막으려 하는 것을 나는 이겨야 한다. 학문의 길은 깨끗한 마음이어야 한다. 그것은 하나의 도를 닦는 길인 것이다.

내 마음이 깨끗하고 투명해야 내가 공부하는 것이 쉽게 흡착할 것이다. 그러기 위해서는 내 몸에 있는 모든 것을 버려야 하고 맑고 깨끗한 것으로 만들어 몸과 마음을 청결하게 유지해야 할 것이다. 머리가 혼탁하면, 조용히 눈을 감고 나를 집중하며, 내 숨소리에 귀를 기울여 본다. 나는 내가 숨 쉬는 모습에 집중한다. 그리고 숨소리를 듣는다. 큰 숨을 쉬고 멈추고 깊게 숨을 내쉰다. 학문을 방해하지 않는 길에 이르려 한다. 그리고 육체와 정신의 에너지를 집중시키며 잡념 없이 나를 찾으려 하는 것이다.

다음날 P 선생이 갑자기 고인이 되었다. 그는 나의 동료 선생이었다. 그는 재주가 많았다. 처음 초임 교사로 함께 일했던 선생이었다. 키가 작고, 농담을 잘해서 주변 동료들을 항상 즐겁게 해주던 선생이었다. 그는 지병이 있었다. 그러다가 그는 퇴직했고 10여 년을 대학원에서 공부한다는 소식을 들었다. 그는 부부간의 갈등이 있었다는 생각. 그래서 서로 맞지 않아 거리를 두고 살았을 것이라는. 그리고 얼마 후 다시 부부가 화해해서 살았고, 갑자기 그에게 심장마비가 생겨, 세상을 떠난 것으로.

죽음은 슬펐다. 부인이 동료 교사이었기 때문에 더 슬펐다. 40대에 가버린 인생이기에 안타까웠다. 이제 다시 삶의 길이 전환되는 시기를 맞이했다는 생각. 또다시 동창 S가 죽었다는 소식이 들어왔다. S는 노래를 잘했는데…. 동창회가 있는 날 S는 악보를 준비하고 동창들에게 노래를 가르쳐주며, 자기가 직접 노래를 부르고 친구들이 노래할 수 있도록 지도해주었는데. 친구들은 S가 원래 백혈병을 앓았고 이식 수술을 해서 5년째 좋은 결과로 지금 잘 견디고 있다고 설명했다.

그런데 그가 갑자기 감기에 걸렸고, 그래서 바로 감기 감염으로 지병에 치명타를 주어 가버렸다 했다. 안타까웠다. 이게 웬일인가. 나는 주변 사람들을 통해, 우리의 삶이 영원하지 못한 것을 확인했다. 나는 그동안 함께했던 이웃의 배반으로 가슴앓이를 하며 힘들었다. 이웃에 사는 H는 상냥했다. 그는 집안 살림의 달인이었다. 그는 딸이 많은 집의 맏딸이었다. 어렸을 때 남쪽 끝 바닷가에서 살았다. 집은 넉넉하여, 넓은 농토를 가진 부유한 집에서 자랐다. 대가족을 이룬 아버지는 아침마다 H를 깨웠다.

- 얘야, 일어나거라. 잉? 네 어미가 아프단다. 어서 일어나야 동생들 밥해 먹이고 너도 학교에 가지 않겠냐? 어서 일어나라고!

H는 화가 나서 참을 수가 없었다. 왜? 엄마는 아침이 되면 아파서 일어날 수가 없는 것이냐고. H는 몸체가 작았다. 키는 150㎝가 안 되었다. 손이 작아 아기를 업고 양손으로 손깍지를 끼고 아기 엉덩이를 받칠 수가 없었다. 그는 자기 막내아들을 업으면 신문지를 돌돌 말아 양손으로 잡고 아기 엉덩이를 받쳤다. H가 밥해 먹고 학교에 다닐 때는 저학년이었다. 어리고 조그만 학생으로 집안일을 돌봐야 했다. 엄마는 매일 이마에 끈을 두르고 아침이 되면 못 일어난다 했다.

아버지와 할머니는 H를 깨워 부엌일을 시킬 수밖에 없었다. 그 후 학교를 졸업하고 성인이 되었을 때 아버지는 동생들의 학교를 위해 농토를 모두 팔아 서울로 이사 왔다. 아버지는 궤짝에다 하나 가득 돈을 넣어 서울로 이사 왔고, 서울 강북에 집을 샀다. 나이가 찬 H는 중매를 서서 결혼하고 강남의 작은 아파트에서 신혼살림을 차린 것이었다. 거기서 딸, 아들을 낳았고, 내가 학교에 가면 우리 애들이 그네 집에서 놀았다.

그렇게 10여 년이 흘렀고 우리는 서로 돈독했다. H는 김치의 달인이었다. 나는 그가 담은 김치에서 나의 엄마의 손맛을 느꼈다. 우리는 친밀해졌고 함께 테니스를 배웠다. 그리고 테니스클럽 멤버로 함께했다. 멤버들은 모였다 헤쳤다를 반복했다. 나는 학교 일로 바빴고, H는 새 멤버를 사귀면서, 우리들의 관계는 소원해졌다. 세월은 흘러갔다. 멤버끼리 공을 치면서 잘 치는 사람과 못 치는 사람 사이에 갈등이 일어났다. 욕심이 많은 자는 더블 레슨을 받았다.

그들은 더 나은 팀을 구성했고, 그들끼리만 공을 치고 즐겼다. 나는 그들 틈에 낄 수 없었다. 마음의 상처가 크지만 어쩔 수 없는 일이었다. 비가 오는 날은 좋아하는 테니스를 치지 못했다. 그러나 욕심 많은 자들은 돈을 출혈해서 체육관으로 조를 짜서 공을 치러 다녔다. 그들은 생활이 부유했고 기술은 나날이 더 빠르게 발전했다. 나는 그들로부터 서서히 낙오자가 되어갔다. 그들 중 한 멤버에 붙어서 H는 나를 멀리하고 그들과 밀착했다.

나는 서서히 H로부터 멀어져가고 있었다. 거기에 H는 어느 날 갑자기 우리보다 좀 더 큰 아파트로 이사를 가 버렸다. 나는 뭔가 배반을 느끼면서 말할 수 없는 슬픔을 가졌다. 그리고 그네 집에서 멤버들이 모였고, 아무 일 없듯이 나를 초대했다. 나는 아무 일 없다는 듯이 그 집을 방문했다. 그 집 주변으로 여동생들이 하나씩 이사 왔다. 그 동생들이 과외공부를 위해 학생들을 모집해서 공부시켰다. 큰 동생 남편은 고시 공부를 했다. H는 자기 애들을 동생에게 맡겨 공부시켰다.

H는 날마다 음식을 만들어서 동생네에게 갖다주었다. 그는 참으로 훌륭한 언니였다. 친정엄마 생신날 가족이 모였다. 어머니는 당신 밍크 옷을 안 사준다고 딸들에게 시위했다. 결국 딸들이 돈을 모아 호랑이 밍크 옷을 사주었다. 나는 그 어머니를 보지 못했지만, 이해할 수 없었다. 어릴 때부터 딸을 부려 먹고, 어른이 된 딸에게 자기의 사치스

러운 옷을 위해 요구를 한다는 것이 일반적 어머니상은 아니었다.

　여하튼 그는 오랫동안 착했고, 어느 날부터 변심이 생겼다. 나는 의리를 중시했다. 그의 변심은 나를 힘들게 했다. 우리는 서서히 다른 방향을 쳐다보는 사람으로 변질되었다. 오랫동안 따뜻했던 마음이 상처로 남겨졌다. 그 상처는 쉽게 아물지 못했다. 우리는 옛날의 이웃이 아니었다. 그래도 세월은 흘러갔다. 나는 세월의 힘을 믿으며, 스스로 용서하는 마음이 일어나기를 바랐다. 나는 모든 것을 버리고 삶에 충실했다.

*

핸드폰을 바꾸다.

　작은딸을 독립시키면서 나는 그에게 TV를 사주지 못한 것이 안타까웠다. 그러던 차에 그는 원래 TV를 좋아하지 않았다. 세상 사람들은 유튜브에 빠져 살았다. 우리도 차츰 모든 것을 유튜브로 세상을 읽었다. TV 정규 방송은 좌파 성향의 편파 방송으로 일관했다. 대부분 사람은 유튜브를 통해 일상의 흐름을 파악한다. 어느 날, 작은딸이 아팠다. 나는 딸에게 음식을 해서 날랐다. 그때 딸의 핸드폰이 연결되지 않았다. 탈이 생긴 모양이었다.

딸은 갤럭시 4 모델이었다. 나는 지금 갤럭시 7 모델이다. 그 당시 내 핸드폰에 문제가 삼성 서비스센터를 다녔다. 남편은 내가 무슨 쓸 일이 있느냐면서 모델 4를 고집했다. 그 모델은 서로 호환성이 없었다. 말소리도 덜그덕거렸다. 나는 딸과 남편의 핸드폰 모델을 바꿔주기로 했다. 딸은 갤럭시 10을 선택했다. 그 값은 130만 원이었다. 딸은 나에게 안 사겠다고 손사래 쳤다. 집으로 돌아왔다. 그는 갤럭시 10 공기계를 인터넷으로 싸게 살 수 있는 곳을 찾았다. 어느 섬에서, 더 먼 곳에서, 3개를 65만 원에 주문했다.

사실 나는 핸드폰의 모델 4, 7, 10이 무슨 뜻인지 몰랐다. 거기에 갤럭시 노트와 아이폰이 뭔지도 몰랐다. 컴퓨터처럼 터치하여 이용하는 것으로 이해했다. 10년 전에 친구들은 대부분 폴더폰으로 접고 펴는 것을 사용했다. 처음에 남편이 핸드폰을 사주었을 때 값이 비싸고 통신료가 비싸서 거부했다. 그러나 남편은 시대의 중요성을 강조했다. 시대를 맞이해서 살아야 함께 살 수 있는 길임을 강조했다. 그 후 새로운 아이티 시대가 다가왔다. 모든 것은 빠르게 지나갔다. 핸드폰 시대와 컴퓨터 시대가 되었다.

10년 전 친구들은 계속 폴더폰을 사용했다. 빨리 새 핸드폰을 사라 했다. 곧 A 친구가 바꾸었다. 나는 전화를 걸었다. 딸이 사다 주었는데 어떻게 받아야 할지 몰랐다. 기능이 달라지면 노인들은 불편하고 불안했다. 요즘은 모두가 기술자가 되었다. 그러나 아직도 여러 이유로 사지 않는 친구들이 많았다. 돈이 많은데 아끼는 습관에 길들어서 사지 않았다. 그들을 보면 그냥 안타까웠다.

딸은 말했다. 지금 상황이 안 좋아서 이제 핸드폰을 마냥 생산하는 시기가 아닙니다. 이번에 나오는 갤럭시 20을 보면 압니다. 주문 생산을 하는 추세로 가고 있습니다. 그는 전문가에게 물었고, 자기가 살 모델을 선정했다. 이제는 5G로 속도가 빠르고 영상이 신속하며 촬영이 잘됩니다. 그러나 그런 것은 전문가용이지 일반인은 필요 없습니다. 이제 10 모델이 안 나옵니다. 그러니 엄마도 사야 합니다. 그래서 나도 샀다. 이 공기계는 개통을 했는데, 자기 마음에 안 들고 다른 기종으로 바꾸려는 사람들 것입니다. 그런데 쓰지 않은 것들입니다. 나는 그것이 좋았다. 핸드폰 대리점에 가서 우리는 유심칩을 바꾸었다. 그들은 딸에게 어떻게 이런 것을 샀는지 의아해하며 놀랐다. 엄마 이 핸드폰 갤럭시7은 집에서 컴퓨터로 사용할 수 있습니다. 단지 통신이 안되는 컴퓨터입니다. 와이파이가 되는 곳이면 컴퓨터 역할을 합니다. 나는 핸드폰을 이십 년 쓰고 나니, 핸드폰의 원리와 컴퓨터 원리적인 것에 대한 이해가 생겼다. 그리고 내가 예전에 쓰던 갤럭시 4 핸드폰을 서랍에서 꺼내 그것을 뒤적였다. 거기에는 내 과거의 행적들이 적혀있었다. 그것은 갤럭시 7으로 이동되지 않은 것이라서 특별했다.

*

작은딸과 남편이 서로 식사 중에 의견 충돌이 일어났다.

나는 작은딸이 이제 철이 들어 결혼할 것이라는 바람을 가지고 있었다. 나는 주변 사람 중에 적합한 사람을 뽑아 딸의 짝으로 생각하며 서로의 만남을 주선하고자 애썼다. 거기에는 큰딸의 역할이 있었고, 서로 우호적인 모임을 주선하려 애썼다. 그러는 중에 코로나가 발생했다. 작은애는 자기가 가르치는 학원이 정부 방침으로 폐쇄되었다. 작은 집에서 홀로 생활하는 것이 안쓰러웠다. 나는 그에게 문자를 보냈다.

- 잘 있냐? 저녁에 오라고. 같이 밥 먹자. 너 뭐 먹고 싶냐?
- 엄마 좋아하는 거 먹어요.

그는 와인을 사 왔고, 우리는 맛있는 불고기로 식사했다. 다음날 다시 문자를 보냈다.

- 오늘도 산책 삼아 저녁에 와. 너 시집가면 만나서 밥 먹고 싶어도 시간이 없어서 못 만나니까. 그리고, 테니스 치다 삐거덕 다친 다리에 약을 먹고 근육을 길러줘야지. 그것은 매우 중요한 것이니까. 저녁 먹고 산책하자고.
- 넵~

그렇게 우리는 2주간 작은딸과 점심, 저녁 식사를 거의 매일 했다. 그런데 2주가 끝날 무렵에 사달이 났다. 남편은 딸에게 말했다.

- 네가 테니스를 치다가 다리를 다친 것은 이제 너에게 변화가 필요한 때가 되어서 일어난 것으로 생각한다. 그러니 네가 이제는 너의 변화를 시도해보는 것이 어떠냐?
- 나는 지금이 아주 행복해요. 나는 내가 잘 살고 있어요.

나는 갑자기 화가 치밀어 올랐다. 그러나 자제하면서.

- 야, 너 그러다가 작은 오피스텔에서 10년 살게 된다고. 이제 변화해야지.
- 난 지금 내 몸 건사하기도 힘들고 모든 게 힘들어.

우리는 어이가 없었다. 나는 식탁을 대충 치우고 청소하려고 목욕탕으로 들어갔다. 아빠랑 딸아이의 말소리가 간간이 들렸다.

- 아빠 내 테니스 멤버들이 이제 다리 나은 것이, 웬만하면 다시 클럽에 나오라 하는데, 나는 더 쉴 거라 해요. 그러면 그 팀들이 난리가 나요. 거기 멤버들이 내가 안 가니까, 팀이 사라져가고 있어요. 거기 멤버에 새로 온 총무가 별로 잘 치지도 못하는데, 그가 총무가 되었어요, 그 총무가 나는 마음에 안 들어요. 이번에, 회원들 대회를 하고, 끝날 때, 그가 사비를 들여 장바구니를 주었대요. 그 총무, 감이 없어도 한참 없어요. 테니스 대회에 무슨 장바구니래요? 못난이 같

47

으니… 테니스 용구를 사줘야지. 그들이 나에게 계속 나오라는 것은 내가 안 가니까 멤버들이 줄고, 그 클럽 활성이 사그라지니까 그렇다고요.

- 여기 테니스클럽도 멤버가 없어.

- 아빠 여기 클럽도 내가 있을 때는 안 나오던 사람이 나오고, 회원이 많았잖아요. 내가 안 나가니까 여기도 사람이 없네요.

- 야, 인마, 네가 안 나와서 회원이 안 나온 게 아니야. 아줌마들이 나이가 많아 몸이 부실해졌고, 요즘 코로나19로 손자를 보니까 못 나오는 거야. 넌 바르게 알아야지.

약간 아빠 언성이 올라갔다. 딸애는 자기를 비난하는 듯한 소리가 듣기 싫었다. 감정이 상한 딸과 아빠의 분위기가 어두워져 갈 때,

- 아빠는 너에게 화를 내는 것이 아니라 너에게 변화해 보라고 설득하는 것이다. 네가 지금 이 시기가 변화를 갖는 것이 좋다는 뜻이다.

- 아빠 나는 사는 게 힘들어. 나는 자살하고 싶어. 사는 것이 힘들어서.

희미하게 들려오는 소리에 나는 숨이 멈췄다. 아이고 미친놈, 소리가 입속에서 흘러나왔다. 남편도 순간 몸 안에서 솟구치는 화를 애쓰며 자제하는 듯했다.

- 아니 네가 왜? 죽고 싶냐?

- 난 충분히 즐겁게 살았어..

- 네가 이제까지 이 세상을 위해서 가치 있는 일을 했다는 것이냐? 그래서 죽어
  도 된다는 것이냐? 네가 가치 있는 일이 무엇이냐?
- 나는 R 클럽에서 내 몫을 했고, 그곳에서 멤버들 활성화 역할을 했다고요. 그
  곳은 내 손아귀에 있어서 쥐락펴락하고 있어요. 여기 코트 장도 그렇고요.
- 그것이 네가 가치 있는 일이냐? 살아서 그렇게 가치 있는 일이 그것이냐?

아빠는 평생을 딸 편을 들었고, 딸은 스스로 공주며, 주권자, 패권
자이었는데, 아빠의 바른말에 스스로 화를 내며, 옷을 입었다. 그리고

- 아빠랑 너무 오래 만났네요.

그리고 현관문을 세차게 밀어붙이고 그의 집으로 떠나갔다. 가려
는 애를 내가 잡으려 하니 뿌리치고 가버렸다. 나는 어이가 없었다.

남편과 나는 딸을 두고 말했다.

- 그 애는 감사할 줄을 모르고 있어. 지금 스스로 독립한다지만 결국 우리가 거
  의 생활비를 지원하고 있는데…. 제가 뭘 한다고 힘든 것인지. 그 애는 게을러
  서 그런 것이야. 게으름을 이길 것은 없는 것이야.
- 아이고, 거기에 우리에게 자살하겠다고 협박하니, 어쩌면 그렇게 시어머니랑
  같은 생각을 하는 것인지.
- 오랫동안 어머니가 그랬지. 작년에 동생이 죽고서부터 그런 소리를 하지 않으
  시더군.

- 그냥 태어나기를 그렇게 태어난 거예요.
- 이제 어쩔 수 없다고. 그놈이 죽어도 우리는 어쩔 수 없는 거지. 우리가 그걸 어떻게 막아. 차라리 그놈이 가면, 박 장례사를 불러야겠다고 생각하기로 했다. 그러니 당신도 마음을 비우라고. 저런 애를 시집을 보내면, 오히려 신랑을 망쳐서 오히려 피해를 주고 말 거야. 그것은 가슴 아픈 일이야. 그러니 당신은 시집을 보내면 안 되는 거야. 이제 일체 그 애에게서 마음을 비워. 그것이 우리를 살리는 거야.

나는 고개를 끄덕거렸다. 잠시 마음을 비웠지만, 작은딸의 모습은 마음속에서 사라지지 않았다. 산책해도 딸의 그림자는 나를 따라다녔다. 잠을 자도, 눈을 떠도, 밥을 할 때도, 나에게 딸 영상이 보였다. 한숨을 쉬고, 눈물이 나고, 가슴이 쓰려왔다. 딸은 나를 따라다니며 머릿속을 압박했다. 아마 이것이 나의 길인 것이다. 평생, 시어머니의 그늘을 벗어나려 애썼고, 이제 DNA가 같은 작은딸의 농간에 협박받아야 하는 길인 것이다. 남편은 말했다. 어느 인도 아버지가 자기 아들이 정신병을 얻었다는 것을 알고 어느 날 그 아들을 깊은 숲에다 버리고 왔다. 그런데 그 아들은 10년 후 정신병이 완치되어 돌아왔던 것이라고.

그러니 당신도 딸애가 스스로 자기를 치유하게 해 주어야 하니까, 일체 딸을 불러서 밥해 먹이지 말고, 공유도 하지 말며, 그가 독립하든지, 자살하든지 선택하게 하는 것이 좋겠다 했다. 나도 생각했다. 어느 일본 소설에서 본 내용이다. 주인공 집은 독일로 이주하여 잘 살았다. 그런데 한 딸이 그 사회에서 적응을 못 했고, 나이가 들어 혼자 맨체스터에서 살다가 엄마 집으로 돌아와 함께 살았다. 그런데 그 딸이 가족과 소통하지 못했고 혼자 자기 방을 차지하고 고독하게 지냈다. 그 딸은 날마다 혼자 식구들 몰래 밥을 먹었고, 그의 가족이 잠들 때 집 안을 돌아다니며 생활했다.

그렇게 지내다가 결국은 그 딸은 다시 맨체스터로 돌아가서 몇 년 더 살다가 자살했다. 그리고 그 사실을 경찰서에서 엄마에게 알려주었다. 이와 같은 사실은 세계적 추세로 발전되었고, 요즘 한국에서도 결혼 못 하고, 혼자 고독하게 살다가 자살하는 경우가 많다는 것이다. 남편은 나에게 나이 사십에 자기가 자기를 통제하지 못하는 딸을 우리가 어쩌겠느냐고 했다. 그렇다. 어디서부터 문제가 생긴 것인가? 나는 열심히 공부하고, 열심히 사는 데 최선을 다했다. 그리고 자식에게 최선을 다하려는 마음이었다.

작은딸은 어려서 착했고, 공부를 열심히 했다. 그러나 사회의 부적응자가 되는 것은 어쩌면 집안의 내력이다. 시어머니나 삼촌들이 사회의 친화력이 있는 삶은 아니지만, 그런대로 자기 몫을 하며 살아냈는데. 어디서 문제가 생긴 것일까. 시어머니의 독점력처럼, 딸의 독점력에 문제가 있는 것일까. 여하튼 작은딸의 여자 친구를 본 적이 없다. 남자 친구도 물론 없지만. 혼자 사는 모습이 불쌍해서 어미로서 밥이라도 해 먹이고 싶었다. 나는 그를 불러 맛있는 음식을 먹이다 보면 탈이 생겼다.

아빠와 술을 먹다 보면 그런 일이 생겼다. 가족이 모여 식사하며 즐기는 것이 행복인데 나이가 들면서 부작용이 생기는 것이다. 그것은 나이 먹고 자기 삶이 온전하지 못한 데서 오는 것이기도 하다. 일찍 결혼했다면 자식이 초등학교 4~5학년이 되었을 텐데. 그러지 못한 데서 오는 자신의 잘못을 오히려 부정하는 딸의 모습이 나는 애처롭다. 왜 솔직하지 못한 것인가. 딸의 자신을 드러내며, 자신이 행복하다고 강조하는 꼴은 어미로서 더 안타깝다. 내가 남의 잘하는 것을 칭찬하면, 자기는 관심 없다, 그런 것에 신경 쓰지 못한다며 강하게 부정하는 꼴이 나는 우습다.

우선 나와 작은딸은 정서가 다르다. 함께할 수 없는 일이 너무 많다. 아니 내 배 속에서 났는데 어쩌면 그렇게 다를 수가 있는 것인가. 나는 이제 더 이상 말할 수 없었다. 그러나 작은딸만 생각하면 가슴이 아렸다. 그 애가 쓰던 방을 처음에 스쳐 가면 쓰렸고 눈물이 쏟아졌다. 지금 3번째의 이별을 말했다. 첫 번째 조카와 함께 방을 얻어 나가게 했고, 다시 조카가 상하이로 회사를 옮겨서 다시 빈방이 나올 때까지 함께 살았다. 그러다가 동물의 세계처럼 젊은 놈이 어미를 지배하려는 현상이 나타나서 다시 분가시켰다.

이번에는 코로나19 사건으로 집으로 초대하여 2주간 함께 만나 식사하면서 아빠와 의견 충돌로 이별을 선언했다. 이것이 어쩌면 인간의 본능에 대한 충돌일지도 모른다. 우리가 너무나 고통 없이 편하게 살아가기 때문에 일어나는 것인가. 딸은 아직도 경제적인 독립을 하지 못하고 계속 우리의 지원을 받으면서 고마워하는 법도 없는 것이 안타까웠다. 최소한의 인간미가 없는 딸을 볼 때 나는 힘들다. 어디서 문제가 생긴 것일까. 30세~40세에 결혼했으면 일반적인 삶이 되었을 텐데….

원인은 그것에 있을 것 같은데. 결혼 이야기만 나오면 딸은 부정하고 변명하며, 자신을 합리화한다. 그래서 어쩌자는 것인지. 작은딸은 도대체 순응하지 않고, 수용하지 않으며, 부정적인 것에 초점을 맞추는 것이다. 그리고 그 부정적 에너지에 자기 합리화로 맞춘다. 그러니 그 딸은 이루어지는 것이 없고 모든 것이 물 같이 사라지고 마는 것이다. 그는 노력을 싫어한다. 인내를 싫어하고. 부지런한 것을 욕한다. 자기는 그럴 수 없다고. 왜 부지런한지 이해할 수 없다고.

이 애가 말하는 것은 비생산적인 것에 초점이 있다. 게으른 것이 좋다고. 그러니 자기는 살고 싶지도 않고, 적당히 죽는 것이 좋다고. 태어난 것이 잘못인지 아니면 너무 제멋대로 살다 보니 그렇게 된 것인지. 어디서 잘못된 것인지 나는 알 수가 없다.

나는 마지막이라는 생각으로 딸에게 문자 보냈다.

- 엄마 친구가 갑자기 죽어서 시골에 갔다 왔다. 친구 딸이 엄마가 너무 일찍 갔다고 울어서 나도 많이 울었다.
- 삶은 하나의 메아리라 하더라. 네가 만일 개처럼 짖는다면 삶의 메아리는 온

세상 전체가 개소리로 메아리치며 너를 따라다닐 것이다. 네가 노래를 부르면 삶의 메아리는 노랫소리로 너를 따라다니며 메아리칠 것이다.

붓다는 말했다.

상대방을 비난하는 자는 결국 자신에게 하늘을 향하여 침을 뱉는 거 같다고. 상대방에게 자비심을 가지며 항상 나누려는 사람을 기뻐하는 사람은 큰 복을 받게 될 것이라고.

엄마는 항상 음식을 만들어서 나누는 것이 기뻤다. 사람들을 만나면, 뭔가 주는 것도 기뻤다. 그것이 나눔이고 행복이었다. 나는 너의 분노를 좋은 에너지로 변형되기를 기도했다. 그리고 너의 분노가 테니스를 쳐서 행복한 에너지로 충만하기를 기도했고. 너의 멋진 몸과 아름다운 얼굴이 네가 가진 내적 순수함과 결합해서 행복한 삶으로 발전하기를 기도했다. 이제 서서히 네 어미는 죽어서 사라졌고. 네가 필요한 어미는 존재함이 없어진 것이다. 난 너에게 필요한 에너지가 없으며, 너를 더이상 도울 수 없으니까 말이다.
부디, 몸 건강하게 잘 지내고.

이별하는 마음으로 나는 작은딸에게 문자를 보냈다. 그리고 슬펐다. 그러나 견뎌야 했다. 그것은 그가 죽든 살든 그의 삶이며, 스스로 독립하는 공부이니까.

마지막 삶까지 편안하며, 소소한 기쁨이 되는 것이 무엇일까?

옛날에 할아버지 할머니는 농사를 지으며, 농사로 기쁨을 가지고 살았다. 그들은 봄, 여름, 가을에 맞추어 함께 살았다. 봄이 되면 볍씨를 골랐고, 모판을 만들었고, 모가 자라면 논에 물을 대서, 많은 사람의 협동작업으로 모를 심었다. 그렇게 한여름을 자식 기르듯이 벼를 키웠다. 그들은 가을 추수까지 수해와 태풍에 가슴 졸이며, 그렇게 쌀을 만들었다. 그들은 그것이 기쁨이었고 즐거움이었다. 그 쌀은 자식들에게, 나중에는 손자들까지 나누어 주었다. 그들은 자기를 챙기지 않았다.

그들은 있는 것을 나누어 주었을 뿐이었다. 그들은 그렇게 끝까지 농사짓다가 쇠약해지고 힘없이 쓰러졌다. 그 후 일주일이 되어 그들은 눈을 감았다. 거기에는 그들의 삶에 애달픔이 없었다. 할아버지와 할머니는 호사와 특별함이 없어도 불만과 고통을 말하지 않았다. 자식들이 그들을 찾아오면 그냥 반가웠다. 그리고 당신이 좋아하는 뜨거운 감자밥을 솥에서 퍼서 상에 올렸다. 왜? 할머니는 쌀이 많은데도 감자밥일까?

30년 후 나는 할머니 감자밥이 그리웠다. 그것은 가난해서가 아니라 소화력이 뛰어났고 배출에 효능이 있었다. 나는 그들의 삶이 진정으로 자연스러워서 훌륭하다는 생각. 그 할머니의 딸인 우리 친정어머니는 가끔 나를 힘들게 한다. 92세인 어머니는 어느 날 나에게 전화했다.

- 내가 서러워서 못 살겠구나. 나는 어제도 슬퍼서 많이 울었느니라. 새로 온 무슨 ○○년이 나를 괄시하느니라. 그년은 북쪽에서 온 거 같구나. 나 여기 싫으니 요양원을 바꿔야겠구나. 당장 바꿔주거라.

나는 어이가 없었다. 지금 한창 코로나19로 모든 나라가 비상이 걸렸는데….

- 그년이 지금도 문을 탁~ 탁~ 닫고 저들끼리 달걀을 삶아 먹으면서 시시덕거리는데 나는 그 꼴을 못 보겠구나.
- 엄마, 지금 나라가 코로나로 난리가 났는데 어디를 가신다는 거예요.
- 아니다, 나 나갈란다. 나 아들 옆으로 보내줘라. 여기 있던 누구도 어디로 갔다더구나.
- 엄마, 구관이 명관이라잖아요. 그렇게 넓고 깨끗한 곳이 없다고요. 그리고 국가의 지원을 반이나 받고 나머지 반을 내가 내는데 어떡하라고요. 이제 나도 70이 넘었고 퇴직한 지가 오래되었잖아요.
- 집 팔아서 주면 될 거다.

- 요즘 집이 안 팔려요. 거기에 집 팔아서 전세 빼고 세금 60% 내면 돈 1,000만 원도 안 남아요. 그거 있으나 마나요.

어머니는 성질을 내고 울고불고했다.

- 지금 온 천지가 코로나로 난리가 났는데, 어떻게 움직이지도 못한다고요. 비행기가 모두 움직이지도 못하고 슈퍼에서 물건도 못 사고요. 지금 전쟁이 일어난 것처럼 사람들이 길거리에 다니는 사람이 없어요. 북한에서는 사람들이 못 먹고, 병 걸려서 치료도 못 받고 몇 천명이 죽어가고 있어요. 우리나라도 칠천 명이 병에 걸렸다고요. 어머니가 참으셔야 해요.

그리고 통화를 대충 끝냈다. 그러나 마음은 편하지 않았다. 죽음이 지옥이라는 생각이 들었다. 어머니는 치매가 없이 너무 정신이 또렷한 것이 탈이었다. 요양원에서 전화를 쓸 수 없는데 당신만 유일히 핸드폰을 사용했다. 그것도 몰래. 전화 후 나의 머릿속은 복잡했다. 모두가 지나가리라. 며칠 후 다시 어머니의 위로 차 전화를 했다.

- 나예요.
- 큰애니?
- 예.
- 아직 전염병이 심하다며?
- 그럼요. 나라가 지금 망가지게 생겼어요. 서울에서도 몇백명이 옮아서 난리가 났어요.

- 감기가 무서워. 저번에 설악산에서 감기에 걸려 지금까지 힘들잖아.

- 엄마, 지금 감기 기운은 바로 폐로 가서 물이 생기고 염증이 생겨서 그냥 죽는다고요. 감기 종류가 얼마나 많은데요. 지금 것은 폐로 가니까 큰 문제에요.

- 애기들 잘 키워.

- 애기들 지금 학교 못 가요. 시내에도 사람이 없어요. 그냥 모두가 집에 있어요. 먹을 것도 없다고 난리났어요.

- 그려? 학교도 안 가?

- 그럼요. 엄마가 거기서 죽는 거나 젊은이들이 죽는 거나 지금 똑같아요. 엊그제 친구가 췌장암으로 죽었고요. 친구 딸 20대가 백혈병으로 죽었어요. 거기에 내 막내딸이 죽고 싶다고 해서 그럼 죽으라고 싸우면서 저네 집으로 보냈어요. 어쩌냐고요. 죽고 싶다는데. 그러니까 죽음은 모두가 가지고 있는 거예요. 그러니 엄마가 그 ○○년이 지랄을 하면, 그래 이년아 너 실컷 잘 먹고 너도 나와 같이 죽을 거라고 욕하면 되는 거지, 그년 때문에 못 살겠네 죽겠네 그런 생각을 하지 마세요. 우리는 지금 똑같이 죽음의 길에 서 있는 거라구요. 그런 줄 아셔요.

- 알았어.

더 길어지는 엄마의 통화를 나는 간신히 끝냈다.

외할머니를 마지막으로 모신 사람은 맏딸인 우리 어머니였다. 사위인 아버지가 먼저 돌아가셨기 때문에 외할머니를 모셨다. 외할아버지가 장독대 속에 남겨두고 가신 돈을 마지막까지 외할머니가 쓰시고 가셨다. 그들은 그 대신 경작하던 모든 땅을 3형제에게 남겨주고 가셨다. 자식들은 그 땅을 나누고 팔았다. 큰 외삼촌은 퇴직하고 바로 교통사고로 돌아가셨다. 이제 그들의 자식이 할아버지의 땅을 받았다. 나는 그들의 삶을 모른다. 아마 경작하는 사람들에게 땅을 맡기고 돈을 받을 것이다. 내가 생각하는 것은 외할아버지 시대의 삶이 자연스럽고, 아름다운 삶으로 보였다. 그런데 지금 우리가 사는 이 시대의 삶은 어떻게 마지막 삶을 살아야 아름다운 삶이 될 것인가가 나의 마지막 문제로 남았다.

*

테니스 멤버가 오랜만에 모임을 가졌다.

멤버가 십여 명이 훨씬 넘었는데 이제는 회원이 줄어서 게임을 할 수 있는 네 사람을 채울 수 없는 것이 현실이다. Y 회장님은 오후 2시가 되면 카톡으로 운동하실 분? 하고 문자를 띄운다. 올해 내내 4명을 채워 운동하는 것이 쉽지 않았다. 대부분 나와 남편이 고정 멤버였다. Y 회장님은 자기 남편을 초청해서 우리와 함께 남성 대 여성으로 테니스 게임하는 날이 많았다. 그럴 때 여성팀이 항상 남성을 이겼다. 한때 Y 회장님의 남편은 한 번씩 져주는 게임을 해주었다. 그런데 그분은 갑자기 심장 시술로 회복 중이었다.

그분은 왕년의 경남 4번 타자 야구 투수였던 기량이 나타나서 여성의 공격 공을 다시 재공격으로 득점을 얻을 수 있었다. 아마 계속 운동을 하면 여성 편이 지는 게임이었을 것이다. 어떤 때는 우리 딸들을 초대해서 게임을 했다. 딸 둘이 우리 부부와 편을 짜서 게임을 하면, 형편없이 우리가 지는 게임이 되었다. 그들은 공이 강하면서 부드러웠고 상대편에게 에러 없이 잘 보냈다. 내가 그 공을 받지만, 공이 까다로워서 쉽게 네트에 걸렸다. 이상했다. 그들은 확실히 잘했다.

　어느 날 나는 딸들에게 말했다. 내가 교육시킨 것 중에 제일 성공한 것이 테니스 레슨이다. 나는 지금도 그 녀석들에게 레슨비를 준다. 그들은 이제 40세가 되면서 테니스의 달인이 되어갔다. 거기에 손자도 레슨비를 주어 테니스를 시킨다. 친구 딸이나 주변 젊은이들이 아파서 병원을 왔다갔다하는 것을 보고 나는 차라리 그들이 좋아하는 운동을 시키는 것이 낫겠다고 생각했다. 물론 어렸을 때, 큰애와 작은애가 죽을 고비를 몇 번 넘긴 것도 원인이었다.

　서로의 가족 감정이 안 좋을 때 우리는 모여 함께 테니스를 치고 신나게 땀을 흘렸다. 그리고 치맥으로 생맥주 한 잔씩 마시며 축배를 들면 모든 것이 화해되었다. 그것이 우리의 가족 화합으로 최고였다. 운동을 하면 모든 감정의 찌꺼기가 사라질 수 있었다. 그래서 운동은 몸과 마음의 치유에 최고의 선물인 것이다. 다시 돌아와서. 새해 1월이 넘겨졌고 2월이 되어 Y 회장은 회원들에게 운동하고 한잔하자는 메시지로 카톡을 보냈다.

그런데 Y 회장에게 갑자기 무릎 통증이 생겼고 병원에서 치료를 받아 운동에 참여할 수가 없었다. 그래도 회원은 만들어졌다. 남편과 나, N, M이 게임을 했다. N은 작년 연말에 이웃 동네로 이사갔다. N은 차로 10분 거리지만 쉽게 오고 가지 못했다. M은 재건축으로 3년간 외부에 살다가 새 아파트로 이사 왔다. 그런데 그가 키우는 강아지가 이번에 나이가 차서 죽었다. 가슴이 아파서 운동을 못 했다. 한 달이 넘었으니 Y회장이 나오셔. 그럼 위로주 사주겠다.

우리는 시합을 했다. 나와 N이 한편이 되고 남편과 M이 같은 편이다. M은 손과 발이 빠르고 강했다. 나는 그의 공을 자주 놓쳤다. N은 발이 느리고 높이 띄워 잘 넘겼다. 나는 그의 공을 공격하려고 애썼다. 그는 반작용으로 다시 공격했다. 나는 되도록 남편 쪽으로 공격했다. 그래야 점수가 났고 비등할 수 있었다. 그렇게 서로의 공격과 방어의 게임은 1시간이 걸렸다. 우리는 서로 지쳐갔다. 마지막 파이널로 5:5가 되었고 우리 팀이 졌다.

그다음 두 번째 게임은 쉽게 진행되었다. M은 지쳐서 공을 넘기지 못했다. 그는 계속 에러가 났다. 결국 쉽게 우리 팀에게 지고 게임이 끝났다. 게임은 지속적인 체력과 인내가 필요한 것이다. 날마다 체력을 기르는 것은 중요하다는 생각. 나는 M이나 N을 보고 우리는 보이지 않는 나이듦에 익숙해져가고 있으며, 노인들의 습성인 귀차니즘으로 자신의 체력을 저하하는 것이다. 그때 병원에서 Y 회장이 왔고, 회

원 J가 왔다. 회원들은 Y를 따라 통속으로(치맥집) 갔다. J는 자기는
오늘 밥이 먹고 싶다고. 회원은 뭔 소리? 그는 맥주 킬러였다.

통속으로의 사장은 회원들에게 룸을 제공했다. 우선 치킨을 시키
고 생맥주를 시켰다. 오랜만의 만남으로 회원들은 할 얘기가 많았다.
생맥주를 들고 파이팅을 외치며 소리쳤다. 한 잔 두 잔, 그렇게 맥주
를 마셨다. 새 안주로 오징어튀김을 시켰다. 생맥주를 좋아하는 J, M
과 우리 남편이 합세해서 다시 시켰다. 나는 곧 일어나서 계산대로 갔
다. 거기까지만 내가 계산하겠다. 나머지는 회비로 하라. 나는 부족
한 회비로 비싼 맥주를 회원들이 먹는 것이 불편했다. 그래서 나는
일부러 부족한 회비를 생각해서였다.

그런데 J는 다시 술 발동이 걸렸다. 그는 먹기 시작하면 계속 먹고
자 했다. M도 마찬가지였다. 남편은 500㎖짜리 4개를 마셨다. 나는
남편에게 그만을 외쳤다. 그 또한 술을 먹기 시작하면, J, M과 같은
마음이었다. 다행히 고개로 시인했다. J는 딱 한 잔만을 외쳤다. 그리
고 화장실로 가버렸다. 나는 그 자리에서 J는 젠틀맨이 아니야. 나는
그런 것이 싫다. 그리고 나는 남편을 데리고 집으로 왔다. 아마도 J와
M은 그동안 사례로 12시까지 술을 먹을 것이다. 나는 그런 자리로
그들과 어울려 밤늦게까지 마시는 남편이 싫었다.

술이 그랬다. 적당히 즐겨 마시는 일은 쉽지 않았다. 나는 그래서
회원들이 함께 술을 먹는 것은 내 몸에서 거부의 반응이 일어났다.
이제는 어떻게 적당히 술을 즐기며 몸과 마음이 행복하게 살 수 있을
까에 나는 초점을 두고 있다.

*

백석은 광화문의 멋쟁이 기자였다.

- 이 희수무레하고 부드럽고 슴슴한 것은 무엇인가 / 겨울밤 쩡하니 닉은 동티미
  국을 좋아하고 얼얼한 댕추가루를 좋아하고 싱싱한 산꿩의 고기를 좋아하고 …
- 가난한 내가 / 아름다운 나타샤를 사랑해서 / 오늘 밤은 푹푹 눈이 내린다
- 나타샤를 사랑은 하고 / 눈은 푹푹 날리고 / 나는 혼자 쓸쓸히 앉아 소주를 마
  신다 / 소주를 마시며 생각한다 / 나타샤와 나는 / 눈이 푹푹 쌓이는 밤 흰 당
  나귀 타고 / 산골로 가자 출출이 우는깊은 산골로 가 마가리에 살자
- 눈은 푹푹 나리고 / 나는 나타샤를 생각하고 / 나타샤가 아니 올 리 없다 / 언
  제 벌써 내 속에 고조곤히 와 이야기한다 / 산골로 가는 것은 세상한테 지는
  것이 아니다 / 세상 같은 건 더러워 버리는 것이다
- 눈은 푹푹 나리고 아름다운 나타샤는 나를 사랑하고 / 어데서 흰 당나귀도 오
  늘밤이 좋아서 응앙응앙 울을 것이다

백석의 본명은 백기행으로 1912년 평북 정주에서 태어났다. 1930년
18세로 조선일보 신춘문예 단편소설 부문에 당선했다. 거기서 장학생
으로 뽑혀 일본 유학을 했고 유학후 방응모 조선일보 사장을 만났다.
"내 옆에서 일하는 게 어떤가." 그래서 결국 1934년 조선일보에 입사
해 교정부에서 근무했다.

- 백석은 신문사에서 결벽증이 심한 멋쟁이로 통했다. 남들이 30전짜리 양말을 신을 때 그는 1원 넘는 양말을 고집했고. 지저분한 식당은 발을 들여놓지 않았다. 전화를 받을 때는 손수건으로 수화기를 감싸서 통화를 했다. 얼굴은 필리핀 사람처럼 거무스레했는데, 헤어스타일은 여간한 모던보이가 아니었다.

- 1935년 조선일보에 시 '정주성'을 발표해 시인으로 시작. '조광'창간호에 수필 '마포'를 발표. 1936년 첫 시집 '사슴'을 출간. 사회부기자인 김기림이가 '사슴'의 세계는 시인의 기억 속에 쭈그리고 있는 동화와 전설의 나라로 그리고 모더니티가 있다 했다.

- 90년대 들어 '백석의 시대'로: 1939년 조선일보사를 그만두고 만주 일대를 떠돌아다녔다. 해방후 조만식의 비서를 지내다 6.25때 북한에 머물렀다. 1950년대 북한 문예계에서 러시아 문학 번역가로. 아동문학 창작과 평론에 몰두. 1958년 자아비판으로 양강도로 추방.

- 대한민국에서 월북시인으로 규정. 1988년 해금조치. 90년도에 '백석전집'이 나오고 독특한 문학세계라고. 고전적인 것 같지만 현대적이라며 호평. 1962년 작품활동을 금지 당하다가 1996년 사망.

우연히 신문에서 본 백석의 사진을 보고 그의 생애를 찾아보았다. 백석의 시 세계를 알고 싶었다. 그의 시 영상이 어떻게 그려지는가를 알고 싶었다. 비평이나 평론을 통해서가 아니라 내부에서 일어나는 그만의 것을 찾고 싶었다. 나와의 공통점 같은 거를.

- 아배는 타관 가서 오지 않고 산(山)비탈 외따른 집에 엄매와 나와 단둘이서 누

가 죽이는 듯이 무서운 밤 집 뒤로는 어느 산 골짜기에서 소를 잡아먹는 노리꾼들이 도적놈들같이 쿵쿵거리며 다닌다.

작품을 두고 모성적 공간으로 보호받는 유년기의 내면의식으로 해석하는 것이지만, 나는 그냥 그 작가가 어렸을 때 체험한 것을 시로 나타낸 것이고, 내가 그 시를 읽고, 내 안의 어렸을 때의 추억이 그림처럼. 나는 그때를 그리며 기뻐했다. 할머니 집은 불이 없었다. 저녁이 되면 칠흑 같은 어둠이 짙었다. 앞산은 커서 더욱 깜깜한 산 그림자가 할머니 집을 삼킬 것 같았고, 동네 어귀 작은 북쪽 산은 작은 서낭당에서 나오는 불빛이 귀신을 불러들여 사람을 잡아간다는 설이 있었다. 나는 그 서낭당을 지나려면 죽은 사람들의 혼령이 나를 끌어갈 것 같아 숨도 못 쉬고 죽도록 뛰어 넘어갔던 생각.

달이 뜨지 않던 그런 깜깜한, 깊은 밤에 나는 응가가 마려워, 끙끙거렸다. 할머니가 '아가 왜 그러느냐?' '할머니 응가가 마려워.' '그렇구나, 애야 막둥아. 애기 응가가 마렵단다.' 막내 이모는 나를 데리고 마당 건너 뒷간으로 데려가서 발이 똥통에 빠지지 않게 나를 앉혔다. 그리고 자기는 변소 앞에서 기다렸다. 그리고 나를 골렸다. '너 내말 안 들으면 천장에서 구렁이가 내려와서 너를 물어 버릴 거야. 그러니 내 말을 잘 들어야 돼. 알았지?' '응.' 나는 몸을 벌벌 떨면서 구렁이가 머리 위로 떨어질까 봐 응가를 대충했던 생각. 이모가 더 멀리 가 버릴까 봐 이모, 이모를 계속 불렀다.

나는 시를 어떻게 감상할지 모른다. 다만 내가 그 시를 읊조리면, 즐겁고 행복하며, 슬프고 안타까워 눈물이 나는 그런 시가 좋았다.

*

나는 가끔 내가 무엇을 하며 살았는가를 사진을 보듯 내가 쓴 기록을 읽는다.

2013. 8. 19. 동네 친구 P, H, Y가 모여서 식사를 했다. 후식으로 커피와 팥빙수를 먹으며 이야기했다. P는 딸네 집인 미국을 갔다가 몇 개월 만에 왔다. 우리는 너 사위 참 잘 얻었다. 사위 덕에 미국을 구경했으니. 우리는 그런 덕을 못 본 사람들이다. H는 아이슬란드를 여행했다. 영감님 친구들 부부 5쌍이 갔는데, 자기 영감님은 술과 먹을 것만 관심이 있어서 속상했다. 자기가 남편에게 뭐라 했다. 술을 너무 많이 마셔서 여행을 함께할 수 없으면 어떡하느냐.

Y 친구는 셋째 손자가 태어났다. 우리는 우선 축하했다. 그런데 나는 처음에 Y에게 자기 며느리가 셋째를 낳겠다고 했을 때 그에게 반박했다. '야, 그거는 아니지.'라며 흥분했다. 그 당시 Y는 손자 둘을 케어했다. 며느리와 아들이 의사라서 손주들을 Y가 대부분 돌봐야 했다. Y는 아침 일찍, 아들네 집으로 가서 아이들을 챙겨 어린이집으로

보냈고, 오후에 데려다가 자기 집에서 돌보다가 아들 집에 보냈다. 그렇게 손자들을 10년 돌봤다. 큰손녀가 초등학교에 들어갔고, 둘째 손자를 돌봤다. 그런데 이제 다시 셋째라니 나는 말이 안 되었다. 왜냐하면 Y는 수시로 여기저기 아파서 병원에 자주 입원했기 때문이었다.

나는 Y 친구가 더 아플까 봐 걱정이었다. 그런데 Y 친구는 낯빛이 흐려지면 외면했다. 아, 내가 실수했구나를. 그리고 후회했다. 나는 속으로 나에게, 야, 너 왜 그러냐. 넌 제발 너 자신을 알라. 올해의 목표는 화내지 말고 남을 참견하지 말라고. 그리고 허허 웃었던 생각. 그 후 나는 Y의 셋째 손자를 축하했고, 대한민국을 위해 훌륭한 사람이라고 칭찬했다. 사실이 그랬고. 그 후 5년이 지난 내 친구 Y는 아무튼 불치의 병, 파킨스병이 걸려 열심히 치료 중이었고, 당신의 손자들도 열심히 케어하고 있는 것이다.

다시 돌아가서 그 당시 나는 폭발적 분노가 시도 때도 없이 나타났다. 전날에 가족들의 물놀이로 나들이를 갔을 때였다. 식구들이 빵을 좋아해서 제과점을 가는데, 동생과 딸이 말렸다. 그것을 나는 불같이 화를 냈며 빵을 사 왔다. 그 후에 딸이 나에게 엄마가 힘들다고 빵 사러 가지 말란 것인데, 그렇게 화를 내니, 그게 화를 낼 일이냐고요. 삼촌이랑 딸은 사람이 늙으면 어쩔 수 없는가 보다고 서로 웃었다 한다.

나이 듦은 어렵다. 어른 역할이 힘들다. 왜? 폭발적 분노가 자주 일어날까? 60세부터 새로운 감정으로 자신을 다스리는 마인드를 기르지 않으면 안 된다. 모든 이의 공통점이다. 나는 H와 여러 문제를 토론했다.

- 90 노인인 시어머니를 네가 모시는 것은 훌륭한 일이야. 문제는 너, 스스로 일어나는 참을 수 없는 분노를 어떻게 잘 삭여서 자신을 치유할 수 있는가? 하는 것이 문제야. 너는 여행도 많이 하고 운동도 많이 해서 즐겁게 살아야 한다.
- 글쎄 여행할 때, 시어머니가 시누이 집에 가면 내 마음이 편해서 좋은데, 시어머니가 시누네 집을 가지 않아. 그런 생각을 할 수 없어.
- 그럼, 네 감정을 콱~ 칼로 베어서, 어쩔까? 한강에 싸서 버려. 그리고 어쩔 수 없다, 시어머니가 가시지 않는 대로, 스스로 해결하게, 그냥 집에 놓아두어.
- 그렇잖아도 시누이들이 돌아가면서 시어머니를 돌보러 오기는 하더라.
- 그래, 넌 지금 훌륭한 일을 하는 거야.

*

2013. 8. 20. 언니 잘 갔다와. 인삿말이 아침밥이야.

중국에서 온 조카가 회사에 애기를 데리고 출근하는 언니(고종)에게 하는 말이었다. 아침에 여행사 사무실에 작은딸은 출근하지 않았다. 내 속에서 작은딸에 대한 화가 불같이 일어났다. 큰딸에게 물었다.

- 어째서?

- 동생이 집에서 글 쓰고, 회사에 이틀 출근하면 되지요 뭐.

- 바쁜데 언니 좀 도와주면 어디가 덧나냐?

　나는 작은애가 미웠다. 그는 너무 이기적이고 자기 생각만 했다. 아기 데리고 출근해서 허둥대는 큰애가 나는 안쓰러웠다. 뭐가 삐져서 또 안 가는 것인지 그놈이 괘씸했다. 나는 내 책상에 앉았다. 거실에서 Tv 소리가 들렸다. 그는 소파에 누워 저 좋아하는 채널에 빠져서 즐기고 있을 터였다. 나는 방문을 닫았다. 책을 읽었다. 이것저것 책을 뒤적이며 읽어댔다. 그리고 그놈의 미운 생각을 여기저기 기록했다. 시간은 흘러갔다. 12시가 되었다. 배가 고팠다.

　날씨는 몹시 더웠고 후덥지근했다. 나는 얼린 페트병으로 몸에 냉찜질로 열기를 달래 참을 만했다. 12시가 훨씬 넘었다. 나는 방문을 열고 나오면서

- 나는 라면을 먹을거다.

- 나는 팔도면을 먹을래요.

　나는 라면을 끓였고 팔도면을 만들었다. 서로 밉고 싫은 감정은 잊어버렸다. 그래, 오늘같이 참아내는 거야. 야호! (그 당시, 작은딸은 32세로 결혼도 안 하고, 집에서 캥거루족으로 살았으며, 언니가 하는 여행사에서 일을 거들면서 살았다. 그는 공주과로 나는 무수리 역으로 그를 시중들며 산 것이다)

2013. 8. 28. 오늘부터 나는 비싼 여자가 되기로 했다.

J, S, H 에게 절대 전화를 하지 않기로 했다. 그동안 나는 수시로 그들에게 전화를 했고 시간을 만들어 만났으며, 서로 소통했다. 그런데 어느 날 나는 그들이 필요한 친구가 아닌 것처럼 느껴졌다. 내가 하는 전화가 그들에게 소용없는 빈 소리?의 느낌. 아! 이거는 아닌데? 우리는 먼 딴 세상의 존재들처럼···. 그렇게 친했던 친구들도 나이가 들면 거리가 생길 수 있는 것이라는 생각. 세월이 흐르면, 각자가 가진 자기의 색깔이 달라지는 것이다. 나는 파랑색을 선호하면, 친구들은 빨강이나 다른 색을 좋아할 수 있는 것이다.

그런데 그 색깔이 자연스럽지 못하다는 데 문제가 있는 것이다. 한 친구 M이 그랬다. M 친구 딸이 아들을 낳았다. 그 친구 딸과 손자는 산후 조리원에서 몸조리를 했다. 그런데 친구 M은 날마다 조리원으로 출근했다. 나는 이해할 수 없었다. 조리원의 경비가 500만 원이 넘는데, 그곳에서 알아서 딸과 손자를 챙겨주는데···. 그래서 비용이 비싼데 그는 왜 매일 출근을 하며 바쁘다고 힘들어하는 것인지. M은 조리원에 가서 딸의 옷을 빨아주고 이것저것을 챙길 게 많았다.

나는 M을 이해할 수 없었다. 나중에 알고 보니 딸애 속옷을 빨아주었다. 자기는 딸의 속옷이 다른 사람들의 속옷과 섞어서 빨아주는 것이 싫었다. M은 혼자 딸의 속옷을 빨아야 했다. '그럼 뭣하러 조리원에 보냈는가. 그냥 집에서 해복바라지를 할 것이지.'라는 말을 하고 싶었다. 그런데 나는 당신 나이가 그렇게 힘을 쓸 나이가 아닌 것이 안타까웠다. M은 몸이 부실했다. 아픈 곳이 많았다. M은 비생산적인 수고를 기쁨으로 여겼다. 그것이 그는 딸과의 소통이었다.

딸은 Y대 졸업한 유능한 능력자다. 그러나 그 딸은 이과생이고, 무미건조하며, 뻣뻣한 나무토막 같은 감정을 가진 메마른 인간이었다. M은 그런 딸에게 무조건 헌신했다. 평생을. 그것은 그의 기쁨이며 희망이었다. 그것이 M이 가지는 유일한 소통방식이기 때문이었다. 그런데 1년 후 M은 알츠하이머로 판명받았다. 지금도 M은 계속 그 병으로 고생하고 있다.

어머니들이여! 이제 그만 자식들에게 벗어나소서. 우리는 지금 죽어가고 있고 힘을 써서 자식을 보살필 때가 아닙니다. 어머니 자신을 알고, 자신을 보호할 때입니다. 죽음을 자연스럽게 받아들이고 친숙하기를 바랍니다. 죽음은 잠시 쉬듯이 조용히 눈을 감고 이 세상을 하직했으면 좋겠습니다. 병마에 시달려 피폐해져서 흉물스러운 모습은 아닙니다. 우리는 이제 자식들이 독립을 한참 했을 나이거든요. 이제 우리들의 노욕을 버리고, 우리가 자식을 버려야 할 때라고 생각합니다.

혜민스님의 강연을 들었다.

주제는 '고독하다는 것이 무엇인가에 대하여'다. 왜? 사람들은 고독하다고 느끼는 것인가이다. 예전 농경사회는 할머니, 할아버지, 아버지 어머니, 사촌, 고종사촌 등 주변에 가족과 친척이 많아서 고독하지 않았다. 그럼, 혼자 있는 것이 고독한 것인가? 스님이 법회에서 강연을 하고, 신도들하고 식사하며 이야기하고 모든 신도가 떠나가면 저녁이 조용하다. 그럴 때 혼자 밥을 먹으면 외롭다는 생각이 든다. 그래서 스님은 이 외로움이 어디서 왔나 생각을 했다. 깊이 외로움을 생각해봤다.

- 여러분은 혼자있을 때만 외로운 거냐? 둘이 있으면 외롭지 않은 것이냐? 그런데 혼자 있으면 자유롭고 편안하지 않느냐. 혼자 있을 때 먹고 싶으면, 먹고, 자고 싶으면, 잘 수 있어서 편안하다. 그때는 외롭다는 생각이 안 든다. 그러면, 꼭 혼자 있다고 외로운 것은 아니다. 부모들은 결혼 안 한 젊은 사람들에게 외로우니까 결혼을 해야 한다고 한다. 그런 것이 일반적인 생각이다. 그런데 결혼한 사람들이 요즘 졸혼하는 사람들이 많다. 졸혼은 이혼은 아니고 부부간에 떨어져서 사는 것이다. 부부가 살면서 좋을 것 같았는데 싸움이 잦고 충돌이 많아지니까 졸혼하는 것이다. 그런 것을 생각하면 혼자 사는 것이 고독한 것은 아니다.

스님은 자신이 언제 고독한가를 가만히 생각해보니, 고독하다는 생각이 일어날 때 외로움이 깃들면서 고독해지더라. 그러니까 고독함이 일어날 때부터 고독한 것이더라고. 스님은 자기에게 일어나는 것들을 스스로 자기를 고찰하고 관찰하여 자신을 깨닫게 했다. 그래도 행복한 것은 여럿이 모여 즐길 때 더 행복한 것이더라. 스님이 중국에서 기거할 때 그들은 한 친구를 만나면, 그의 친구 8명을 소개해서 함께 만났다. 그들은 일주일에 한 번씩 딤섬을 먹는 날을 정해서 식당에서 만났다.

8명이 만나서 딤섬을 먹으며 일주일 동안 일어났던 일을 이야기했다. 그런데 엄청 웃기며 즐거웠다. 그에 비해 일본인들은 한 사람씩 만났다. 그들은 친구들이 없다. 그냥 따로따로 한 사람씩 만나는 것이다. 우리나라는 요즘 가족 간에도 바빠서 만나기가 힘들다. 이제 여러분은 계모임을 많이 하는 것이 좋다.

나는 나에 대해 생각했다. 나는 다행히 계모임이 많았다. 테니스 모임, 부부골프 모임, 수영 모임, 등산 모임, 예술의 전당 모임, 가족 모임, 남편네 행대 부부 모임, 남편 고등학교 부부 모임, 대학동창 모임, 여고골프 모임 등이 있었다. 지금 나이들어 생각하니, 이런 계모임도 사는 데 재산이 되는 것이었다.

*

감사할 줄을 알라고.

나는 그동안 감사할 줄을 너무 몰랐다. 혜민 스님은 감사할 줄을 알면 자기에게 일어나는 분노나 탐욕이 사라지고, 자신을 알아차리는 깨달음을 얻는다 했다. 어제 남편과 나는 날씨가 따뜻해졌으니 퍼브릭 CC에 가기로 했다. 우리는 새벽에 일어났다. 그곳에 가려면 해 뜨기 1시간 전에 떠나야 했다. 6시 40분까지 골프장에 도착해서 그곳에 온 첫팀과 팀을 이루어 첫 라운딩을 하고 돌아올 때 아침 식사를 차에서 했다. 그것을 우리는 기내식이라 했다.

기내식을 위해 나는 달걀을 삶고, 고구마를 쪘다. 과일, 새싹보리가루에 우유와 꿀을 섞어 주스통에 넣었다. 뜨거운 팩을 보온가방에 넣고 음식과 커피, 녹차를 보온 물통에 넣어 가방에 챙겼다. 심심풀이 땅콩도 넣었다. 이제 세수를 하고 화장을 했다. 옷을 챙기려는데, 남편 말이 오늘 태풍이 와서 안 되겠다. '어? 그래요?' 나는 핸드폰으로 날씨를 확인했다. 바람 표시를 확인했다. 거기에는 13m/s 라 적혀있었다. 그런데 그 표시의 바람 세기를 알 수 없었다.

나는 그냥 괜찮아 보였다. 그런데 남편은 절대 안 된다. 갑자기 화가 났다. 모든 준비가 다 끝났는데. 그냥 가다가 정 어려우면 돌아오면 되는 것을. 나는 속에서 불이 나지만 참아야 하니까 힘들었다. 속으로 남편을 욕했다. 언젠가 제주도에서 골프쳤을 때, 아마 시속 30m/s이었을 때도 쳤고, 테니스 공 칠 때, 공이 날아가서 칠 수 없을 때도 쳤는데…. 결국 가지 않았지만 내 속은 편안하지 않았다. 속에서 끓탕이 일어났다. 그리고 다시 우리는 침대로 가 누웠다. 한두 시간 있다가 일어나서 싸가려던 기내식을 식탁에서 먹었다.

남편은 환기를 시킨다고 창문과 현관문을 열었다. 하늘은 맑고 깨끗했다. 바람 없이 고요했다. 나는 속으로 웃겼다. 그러잖아도 날씨 표시에는 바람이 골프가 끝난 후에 13m/s이었고 전에는 5~6m/s 표시였다. 결국 그는 자기 고집대로 한 것이었다. 모든 일에서, 이럴 때가 가끔 생긴다. 그런데 사실 경제적 손실이 일어나지 않으면 되는 것을. 요즘 나는 그런 일을 참을 수 없어 한다는 것이 문제였다.

혜민 스님처럼 가는 것도 고맙고, 못 가면 다음에 가면되니까 고맙다. 그렇게 생각하면 되는데. 스님은 딸이 시집 못 간 것도, 간 사람은 가서 고맙고 못 간 사람은 못 가서 나랑 함께 있어서 고맙다. 스님은 우리가 항상 고마운 마음을 찾아 적어 놓는 연습을 2달 동안 해보라 했다. 스님은 봄에 산을 가면 꽃이 피어 자기에게 기쁨을 주는 것이 고맙다. 신발이 있어서 발을 보호하고 땅하고 키스하는 것이 고맙다. 옷이 있어 몸을 보호해줘서. 숨을 쉴 수 있어서 고맙다. 우리가 숨을 억지로 쉬려고 하는 것이 아니라 잠을 잘 때도 자연스럽게 숨을 쉬는데 얼마나 고맙냐.

오늘 아침 식사를 하고 뜨거운 물에 샤워하면서, 정말 고맙구나! 이렇게 뜨거운 물에 샤워를 할 수 있으니. 스님처럼 나는 오늘 마음이 고요했다. 고요한 마음을 가질 수 있어서 고마웠다.

*

나는 스님의 소리를 듣고 나 자신을 생각한다.

어제 테니스 멤버들과 게임을 했다. 옆 코트에 낯선 사람이 왔다. 한 곳은 코치가 레슨을 하고 있고 바로 내 옆쪽에, 웬 남자가 머리를 고무줄로 앞머리를 질끈 묶고 혼자 공을 던지며 즐겼다. 나는 게임에 집중했다. 그런데 그 낯선 남자가 나의 마음에 안 들었다. 그는 공을 세게 네트 위로 넘겼다. 그 공은 우리 팀 라인으로 넘어왔다. 나는 그 공을 옆으로 치우고 게임을 했다. 그의 행동은 불안하고 위협적이었다. 어쩌다가 우리 공이 낯선 사람 쪽으로 갔다. 나는 그 공을 주우려고 달려갔다.

그는 그 공을 주워 나에게 주지 않고 우리 팀의 다른 사람에게 넘겨주었다. 아니, 나에게 주면 될 것을…. 나는 그 사람이 싫었다. 그는 코치에게 무엇인가를 지시했다. 코치는 쩔쩔맸다. 나는 게임에 집중되지 않았다. 내 속에서 부정적인 반응이 일어나면서 그 사람에 대해, 싫다, 싫어. 하는 것에 집착이 생겼다. 내 온 마음은 그에 대한 반감으로 가득 찼다. 속이 시끄러웠다. 그러면서 게임을 진행했다. 이기던 게임은 지는 게임으로 갔다. 나는 마음에게 스님처럼 말했다. '얘야, 넌 왜 그 사람이 싫으냐? 그가 너한테 어찌했다고.'

그리고 나는 게임에 임했다. 속으로 '그 사람과 난 아무 상관이 없는 사람이잖니?' 조금 있다가 그 사람의 불편한 존재가 이상하게도 사라졌다. 지는 게임이 누적되어 5:1이 되었다. 한 게임을 지면 끝이었다. 나는 게임에 집중했다. 옆 사람은 나의 마음속에서 지워졌다. 곧, 5:2가 되고, 다시 5:3, 5:4가 되었다. 내가 서브했던 공이 상대편의 에러로 내 옆 사람에게 갔다. 그는 그 공을 주워 나에게 던졌다. 다시 게임은 6:4로 끝을 냈다. 우리 편이 졌지만 시간이 길어졌고 즐겁게 공을 쳤다. 그것으로 만족했다.

게임이 끝나고 나는 나를 생각했다. 내 주변에 갑자기 낯선 사람에 대해 부정적인 사람이 나타나면, 우리는 서로 부딪히는 현상을 겪는다. 그리고 내 마음속에서 그가 내 정서와 맞지 않다고 나는 갈등을 겪는다. 그 갈등은 계속 일어난다. 나는 그것을 참을 수 없어 한다. 그리고 혜민 스님이 말한 것처럼 나를 잠시 내 안의 것을 쳐다본다. 그리고 내가 나에게 물었다. 왜? 그가 싫은가를. 그 이유가 무엇인가를. 그리고 서서히 마음이 가라앉으며, 마음의 갈등이 사그러졌다. 다시 마음이 고요해지며, 게임에 집중하였다. 내 안에서 그 낯선 사람의 존재가 서서히 사라졌다. 혜민 스님이, 나를 가만히 쳐다보라는 것은 나에게도 효과적이었다.

다음 날 나는 휴일이라 모처럼 축령산으로 남편과 산행을 갔다. 축령산은 긴 여정의 산행인 것이다. 우리 나이에 그곳 산행은 쉽지 않다. 대개 6~7시간을 걸리는 산행이기 때문이다. 우리는 그곳을 20년 이상 갔던 산행이기 때문에 갈 수 있는 곳이다. 대부분은 젊고 힘 있는 30~40대가 즐기는 산행인 곳이다. 남편과 나는 도시락을 준비해서 산행했다. 아직 코로나19 때문에 사람들이 드물었다. 우리도 2달 만의 산행이었다. 아직 산은 쌀쌀했다. 가끔 진달래 꽃망울이 보였다.

초입에서 오르는 산은 바위로 가득 찼다. 그동안의 모습이 아니었다. 나무로 가렸던 계곡의 바위가 민낯으로 드러나 험악하게 계곡을 꽉 채운 모습이었다. 내가 길을 잘 따라가는 것인지 확인해야 했다. 바위와 바위의 사잇길은 보이지 않았다. 우리는 바위틈 사이 길을 따라 올라갔다. 30분이 지나 숯 가마터에 다다랐다. 그곳에서 10분 쉬고 다시 올랐다. 낙엽이 쌓인 곳이 많았다. 산은 낙엽으로 쌓여 내 무릎까지 발이 빠졌다. 낙엽으로 발이 미끄러졌다. 앞서던 남편이 낙엽 속에서 뭔가 물크덩한 물체가 밟혔다. 발을 잽싸게 빼고 '어? 이게 뭐지?' 소리쳤다. 나는 '그거 뱀 아니요? 조심해요.' 우리는 낙엽을 지팡이로 누르고 확인하며 올라갔다.

중턱에 오르니 시야는 확 트였다. 산행하는 일행이 길을 잘못 들었다며 산줄기를 바꾸며 올라갔다. 몇 구비를 넘고 넘었다. 헬기장에서 짐을 풀고 점심을 먹었다. 집에서 먹지 않던 반찬은 입맛이 달았다. 장아찌, 김치, 두부, 생선, 등 먹다 만 반찬을 남편은 모두 수거해서 통에 넣어온 것이다. 내가 싫어하던 남은 반찬들이었다. 이렇게 산행을 해야 남은 반찬을 모두 청소했다. 집에서는 헝그리 정신이 없어서 귀한 줄을 몰랐다. 우리는 자주 힘든 일이나 극기훈련을 해줘야 몸도 살고 정신도 살아날 것 같았다.

이런 산행은 극기 훈련에 최고였다. 점심식사 후 우리는 최고봉 정상에 이르렀다. 사람들이 많았다. 그들은 인증사진을 찍었다. 그곳은 거의 900미터 지점이었다. 하산하는 길은 얼음이 녹아 미끄러웠다. 우리는 조심조심 내려왔다. 어느 정도 내려오니, 시에서 만든 계단이 놓여 있었다. 다행이었다. 굽이굽이 하산했다. 갈라지는 고갯길까지 왔다. 그때부터 길은 완만하고 쉬운 길이었다. 굽이치는 고갯길 옆에 구상나무가 줄지어 섰다. 아주 잘 자랐다. 통통하게 잎이 파랗고 햇빛을 받아 쨍쨍했다.

구상나무야, 참 잘 컸구나. 그렇게 넝쿨 식물들이 그들을 괴롭히며 나무들을 못 살게 굴었는데… 이십년 전 처음으로 시에서 묘목을 심었다. 해마다 조금씩 구상나무 묘목이 자랐다. 그런데 칡넝쿨과 다른 잡넝쿨이 그 묘목 위로 산발적으로 엉겨 붙어서 나는 가끔 그 넝쿨을 잡아 뜯어주었다. 그런데도 넝쿨들은 해마다 구상나무를 괴롭혔다. 드문드문 그들 때문에 죽었고 구상나무는 가슴앓이를 하며 자랐는데. 20년 후 지금 그들은 청년이 되어 산을 푸르게 했다. 대견하구나 나무야. 용케 살았구나. 나무들은 바람에 의젓하게 흔들리며 건장하게 하늘을 향해 서 있는 모습이 기뻤다.

다시 산허리를 잘라 길을 낸 곳을 따라 굽이굽이 하산을 했다. 시냇가에는 버들강아지가 한창이었다. 몇 굽이를 돌아 돌아 주차장에 도착했다. 시간은 늦었다. 빠르게 차를 타고 춘천 고속도로에 진입했다. 차가 밀렸다. 집으로 왔을 때는 오후 6시가 넘었다. 마침 작은딸이 집에 와 있었다. 나는 더 이상 몸을 쓰면 탈이 생길 것 같았다. 우리는 외식을 하기로 했다. 양꼬치집으로 갔다. 사람들은 적당히 식당에 앉아 있었다.

우리는 양갈비를 주문하고 가지튀김, 마라탕 등 여러 가지를 주문했다. 남편은 딸과 계속 술을 주문했다. 이것이 마지막이라며 소주 한 병을 더 시켰다. 나는 속으로, 술이 좀 과해지는데? … 그리고 마라탕이 맵다면서 마른 두부볶음을 다시 시키고 또다시 소주를 시켰다. 나는 그만하라고 권했다. 갑자기 남편은 성질을 냈다. 술맛이 떨어진다느니, 어쩐다느니. 나는 이미 30분 전 식사가 끝났고 계속 기다리는 중이었다. 딸과 남편은 계속 술을 마시는 중인데 내가 그만 먹으라는 말이 고까운 것이다.

남편의 주사는 시작되었다. 자기가 그만 먹고 가겠다는 둥, 술맛이 떨어져서 더 이상 먹고 싶지 않다는 둥. 딸은 내 발을 치면서 엄마 말 하지 말라고 신호를 보냈다. 이런 상황은 술 먹을 때마다 일어났다. 평생을 그렇게 우리는 싸웠다. 모든 것이 내 탓이라며 남편은 나에게 소리 질렀다. 자기가 딱 한 잔만 더 먹으면 되는데 내가 그것을 꼭 막는다. 내가 그놈의 술 때문에 나도 모르게 트라우마가 생겨서 그런 것이다. 우리는 서로 남 탓에 열중했다.

그러다가 남편이 딸에게 난 네가 시집가는 것이 소원이다. 네가 시집간다면 내 목숨을 내놓고 싶다. 난 이미 너무 많이 살았으니 네가 시집간다면 어느 놈이든 목숨을 내놓을 수 있다. 그때, 자기는 아빠랑 엄마가 이렇게 큰 소리로 싸우는 걸 보면 시집갈 수 없다. 나는 아니 이렇게 싸우는 게 당연하다. 그렇다고 경제적 손실이나 몸이 상하는 게 아닌 거다. 그럼 너 시집가서 정 못 살겠으면 이혼하면 된다. 요즘 서로 안 맞아 이혼 두세 번 하는 일이 보통이더라. 그럼 엄마랑 아빠가 지금 싸운 거 화해된 거야?. 그럼 된 거지.

갑자기 딸은 옷을 챙겨서 먼저 가겠다. 그럼 가거라. 그리고 계산을 하고 우리는 집으로 왔다. 이튿날 산책을 하며 우리는 또 큰 소리로 싸웠다. 왜 자기는 술만 먹으면 이상한 주사가 나오느냐. 남편은 그것이 자기 때문이라는 것이다. 우리는 또 서로 남 탓을 하다가 끝났다. 그런데 우연히 생각했다. 젊어서는 술을 많이 먹고 주사가 심한 것을 나는 이해했다. 그때 남편은 밤을 새며 주사했다. 나는 그것을 평생 받아냈다. 그것은 그가 생산성 있는 술을 먹은 것이라 생각했다. 사업상 혹은 국회의 짜증 나는 일, 정부 장관들의 짜증을 받아주려고 술을 먹었고, 그것이 주사로 나타났던 것으로.

지금은 집에서 편안히 살고 있다. 스트레스가 없이. 그런데 남편이 술을 마시면, 주사를 부리는 것이다. 그것은 부당하다는 생각. 내가 받아줄 이유가 없었다. 그래서 묘안을 냈다. 이제부터 술을 더 먹고 싶으면 돈을 10만 원이고, 100만 원을 나에게 주고 실컷 먹어라. 그러면 나는 주사를 받아내는 데 참을 수 있을 것이었다. 남편은 내 말에 조용했다.

*

남동생이 방문했다.

코로나19로 우리는 오랫동안 못 만났다.

- 웬일이야?
- 회사 갔다가 점심 먹으러 왔어요.
- 그래 잘 왔어.

- 이거 누나가 좋아해서 시장에서 막 지금 ○○과자와 견과류를 만들고 있어서 사 왔어요.
- 그래 고마워.

나는 점심 메뉴로 소고기 샤부샤부를 준비했다. 육수를 내고 야채와 고기를 준비했다. 콩밥을 하고, 국수도 준비했다. 시사 얘기, 가족 얘기 이런저런 이야기를 했다.

- 어제 M네(막내 여동생) 집에서 밥을 먹었어요. 밥을 먹으면서 그동안 어디서 가장 맛있는 소고기를 먹었는가를 말하게 되었는데, 모두가 태백산에 가서 연탄불에 구워 먹던 소고기가 가장 맛있다고 했어요.
- 아, 그래? 그럼 우리 올해 한번 갑시다.
- 그러지 뭐.
- 누나 그럼, 미리 날짜를 정해야 해요.
- 너 출장 가는 날이면 어떡하라고.
- 내가 조정할게요.
- 그러자. 지금은 복잡하니까 멀리 5월도 바쁘고, 6월 중순 어때?
- 좋아요.
- 토요일과 일요일은 복잡하니까 금요일, 토요일로 하자. 그리고 M네(막냇동생)는 일일 휴가를 내라고 하자.

나는 금방 막내에게 문자를 주었고. 그는 OK 사인을 보내왔다. 우리는 후식으로 과일과 커피를 마셨다.

  - 누나 요즘은 쭈꾸미 철이에요.

  - 그렇구나 쭈꾸미도 맛있는데.

  - 누나 소래포에 갑시다. 쭈꾸미 사러.

  - 그래, 일요일이니까 구경도 하고 좋겠다. 가지 않을래요?

  - 응.

  - 우리 차로 가고 네가 운전을 하는게 좋겠다.

  - 누나 내 차로 가요. 내차 SUV가 더 빠르고 좋아요.

우리는 차로 집을 떠났다. 그는 우리가 가던 길로 가지 않았다. 우리는 터널을 지나 100번 길을 가서, 다시 15번 길, 다시 50번 길에서 안산으로 IC로 빠지면 되었다. 그런데 그는 사당을 지나 과천을 지나 안양으로 직진해서 군포로 가다가 안산으로 들어갔다. 가면서 이런저런 이야기를 했다.

  - 넌 사업이 잘 되는 거니?

  - 시절이 안좋아서요. 이번에 4월 10일이 창립 3주년이 됩니다. 밥이나 먹어야지요.

  - 벌써 3년이 되었구나. 요즘 일은 뭐니?

  - 이번에 판권을 하나 땄어요. 건물을 지을 때 분진이 일어나면 물을 뿌려서 먼지를 제거하는 거예요. 후가 동영상 만들고 내가 설명 붙여서 단독으로 판권을 확보했는데 이제 돈을 마련해야지요.

- 큰일을 했구나.

- 돈이 문제네. 우리가 돈을 어떻게 유통해서 만드는가가 관건이야.

- 그리고 여기 싹뚝이를 판매해야지요. 이거는 차 표지판을 자르는 거예요. 이름
  도 내가 지었어요. 팸플릿 만들어서 계속 고철회사에 뿌리는 거죠. 하여튼 이
  거저거 다 해요.

- 안산 인구가 경기가 나빠서 모두 줄었다는구나.

- 안산 반월 공단이 문을 많이 닫아서 그래요. 그런데 안산 공단 땅값이 너무 올
  라서 사람들이 다른 데로 옮겨서 더 그래요. 지금 화성이 난리예요. 그곳은 무
  조건 공장 허가를 해줘요. 땅값도 싸고요. 그곳은 지금 난개발을 하고 있어요.
  여기저기 난리가 났어요. 그런데 고덕지구는 삼성전자 단지가 들어오고 있잖
  아요. 그래서 평택이 난리가 났어요. 그쪽 매형 구경시켜줄게요.

- 여기가 화성이에요. 시흥시 아래 안산시, 그 아래 화성시에요. 모두가 붙었어
  요. 그런데 화성시가 엄청 커요. 이쪽이 다 화성에 붙은 읍과 면이에요.

- 가는 곳곳마다 공장지대가 난립해서 차지하고 있네. 화성시에서는 무조건 허
  가해 주겠네. 그러면 세수가 얼마나 많겠냐? 나라도 허가해 주겠다.

- 그렇다니까요.

- 내 할 일은 조그만 땅을 사서 중고품을 사고 수리해서 파는 거지요. 그리고 생
  산할 수 있는 일을 만들면 더 좋고요. 생산성이 있어야 국가 보조를 받거든요.

- 돈이 있어야 땅을 사지. 3년간 매출이 없으니.

- 맨땅을 사서 만드는 것은 힘들어요. 망해가는 사업자들이 좀 싸게 팔 수밖에
  없는 것들을 사서 쓰려구요.

- 너 그거 괜찮겠다. 사업을 지탱할 수 없는 것을 사면 좋겠네. 그런 거 경매는
  없니?

- 있지요. 요즘 회사가 안 좋아져서 빚 때문에 힘든 것 많아요.

- 그게 괜찮겠다. 나도 그런 것은 관심이 있구나. 살면서 돈 버는 것이 얼마나 재미있는데. 그것은 쓰는 것보다 더 재미가 쏠쏠하다니까. 매형도 나이 들어 심심하니까 그런 거 하나씩 하며 살면 좋겠다. 그런 것을 하나의 게임이라 하면 재미있다니까.

- 누나랑 한번 하면 되겠네요.

- 나는 욕심 없다. 우리 나이가 얼마인데. 나는 우리 집 하나로 먹고살 것이야. 매형도 물건 하나 팔면 5,000만 원 주려고. 평생 돈만 벌고 쓰지 못하고 죽으면 슬프잖아. 그리고 매형도 용돈으로 한 달에 100만 원 쓰고 살고, 나도 내 용돈 100만 원 쓰고 살자 하는 주의다. 이제 많이 살아도 20년인데 1년에 1,000만 원, 10년에 1억, 20년에 2억 더 용돈으로 쓰고 산다고 생각하는 거지. 우리 집이 20억이니까 우리 죽으면 반은 남을 거 아니냐? 거기에 20년 후에는 더 올라 있을 거니까. 단지 그래도 돈을 버는 게임으로 살면 더 재미있다는 것이지.

- 여기가 평택의 고덕지구에요. 삼성단지가 3년마다 이렇게 많이 지어질 것입니다.

- 대단하구나.

- 여기가 평택 고덕국제신도시가 되고, 삼성산업단지가 계속 3년마다 지어질 곳입니다. 약 120만 평 규모이지요. 현재 생산유발효과가 163조 원, 고용유발 효과가 44만 명, 연간 1000억 이상의 세수 확보 전망이 있습니다. 4차 혁명을 선도함에 있어 한국 경제 및 세계반도체생산의 중심지가 될 전망으로 보입니다. 이미 1라인이 가동되었고요. 2015년 착공해서 2017년 완공되었어요.

- 대단하구나.

우리는 다시 40번 도로(평택음성고속국도)를 타고 북쪽으로 올라갔다. 그 도로는 153번 도로로 변경되었다. '누나 153번 도로는 15번 도로의 가지 3번 도로라는 뜻이에요.' '그렇구나.' 153번 도로는 제2서해안 고속국도가 되었다. 우리는 평택에서 화성시를 지나가는 것이었다. 계속 북쪽으로 올라가니 안산시 쪽으로 올라왔다. 거기서 다시 77번 도로를 타고 오이도 쪽 도로를 갈아탔다. 그리고 소래포구로 향했다. 그런데 갑자기 바닷가에 대형 신도시가 생겼다.

배곧 신도시는 시흥시가 계획하고 여의도의 두배 정도, 56,000명을 수용하며, 교육, 의료, 관광, 복지의 자족도시이다. '이곳이 한국화약이 30년 전 바다를 매립해서 가지고 있던 땅이에요. 그런데 이렇게 아파트를 지어서 신도시를 만든 거예요.' ' 야, 대단하다. 그런데 너무 빽빽하게 집을 지었구나. 너무 답답하게 지었어. 그런데 이거 모두 분양된 걸까? 온 곳에 너무 아파트를 많이 지어서. 애들이 시집도 안 가고 애기도 안 낳는데….'

동생은 소래포구 쪽으로 길을 잡았다. 바다가 넘실대며 물길을 따라 들어왔다. '누나 이물이 수원 망포역까지 들어가요.' '엉? 그래? 수원에 있는 망포역?' '그래요.' ' 아이고 난 몰랐네.' '서울의 마포나 반포도 그랬으니까.' 소래포구에 도착했다. 자동차가 지천으로 깔렸다. 동생은 베스트 운전자였다. 알아서 잘 주차했다. 우리는 배가 들어오는 포구로 달려갔다. 주꾸미들이 바구니에 펼쳐졌다. 2킬로에 3만 원이라고 소리쳤다. 동생은 안쪽 시장으로 들어갔다. 사람들이 많았다.

'아니 여기 불이 나서(소래포 시장에 불이 났고, 한동안 문이 닫혔다) 난리 났는데 원상복구를 했네.' 거기서 동생은 주꾸미 한 바구니를 샀다. 그것을 가지고 식당으로 가서 자리를 잡았다. '쭈꾸미 철이니 매형 많이 드셔요. 저는 중국 바이어들 오면 쭈꾸미로 대접하면 엄청 잘 먹고 대만족을 해요' 동생은 쭈꾸미 샤부샤부로 뜨거운 육수에 살아있는 주꾸미를 데쳐서 나와 매형 접시에 놓았다. 남편은 이가 시원찮아서 먹을 수 있을까 걱정했는데 잘 먹었다. 그 식당에서 우리는 주꾸미만 한 시간 이상을 먹었다. 싱싱했고, 육수는 까만 먹물이 되었다.

머리 쪽은 알이 배서 흰 쌀알 같은 것이 쏟아졌다. '이런 싱싱한 것을 먹으면 내일 아침에 힘이 날 거예요, 많이드셔요.' 우리는 그렇게 많던 주꾸미를 모두 먹어버렸다. 내 평생에 이렇게 많은 양을 먹었다는 사실을 믿을 수가 없었다. 우리는 술과 음료도 안 마셨다. 밥도 안 먹었다. 오로지 주꾸미와 육수, 야채만을 먹었다. 동생은 우리를 집으로 데려다주었다. 늦은 시간이었다. 우리는 행복한 시간, 아름다운 추억을 남기고 헤어졌다.

그날 밤, 나는 잠자며, 꿈속을 거닐었다. 낮에 봤던 화성시는 화려한 서울시가 되었고, 고덕면, 삼성전자는 국제도시, 뉴욕 맨해튼이 되어 태극기가 휘날리는 것을.

*

어떻게 살 것인가_소설가 김훈

망팔(望八)이 되니까 오랫동안 소식이 없던 벗들한테서 소식이 오는데, 죽었다는 소식이다. 살아있다는 소식은 오지 않으니까, 소식이 없으면 살아있는 것이다.

(중략)

죽음은 쓰다듬어서 맞아들여야지, 싸워서 이겨야 할 대상이 아니다. 다 살았으므로 가야 하는 사람의 마지막 시간을 파이프를 꽂아서 붙잡아놓고서 못 가게 하는 의술은 무의미하다.

가볍게 죽고, 가는 사람을 서늘하게 보내자. 단순한 장례 절차에서도 정중한 애도를 실현할 수 있다. 가는 사람도 보내는 사람도, 의술도 모두 가벼움으로 돌아가자. 뼛가루를 들여다보면 다 알 수 있다. 이 가벼움으로 삶의 무거움을 버티어낼 수 있다. 결국은 가볍다.

이 글을 읽으며, 나는 너무 동감한다는 생각. 그리고, 작년에 겪었던 죽음의 사실들을 되돌려봤다.

어느 날 갑자기 시어머니로부터 연락을 받았다. 넷째가 지금 대학병원 응급실에 입원했다. 우리는 깜짝 놀랐다. 이제 막 60세가 되었는데 무슨 응급실인가요. 그리고 우리는 고속버스를 타고 부랴부랴 병원으로 달려갔다. 그곳 역에 도착하니 저녁때가 넘었다. 우리는 택시를 잡아탔다. 퇴근 시간이라 차는 느렸다. 마음은 조급했다. 차가 가는 길은 내가 알던 옛길이 아니었다. 새 아파트가 도로 옆에 꽉 들어찼다. 도로는 10차선으로 쭉 뻗었다. 그 많던 논밭은 하나도 없었다. 그곳에는 새로운 신도시가 형성되었다. 나는 깜짝 놀랐다.

느리게 차는 갔고 마음은 점점 더 조급해졌다. 병원 가까이에서 차는 더 빽빽했다. 우리는 차에서 내려 뛰어갔다. 대학병원은 커서 응급실을 한참 만에 찾았다. 갑자기 몰려든 응급환자 가족은 많았다. 우리는 이미 온 둘째 동서를 만났다. 어떻게 되었는지를 물었지만 서로 알 수가 없었다. 넷째 동서가 나타났다. 그는 울어서 눈이 통통 부었다. 다시 셋째 동서네가 도착했다. 우리는 우왕좌왕하며 서성댔다. 병원 측에서는 순서대로 가족이 짝을 만들어 번호표를 받아 면회를 하게 했다.

우리는 계속 기다렸다. 조금 있다가 시어머니가 왔다. 우리는 고개를 숙이고 인사했다. 갑자기 시어머니가 엉엉 울며 큰소리를 냈다. 병원 측에서 조용히 하라고 지시했다. 병원 측에서 번호표를 주었다. 시어머니와 남편, 나, 둘째 동서가 응급실로 들어갔다. 병실에 여러 명이 산소호흡기를 끼고 누워있었다. 삼촌은 산소마스크를 끼지 않았다. 그의 얼굴은 창백했다. 푸른 글씨가 박힌 환자복을 입고 있었다. 아랫도리는 기저귀를 찼고 살짝 뭔가로 가려준 상태였다. 그는 숨을 쉬는 그림처럼, 넷째 삼촌의 형체가 침대 높이 솟아 나의 눈 아래 펼쳐져 있었다.

앞장서서 가던 시어머니가 아들을 보자마자 '이놈아가 왜 여기 누워 있는겨' 하며 초상집의 울음처럼 통곡을 했다. 시어머니의 울음은 죽은 아들을 부르듯 큰소리로 학천아! 학천아! 하며 소리쳤고, 시어머니의 손은 아들 얼굴을 쓰다듬으며 울었다. 삼촌의 얼굴은 하얀 백지처럼 희끄무레했다. 표정은 깊은 잠을 자는듯했다. 남편은 시어머니를 달래듯 모시고 함께 병실을 나왔다. 우리 번호표는 다시 다른 식구에게 넘겨졌다. 곧 시어머니는 택시로 막내 삼촌이 모셔갔다.

우리는 대기실에서 온 가족이 모여 웅성댔다. 학천이 삼촌을 어떡할 것인가에 집중했다. 넷째 동서는 서울 큰 병원으로 옮기겠다. 그래서 그는 서울로 가기 위한 길을 잡았고. 병원 측은 옮기는 것이 힘들다. 학천 삼촌은 응급실에서 중환자실로 옮기려 했는데 옮기는 사이 피를 토하고 숨이 멈춰버려 옮길 수 없었다. 왜 갑자기 이렇게 아프게 되었는가에 대해 말은 그랬다. 변호사 사무장으로 삼촌이 근무했고, 변호사가 이제 퇴직을 하는 것이 좋겠다. 그런데 삼촌 입장에서 그동안 자기가 한 일이 얼마나 많았는데, 그 사무실에 대해 섭섭한 점이 많았다.

거기에 넷째 동서가 자기네 빚이 많다면서, 삼촌에게 더 다니기를 강요했다. 넷째 동서는 돈에 집착이 강했다. 그러나 삼촌은 6개월 전부터 폐가 안 좋다고 진단을 받아서 치료 중이었다. 큰형인 남편은 9월 추석에 우리 집으로 제사 지내러 오지 말고 몸 건강을 챙기라 했다. 넷째 동서는 명절에 시댁과 인연을 끊고 살았다. 발단은 물론 시어머니이었다. 여하튼 10여 년 동안 명절에 오가지 않았다. 동서는 이미 교직을 사퇴하고 연금 200만 원을 받았다. 아이들은 큰애가 30살, 작은애가 28세. 위가 딸이고 아래가 아들이었다.

아들들이 주는 시어머니 생활비며, 제사비, 부대비 등을 넷째는 내지 않았다. 우리는 서로 공유하는 일이 없었다. 넷째는 나의 고등학교, 대학교 후배이었다. 그는 처음부터 명절에 와서 함께 공동작업을 하지 않았다. 나와 둘째에게 강요하던 시어머니의 완력은 내려갈수록 허술했고, 아랫 동서들은 집안일에 무관했다. 그러나 시어머니는 당신의 생활비와 제사비, 집안 행사비를 받아내는데, 모든 자식에게 집착했다. 나는 매사에 2배로 내려고 애썼다. 그것이 형에 대한 책임으로 생각했다.

세월은 흘러갔다. 시어머니는 돈에 대해 갈수록 애착이 강했다. 그는 자식의 호주머니를 이용하여 더 많은 용돈을 수금하는 데 집착했다. 그는 그런 일에 대가였다. 그에게 상대방은 존재하지 않았다. 그것은 그가 사랑하는 자식들에게 받는 효도였다. 그는 첫째와 둘째 며느리를 보면, 효도해라. 효도해라 말했다. 효도는 곧 종교가 되었다. 효도는 모두를 통했다. 효도는 며느리의 숨통을 끊을 수 있었다. 효도는 죽을 수 있고 살 수 있었다.

그러나 아랫 동서들은 달랐다. 교직에 있던 넷째 동서와 시어머니는 대판 싸웠다. 생활비를 안 준다고 교육청에 넷째를 고발하고 교직에서 자르라고 윽박질렀다. 그리고 그들은 헤어졌다. 넷째 동서는 가족 행사에 오지 않았다. 모든 비용도 송금하지 않았다. 어쩌다 만나면, 넷째 삼촌이 조금 용돈을 어머니에게 드렸다. 어쩌다가 서울 우리 집에 놀러왔다. 그는 자기 집에 고양이를 7마리 키운다고 자랑했다. 수술하는데 200만 원이 들었다. 나는 그런 것이 이치에 안 맞았다. 어머니 생활비 1년치는 되겠구만. 거기에 삼촌 폐가 안 좋은데 고양이를 7마리라니. 동서는 지혜롭지 못한 사람이었다.

그는 사치가 심했다. 같은 동료 교사들은 넷째 동서를 욕했다. 그는 요란한 머리를 했다. 붉은 머리가 연예인 같았다. 화려한 옷차림도 연예인이었다. 동료 교사들은 그를 욕했다. 선생답지 않다. 그러나 그럴 수 있을 것이다. 그는 학창 시절 가정이 빈곤했다. 그래서 아르바이트로 생활비와 학비를 벌었다. 그는 독립적이었다. 오랜 교직 생활을 하면서 그는 사치성이 발휘되었다. 그가 새집을 분양받았다. 우리를 초대했다. 그의 집을 방문했을 때 나는 기절할 뻔했다. 현관문을 열었다. 현관은 온갖 신으로 가득 찼다.

거실로 들어갔다. 천장에서 핵폭탄이 떨어진 듯 온갖 물건들이 뒤섞여서 수북히 쌓여있었다. 나는 머리가 아팠다. 백화점 물건을 사다가 뒤죽박죽 섞어놓은 모습. 그는 자랑삼아 자기 화장대 거울을 보여줬다. 거울 뒤편에 그의 목걸이와 귀걸이가 귀금속 상가처럼 빽빽이

나열하여 걸려있었다. 그가 사는 모습은 탤런트의 모습이었다. 그래, 이것은 넷째 동서의 삶이었다. 그가 행복하면 되는 것이었다. 그렇게 세월은 흘러갔다. 어느 때는 큰딸을 미국으로 유학을 보냈다. 또다시 세월은 흘러갔다. 작은아들이 명절에, 쌍꺼풀 수술을 하고 왔다.

그 아들이 음악대학을 들어가는데 보결로 돈 내고 들어갔다. 세월이 흘러 되돌아온 딸이 지방대 영문과로 편입했다. 오랫동안 아이들은 성년이 되어, 가족 간의 만남이 이루어지지 않았다. 들리는 소리로 20년이 된 넷째가 퇴직을 했고 연금 200만 원을 받았다. 명퇴금으로 빚을 갚으려고 일찍 퇴직했다. 사실 남이 유학한다고 우리 자식 유학 시키는 일은 쉽지 않은 일이었다. 친구 아들들 유학비는 장난 아니었다. 매달 홈스테이로 1년치가 3,000만 원, 좋은 학교 학비가 6,000만 원 1년 학비로 총 일 억 이상을 송금하고 용돈은 따로 지불했다.

그들은 애들의 이모네 집에서 홈스테이로 공부했다. 그래도 매달 150만 원씩은 보내야 할 것이다, 오가는 비행깃값, 가족이 방학에 만나기 위한 비행기 비용 등으로 몇천이 들었을 것이다. 여하튼 빚은 늘어났고 형편이 힘들어 딸은 다시 한국으로 왔을 것이다. 세월이 흘러 아이들은 대학을 졸업했고 각자 자기 길을 걷고 있는 것이리라.

다시 돌아와서 우리 가족은 지금 우왕좌왕하며 넷째 삼촌에 대해 걱정했다. 가족은 많았다. 둘째네, 셋째네, 넷째 동서, 다섯째네 부부들과 우리 부부, 그리고 넷째네 애들이 함께 웅성댔다. 넷째 동서는 어느 아는 사람을 붙들고 남편을 서울 병원으로 옮기겠다고 서울의 병원을 예약하려 했다. 그런데 문제는 넷째 삼촌을 다른 병동으로 옮길 수가 없었다. 조금 이동을 하려 하면 입으로 피를 토했다. 그래서 움직일 수 없었다. 그때 셋째 삼촌이 말했다.

- 지금 옮기면 안 된다. 가다가 죽는다. 내가 아는 친구도 그랬다. 옮길 수 없다.

그럴 것 같았다. 그리고 이미 심폐소생술도 어제저녁 한 번 했었다. 숨이 멈추었다. 나는 생각했다. 환자가 깨어나도 온전히 살기는 어렵겠구나. 그러면, 또다시 새로운 문제가 생기겠구나. 차라리 환자는 조용히 죽음으로 가는 것이 좋겠구나. 그렇지 않으면 환자 가족의 고통이 생기겠구나. 거기에 시댁 식구들도 환자의 치료 부담을 함께 짊어져야 하니, 모두가 힘들겠구나. 나는 머리를 흔들었다. 생각하고 싶지 않았다. 그때 시어머니의 울음소리는 특별했다. 시어머니의 애달픈 울음 속에 당신의 속뜻이 있었구나. 당신은 어미로서 당신의 아들이 이승으로 돌아올 수 없는 강을 갔다는 생각으로 그렇게 슬프게 우셨구나.

의술이 좋아 환자가 돌아오면 끔찍한 일이 벌어지겠구나. 이미 죽었던 환자가 심폐소생술로 살았지만 깨어나지 못한 것이고 다른 수술법으로 살려내도 숨만 쉬고 있는 환자가 되겠구나. 나나 내 남편이 그런 상태가 되면 그냥 조용히 죽음을 맞이하는 것이 최선이라 생각했다. 지금, 넷째네 가족은 있을 수 없는 일이며, 갑자기 생긴 일로, 아빠가 소생하는 것이 당연할 것이다. 나는 다시 조용히 생각했다. 그래도 다행히 넷째 삼촌의 할 일은 모두 마쳤구나. 자기 자식들 대학교육 모두 끝마쳤고. 살고 있는 집 있고, 마누라가 연금 200만 원 나오면 그런대로 먹고 살겠지. 그리고 약간의 퇴직금도 있을 테고.

나는 냉정한 생각을 했다. 모두가 응급실로 달려오느라 고생했다. 서울에서, 지방에서 퇴근을 서둘러서. 시계를 봤다. 저녁 8시가 넘었다. 저녁 식사를 하는 것이 좋을 듯했다. 그런데 이 많은 사람 식사비는? 웃음이 나왔다 누가 낼 것인가? 우리와 셋째네는 퇴직자였다. 나머지 사람들도 퇴직자였지만 허드렛일을 보조하는 입장이었다. 그래, 남편이 맏아들이니까 내가 내야겠지.

- 우리가 여기 있는다고 해결할 일이 아니네요.
- 우선 식사를 합시다.
- 우리들도 모두 나이 든 힘없는 사람들인데요.
- 어디 가서 식사를 먼저 해요.
- 어디로 갈까요? 추우니 따뜻한 걸로 먹어야겠네요.
- 저기, 우족탕집이 괜찮아요. 길 건너에 있어요.

넷째 동서가 말했다. 나는 속으로 생각했다. 남편이 아프다고 울고 불고하더니 언제 그사이 이런 곳에서 밥을 먹었단 말인가. 예전에 우리가 가난한 시절, 병원에 식구가 입원하면, 환자가 밥을 먹은 다음, 돌보던 환자 식구들은 배를 곯고, 시내버스를 오랫동안 타고 집으로 돌아가서, 찬밥을 물에 말아 훌쩍 마셔, 배고픔을 달래던 기억. 그렇잖으면, 병원에서 한참 떨어진 후미진 분식집에 가서, 라면을 싸게 먹을 수 있는 곳에서 사서 먹고 환자를 돌봤었는데….

그러면, 미안하지만, 넷째가 이 모든 식구 식비를 낼 것인가? 그러지도 못할 것이면서… 그리고 나는 식당을 찾아들어갔다.

메뉴판이 나왔다. 대부분 우족탕으로 주문을 했다. 몇 명은 다른 것으로. 몇 명은 소주를 주문하고 맛있게 먹었다. 들리는 소문으로 넷째 삼촌네 변호사 사무실에서 삼촌을 퇴직하라고 권고했다. 삼촌은 내가 얼마나 많은 일을 해놓았는데, 갑자기 자기를 짜를 수 있느냐고 항의했다. 거기에 넷째 동서는 빚이 많으니 사무실을 더 다녀야 한다고 강조했다. 넷째 며느리는 시어머니한테도 자기네 빚이 많다고 하소연했다. 이번 병원비도 못 낸다면서 빚이 많다고 하소연했다. 그리고 삼촌이 임플란트를 했는데, 이번에 마지막 인플란트를 끼웠다. 그런데 그날 저녁 갑자기 한밤중에 한기가 들고 춥고 떨렸고, 피를 토했다. 그래서 바로 응급실로 왔다.

나는 생각했다. 그러면, 스트레스에, 폐도 안 좋고, 임플란트로 세균이 침입하여 폐로 전이 된 것 같은 생각. 폐는 다시 소생하기 어렵다는 생각. 나는 머리를 흔들었다. 식사 후 물을 먹고 카운터로 가 식사 결제를 했다. 액수는 부담스러웠다. 그러나 여기에 낼 사람은 없었다. 식사 후 모두가 식당 입구에서 서성댔다. 둘째 동서가 돈을 걷어서 넷째를 주자했다. 그래서 10만 원씩을 걷어 막내네를 빼고 봉투에 넣어 둘째가 주었다. 거기서 모두들 헤어졌다. 우리는 늦게 서울로 고속버스를 타고 올라왔다. 그날부터 날마다 병원 소식과 시어머니의 울음소리가 전화를 통해 울렸다.

그렇게 나날이 지나갔고, 넷째 삼촌은 그사이 심폐수술 등 다양한 수술이 이루어졌다. 숨이 멈추었다가 기계로 살리는 것, 그것은 죽음을 붙잡았다. 그렇게 깨어나는 일이 없기를 나는 속으로 바랐다. 정상적인 사람은 될 수 없는 일이었다. 7일째 되는 날, 아침에 넷째 삼촌이 세상을 떠났다. 우리는 가방을 챙겨 고속버스를 타고 병원으로 달려갔다. 이미 가족들은 모두 모여 있었다. 주관자는 둘째 삼촌이 진행했다. 그는 가족을 위해 들어놓은 상조협회가 있었다. 그 상조에 전화를 했다. 그곳 직원들이 대거 투입되었다.

나는 둘째 삼촌이 고마웠다. 우리는 그런 것을 해 본 적이 없어 우왕좌왕했다. 거기에 둘째네 아들들이 손 빠르게 일처리를 잘했다. 큰애는 농약회사, 작은아들은 한국타이어를 다녔다. 그들은 회사에서 상조 일에 협조자로서 큰일들을 많이 했다. 그들은 능력자였다. 우선 가족이 거주할 곳을 제일 크고 좋은 곳으로 정했다. 상조회에서 찬조하니까 2박 3일 비용이 저렴했다. 곧 손님 받는 문제, 음식문제 등을 논의하고 상주들이 손님들과 인사를 받게 했다. 넷째 동서가 선생을 했으니까, 그들 친구와 삼촌 친구들이 몇몇 있을 뿐이었다.

처음에 가족들과 우리는 눈물을 흘리며 슬퍼했다. 시어머니는 이곳에 오지 않았고, 알리지도 않았다. 아들 죽음을 알리는 것은 옳지 않았다. 그러나 당신은 이미 일주일 전 아들의 죽음을 예견했을 것이다. 손님은 간간이 왔다 갔다. 넓은 홀은 텅텅 비었다. 새벽부터 내려온 나는 힘들었다. 방으로 들어갔다. 창문으로 솔향이 솔솔 들어왔다. 새로 지은 병원 영안실과 내실은 깨끗했다. 큰 방과 거실 겸 방이 따로 있었다. 그리고 샤워실과 화장실이 있었다. 여성들은 큰방에, 남성들은 거실에 거주하며, 큰 홀을 왔다 갔다 했다.

- 형님, 시외삼촌이 오셔요. 지금 차에서 내렸어요.

- 그래? 외숙모는?

- 안 오시고, 지금 홀로 걸어 오셔요.

- 저 멀리 이모님도 아들이 모시고 오고 있어요.

우리 가족들은 우르르 몰려 나갔다. 영정사진 앞으로 가서 외삼촌이 절하고 울었다. 조금 있다가 다시 이모네 식구들이 영정 사진 앞에서 절하고 울었다. 그들은 조의금을 내고 홀로 들어와서 탁상에 앉았다. 점심때가 지나서 상차림이 시작되었고, 사람들과 손님이 어울려서 식사를 했다. 이야기는 시끄러웠다. 왜 죽었느냐. 어떻게 죽었냐.

이런저런 이야기는 계속되었다. 외삼촌은 술을 좋아했다. 소주 한 병을 큰 유리잔에 가득 채워 마셨다. 나는 걱정스러웠다. 저렇게 많이 드시고 서울을 어찌 가실까? 서서히 주사가 시작되었다.

둘째네 막내아들을 앉혀놓고 온갖 사설을 늘어놓았다. 그는 무릎을 꿇고 앉아서 '네, 네.'만 하고 있었다. 큰일이구나, 저 녀석을 끌어내야 하는데….

- 둘째 동서야, 이리와 봐.
- 네 형님.
- 너, 어서 네 아들 불러서 심부름을 시켜. 외삼촌에게 붙들려서 하루 종일 힘들게 앉아 있게 할 거야?
- 네.

그는 자기 아들을 불러서 심부름을 시켰다. 결국 외삼촌으로부터 벗어났다. 외삼촌은 사람을 찾았다. 나는 눈을 피하고 마주치지 않으려고 애썼다. 그러나 나를 불렀다. 그러나 나는 슬쩍 외면하면서 도망갔다. 또다시 셋째 삼촌과 자리했고 그들은 말 견주기 시합을 했다. 외삼촌은 당신이 서울대 나온 것을 엄청 과시하며, 큰형이 서울대 나왔다고 떠들어댔다. 나이 어린 애들에게도 이상한 궤변으로 상대방을 나이로, 자기가 돈이 많다는 것을 내세웠다. 홀 안은 이미 외삼촌의 사설로 괴로운 분위기로 변했다.

외삼촌은 말이 고픈 사람으로 보였다. 그는 친구들도 아마 싫어서 도망갔을 것이다. 애들은 모두 분가하고 교직을 퇴직한 외숙모도 자기 삶의 자유에 충실할 것이다. 이미 오래전에 교직을 퇴직한 외삼촌은 혼자 놀 수밖에 없을 것이다. 말할 사람이 없는 것이다. 유일하게 소주 먹는 것이 취미일 것이다. 여기 상갓집은 술과 이야기할 사람이 있는 좋은 곳이었다. 조카들도 이미 퇴직자가 되었으니 좋은 말 상대였던 것이다. 그중 셋째 삼촌이 말 상대로는 최고의 적임자가 되었다.

그들은 계속 술을 따라주고 받으며 말이 오고 갔다. 삼촌은 고시 공부하느라 온갖 책을 다 읽었고, 퇴직 후에도 잡다한 책으로 소일을 했다. 벌써 4~5년을 하루 종일 책을 읽으며 보냈다. 그에 비해 외삼촌은 평생에 책 한 권을 읽지 않았다. 그의 지식은 고등학교 교과과정으로 멈춘 것이다. 이론으로는 '달걀로 바위 치기'였다. 외삼촌의 궤변은 삼촌으로서 참을 수 없는 일이었다. 삼촌은 계속 이해시키려 애쓰고, 외삼촌은 자기 궤변이 더 합당했다. 결국 둘은 말싸움이 되었고, 셋째 삼촌은 그 자리를 떠났다. 다시는 외삼촌과 상종을 할 수 없다면서.

날은 어둑어둑해졌다. 나와 둘째 동서는 저녁 산책을 했다. 영안실을 중심으로 제1 병실, 2병실 등 대학병원 전체를 돌고 돌았다. 새로운 병원 짓기를 하느라 산책길은 어수선했다. 이 대학병원에 둘째 동서 남동생이 근무하고 있었다.

- 형님 여기 이사장이 얼마나 짠돌이인지 몰라요. 여기 직원들이 견디다 못해 다 나가요. 우리동생은 그런 줄을 모르고 왔다가 지금 고생이 많아요.
- 그렇구나. 이렇게 번듯한데 말이야. 돈 많은 놈들이 더 하다잖니.

산책을 하고 돌아오니, 외삼촌은 상주들 쉬는 거실에서 둘째 삼촌을 붙들고 이야기에 열중하고 있었다. 우리가 내실로 들어갔다. 외삼촌이 둘째 삼촌에게 말했다.

- 야, 너, 네 부인이 고등학교만 나온 거 참 잘한 거여. 넌 그것이 성공한 거여. 내 마누라 이대 나온거 그거 안 좋아. 넌 고등학교 나온 부인을 얻은 게 성공이라고.

그런데 그 말소리가 내실 모두에게 들렸다. 난 저거는 아닌데, 외삼촌 또 헛소리하고 있네…. 뭐야, 자기네 잘 났다는거야? 아이고 미친다 정말. 아니 저 양반은 어른이 빨리 집으로 가야 되는 게 아닌가? 계속 여기서 뭘 참견하시겠다는 거야. 정말, 밉상이구나. 하고 나는 속으로 되뇌었다. 그때 셋째 동서는 여기 사는 여동생네 집에 가서 자고 오겠다고 나갔다. 둘째 동서는 내 옆구리를 찌르며, 형님 우리집에 가서 자고 옵시다. 그리고 우리는 병원 옆 산쪽 길을 걸어 동서네 집으로 갔다. 거리는 가까웠다. 15분이 채 안 걸렸다.

- 여기 이 동네 참, 오랜만이다.
- 형님 여기 많이 변했지요?

- 여기 논, 밭만 가득했는데, 새 아파트 촌이 됐구나.
- 우리는 가난해서 이사 못 가고요, 다른 친구들은 벌써 이사갔어요. 동창들이
  왜 넌 맨날 거기냐고 하면 나는 가난해서 못 간다고 해요.

병원 끝 산자락이 끝날 때, 새로 지은 아파트가 신도시를 이루었다. 30년 전 그 모습은 하나도 없었다. 신도시에서 나오는 불빛은 찬란했다. 그 불빛을 따라 큰 도로 건널목을 건넜다. 사거리를 건너면서 옛 모습이 보였다. 언덕길을 오르면서 양옆으로 주차된 차가 가득 찼다. 아니 이렇게 차가 많다니. 주차된 차의 사잇길을 지나 담벼락 옆 쪽문을 통해서 아파트 단지로 들어섰다. 단지 내 사잇길을 지나 출입구의 엘리베이터 키 9층을 눌렀다. 엘리베이터는 새로 설치한 신형이었다.

- 신형이라 새 아파트 온 거 같네. 벽도 도색을 하니까 새 아파트 단지처럼 좋아
  보이네.
- 형님 아파트 가격이 안 나가요.
- 이 나이에 비싼 아파트 산다고 특별한 건 아니지 뭐. 건강하면 되는거야. 그리
  고 아직도 직장 다니면 감사한 거지.

우리는 910호로 들어왔다. 오랜만의 방문이었다. 한때는 내가 동서에게 테니스를 가르치려 애썼다. 처음엔 레슨비도 보태고. 내가 강의하러 내려오면 새벽부터 둘째 동서를 학교 운동장으로 불렀다. 오전 내내 둘이 넬리를 하며 공에 익숙해지게 했다. 그리고 나는 오후 타

임 강의를 하고 서울로 올라갔다. 우리는 그런 날을 기대했고 만나고 공을 쳤다. 세월은 흘러갔다. 그는 게임을 할 수 있었다. 그러나 둘째 삼촌이 테니스를 치지 않았다. 내가 아무리 간곡히 공을 치게 하려 해도 고집이 있어서 배우지 않았다.

그 후 어느 때 우리는 함께 속초 콘도를 잡아 놀러갔다. 우리는 테니스 광이 되어 여름휴가 중에도 그곳 군인 테니스 코트장에서 테니스 게임을 즐겼다. 결국 둘째 삼촌 혼자 콘도에 있었고. 우리는 오후 늦게 도착했다. 화가 잔뜩났던 기억이 났다. 그 후 둘째 삼촌은 테니스를 시작했고, 테니스광으로…. 세월이 흘러 둘째네 집에서 가족 모임을 끝내고, 형제들이 시간을 내서 테니스 게임을 하고 돌아왔던 생각이 났다. 그때 TV를 보던 시어머니는 운동하고 오는 우리가 참을 수 없어서 성질을 내며, 삐져서 당신의 집으로 달려 나갔다.

그 당시 아들들은 어머니를 붙들고, 화를 푸셔요. 잘못했어요. 읍소작전으로 어머니를 달랬다. 그 광경을 보고 나는 속으로 웃겼다. 며느리들이 오랜만에 만나 운동 좀 한 것이 뭐가 그리 잘못이라는 것인지 그를 이해할 수 없었다. 사랑하는 자기 아들들이 있으면 된 것이지. 이제 다시 저녁 준비를 해서 가족이 밥을 먹으면 되는 것을. 시어머니는 삐져서 가버렸고 사랑하는 막내아들네가 시어머니 뒤를 따라나갔다. 우리가 어쩌라고. 며느리가 건강해야 당신의 아들들을 돌보는 게 아니겠냐고 속삭였다. 시아버지가 응급실에 오래 있을 때도 둘째 동서와 나는 힘들면 여기서 공 치고 쉬다가 시아버지를 돌보러 병원으로 갔었다.

- 둘째야, 우리가 건강해야 환자를 돌볼 수 있는거야. 언제 돌아가실지도 모르는데, 병원에 계속 머문다고 깨어나는 것도 아니잖니. 즐기면서 환자를 돌보자.

그렇게 세월을 보냈는데…. 둘째네 집 원형은 그대로였다. 항상 삐걱거리던 현관문은 수리가 되었다. 테니스 가방과 채는 신발장 위에 놓여 있었다. 현관 오른쪽 방은 피아노와 애들이 쓰던 책상 등과 단출한 물품들이. 왼쪽 방에는 애들 쓰던 물건이 없이 온갖 식자재가 있었다. 시골에서 가져온 약술이 그중 많았다. 단지마다 가득 찼다. 거실과 실내는 새로 도배를 해서 깨끗했다. 목욕탕도 30년 전 그대로의 모습이었다. 거실의 TV가 신형이었다. 다른 것은 간소하고 깨끗하게 그대로의 모습으로, 베란다, 부엌. 다용도실 등이 옛 추억 그대로 모습이어서 좋았다. 냉장고와 안방의 장롱, 시집올 때 가져온 화장대 등 모두가 그대로였다. 그나 나나 물건마다 30년이 넘은 것을 그대로 가지고 있는 것은 우리 둘이 똑같았다.

우리는 식탁에 앉았다.

- 형님 이거 약술인데 한잔하고 자요.
- 그래? 그러자.
- 이 약술 혈액 순환에 좋고, 통증에도 좋대요. 이거 술은요, 눈에 좋고 여자들 자궁에 좋고, 무릎 관절에도 좋대요.

우리는 이것저것 한두 잔을 먹으며, 이런저런 이야기를 했다. 그동안, 시어머니의 농간으로 우리는 만날 수 없었다. 모든 것은 지나간 이야기가 되었고 우리들의 역사가 되었다. 우리는 혈맹의 동지처럼 함께 늙어가는 동반자였다. 오랫동안 하지 못한 말을 우리는 밤을 새며 쏟아냈다. 동서의 이야기, 나의 이야기, 시어머니의 심통 이야기, 이 집안의 나쁜 버릇 등을 토해내며 우리의 스트레스를 풀었다. 나는 제안했다. 잠시 눈을 감자. 그래야 병원에 가서 일을 하지. 그리고 눈을 감았다. 한 시간이라도 잠을 자자.

눈을 붙이자 마자 날은 금방 밝아졌다. 우리는 깜짝 놀랐다. 새벽에 병원으로 가려 했는데. 동서는 생달걀 2개를 렌즈에 10초씩 돌리고 형님 날것이지만 드셔 봐요. 그리고 들기름 한 술을 입에 떠 넣어주고 삼키셔요. 아침 해장 겸 건강식품입니다. 곧 눈곱을 떼고 우리는 병원으로 달렸다. 홀은 넓었고 제각각 자기네 집에 가서 자고 온 사람들이 하나씩 들어왔다. 시외삼촌과 셋째 삼촌, 둘째 삼촌 간에 사이가 안 좋아졌음이 느껴졌다. 팔순에 가까운 시외삼촌이 문제가 되었다. 상갓집에서 계속 기거하는 것도 문제였다.

영전 앞에는 국화꽃이 있었다. 넷째네는 절실한 기독교 신자였다. 그래서 시댁 명절 차례나 제사 때, 절을 하지 않았다. 모든 것은 기독교 절차로 진행하면 되었다. 그런데 이곳은 교인이 없었다. 찬송가도 없었다. 다섯째 삼촌네도 교회 다니는 기독교인이었다. 상주들은 영전을 지키다 말다 했다. 그런 곳을 막내 삼촌 부부가 지켰다. 이곳은 제사 절차가 없어서 좋았다. 시아버지 돌아가셨을 때 장례식 예절 절차로 많은 제사로 상주들이 힘들었던 생각. 그런데 여기는 단순하고 깨끗했다.

한낮이 되면서 손님들이 몰려왔다. 둘째네 아들, 며느리, 손자, 셋째네, 딸네 손자, 아들. 내 남동생, 제부. 나는 큰딸네를 부르지 않았다. 나는 심리적으로 고민했다. 사위가 몸이 안 좋아 회사를 그만두었다. 고혈압에 스트레스성 질환에 시달렸다. 자신이 아픈데 체면으로 상갓집에 오라 하는 것도 내 마음이 편치 않았다. 그냥 부조금만 내게 했다. 삼촌을 조문하는 조카들을 보면서 내가 잘못인가, 하고 후회를 하며 고민했다. 그때 큰애가 큰 조카인데, 거기에 작은애는 시집도 못 갔다, 다른 나이 어린 조카들은 애 둘을 낳았고 잘들 사는데⋯. 여하튼 나는 심적 고통이 일어났다.

이런 것이 잘한 것인지 잘못한 것인지 말이다. 일 년 후인 지금은 내 판단이 옳은 것 같은 생각이 들었다. 둘쨋날, 갑자기 영전에서 발악 소리가 났다. 상주 아들이 발악을 한 것이다. 웬 발악? 나는 이해할 수 없었다. 막내 삼촌이 발악하는 조카를 달랬다. 그러지 마라. 그런 일은 한두 번 더 있었다. 우리가 넷째 삼촌의 죽음을 어찌한 것도 아니고, 발악을 하면 어쩌자는 것인지. 나는 그놈이 괘씸했다. 막내 삼촌부부는 넷째 삼촌에 대해 애도하는 마음이 간절했다. 밤을 새워 영전을 지켰다. 그에 비해 상주들은 각자 자기 친구들과 노닥거리며 시시덕거렸다. 그러나 막내 삼촌 부부는 상주가 웃을 때도 슬프게 영전을 지켰다.

시간이 길수록 상주들은 자기들의 자유시간을 즐겼다. 넷4째 동서는 친구들과 즐기며 이야기했다. 사람들은 넷째 동서의 붉은 머리 색깔을 욕했다. 상스런 머리 색깔이 어울리지 않았다. 어쩌다가 부조금 이야기가 나왔다. 동서들이 얼마 부조금을 해야 하느냐 물었다. 나는 너희들이 하는 대로 하겠다. 셋째가 우리 모두 퇴직자이고 200만 원 연금자이니 50만 원만 하는 게 좋겠어요. 그럼 그러자. 그런데 막내 삼촌이 나는 100만 원을 했어요. 나는 깜짝 놀랐다. 막내 공무원 말단 월급이 200만 원이 될 랑 말 랑했다. 그런데 100만 원을 냈다는구나. 그럼 한 달을 어떻게 살지 걱정했다. 애들은 이제 중학교에 들어가고, 고등학교에 입학했는데…. 형들의 체모가 말이 안 되는 것이다. 우리는 다시 통에 넣은 부조금을 회수했다.

각자 봉투를 다시 100만 원으로 채워넣어야 했다. 나는 뭔가 맞지 않은 느낌이 났다. 각자 봉투를 채우기 위해 은행으로 달려갔다. 나도 마이너스 통장 카드로 오십만 원을 더 채워 넣었다. 저녁이 되어 모든 조의금 합계는 둘째네 큰아들이 계산을 했다. 그의 계산법으로 상가 비용을 빼면 넉넉히 남을 것으로 집계되었다. 넷째네 딸이 잔금을 지켰다. 장례처리에 드는 비용을 지불해야 하는 것에서 넷째네 딸은 약간 신경질적이었다. 그의 태도가 나는 못마땅했다. 그 딸은 돈에 대한 욕심이 많았다. 제 어미 닮았구나, 이 집은 돈에 대한 집착이 강하구나. 난 머리를 흔들며 부정적으로 흐르는 감정을 지우려 애썼다.

나이가 한참 많은 우리들 가족이 너네 가족을 위해서 모두가 밤을 새며, 모든 것을 처리해주고 있는데…. 너네 돈을 소비하는 것도 아니고 필요경비를 계산하고 있는데, 당연히 소요하는 경비를 부조금에서 빼서 써야 하는 것이었다. 그런데 조카는 저희들 돈을 억지로 강탈하여 소비하는 것으로 생각하다니…. 그들 모습에 나는 불쾌했다. 여하튼 둘째네 큰아들이 다음날 경비를 계산했다. 그러나 상주들은 계속 영전을 지키지 않고 딴짓을 했다. 물론 손님도 없었다. 저희 아비고 저희 식구인데, 빈 영전을 막내 삼촌 아들인 중고등학생들이 지켰다. 그리고 그날 저녁, 둘째 동서와 나는 다시 어젯밤에 묵었던 동서네 집으로 갔고, 셋째네는 자기 여동생네 집으로 갔다.

우리는 그날, 저녁도 약술을 먹으며, 예전에 일어난 일들을 회상했고. 동서 친구들 이야기로 꽃을 피웠다. 동서 동창인 중이 마음씨가 고와서 이 남자 저 남자를 사귀었고, 그가 버는 돈을 몽땅 남자들에게 빼앗기며 사는 이야기. 무당집을 관리하는데 돈을 아주 잘 버는 얘기, 남자들에게 뜯기는 이야기 등. 그렇게 밤을 새며 이야기하고, 이튿날 일찍 병원으로 달려갔다. 아침에 청주에서 목사님을 불러왔고 몇몇 신도들도 따라왔다. 영전에서 찬송가를 불러 예를 차렸다.

곧 영안실로 가족이 모였다. 영안실에서 냉동된 넷째 삼촌에게 인사를 하고 염을 해서 평상시 입던 양복으로 옷을 입혔다. 냉동된 삼촌 얼굴은 회색으로 굳었다. 갈색 양복이 잘 어울렸다. 부인과 애들이 소리치며 울었다. 부인은 얼굴을 끌어안고 여보를 부르며 울었다. 그리고 이상한 방언으로 소리치며 울부짖었다. 아마, 주님을 부르는 소리 같았다. 우리는 조용히 삼촌을 보고 울었다. 부인은 계속 이상한 방언으로 주문을 외웠다. 우리는 장례사가 주는 꽃을 받아 관속에 있는 삼촌에게 꽃을 바쳤다. 시간은 흘러갔다.

관을 꽃 끈으로 묶었다. 꽃으로 장식된 관의 끈을 잡고 가족들이 관을 이동차량으로 옮겼고 우리는 울면서 관을 따라갔다. 마지막 인사를 하고 가족들은 차에 탔다. 차로 가까운 화장터로 옮겼다. 화장을 기다리는 차량은 많았다. 우리는 다시 관을 옮기며 뒤따라갔다. 가족은 대기실에서 기다렸다. 한참을 기다렸다. 전광판 몇 호에서 삼촌이 화장할 것이라고 문자가 나타났다. 넷째 삼촌 관에 가족이 마지막 인사를 했다. 그 관은 화구문이 열리면서 자동으로 들어갔다.

대기실에서 가족은 화장 시간을 기다렸다. 한 시간이 지난 후 삼촌은 재가 되어 나왔다. 정말 한 줌의 흰 재가 화구에서 나왔다. 빗자루로 쓸어서 재를 항아리에 담았다. 그 항아리를 가족이 들고 자동차로 이동했다. 우리는 대형버스를 타고 뒤따라갔다. 납골당은 가까웠다. 그곳에서 마지막 예배로 목사가 기도문을 외웠고, 찬송가를 불렀다.

삼촌은 납골당 윗부분에 자리 잡았다. 우리는 다시 마지막으로 삼촌의 영혼을 빌었다.

  끝으로 다시 모든 가족이 병원으로 이동했다. 거기서 모든 장례비용을 끝마쳤고, 길 건너 식당에서 늦은 오후 점심 겸 저녁을 먹고 주차장에서 만났다. 우리는 둘째네 차에 탔다. 차를 타고 이동하는데 둘째 동서가 저 멀리 가는 넷째 동서 차를 보고, 아니, 언제 또 차를 바꾼 거야, 돈도 없다면서…. 그 소리는 가늘고 길었다. 우리는 조용히 시어머니 집으로 이동했다. 시어머니는 넷째 삼촌의 죽음을 알아차렸고, 당신은 울었다. 시간은 흘러갔고, 형제들은 각자 자기들 차를 타고 자기들의 집으로 바쁘게 달렸다. 야밤에 우리는 서울 터미널에 도착했다.

  이튿날 내 카톡으로 넷째 동서가 문자를 보냈다.

- 욥은 하루 만에 모든 것을 잃었는데 저는 일주일 만에 남편만 잃은 고난의 깊이를 생각하고 있어요. 살다 보니 이렇게 허무함을 처절하게 느끼게 되네요. 아~ 인생이 이것밖에 되지 않는다는 것을 전도서를 통해 알았지만, 현실로 닥치니 전도서 1장을 외치며 하나님 인생이 너무 허무하다고 하며 울게 되더라고요. 그래도 완전하신, 신실하신, 실수하지 않으시는 하나님이기에 모든 것을 허락하셨겠지요. 이번 일로 천국에 대한 간절한 소망이 생기고 새 하늘과 새 땅이 빨리 왔으면 좋겠어요. 여러분의 위로에 감사드립니다.

나는 이 문자를 받았을 때 내 안에 화가 일어났다. 병원에서 2박 3일 동안, 상주답지 못한 불량스런 태도와 행동이 싫었던 것이다. 가족이 눈물로 슬퍼서, 실신 상태가 일어났던가, 아니면 애도하는 태도가 정말 딱해서 우리도 눈물이 흘려지는…. 나는 그들의 모습이 저런 모습은 아닌데, 라는 것을 느꼈다. 거기에 딸이 나타내는 부조금에 대한 집착이 싫었고, 갑자기 아들이 영전 앞에서 소리치며 발악을 하는 행동이 무슨 큰아버지와 작은아버지들에 대한 반항의식? 넷째 동서의 빨강 머리와 그의 친구들과 함께 웃음 짓고 떠드는 모습들에 대한 기억 등이 나를 냉담자로 만들었다.

나는 지금까지 1년 내내 그의 문자를 씹으며, 냉담자로 있었다. 1년이 넘어 다시 이 문자를 읽으면서, 그럴 필요가 없는 것인데…; 어차피 우리는 이제 얼마 남지 않은 세월을 살다가 가버릴 것인데. 영원히 살 것처럼. 밉다느니, 곱다느니, 싫다느니를 찾으며 마음을 따라 살려 하는 것인가. 이런 부정적 감정은 내게 문제가 있다는 것인데. 그것을 깨닫지 못하고. 나는 변명을 하며 넷째에게 잘 살고 있지? 하며 문자를 보냈다.

 - 넷째 동서 잘 살고 있지? 삼촌 간 지 벌써 1년이 훌 지나갔구나. 무소식이 희소식인 거 같다. 그동안 우리도 죽음의 고비를 많이 넘어갔다. 일찍이 나는 우리 친정 아버지가 59세에 돌아가시고 연거푸 가족 3명의 죽음을 겪어서 죽음을 맞이하는 게 무섭다는 것을 안다. 젊은 남동생과 어린 조카가 죽었으니. 그래

서 난 내 남편 59잔치로 시댁 식구들 데리고 일본 여행을 갔던 것이지. 다시 죽음의 고비를 우리 남편이 넘겼으니 69잔치를 하려 했지. 그러나 코로나로 발이 묶였다. 퇴직 10년째인데 무슨 큰돈이 있겠냐, 가족이 모여서 얼굴보고 밥 먹으면 되는 거지. 모두가 힘든 시기야. 너네 가족이 건강하고 주님의 뜻대로 행복하기를 빌게. 작년에 사실은 사위가 병원에서 안 좋았어. 스트레스 병이 심해서 입원했고 직장도 그만두고, 그때 삼촌이 갔잖아. 그래서 진현네가 참가하지 못했고. 난 그들이 별일 없이, 죽지 않아 감사했어. 사는 거가 별거가. 죽지 않고 살아있으면 감사더라고. 항상 건강하시게.

*

감기가 나아 손자가 공부하러 온다는 날이다.

원래는 월 수 금요일에 손자들이 와서 할아버지에게 영어 공부를 하는 날이다. 그런데 감기로 그들은 우리 집에 못 왔다. 작은 손녀는 코로나는 아닌데 할미하고 하부가 감기 걸리면 안 돼서 못 오겠다 했다. 그 후 다시 아침에 손자들이 씩씩하게 왔다. 오빠는 하부와 영어 공부를 하고, 동생은 할미와 한글을 깨치며 읽었다. 그림도 그리고, 책도 읽었다. 영어 유튜브로 영어 공부는 하기 싫었다. 그러더니 자기가 유튜브를 만들었음을 알렸다. 그럼 그것을 보자.

민예tv 별이(업로드한 동영상)

안녕하세요, 별이티비 별이입니다. 밑에 자막도 나오지만 일단 말을 했어요. 근데요. 화요일마다 별이티비 별이 올라온대요. 박수~

(음악이 배경에 나왔다.)

컨텐츠는 게임 게임, 화요일, 오늘 저녁에 올라올거구요. 여러분, 그런데요, 제가 감기 기운이 있어서 기침도 하고 가래가 있고 목도 아프고요. 이럴 때가 있어요. 그래도 좀 이해해 주세요. 예~ 이해해 주시면 감사합니다.

- 일단 별이 집에 달님이 있거든요. 목소리가 나오고요, 달님이 편집도 해주고, 많이 많이 사랑해주세요. 특히 사람은 얼굴만큼 나올지 몰라요. 가끔씩은 이상한 음악이 나오는데 이해해 주세요 안녕~

8살짜리 작은 손녀 예원이가 만든 유튜브이다. 나는 깜짝 놀랐다. 이렇게 잘 만들다니. 예원이는 코로나 때문에 학교를 못 갔다. 첫 입학식도 못 했다. 계속 등교가 늦어졌다. 한 달이 넘었다. 새로 산 책가방과 새 신, 새 옷 등을 입고 학교 가는 것이 꿈이었는데. 눈만 뜨면 책가방을 둘러메고 신발주머니를 들고 학교 가는 모습으로 현관을 나갔다 돌아왔다. 학교가 가고 싶어 안달이 났다. 겨울 내내 집에서 움직이지 못하니까 오빠와 답답했다 엄마가 4학년 오빠랑 싸울 일이 많았다.

오빠는 하겠다 하고. 엄마는 하지 말라 하고. 둘이는 심하게 싸우는 일이 많고. 중재는 예원이가 했다. 엄마! 오빠가 화가 나서 현관문을 탁 닫고 나간 것이 아니라 문을 여니까 갑자기 바람이 세게 불어서 문이 세게 닫힌 거예요. 엄마가 가르치는 공부는 오빠와 다시 싸움이 일어났다. 결국 엄마는 오빠를 외할아버지 집으로 영어 공부를 하러 가라고 소리쳤어요. 나중에는 예원이도 오빠 따라 갔어요. 그래서 둘은 한 달 동안 외할아버지 집으로 공부하러 간 것이다.

월 수 금은 우리 집으로 웅찬이와 예원이가 왔다. 한 달이 넘으니 영어책도 한 권 끝마쳤다. 어느 날 우리는 책거리로 짜장면도 먹었다. 공부는 40분, 끝나면 농구공을 가지고 농구 골대로 갔다. 겨울 추울 때 바닥은 빙판이 되어 얼었다 그곳에서 웅찬이는 70골을 넣었다. 차츰 날이 풀리면서 꼬마들이 몰려왔다. 어느 때는 농구공 20개가 서로 공을 넣으려 다툼이 일어났다. 그때부터 골인 공을 20개, 10개 등으로 공 넣기를 줄였다. 예원이는 오빠 옆에서 달리기를 했다. 미끄럼틀 둘레를 10바퀴, 줄넘기를 200번씩 하고 집으로 돌아갔다.

어느 날 예원이에게 전화가 왔다.

- 할머니.

- 응, 너 감기 걸렸구나. 목이 쉬었네.

- 예, 할머니. 그런데, 내가요, 코로나는 아닌데요, 감기가 걸려서 할머니네 집 못 갈

거 같아요. 내가 가면 할아버지랑 할머니가 나이가 많은데, 걸릴 거 같아서요.

- 그렇네. 그럼 다음에 와. 그리고 오빠만 와.

- 그런데, 오빠도 그래요.

- 그럼 다음에 와.

- 예. 죄송해요.

다시 웅찬이가 나에게 전화했다.

- 할머니

- 응.

- 이번 주는 수, 목, 금을 갈게요.

- 그래.

나는 손자들이 기특했다. 여하튼 웃기는 일이지만 우리 애들보다 정확하고 무엇이든 열정적인 것이 마음에 들었다. 어른이 된 내 딸들은 매사가 느렸고, 핑계가 많아 하지 못하는 것이 많았다. 애들은 나에게 엄마 유튜브를 찍으라 했다. 작은애는 엄마가 항상 음식을 많이 만드니까 유튜브를 찍어서 올려요. 나는 큰애에게 네가 옛날에 글을 잘 썼으니까 애들이 크는 모습을 유튜브로 찍어 올려봐. 그러지요. 그 후 큰애는 흐지부지 그 일이 사라졌다. 다시 어느 날 자기는 대학원 공부를 하겠다 했다. 나는 학비를 대줄 테니 해봐. 그는 그 사실도 사라졌다. 그는 매사 하겠다 했고, 다시 그 일들은 사라졌다.

큰애든 작은애든 그들의 생태는 그렇게 태어난 애들이었다. 그에 비해 나는 한번 하겠다 하면 하는 사람이었다. 나는 평생을 애들에게 속으면서 상처받았다. 내 애들은 나와는 달랐다. 그들은 무엇이든 하겠다 하고는 하지 않았다. 그들은 말을 쉽게 했고 쉽게 포기했다. 그들에게 희망을 가졌다가 실망을 가졌다. 나는 의욕이 많았고 그들은 말로만 욕심을 냈다. 어릴 때 우리 시대는 어려운 시대였다. 내가 다닌 중고등학교는 부유한 가정이 대부분이었다. 그들은 학교 선생님들에게 큰돈을 주고 집중 과외를 많이 했다. 학교 교과목 선생들에게 과외하는 학생들이 시험성적이 우수했던 생각. 특히 영어 수학 과외자들이 그랬다.

나와 비등했지만, 과외 받은 친구들은 성적이 항상 우위였다. 나와 비슷한 또래의 고모 아들은 초등학교부터 내내 가정교사를 옆에 끼고 살았다. 결국 그는 경기고와 서울대를 졸업했다. 그리고 교수가 되었다. 그런 사실 때문인지 나는 우리 애들에게 과외를 해줘야 하는 생각이 지배적이었다. 그래서 우리 애들에게 나는 학원과 과외를 시키며, 최선을 다했다. 여기서 갈등이 시작되었다. 내 욕망에 애들은 따라주지 않았다. 나는 그들이 성실하기를 바랐다. 그러나 그렇지 못했다. 수학 문제집과 영어 문제집은 새책 그대로 공부하지 못한 대로 버려졌다.

그럼 차라리 문제집을 사달라지를 말던지. 나는 속이 썩었다. 큰애에게 성실하기만을 바랐다. 그는 공부에 관심이 없었다. 어렸을 때, 5

세경이었다. 그가 피아노를 배우고 싶다고 했다. 좋다. 그러나 하다가 안 하겠다는 말을 하면 안 된다, 약속을 하면 피아노를 배워라. 큰애는 피아노 배우기를 고등학교 2학년 때까지 학원에서 배웠다. 그는 공부가 싫으니, 음대 피아노과를 가면 좋겠다. 서울 실력이 안 되면, 지방대를 보내면 된다. 그리고 피아노 10대를 사서 피아노학원 선생을 하면 좋겠구나. 그런데 고2학년 말, 피아노학원 선생은 큰애가 레슨을 받으러 오지 않음을 알렸다. 결국 큰애는 피아노 공부를 안 하겠다며 끝을 낸 것이었다.

결국 자식 농사에서 자식이 원하는 것을 잘못 선정한 것이었다. 그가 원하는 것은 무엇인가? 중학교 때 그는 자기머리에 신경을 썼다. 아침마다 머리를 핀으로 돌돌 말고, 맘에 안 들면 머리를 다시 물로 폈다. 나는 그를 이해할 수 없었다. 나는 학교 가는 길이 멀어서 단어장을 외우며 학교에 갔는데…. 학교가 끝나면 그는 바로 집으로 오지 않았다. 지하상가를 돌고 둘러보다가 집으로 왔다. 내 딸이 학습에 관심이 없음에 나는 애를 태웠다. 어느 날 그에게

- 너 머리 손질하는 것이 좋으면 미용사가 되는 것이 좋겠다. 그 기술을 익히면 잘 살 것이야. 일본 미용실이 발달했으니 그곳으로 유학가면 좋겠다.
- 나 절대 아니야요.

그리고 세월은 흘러갔다. 고등학교 2학년 때 그는 피아노 배우기를

끝내버렸다. 없는 살림에 그를 위한 피아노를 현관문 통로 벽에 10년 모시고, 날마다 피아노 연습을 시키고 살았던 것이 억울했다. 아이들에게 악기를 한 가지씩 가르치면 머리가 좋아진다 했는데…. 나는 어릴 때 하고 싶은 것이 많았다. 빚을 내서 애들에게 이것저것을 가르치고 싶었다. 나의 정열에 비해 그는 열정이 없었다. 그러나 그의 욕심은 컸다. 그가 고2 과정에서 의사가 되겠다고 이과로 갔다. 나는 속으로 욕했다. 공부는 하지 않으면서 무슨 그런 욕심을.

그것도 내력이겠지. 셋째, 다섯째 삼촌이 공부는 부족한데 고대 법대를 3번씩 낙방했으니, 거기에 셋째, 넷째, 다섯째 삼촌들이 줄줄이 고시공부로 한세월을 보냈으니. 그 내력을 어찌할꼬. 3학년 졸업을 하고, 그는 갈 만한 곳이 없었다. 계속 낙방을 하고 그는 재수 삼수를 했다. 그것도 내력으로 보여졌다. 떨어져서, 합격한 곳이 맘에 안 들어서. 그러나 이과는 적성이 아니라고 다시 스스로 문과를 선정했다. 마지막으로 자신이 배우지 않은 교과목을 독학해서 들어갔다.

자기와 상관없는 철학과를. 그것도 영어 만점으로 특차가 되어 입학했고 졸업했다. 직업도 스스로 아르바이트하다가 여행사를 차렸다. 그러나 그것은 돈이 벌리지 않았다. 처음엔 여러 사람의 도움으로 그럭저럭 운영이 되었다. 이제는 코로나로 더욱 회사 운영이 어려워졌을 것이다. 거기에 자기가 낳은 아이들 키우는 것도 벅찼다. 지금 애기들은 빠르게 성장하고 있었다. 혼자 벌어서 애기들 키우는 것이 어려울 것이다. 남편과 둘이 벌어야 생활이 이루어질 것인데 그는 어떤 생각을 하고 있는지 나는 알 수 없었다.

코로나 시대 다들 어떻게든 살아가기는 한다. 딸애도 그렇기는 하다. 그들은 안 되는 것도 없고 그렇다고 되는 것도 없었다. 연금 타서 살아가는 우리는 젊어서 고생했지만, 그런대로 마음이 편안하다. 그런데 자식들을 생각하면 가슴이 답답하다. 각자가 자기 할 일이 없으니 말이다. 있다 하더라도 먹고사는 것이 빠듯한 것이다. 우리의 젊은 시대도 그랬다. 월급을 타 봐야 하루 이틀이면 월급 봉투가 바닥이 났다. 미리 가불해서 여기저기 땜질하며 살았으니 월급이 나와도 이거 저거 갚고 나면 또 가불해서 써야했으니…. 지금 아이들도 같을 것이다.

다행히 그 애들이 아파해도 마음은 편안하다. 건강보험료가 애들을 치료해주니 말이다. 우리 시대는 병원 가는 것이 비쌌다. 함부로 갈 수 없었다. 이제 서서히 그들의 삶은 그들이 책임을 져야 한다. 그이상 부모는 어쩔 수가 없다. 죽어도 살아도 그들의 인생인 것이다. 부모로서 나름 최선을 해서 교육시켰는데 그중 매우 잘한 것이 테니스 교육을 시킨 것이다. 거의 40세까지 테니스 레슨을 시켰으니. 그것은 그들을 위해서가 아니라 나를 위해서였다. 동생이 죽었을 때 어머니는 한평생을 힘들어했다. 그래서 나는 아이들에게 한 가지 운동은 평생을 건강하게 할 수 있을 것이라 생각했다.

이제 딸들은 테니스광이었고 그것의 달인이었다. 그들은 테니스가 인생의 동반자인 것이다. 그들에겐 운동으로 인해 현대병을 이겨낼 수 있는 힘이 생겼다. 요즘 젊은이들 사이에 조울증이 많았다. 자살률도 높았다. 정신병자는 평생의 병으로 가족을 분열시키는 무서운 병이다. 테니스는 그런 정신적인 병을 사라지게 해서 좋았다. 언젠가 그에게 테니스 선수를 시켰으면 좋았을 것을 생각했다. 이제 인생의 마지막 단계에 이르렀고 지나간 것은 뭐가 그렇게 중요하겠는가. 지금 현재에 만족하고 나를 되돌아보며 성찰하는 것이 좋을 것이었다. 오늘 법륜스님의 강의를 들었다. 부처님의 이야기를 했다. 스님 중에 말만하면 시장잡배처럼 욕을 하는 스님이 있었다. 그 스님은 어느 스님하고 이야기를 해도 욕을 하고 상스러운 이야기를 해서 수도스님이 그 스님을 욕했다.

어찌 그리 수도 스님의 말씀이 조폭들이 쓰는 말처럼 천박한 말을 할 수 있는가를. 그 이야기가 부처님에게 들어갔다. 부처님이 스님에게 말했다. 그 스님은 5대째 그런 집안이었고, 그가 과거에 그렇게 살았기 때문에 몸에 배서 그런 소리가 나오는 거다. 그 스님 속은 깨끗하고 정결한 사람이다. 그건 소리를 한다고 스님들에게 피해를 주는 것이 아니다. 태생이 그럴 뿐이다. 그래도 그 스님에게 무슨 공덕이 있어서 지금 같은 수도승으로 그동안 업을 다 끝내고 지금은 깨끗하다 했다.

여러분의 자신을 봐야지 남의 것을 보는 것이 아니라고. 법륜스님은 강조했다. 사람들은 자신의 허물은 안 보이고 남의 허물만 보인다. 부부도 그렇다. 부인은 부인 것을 이해해 주기를 바라고 남편은 남편대로 자기 것을 이해해 주기를 바란다. 우리는 남의 것에 이러쿵저러쿵할 필요가 없다. 내 허물이 사람들을 힘들게 하지 말고, 공덕을 베풀어라. 그 공덕은 사라지는 것이 아니라 쌓여서 언젠가는 돌아온다는 것이었다.

법륜스님을 통해 나는 어떤가? 내 허물로 남을 괴롭히지는 않는가? 나도 공덕을 쌓아서 내가 지녔던 허물을 없애는 일이 되기를 바랐다.

*

2013. 8. 30. 호명산을 가다.

아침부터 차가 밀렸다. 추석 3주 전이라 벌초로 성묘객이 많기 때문이리라. 우리는 춘천 고속도로에서 빠져나왔다. 양평 쪽 길로 들어갔다. 팽이버섯과 가로수가 있는 길을 지나 다리를 건너, 다시 터널을 지나갔다. 곧 조안 쪽 방향이었다. 신 다리가 아닌 구 다리를 건넜다. 양평시장이 나왔다. 그곳에 오면 우리는 옥수수 튀밥을 샀고, 유명산으로 가는 방향으로 길을 잡았다. 그 길은 내가 좋아하는 길이었다.

왼쪽은 한강이 오른쪽은 푸른 산이 있어서 도로는 판타스틱했다. 이 곳은 스위스의 알프스 경치를 닮았다. 강과 산을 따라 북쪽으로 올라 갔다. 그곳에 서종면사무소가 나타났다.

우리 차는 하이킹족과 더불어 갔다. 십여 분 지나면, 청평 다리가 나왔다. 그 다리를 건넜다. 강에서 사람들은 낚시를 했다. 강 건너 호 명산이 강 주위로 우뚝 솟아 있었다. 곧 청평읍이 보였다. 차는 청평 읍 샛길로 빠져, 샛강을 따라 들어갔다. 차도는 승용차로 가득 찼다. 사람들은 마음이 분주했다. 추석은 사람들을 바쁘게 했다. 우리는 청 평역 주차장에 주차를 하고 잠시 휴식했다. 볼일을 보고 벤치에 앉았 다. 산과 물은 푸르르고, 마음은 고요했다.

갑자기 어제의 일로 작은딸이 생각났다. 나는 전날 그에게 시집을 안 간다고 폭언 문자를 보낸 것이 미안했다. 내가 어머니이기 때문에 딸에게 독촉을 하고 그를 괴롭혀야하는 것이 내 역할인가? 그것이 옳 은 일인가를. 어머니는 이래야 하는가를 다시 생각했다. 이제 좀 나 를 자제하고 더 기다리는 공부를 해야겠다. 시험 보듯이 재수, 삼수 를 칠 수도 있지 않은가. 대학 입시 하듯 말이다. 다시 또 몇 수를 하 면 되지 않겠나 생각했다. 그러나 네가 평생 무엇을 해 먹고 혼자 살 수 있는가를 나에게 알려줘야 하지 않겠나. 그래야 내가 죽어도 너 혼자 잘 살 수 있을 것 같아서 위로가 되지 않겠나 하는 생각이었다.

내가 이 글을 본 것은 2020년 4월 12일이다. 우연히 책상 서랍에 있는 옛날 핸드폰에 내가 기록한 것이었다. 글을 읽으니, 호명산에 가기 위해 강줄기를 따라갔던 멋진 추억이 나를 기쁘게 했다. 그리고, 내 작은딸이 시집을 못 가서 힘들어하던 기억들. 그런데 그는 아직도 지금까지 시집을 못 간 그대로의 상태인 것이다. 그때는 그의 나이가 33세, 올해 나이는 40세. 그동안 많은 심리적 갈등으로 우리는 싸우고 상처 주고, 서로 간 원수? 하여튼 우리는 그런 관계로 이어졌다.

나의 인생을 되돌아봤다. 나와 시어머니의 갈등은 60세까지였다. 나는 무조건 복종하고 순종하는 시대에 살았다. 그 후 나는 독립을 선언했고 나를 스스로 구속당하지 않으려 했고 당신이 원하는 것을 모두 해결해주는 해결사로만. 시어머니의 강압적인 독단을 나는 피할 수 있었다. 그 후 다시 작은딸과의 관계는 내가 갑이고 딸이 을이 되는. 나는 억지로 그를 36세 때부터 조카와 집을 얻어주어 내보냈다. 사람들은 나를 욕했다. 어찌 딸을 내보냐고. 나는 여러 사정을 고려해서 그가 독립할 수 있는 길을 만들려고 노력했다.

그는 취직이 어렵고 놀고 먹는 것으로 자기 삶을 이어가는 것이다. 그는 나의 캥거루 가족으로. 강남의 자식들은 그런 경우가 많았다. 결국 그는 나에 대해 적의를 품고 독립했다. 그의 적의는 어미가 아닌 원수로. 여러 과정이 있지만 지금은 번듯한 수학학원 선생으로 독립자가 되었다. 아직 스스로 경제력이 부족하여 방세와 관리비는 보충을 해주지만 말이다. 나는 일단 그의 독립성을 성공이라 말한다. 요즘 가끔 나는 힘든 인생철학을 법륜스님 강의를 듣고 해결책을 마련한다.

법륜스님은 말한다. 어미 제비가 새끼를 열심히 돌보고 키워서 날려 보낸다. 그러면, 부모와 어미는 끝이다. 어미 제비는 새끼 꼬리를 물고 날지 않는다. 또 새끼제비는 어미 제비 꽁지를 물고 다니는 일이 없는 것이다. 우리 인간은 부모가 자식에게 너무 집착하고, 자식은 부모로 자기 삶을 구속받는 일로 괴로움이 일어난다는 것이다. 스님의 강연은 명쾌하고 수학적이라 좋았다. 나는 스님의 강연을 듣고 내가 내 자식에 대해 잘 처신했구나를 생각했다.

그에 비해, 주변 친구들, A, B, C 등은 너무 헌신적으로 자식을 위해 산다. 나는 그들을 보면 가슴이 답답하다. 그들은 자기 자식들에게 집 사주고, 차 사주고, 어떤 친구는 파출부도 들여주고 돈도 지불한다. 그래도 모자라서 애들과 손자들에 대해 부족한 것이 없나 찾아서, 빈틈없이 완벽하게 일처리를 해준다. 나는 그들 자식들은 참 좋겠구나 생각했다. 그런데 어느 날, 자식이 자기 엄마에게 이렇게 말했다.

- 엄마 나는 행복한 것이 없어.
- 나는 무엇을 하고 싶은 것이 없어.

아니 엄마가 모든 것을 다 해주는데, 할 일이 없고, 할 필요가 없지 않겠는가? 그래. 사람은 부족한 것이 많아야 되는구나. 불편한 것이 있는 것이 좋구나. 돈이 없으면, 돈을 벌고자 할 것이고, 불편함이 있으면 편하게 하려는 능력을 기르지 않겠는가. 나는 남편에게 우리는 일주일에 한 번씩 극기훈련을 해야 한다고 강조했다. 내가 6~7시간씩 힘든 등산을 하고 나면 마음과 몸이 깨끗해져서 나날의 시간이 즐거워졌다. 어느 아는 사람이 백혈병에 걸렸다. 그는 무균실에서 치료 차 6개월을 보냈다. 그가 말했다.

하루 종일 누워서, 아니면 무균실에서 눈만 뜨고 24시간을 6개월 동안 있는데 그것은 사는 것이 아니었다. 병실에서 힘든 일이 그리웠다. 노동하는 일이 얼마나 즐거운 것인가를 알았다 그것은 쉽고 편한 것이 우리의 정신을 얼마나 망가지게 하는 것인가를 깨닫게 했다.

*

2013. 10. 25. 어느 의사의 이야기.

의대생들은 처음에 시체를 해부할 때 예의를 가지는 의식을 하며, 그 시체에게 고맙고 감사하다고 표시한다. 어느 날 초보 의대생이 그 의식 때 시체를 놓고 장난치고 딴짓거리를 했다. 그 후 그런 의식이 있으면 대개 그 시체에 대한 인상은 잊고 산다. 그런데 어느 날부터 그 학생에게 장난친 시체의 창자가 그의 가슴속에 나타나기 시작했다. 그 모습은 어디서나 나타났고, 잠잘 때도 나타났다. 그가 여행 갔을 때도 얼굴과 창자가 나타났다. 그 후부터 그 학생은 얼굴에 병색이 생겼으며, 스스로를 견디기가 힘들었다.

이때 함께 수술하던 선배를 만났는데, 너 얼굴이 왜 그래? 물었다. 후배는 사실을 말했다. 선배는 공부가 중요한 것이 아니라 했다. 기독교를 믿는지, 불교를 믿는지를 물었다. 자기는 안 믿고 어머니가 믿는다고 했다. 그럼, 믿으시는 절에 가서 기도하며, 용서를 빌어봐라. 그는 모든걸 포기하고 열심히 빌었다. 오랜 세월이 흘렀다. 그 주인공이 나타나서 이제 그만 빌어도 된다며, 너무 놀랐겠다면서 용서를 했다. 그 뒤 창자와 얼굴 모습은 꿈에 나타나지 않았다. 그 학생은 그 후 낯빛이 회복되었고 건강해졌다. 그는 주변 친구들에게 수술의식 때 경건한 기도를 하라고 강조했다.

*

황 친구 사건

그는 나와 오랜 운동 친구였다. 그는 매사에 능력이 있었다. 그는 돈을 잘 벌었다. 이거 저거 여러 가지 일을 했고 자잘한 사업도 잘했다. 그는 프라이드로 잽싸게 움직여 그가 필요한 곳으로 이동했다. 어느 때는 북쪽에서 남쪽으로 이동했고, 또 어느 때는 서쪽에서 동쪽으로 이동했다. 그의 몸체는 공처럼 동글동글했다. 그는 굴러서 잘 굴러갔다. 그는 작지만, 테니스 공은 공격적이었다. 오른쪽, 왼쪽, 앞과 뒤로, 작은 발과 작은 손을 이용해서 상대방의 공을 잘도 공격했다.

그의 마음씨는 곱고 유했다. 친화력이 있어서 사람들은 그를 좋아했다. 긍정적인 마인드가 그의 장점이었다. 그는 까다로운 사람들을 무시했다. 그는 그냥 그로서 존재했다. 나는 항상 어리바리했다. 매사 나약한 존재로 황씨 주변을 빙빙 도는 일이 많았다. 그는 유하지만, 똑 부러지는 성격이었고, 잘잘못을 따져서 시비를 딱 부러지게 매듭지었다. 그에 비해 나는 엉성해서 가까이 있지를 못했다. 그들의 행동을 멀리에서 비껴가며 상관없이 쳐다보는 인물이었다. 나는 항상 사이드에서 서성댔다.

운동 멤버들은 모두가 영리하고 똑똑하며, 각자의 주장이 강했다. 그들의 색깔은 다양했다. 황씨도 평범하면서도 강한 구석이 있었다. 그리고 어느 날 어머니가 혼자 살던 원룸을 세 놓았다. 그런데 그곳에 황씨가 방을 얻으려고 온 것이었다. 나는 깜짝 놀랐다. 그렇게 똑똑한 황씨인데. 가족 모두가 여기서 살 수 있을까를. 그러나 계약서 작성자는 황씨였다. 황씨도 나를 보고 놀랐다. 그는 나를 보고 당황했다. 부동산 사무실에서 서류작성을 빨리 끝내고 각자 헤어졌다. 그후 그는 나에게 전화했다.

- 내가 사는 것이 아니야.

- 조카가 방을 얻어달라고 해서 얻은 거야.

- 테니스장에서 나를 만났다고 하지 마.

- 알았어.

세월은 흘러갔다. 어느 날, 황씨 친정 아버지가 병원에 입원했다. 그는 수시로 병원에 아버지 병문안을 갔다. 나는 그에게 물었다.

- 아버지 몇 살이셔?

- 90살이 넘었어. 그런데 새엄마랑 70세에 결혼했어.

- 70살에 결혼?

- 응.

- 그래도, 20년 넘게 살았네.

- 응. 새엄마가 아버지한테 잘했어. 그런데 갑자기 아버지가 새벽에 아파서 병원
  에 입원했는데 내 동생이 아버지를 병원에서 자기 집으로 데려갔어.

- 아니 왜?

- 글쎄.

- 당신 집에 새엄마가 있는데, 20년을 함께 살았는데….

사연은 있었다. 아버지 집을 아들이 쟁취하고 싶은 것이었다. 새엄마에게 아버지 집을 주지 않으려고 죽음에 이른 아버지를 아들 집으로 모신 것이었다. 그리고 황씨도 그렇게 공모하고 싶은 마음이 있었

다. 그렇지 않으면, 동생에게 당연히 20년 모신 새엄마에게 그것을 줘야 한다고 했어야 하는데 황씨는 조용히 자기 자리를 지킬 뿐이었다. 요즘 세상은 그런 것이 많았다.

나는 허리가 아프면 찜질방에 간다. 거기서, 어느 여자 이야기를 들었다. 돈 있는 남자에게 젊은 여자가 접근을 했다. 둘이는 결혼도 약속하고 둘이 여기저기 차를 타고 돌아다녔다. 여자는 일부러 사고를 냈다. 사고로 다친 남자는 양평의 컨테이너에 쳐박아놓았다. 여자는 그 남자의 통장 10억 원을 쟁취했다. 그 여자는 그 남자의 어머니 즉, 시어머니감을 정신병자로 만들어 요양원으로 보내버렸다. 시어머니의 명의로 된 빌딩을 그녀가 착취했다. 그녀는 또 다른 남자와 사기 결혼 빌미로 모든 사건이 발각되었다. 결국 그 여자는 경찰서 신세가 되었다며, 요즘 세상이 말세 형국이라고 찜질방 아줌마들은 말했다.

갈수록 메말라가고 힘든 세상이 되어갔다. 농경시대는 순수하고 밥만 제때에 먹어도 감사하는 시대였는데, 자본주의 사회가 되면서 사람들은 돈, 돈, 돈을 예찬했다. 나는 옛날의 불편하고 힘든 시대가 좋았다. 날마다 우물이 있는 집으로 가서, 물을 퍼, 양동이에 채우고, 그것을 힘들게 들어, 부엌으로 나르던 시대가 그리웠다. 힘들었지만, 감사한 일이 많은 시대였던 것이다.

*

오늘은 2020. 4. 15. 선거 전날이었다.
김대중 칼럼 〈 옐로카드 선거 〉

- 이번 4·15 총선의 최대변수는 무당층 또는 중도라고 한다. 여야, 또는 좌우의 '확진자'들을 상대로 선거운동을 하는 것은 의미가 없다. 그들 표의 행방은 이미 결정돼 있다.

- 무당층이 선거판을 보는 관점은 대체로 두 갈래로 나뉜다. 사람들은 나라가 큰 재난이나 어려움에 처했을 때, 사정이 급박하고 불안정할 때 '안정' 쪽을 택하는 경향이 있다. 문제는 이런 심리를 집권자가 악용을 한다는 데 있다. 마치 자기들이 잘해서 착각하고 국민들의 전폭 지지가 기고만장해서 난폭 운전을 계속하게 된다. 결국 '안정'은 종식되지만, 내일의 '한 표'는 오랫동안 남아 우리를 괴롭힐 수 있다.

- 내일 있는 선거는 한마디로 문제인 정부와 더불어 민주당 세력을 심판하는 선거다. 반칙에 대한 옐로카드를 줄 것이냐를 결정하는 자리다.

- 우리는 지난 3년간 문제인 대통령을 알 만큼 알아 왔다. 그는 국민 앞에 어려움을 털어놓고 솔직히 이해를 구하는 인간성을 보여준 적도 없다. 이런 집권 세력을 더 이상 방치할 수 없다. 이번 선거로 엄중한 옐로카드 한 장을 주지 않고 그냥 넘어갈 수는 없다.

- 이번 선거는 나라의 존재, 나라의 정체, 나라의 미래를 심각히 고민하게 될 뿐이다. 어떻게 한 개의 선거가 감히 오늘의 삶을 좌지우지하고 나라의 안위를

결정하는 천 근의 무게를 지닐 수 있을 것인가? 국민 전체가 스스로를 정리할 시간이다.

〈김대중 칼럼 - 옐로카드 선거, 조선일보, 2020. 04. 14.〉

*

2020.4.17. 정치게임은 끝났다.

- 진보 190 vs 110 보수 - 180석 거대 여당… 이제 야당 탓 못한다, 코로나 경제 위기 극복 시험대.
- 4·15 총선에서 더불어민주당과 더불어 시민당이 절반을 훨씬 넘긴 180석을 얻었다. 보수 야당은 존립의 근거가 뿌리째 흔들리는 최악의 위기를 맞게 된 반면 여당은 모든 법안과 정책을 마음대로 좌지우지 할 수 있는 힘이 생겼다.
- 이는 단순한 선거 전략의 승패가 아니라 정치지형 자체의 변화 때문이라는 게 전문가들의 분석이다. 통합당이 '강남, 영남, 부자당'이미지에 갇힌 사이 20~40대 마음이 떠났다. 50대가 된 586 출신 유권자들이 정치적 진보 성향을 보인 것도 영향을 미쳤다.
- 더불어 민주당이 총선에서 압승하면서 여권 인사의 각종 의혹을 수사하고 있는 윤석열 검찰총장과 여당의 갈등이 본격화할 것이라는 전망이 나온다.
- 윤석열 선거사범 수사 지시하자 여권 "식물 총장이 누굴 수사하나"

- 청와대의 울산시장 선거 개입 의혹으로 재판을 받게 되는 한병도 전 청와대 정무수석, 황운하 전 대전지방경찰청장 등은 이번 총선에서 당선증을 받았다. 여당은 오는 7월인 공수처 출범 목표 시기에 맞춰 검찰 개혁 강도를 끌어올릴 것으로 보인다.

- 180석 여당 법안엔 브레이크가 없다.

〈박성기 기자, 조선일보, 2020. 04. 17.〉

　　이번 선거로 우리 국민은 우리 사회가 사회주의나 공산주의가 되는 것을 좋아한다는 것이 되었다. 예를 들어 공수처법은 고위 공직자 비리 수사처 또는 고위 공직자 부패 수사처, 고위 공직자 범죄 수사처 등의 약자로 고위 공직자만을 대상으로 수사하는 독립기관인 것이다. 장점으로는 중립적 수사를 할 수 있다. 단점은 경찰과 검찰이 사건을 뺏어가는 충돌이 우려되는 것이다. 문제는 또 하나의 검찰을 만들고, 그 처장을 대통령이 임명하여, 대통령의 호위무사가 될 수 있다는 것이다.

　　이것은 중국 공수처법을 따른 것으로 시진핑 세력은 하나도 기소 안 하고 반대세력만 제거하는 데 쓰고 있으니 완전 독재정치인 것이다. 문재인도 여당 위주의 임명권을 유지하고 문재인 편은 절대 기소 안 하고 수사를 안 하며, 계속 독재정치로 시진핑처럼 집권세력으로 권력을 유지하겠다는 것이 잘못이라는 것이다. 그런데도 국민이 어리석어서인지 그것이 좋다고 표를 던졌으니 나는 할 말이 없다. 이제 조금 시간이 가면 우리는 사라질 세대이다. 젊은이들의 다수가 그런 사회를 인정했으니 이제 그들의 몫이다.

베트남, 필리핀, 폴란드, 아르헨티나. 베네수엘라 등이 그렇게 부유하고 잘 살던 나라들이 사회주의를 찬양했다. 그리고 그 나라들이 기울었다. 그 나라 사람들이 만들어낸 운명이듯이 우리나라가 그렇게는 되지 않기를 바랄 뿐이다. 이제 나는 조용히 관조자로서 그들의 게임을 보며 내 삶에 충실하기로 했다.

*

사람은 변한다.

코로나19로 우리는 친구나 가족을 만날 수 없었다. 봄이 오고 꽃이 피어도 사람을 만나서 무슨 행사를 할 수 없었다. 4월이 되니 사람들은 이제 조금씩 자유로운 생활을 그리워했다. 소그룹으로, 사람들은 몰래몰래 친구를 만나고 가족을 만났다. 여고 골프 총무는 카톡으로 4월의 셋째 월요일, 티업시간과 조별 편성을 문자로 보냈다. 친구들은 빠지는 사람이 없었다. 지루한 시간을 잘 견뎌서 12명 모두가 건강하게 참석했다. 동네별로 자동차 픽업 과정도 제시되었다. 우리 팀은 과천 주차장에서 모이기로 했다.

A 친구가 우리 집에 와서 B 친구(같은 아파트에 살고있음)와 나를 픽업해서 C 친구를 만나서 C 차로 골프장에 가기로 했다. 새벽에 만나는 것은 처음이었다. 항상 오후에 티업을 하고 저녁 먹고 헤어졌는데, 운전자들이 밤 운전이 어려워, 아침으로 변경되었다. A 친구 아침 기상은 11시였는데 새벽에 와서 우리를 픽업해서 간다니 우리는 고마웠다. A 차에 골프채를 넣고 과천 체육공원 주차장을 찍은 네비게이션을 따라 A 친구는 운전했다. 우리 아파트를 빠져나와 큰 도로로 나왔다. 직진했다. 사거리가 나왔다.

A가 우회전쪽 신호등을 켰다. 나는 말했다.

- 직진하는게 좋은데? 그래서 예술의 전당 밑으로, 터널을 지나면 빠른데?

A는 그냥 우회전을 했다. 네비도 우회전 표시가 나왔다. 나는 갑자기 옛날에 A 차를 탔던 생각이 났다. 그때는 동북 쪽의 H 골프장이었다. 그때 막 점심을 먹고 A가 운전을 하고 가다가 오른쪽 IC 방향으로 회전해서 다른 도로를 갈아타야 H 골프장을 갈 수 있었다. 그런데 A가 그 길을 놓쳤다. 그는 계속 가던 길인 동쪽으로 직진했다. 나는 신호등에서 회전하여 수정하기를 바랐다. 그러나 A는 길은 통한다면서 수정하지 않고 그 길을 고수했다. 30분 동안 네비를 따라갔지만 네비는 엉뚱한 소리만 했다. 나는 속이 탔다. 그는 자기 생각만 고집했다. 티업시간은 다가왔다. 길은 계속 멀어졌다. 마지막에 결국 A는

수정했고 되돌아서 늦게 H 골프장에 도착했던 생각이….

빠른 길은 다시 좌회전을 해야 하는데, 그는 직진을 해서 서리플터 널로 들어갔다. 친구 B가 '여기 새로 뚫린 길인데 처음 가보네.' '나도 그래' 네비는 계속 직진 표시를 했다. A는 네비를 따라갔다. 그는 가다가 네비표시 아닌 길로 좌회전을 했다. A는 '여기는 내가 잘 아는 길이야' 네비는 시끄럽게 길을 잘못 잡았다고 떠들었다. 나는 그 길을 알지 못했다. 굽이쳐서 가는 사잇길이 길어졌다. 오르막에 오르더니 내리막길이 나왔고 내가 아는 길이 나왔다. 그러나 10분 걸리는 길이 20분도 더 걸렸고 아직도 7~8키로가 남았다.

나는 속으로 오랜만의 추억의 길을 더듬는다는 생각을 했다. 테미 고개를 넘는 시간이 길어졌다. 나는 A에게 말했다.

- 캐나다 유학간 손자 왔다가 갔니?
- 아니.
- 학교는?
- 지금 인터넷 수업을 하지.
- 응.
- 손자가 코로나로 처음 캐나다에서 왔을 때, 내가 할아버지에게 절을 하라 했더 니 새해 세배도 아니고 뭐지? 하는데 웃겼어. 왜, 그런 거 있잖아. 시어머니들 처럼 오랜만에 만나면 어른한테 절하라고 하잖아. 그래서 나도 그러지더라고.

나는 속으로 '어? 현 시절에 어울리지 않게 뭔 절?' 하면서 부정적인 마음이 생겼다. A는 다시 말했다.

- 아들네 손자에게는 예절 같은 것을 말하게 되고, 딸 손자들에게는 그래지지 않더라. 그리고 그 손자가 와서 남편이 일식집에 예약을 했는데, 마침 주방장이 와서 미리 예약을 안 해서 준비를 못 했다면서…. 미안해 하는 마음으로 특별히 만들어 주는 음식을 큰손자에게 주면서 너는 우리 집 큰손자야, 그래서 너만 이렇게 맛있는 걸 주는 거야. 그랬더니 으음, 맛있다고 하며, 고개를 끄덕끄덕거리더라.
- 야, 근데, 그거는 아닌 것 같다. 그거는 옛날 시어머니 시대이지. 지금은 아닌 거 같은데…. 그리고 다른 손자들이 차별을 받는 느낌이지. 우리 애들 시대 시어머니가 그렇게 한 것을 애들은 지금도 기억하며, 할머니가 생각한 특별한 종손에 대해 차별했다고 생각하잖아.
- 그래도 손자 중에 제일 크니까 네가 다독거리며 잘하라는거지.

나의 부정적인 발언은 분위기를 어둡게 했다. 이런 소리를 하지 말아야 했는데…. 나는 그것을 못 했다. 항상 나는 친구들이 하는 이야기에 잘못된 생각이 들면 곧 그거는 아니라고 반박했다. 그렇게 습관이 들었던 것이다. 그에 비해, B 친구는 어떤 이야기든 칭찬하고 긍정적이다. 누구든 자기에게 큰 사랑을 주어서 고맙다는 것이다. 나는 그 B 친구의 태도도 못마땅했다. 나는 검은색은 검은 것이고, 흰색은 희다고 했다. 그런 것이 나의 DNA? 여하튼 나는 그래야 정당하다는 생각이었다. 그런데 그냥 차라리 말을 하지 말고 조용히 듣고 있는 편이 나았을 텐데….

친구가 하는 것이 옳지 않다는 것을 꼭 그렇게 나타내서, 입 밖으로 내보내지 말고, 속으로 삭혀도 되는 것을. 그것이 꼭 그른 것도 아니면서, 그것이 내 의견과 다른 것을 지적하면서 해야 하는지. 나는 반성을 했다. 그러나 어쩌면, 내가 해야 하는 말을 했고, 그것으로 나의 상처를 안아버리는 것이 되는. B 친구는 매사 고맙고, 긍정적인 마음으로 사랑한다는 말과 사람들이 자기를 너무 사랑해 준다는 말을 하는데, 나는 그런 것이 나와 맞지 않았다.

문제는 그가 지금 파킨슨병으로 약을 먹는다는 사실이다. 그것은 그가 평생 자기의 감정을 사랑으로 위장하여, 자신의 내적 감정을 표출하지 못하고, 그것이 스트레스가 되어, 병으로 남겨진 것이 아닐까 생각했다.

A는 계속 네비를 따라 운전했다. 네비는 터널을 들어가라 했다. 나는 그러면 더 늦을 것 같은데…. 속으로 생각했다. A는 터널을 들어갔다. 곧 네비가 우회전을 말했다. 그러나 A는 지나쳤다. 나는 다시 신호등에서 그가 회전하기를 바랐다. A는 계속 직진했다. 결국 끝길에서 A는 과천 시청길로 빠졌다. 과천시가를 한 바퀴 돌아야했다. 사거리에서 주차장에서 기다리는 C 친구에게 전화가 왔다.

- 어디에 왔어?

- 과천시 사거리.

다행히 늦지 않고 우리는 도착했다. A 운전자는 고집이 셌다. 우리는 서둘러서 골프장으로 갔다.

오후에 다시 과천 주차장에서 A차를 탔다. 돌아오는 길에 A는 네비를 켰다. A는 네비대로 길을 따라 운전했다. 사실 나는 이 길을 잘 안다. 수십 년 관악산을 다녔기 때문에 길이 막히는 시간과 뚫리는 상황을. A는 길이 막히는 먼 길을 네비대로 운전했다. 테미고개를 넘어갔다. 사당을 지나 우회전으로 반포대로로, 성모병원을 돌아서 우리 아파트 입구는 학원 차로 꽉 찼다. 한참을 기다렸다가 우리 집 앞에 도착했다. 정확히 30분 걸릴 것을 그는 1시간 30분 걸렸다.

- 수고했어.

- 다음부터 서로 만나서 가는 것은 서로 많은 시간이 소요되니까. 우리는 여기서 가고, 넌 네 아파트에서 가는 것이 빨라.

- 잘 가.

그가 떠났다. B는

- A가 엄청 고집이 센가봐. 네가 빠른 길을 말하는데, 가지 않더구만.

- 원래 그래. 다음부터는 우리끼리 가면 되니까.

- 잘 가.

가방을 들고 집으로 가면서 마음은 가볍지 않았다.

*

나는 무엇이 숨을 돌리는 역할을 하는가?

김창욱 쇼프리라는 강연을 들었다. 그는 각자가 삶을 조절하는 것이 좋다는 것이다. 삶이 너무 빠르고 조절이 안 되면, 그것은 내리막길에서 속도 조절이 안 되서 마지막에 엎어져 버리는 것과 같은 이치라는 것이다. 인디언이 말을 타고 빨리 달리다가 멈춰서서 자기 길을 되돌아보고 손을 흔들며, 안녕을 외친다. 그것이 속도조절 방법이라는 것이다. 사람들이 엄청 열심히 산다. 부모에게 잘하고, 남편에게, 자식에게, 친구들, 모든 이에게 열심히 최선을 다하고 산 사람들이 어느 날 자기는 없고 열심히 한 것만 있는. 그래서 그가 빈 공간으로 마음속이 허하다는 것이다.

그래서 스스로 힘든 자기에게 숨 돌리는 역할이 필요하다는 것이다. 그것이 나에게는 무엇일까? 나를 잊고 내가 즐길 수 있는, 내가 집중할 수 있는, 그런 것이 무엇일까. 나는 사실 힘든 것을 하는 것이 좋다. 다리가 괜찮다면, 산티아고 순례길, 네팔 히말라야 트레킹 등을 하고 싶다. 오랫동안 내 삶을 떠나서 길을 걸어보면 새로운 삶의 공간이 생길까? 내가 휴일에 등산을 6~7시간 하는 것은 힘들다. 그러나 힘들게 등산을 하고 집으로 돌아가는 기분은 좋다. 몸은 힘들지만 마음은 고요하고 편안하다. 나는 그 고요함과 편안함을 사랑하는 것이다. 그런 것이 진정으로 나에게 숨돌리는 것이 되는 것일까?

*

2018. 9. 11. 자식과 이별하는 마음을.

저녁에 큰딸이 전화했다.

- 엄마 오늘 웅이네 담임 선생님 면담 갔어요.

- 응, 그랬구나.

- 오면서 웅이 팥빙수 사줬어요. 먹는 사진 보낸 거 봤지요?

- 응, 예쁘더라.

- 글쎄, 담임 선생님이, 오늘 학교에서 색종이 만들기를 했는데요, 아이들에게 예쁜 색종이를 나누어 주었대요. 그런데 가장 예쁜 색종이를 애들이 서로 차지하려 했는데, 그 예쁜 색종이가 웅이에게 우연히 돌아갔대요. 그런데 웅이가 그

예쁜 색종이를 반 친구들에게 다 나누어 주었고, 제 것이 하나 남아 있어서, 선생님이 그것은 웅이가 하라고 했대요. 그런데 웅이가 몰래 그것도 다른 친구에게 주었더래요.

- 그랬구나. 너는 어찌 그런 착한 웅이를 낳았다냐?

그리고 우리는 서로 웃었다. 그리고 나는 딸에게 말했다.

- 우리 오늘 저녁때 산책할래?
- 엄마, 나 오늘 너무 힘들어요. 학교도 갔다 왔구요.
- 그래, 너 목도 쉬고 힘들었구나. 쉬거라. 그럼, 이따가 너네 집으로 우리 집에 있는 화과자와 복숭아즙을 갖다 줄게.
- 아니, 오지 말아요. 내일 내가 테니스 레슨비도 가지러 엄마 집에 갈거니까요. 그때 가져갈게요.
- 그래, 그러든지.

그리고 나는 나를 생각해봤다. 어차피 산책을 하면서 갖다주려 했는데…. 내가 자기네 집 방문하는 게 싫다는 것이구나. 아~ 이제 딸네 집에 오지 않는 게 좋다는 것이구나. 며칠 전 딸네집에 이거 저거 (김치, 밑반찬 등) 챙겨서 가져갔을 때, 사위랑 여러 가지를 이야기했다. 그때도 딸은 지루해서 힘들어했다. 손자는 '할머니 언제 가?' 손녀도 '할머니 왜 안가?'라고 했던 기억이 났다. 별반 아무 생각 없이 들었다 나는. 지금 생각하니까 모두가 나를 밀쳐냈는데 알지 못했다.

이제 내가 그들에게 필요 없는 존재, 불편한 존재였다. 할머니로서 필요한 존재로 10년. 나는 딸에게 못 챙겨줘서 안달났고, 미안했던 것을 이제 딱 그만 잊어도 되었다. 너는 너대로 살고 나는 나대로 살면 되었다. 자식과 부모가 서로 괴롭히지 않으면 족했다. 나는 너의 독립을 축하해야 했다. 딸이 나에게 자유를 주어서 고마웠다. 나는 이제 이별을 연습해야 했다. 살아있는 부모와는 죽음의 이별. 자식들과는 거리를 두는 이별, 아니면 생이별처럼 연습해 둘 필요가 있었다.

*

2년 후 어느 봄날 저녁, 딸은 나에게 카톡을 보냈다.

손자가 발에 가위로 찔러서 피가 났고, 밴드로 묶었는데 피가 나는 사진을 카톡으로 보냈다. 나는 저녁 식사가 끝났고 남편과 작은딸도 저녁을 끝내는 중이었다.

- 웅이 발이 왜 그런 거야?
- 가위를 밟아서 발바닥으로 가위가 찌른 거예요. 피가 멈추지 않아요.
- 독이 들어갈 수 있으니 마이신을 먹여야 하는데?
- 그러잖아도 웅이 아빠가 지금 오고 있어요. 피가 멈추지 않아서 토요일에 하는
   당직 병원을 찾아서 가보려고요.

한 시간이 흘렀다. 내가 다시 전화했다.

- 병원에 갔니?
- 갔는데, MRA를 찍으라 하는데요, 아니 뼈가 다친 것도 아니고, 안 하겠다 하
  니, 의사가 화가 나서 소독만 해 주고, 약 처방을 안 해 주더라고요.
- 그럼 약국에 가서 해달라고 해봐. 혹 파상풍이 걸릴 수도 있으니까. 그리고 후
  시딘을 발라줘.
- 병원 처방이 없으면, 안 해줘요.
나는 테니스 M 멤버에게 전화했다.

- M씨 예전에 마이신 약 있다고 했는데 혹 없어요?
- 언니 나도 이번에, 딸이 미국 갈 때 비상약으로 사주려고 했는데(미국에는 살 수
  없거든요), 처방이 없다고 약을 못 샀어요. 그래서 약사 친구에게 조금 부탁해서
  샀어요. 몇 알 있어요.
- 그럼 몇 알만이라고 줘요. 손자가 가위에 발을 찔렸는데, 병원에서 MRA를 안
  찍는다 했더니 소독만 해줬고 약 처방을 안 해줬대요.
- 알았어요.

나는 M 집으로 달려갔다. 소염제와 마이신을 받고, 약국으로 가 연
고제 사서 딸 집으로 갔다. 웅이 발 상태를 보니 죽을 일은 아니었다.
눈을 찌르지 않아 다행이라면서 약을 주고 나왔다. 나오면서, 집안은
온갖 물건이 뒤섞여서, 쓰레기집 같았다. 집안 꼴을 보니 내 속이 시

끄러웠다. 날마다 딸은 청소한다고 했지만, 그 집은 쓰레기로 채워진 것 같았다. 나는 가끔 그 집을 청소하고 싶었다. 그집 쓰레기를 청소하면, 나는 틀림없이 잔소리할 거고, 딸은 그 잔소리가 싫어서 나를 멀리했다.

우리는 멀리 떨어져서 서로를 모르고 사는 편이 좋았다. 너는 너의 삶을, 나는 나의 삶을. 다만, 서로의 인생 파도가 심해서, 타고 있던 배가 뒤집히지 않으면 되었다.

*

2020. 4. 28. 아침에 신문을 읽으면 내 마음은 천근이 되었다.

- "세상이 바뀌었다는 걸 확실하게 알도록 갚아 주겠다." 최강욱 전 청와대 공직 기강비서관이 윤석열 검찰에 대한 최강욱 피고인의 유감 표명이었다. 이 말은 역사상 모든 혁명기에 출현하는 피비린내 나는 숙청과 보복을 연상시킨다.
- 우리는 선거를 한 것인가, 혁명을 한 것인가, 내전을 한 것인가?
- 1950년 6월 28일 아침 서울 장충동 경동교회 앞 아스팔트 길에선 북한군 탱크 들이 굉음을 내며 굴러갔다. 세상이 뒤집힌 것이다. 석 달 뒤엔 9.28 수복이 왔 다. 또 석 달 뒤엔 1.4 후퇴를 했다. 1953년엔 휴전이 되었다.

- 1960년~1961년엔 3.15 부정선거, 4.19 혁명, 5.16 쿠테타가 있었다. 1972년엔 유신이 났다. 1979년 10월 26일 박정희시대가 끝났다. 1980~1981년엔 신군부가 들어왔다. 1987년엔 민주화, 40년 사이에 세상이 열 번 뒤집힌 셈이다.

- "세상 바뀐 줄 모르고…" 앙드레 말로가 말한 '정복자들'의 "세상이 바뀌었다. 이젠 우리 세상이다. 너흰 다 죽었어." 무릎 꿇고 엎드리고 기라는 것이었다. 어쨌든 한국은 산업화도 하고 민주화도 했다.

- 2020년 4.15 총선이 끝나기 무섭게 이번엔 '진보정복자'로부터 들어야 했다. 열한 번째 사화와 옥사가 또 있을 모양이다.

- 프랑스 혁명기에도 로베스피에르 공포정치 때, 그리고 그가 처형당하고 난 다음의 보복정치 때, 상대방을 잡아넣고 고문하고 처형했다. 러시아 혁명 때도 레닌은 계급적 적에 대한 무자비한 청소를 지시했다. 스탈린 집단농장화 때는 부농들을 시베리아로 추방하고 그들의 땅과 가재도구를 압수했다.

- 4.15 총선에서 한국 보수는 참패했다. 선거에선 이길 수도, 질 수도 있다. 문제는 4.15 총선이 선거 이상의 그 어떤 영구 혁명의 시작 같은 분위기를 느끼게 한다는 점이다. "세상이 바뀌었다는 걸 확실하게 알도록 갚아 주겠다"는 공포와 제거의 살벌함이 횡행하기 때문이다.

- 민중, 민주주의 입법과 개헌을 통해 의회, 사법, 권력, 구조, 정치, 언론, 문화, 종교, 기업, 재산의 자유 민주가 삭제되면 그런 상황은 평화적 정권교체를 두 번 다시 허용하지 않을 것이다. 이제 그런 판으로 가겠다는 것인가?

- 586 NL(민족해방) 운동권은 1980년대 중반에 '부르주아 민주주의'가 아닌 전체주의 노선임을 천명했다. 그들은 입법, 사법, 행정 3권을 틀어쥐었다. 그에 비해, 미래통합당은 자유의 가치, 철학, 사관, 미학, 정체성을 수호한다기보다는

그걸 희석하는 '중도 실용' '개혁보수'라고 자처한다. 결국 4.15 총선을 이 지경으로. 공천을 누가 말아 먹었는데?

- 이 시대 국민도 곳간 털어 갈라먹는 나라로 뒤끝이 어떨지 한번 겪어보는 수밖에 없다. 아르헨티나, 그리스, 베네수엘라 등처럼 완전 파산이 되어 돌아오지 못할 다리를 건넌다면? 대책이 딱히 없다. 다음 세대가 몽땅 뒤집어쓸 판이다.

「류근일 칼럼- 세상바뀐 것 확실하게 알기」,

조선일보, 2020. 04. 28.

＊

70년 전 장개석의 개탄

- 로이드 이스트먼의 저서 『장개석은 왜 敗하였는가』를 다시 꺼내 읽었다. 고인인 민두기 전 서울대 동양사학과 교수는 역자 머리말에서 "공산당이 국민당 정권을 멸망시킨 것이 아니고 국민당 정권 스스로 무너진 것"이라고 결론을 압축했다. 이것이 로이드 이스트먼이 진단한 핵심이다.
- 이 결론 2020년 대한민국에도 그대로 적용된다. " 미래통합당은 더불어민주당에 의해 선거에서 참패한 것이 아니다. 스스로 무너진 것이다!"
- 장개석의 파멸의 씨앗은 "지휘관 정신은 무너졌고, 도덕 정신은 야비하다. 아무도 작전 전범을 연구하지 않는다. 적진 지형을 정찰하지 않는다. 작전 계획없이

아무렇게 명령한다. 모든 행정은 되는대로 피상적이다."

- 문 정권의 경제 실정이 코로나로 덮여 버려서, 긴급재난 지원금 운운하며, 각종 돈 살포 계획, 아동수당을 선거 직전에 지급해서 선거에 폭망한 것만은 아니다. 원인은 공천을 넘어선 막천 파행과 국민 눈높이에 못 맞춘 말실수 및 막말의 연속타에서 드러난 국민 감성의 부재, 코로나와 돈 선거에 대항하는 전략적 메시지의 실종 때문 아니었던가! 한마디로 도저히 찍고 싶은 마음이 없게 하는 기술을 가진 미래통합당인 것이다.

- 장개석 군대는 한마디로 개판이라는 뜻이다. 통합당을 바라보는 국민도 마찬가지다. 70여 년 전 장개석의 피눈물 나는 자책을 더 이상 흘려듣지 마라. 보수는 이제 비주류이다. 비대위 하나 옳게 세우지 못하고 자리싸움, 살바싸움이라니 동분서주해도 모자랄 판에, 이런 미래통합당에게 어떤 국민이 마음을 주겠는가? 소란 떨기 전에 각성하고, 국민 앞에 엎드려 사죄하는 게 순서 아닌가!

「정진홍 컬쳐엔지니어링-70년 전 장개식의 개탄」,

조선일보, 2020.04.29.

기사의 모든 사실은 내 마음을 슬프게 했다. 모든 것이 망하면 망한 이유가 있는 것이다. 나는 우리나라가 잘 되기를 빈다. 정권 집단이 최소한 올바른 철학을 가지기를. 자기네 정권 집단을 위한 이익을 추구하며, 내로남불(내가 하면 로맨스, 남이 하면 불륜)식의 법이 돼서는 안 된다.

*

나는 왜 정치에 관심이 생겼는지 모른다.

원래 나는 정치에 관심이 없었다. 박정희 대통령 시절 대학을 다녔지만, 정치가 무엇인지 몰랐다. 전두환, 노태우, 김영삼, 김대중, 노무현, 이명박, 박근혜, 문재인 등의 대통령에 나는 관심이 없었다. 내 머리가 시끄럽던 시절은 있었다. 노무현 대통령은 말이 많았고, 그 말로 아침, 저녁에 온 사회가 시끄럽게 떠들었고, 국민의 심사가 온전하지 못했던 생각. 거기에 언론들도 그 말에 춤추고 장구 쳐서 온 나라가 떠들썩했던 기억. 나는 그때, 대통령이 조용하고, 사회가 평안하기를 바랐다.

다시 박근혜 대통령의 어리석음으로, 온 나라가 시끄럽고 촛불시위를 일으켜 문재인 정권이 들어서면서 국민은 문 대통령을 찬양했다. 문 대통령의 집권은 물 흐르는 정치가 아니라 물의 역행을 고집하며, 자신들의 집권을 장기 집권? 아집은 온 나라를 들쑤셔놓았고, 노총들과 교총들은 나라를 잡고 뒤흔들면서 국가를 위한 것으로. 어리석은 국민들은 그것이 국민을 위한 것으로. 나라는 서서히 자유주의가 아닌 사회주의로 이동 중이라는 것이 나는 싫다. 여기에 국민이 가난해져야 선거를 이긴다는 '文의 역설'이 지금 먹혔다는 것에 참을 수 없다.

*

칭찬의 기술

내 눈에는 칭찬보다 상대방의 행동이 잘못하는 것만 보일 때가 많다. 그리고 그것에 대해 잔소리를 한다. 그렇다고 마음에도 없는 것을 지나치게 칭찬만 해대는 모습도 나는 싫다. 나는 나이기를 원하면서 잔소리 없이 조용히 모든 것을 수용하기를 바란다. 그래도 칭찬을 하면 고래도 춤을 춘다니 웬만하면 칭찬을 해 주며 기분 좋게 사는 것이 서로의 행복일 것이다. 김창옥 교수의 유튜브를 통해 칭찬의 기술을 배워본다.

<남편이 부인을 보고>

- 당신 힘들어 보인다. 갱년기라 그런가?

- 여보 갱년기라 힘들어.

- 힘든데 살이 찌냐?

- 오빠 너무 재밌다. 얘기를 너무 예쁘게 해.

<아이들을 키우면서 엄마가 아이에게 하는 말>

- 엄마는 틀린 말은 안 해. 엄마 성격 자체가 한번 아니면 아닌 거지. 내 성격 자체가 그래. 원래 쓰~~ 쓰~~ 그런데 너 엄마 말 잘 들어서 좋아. 아빠 말도 잘 들어서 좋고.

- 엄마 나 98점 맞았다.

- 엄마도 좋은데 너 엄청 좋겠다. 나는 네가 사고 치고 말 안 들어도 네가 엄청

  좋다.

한국 아버지들은 칭찬을 해줘라. 그들은 칭찬을 듣고 살지 못했기 때문이다. 그것이 자연스럽지 못하다. 남편이 승진을 해서, 부인이 "당신 승진해서 좋겠다."라고 하면 그들은 "일만 많이 하는 거지."라고 말하지만 속으로는 엄청 좋아하면서 쑥스러워한다.

- 자기야. 내가 하라는 대로 하니까 돼? 안 돼?

- 자기야 엄청 좋겠다. 나도 좋은데.

- 난 객관적이야. 나니까 그런 소리를 해주는 거야.

이런저런 이야기를 들으면서 나는 반성을 했다. 나는 이제 나이가 많다. 나의 말이 옳지만, 그것은 잔소리일 뿐이다. 나의 소리는 이제 뒷전으로 옮겨야 한다. 모든 이야기를 수용하며 내게 맞지 않는 것은 흘러 지나가게 하고. 칭찬의 소리로 너 참 얘기를 예쁘게 하네. 너 엄청 좋겠구나. 너 너무 재미있어. 이런 말, 몇 마디라도 반복하면, 좋은 분위기로 행복해지지 않을까. 갑자기 김수환 추기경이 생각났다. 추기경은 사랑을 실천한 가장 큰 어른이었다. 그는 종교를 넘어 사회의 지도자로 약자들의 울타리가 되었고. 약자를 돕고, 그들을 수용하는 천사였다. 나는 그에게 수용할 수 있는 모든 것을 배우고 싶었다.

2020. 5. 9. 어버이날 기념으로 가족 모임을 하자.

새벽부터 비가 내렸다. 빗줄기는 굵었다. 날씨는 쌀쌀했다. 남편은 비 오는 것을 좋아했다. 그는 인터넷으로 비 올 때 신어야겠다고 고무장화를 샀다. 나는 흰색, 당신은 푸른색으로. 가격은 쌌다. 한 켤레에 만원이라 했다. 나는 그가 웃겼다. 하부와 할미가 무슨 장화를 신는 거냐고 했다. 청소하는 것도 아니고, 수산물 센터에서 일하는 것도 아닌데⋯. 비가 올 때 산책을 하면 운동화가 젖었다. 나는 그런 것에 신경 쓰지 않았다. 그는 그런 것을 엄청 싫어했다. 젊어서도 비가 오면 새 양복과 새 구두를 신고 출근하지 않았다. 나이 들어서 그 성격은 여전했다.

그러더니 어느 날 인터넷에서 고무장화를 산 것이다. 주문한 고무장화는 한 달 내내 창고에 있었다. 그는 걱정했다. 신어보지도 못하고 창고 속에 자리만 차지한다고. 드디어 오늘 신을 수 있어서 좋아했다. 이른 새벽에 우리는 장화를 신고 아파트 주변을 산책했다. 비가 발 위로 떨어졌다. 운동화와 양말이 젖지 않았다. 나는 뭔가 어색하고 우스웠다. 그러나 그에게 나는 말했다. '아이고, 당신 덕에 장화를 신어보고, 이런 것을 신어보네요.' 그는 뭔가 신났다. 그렇게 우리는 아침, 점심, 저녁에 장대비를 맞으며 장화를 신고 산책했다.

나는 장화를 신고 슈퍼에 갔다. 큰딸이 어버이날 행사에 폭탄주가 먹고 싶다더니, 날씨가 차서 소화가 안 되니까 먼저 막걸리를 한잔하고 먹겠다고 했다. 그리고 자기네가 족발을 사 가겠다 했다. 작은딸에게도 이미 토요일인 9일에 어버이날 행사 모임으로 우리 집에서 폭탄주를 먹겠다고 말했단다. 슈퍼에서 나는 막걸리 3병, 딸기, 참외를 샀다. 그런데 입구에 노랑 꽃과 붉은 꽃, 예쁜 다육이 화분 등이 진열되었다. 거기서 노란색과 붉은 다육이를 샀다. 출입 밖에서 기다리는 남편을 불러 산 것들을 함께 들고 집으로 왔다.

저녁에 먹을 치킨 두 박스를 주문했다. 다시 피자 빅 사이즈 한 박스도 주문했다. 피자는 배달하면 30%가 비쌌다. 우리는 오후 6시 반에 피자를 가져가기로 했다. 남동생이 우리 집에 점심 먹으러 오겠다고 했는데, 남편이 애들네와 만나서 저녁 먹기로 했다고 알렸더니 남동생이 자기도 저녁에 가겠다 했다. 나는 그럼 여동생네도 부르는 게 좋겠다며 여동생에게 전화했다.

- 언니.
- 너 괜찮니? 엊그제 그렇게 몸이 아프다더니.
- 응, 이제 다 나았어. 감기몸살에 체한 거 같아.
- 다행이다. 오늘 애들하고 우리 집에서 밥 먹기로 했어. 오빠도 오고. 너도 오라고.
- 언니, 나 못 가. 미안해. 왜냐하면 몸을 우선 더 추스려야 해. 큰애 제헌이가 제

여자친구 데리고 왔지. 작은아들 윤재 왔다 갔지. 조카들 왔다 갔지. 다시 직장에 들어간 곳 적응해야지. 그래서 몸이 힘들더라고. 언니, 불러줘서 고마워.

- 그래, 알았어. 몸조리 잘해.

나는 부엌으로 가서 삶은 콩을 갈아서 꿀과 베이킹파우더와 달걀 흰자를 넣어 반죽을 했다. 오븐에 반죽한 것을 조금씩 떠 놓고, 그 위에 아몬드와 계피를 올려 쿠키를 만들었다. 밑반찬으로 샐러드와 마늘쫑 무침을 했다. 시간은 흘러갔다. 오후가 되면서 식구들은 모였다. 우리는 다시 장화를 신고 주문한 피자집으로 갔다. 사람이 많았다. 줄을 서서 만들어진 피자를 받았다. 이렇게 받아 가면 35,500원 하는 것을 25,500에 살 수 있었다. 그것을 들고 집으로 왔다. 여하튼 그날 고무 장화를 5번 신었다. 뽕뺐다고 남편은 즐거워했다.

7시경 모든 식구가 모였다. 처음에 각자 기호대로 막걸리, 소주, 맥주, 콜라를 들고 건배했다. 나는 큰딸에게 주의를 주었다.

- 너 웅이 100㎏ 만들면 안 돼.
- 엄마 나도 주의하고 있어.
- 엄마! 이 좋은 날 또 시작이다.

작은딸이 나를 핀잔한다. 큰딸은 어버이날이라고 골프 옷을 사 왔다. 작은딸은 우리에게 10만 원씩 봉투를 주었고 남동생도 봉투를 주었다. 나는 작은딸에게 말했다.

- 이렇게나 많이?

- 엄마에게 월, 화, 목, 금, 토요일 얻어 먹는 밥이 얼마나 많은데요.

- 여하튼 고맙구나.

우리는 맛있는 음식을 먹으며 이런저런 이야기를 했다.

- 야, 그래도 삼촌과 진은 사장이다. 이 난국에 사장으로 잘 견디고 있다.

- 여행사 모두 망했어, 코로나로. 넌 버티고 있잖아.

- 사실 따지고 보면, 사업을 할 때 국가적 지원금, 사회적 지원금 등을 잘 이용해야 하는 거야. 마지막에는 땅이나 건물을 사 두는 것이 남는 거더라. 사업 자체로 이익이 남기 어려워. 나는 사람이 없으니 그런 지원금을 확인할 사람이 없거든.

- 삼촌, 나 학원 그만두면, 내 자리 좀 만들어줘.

- 그래, 언제고 와.

- 나는 그래도 학원에서 애들 가르치는 것이 좋아. 조그만 손으로 글씨를 꼭꼭 눌러 쓰는 것을 보면, 예뻐 죽겠어. 내가 이렇게 가르치는 것을 좋아하는지 몰랐어. 그러니까 자기 직업을 정말로 좋아하는 일을 해야 한다는 것이야. 그렇지 않으면 힘든 일이잖아. 그러니까 웅이도 정말 좋아하는 일을 직업으로 찾게 만들어줘야 한다고.

- 너 그래도 엄마 닮았다. 엄마, 아빠가 다 가르치는 것을 좋아하잖아. 그래서 너도 그럴 거야.

- 그래, 나도 그런 거 같아. 다만, 엄마가 강당에서 500명 교양과목 수업을 하는데, 기침이 너무 나고 목이 쉬어서 그만둔 거지. 그래도 그때 그 500명 학생 중

에 떠드는 놈들 이름을 불러 지적하면 애들이 깜짝 놀랐어. 나도 그냥 부른 거야. 그런데 그 이름이 맞았다니까.

- 나도 누나, 어렸을 때 기억이 그대로 생각이 나. 그래서 사람들이 놀란다니까. 막내 외삼촌하고 놀았던 이야기를 하면 막내 외삼촌이 어떻게 기억하냐고 그래.

- 이번에 웅이가 가위에 발을 찔려, 움푹 패여 피가 철철 나고 난리가 나서 밤에 응급실에 갔는데, 거기서 속살을 더 째겠다는 거야. 그리고 MRA를 찍어보자는 거야. 그래서 내가 싫다고 했더니 의사가 말을 안 듣는다고 화를 내면서 소독만 해주고 내보냈어.

- 아니 더 발을 째다니. 말도 안 된다. 그것들 미친 거 아냐?

- 그날 내가 마이신 구해서 먹였잖아.

- 이튿날 서울외과 가서 꿰맸어요.

- 이제 괜찮냐?

- 할미, 오빠 뛰어다녀.

- 잘 됐네. 운동도 하겠네.

- 다음주부터 테니스 치려고요.

- 레슨비 가져가. 너 공 치기 싫으면 언제고 말해. 할미 용돈으로 주는거니까.

- 사업은 언제 대박이 터질지 모르는 거야.

- 이번에 계룡대로 골프 갔는데, 친구가 그러더라고. 고철 업계에 대부고 주식 상장회사로 업계 1인자가 우리 친구 형 ○○이라고. 내가 깜짝 놀랐지. 그런데 그 사람이 무슨 운성 빌딩을 가진 사람으로 원래 부자 아들이었어요. 그 사람이 학교 다닐 때 선배였는데 그의 부모가 학교로 찾아왔던 것을 내가 기억하고 있고, 나랑 함께 옆에서 시험을 함께 봤던 기억이 생각나더라구요. 그 당시 컨닝

방지를 위해 한 줄씩 다른 학년을 배치해서 시험을 보았는데 그 선배가 내 옆에서 시험을 보았거든요.

- 잘 됐네. 찾아가면 되겠네.

- 이번에 대전 가서 만났어요.

- 그래, 만나다 보면 잘되겠네.

- 그래도 사업은 세일이 최고다. 나도 세일 좀 해볼까? 너 팸플릿 보낼 때 내 책도 끼워서 세일을 해볼까?, 거기에 진네 여행사 팸플릿까지 말이다.

- 그거 좋네요.

그사이 큰 컵에 맥주를 따르고 다시 그 위에 양주 17년산을 소주잔으로 2/3가량을 넣어서 섞었다. 그러면 섞인 잔은 폭탄주가 되었다. 20년 전 나는 남편을 따라 무슨 특별한 파티에 가서 식사를 했다. 그 당시 부처의 어느 장관이 그 폭탄주를 타서 부처의 부인들에게 돌렸다. 부인이 폭탄주를 못 마시면 남편 승진을 시킬 수 없다면서 꼭 폭탄주 한 잔씩을 권했다. 처음 먹는 술이었는데 술 못 먹던 나는 그 술을 받아먹었다. 그런데 묘한 매력이 있었다. 그 후 술을 좋아하는 남편은 무슨 파티를 열면 폭탄주를 제조해서 좌로 우로 한 잔씩을 돌렸다. 그러다 보니 우리 애들은 으레 파티 때 폭탄주를 마시는 것을 기대하고 환호하는 잔치가 되었다.

폭탄주는 남편이 즐기는 술문화가 되었다. 나는 위험하니까 딱 한 잔만을 외쳤다. 술이 세져서 탈이 생길까 걱정하는 것이다. 한잔을 돌리면 취기가 와서 가족이 좀 더 친숙해지고 서로의 섭섭한 감정이 풀려서 따뜻한 마음으로 서로를 이해하는 과정이 쉬워지는 것이다. 각자의 사회적인 고민, 삶의 고민들도 서로 토론하면서 방편을 찾을 수도 있어서 좋았다. 술이 지나치면 가족의 싸움이 생길 수 있기 때문에 나는 항상 어른이 된 남편에게 술 조심을 외친다. 그리고 조용히 파티를 접어 더 이상 술이 과하지 않게 하고 끝을 내는 것이다.

'야들아, 시간이 많이 되었다. 모두들 집으로 돌아가라'며 나는 손뼉을 쳐서 파티를 끝내고 먹을 것을 싸서 모두에게 나누어주며 쫓아 보낸다. 그리고 잘 가 안녕, 하며 배웅한다.

*

뒷산(몽마르뜨 공원)을 오랜만에 산책했다.

날마다 골프 우드채를 들고, 목에는 빨강 등산용 면 스카프로 장식한 중늙은이가 보이지 않았다. 그는 퇴직한 사람 같았다. 그를 보면 법원이 생각났고, 규율이 생각났다. 그는 반듯한 네모형 같았다. 어느 날 우리가 평평한 지형에서 빈손 체조를 했다. 그가 우리 옆으로 왔다. 공간이 비좁았다. 갑자기 숨이 막혔다. 우리는 대충 체조를 마치고 그곳을 떠났다. 이렇게 넓은 산에서 우리가 체조하는 곳에서, 그가 여기에서 함께 운동을 해야 하냐고 묻고 싶었다. 그는 그곳에서 항상 자기의 운동을 하던 곳인가 보았다. 그 후 나는 그를 보면 답답하고 숨이 막혔다. 그러나 그곳에 어느 때부터 그 사람이 보이지 않았다.

날마다 절룩이며 산책하던 노부부도 보이지 않았다. 씩씩하게 배낭을 메고 정상에서 열심히 철봉을 하고, 온갖 운동기구로 땀을 흘리던 그 사람도 없었다. 용산고 나왔다는 호호 노인도, 서울대를 나왔고 임업시험장에서 근무했다는 할아버지, 그래서 그는 뒷산 수목을 관리했으며, 빈터에 몰래 고추와 호박을 심어 나누어주었는데 보이지 않았다. 그 할아버지의 친구로 무슨 육군으로, 육이오 참전 용사였던 노 할아버지도 사라졌다. 우리가 산책을 하고 되돌아올 때 꼭 만났던, 같은 아파트 단지에서 계단을 오르며 부딪혔던 할아버지도 보이지 않았다.

이제 그 사람들은 이사를 갔든지, 아니면 요양원, 그렇지 않으면 병원에서 결국 죽음을 맞이하고 있을 것이다. 우리도 이제 그 시기를 조용히 맞이하면서 살아야 할 것이다. 두려워할 것도 없고 슬플 것도 없으며, 적당히 살 만큼 살았으니 주어지는 대로 사는 것이 좋을 것이리라. 가끔 법륜스님 유튜브 강의를 들으면, 뭔가 우주의 이치를 설명해서 좋다. 인간의 고뇌를 우주적으로 해석해서 수학적으로 명쾌하게 답을 주어 좋았다. 그동안 우리 인간은 애들이 결혼을 못 해서 안달이 났고, 이혼을 해서, 아니면, 갑자기 남편이나 자식이 죽어서 가슴 아파하며, 애달프게 사는 것이 우리 인간의 고통이었다.

그런데 법륜 스님은 말씀하신다. 산행할 때 너무 힘들면 쉬었다 가라. 그래도 힘들면 내려와라. 다시 힘을 내서 갈 수 있으면 다시 올라라. 정상에 올랐다고 특별하지 않다. 올랐으면 다시 내려와야 하지 않냐. 우리네 인생도 그렇게 살면 된다 했다. 스님은 인간 고통의 주범은 자기 자신인 경우가 많다고 했다. 남편 때문에 못 살겠다. 자식 때문에 못 살겠다는 것은 자기가 요구하는 대로 그들이 안 따라 줘서 고통스럽다는 것이다. 자기가 골백번으로 부처님께 기도하는데, 가정의 평화가 생기지 않는다고 불평한다는 것이다.

"오늘부터 남편이 하자는 대로 하겠습니다."라고 기도해라. 가지 마라 하면, "네, 안 가겠습니다." 가라 하면 따라가고, 몸이 안 좋으면 "못 가서 미안합니다."라고 해라. 그러면 처음에는 남편이 더 기승을 부려서 아내를 짓밟는 현상이 일어날 거고, 그것이 지나면 다시 조용히 '우리 마누라가 변했구나. 나도 변해야겠구나.' 생각이 들어 가정이 평화로워진다고 했다. 부처님의 이론은 나를 내적으로 먼저 다스려야 평화가 온다는 설법이었다.

이것은 나도 맞는다는 생각이 든다. 나에게 모든 것이 문제인 것이다. 나는 딸에게 결혼을 강요하고 결혼을 시키려 애쓰는 것이다. 그러나 딸은 더 반항하고 더 막말을 해서 다툼이 생긴다. 딸은 이미 40세가 되었다. 그는 얼굴이 멋있는 남자를 추구한다. 나는 남자가 신체와 정신이 건강하고 씩씩하면 됐다고 주장한다. 나는 내 말을 듣지 않는 딸이 미워죽겠다. 딸은 어미에게 폭언을 하며 제 주장을 밀어붙인다. 지금 딸은 보조금을 받으며, 혼자 산다.

그래도 딸과의 거리를 두어 그런대로 부딪치는 시간이 줄어서 다행이다. 일주일에 5번 정도 우리 집에 와서 밥을 먹고 학원에 간다. 여기서 테니스 레슨을 받는 타임이 월, 화, 수, 목, 금요일이고 토요일은 목욕하고 휴식하며, 맛있는 저녁을 여유롭게 먹고 간다. 어제도 그가 왔다. 이제는 가끔 내가 좋아하는 와인이나 막걸리를 사 온다. 그것도 크게 발전한 일이다. 절대로 제 돈 쓰는 일이 없는데 말이다. 비가 와서 날씨가 흐렸고 써늘하니 나는 불고기를 만들었다. 그는 막걸리를 사 왔다. 반주로 우리는 건배를 했다.

- 엄마도 유튜브를 찍어 봐.
- 무슨 유튜브를?
- 이거 봐 봐. 이거 '그까이꺼!' 구독자 10만 돌파가 됐어.
- 어디?
- 30년 전통 맛집! 최강 욕쟁이 할머니를 만나다. 이거 봐요.

영상이 나왔다. 개 풀 뜯어 먹는 소리, 구독 꾹꾹 눌러, 빤들빤들 얼굴이 예뻐졌어, 맛이 어때유, 기가 막혀. 욕하고 섞웅게 김치찌개가 맛있지. 대화 내용은 방송용어가 아니었다. 그대로 그들의 말이 유튜브에 나왔다. 사람들은 짜깁기해서 만든 멋진 영상보다 그대로의 본

모습이 찍힌 영상을 좋아했다. 일주일 새 10만 돌파라니. 딸은 엄마
도 해보라했다. 나는 고개를 절레절레 흔들었다. 그러나 그 영상은 나
도 재미있었다.

- 재미있지? 시골 그대로잖아. 꾸민 것도 없고 욕을 섞는 것도 재미있어. 그렇지?
- 그렇네.
- 엄마도 이런 불고기 엄마 식대로 해.
- 그러잖아도 친구들이 이번 모임에 단호박빵 만들어갔더니, 아줌마들이 나보
   고 야마시 선생이라더라.
- 야마시가 뭐야?
- 보통 야매, 할머니들이 파마를 싸게, 야매로 한다잖아. 허가 내지 않은 대충한
   다는. 그러니까 레시피 대로 빵을 만드는 게 아니라 대충 적당히 하는데 맛있
   다. 그래서 야마시 선생이라고 말하더라니까 친구들이.
- 엄마, 그럼, 제목을 야마시로 하면 되겠네.
- 그런데, 엄마는 재미있지를 않잖아.
- 그럼, 짝으로, 아빠나 언니를 그곳에 끼워.
- 그래 한번 생각해 보지.

그렇게 우리는 맛있게 저녁을 먹었다. 그러다가 결혼 얘기가 나오면
팩트 폭언이 쏟아진다. 자기는 자기가 알아서 하겠다고. 나는 '넌 꼭
할머니 닮았구나.' '당연히 자기는 할머니 닮을 수밖에 없지.' 차라리
자기는 안 닮았다고 소리치는 게 맞을 것 같았는데···. '그래, 난 원래

닮았어.' 하니까 난 더 화가 났다. 이렇게 화가 나면, '왜 화가 나는가' 를 관찰하라 했는데… 이미 우리는 그사이에 정서적 거리가 생겼다. 그리고 나는 설거지를 시작하고, 청소하며, 내 할 일에 열중한다. 그는 대충 짐을 추스르고 저네 집으로 가버린다. 그날 저녁, 나는 잠을 설치고 만다.

중간에 그는 결혼해서 잘못되면 큰 낭패임을 말한다. 그때 나는 그럼 이혼하면 된다. 다른 사람은 3번씩 결혼해서 애도 3명씩 낳아서 잘 키우며, 엄청 잘 살고 있지 않냐? 그 왜 ○○○ 작가 있잖냐? 결혼해 살면서, 법륜 스님이 네가 안 맞으면 안 살면 되고 맞으면 살면 된다더라. 그 방식이 수학적이라 좋더라. 네 나이가 40인데, 무서워서 결혼 못 할 게 뭐냐. 그리고 요즘 보통 결혼을 3번 하는 게 정상이라더라. 미국이나 유럽 사람들 3번 이상 결혼 안 한 사람이 없다더라. 아이들도 다 다르고. 그래도 잘 맞춰 살잖아. 딸아이는 갑자기 엄마가 미쳤다고 소리쳤다. 나도 그럴지도 모른다고 생각했다.

딸의 생각이 앞뒤가 꽉꽉 막혀있으니, 나는 뚫어주고 싶었다. 이제 더 이상 내가 딸을 변화해줄 수는 없을 것 같았다. 그를 그냥 그대로 시인하고 봐주는 것이 맞을 듯했다. 그럼 싸울 일도 없을 테고, 그놈은 결국 우리가 늙어 똥 싸는 것을 돌보는 일을 할 수밖에 없을 것이었다. 영화 '동물원을 샀다'는 장면이 생각났다. 그곳에서, 호랑이가 수명이 다하여 죽어가는 장면이 나온다. 그때 사육사는 수의사를 불러서 호랑이가 빨리 죽게 해야 한다며, 호랑이가 고통으로 죽는 시간을 단축해야 한다고 했다.

그러나 주인은 호랑이에게 약을 먹이고, 좀 더 생명이 살아나기를 바라며, 수의사를 부르지 않았다. 주인은 죽어가는 호랑이를 관찰한다. 결국 사육사에게 수의사를 불러 안락사를 했다. 그와 같이 딸놈에게 우리의 죽음을 보게 할 것이고, 마지막으로 호랑이처럼, 의사를 불러 안락사를 부탁할 수밖에 없을 것이었다. 그런데 한국에서 과연 안락사가 허용될지? 스위스나 미국은 허용한 것으로 알지만 말이다.

*

이지성 tv를 보다.

경제 문맹은 생존의 위험에 시달린다. 우리 국민 78%의 세금을 삼성이 낸다. 삼성이 뭐를 잘못했냐. 우리나라가 전 수출 중에서 삼성전자 25%로 우리가 먹고산다. 그런데 정부가 삼성을 못 잡아먹어서 안달이다. 삼성준법감시위원회가 세금을 내냐? 삼성은 법인 87% 세금을 낸다. 그런데 감시위원회가 대한민국 경제를 위해서 뭘 했냐? 4.15 선거 전 나는 '경제가 큰일났다. 경제에 문제가 있다.' 그랬는데, 정부에서 나라의 물을 흐려놓는다면서 내 방송을 가짜뉴스라고 지정했다. 지금 4.15 선거 후 홍남기는 지금 경제가 시급하다. 이낙연도 경제가 심각하다. 정세균은 경제가 고통에 빠지고 있다. 그동안 내가 한 것을 가짜뉴스라 지정하더니 정부가 나처럼 가짜뉴스를 하고 있다.

요즘 4.15 선거 후 집권당은 좌파 정부로 완전 변해버렸다. 모든 언론은 차단 되었다. 사전투표 비율이 잘못되었다고 유튜브에서 조작한 사실을 밝혀주었다. 부정선거임이 확실하다고 미국통계학자가 밝혔다. 685:38%의 형식이 나올수 없음을 통계학자는 말했다. 그러나 여당은 당연히 그렇지 않다고 하지만, 빌어먹을 야당도 함께 동조를 하고 있으니 그런 것이 미쳐 버릴 일이었다. 책임 없는 황교안도 얄밉고, 그가 공천관리위원회에 추대했던 김형오도 뭔가 미덥지 않았던 일들이 보였다. 그것은 모두가 지금의 집권당과 작당한 냄새가 나는 것으로 해석되었다.

나는 요즘 학벌이라는 게 쓰레기로 보였다. 그들이 멋진 훌륭한 S 대학 출신? 그게 뭐? 어쩌자고. 국민의 마음을 후벼파며 마음을 썩게 하는? 자기 세력에만 집착하는? 선거에 졌지만, 최선을 다하는 모습은 없고, 잘못된 것을 바르게 고쳐보려는 행동도 나타나지 않으며, 바로 물러서 버리는 모습이라니…. 부정선거라는데도? 그들은 완전 쓰레기판으로, 엎어놓고 가버린 것이다. 숨을 쉴 수 있는 것은 유튜브 방송이 사실을 알려주고 있다. 신의 한수, 공병호 tv, 강명도 tv, 이봉규 tv, 문갑식 tv를 통해서 집권당의 부정을 밝혀주고 있다.

요즘은 공영방송인 KBS, MBC, 그 외 지상파들도 모두가 집권당을 찬양하고 있다. 완전 사회주의 공산당이 되고 있는 것이다. 조국 수호, 윤미향 수호, 청와대 수호, 북한 김정은 수호, 시진핑 수호에 여권은 찬양하고 있다. 이것이 무슨 나라인가? 위안부 피해자를 돕겠다는 정의연을 통해, 13억씩 떼어먹은 윤미향을, 집권 여권자들은 저희끼리 성명서를 내고 "친일, 반인권, 반평화 세력이 역사의 진실을 바로 세우려는 운동을 폄하하려는 공세"라고 오히려 반격을 하다니! 나는 미치는 일이었다. 이것을 찬성하는 국민은 과연 뼈가 있는 것인지 이것도 상상할 수 없었다.

이제는 야당도 믿을 수가 없었다. 야당이 망해도 싸다. 썩을 대로 썩어버린 것이다. 나는 모든 정치가 망해야 국가가 살 수 있다고 생각했다. 모든 것을 우주나 하늘의 뜻으로 생각해야 마음이 편할 것이었다. 집권당이 친북을 하든 나라가 전쟁이 일어나든, 국가가 경제 파탄으로 폭망하는 것은 모두 하늘의 뜻이구나 생각하기로 했다.

*

2020. 5. 19. 너네가 보고 싶구나.

아침부터 폭우가 쏟아졌다. 하늘은 캄캄했다. 날씨가 써늘하고 주변이 어두우니 심리작용이 하락했다. 이런 날은 아이들을 불러서 함께 밥을 먹는 것이 좋을 듯했다. 나는 애들에게 문자 메시지를 보냈다.

 - 아빠가 너네들 보고 싶은가 보더라. 나도 보고 싶고. 애들 인터넷 학교 수업이 끝나면, 점심 때 우리 집에서 밥 먹고 가는 게 어떤지? 애들 좋아하는 짜장과 고추 고기볶음, 보리밥을 해놓을게.
 - 엄마 좋아요. 내가 엊그제부터 몸살에 위장장애가 일어나서 잘 못 먹어요. 그런데 애들이 할머니네 집에 가서 먹는 게 좋대요.
 - 그래 11시 반경에 와.

그리고 작은애에게도 문자 메시지를 보냈다.

 - 아빠가 너 보고 싶은가봐. 웬만하면 우리 집에서 밥 먹고 학원 가라고. 짜장과 고추고기볶음 해 놓았어. 보리밥도. 웅이네도 오라고 했어. 그러나 몸 아프면 오지 마.

곧 전화가 왔다. 늦잠을 자서 못 봤다고 갈 거라 했다.

나는 급하게 음식을 만들었다. 고등어구이, 차돌 구이, 상추를 씻고, 시금치 국을 새로 끓였다. 샐러드를 만들고, 밑반찬을 곁들이고. 큰애가 밥을 못 먹으니 땅콩을 구워서 껍질 까고 믹서에 뜨거운 밥 한술 붓어 갈았다. 그것을 냄비에 물 넣고 끓였다. 소금 조금 넣고 끓을 때 다시 우유를 넣었다. 고소한 서양식 미트죽이 되었다. 그리고 거실에 상차림을 했다. 애들이 곧 도착하고 맛있게 식사를 했다. 웅이 찬물을 달라고 했다.

- 네가 냉장고에서 가져와 봐. 엄마도 아프고 할미도 허리가 아프니까.

그런데 웅이는 까시가 많네, 이것은 안 먹겠다느니 하며 밥을 먹지 않고 안방으로 들어갔다. 그리고 삐짐 모드로 침대에 누워 꿈쩍을 안 했다. 제 엄마가 달래고 해도 안 먹겠다 했다. 나는 지금 그 애가 사춘기가 돌아왔는가 생각했다. 아무래도 사춘기는 시간이 걸릴 것 같았다. 웅이는 4학년이었다. 11살에 벌써 사춘기가 온 것인가? 여하튼 시기가 빨라질 수 있으니까. 우리는 식사를 하고 과일을 먹고 커피를 마셨다. 오랜만의 만남이 즐거웠다.

*

밤새 내 작은딸의 어리석음에 대해 생각했다.

나는 그를 생각하면 잠이 오지 않는다. 그는 그에 맞는 남자를 소개하려 하면 장벽을 친다. 그가 좋아하는 남자는 나쁜 남자중후군이 있어 보인다. 남편과 내가 이해할 수 없는 사람을 그는 좋아한다. 그러면서 다른 사람에 대해서는 엄청 비판을 잘한다. 다른 사람 비판은 상상할 수 없는, 저만의 부정적인 면을 밝혀낸다. 나는 정말 그를 이해할 수 없다. 한마디로 헛똑똑이다. 긍정적인 마인드가 없다. 왜 그럴까. 모든 사물을 부정으로만 해석한다. 그러니 잘 될 게 뭔가 말이다.

나는 밤새 고민하다가 '삶은 놀이 중의 놀이, 궁극의 놀이다.'라는 대목을 붓다경에서 발견했다.

삶을 놀이로 받아들이고, 삶에 대해 심각해지지 않을 때 삶은 엄청난 의미를 지니게 된다. 그대가 단순하고 순수한 상태로 남는다면 그 놀이는 많은 것들을 전해줄 것이다.

한때 그대는 호랑이였다. 한때 그대는 바위였다. 언젠가는 개미로, 나무로, 코끼리로, 붓다는 이 모든 것을 놀이라고 말한다. 줄 달아 놀이를 하는 사람은 모든 일이 점진적으로 진화하는 것을 경험할 것이다. 그것이 삶의 목적이다. 그러나 삶은 그 자체가 목적이 아니다. 삶의 목적은 삶을 초월하는 데 있다.

삶은 바로 목적을 깨달을 기회인 것이다. 삶은 수련하고, 훈련하는 대학과 같다. 진정한 의미는 삶을 넘어서는 데 있다.

처음에 딸에게 삶은 놀이라는 부처의 말로, 그의 부정적인 시각을 놀이로 전하고 싶었다. 그러나 그것도 하나의 엄마 이론이라며 반박할 것이었다. 나는 이제 이거, 저거 모든 일이 인생이고, 겪어야 할 일이구나 생각한다. 물이 흘러가듯 나도 그 물 따라 흘러가고 있구나. 그러면서 내 삶을 멀리서 관조하는 힘이 조금씩 느껴지기는 한다. 그렇게 작은딸을 통해서 인생이 역행? 뭐, 여하튼 인간의 순리대로 살지 않는 모습을 지켜보는 중이다.

작은딸의 나이가 이제 40세다. 나는 이쯤 되면, 강한 여성들이 순해지면서 짝을 찾고 결혼을 하는 것을 많이 보았다. 내 딸도 그 나이가 되면 결혼할 것으로 보았다. 그러나 딸은 더 반항하며 발악을 하며 어미를 무슨 나쁜 최악녀로 취급했다. 아니 이것은 뭐지? 어떤 현상이지? 하여간 그의 감정은 특별했다. 큰애 말은

- 엄마 지금 동생은 내가 어렸을 때 철부지로 아무것도 모르는 그 시대인 거 같아. 좀 더 기다려야 할 것 같아요.

- 그래, 그런데 난 20대부터 적어도 15년을 기다렸는데… 아니면 내가 빠르게 포기해야 하는데. 그게 안 된다, 안 돼.

옛날 같으면, 나는 손자가 잘못하는 행동으로, 땡깡을 놓고 고집을 쓰고 악을 쓰면, 참을 수 없어서 엉덩이를 때려줬다. 그러면 딸과 사위는 나를 외계인으로 보았다. 우리 교육은 부당한 행동을 하는 자식에게 매를 들어 잘못을 깨우치는 것이 합당하다 했다. 요즘 아이들은 자식 교육을 사랑으로만. 그렇지만 그것은 분명 일장일단이 있을 것이다. 그러나 언제부턴가 나는 내 자식이 아니고, 그들 자식이며, 그들이 알아서 하는 교육철학인 것을 알아야 했다. 이제 멀리 바라보면서 그들의 관계를 지켜보고, 손자들이 시간이 걸리지만, 바른 길을 찾기를 바랐다.

함께 어울려 사는 방법, 소통하는 방법은 중요했다. 우리 가족은 우선 테니스 게임으로 소통했다. 한바탕 딸들이 의견충돌이 일어나고 말 없이 삐짐 모드로 가다가도 우리는 운동을 하고 식구들이 좋아하는 폭탄주를 한잔씩 하고 맛있는 음식을 먹으면, 금방 풀렸다. 남편은 술을 좋아했다. 그는 잔치를 좋아했다. 시댁 문화가 그랬다. 신혼 때였다. 세상살이는 빡빡했다.

나는 학교에서 6시 퇴근했다. 시어머니는 저녁상을 차려놓았다. 온 가족이 둥근상(도래상)에 앉았다. 상에는 푸짐한 고기들이 가득했다.

고기반찬이 떨어지면 불판에 구워서 올렸다. 프로판 가스 식당용 철판 위에 고기는 항상 구워졌다. 아들 5명과 시아버지는 소주잔에 술을 채워 건배를 외쳤다. 술판은 길었다. 거의 하루 건너 특별한 날이 생겼다. 각자의 생일날, 군대 가는 아들에 대해 축하. 휴가 오는 아들을 위해, 제삿날, 아들이 제대를 해서, 학교에 입학, 학교 졸업 등등.

그들은 거의 12시까지 술판이 이어졌다. 시아버지는 퇴직자였다. 시어머니는 일수돈 이자가 꽤 많았다. 그 당시 은행은 없었으니까. 사람들은 사업자금을 시댁에서 빌렸고, 이자를 주며, 다시 빌렸다. 시어머니 수입은 짭짤했다. 그곳은 금고였다. 시어머니 손은 컸다. 들어오는 돈이 컸고, 씀씀이도 컸다. 나는 시댁이 이렇게 부자인 줄 몰랐다. 먹는 것은 대한민국 어느 부잣집보다 더 잘 먹었다. 시어머니는 양키시장을 좋아했다. 나는 양키시장이 뭐하는 곳인지 몰랐다. 그곳에 가본 적도 없다.

시어머니는 그곳에서 맥심커피 미제를 샀고, 프림도 미제여야 맛이 난다고 했다. 모든 제품은 미제를 선호했다. 미제 커피포트, 미제 찻잔, 미제 유리잔, 미제 화장품… 그는 우리나라 것을 불신하고, 하찮게 생각했다. 나에게 미제 다리미여야 한다고 강조했다. 나는 그가 무서웠다. 그는 여장부였고, 매사 통쾌하게 돈을 풀어썼다. 그가 가는 곳은 어디든 택시를 불러서 갔다. 그는 돈을 종이 같이 썼다. 손에는 만 원짜리 지폐가 한 줌 가득 구겨서 쥐여졌고 그가 사고 싶은 것은 모든 것을 샀다.

내가 태어나서 그렇게 돈을 쓰고 사는 사람을 지금까지도 본 적이 없다. 그는 기마이도 좋았다. 그는 팁도 기업체 사장처럼 쓰고 살았다. 시어머니와 내가 모처럼 대중목욕탕을 갔다. 나는 탕 주변에 앉아서 몸의 때를 닦고 또 닦으며 몸을 닦고 샤워기로 마무리를 했다. 시어머니는 때밀이에게 온몸을 맡겼다. 때밀이는 정성 들여 그를 닦고 닦았다. 처음에 나는 아니 어찌 이런 일이? 그는 그렇게 몇 시간을 누워있다가 넉넉한 팁까지 충분히 얹혀 돈을 주었다. 그럼 때밀이는 어머니의 충실한 심복이 되었다.

북쪽이 고향인 시댁과 남쪽이 고향인 친정집은 식성이 다르고 사고가 달랐다. 시댁은 육고기 문화였고 친정은 채식 문화였다. 시댁은 성격이 강하게 느껴졌고, 그에 비해 친정은 초식과인 나약한 사람들이었다. 남편은 자기네 가문은 고구려 민족에 속한다면, 아마도 친정 쪽은 신라계열로 보였다. 시댁 사람들은 전투적이고, 강직하며 육고기처럼 용맹하고 씩씩했다. 친정 가족은 가늘 가늘하고 여리여리하며 온순했다. 시어머니의 여장부 스타일은 나에겐 두려움의 대상이었다.
시어머니의 과격한 목소리는 나를 항상 긴장감으로 조바심을 일으키게 했다. 나는 그의 소리를 들으면, 살금살금 기고, 더듬으며, 몸을 사렸다. 나는 시어머니의 움직임을 따라 뒤를 따랐다. 그가 파를 썰면 나도 파를 썰었다. 그는 나에게 이렇게 썰어라. 나는 그가 썬 파를 도마에 자로 재듯 그 길이를 맞춰서 썰었다. 우리는 그렇게 아무 탈 없이 시어머니의 그림자로 그렇게 살았던 시절에, 그는 잔치를 좋아했다. 푸짐한 음식을 차려놓고 시아버지와 아들 다섯이 맛있게 술을 들며, 정치 얘기로 꽃을 피웠다.

시댁은 박정희 대통령을 최고로 여겼다. 시아버지는 육사 8기로 6·25 전투에 대단한 업적을 이루었다고 전우들은 전했다. 전우들은 대대장님을 존경했다. 한 달에 한 번씩 모임을 가졌고, 그들은 사모님도 엄청히 존경했다. 지독한 막바지 전투로, 시아버지는 파편 7개가 몸에 박혔다. 그는 몸이 쑤시고 힘든 것을 내색하지 않았다. 그는 상체가 길고 다리는 짧았다. 그가 앉아 있으면, 큰 체구로 장엄해 보였다. 그러나 일어서서 걸으면 키는 작았고, 나이가 들어, 슬픈 존재처럼 느껴졌다.

이런저런 이야기를 들으면, 시아버지는 국가로부터 보훈혜택을 받아야 한다는 생각이었다. 그러나 국가는 그렇게 하지 않았다. 나는 적어도 시아버지가 국립묘지에 묻혀야 한다는 생각을 했다. 그러나 그런 일은 없었다. 돌아가신 지 20년 후 어느 날 시어머니에게 보훈의 의미로 700만 원을 보내왔다고 전했다. 세월호 학생에게 8억을 주고, 5·18 희생자에게 8억을 주었다는데, 나는 집권당을 이해할 수 없었다. 하기사 6·25도 남침이라고 한다는데….

이야기가 옆으로 가버렸다. 앞으로 가서, 우리 집은 남편을 중심으로, 함께 모여서 음식을 먹으며 잔치하는 것을 좋아했다. 맛있는 음식을 차려놓고, 가끔 여행 갔다을 때 사 온 양주 17년산을 꺼냈다. 큰 유리잔을 맥주로 채우고 그 위에 소주잔의 반을 양주로 채워, 채워진 맥주 유리잔에 빠뜨리면 폭탄주가 만들어졌다. 그리고 그 폭탄주를 좌로 혹은 우로 돌리면서 폭탄주를 건넨다. 폭탄주를 받은 주인공은 술을 마시고 주변 사람들은 손뼉을 치며 즐거운 축하의 말을 전하는 놀이가 된다.

갑자기 글이 써지지 않았다. 머리가 아팠다. 이런 때는 컴퓨터를 끌 수밖에 없었다. 작업을 마무리하려는데 ㅌ 자판이 이상하다. 이러면 안 되는데, 이제 자판 교체를 해야하나? 일단 정지를 하고 다른 문서로 이동해야겠다.

*

후에게 문자왔다.

후는 남동생 큰딸이다. 북경대 다니면서 나를 속 썩이는 일이 많았다. 그는 부모가 이혼한 이유를 바람난 제 어미 탓이라 생각했다. 그는 회사 다니면서 상하이에 살다가 코로나로 한국에 와서 지냈다. 그런데 그는 제 어미 집에서 회사를 다녔다. 나 같으면 경제 파탄에, 뭇 남자 만나고, 별짓 하는 그런 어미를 절대 용서 못 한다. 나 같으면,

남을 등쳐먹고, 사기 치는 그런 어미를 이해할 수 없었을 것이다. 그런데 조카 3명은 제 어미라고, 그곳에 달라붙어 잘 사는 것이 신기하다. 어느 날 둘째 조카는 그랬다. 자기가 중국에서 한국에 들어와 엄마랑 사는데, 한 달 동안 밥 한번을 해준 적이 없다고. 그리고 어느 날 셋방 살면서, 미용실에 가서 100만 원짜리 얼굴 마사지를 하면서 자기에게도 마사지를 하라 했다며, 제 어미를 욕했다.

- 고모오오~~ 고모부우~~ 어버이날 축하드려요~~
- 그래 고마워. 네 몸 잘 챙겨. 그게 재산이다. 피부 미용, 머리 미용 말고 체력이다, 체력.
- 단백질 많이 먹고 근력 왕창 길러서 새마을 운동 시대의 어른으로 자랄게요. ㅎㅎ
- 아 참, 수원 네집(조카 집을 내가 미리 사 주고, 그가 돈을 벌어서 나에게 저축하는 것으로, 월급을 보내주기로 했다)이 있는 관리 사무실에서 보내는 문서로, 통장이체 할 때 네 국민 통장으로 이체해야 해. 집주인인 네 이름이 밝혀지니까, 네 통장은 살려 놓아야 해.
- 고모! 안 그래도 이번 주나 다음주에 뵈러 한번 가려고 했는데. 통장은 다 있어요.
- 그럼 됐어. 건강 잘 지키고 뭐든 정직하고 바르게, 허투루 돈 쓰지 말고.
- 쓸 돈도 없어요. 고모는 별일 없으시죠?
- 경제가 말이 아니지. 오로지 지키며 위기를 넘기려고 애쓰는 중이야. 전세금 출혈로 제 2금융 이자가 200만 원, 너네 할머니 요양비 65만 원, 시어머니 50만

원이잖아. 우리는 퇴직자라 연금이 모두 사라지니 머리가 터진다. 너네 아빠가 할머니 노령연금 타서 얼마라도 넘겨줘야 고모가 숨통이 트이는데. 아빠가 시간이 없는지. 그냥 삶은 그런 거다 하고 산다.

- 고모 저희 회사 쪽도 거의 도산 위기예요. 벌써 월급 1/3로 줄어들었는데도 2달 치 월급이 밀리고. 근데도 경영진들이 정신 못 차리고 투자금 이상한 데 꼬라박아서 아주 울화통이 터져요.

- 코로나 겪고 나니까 제가 하는 일이 겉으로 보기에 멋있을지 몰라도 알맹이가 없어서 이건 아니다 하고 고민 중이에요.

- 멋있어 보이는 것들은 사람들이 잘 먹고 잘 살 때나 하는 거지 실제 생계랑은 상관이 없으니 제일 먼저 타격이 오더라구요. 그래서 요즘은 또 제2의 인생 30대는 뭘 준비해야 오래 먹고 사나, 하고 고민하고 있어요.

- 삶은 그런 거야. 그러나 위기가 도전의 길을 창조할 수 있더라. 다시 네 길을 창조해봐. 그러니까 백종원이 17억을 갚기 위해 4잡을 했다잖아. 고모도 2~3잡을 한 거고. 그 고민은 30년을 해야 되더라.

- 진짜 고모 말 백번 공감! 위기가 도전을 할 수 있게 만들어 줬어요. 아니었으면, 안주하고 쭉 그냥 살았을 거예요.

- 고모는 60살까지 월급을 써 본 적이 없어. 마이너스 빚으로 살았지. 그러나 그 빚은 좋은 빚이지. 지금도 빚으로 살지만.

- 고모처럼 지혜롭게 마이너스 통장 쓰는 건 나라한테도 좋죠 뭐. 대부분 능력 안되서 무리하게 끌어다 쓰고 못갚아서 문제지요. 돈을 굴린다는건 진짜 쉽지 않아요. 유지도 어려운데.

- 사치에 카드 빚은 죽음을 부른다. 오로지 경제적 창조에만 써야 한다고. 너네

아빠 사무실비 50만 원씩 받아서 써야 하는데 경기가 안 좋아 월세도 못 내잖아. 그런 게 고모가 힘들다고. 집세가 안 나오니까. 고모 빚낸 이자 못 내니까. 결국 사채를 꾼다고.

- 이제는 돈을 잘 버는 게 대단해 보이는 게 아니라 30년, 40년, 동안 쭉 회사 다니고 일하는 우리 아빠 같은 사람이 대단해 보여요. 현금이 흘러야 하는데 안 흘러가니까. 자꾸 빵꾸가 나는거예요.

- 그럼, 그럼, 지키는게 힘들어. 나는 평생, 무슨 명품 가방? 성형 수술? 화장품? 이런저런 거에 관심이 없었어. 사치로는 고터(고속터미널 지하)에 가서 1만 원짜리면 모두를 해결했지. 언니가 어버이날 무슨 골프 옷 사준다고 기다리라고 하면, 난 필요 없다. 오만 원만 달란다. 오만 원이면 5가지를 사거든. 윗도리, 바지, 신발, 모자, 가디건. 그런데 골프 티 사준다는데 난 안 반가워.

- 맞아유.

- 나같이 그렇게 오래오래 살다 보면 어느 날 부자가 될 거라구.

- 고모, 맞을 거 같아요.

- 몸 잘 챙기고. 그게 왕재산이잖아.

- 네, 고모도 건강하셔요.

-그래.

*

나의 글쓰기는 마음이 일어나야 했다.

한번 마음이 일어나면 글쓰기가 집중되고, 그 집중한 생각이 글이 되었다. 나는 화가나 음악가, 건축가 등의 예술가가 어떤 때, 영감이 일어날까에 관심이 많다. 물론 과학자들도 그렇고, 돈을 많이 버는 빌 게이츠나 기업가들도. 인간이 힘들고 어려울 때, 어떤 영감이? 아니면 가장 마음이 편안하고 고요할 때, 마음의 에너지가 솟구쳐서?.... 어렸을 때 어느 책에서 에디슨은 99%의 노력이 있었고, 1%의 영감으로 전기를 만들어 과학자가 되었다 했다. TV에서 나오는 서민 갑부들도 99% 노력으로 마지막 1% 영감을 얻어 결국 갑부가 되었다고 생각했다.

벌꿀로 재벌이 된 어떤 사람도 그랬다. 30년 동안 벌꿀을 기르고 판매했다. 그러나 30년을 폭삭 망했다. 그리고 그것의 위기를 벗어나 새로운 영감을 얻어 새로운 방법으로 3~4년 동안 35억을 벌었다 했다. 그 후 그가 가진 노하우로 부자가 되었다. 어쩌면, 모든 것이 힘들게 노력하고, 실패하는 일을 수없이 받다가 나타나는 것이 성공이었고, 그 성공이 그 자신의 성취이며, 그들의 완성이었을 것이다. 실패에서 성공 단계로 가기 전에 나타나는 심리적인 현상이 영감이라는 마음의 번득임? 하여튼 노력 끝에 나타나는 최후의 에너지처럼 보였다.

온 세계는 코로나19로 모두가 막혔다.

코로나 사태 후 격하게 대립하고 있는 미, 중(美中) 두 나라 산업계가 최근 한 뉴스 때문에 술렁였다. 트럼프 행정부가 중국에 있는 자국 기업의 유턴을 위해 법인세 감면을 추진 중이라는 내용이었다. 모든 나라가 자국 산업과 일자리를 지키기 위해 기업 유치가 절대적으로 필요해졌다.

- 한국 스타트업(초기 벤처기업)이 돈줄이 끊길 위기에 직면했다. 올 초 정부가 '벤처 투자 역대 최대 기록'이라는 자화자찬 자료를 낸 지 반년도 안 돼 벤처 투자 기반이 휘청이는 것이다.

- 국민소득 10년 만에 최대 추락. 올해 3만 달러 무너지나. 한은(韓銀) "올 성장률 -0.2% 그치고 환율도 작년만큼 오른다면 다시 2만 달러 대로 돌아갈 것"

- 이동 자유롭던 '평평한 세계'가 끝났다. 각국 정상들 기업 유턴에 올인.

- 한국 떠나는 기업들. 외국인 투자도 20% 감소

- 이해찬 첫 의총서 "현대사 왜곡 바로 잡겠다." 여권 중심 '새 질서' 만들기 나서 4·3 유신 등 재조사 밀어붙일 듯 일부 "역사 동원 반대 세력 고립" 與 참모 "국회, 檢, 복지개혁 완수"

- 금태섭 "黨, 조국, 윤미향 사태 함구령 의원들 한마디 못 하는 이게 정상인가" 작년 12월 더불어민주당이 고위공직자범죄수사처(공수처) 설치 법안을 통과시킬 때 기권표를 던져 징계처분을 받은 사람이 금태섭이었다. 당 지지층은 그에게 탈당 요구를 했다.

- 巨與 "5일 첫 국회 열겠다. 野 무조건 동참하라"
- 통합당 일부 "김종인의 진취적 정당론, 보수 가치 흔든다" 반발
- 美초청 흔쾌히 받은 靑 " G11 정식멤버 될 것"
- 원격의료, 정부는 이번 기회도 놓칠 건가. 많은 의사가 원격의료를 반대한다.
- 이견 하나 용납 않겠다는 177석 與, 이 폭주 누가 막나. "기자회견 있으니 재판 그만" 실세 의원의 안하무인 최강욱
- '살길은 기술 초격차뿐' 보여준 LNG선 100척 수주

현 집권당은 한국의 경제를 폭망 시대로 이끌었다. 그리고 코로나 19가 발생했다. 야당은 집권당이 만들어낸 경제가 죽었기 때문에, 야당 국회의원 수가 여당을 이길 것이라고 찬양했다. 그러나 4·15총선은, 국민이 여당에게 표를 177석 차지하게 만들었다. 그들은 온 천지를 자기 것이라고 찬양을 하며 외쳤다. 이제는 좌파 세력이 온 천지를 획득했다. 그들은 법을 바꾸고 그들의 입맛에 맞게 그들 정치를 할 것이었다. 전 법무부장관 '조국' 수호는 지켜질 것이었다. 30년 동안 이용수 할머니를 이용해서 속된 말로 돈을 뜯어낸(후원금) 윤미향 일당(정의연)은 자신들이 정당했다고, 위안부, 이용수 할머니가 친일파였다고 욕했다.

문 대통령 행사에 4번 '동원'되고 이용수 할머니 팽당한 꼴이라고 어느 논설 주간은 기사화 했다. 2012년 '대구 경북, 위안부 추모의 날'에, '문재인, 이용수 투샷' 사진이 인터넷에 넘쳐났었다. 이들의 행태는

날로 나라의 질서가 파괴되고 법이 죽는 사회주의 법이 구축될 것이었다. 선거전 여당은 코로나 지원금을 선거자금으로 활용한 것이 되어 온 국민은 여당에 찬성표를 던졌다. 여기에 여당은 중국 시진핑을 끌어들여 여당지지 여론을 펼치게 만들었다. 사전투표는 기계를 이용하여 부정선거를 만들어 여당 지지표로 이용했다.

부정선거가 이루어진 것을 사람들은 알고 있다. 이것을 여론화해서 검찰이 조사해야 하는데 하지 않는 검찰을 나는 믿을 수 없는 일이었다. 나는 그동안 윤석열을 믿었다. 그러나 선거 전부터 그는 해야 할 일을 하지 않았다. N번방으로 소동이 났는데, 그거 돈 문제고, 청와대 직원들이 개입되어 선거 전에 터트려야 하는 일인데 윤 총장은 조용했다. 그는 이 정권의 협력자일 뿐이었다. 언론들, KBS, MBC 등 모든 방송사도 좌파 지지자들이었다. 나는 TV를 보지 않는다. 옳지 않다. 집권자들의 세상이었다.

나는 딴 곳에서 나만의 정보를 수집했다. 97년 IMF 시절 한국에 거대 자본이 들어왔다. 그 당시 IMF는 국제 고리대금업자이었다. IMF 자금을 지원받은 나라는 거의 구제되지 못했고, 살아나지 못했다. 그러나 한국은 IMF 자금을 받았으나 모범적으로 살아난 나라로 알려주었고, 그것을 테스팅한 나라였다. 그 당시 거대 자본이 들어왔을 때, 한국은 광케이블을 전국에 깔았다. 그것은 힘들고 어려운 작업이었다. 미국의 거대 자본이 한국을 살렸고, IMF에서 살아난 나라가 된 것이다. 2년 만에 국민소득 1만5천 불이 3만 불로 격상되었다.

그런데 지금 다시 현 정권이 사회주의 체제로 몰입하면서, 경제력은 추락하고 있다. 거기에 세계는 다시 새로운 시대가 도래하는 것이다. 지금 세계는 4차산업이 오고 있다. 우리는 빨리 그것에 적응해야 한다. 그런데 통합당인 야당은 그런 것을 아는 사람이 없다. 그들은 자기 집권에만 집착하고 있다. 그들은 이제 좌파도 아니고 우파도 아닌 정체불명의 존재로, 야당을 지원했던 국민의 분노를 모른다. 사람들은 그들을 욕한다.

코로나 발생으로 한국의 의료 시스템이 세계 어느 나라보다 뛰어났음이 증명되었다. 선진국들보다 뛰어나서 트럼프는 G7에서 G11에 한국을 초대했고, 문재인이 수락했다. 이 덕으로 세계를 움직이는 그림자 세력은 한국을 4차산업 시범지로 테스팅할 수 있을 것이었다. 세계는 지금 세력다툼으로 혼란스럽다. 시진핑은 홍콩을 국제도시가 아니라 국가보안법을 만들어 홍콩 내에서 분리 전복을 꾀하는 활동을 봉쇄하여, 중국 지도부가 홍콩을 온전히 그들의 지배하로 두었다.

그것을 빌미로 중국을 세계의 공공적으로 만들려는 트럼프와 트럼프 선거를 방해하려는 국제공산당의 개입이 시작되었다. 그들은 미국 흑인을 죽인 백인 경찰을 인권으로 몰아, 미국 전역에 시위대를 유발했다. 결국 홍콩 보안법 통과 사건을 무마하려는 중국 지배부와 러시아가 합작한 공산당들의 작당이 미국 내에서 발생했고, 트럼프는 중국 유학생 3,000명 이상을 추방한다 했다.

온 세상은 패권 다툼으로 세상이 시끄러웠다. 공산주의 체제는 망가졌고, 국민의 삶의 질이 민주주의보다 떨어진 것을 아는데, 현 정권을 지지하는 한국 국민을 나는 이해할 수 없다. 우리는 같은 가족 간에도 서로 소통을 하기 힘들었다. 젊은이들은 좌파를, 나이 든 사람들은 우파 성향이 강했다. 다행히 내 가족은 자유민주주의를 선호했다. 우리는 함께 식사하고 함께 운동하며, 사회주의자들의 이상한 짓거리를 욕했다. 그들은 수시로 그들의 입맛에 맞지 않으면 죽였다. 오늘 갑자기 '마포쉼터 소장 손모씨(정의연, 옛 정대협)가 파주 자택서 숨진 채 발견했다.' 그는 윤미향(더불어민주당 의원)과 2004년부터 친분 쌓아 함께 개인계좌로 모금하기도 했다.

좌파들은 그가 죽은 것이 '압수수색, 과도한 취재 탓'이라 했다. 그런데 60세인 그가 왜? 자살을? 나는 그가 좌파들의 정권에서 제거한 것으로 보인다. 공산당의 수법이 그랬다. 현대그룹의 정몽헌 죽음에도 DJ 관련 의혹이 컸다. 3,000만 달러의 '비자금'이 북쪽으로 비밀 이동한 것과 관련해 있었다. 그런데 그가 왜? 죽었을까? 그가 자살이라고? 나는 그렇지 않다고 생각한다. 노회찬 의원, 노무현 대통령도 자살? 그들의 비자금 부정이 밝혀지면, 치명타가 생기니까. 결국 그들의 당을 위해 희생해야 하는…. 여하튼 좌파들은 당을 위해 희생시켰을 것이다. 러시아 공산당, 중국 공산당, 북한 공산당처럼.

이제 우리 한국은 공산당, 사회주의로 치닫고 있었다. 나는 그 사실이 안타까웠다. 나는 그것이 한국의 운명일지도 모른다는 생각으로 적응하려고 애쓰고 있다. 국민의 다수가 찬성이라는데 국가가 망해도 한국의 운명이리라. 그러면서, 이용수 할머니가 "정대협 원수 갚고 하늘 가야 언니들에게 말할 수 있다."라는 위안부 피해자 할머니에게 감사하며, 한국의 희망을 바라본다.

*

책, 박범신 작『주름』을 읽고.

- 아버지가 우리 가족을 버리고 떠난 것은 1997년이었다. 그의 이름은 김진영. IMF 한파가 몰아쳤다. 그는 50대 중반이었다. 그의 가족은 착한 아내, 군 제대하고 복학을 앞둔 성실한 아들과 한 살 아래인 딸이 있었다.
- 그는 직장생활 25년 평생 동안 교과서식으로 배운 대로 살았다. 우울한 나날이 계속되던 어느 가을비 오는 날. 어느 소녀를 따라간 곳은 미술학원. 그곳에서 스케치북에 옛꿈을 그리게 되었고, 화가이며 시인인 천예린 선생을 만난다. 선생은 그보다 4살 위였다. 선생은 희노애락 감수성이 뛰어났다.
- 시 낭독하는 날, 그들은 동해 바다로 갔다. 가면서 그녀는 사제와의 스캔들을 그에게 말했다. 그녀는 사제와 2년쯤 살았다 했다. 그녀는 많은 남자 얘기를 했다. 정치가, 작가, 외국 남자들과 섹스할 때 이야기를. 그리고 그녀는 계속 위스키를 마셨다. 바다에 도착. 새벽 3시가 넘었다.

- 그녀는 그때 자신이 불치병을 가져, 오래 살지 못한다는 것을 알았다. 다시 남행하여 삼척 부근에서 일출을 맞았다. 그 무렵 김진영네 회사는 맥주 판매량을 늘리는 사업계획에 착수했다. 그는 회사에서 돈이 필요할 때 끌어오는 자금담당 이사였다. 그는 전무의 신상품 사업확장으로 실패가 결과로 나타날 때, 살아날 가능성은 전무했다.

- 거기서 둘은 욕망의 중심을 일으켰고 뜨거운 에너지를 발산했다. 서울에 도착해서 처음으로 월요일 무단지각을 했다.

- 그녀와의 섹스는 내 전신이 가미카제식으로 통렬히 박히는 일, 즉 죽음 같은 일이었다. 그가 그런 통절한 정사를 경험한 것은 그녀가 처음이었다.

- 다음날 그녀는 회사로 찾아왔다. 그리고 고백했다. 돈 좀 꿔달라고. 300만 원. 오늘 필요하다고. 그래서 빌려줬다. 사흘 후 그녀는 그에게 돈도 받을 겸, 그녀 집에 놀러오라고. 그리고 300만 원을 주었고. 그녀의 집에서 그들은 몸을 섞었다. 그러면, 그의 몸은, 죽은 것들은 살아나고, 산 것들은 죽어 넘어졌다. 정사는 보통 거실에서 시작했다.

- 그는 추락이 두렵지 않았다. 오직 산화하고 싶었다. 그 후 그의 집안과 부인과의 관계는 폐허가 되었다.

- 다시 그녀는 3,000만 원 정도를 빌려달라고. 그 정도는 몰래 돌려쓸 수 있었다. 그녀와 함께라면 지옥이라도 가고 싶었다. 그의 파멸은 빠른 속도로 나아갔다. 프로그램은 그녀가 짰다. 세계적인 연주가의 연주를 들으러. 뮤지컬이나, 연극을, 오페라 구경도 갔다. 그녀는 자애로운 선생처럼 설명했다.

- 그들은 고급레스토랑과 카페를 순회했다. 식사 값은 30만 원이 넘었다. 뮤지컬을 보고, 연극을 보고, 콘도미니엄에서 사랑을 나누고. 그 후 그녀는 사

라졌다. 그리고 IMF가 터지고, 파산선고가 내려졌다. 그에겐 아무런 희망도 없었다.

- 아버지의 편지를 받은 날은 4월 중순. 여기는 베르호얀스크다. 그분은 북극 해가 죽음의 심지라고 생각했거든.

- 천예린은 80여 편의 유작을 남겼다. 시집 제목은 '북극해, 죽음 그리고 사랑'으로.

- 회장님이 쓸 돈이라며, 그의 계좌에 넣어 관리하는 회사 비자금을 달러로 바 꾸었다. 거액을 가지고 그는 외환위기로 내몰린 조국을 떠났다. 이집트를 경 유, 케냐의 수도 나이로비에 도착했다. 그리고 천예린을 찾았다. 카지노, 사파 리, 마사이마라… 몸바사, 암보셀리, 킬리만자로, 모로코, 라바트, 카사블랑 카, 페스. 그 페스에서 그는 모든 것을 잃어버렸다.

- 그는 거기서 노동을 했다. 염료물에 벗긴 가죽을 건져 언덕 위까지 널어놓는 작업이었다. 40여 일 동안 그는 그 작업을 했고, 형체 없이 죽음으로 지향하 고 있었다.

- 그는 다시 천예린을 찾아 잉글랜드와 스코틀랜드의 오크니제도를 찾는다. 그 리고 바닷가 이탈리안 성당에서 그들은 만났고. 레드 하우스에서 살았다. 그 들은 그곳에서 성욕과 살해욕의 깊은 관계로 섹스를 하며 살았다. 그들의 섹 스는 죽음을 향한 극단적 마약이 되었다. 죽음을 예고하며 어느 날, 각각 오 크니섬을 떠났다.

- 1년 후 그들은 어찌해서 다시 얄타에서 만났다. 거기서도 그들은 사랑을 했 다. 그러나 그녀의 피고름의 몸을 그가 핥고 빨았다. 빨다 보면, 그의 욕망이 일어났다. 어느 해 3월 그들은 얄타를 떠났다.

- 그의 유랑은 그녀가 눈 감은 바이칼에서 끝났다. 그는 천예린의 유골을 허보

이에 뿌렸고, 그는 시베리아 동북으로 가 대륙의 끝, 캄차카 반도로 갔다. 그곳에서 연어 떼의 회귀 본능의 참된 중심을 알고 고향으로 돌아왔고, 거기서 젊은 아가씨와 정사를 하다가 복상사로 죽었다.

책 읽기를 끝내고 나는 멍멍했다. 주인공 김진영이 찾는 보물은 무엇인가. 섹스? 인간의 본능?, 그는 천예린의 죽은 음순에서, 살이 찢어진 상처의 더러운 흔적을 찾았다. 그곳에는 그들의 중심이 텅 비어있었다. 김진영은 소유로부터 자유로워졌지만, 유랑에서 벗어나지 못했다는 자각. 그러나 결국 유랑의 중심, 생의 중심도 모두 비어있다는 것을 작가는 말하는 것이리라.

*

친구 ZO의 밭에서 매실을 땄다.

매년 6월이 되면 친구 조는 대학 동창을 불렀다. 그의 매실밭 매실나무에, 아주 실한 매실이 주렁주렁 열렸다. 올해도 어김없이 그는 우리를 초대했다. 너무 이르면 매실이 덜 익었고, 조금 지나면 매실이 너무 익어 떨어졌다. 초대한 날은 11일이었다. 아주 적당한 시기였다. 오전 9시 반에 농수산 주차장에 모두 모여, 함께 차로 이동하기로 했다. 동창들은 제각각 차를 가지고 도착했다. 그곳에서 차 2대에 모여 함께 타고 매실밭으로 이동했다.

매실밭은 넓고 컸다. 입구에는 상추와 파, 고추 등 푸성귀를 예쁘게 키웠다. 밭을 관리하는 아저씨는 부지런했다. 나무와 야채를 골고루 잘 가꾸었고 주인에게 수시로 따 먹으라고 권했다. 매실은 실했다. 나무마다 주렁주렁 잘도 열었다. 친구들은 각자 먹을 수 있는 만큼 주머니에 따다가 모였다. 각자 집으로 가서 매실 효소를 담아 1년 음식 식재료로 쓸 예정이었다. 나는 너무 많아도 힘들 것이고 적당히 가져갈 만큼만 매실을 땄다.

점심 시간이 되었다. 우리는 짐을 싸서 캠핑장으로 옮겼다. 조는 준비한 것이 많았다. 삼겹살과 팥죽, 식혜, 밑반찬, 과일 이것저것 등 푸짐히 싸왔다. 판을 벌여서 이바구를 하며 식사를 했다. 나무 그늘은 시원하고 시냇물은 졸졸 흘렀다. 옛날에 아버지를 따라 강가로 가서 물고기를 잡고 엄마가 된장 풀어 찌개를 끓였던 생각이 났다. 식사 후 다시 조는 불을 피워 국수를 삶았다. 친구들에게 맛있는 잔치국수를 먹여야 했다.

배가 터진다고 소리쳐도 먹을 수 있다며 우리에게 맛있게 음식을 만들어 주었다. 우리는 또 그 국수를 후루룩 소리를 내며 먹었다. 하늘은 높고 뜨거운 태양이 온 천지를 빛냈다. 시원한 나무 그늘 아래 우리는 즐거운 소풍 놀이를 즐겼다. 소화를 해야 한다며 친구들은 개울 따라 산책을 갔다. 계곡의 물줄기를 벗 삼아 올라갔다가 내려왔다. 정자에 누워 기지개를 켰다. 땀을 식히고 누웠다. 조금 있으니 모기 떼가 우리를 물었다. 산모기는 강했다. 우리는 모기를 쫓아내며 냇물을 건너 캠핑장으로 왔다.

해가 서산에 걸렸다. 모두가 차를 타고 저녁을 먹고 헤어지자며 시내 식당으로 이동해 갔다. 식당에서 식사를 하고 나는 고속버스를 타고 서울로 올라왔다. 그날은 정말 온전히 하루 종일을 동창들과 보람찬 하루를 보냈다. 친구 ZO에게 감사했다.

*

잠을 잘 수가 없었다.

한여름이 성큼 왔다. 찐득한 습기가 몸에 붙었다. 사람들은 집에서 에어컨을 켜 상쾌한 상태를 유지하며 살았다. 나는 찬기가 싫어서 수면 선풍기를 틀었다. 이런 짜증이 일어나는 날, 나는 나를 치유하는 글귀를 읽었다.

- 아름다운 이야기를 이해하라. 누군가가 그대를 욕한다고 할 때, 그대가 받아들이지 않는다면, 그 욕은 아직 의미가 없다. 욕을 들을 때마다 모욕감을 느낀다면 그것은 그대의 책임이다. 누가 그대를 욕한다고 말하지 말라.
- 욕하는 것은 그의 자유이지만 그것을 받아들이지 않는 것은 그대의 자유이다. 단지 나는 그 욕을 받아들여서 마음이 어지럽다고 말하라.
- 붓다는 말한다. "오직 그대가 필요한 것만을 받아들여라. 영양분만 섭취하라."
- 삶은 하나의 메아리다. 만일 네가 개처럼 짖는다면 골짜기 전체가 메아리치며

너를 따라다닐 것이다. 그러나 네가 노래를 부르면, 골짜기는 노랫소리가 메아리칠 것이다.

- 그대가 다른 사람에게 꽃을 뿌려준다면 꽃이 되돌아올 것이다. 그러나 가시를 뿌린다면 그 가시밭길을 그대가 걷게 될 것이다.

- 붓다는 말한다. "악한 일을 멈춰라. 그렇지 않으면 그대는 불필요하게 고통받을 것이다."

오전에 딸이 테니스를 치고 우리 집으로 왔다. 샤워하고 점심을 먹고 학원에 가려는 것이다. 그런데 딸이 내 조카들과 분쟁이 일어났던 사건들에 대해 폭풍 화를 쏟아냈다. 갑자기 조카들을 욕하는 것이 듣기 싫어 나는 딸에게 똑같이 폭풍 화를 쏟아보냈다. 나는 지금 글 쓰면서 다시 스트레스를 받았다. 갑자기 종아리에서 가시로 찌르는 통증이 일어났다. 저번에도 글을 쓰다가 목 아래 가슴 언저리에서 벌레가 내 몸을 물고 흔들어대서, 참을 수 없이 고통이 일어났다.

화가 나면, 벌레가 물어서 통증이 생기는 것일까? 그러다가 갑자기 등에서 또 벌레가 물어 버리는 느낌이 났다. 남편에게 호소했다. 남편이 내 등에서 작은 불개미를 등에서 잡아냈다. 남편은 독일제약 불개미 퇴치약을 방에 놓았다. 그러나 가끔 내 몸을 벌레가 깨물어 뜯는 고통을 겪었다. 지금 코로나 현상이 전국을 휩쓸었다. 이것도 그런 현상인가? 열도 안 나고 특별한 것도 없다. 그러나 가끔 물린 곳이 붉어져서 살이 부풀어 올라, 가려운 고통이 생겼다. 병원 갈 일도 아니었다. 여하튼 나는 마음을 고요히, 그래서 스트레스를 받지 않아야 했다.

그런데 갑자기 운동하고 들어오는 딸하고 스트레스 일으키는 말싸움이 일어났다. 조카의 월급을 내가 관리해서 조카 집을 사주었는데, 어느 날 조카가 와서 자기가 결혼을 하기 위해서 사준 집을 팔겠다 했다. 파는 과정에 조카는 얼마에 사고 얼마에 파는지를 따져 묻는 과정을 보고 딸애가 참을 수 없어 했다. 그것들이 싸가지가 없다면서 딸애가 나를 혼냈다. 나는 그 딸을 피해서 밖으로 나갔다. 한참 후 마음이 고요해졌다. 그리고 나는 싸웠던 것을 사과하는 뜻에서 딸에게 카톡 문자를 보냈다.

- 내가 너에게 큰소리친 건 미안한데, 내 조카들 네가 욕하는 것 싫더라. 만일 네 조카들인 웅과 예를 우리 친척들이 욕하면 좋겠니? 내 조카들이 너에게 경제적 손해를 끼치지는 않았잖냐? 너를 괴롭히지도 않았고. 이 모든 것이 그냥 지나갈 일들을….

- 그럼 엄마는 자기 엄마가 돈 벌어줬는데, 저네 손해 안 보겠다고 하나하나 꼬투리 잡으면서 쥐 잡듯이 잡는 조카 있으면 가만히 있겠어요? 결국 엄마는 걔네한테 놀아난 거고 걔네 엄마 좋은 일만 한 거밖에 안되요. 그런데도 아직도 걔네를 옹호하고 감싸고 싶으세요? 정말 국가대표 호구가 따로 없네요. 저한테는 막 대하고 욕하면서, 꼴에 조카랍시고 싸고도는 엄마 모습이 진짜 우습기 짝이 없네요. 그리고 그냥 지나갈 일이라니요. 엄마는 그냥 자기가 잘못된 선택을 했다는 것을 인정하기 싫을 뿐인 거죠. 지나갈 일이 아니라 엄마가 걔네한테 따끔하게 이야기할 일이에요. 저한테는 그렇게 소리치고 막 대하면서 왜 걔네한테는 할 말도 못하고 빌빌대세요? 뭐 죄졌어요? 큰 고모가 너네 잘살게 해주려

고 이런저런 일들 나서서 해준건데 고작 돌아오는 게 이런 푸대접이냐 왜 소리 한번 못 치냐고요. 진짜 웃기네요.

나는 아무 소리도 안 했다. 그리고 왜? 작은딸이 이렇게 폭풍 화를 내는 것일까. 내 조카들과 작은딸은 아마 10년 차이가 날거다. 나이 어린 그들이 저축을 해서 산 집값으로 세금을 내고 아마 일억은 남을 거였다. 아마도 딸애도 느끼는 것이 많을 것이다. 그가 학원 선생으로 1억을 모으려면, 달마다 100만 원씩 저축해서 10년을 넣어야 1억이 되는데. 30살 애가 1억을 손에 쥔다는 것은 정말 큰 일인 것이다. 남편은 항상 말했다. 돈을 버는 것도 중요하지만 투자를 하며 살아야 한다는 것을 강조했다.

그 대신 작은딸은 항상 내게 반항을 하며, 왜? 내가 돈을 벌어야 하느냐며 산 세월이 10년이었다. 캥거루 가족으로 나를 괴롭힌 것은 생각을 못 했다. 억지로 내가 쫓아내서 결국 100만 원짜리 학원 강사로 일했던 것이다. 이제 그도 돈 욕심이 나는지 아빠에게 얼마를 모으면 엄마에게 돈을 주어 투자를 할 수 있나를 물었다고. 나는 속으로 빌어먹을 놈, 제발 청춘사업이나 잘해서 시집이나 가라고 욕했다. 언니가 '이 남자 어떠냐?' 하면, 대개 그의 입에서 나오는 소리는 '개쌍 싸가지 없는 놈?' 소리만을 외쳐댄다.

이제 나는 작은딸에 대해 방법이 없었다. 나는 서서히 왼쪽 무릎이 아팠다. 걸음 걷기가 힘들었다. 인간의 생로병사 중 병쪽으로 가고 있었다. 아직도 철없이 날뛰는 작은딸을 보면 한심했다. 아마도 딸은 남편과 내가 죽어야 철이 들려나 보다. 어쩌다가 쓰레기통에 빠진 긴 머리카락이 한 움큼 보이면, 나는 마음이 고요했다. 작은딸이 이제 늙어가고 있구나. 긴 머리카락은 내 마음이 쓰리면서, 그래, 죽을병 걸린 것도 아니고 그냥 옆에서 함께 사는 것을 감사하게 생각하자고 마음 먹었다.

그런데 왜? 내가 글을 쓰는 것일까? 안 써도 되는데…. 그냥 습관이 되어서? 나는 좀 더 진지하게 이 문제에 대해서 생각해봐야겠다. 그러다가도 아침이 되면 컴퓨터 자리에 앉고 싶다. 그러면 마음이 편안해졌다. 무엇인가 생산적인 일을 하는 느낌? 농부가 농사를 짓듯 말이다. 그러나 정열적으로 즐겁고 희망적인 그런 느낌은 없다. 그냥 고요하고 편안한? 그런 기분이다. 그렇지만 이곳이 내 자리에 어울리는…. 격동적인 리듬의 감정이 나에게 지금 일어나지 않았다. 누군가 폭발적인 언어로 나에게 쏟아냈다면? 그런 일을 할 사람은 작은딸이지만, 그 폭언에도 나는 고요해질 것이었다.

이제 조용히 모든 것을 받아들여지는 시기가 온 것인가? 기쁜 것도 없고, 슬픈 것도 없으며, 감정이 고요해지는 것이다. 젊음의 에너지가 사라져서일까? 모든 것은 습관대로 움직여질 뿐이다. 온몸의 가려움증은 사라져가고 있었다. 왼쪽 무릎관절의 통증으로 진통 소염제를 먹어야 걸을 수 있었는데…. 지금도 그 약을 먹고 낫기를 바라면서 걸었다. 그래도 통증을 참을 만했다. 이정도 아프면서 걸을 수 있어서 감사하다면서 걸었다. 나는 내 안의 마음의 상태를 좀 더 자세히 관찰해 볼 것이다.

*

세월은 빨랐다.

이십 년 전에 골프연습장에서 만났던 왕언니를 슈퍼에서 만났다. 깜짝 놀랐다. 그는 80살이 넘었다. 그는 말했다.

- 난 이제 골프를 접었어. J 교수는 지금도 골프치지?
- 네. 칩니다.
- 난 헬스장에서 넘어져서 두 다리가 부러졌었어. 이제 3년 만에 걷는거야. 예전에 그렇게 바쁘게 살더니만. 아직 강의하나?
- 아니요. 제 나이가 얼마인데요.
- 그려, 세월이 많이 갔구만. 내가 오래 사니 J 교수도 만나고. 내가 언제 밥 살게 만나자구.
- 네, 그래요.

일주일 후 우린 동네 스테이크 집에서 만났다. 주먹만 한 다이아 반지에, 콩알만 한 작은 다이아를 박은 반지가 손가락에서 빛을 냈다. 그는 부동산 투자의 달인이었다. 이십 년 전 어느 날, 그는 서래마을에서 우리 동네로 이사를 왔다. 그리고 우리는 동네 골프 연습장에서 만났다. 나이는 한참 위였고 회원들은 그를 왕언니라고 칭했다. 우리는 골프를 치러 다녔고, 음식을 함께 사 먹었다. 내 기억에 그는 밥값을 낸 적이 없었다. 나는 그를 위해 이것저것 필요한 것을 주려고 챙겼다. 식사를 하며 이런저런 이야기를 했다.

- 왕 언니 영감님은 몇 살에 가셨지요?
- 48살.
- 일찍 가셨네요. 왕 언니 대단해요. 애들 3명을 훌륭히 키웠으니 말이요.
- 처음에는 힘들었지. 연금도 없지. 남은 것이 집 한 채였거든. 그래도 순직을 해서 돈이 조금 나와서 부동산 재테크를 한 거지.

그는 우리 동네 아파트를 3억에 사서 7억에 팔았다. 동네 상가를 몇 억에 사서 몇 억 남기고 세금 없이 또 팔았다. 그리고 자기는 조금 작은 아파트로 전세가고 작은 아파트 2개를 샀다. 하나는 이혼한 큰 딸 것과 자기 것으로. 돈 있는 것은 정기예금을 했다. 지금은 딸 이름으로 한 아파트에서 살고 자기 이름으로 산 아파트에서 보증금 1억2천에 월세 100만 원을 받는다 했다. 그는 땅도 샀다. 그러나 그 땅 30억은 남동생 명의였기 때문에 그 동생이 먹어버렸다. 그는 돈이 무섭다고 했다. 부모 형제도 돈 앞에서는 모두가 도둑이라 했다.

- 왕언니 그 반지 멋져요.

- 응. 내가 초라해 보일까 봐 난 밥 먹을 때 이것을 끼고 다녀. 그래도 죽기 전에 3캐럿짜리 한 번 껴 보고 죽으려고 이번에 샀어. 내가 다시 언제 밥 먹을 때 보여 줄게. 죽으면, 세금 안 내고 애들이 가질 거 아냐?

- 그래요. 난 그런 거 잘 몰라요.

- 자기는 똑똑해서 지식이 머리에 많아서 괜찮고, 난 나이만 먹어서 이런 것을 해 줘야 사람들이 깔보지 않지. 자기 이 동네 사니까 알아둬. 저기 길 건너 상가 2층 예랑있지? 왜 금은방 집 말야.

- 예.

- 나 그 집 하고 재판했잖아.

- 예?

- 내가 애들 금 1킬로씩 사서 손자까지 모두들 나누어주었어. 그리고 내 것 1킬로는 그 금방에서 자기에게 맡기면 한 달에 20만 원씩 이자를 주겠다는 거야. 그래서 그랬지.

- 금값이 얼마예요?

- 금값이 셀 때는 7,000만 원 하지. 내려서 6천 얼마 했어. 나는 금 값이 자꾸 내려 불안해서 금을 찾으러 갔어. 그런데 안 주는 거야. 그리고 그놈이 나에게 준 이자를 모두 주면 돌려주겠다는 거야. 거의 2년 치거든. 그런데 금을 못 받을까 봐 이자를 돌려주고 금을 찾으려니 부아가 났어. 미국에서 온 아들에게 말했더니 무슨 그런 일이 있느냐면서 아들이 가서 주인하고 싸웠어. 결국 재판을 걸었고 우리가 이겼어. 그놈이 우리 재판비까지 물어서 바가지를 옴팡 썼어. 그런데 그거 할 일이 아냐. 심적 고통이 말이 아니더라구.

- 그랬군요.

- 난 이제 나이도 80이 넘었고 모두 정리했어. 아들네는 모두 미국으로 갔어. 그
  런데 코로나로 이번에 들어왔어. 아직 한 번도 못 봤어. 호텔에서 지금 감금 15
  일 해야 하잖아.

- 애들이 미국 시민권이 있어요?

- 그렇지. 내가 임신을 하면 미국에 가서 애를 낳았어. 그래서 모두 미국 시민
  권자야.

- 대단하시네요.

- 며느리도 애 3명 모두 시민권자야. 거기서 애를 낳아서 한국으로 왔거든.

- 대단해요.

- 이번에 애들이 들어오면서 "할머니 오이지가 맛있어요." 그래서 내가 오이지를
  만들려고 했는데 이혼한 큰딸이 성질을 내고 야단을 떨어서 내가 미치겠다니까.

그의 큰딸은 부잣집으로 시집을 잘 갔었다. 거기서 7년을 살았는
데, 애기가 안 생겼다. 시댁의 눈치가 싫어서 그냥 나와 버렸다. 왕언
니는 이혼비와 자기 돈을 만들어서 캐나다 남동생 사업장에 회사원
으로 보냈다. 그리고 다시 공부하라고 대학원에 학비를 넣고 입학시
켰다. 딸은 학교를 다니지 않았다. 몇 년후 남동생이 딸 돈을 모두 써
버렸다는 사실을 알았다. 딸은 돈을 외삼촌이 모두 먹어버렸다는 사
실을 알고 한국으로 왔다. 그때 딸이 난리를 쳤다. 왕언니는 자기 돈
으로 딸 돈을 물어주었고, 딸은 다시 L 회사에 들어갔다.

딸은 회사 옆에서 방을 얻어 살았다. 수시로 전화하던 딸이 갑자기 전화를 하지 않았다. 왕언니는 이상했다. 근처에 사는 작은딸에게 언니네 집을 찾아가 보라 했다. 문이 안 열렸다. 결국 경찰을 불러 문을 열었다. 거기에 딸이 쓰러져 있었다. 딸을 들쳐 업고 병원으로 달렸다. 조금만 늦었어도 죽었다고. 몇 년을 왕언니는 병원에서 딸을 수발했다. 어느 정도 완치가 되어 둘이 함께 살았다. 어느 날 왕언니가 헬스장에서 운동하다가 꼬꾸라졌다. 두 다리가 부러졌다.

이번에는 딸이 엄마를 수발했다. 2~3년이 지나 왕언니는 거동을 할 수 있었다. 왕언니는 살금살금 슈퍼를 다닐 수 있었다. 왕언니는 열무 한 단을 사서 집으로 갔다. 딸이 엄마에게 눈을 부라리며 그 몸으로 무슨 김치를 담느냐고 호통을 쳤다. 다시 손자가 온다고 해서 오이지를 담으려고 오이를 사 갔더니 딸이 날벼락을 치며 또다시 엄마를 야단쳤다.

- 내가 못 살아. 못 살아. 딸년 땜에.
- 맞아요. 나도 그래요. 오죽하면 내가 작은딸을 내쫓았겠어요. 학원 갔다 와서 밤늦게 저 먹고 싶은 대로 술 먹고, 요리해 먹는 거 참기가 어려워요. 내가 잠을 못 자니까 더하지요.
- 아니, 글쎄 내가 오이지를 담는 것을 싫어하고 성질을 낸다니까. 내가 너 신경 쓰지 말고 가만히 있으라니까. 그래도 제 마음이 불편하다는 거겠지. 그년이 벌써 55세니 세월이 빠르지.

- 우리는 나이 든 딸년들 못 데리고 살아요. 그것들이 엄마를 지배하잖아요. 내가 무릎이 아프다 하면, 병원 가서 주사 맞지 안 맞는다고 소리치죠. 피부가 어떻다 하면 피부과 안 간다고. 엄마가 엄청 고집이 세다고 난리를 내서. 야, 네가 시집 안 가는 것은 어떻고? 그거랑 똑같지, 했더니 아무 소리 안 하더라고요.

- 이번에 우리 아들이 강남역 근처, 삼성건물 앞에 25억 주고 펜트하우스를 샀어.

- 그래요?

- 거기서 리모델링하여 회사로 사용한대.

- 펜트하우스가 집 아니에요?

- 그렇지. 원래 요기 서래마을 빌딩에서 월세 1,500만 원씩 주고 했는데, 사서 하는 것이 낫다고 샀어.

- 잘했네요.

우리는 식사가 거의 끝나갔다. 스테이크에, 셀러드, 퐁듀, 파스타까지. 그러나 파스타는 배가 불러서 먹을 수가 없었다. 처음에 왕언니는 '비싼 것으로 시켜, 내가 살게.'라고 말했지만, 과연 돈을 낼까? 하는 의구심이 났다. 돈은 항상 제일 많았다. 그러나 나는 그에게 식사 대접을 받은 적이 없었다. 이십 년 전에도.

- 파스타 이거 아깝다.

- 싸 가세요.

- 그럴까? 맛있네.

- 웨이터, 이거 싸주세요.

- 딸년이 집에서 매일 혼자 집에 있어. 밉다가도 나 혼자 밥 먹으면 딱하다니까.

- 그게 엄마의 마음이죠.

나는 얼른 일어났다. 식사비를 지불했다. 그리고 카페로 이동했다. 팥빙수를 시켰다. 그는 그곳에서도 돈을 지불하지 못했다. 이런 맛있는 거를 또 먹는다고 그는 즐거워했다. 그러나 많이는 먹지 못했다. 그는 이제 다시 자기 집을 팔거라 했다. 이번에 하나은행에서 자기에게 라임 주식을 사라고 했단다. 일등 최고 우수 고객이라며, 그곳에 문재인 부인 김정숙이가 있다면서. 그래서 저축한 돈 3억을 라임에 넣었다고.

그런데 이번에 다 날려서 한 푼도 못 받았다고. 일주일 동안 살이 떨리고 밥을 못 먹었다고. 그것들 모두 망해야 한다고. 늙은이 돈 3억이 어떤 돈인데. 청와대 떨거지들이 1조 5천억을 만들어서 나누어 먹은 거라고, 우리는 속썩은 성토대회를 했다. 그는 다음에 자기가 밥을 사겠다고 맹서하면서 우리는 헤어졌다.

*

ㅊ은 괴씸했다.

ㅊ은 내 조카이다. 그는 남동생의 둘째 딸이다. 그는 언니와 함께

남동생의 희망과 꿈이었다. 남동생이 이혼한 시기는 막내인 셋째가 7살 때였다. 그네 엄마는 경제적 부도와 뭇 남자와 바람을 피웠다. 시어머니가 사준 집은 예전에 박살 났고 다시 넘겨진 친정 어머니의 꿈 같은 집을 또 다시 박살 내고 애들을 내팽겨쳐 두고 친정집에 맡겼다. 애들은 학교도 못 다녔다. 여동생이 그들을 거두고 그들 집에서 학교를 보냈다. 남동생은 중국 회사에서 법인장으로 일했다. 1년 후 남동생은 애들을 중국으로 데려갔다. 거기서 외국인 학교를 보냈다.

과외를 시키며 어린 것들을 키워냈고, 그들도 엄마 없이 스스로 공부하며 잘 컸다. 그들은 북경대와 청하대를 졸업하고 취직하고 공부했다. 모두가 장하다고 칭찬했다. 그러나 그들은 졸업 후 그들 엄마를 찾았고 그곳에서 함께 살기도 하고 헤어지기도 하며 살았다. 그 사이 그들 어미의 나쁜 습성을 본받을까 봐 나는 조바심을 냈다. 돈을 물 쓰듯 하는 것, 사치를 부리는 것, 남의 돈을 사기쳐 빌렸고, 제 돈처럼 함부로 쓰는 것이 걱정이었다. 그러나 나는 대학을 졸업하면 제 어미를 만나라고 간곡하게 약속했으니 그들의 인생은 내가 상관할 일이 아니었다.

그들이 취직할 때 나는 제안을 했다. 너네가 돈을 함부로 쓰면 안되니까 월급을 나에게 맡겨라. 그럼 고모가 너네 집을 미리 사 줄 테니까. 그런데 작은 고모와 그들 엄마도 그 돈을 관리해주겠다고 제안을 했던 것이다. 그런데 그들은 나에게 월급 통장과 카드를 갖다 주었다. 나는 우선 경기도 지역에 각각의 아파트를 그들 이름으로 사 주었다. 그들의 월급은 많지 않았다. 여하튼 100만 원은 저축할 수 있었다. 전세 끼고 육천 정도를 들여서 투자해주었다. 아파트 가격은 오르지 않았다. 오히려 떨어졌다. 나는 애간장을 태웠다.

거기에 전세자가 이동할 때 전세 자금을 출혈해야 했다. 나는 퇴직자라 돈을 빌릴 수 없었다. 그들도 쉽지 않았다. 거기에 코로나 때문에 월급도 들어오지 못했다. 나는 급전으로 제2금융을 이용했다. 내가 필요한 세금까지 빌려야 했다. 이자가 200만 원 이상이 됐다. 재작년부터 전세자금이 압박을 가했다. 그래도 나는 그들 것을 지키려 애썼다. 전세가 교체되면, 수리비도 칠백만 원 이상이 들었다. 그리고 올해가 되면서 서서히 아파트 가격이 상승되었다. 나는 한숨을 쉴 수 있었다. 본전은 찾을 수 있어서 다행이었다.

어느 날 ㅊ은 우리 집 방문을 하겠다 했다. 그리고 빵을 구워서(제빵사가 되었다) 우리 집에 왔다. ㅊ은 결혼을 할거 같다면서 집을 팔겠다고. 그럼 팔라고. ㅊ은 이미 제 집이 3억이라는 사실을 인터넷에서 확인하고 왔던 것이다. 작은딸은 어제부터

- ㅊ이 이상하네? 엄마 집을 왜? 갑자기 오는 거야? 무슨 목적이 있는거지.

- 얘는 쓸데없이. 순수하게 생각해라.

- 아니 그렇잖아.

ㅊ이 와서,

- 고모 그거 얼마에 샀어요?
- 글쎄 6~7년 전이라.
- 그리고 얼마 든 건데요?
- 그것도 잘 모르겠는데.
- 인터넷 보니까 삼 억에 팔 수 있어요.
- 그래, 그럼 팔아.

나는 내가 아는 부동산에 전화했다. 시세는 모르겠고 인터넷에 3억이라니까 늦더라도 수수료를 좀 더 많이 줄 테니까 3억2천에 팔아달라고 말했다. 부동산 사장은 한참 늦을 거라 했다. 나는 좋다고 했다. 우리는 계산을 했다. ㅊ은 잘하면 일억은 가져갈 수 있었다. 어차피 쉽게 부동산이 다시 오르기는 힘들 것 같았다. 그 후 우리는 함께 가족이 모여 저녁 식사를 오랜만에 맛있게 먹었다. 그리고 그는 떠났다. 그가 떠나고 남편과 작은딸은 나에게 화를 냈다. 그것이 싸가지가 없다고. 고모가 돈을 들여서 사줬고, 그것도 월급 꼴랑 100만 원을 몇 년 동안 부치면서. 거기에 모두 그 돈을 갚지도 못했고, 반도 안 됐는데…. 나는 ㅊ에게 폰 문자를 보냈다.

- 고모부가 오늘 너무 성질이 나셨다. 네가 고모를 추궁하는 꼴에 말이다. 몇 년
  전 것을 따지는 것은 있을 수 없는 일이라면서… 처음부터 네가 돈을 내서 산

것도 아니라면서. 고모가 네 돈을 떼어먹은 것처럼 네가 했다고. 고모의 순수함을 네가 따졌다는 것이지. 당장 팔아서 너네들 것 모두 끝내라고 호통을 치셨다. 손해는 지금까지 고모가 봤는데. 지금도 자금을 회수하지 못했는데. 어이가 없다면서 말이다.

- 죄송해요. 고모. 그런 의미는 아니었어요.

- 그동안 고마워하는 모습은 없고 옛날 걸 따지고, 고모가 옛날 걸 기억 못해서 땀을 흘리며 추궁받는 것은 아니라며, 엄청 화가 나셨다. 지금도 고모를 혼낸다고. 그런 조카가 어디 있냐고.

- 전 손해를 보든 아니든 어떤지 알고 싶었는데⋯ 감사하다고 생각하고 의논하고 상의하고 했던 부분인데.

- 죄송해요. 고모. 수고하고 머리 아프시고 그런 거 다 신경 쓰시는 거 다 알고 생각하고 조심스럽게 찾아뵌 건데.

- 난 그냥 조카들이 이익 나면 됐다. 그 동안 고모가 엄청 너네 것이 손해를 봐서 속이 많이 썩었는데⋯

- 감사합니다. 죄송해요.

- 사람은 진실함과 순수함이 있어야 모든 일이 잘 풀리는 것 같더라. 난 모든 일을 그렇게 하려 했다. 그것으로 나는 족하다.

그런데 사연은 또 있었다. ㅊ이 졸업한 후, 남동생은 사업차 만나는 중소 그룹의 철강 회사 사장 아들에게 청혼이 들어왔다. 그들은 막강한 집안이었다. 남동생은 그런 집안과 혼사가 이루어지기를 바랐다. 그 집안에서는 대찬성이었다. 그러나 ㅊ은 그들을 거부했다. 너무 부자라 불편하다면서. 그런데 이번에 만난 남자는 대학도 못 나온 공고 출신에 조폐공사 생산직인 사람이었다. ㅊ은 그와 결혼할 것이라 했고 아빠가 좋아하지 않았다고. 우리 남편도 어이가 없었다. 야, 너네 아빠가 너를 어떻게 키웠는데. 당연히 아빠가 슬퍼하겠다며 남동생 편을 들었다.

며칠 후 부동산에서 문자가 왔다. 계약금 일부 선금으로 500만 원 입금하셨다고. 그리고 우연히 나는 은행 갈 일이 생겼다. 모든 통장을 정리했다. 그중 ㅊ 통장을 기계에 넣고 통장정리를 했다. 그런데 그곳에 계약금이 500만 원 들어 있어야 하는데 통장에 잔고가 하나도 없었다. 나는 기가 막혔다. 왜? 돈이 없지? 그럼 ㅊ이 돈을 빼 갔다는거야? ㅊ은 시티은행을 사용하고 국민은행 통장은 내가 관리하는 건데? 이게 무슨 일이야? 나는 갑자기 화가 나기 시작했고 온몸에 열기가 뻗쳤다. 그리고 온몸에 힘이 가해지면서 가슴이 떨리기 시작했다.

이거는 아니지 않나? 이제 집을 사겠다는 계약금이 들어온 건데 말없이 돈을 빼가다니? ㅊ에 대해, 참을 수 없는 화가 일어났다. 나는 즉시 카톡으로 ㅊ에게 문자를 보냈다.

- 야, 너 정말 무섭구나. 통장 정리하는데 고모에게 말도 없이 계약금을 벌써 빼 갔다니. 내가 투자한 돈 먼저 받아야겠다. 내가 처음에 7년 전, 내 돈을 들여 네 집을 살 때, 너에게 이자를 받았냐? 몇 년동안 네가 월급타서 보내는 돈 100만

원, 혹은 200만 원을 받았잖아. 고모는 그 당시 내 집을 살 때 은행에서 19%, 20% 이자를 내고 빌려서 집을 샀는데, 너한테는 안 받았잖아. 내가 너를 혼내려고 하는 것은 아닌데 이해할 수가 없구나. 너같이 그러면, 돈이 안 붙는다는 것을 설명하고 싶구나. 사람은 후덕한 부분이 있어야 돈이 붙는단다. 적어도 말이지. 고모에게 양해를 구하고 빼갔어야한다는 것을 말하고 싶구나. 네가 돈이 필요하다고. 막말로 너는 네돈 2800만원을 6~7년동안 조금씩 저축해서 갚은 거고. 고모는 처음에 없는 돈 6천만 원을 생돈들여 네 집을 먼저 사준 것이잖아. 지금 못 갚은 나머지를 생각하면, 고모도 반 이상을 투자한 것이 되잖아. 그리고 내가 네 돈을 뺏어가는 것이 아니잖아.

- 고모, 제가 안 빼갔는데요? 갑자기 통장으로 들어왔는데요? 우리 은행으로 들어와서, 말씀 안 하셔서 우선 들고 있으면 되나 보다 한 거였는데요. 제가 제 생활비 사용하는 통장으로 들어와서 혹시나 사용할까 봐 다른 데로 옮겨놓은 건데요.

나는 어이가 없었다. 츠이 사용하는 은행통장은 시티은행이었다. 그런데 말을 돌려서 우리은행 통장이 자기 생활자금 통장이라 한 것이었다. 서서히 자기 엄마 수법이 나왔다. 나는 모른척했다.

- 그 통장 집 살 때, 네가 나에게 만들어준 통장이고 월급 타면 나에게 송금하던 통장이잖아. 어쨌든 고모가 계약금이 들어오면, 너네 때문에 작년에 전세금 출혈로 제 2금융에서 돈을 빼서 전세금을 돌려준 것 때문에 먼저 빼서 갚아야겠구나. 금융 이자가 너무 비싸니까 말이다. 그거부터 갚자.

- 무슨 말인데 이해가 안 되네요. 7월 23일 잔금이니까 다 들어오면 한번에 정산 하는 걸로 하고요. 왔다 갔다 헷갈릴거 같아서요. 돈 일 원도 안 사용할게요. 걱정 마세요. 고모! 한 달도 안 남았어요!

나는 어이가 없었다. 이놈의 수작이 보통 아니었다. 뭔가 하는 짓거리가 제 욕심 챙기는 데 혈안이 되었다. 그놈 것 전세 출혈할 때는 아무 소리가 없이 조용하더니, 갑자기 돈이 생기니까 그 돈은 날로 집어 삼켰다.

- 그래, 그럼, 고모가 한 달 이자 200만 원 더 내면 되겠다.
- 이해가 안되서요. 잔금 들어오면, 한 번에 정산하기로 해요.
- 그런데 너, 참! 그렇다. 내가 너한테 지금 빚 받는 느낌이다?
- 그런 거 전혀 아니고 서운해 마시고요. 계약하는 날 제가 시간이 될거 같아서 직접 가서 해도 괜찮을 거 같은데 시간이 되실까요?
- 그럼, 그럼. 근데 너 무슨 일 있냐? 왜 그렇게 돈이 필요해? 너 웃긴다. 나는 너를 이해할 수가 없구나.
- 돈은 고모부 말씀대로 다 묶어두고 안 쓸건데 집은 빨리 정리하고 싶었어요. 진행이 되니까 더욱 밀어두기가 싫어서요. 배우고 싶은 것도 많고요. 제가 월요 일날 시간된다고 말해서 기차표 해서 바로 올라갈 수 있어요. 지나면, 시간 이 안 될거 같아서요.
- 돈 버는 것을 배운다고 돈이 벌리는게 아니란다. 모두가 때가 있는거지. 돈 돈 하면 돈이 도망간다잖아.

- 네. 전 이제 시작인걸요. 고모, 날짜를 내일 4시로 변경해서 계약하기로 했어요.

- 난 못 가. 일이 있어서.

- 네. 알아서 하고 올게요. 계약 다 했습니다.

그 후 며칠이 지났다. 나는 은행에 갈 일이 있었다. 모든 통장을 기계에 넣고 통장정리를 했다. 그런데 ㅊ 통장을 넣고 잔고를 확인했다. 그런데 카드기기에 비밀번호가 변경되었다는 문자가 나타났다. 아니 멀쩡히 지금까지 쓰던 ㅊ 통장 비밀번호가 변경이라니? 엊그제 그곳으로 3,200만 원 계약금도 들어왔어야 하는데? 갑자기 ㅊ소행이라는 것이 직감되면서 피가 거꾸로 치솟았다. 중도금에 잔금까지 아직 구천만 원 이상이 들어와야 하는데? 미리 ㅊ이 가져가겠다는 것은 이해가 되는데, 왜? 비밀번호까지 변경을? … 나는 모든 화가 거꾸로 올라왔다. 나는 ㅊ에게 문자를 보냈다.

- 너 이거는 아니지. 네가 내 돈 빌린 것을 갚는 거지. 내가 네 돈을 빌린 게 아니잖냐? 너 나에게 이럴 수 있냐? 네 통장 비밀번호를 바꿔? 내가 네 돈을 훔쳐가냐? 너 진짜 빌어먹을 놈이구나. 내가 내 귀한 돈을 출혈해서 네 집을 사준 거였잖아. 네 놈이 이런 식으로 나오면, 나 집 서류 못 넘기지. 너 진짜 웃긴다. 그 집 네 돈 6년 동안 2,800만 원밖에 나에게 저축하지 않았냐? 거기에 할머니에게 내가 네 집 사는 데 1000만 원 보태주라고 설득해서 받은 거잖아. 네놈 정말로 싸가지 없는 놈이구나. 그래도 너보다 내가 아직 더 많이 투자하고 있는 거잖아. 나는 은행에서 빌린 것 이자 내지만, 너는 한 푼도 안 냈잖아. 네 놈

하는 짓거리 보니 변호사 불러야겠다. 할머니 요양비도 없어서 내가 모두 지불하고 있는데…. 잘 됐구나. 아직도 10년은 더 내야하는데… 손자 돈 찾으면 되겠구나. 너 정말, 쌍ㅇ~ 쌍ㅇ~이구나. 네 놈 엄마한테도 내가 얼마나 당했는데… 너 내가 네 학비도 받아야겠다. 이놈아.

- 고모 제가 지금 일하고 있어서 전화 못 받았습니다. 고모, 큰돈이 들어와서 다른 계좌로 옮겨놨고요. 잔금 다 들어오면 당연히 드리는 건데, 확인 안 하셔도 제가 계약서 보고 다 확인하고 있어요. 계약금은 정확하게 받았습니다. 왜 화를 내시는지 모르겠어요.

- 네놈하고 말 안 한다. 끝났다. 이놈아. 살다 살다 별 미친놈 다 봤다.

- 네? 다 받고 드리기로 말씀드렸는데 왜 그러시는지 이해가 안 돼요. 저도 당황스러운데….

- 네놈 내가 네돈 빼갈까 봐 비밀번호를 바꿔? 네 생활통장은 시티 은행이고 국민은 애초에 네 집 살 때 만들어줘 놓고.

- 그 돈은 다른 데에 넣어놨어요.

- 이놈아 됐다. 네 애미랑 똑같구나. 이제 끝이다.

- 제가 사용하는 거라 큰돈이 들어오면 저도 겁나서 변경한 건데….

- 네놈 속셈을 모를까 봐? 너 내돈 다 내놔. 이자까지. 이놈아. 너 그런 놈인 줄 몰랐다.

- 속셈이라뇨? 고모가 계산하는 대로 드리기로 했던 건데. 전체금액이 들어오면 정산하면 되는거 아닌가요?

- 네 놈이 생각이 있으면, 네 집 때문에 이자를 내고 있는 나에게 먼저 줬어야 옳은 거 아니냐? 네 돈 하나도 없이 고모가 출혈을 해서 네 집을 샀던 것을 생각

하면 말이다. 그리고, 너 전세금이 하락하여 빚을 빚내서 출혈하고 집을 출혈하여 수리할 때는 나타나지도 않았잖아. 비용이 들 때는 아무 소리가 없더니 돈이 생기니까 벼락같이 찾아오는 꼴이 너무 괘씸하구나.

- 그러면 어떻게 하면 될까요? 돈에 연연하지 말라고 해서요.

- 그래 잘됐다. 이놈아. 정확히 투자한 것을 따져서 반씩 투자한 것으로 나누면 되겠네. 네가 주장하는 정산이 되겠네. 진작에 네놈 짓을 알았으면, 모두 떼어 먹을 것을. 1,500만 원 다시 출혈한 것은 왜 모를까? 네놈 받을 것은 귀신같이 알면서.

- 네놈 것 중에서, 내 돈, 이자까지 포함해서 모두 빼고, 할머니 것도 다 빼 갈거라고.

- 네? 무슨 말씀이신지….

- 왜, 겁나냐? 이놈아.

- 진짜 이해가 안 되서요.

- 할머니 돈도 빼간다고. 돈 못 준다고.

- 저는 잔금 치르고 딱 해서 드리는 게 소소한 생각이었는데. 화내시는게 이해가 안 되서요.

- 나 지금 미쳤거든, 내가 준 거 다 빼간다고. 막장 드라마로 간다고. 네놈 필요 없어. 네 돈 2,800만 원 빼가고 이자 붙여가면 된다고.

- 고모, 막장 드라마라뇨. 수고하신 거 안 잊고 계산해서 저도 생각이 있었는데. 이렇게 하시는 게 전혀 이해가 안 되어서요.

- 아들에게 집 사주고 어미가 아들 소행이 괘씸해서 재판해서 집을 찾아가는 거 몰라? 내 돈, 할머니 돈 모두 빼간다고 이놈아.

- 제가 그런 걸 몰라서. 빼가신다고요?

- 피도 안 마른 것이 돈만 알아서 나를 도둑으로 몰다니. 그래, 싸워보자고.

- 고모가 돈돈 하지말라고 해서 그냥 저금해 놓으려고 한건데.

- 네놈 같은 것을 불쌍하다고 집 2개씩을 사주려고 했다니. 큰일날 뻔 했네. 저런 도둑놈한테. 내가 나쁜 도둑놈이었으면, 돈 하나 없는 너네 아빠한테 4채를 사 줬겠냐? 이놈아. 내가 너네 어미한테 당한 세월이 20년이다. 지금 생각하니 네 놈이 네 어미 닮은 것을 깜빡 잊었던거지. 아이고 내가 미쳤던거지.

- 제가 감히 고모를 도둑으로 생각한 적 없는데. 잔금 다 받고 계산해서 드리면 안 헷갈릴 것 같아서 그렇게 깔끔하게 한 건데. 내 일이 길어질 거 같아서 전세 를 좀 알아보고 있어요.

- 시끄럽다. 이놈아. 중도금 네가 가지고 나머지 돈은 하나도 없을 줄 알아라 이 놈아. 네놈이 나에게 맡긴 것 2800만 원 원금 가져가면 되거든? 통장비밀번호 를 바꿔? 내가 도둑놈이냐? 이놈아 은혜를 배신으로 때리다니! 어차피 우리는 막장 드라마로 가는거야. 나는 네가 도둑놈이니까. 내 돈 내가 이자쳐서 받을 수 있어서 나는 너무 좋아 죽겠구나. 이놈아. 너 절대 잔금 못준다 이놈아. 너에 게 중도금까지 5,200만 원 가져갔잖냐? 이놈아. 너 은행이자의 10배는 가져간 거지.

- 일단 제가 죄송합니다. 일이 많아서 신경쓰다보니 고모가 왜 화가 났는지 이해 가 안 갔어요. 제가 가만히 생각해보니 이제야 이해가 갑니다. 제가 비밀번호 를 바꾸고 돈을 먼저 빼간 행위가 고모가 기분 나쁘셨을 걸 이제 이해했습니 다. 고모, 제가 생각이 짧아서 그렇게 행동을 했던 것이고, 다른 의도는 절대 없 었다는 걸 한번 말씀드려요. 고모가 갈취해가는 고모셨다면 제 사정 봐주시지

않고 신경쓰지도 않고 이미 다 빼 먹었을 텐데. 다시 한번 제가 생각이 짧았네요, 너무 죄송합니다. 비번은 원래대로 바꿔놓을게요. 계좌 일러주시면, 바로 송금해놓겠습니다. 죄송합니다.

- 네놈은 네 어미 닮아서 배우여. 배우. 왜? 돈 못 받을까 봐 겁났지 이놈아. 이제 일없느니라. 모두가 끝났느니라. 자식도 버리는데, 조카인 네 놈을 못 버리겠냐? 잔금이 네 돈이라면 착각이지. 네 돈 2,800만 원에서 5,200만 원 받으면 이자까지 충분하지 않냐? 그게 정산으로 맞는 거지. 그거 안 떼어 먹은 것을 고마워해라 이놈아.

ㅊ의 소행은 괘씸했다. 우리 집에 와서 하는 행동을 보고 남편은 참을 수 없어했다. ㅊ의 돈에 대한 집착이 문제였다. ㅊ의 행동은 철처히 자본주의 이기심이었다. 자기는 손해 하나도 보지 않겠다고 따졌다. ㅊ의 행동은 이율배반적이었다. 어느 정치인의 작은 아버지가 학비를 대고 공부시켰더니 배반을 때렸다고 난리를 친 기사가 생각났다. 나는 다행히 원금에 이자를 받을 수 있을 것 같았다. 나도 이제 내 몫을 챙기고 싶었고. 가슴앓이하며, 스스로를 힘들게 살고 싶지 않았다. ㅊ은 계속 달콤한 언어로 나를 회유했지만, 마음약한 나를 악독하게 나 스스로 칼로 베려고 애쓰고 있었다.

나는 ㅊ에 대한 글을 쓰는 것이 괴로웠다. 그것은 내 영혼을 갉아먹는 행위였다. ㅊ 때문에 몇날 며칠을 잠잘 수 없었다. 가슴과 머리가 온통 불덩이로 변했다. 나는 내안의 나를 쳐다보려고 애썼다. 그러나 그렇지 못했다. 이런 것은 시간이 지나가야 할 일이었다. 일주일 내내 그 사건은 나를 떠나지 못했다. 항상 고요하고 조용했던 마음은 태풍의 소요로 몸 전체를 장악했다. 열흘 후 나의 마음은 고요해졌다.

*

다리를 다쳤다.

장마철이라 오랜만에 운동을 했다. 테니스 게임에 들어가서 첫 서브를 했다. 다시 나에게 오는 공을 받으려 할 때, 무릎 쪽에서 심줄이 뚜~ 뚜~ 하면서 소리가 났다. 그때 나는 그 자리에서 주저앉았다. 일어설 수도 없고 몸을 어찌할 수도 없었다. 갑자기 일어난 일이었다. 주변 사람들이 나를 부축했다. 왼발을 딛고 설 수가 없었다. 남자들이 내 어깨를 부축하고 움직였다. 남편이 집에 가서 등산용 폴을 가져왔다. 나는 그것을 짚고 간신히 집으로 돌아왔다. 나는 발을 펼 수도 오무릴 수도 없었다. 난감했다. 화장실 용변도 어려웠다.

나는 생각했다. 우선 관절이 찢어졌으니 염증 약과 진통제를 복용했다. 그리고 시간을 기다렸다. 한 시간 후 나는 움직일 수 있었다. 그러나 화장실에서 용변을 보는 일은 쉽지 않았다. 몇 번의 고함으로 고통을 호소해야 했다. 일어섰다가 앉는 일이 힘들었다. 그렇게 몸을 움직이지 못하고 침대에서 누워있는 것도 힘들었다. 이튿날, 목욕탕에서 뜨거운 팩을 하고 한방으로 갔다. 그곳에서 치료를 하니 다리가 부드러워졌다. 서서히 근육 인대가 살아나는 시간을 가져야 했다.

작은딸은 나에게 말했다. 회복하는 데 1년이 걸린다고. 왼쪽 다리가 아프니까 오른쪽 다리에 힘을 주게 되어 오른쪽 다리에 무리가 가서 다칠 수 있다고. 사실이 그랬다. 이러는 과정에 나는『절반만 먹어야 두배 오래 산다』(후나세   스케 지음)라는 책을 읽게 되었다. 내용은 다음과 같았다.

- 현대 의학의 신은 '저승사자다.
- 의료의 90%가 지구상에서 사라지면 인류는 건강하게 장수할 수 있다.
- 공복은 최고의 약이다. 소식이 장수를 돕는다.
- 야생동물은 병이 들거나 다치면 굴속에서 누워 아무것도 먹지 않고 회복되기를 기다린다.
- 단식이 면역력을 키운다. 단식은 소화 에너지를 치유, 면역, 해독 에너지로 바꾸어 몸의 회복에 집중시킨다.
- 서양의학은 세끼를 먹으라고 세뇌시켰다. 그러나 먹으면 먹을수록 죽음이 빨라지고 노화가 빨라진다.
- 단식은 과식으로 쌓인 몸속 불필요한 물질을 제거한다. 그리고 몸속 자연 치유력을 높인다.
- 아침을 거르면 몸에 좋지 않다는 주장은 NHK 방송의 거짓말이다. 공복 상태는

기억력이 상승한다. 단식은 숙변을 배출한다. 단식은 혈관을 젊게 한다. 단식으로 병을 치유한다.

- 골절: 뼈가 부러져 봉합했을 때 사흘 정도 단식하면 뼈가 붙는다.

- 무릎 통증: 고다 의사는 무릎 통증 환자에게 무조건 조식을 거르는 간헐단식을 권한다.

- 반일 단식은 치매와 노화를 방지하고 장수로 이끄는 길이라고.

이 책을 통해 저자는 말한다. 현대사회는 진수성찬으로 음식이 넘쳐나지만, 현대인은 예전에 없던 질병과 증상에 시달리고 있다. 공복은 만병통치약이라 말한다. 너무 많이 먹는 음식이 지방이나 독소로 몸에 쌓이는데, 공복의 상태를 유지하면 혈관 안에 있는 콜레스테롤을 에너지원으로 이용하기 때문에, 혈관이 젊어지고, 면역력이 높아져 늙지 않는다고 설명한다. 나는 무릎 심줄이 끊어져 고통을 가지고 있었다. 작가의 말대로 반일 단식을 시도했다. 반일 단식 4일은 내게 새로운 경험이었다. 그것은 3끼를 꼭 먹어야 하는 강박감을 면하게 해준 좋은 경험이었고, 약의 의존도를 낮출 수 있는 경험이기도 했다.

내가 알고 있는 진실들은 제약회사나 의료계, 식품업계의 농간들이 너무 많았다. 거기에 정치계, 법조계 등 … 세상의 진실은 거짓이 너무 많다는 사실이다.

유튜브를 통해 새 세상을 읽었다.

1997년은 한국에서 IMF 시기였다. 그 시기에 우리 친구들 남편들이 대기업 회사에서 퇴출당했다. 학력이 높고 지적 능력이 뛰어나지만, 그들은 무용지물이 되었다. 그들은 다시 회복되지 못했다. 이십 년 후까지 그들은 마음의 고통을 달고 살았다. A 친구 부부는 고대를 졸업했다. A 친구는 여러 가지 궁리를 하고 초등학교 앞에서 문방구를 차렸다. A는 회사에서 능력 있는 부장이었지만 사회에서 할 수있는 일이 하나도 없었다.

그는 조그만 문방구에서 지우개나 노트를 꼬마들에게 판매했다. 그의 자존심은 하락했고 참을 수 없는 분노가 그의 가슴에 박혔다. 그의 얼굴은 항상 찌그러졌다. 그를 보면 나는 피하고 싶었다. 그의 분노는 자기 가족을 힘들게 했다. 가족들도 그를 피했다. 그는 항상 자기가 가진 어둠 속에서 문방구를 하며 세월을 보냈다. 세월은 빨랐다. 20년은 금방 지나가 버렸다. 서서히 A 친구들은 죽어갔다. 애들은 성장해서 각자 독립했다. 이십 년이 지나니, 문방구의 주인 A는 정서가 달라졌다.

찌그러졌던 마음은 밝아졌다. A 친구는 휴일에도 불을 켜놓고 문방구를 지켰다. 그는 스스로 구겨진 자존심을 높였고 퇴직한 친구들과 비교했다. 역으로 늦게 퇴직한 친구들도 별수 없었다. 그 친구들도 무엇인가를 해야 했다. A 친구는 차라리 20년 전 빨리 퇴직한 자신이 편안했다. 이십 년 동안 격에 맞지 않은 일이 이제 자기에게 맞는 일이 되었다. 코로나 19 역시 사람들의 인생을 바꾸었다. 가장 선호하던 항공회사가 직원 대부분을 퇴사시켰다. 운명이 웃겼다. 옛말에 음지가 양지 되고, 양지가 음지 되듯 인간의 운명은 알 수가 없었다.

- IMF인 97년에 국제적인 거대 자본이 한국으로 들어왔다. 그래서 한국은 전국에 광케이블을 깔았다. 그것은 미국이 한국을 테스팅하는 일이었다. IMF는 사실 국제고리대금업자로 지금까지 IMF 자금을 지원 받은 나라가 살아난 적이 없었다. 유일하게 한국만 살아났다. 그들은 세계의 IMF 지원을 받으면, 한국처럼 모범적으로 살아날 수 있다고 강조했다. 그들은 검은 그림자의 고리대금업자인 것이다. 결국 미국의 거대 자본에 의해 한국은 국민소득 만 오천 불에서 삼만 불로 소득이 상승되었다.

- 공공의 적으로 미국은 중국을 해체시키려 한다. 러시아를 해체시키듯이. 트럼프 정부는 그림자 정부와 손잡고 동의한다. 미국은 누가 이겨도 강력한 통제 방법을 플랜으로 잡았다. 지금 미국의 흑인 폭동은 좌파들이 의도된 것이다. 일부러 계획적으로 만들었다. 이것은 국제공산당이 개입한 것이다. 국제공산당은 흑인 멸시, 별짓하면서 흑인 인권옹호를 공산당이 외치고 있다. 홍

콩사건을 무마하기 위해서 그들은 공안통치한다. 미국은 결국 중국인 유학생을 퇴출했다.

- 민주주의는 좋다. 약점은 힘이 약해진다. 민주주의 단점으로 그것이 몰락할 수 있다는 것이다. 민주주의는 임기가 있고, 선거를 해야 하고, 돈이 있어야 하는데, 돈이 없으면 허물어지는 것이다. 선거에 돈이 들어 약점이 된다. 트럼프는 선거 때 자기 돈 60% 사용했다. 그래서 검은 그림자들의 지시를 받지 않는다. 트럼프 맘대로 정치한다. 다음 시기는 네트워크 하나로 독점될 수밖에 없다. 세상 흐름이 그렇다. 그림자 세력들이 만든다.

- 다음 시대는 4차 산업이 될 것이다. 그 4차 산업은 한국에 테스팅 될 것이다. 3차 산업이었던 한국은, 대기업의 자본과 기술이 개봉되고 지분 50%를 뺏겼다, 미국에게. 미국이 한국을 잡아먹었지만, 삼성과 현대는 미국 시장에 크게 팔렸다. 결국 우리가 먹던 파이는 대단히 커진 파이로, 전에 먹던 온전한 파이보다 50% 파이이지만, 몇십 배 더 커진 파이가 되었다. 그래서 우리 한국이 잘살게 되었다. 그 당시 정치인들은 모른다. 김대중은 더 몰랐고. 그는 경부고속도로에서 배 째라고 누웠던 사람이었다.

- 문재인 정권은 문제이다. 선거자금으로 중국 정부 돈을 먹었다. 선거가 끝나고 원전 포기하고 패널 전기 사업으로 중국에 넘겨줘서 중국기업에 한국 자본을 물려준 것이다. 이제 고난의 시대가 올 것이다. 여러분은 4차 산업을 공부해라. 가상화폐도 이루어질 것이다. 우파도 문제이다. 우파도 안 된다. 우파

는 기독교 신자가 많다. 4차 산업에, 기독교신자는 4차 산업을 배척한다. 모든 것이 하느님이 창조하는데, 4차 산업은 모두를 하느님보다 더 유능한 일인 것이다. 한국의 우파는 어리석다. 4차 산업을 전혀 모르고 자기 집권과 금배지에만 관심있다.

- 북한의 문제점: 김정은 주위는 무기 미사일 개발하는 친중파가 많다. 김정은이 그 친중파를 제거하는 것이 그에게 도움이 된다. 아마 그래서 강력한 친중파인 고모부와 형인 김정남도 살해했을 것이다. 지금 김정은은 고난의 시기. 코로나19에, 돼지 바이러스로 평양시민의 배급이 떨어졌다. 폭동 직전까지 이르렀다. 모든 인민이 지금 먹지 못하고 먹을 게 없어서, 병마와 싸우다가 죽어가고 있다.

- 카자흐스탄이 러시아에서 떨어져 나왔을 때, 나지르비예프는 미국에게 손벌렸다. 그 나라는 핵미사일이 있었다. 핵미사일을 모두 미국에게 주겠다. 핵을 반납할 테니 영원한 권력을 달라. 그리고 경제를 만들어달라고 간청했다. 그리고 미국은 오케이 사인을 보냈고 경제발전을 도와주었다.

- 김정은은 생존을 위해 미국과 손을 잡을 수밖에 없을 것이다. 그들은 빌미로 주한 미군철수를 요구할 것이다. 만일 김정은이 핵을 포기하면 남한 같은 경제를 만들어 줄 수 있다. 미국은 남북 종전을 선언할 수 있다. 미군은 북한에 혹은 일본에 주둔시킬 수 있다. 한국의 순수 빨갱이들은 종전선언으로 문재인 염장 지르는 일이다. 빨갱이가 생각하는 종전과 미국 플랜의 종전은 차원이 다르다.

- 한국의 여당과 야당은 진정한 통일을 원하지 않는다. 여당은 친북을 외치며 돈을 뜯어먹고, 야당은 북한의 침입을 방지한다는 명목으로 돈을 뜯어먹는다. 그들은 그들의 금배지와 이익을 위해서다. 미국은 북한이 남한과 싸우지 말고 중공과 싸우기를 바란다.

- 시진핑은 마지막 청나라처럼, 동부 3성 군벌이 문제다. 그곳은 북경과 가깝다. 심양 장춘이 일어나면 안된다. 그곳은 미국이 통제할 거다. 이제 남북 통일은 지나갔다. 남한과 북한을 쪼개서 미국이 지배하는 것이 낫다. 만주는 다민족 국가가 지배하는 것이 좋다. 그것은 손해가 아니다. 만주가 중국에서 벗어나는 것은 좋다. 그것은 한국이 확장되는 일이다.

- 미국의 플랜B가 가동됐다. 한국의 좌파 우파는 없어진다. 단지 한국이 선택할 것은 미국이냐? 중국이냐? 이다. 한국은 꼭 미국이어야 한다. 좌파냐? 우파냐?가 아니다. 키신저가 중국과 손잡고 러시아를 버리는 시기처럼, 지금은 러시아를 손잡고, 중국을 버리는 시기이다.

- 하와이에 미국 사령부가 있다. 중국이 이번에 하와이로 항복하러 갔다. 미국 안 받아준다. 1941년 미국은 일본에게 러시아와 싸우라 했더니, 일본은 중국을 먹으려했다. 일본은 너무 잘 나갔다. 미국은 일본의 석유를 끊었다. 일본은 다시 동남아를 쳐들어갔다. 그리고 진주만 습격을 했다. 다시 미국이 일본을 반격해서 죽이려 했다. 일본이 평화협정을 요청했다. 미국에게 다 주겠다. 다만, 한국과 만주만 먹겠다. 미국은 싫다 했다.

지금 한창 패권 다툼이 시작됐다. 미국은 전 세계를 지배하고자 했다. 중국이 가진 우주 산업을 소멸시키고, 일본과 중국이 함께 손잡은 기업도 소멸시켰다. 한국 기업도 중국과 손잡은 기업은 쉽지 않았다. LG 기업 전기 배터리는 중국과 손잡았다. 그러나 미국에서 중국과 일본을 견제했기 때문에 미국기업과 손잡을 수 있었다. 세상은 미국 패권으로 흘러갈 것이었다. 작은 한국은 미국의 힘에 의존하는 것이 백번 사는 길이었다. 미국은 중국을 해체하는 과정에 있었다. 중국 공산당 대표 7인이 가진 미국 비자금을 공개했고, 그들의 자산을 동결했다. 대부분 3조 이상의 비자금을 축적했다. 시진핑은 7000억 불이라 했다. 아마 700조가 되는 돈이다. 그들 주변 세컨드 자식과 불륜관계 인사들이 약 18,000명이라고 인터넷에 공개되었다. 과연 중공의 인민들은 이런 사실을 전혀 알지 못했다. 그곳은 언론의 자유가 없었다.

그렇다고 요즘 우리나라는 온전한 것인가? 엊그제 강남 사거리와 교대 사거리 법원 앞이 블랙시위로 온통 검은 마스크로 집회를 하고 있는데 정규 방송이든 비정규 방송이든 그런 시위에 대해서 한마디도 없었다. 4·15 부정선거로, 신촌 대학가, 부산, 대구, 강남역에서 선거조작 선관위 자백하라고 역대급 스케일로 시위를 해도 언론과 방송은 말이 없다. 이 나라 집권당은 계속 공산화하기 위해서 질주하고 있었다. 결국 국민이 좋아서 찬양한 것을 어찌하겠는가.

거기에 집값이 오른다고 아우성을 쳐서 30~40대가 문 정권의 표를 떨어뜨린다면서 집값을 잡겠다고 문통이 걱정 마라 내가 잡겠다고 나서는 꼴은 애가 장난하는 것도 아니고. 그래도 국민이 뽑은 대통령이니 우리는 계속 더 추락해야 국민이 정신 차릴 것이다. 정부는 계속 청년 자금, 청년 전세금, 청년 생활자금 등을 계속 지원했다. 청년들은 널널한 아파트에서 청년 전세금으로 즐겁게 생활만 하면 되는 것이다. 그런데 그 청년 자금이 자기 돈인가? 그것은 빚이라고. 그러면 청년들은 영원히 정부 보조금으로 사는 노예에 불과하다고.

그것도 모르고 문 정부를 찬양하는 꼴이란. 결국 자기 집 마련할 필요도 없고 그냥 유럽인처럼 월세 인생으로 평생 정부 보조금을 먹고사는 밑바닥 인생임을 왜 모르는지…. 작지만, 내 작은 지하방이라도 내가 마련해야 자립하고 독립할 수 있고, 진정한 경제적 자유를 누릴 수 있는데… 나는 문빠 청년들이 안타까웠다. 그들의 하수인이 되어가는 모습에. 그렇다고 야당을 찬양하는 거는 아니다. 야당이 책임 없는 행동은 더 힘들다. 자신의 금배지에만 연연한 야당이 뭐 그리 예쁠 것인가. 그냥 차라리 모든 정치인이 사라지면, 세상이 조용할 텐데….

*

이집트를 여행하다.

여고 시절부터 나는 세계여행에 대한 꿈이 많았지만 세계여행은 나에게 쉽게 다가오지 않았다. 그래도 나는 세계에 대한 꿈을 항상 가졌다. 2001년 이후 나는 매년 세계여행을 하겠다고 다짐했다. 순서는 없었다. 이집트 여행은 2005년에 갔다. 그때 한창 남편은 시련이 있었다. 노무현 대통령 시절이었다. 부처에도 노무현 계열이 득세했고 호남 위주로 부처 판을 짰다. 남편은 호남 사람이 아니었다. 호남 사람 후배의 승진을 위해 남편은 자기 직책에서 물러나야 했다. 나는 남편의 직책이 느리게 가기를 원했다.

그러나 부처에서는 빨리 승진시켜 퇴출하려 애썼다. 공무원은 60세까지가 보장됐다고 나는 생각했다. 그런데 남편은 50대 초반이었다. 애들은 아직 학교를 마치지 못했고 부양가족이 많았다. 승진시켜 이동하려는 부처와 남편은 숨바꼭질을 했다. 남편은 계속 버티기 작전으로 돌입했다. 후배들은 집으로 방문하여 본청을 청산하고 다른 곳으로 옮길 것을 권고했다. 호남지역 사람들은 높은 직책에 집착했고, 자신을 위해 배경을 대동하여 선배 자리를 탐했다. 날마다 후배들은 남편을 설득하기 위해 우리 집을 방문했다. 그해 여름휴가 시기에, 남편은 무조건, 직장에다 휴가서를 제출한 후 비행기를 타고 이집트로 떠났다.

나는 지금 책상을 정리하다 이집트를 여행하며 기록했던 수첩(2005년)을 발견했다. 그리고 지금 내 기억을 찾으려 했다. 먼저 여행했던 사진을 찾았다. 책상 밑, 거실 탁상 밑, 그러나 없었다. 나는 베란다 창고로 들어갔다. 위아래 물건들로 꽉 차서 보이지 않았다. 대충 창고 속 물건을 내 놓고 훑어 보았다. 어둠 속 바닥에 코닥 비닐 봉지가 보였다. 그리고 찾았다. 15년 전의 사진들이 비닐에 쌓여있었다. 반가웠다. 한 장 한 장을 보며 기억해 냈다.

〈2005, 7, 23. 토요일.〉

터키 항공을 탔다. 이스탄블에 도착했다. 2001년에도 왔다. 옛날 모습 그대로였다. 카이로까지 직항이 없을 때, 예전에는 5~6일 걸렸다. 이스탄불까지 11시간 소요됐다. 다시 갈아타고 카이로까지 2시간 소요되었다. 그런데 문제가 있었다. 우리 가방이 없었다. 우리는 티켓의 바코드를 찍고 기다렸다. 가방은 나타나지 않았다. 한국에서 복잡한 일을 접어두고 떠났지만 여기서도 복잡한 일들이 그대로 나타났다. 운명이 어쩔 수 없다는 생각이 들었다. 나는 모든 것을 받아들이는 것이 현명하다고 생각했다. 가이드가 주는 세면도구를 가지고 호텔 방으로 들어갔다. 모든 것은 있는 대로 잠자고 쉬기로 했다.

〈2005년 7월 24일. 일요일.〉

이튿날 마음은 복잡했지만 태양은 밝게 빛났다. 카이로 시내 호텔 주위를 식사 전에 산책했다. 비포장 도로에 물이 뿌려졌다. 도로는 흙

먼지로 가득했다. 시장 가게가 어수선하게 열렸다. 시장 골목 사이로 사람들이 오고 갔다. 의자에 앉아서 옹기종기 모여 이야기를 했다. 식당으로 이동했다. 둥근 화덕에서 여성이 빵을 구웠다. 구수한 빵 냄새가 입맛을 자극했다. 식탁에 온 빵은 맛있었다. 과일이 풍부했다. 식탁은 내 취향의 음식이라 좋았다. 식사 후 여행자는 버스를 타고 유적지로 이동했다. 이동하면서 가이드는 설명했다.

- 이집트의 규모는 로마보다 크다. 이집트 하면, 나일강을 말한다. 그것은 이 나라에서 생명 같은 강이기 때문이다. 나일강으로 5% 인구가 95%를 먹여 살린다. 저지대는 오아시스이며, 농경지대이다. 고지대는 왕의 무덤이며, 혹은 제전이 있다. 종교적으로는 기독교와 이슬람교가 함께 공존하고 있다. 그리고 제일 먼 고대에는 다신교를 믿었다. 역사적으로 다신교를 기독교 세력이 장악했다. 그 후 다시 이슬람교가 장악해서 국교로 정착한 듯했다.

- 가이드는 현지인의 생활 모습의 중요성을 강조했다. 한국의 교민들은 교민들 사이에서 유대관계가 좋았다. 교민 수가 적어서 서로를 잘 보살펴준다. 미국 사회와는 반대이다. 여기서 한국인의 삶은 하인을 부릴 수 있는 귀족적인 삶을 살 수 있는 곳이다.

우리는 카이로 남서쪽 기자에 위치한 쿠프 왕 피라미드로 갔다. 내가 생각하는 모래가 있는 사막이 아니었다. 그냥 구릉지였다. 피라미드는 종교적으로 태양신 숭배의 신앙과 결부된 것이었다. 피라미드 자체는 왕의 미라를 보호하기 위한 시설이다. 남쪽 지역에, 제단으로 피라미드의 복합체를 다시 축조했다. 피리미드는 임금의 묘지로서 가장 높은 곳에 위치했다. 저지대는 이 세상에 존재하는 현주민이 살았다. 문제는 이런 고대 이집트 문명이 BC 3000년경에 성립된 것이라는 점이었다. 로마 시대가 BC 8세기를 말한다면 이집트는 정말 말할 수 없는 시기라는 점이다.

나는 중등학교 교과서에서 가장 중요한 세계 고대 역사로 로마 시대를 배웠다. 로마의 문화와 문명이 찬란한 파르테논 신전은 그중 제일 손꼽히는 것이라 기억했다. 그러나 이집트의 문명을 보고 그것이 아니라고. 이집트 문명은 로마 시대의 문명과 비교해서 그 크기나 규모, 거기에 발생 시기가 3000년 전이지 않은가? 역사는 왜곡되어 만들어지고 있었음을 실감했다.

- 스핑크스: 카프레왕의 피라미드를 지키는 스핑크스. 사람의 머리와 사자의 동체를 가지고 있다. 왕의 권력을 상징. 이집트와 시리아의 신전, 왕궁, 분묘 등에서 발견. 스핑크스는 사자의 몸에 파라오의 머리와 매의 날개가 결합된 모습을 지니고 있다. 태양이 떠오르는 동쪽 지평선을 지키며 파라오의 힘을 상징한다. 가장 큰 스핑크스는 높이가 20m에 달한다. 그것은 석회암 산을 깎아서 만들었는데, 모래바람 때문에 모래에 묻혀 있었다.

- 국립박물관 탐방: 투탕카멘이 전시되다. 3개의 황금 궤짝. 황금가면을 쓰고 있었다. 순금 160㎏ 거대한 창고 세 쌍이 겹쳐서 만들어졌다. 무덤 속에서 3

개의 방에서 나왔다. 들어가는 입구는 찾았는데 거대한 황금 궤짝이 어떻게 무덤 속에 있었는지 모른다.

우리는 다음날 비행기를 타고 왕의 계곡이 있는 룩소르로 이동했다. 이곳은 오랫동안 고대 이집트의 수도였다. 거기에 나타난 수천 년 역사의 유적들이 나일강 주변 주민들과 함께 공존하고 있었다. 천여 년 걸려 완공된 카르나크 신전, 도심 한가운데 우뚝 선 룩소르 신전 외에 강 건너에는 멤논의 거대 석상과 왕들의 무덤이 장관이었다. 룩소르는 실제로 거대한 노천 박물관이었다.

 - 카르나크 신전: 이집트 최대규모를 자랑하는 신전이다. 기원전 1990년부터 건립했다. 후대 파라오들에 의해 여러 차례 개축되었다. 잦은 도굴로 상당 부분 훼손되었다. 중왕국시대, 신왕국시대, 프톨레마이오스 왕조를 거쳐 만들어진 신전과 탑, 오벨리크 등을 만나볼 수 있다. 신전은 신 아문, 무트, 메누에게 바치는 세 개의 신전으로 나뉜다. 중요한 것은 아문 대신전이다. 입구에 양 머리인 스핑크스가 양쪽으로 20개씩 늘어서 있는 것이 장관이다.

신전은 엄청 넓다. 입구는 목이 훼손된 양의 모양을 한 스핑크스가 즐비하다. 그다음 탑문으로 람세스 2세 아내 네페르타리 대형 석상이 서 있다. 그다음 기둥 계곡이 빌딩처럼 줄지어 서있다. 장관이었다. 산 건너 뒤편에 왕의 계곡이 있는데, 신전의 돌을 상류 나일강 900㎞ 떨어진 아스완에서 운반되어 조각되었다. 신전은 3층으로 되어 있다.

신하고 만나는 곳, 제물 바치는 곳이 있다. 모든 것은 상형문자로 기록되었다.

왕의 계곡에서 왕의 묘를 방문했다. 벽에 상형문자가 기록되었다. 여기서 기독교 신자들이 살았다. 묘에는 태양신, 지혜신, 생명신이 새겨졌다. 그 위에 기독교 신자들이 다시 예수님의 피난 교회를. 다른 쪽은 모세기념 교회, 또 다른 한쪽에 이슬람 신전으로. 처음에 예수가 왔던 교회를 건립, 그 뒤 이슬람교가 장악하다가 다시 기독교가 장악한 부류가 그곳에 나타났다.

룩소르 신전은 40개의 기둥으로 되어있다. 이곳은 상(上)이집트 지방 룩소르에 있는 고대 이집트의 주신 아몬의 신전. BC 14~BC 13세기에 중요 부분이 건조되어 탑문, 주량으로 둘러싸인 중정, 열주실, 내진으로 이루어진 신전이다. 양식으로는 고대 테베 관광의 중심을 이루고 있다.

하나의 기둥은 13명이 둘러싸야 하는 거대한 크기이다. 둘레는 왕들의 업적을 상형문자로 기록했다. 그것은 또한 왕과 신과의 관계를 표시하므로 왕권 강화를 위한 목적으로, 생명의 신, 태양의 신, 지혜의 신을 나타냈다. 죽음의 신은 신으로부터 받은 왕권의 신성함을 표현하고, 신으로부터 부여받은 증명, 증거를 제시했다. 결국 룩소르 신전은 나일강의 동쪽으로 살아 있는 권위와 업적을 보여주었다. 서쪽은 죽은 자의 신성함과 업적 부활을 나타내기 위해서였다. 부활을 기원하기 위한 것으로 하트셉수트 여왕 신전을 만들었다. 건너편의 무덤과 연결하려 했지만, 못 했다.

멤피스의 사카라: 멤피스는 오아시스의 저지대이었다. 고지대는 사카라로 귀족무덤, 가장 오래된 피라미드가 있다. 작은 돌로 만들었고 위의 큰 돌들은 사막에 있었다. 귀족의 무덤 안에는 생활상이 새겨졌다. 고기잡이, 농사짓는 방법과 그 사람들의 생활상 기록이. 농업기술이 전시되기도 했다. 오징어, 복어 그림도 보였다. 세금을 안 내면, 매질하는 그림이. 박물관에는 람세스 2세의 누워있는 조각상과 스핑크스의 거꾸로 있던 조각상이 전시되었다.

이집트의 수도 변경: 카이로→룩소→멤피스→카이로

상이집트가 하이집트를 항상 지배했다. 하이집트가 살기 좋다. 상이집트가 환경 면에서 불리했다. 항상 침략을 해야 생존할 수 있었다. 나는 카르나크 신전 입구에서 보는 나일강이 너무 신비로워서 가이드와 함께하는 여행자를 잃어버렸다. 그곳에서의 나일강은 푸르고 바다 같았다. 강은 정말 진정한 신의 선물이었다. 그곳에 람세스 2세 흉상이 있었고, 스핑크스가 도열된 길이 룩소르 신전과 연결되었다. 말하자면, 커다란 신전들의 통로였다. 이집트 파라오들은 살아있을 때 무덤과 제전을 미리 만들어 놓았기 때문에, 태양신의 아들로 불렸다. 나는 신비한 이집트의 유적을 다시 정리했다.

- 왕들의 계곡으로 불리는 서안 지역은 바위산 계곡아래 파라오들의 무덤이 늘어서 있다. 이들은 숱한 도굴에 시달려야 했다. 온전한 모습을 갖췄던 투탕카멘의 유물만 남아있었다. 그리고 우리는 거기서 투탕카멘의 묘를 구경했다. 무덤 내부의 벽화, 그림, 조각들이 섬세하고 색감이 뚜렷이 살아있어 수천 년 녹아든 전율이 가슴으로 전이 되었다.

- 고대 이집트인들은 죽음은 끝이 아니라 영원한 삶에 이르는 과정이라 생각했기 때문에 몸이 썩지 않도록 미라로 만들었다. 탄생에서 죽음 뒤 세상까지 신들의 도움을 받아야 한다고 믿어 여러 신을 숭배하기도 했다. 고왕국 시대 신의 아들로 불린 파라오가 웅장한 피라미드를 건설했다. 중왕국 시대를 거쳐 신왕국 시대가 되면 람세스 2세를 비롯한 강력한 파라오들이 등장하여 영토를 넓히고 주변국가와 활발히 교역하였다. 그 후 기원전 332년에 알렉산드로스 대왕의 정복으로 이집트 문화는 그리스 문화와 융합하였다.

- 역사는 기원전 3천 년경 나르메르 왕이 상, 하 이집트를 통일했다. 이 시기에 문자와 달력을 발명했고 그 시기는 피라미드 시대이었다. 중왕국 시대는 석회암, 화강암을 이용한 석상 예술품 탄생 시기였다. 그 후 신왕국 시대로 람세스 왕이 등장하여 주변국을 정복하였다. 그 후 기원전 332년 알렉산드로스 대왕의 정복으로 이집트와 그리스 문화가 융합되었다.

- 일상생활: 출산 과정에서 주술적인 의미를 가진 조각상과 부적이 사용되었다. 남, 여 아름다움을 위해 작렬하는 태양으로부터 피부를 보호하려고 화장

품을 발랐다. 태양 빛을 흡수하는 아이라이너 콜이 유명하다. 거울은 필수품이었다. 그들은 장신구를 즐겼다. 그것은 그들의 아름다움과 신체를 보호하는 기능을 했다.

- 다양한 신: 이집트인들은 세상에 초자연적인 힘이 가득하다고 생각했다. 그 힘 중의 하나가 '네체르'였는데, 신이란 뜻이다. 그들은 둘 이상의 신을 합해서 새로운 신도 만들었다. 상이집트 신들의 왕인 '아문'이 하이집트의 태양신인 '레'와 결합해서 국가와 우주 전체를 지배하는 '아문레'가 탄생했다. 처음에는 동물로 신을 표현했다. 그 후 제1조 왕조 때는 신을 남성 혹은 여성의 인간 형태로 재현했고. 제2조 왕조 후기에는 남성 혹은 여성의 몸에 동물의 머리를 한 형태로 다신교가 되었다. 그러다가 그 후 신은 기독교로 대체되었다.

- 신의 아들 파라오: 파라오는 이집트를 통치하는 왕으로 신의 아들이자 대리자인 절대적 존재였다. 왕은 호르스 신이 인간의 몸으로 태어난 고귀한 신분이며, 동시에 오시리스의 아들이자 태양신 '레'의 아들이기도 했다. 또한 상하 이집트 모두의 왕이었다. 왕은 신들과의 관계를 통해 현세와 내세에서 이집트를 보호해야 했다. 이집트는 계층 사회로 왕족, 귀족, 관료, 군인, 성직자, 장인, 농부가 있었다.

- 신화의 세계: 고대 이집트인의 세계관은 오시리스와 이시스 신화에 바탕을 두고 있다. 그들의 부모는 창조신인 아툼의 자녀 게브와 누트이다. 이들은 4명의 아이를 낳았는데 바로 오시리스, 이시스, 세트, 네프티스였다. 이들은 서

로 결혼하여 짝이 되었다. 왕과 왕비가 된 오시리스와 부인 이시스는 백성들로부터 큰 사랑을 받았다. 그런데 이런 오시리스를 질투한 남동생 세트가 왕을 살해할 계획을 세운다. 세트는 왕의 몸 치수를 잰 뒤, 그의 몸에 맞게 특별 제작한 인간 모양의 상자를 주문했다. 이것이 이집트 관의 시초가 되었다.

준비가 끝나자 왕을 연회에 초대한 뒤 유인해 가두고 상자를 나일강에 던져 익사시켰다. 세트는 왕위에 올랐다. 이시스는 오시리스의 시신을 찾아 그를 마법으로 잠시 살려낸 뒤 아들인 호루스를 잉태했다. 이시스는 여동생 네프티스의 도움을 받아 호루스를 이승에서 몰래 키웠다. 이후 호루스는 삼촌인 세트를 무찌르고 왕이 된다. 이시스는 오시리스가 죽어서도 음식을 먹을 수 있도록 신전을 지었는데 이것이 무덤의 효시다. 이후 오시리스는 지하 세계의 왕이 되어 죽은 자의 삶을 심판하게 되었다. 이집트인은 죽은 뒤에도 편안하게 살기 위해 오시리스를 숭배하였다.

죽음 뒤의 세계: 고대 이집트인들은 죽음을 끝이 아닌 영원한 삶으로 나아가는 과정으로 여겼다. 미라와 같은 부장품도 그렇게 도움을 주었다. 무덤의 의례는 내세에 도움이 되었다. 그들은 영혼을 '카'(육체) '바'(인격)로 구분했다. 육체와 영혼의 합체는 '아크'로 통합했다. 저승의 입구는 서쪽. 사후세계는 땅 아래 있었다. 망자는 오시리스의 심판을 받았다. 이집트인들은 '마트'(정의)에 따라 산 사람만 삶을 보장받았다. 죽은 자는 자신의 심장을 저울에 올려놓고 반대편에는 정의

의 깃털을 놓아 저울질하였다. 심장이 깃털보다 가벼우면 무사히 저 승으로 갔다.

사자의 서: 사자의 서는 망자가 사후세계로 들어갈 때 반드시 알아야 하는 기도문이나 주문을 적은 책이다. 이것은 무덤에 있는 필수적인 물건이었다. 초기에는 무덤방 벽이나 관에 새겨져 있었다.

- 이집트 제 19왕조 (기원전 1300년경), 파피루스를 보면.

1. 후네페르(망자)를
2. 자칼 머리를 한 아누비스가 손잡고 간다.
3. 망자의 심장을 저울에 놓는다.
4. 그 옆에 악어 머리 사자와 하마의 몸통을 한 암무트가 시험에 떨어진 자를 먹어 치우려 기다린다.
5. 심장 앞 저울에는 깃털을 저울에 놓는다.
6. 저울 옆에는 계량 결과를 적는 따오기 머리의 토르가 있다.
7. 토르 뒤에는 호르스가 망자를 안내한다.
8. 망자를 호루스의 네 아들이 기다린다. 그 뒤에
9. 오시리스와
10. 이시스.
11. 네프티스가 다시 망자를 기다리고 있다.

이집트인들의 죽음 이후의 여정을 그림으로 보면 정말 신기했다. 색깔도 다양했다. 흰색, 검정색, 푸른색, 갈색, 황토색 등을 다양하게 만들어서 그림을 그렸다. 인간의 머리 위에 씌운 다양한 동물의 두상도 특이했고 망자의 영혼을 부활하는 미라 또한 특별했다. 이런 것이 3000년 전에 이루어졌다는 것이 나는 믿을 수 없었다.

람세스 2세: 파라오 중에 가장 유명하다. 그는 67년 동안 왕으로 있으면서 여러 나라를 정복하였다. 그는 많은 사원과 조각상을 만들고 카데시 전투에서 승리한 모습을 조각해 이야기를 역사로 만들었다. 룩소르 신전의 람세스 2세 석상은 거대했다. 아부심벨 대신전은 람세스 2세를 위한 신전으로 거대한 바위산을 깎아 람세스 2세와 왕자, 가족을 새겼다. 그것은 가장 아래쪽에 세워 여기까지 내 땅임을 나타냈다.

나는 이집트의 유물을 보고 최고의 문화와 역사를 가졌다는 것을 확인했다. 그것도 기원전 3000년 전의 유물과 유적임에 기절할 일이었다.

다시 비행기를 타고 아테네로 이동했다.

- 파르테논 신전을 구경했다. 유네스코 유적 1호였다. 그리스 아테네의 아크로폴리스에 있는 신전이다. BC 479년에 페르시아인이 파괴한 옛 신전 자리에

아테네의 수호여신 아테나에게 바친 것이다. 도리스식 신전의 극치이다. 아테네를 지배하는 산은 올림퍼스 산이다. 높이는 2919m로 로마신화로 올림퍼스의 12신이 유명하다. 그 신들은 인간처럼 사랑하고 분노하며, 폭력적이고, 증오를 가진 신이었다.

- 올림픽 경기장: 아테네 올림픽이 열렸던 근대 올림픽 경기장 파나티 나이코 경기장을 방문했다. 모두가 대리석으로 만들어졌다. 6만 명을 수용하는 경기장이다. 2004년에 28회 아테네 올림픽을 치렀다. 한국 양궁팀이 금메달 3개를 획득했다.

- 제우스 신전: 2세기 로마 아드리아누스 황제 시대에 완성된 올림피아 제우스 신전 유적은 아드리아누스 문의 바로 남쪽에 위치하고 있다. 현재는 15개의 기둥이 남아 있다. 원래는 104개의 코린트식 기둥이었다. 그것은 그리스 문화가 유럽 문화의 초석이 된 문화이다.

- 산타그마 광장: 그리스어로 '헌법'이라는 뜻을 가진 광장이다. 아테네시의 중심 광장이다. 광장 앞의 거리는 쇼핑의 중심지 역할을 했다. 주변은 관공서와 비즈니스센터가 있었다. 맞은편은 국회의사당이 있었다.

- 소크라테스 감옥: 필로파포스 기념비가 있는 언덕으로 이동했다. 필로파프스는 아테네인들에게 관대한 정치를 한 사람으로 그가 죽자 추모 기념탑을 세워 뮤즈의 언덕으로 불렀다. 이곳에서 파르테논 신전을 보면 가장 아름다운

전경을 볼 수 있었다. 그 길 올라가는 길에서 소크라테스의 감옥을 볼 수 있었다. 그 당시 아고라의 시민 법정에서 재판을 하고 근처 감옥에 갇혔다. 여기서 소크라테스가 죽기 직전까지 감옥에서 제자들과 죽음에 대한 철학을 논의 했다.

- 애기나 섬 탐방: 배를 타고 애기나 섬으로 갔다. 태양은 빛났다. 바다는 맑고 투명했다. 너무 아름다웠다. 하늘과 바다가 딱 붙었다. 멀리 지평선으로 선이 그어졌다. 먼 항구에는 요트가 서 있었다. 우리는 바닷속으로 바지를 올리고 발을 담갔다. 내 발도 물들어 바다색으로 변했다. 여행의 기쁨은 이런 것이리라. 항구 주변에서 과일을 샀다. 섬은 꽃이 많았다. 집과 꽃이 어울려서 아름다운 섬이었다. 어시장을 구경했다. 여기저기 섬을 돌며 한가로이 즐기고 맛있는 식사를 하고 클로즈를 타고 돌아왔다.

다시 터키로 이동했다.

- 이스탄불 구 시가지에 위치한 톱카프 궁전을 방문했다. 오스만제국 (1299~1922) 술탄들이 400년간 거주했던 이 궁전은 총 4개의 정원으로 만들어졌다. 궁전 내로 들어가면, 마모멧관에 개인 소장품이 있었다. 신성한 거문롤을 싸고 있던 황금 카바를 가져왔다. 갑옷은 일본 갑옷과 비슷했다. 그것은 터키가 일본 갑옷 모양을 본뜬 것이다. 의류모양들은 서로 공통적인 모습이다. 터키의 의류는 빨강색 옷이 많았다. 단추가 많이 달려 있었다. 몸통 둘레가 한국의 두루마기 옷처럼 생겼다. 그것은 중국 옷 모양과 같았다.

모든 옷은 조선의 왕의 상복, 일본의 기모노, 아랍족의 평상복 등이 모두 같은 종류로 보였다. 단지 화려함, 소박함, 귀족층, 하급층을 나타내는 천의 분류에 따라 느낌이 다를 뿐이었다. 터키의 실내장식은 카페트로 나타났다. 붉은색, 푸른색의 짜임으로 만들어졌다.

- 336개의 돌기둥이 떠받치고 있는 지하 물 저장고를 방문했다. 입구는 지하 계단이었다. 저장고는 장관이었다. 도심 한가운데 그렇게 큰 물 저장고가 있다는 게 신기했다. 메두사의 얼굴을 기둥 받침대에 조각한 것도 훌륭했다. 천장은 아치형으로 아름다운 어둠의 궁전 같았다. 벽에서는 클래식 음악이 들렸다. 바닥은 아직 물이 넘실거렸고, 물 위로 여행자들은 돌기둥을 따라 구경했다. 내부는 시원해서 서늘했고, 어두운 영화관을 상기시켰다. 그곳은 나에게 놀랍고 대단하다는 경이로움으로 가슴이 벅찼다.

- 보스포루스 해협: 이 해협은 이스탄불의 아시아와 유럽을 구분하는 경계선이다. 해협의 동쪽이 아시아, 서쪽이 유럽이다. 유럽지역은 보스포루스 해협의 출구인 골든 혼을 기준으로 다시 남쪽의 구시가와 북쪽의 신시가로 나뉜다. 이 해협은 국제무역의 중심지였다. 이곳은 물 깊이가 70m 깊이로 수면이 깊다. 큰 배가 육지로 들어오기 좋다. 물이 맑고, 고기가 없다. 환경이 아름다워 한쪽은 별장으로. 다른 한쪽은 궁전으로 만들어졌다.

- 돌마체 궁전: 1856년에 완공되었다. 오스만제국의 세력이 약화되어 만회하고자 베르사이유 궁전을 모방해 왕국을 건립했다. 결국 오스만제국의 멸망

을 초래했다. 마지막 황제가 살다가 갔다. 궁전은 화려했다. 금이 70톤, 크리스털 전등, 왕이 쓰던 방, 공부방, 가정교사, 귀족을 영접하던 방, 수백 개의 방과 거기에 걸린 커튼, 화장대, 대기실, 침대, 파티장 등 모두가 화려하고 아름답다. 금제품, 은제품, 찻잔 무늬, 받침에 새겨진 조각 등 그 시대의 찬란함을 감상할 수 있었다. 500년 이상 된 미로처럼 얽힌 거대한 실내시장, 그랜드 바자르, 보물상, 그릇, 스카프, 가방 … 등이 가득했다.

- 오란은 13세에 추방되어 온갖 고생을 다 했다. 그는 오로지 조국에 돌아가기만을 기다렸다. 그는 70세경에 조국으로 돌아와 자기가 살던 돌마체 궁전을 돌아보고 되돌아갔다. 그리고 파리에서 터키 국민을 배웅하며 시간을 보내다가 홀로 방에서 죽었다. 그의 나이는 73세였다. 무스타파 케말 아타튀르크 제1대 초대 대통령 아내와 2년 반 살다가 이혼했다. 그는 혼자 8명의 고아를 키우며 살았다. 술과 담배를 즐겨서 결국 간경화로 15일 동안 앓다가 독신으로 죽었다.

화려한 궁전과 궁전 내의 실내장식, 모두는 이제 역사의 유물로 남겨졌다. 그곳의 주인공들은 비참하게 역사 속으로 사라졌고. 그 역사의 유물과 문화를 탐방한 나 또한 역사 속으로 사라질 것이었다. 그래도 마케도니아의 왕 알렉산드로스 대왕이 그리스, 페르시아 인도에 이르는 대제국을 건설했듯이 지금의 전 세계인들은 비행기를 타고, 그들의 유물과 문화를 탐방하며 즐겁게 여행하고 있다는 사실이 믿을 수 없는 것이었다.

코로나19로 사람들의 삶은 감옥처럼 차단되었다.

우리는 친구나 친척들을 서로 경계하며 대면하지 못했다. 그래도 가깝게 사는 이웃사촌 친구들은 살짝살짝 만났다. 어느 날 남편 친구 K는 전화했다.

- 우리 언제 만나서 저녁 식사합시다.
- 네 그러지요.

그들은 날짜를 정했고 부부가 함께하기로 했다. 나는 다리 심줄이 끊어져 아직 회복하지 못했다. 그래도 나는 열심히 다리를 밴드로 묶고 걸었다. 침봉을 반창고로 아픈 부위에 얹고 밴드로 묶어서 다리가 빨리 회복되기를 기원하며 걸었다. 평소에 아무 생각 없이 걸었던 단지 내 도로는 울퉁불퉁 일그러져서 내 다리가 걷기에 거북했다. 오르막에서 발이 뒤집혔다. 내리막 도로는 휘청댔다. 장난이 아니었다. 처음에는 단지 내 1/4 길을. 다음은 1/2 길. 그 다음 3/4 길. 열흘 후 온전하게 단지 내 길을 걸었다.

걸을 수 있는 것도 나는 감사했다. 신을 벗고 신을 수가 없었다. 지팡이로 몸을 지탱하며 걸을 수 있음에 나는 감사했다. 화장실에서 용변

처리할 수 있음에도 감사했다. 인간의 존엄성을 잃지 않고 살다가 죽음을 맞이함이 얼마나 중요한가를 나는 깨달았다. 나는 아픔과 통증이 일어나도, 걸어야만 회복할 수 있다고 생각했다. 그런 때에 남편 친구 K 부부를 만났다. 그런데 그 K 사장은 넘어져서 어깨를 다쳤다. 길 가다 돌부리에 넘어져서 어깨를 다쳤다. 어깨가 으스러졌던 것이다.

대수술을 했다. 웬만큼 수습되었다. 그러나 어깨를 중심으로 팔을 쓸 수가 없었다. K 사장은 돈이 많았고, 귀가 얇았다. 좋은 의사가 있으면 그는 다시 수술을 하고 싶었다. 그런데 친한 친구가 의사였고 그 친구가 다시 수술하기를 권했다. K 사장은 그 친구에게 부탁해서 수술했다. 그러나 그렇게 수술한 곳은 별반 효험이 없었고, 어깨와 팔은 계속 쑤셨다. 그런 상태에서 우리는 식당에서 만났다. 맛있는 식사를 주문했다. 우리는 아픈 부위를 자랑삼아 고통을 호소했다.

나는 통증을 참으며, 물리치료라 생각하고 계속 걸었는데, K 사장은 아픈 부위를 고요히 움직이지 않고 살았다. 나는 그것이 옳지 않다고 k 사장에게 주장했다. K 사장은 자기는 아파서 어쩔 수 없다 했다. K 사장은 고집이 셌다. 자기애에 빠져서 로봇 생활을 하는 것을 몰랐다. 나이 든 사람들의 이상한 고집은 어떻게 할 수 없었다. 나는 K 사장에게 설득하는 것을 포기했다.

우리는 식사를 끝내고 헤어질 때 서로 악수를 하고 헤어졌다. 나는 K 사장 손을 잡고 악수를 할 때 깜짝 놀랐다. K 사장의 손은 나무토막 같았다. 온기가 없었고 부드러움이 없는 플라스틱 막대기 느낌을 주었다. 어? 이것은 아닌데? 웬? 무생물 스틱 같은 느낌? K 사장님은 아픈 팔과 손을 수술 후 쓰지 않았다. 말하자면 깁스한 것을 풀고 고요히 손과 팔에 적당한 힘을 가하지 않았기 때문에 손과 팔의 기능이 없는 물체가 되었던 것이다. 그는 그 손과 팔이 아플 수밖에 없었다. 혈액 순환이 되고 있지 않은 것이었다.

이런저런 것을 생각하면, 편한 것이 좋은 것이 아니었다. 나의 철학인 '무수리 같이 열심히 일하고, 싱크대에서, 싱크대 근육을 키우며, 밥 해 먹고 사는 것'이 나의 삶이고, 나의 행복이었다. 행복을 위해서 나는 당장 아픈 다리를 끌고 계속 물리치료 차 산책을 할 것이었다.

*

세상의 삶은 스토리가 있어야 맛이 났다.

나는 스토리가 있는 삶이 즐거웠다. 날마다 그날이 그날이고 이날이 이날이라며 시간이 흐르는 대로 세월이 간다면, 인생의 길이가 지루하고 힘겨울 것이었다. 그렇다면, 삶의 고통이 어쩌면 인생을 덜 지루하게 하고, 살아가는 즐거움을 배가 되게 하는 것이지 않을까 생각했다. 평탄한 아스팔트 길을 계속 걸으면 그 길이 평화롭고 순조로운 길인 것을 모른다. 그러나 험난한 산악 길과 바위로 된 계곡 길을 오랫동안 걸으면서 발이 부르트고, 터지는 그런 길을 걷다가 평탄한 길로 접어들면 그 길은 정말 행복한 길이 되는 것이다. 삶도 그렇다. 고통의 날이 있으면, 그 고통을 치유한 후는 행복한 날이 되는 것이다.

나는 이런 이치를 생각했다. 결국 행복과 불행은 양면성이 있음을. 그리고 주변 사람들, 특히 가족들이나, 친한 친구들과 오랜만에 만나서 소통을 할 때, 즐거움과 불쾌함이 공존했다. 나이가 많아지면 그런 현상은 더욱 강해져서 서로 만나서 소통할 수 없는 경우가 많았다. 나는 평생을 함께한 당고모를 지금은 멀리 거리를 두고 산다. 우리는 어렸을 때부터 함께 자랐다. 그는 농촌에서 나는 중소도시에서. 그는 항상 배려하고 따뜻하며, 조카인 나를 챙겼다. 우리는 만나면 애기들처럼 손잡고 펄쩍펄쩍 뛰면서 즐거워했고 맛있는 걸 먹으며, 밤새워 이야기했다.

그리고 그는 서울로, 나는 중소도시로 결혼했다. 그는 부잣집으로. 나는 중간층으로. 우리는 서로 못 만나서 안타까워하며 살았다. 그 후 우리는 다시 K시에서 함께 살았다. 애들도 함께 키웠다. 다시 10년, 20년 후 우리는 헤어졌다 모였다를 하며 살았다. 그런데 고모네 사업이 망가져서 폭삭 망했다. 이제는 힘든 상황이 되었다. 고모는 심리적으로 불안했고 자신을 자학하고 남편을 공격하며 나에게 하소연했다. 그것이 지나치면, 나를 향해 '넌 좋겠구나. 연금이 나와서', 비아냥거리며 공격했다.

그러면, 나는 '고모는 부모가 없잖아. 나는 딸린 식구가 많잖아. 양부모 생활비를 줘야 하잖아.' 했다. 그는 계속 너는 그래도 뭐가 어떻고 어떻다며, 자기를 비하하며 울었다. 그렇게 그는 자기 시간이 있으면 울면서 하소연을 했다. 전화 시간은 계속 길어졌고 나는 짜증이 났다. 그 뒤 나는 되도록 전화를 받지 않았다. 나와 고모의 마인드는 서로를 행복하게 할 수 없었다. 이제는 서로 거리를 두고 각자의 삶에 충실함이 최선의 길로 보였다.

그런데 오늘 부처님의 말씀을 스님에게 들었다. 부처님이 아침 새벽에 어느 집으로 밥을 얻으러 갔다. 주인장이 나와서 소리쳤다. 왜 아침 새벽부터 밥을 얻으러 왔냐고. 그럴 때 우리 같으면, 내가 언제 밥을 달라고 했냐. 나는 주인 집 대문에 서 있었을 뿐이다. 아니면, 밥 주기 싫으면 그만둬라. 했을 것이다. 그런데 부처님은 아무소리 없이 빙긋이 웃었다. 그리고 주인장에게 말했다.

- 이곳에 사람들이 많이 옵니까?
- 많이 옵니다.
- 선물을 많이 가져옵니까?
- 많이 가져옵니다.

그리고 주인장은 부처님을 안으로 들게 하고 식사를 했다고 한다.

여기서 중요한 것은 함께하는 사람이 이야기를 하는데 부정적인 이야기가 나오면 그것을 직설적으로 받아치는 이야기로, 분위기를 엉망으로 하는 것이 아니라, 화제를 다른 이야기로 바꾸고, 부정적인 상황을 벗어나게 하는 것이 중요함을 스님이 설명했다. 나는 그것을 배우고 싶었다.

*

2020. 7. 15. 나만의 일일.

나는 아침 6시가 되면 산책을 했다. 다리가 아프니까 대나무봉을 들고 무릎을 살살 치면서 아파트 주변 평지를 돌았다. 왼쪽 다리 무릎이 시큰거리면 그쪽 부위로 좀 더 부드러우면서 강하게 두드리며 걸었다. 그럼 다리의 시큰한 통증이 줄어서 걸을 수 있었다. 아파트 단지는 301동에서 309동까지 지그재그 모양으로 동향, 남향, 동향, 남향, 동향, 서향, 동향으로 줄을 서 있다. 나는 305동 중심으로 301동까지 갔다가 뒤로 돌아서 309동까지 산줄기를 따라 걸었다. 참고로 아파트 단지는 관악산 줄기 끝자락 맨 마지막에 있는 것이다.

과천의 산꼭대기에서 산줄기가 사당동을 거쳐 테미고개를 건너 우면산으로 우면산에서 효령로를 지나 청권사 쪽으로. 거기서 국립중앙

도서관으로, 반포대로를 건너 서리풀 공원이 이어진다. 그 아래 우리 아파트 단지가 있다. 단지 북쪽은 산줄기가 이어져서 숲으로 이루어 졌다. 이십 년 전에 이곳에 왔을 때 너무 놀랐다. 어느 왕의 정원보다 더 넓고 커서 얼마나 행복했는지 모른다. 가끔 친구들은 산이 있어서 싫다지만, 내게 산은 보물이었다.

날마다 산 밑으로 다친 다리를 회복하기 위해서 나는 걷고 걷는다. 물론 다리가 나으면 서리풀 공원과 몽마르트르 공원을 산책하겠지만. 아침 산책 때 나는 항상 만나는 사람이 있다. 나보다 젊은 아줌마가 타이즈에 반바지, 티셔츠에 검정 조끼를 입고 핸드폰으로 뉴스를 들 으며, 씩씩하게 빨리걷기를 한다. 한참 걷다 보면, 노부부가 마스크를 하고 곱게 모자를 썼는데, 할아버지는 할머니 손을 꼭 잡고 흔들며 우리 곁을 지나간다. 나는 남편에게 말한다.

- 저 할머니는 치매 같다. 할아버지가 할머니 팔을, 아니면 손을 잡고 흔들며 걷 는다. 만일에 할아버지가 치매였다면, 할머니가 할아버지 손을 잡고 걷겠지. 저 기 오는 할머니는 이십년 전에 신세계 백화점에서 멋진 옷만 사서 입었던 할머 니다. 이제 나이가 들어서 바퀴 달린 휠체어를 손으로 밀면서 걷기를 하네.

그는 지나가는 왕할머니, 왕할아버지를 만나면 서로 즐겁게 옛날 이야기를 했다. 그러나 나이 많은 할머니 할아버지들은 이제 잘 보이 지 않았다. 어느 날 우리 동에 살던 산책을 잘 하는 할아버지가 보이지 않았다. 그 할아버지 딸은 결혼을 하지 않았다. 그 딸은 직장을 다녔고 우리가 산책할 때, 걸어서 출근했다. 그 딸은 어느 날 기아 자동차 작은 SUV를 사서 주차시켰다. 언니는 차 운전을 하려고 애썼다. 날씨가 좋지 않으면 자동차 덮개로 차를 보호했다.

그 언니는 익숙하지 않아서 차를 씽씽 몰지 못했다. 출근 때는 항상 차에 시동을 걸었고 시동을 끄고 출근했다. 자동차는 그 언니의 귀중한 물품이었다. 그런데 요즘 몇 개월 전부터 그 언니네 아버지가 산책하는 것을 보지 못했다. 그 언니네 아버지가 나는 그냥 궁금했다. 그리고 그 언니도 출근하지 않았다. 언니는 벌써 퇴직할 나이가 아닐까 생각했다. 어느 날 아침에 주차장에 있어야 할 언니 차가 없었다. 어? 이상하네? 남편은 아무래도 아버지가 나이가 많아서 병원에 입원한 게 아닐까, 라고 생각했다. 나도 그럴 것 같았다. 우리는 차가 없으면,

- 그 언니 아빠 보러 병원이나 요양원에 갔네.
- 오늘도 그 차가 없으니 아빠 보러 갔구나.

그렇게 우리는 산책을 한다. 2바퀴를 도는 데 1시간이다. 그러나 그 시간을 채우면 왼쪽 다리근육이 불편해서 나는 3/4을 한다. 그럼 45분이 걸린다. 집으로 와서 냄비에 물을 올린다. 고구마 한 개를 반으로 나누어 두 쪽을 냄비에 넣고 끓인다. 물이 끓으면, 어제 만들어 놓

은 만두 4개를 끓는 물에 넣는다. 냉동된 만두라 18분을 끓여야 속이 충실히 익는다. 남편이 식탁을 차려준다. 양배추, 당근, 오이를 소금에 절여 식초를 뿌린 샐러드와 식초 간장, 마늘을 찬으로 한다.

남편은 만두 3개, 나는 1개, 고구마 반쪽씩을 먹는다. 나는 과일을 무척 좋아한다. 자몽, 바나나, 참외, 방울토마토, 키위, 복숭아 등을 깎아서 그 자리에서 1/2을 먹어 치운다. 그리고 블랙커피 한 잔씩, 식초 물 한 잔씩을 먹는다.

식사 후 나는 설거지를 하고, 청소를 한다. 빨랫감이 많으면 세탁기를 돌린다. 목욕탕으로 가서 양치질을 하고 목욕통에 뜨거운 물을 받는다. 뜨거운 물에 족욕을 해서 아픈 다리를 치유한다. 10분간 뜨거운 탕에서 다리를 찜질할 때 읽던 책을 읽는다. 오늘 책은 『폰더씨의 위대한 하루』였다.

- 폰더씨의 실직으로 인한 패배와 좌절을 다시 시작할 수 있다는 자기 계발의 주제와 픽션을 결합시켜 독자에게 전달했다.
- 역경은 위대함으로 가는 예비 학교이다. 나는 나의 과거에 대하여 총체적 책임을 진다.
- 나는 겸손하게 봉사하는 사람이 되겠다.
- 나는 행동하는 사람으로 나를 창조하고 새로운 미래를 만들겠다.
- 나는 매일 매일 웃음으로 맞이하며, 오늘 행복한 사람이 될 것을 선택하겠다.

- 나는 매일 용서하는 마음으로 오늘 하루를 맞이하겠다.

- 오늘 나는 어떠한 경우에도 물러서지 않는 것을 선택한다.

책을 대충 읽고 탕 속에서 나온다. 비누질을 하고 차가운 물로 샤워하고 신문을 읽는다.

신문을 읽으면 옛날 할아버지가 생각난다. 할아버지들은 아침상을 물리면 사랑방에 친구들이 모인다. 그들은 정치 애기로 소란하고 시끄러웠다. 누가 정치를 못하느니, 어떤 정치인이 어떻다느니 하며 의견 충돌을 일으켰고 밤낮 정치인을 두고 헐뜯고 욕했다. 내가 보는 신문이나 언론 방송들도 국민을 곁에 두고 맹비난을 하며, 서로의 정당을 욕했고 자기 정당이 옳다고 주장했다.

- 코로나와 싸우는 영웅들에게 만해대상.

- 탁현민 비서관 측근 회사에 청와대 '일감 몰아주기'의 의혹

- '박원순 고소 사실 유출 논란'

- 방사청, 문 대통령 동문 기업 밀어주기 논란

- 7·10 대책 나흘 만에 또 … 여, 증여 때 취득세 12% 인상 추진

- 마침내 나선 시민들… 백선엽 장군 대전현충원 안장, 전투복 수의 입고 영면. '6·25 전쟁영웅' 행사장 입구에서는 반대 단체의 방해로 몸싸움이 벌어졌다.

- 노영희 변호사는 '동포들을 향해 총을 겨눈 것은 어쩔 수 없다. 그 비판은 어쩔 수 없이 받겠다'

이게 말이 되는 소리인가? 북한이 쳐들어와 남한을 다 집어먹는데 남한을 지킨 사람이 백선엽 장군인데, 제까짓 거 노영희가 태어난 것도 백장군 덕분인데….

신문을 끝으로 빨래를 하고 청소를 끝낸다. 그리고 잠시 쉬면서 이 책 저책 등을 뒤적이다가 점심 산책을 한다. 산책후 나는 슈퍼를 들려 야채와 필요한 것을 사서 집으로 온다. 나는 점심을 만들어 먹고 오후 잠시 수면을 하며 쉰다. 그러다가 이런저런 전화가 오면 수다를 떨며 시간을 보낸다. 오후 4시가 되면 테니스를 치러 운동장으로 나간다. 그곳에서 남편과 나는 운동을 6시까지 진하게 하고 돌아온다. 샤워를 하고 남편은 맥주, 나는 막걸리에 사이다를 섞어, 적당한 안주를 곁들여 저녁을 먹는다. 그렇게 나날을 보내는 것은 내 인생의 최고의 날이 되는 것이다. 그리고 그것은 곧 나의 행복이다. 뭘 더 바라겠는가? 그 이상은 욕심이리라.

*

2010. 8. 2. 태백(태명)이가 태어났다.

이틀 전 아침에, 병원으로 딸애의 마지막 진단을 하러 갔다. 태아의 심장박동이 힘찼다. 딸의 배는 너무 불러서 풍선처럼 터질 것 같았다. 태아는 3.2kg 아이가 나오려고 자궁문이 1cm 문이 열렸다고 의사가 말했다. 그는 첫애라 시간이 많이 걸린다고 했다. 며칠 후 촉진제를 맞고 애기가 쉽게 태어나길 시도하자고 했다. 그러나 산모는 간간이 배가 아팠다. 산모는 아기가 빨리 나오도록 열심히 걷는 운동을 했다. 산모는 태백이가 빨리 나오도록 춤추는 모션으로 동영상도 찍었다. 동영상은 웃겼다. 하루가 지났다. 이튿날 일요일 아침, 7시경 딸에게 전화가 왔다. 이슬이 비치는 것 같다고 했다. 9시경부터 이슬이 좀 더 많이 비쳤다. 병원에 연락했더니 5분 간격으로 배가 아플 때 병원으로 오라고 했다.

시간은 흘러갔다. 점심때가 되었다. 작은딸은 짜장면을 먹겠다고 했다. 나는 큰딸에게 전화를 했다. 그러나 받지 않았다. 그럼 병원에? 다시 전화했다. 전화는 먹통이었다. 가슴이 갑자기 뛰기 시작했다. 무슨 일이 있나? 다시 사위에게 전화했다. 거기도 받지 않았다. 작은딸이 형부에게 전화했다. 받지 않았다. 그리고 문자가 왔다. 지금 성당에서 마지막 미사를 보고 있다고 했다. 조금 이따 다시 큰애가 전화했다.

- 왜? 엄마?

- 우리 점심에 짜장면 먹으려고. 너네도 먹을래?

- 네, 우리도 먹을래요. 미사 끝나고 갈게요.

조금 있다가 딸네가 왔다. 짜장면, 탕수육, 튀김만두, 볶음밥. 모두가 맛있게 먹었다. 그 후 그들은 하루 종일 TV를 보며 즐겼다. 태백이는 제 집에서 나올 기미가 없었다. 큰딸은 태백이 빨리 나오라고 태백이 막춤을 추었다. 그는 실내를 돌며 서성댔다. 저녁은 삼겹살을 먹는 게 좋겠구나. 나는 뜨거운 콩밥을 만들고, 삼겹살과 상추를 준비했다. 남편은 전기 프라이팬에 고기를 구웠다. 소백산 표란다. 고기는 두껍고 실했다. 상차림을 하고 된장찌개와 구운 삼겹살로 모든 식구가 포식을 했다. 큰애는 끝으로 차를 마시고, 과일을 먹고 제 집으로 갔다.

그는 아침부터 이슬이 비쳤고, 우리 집에서 저녁 9시까지 시간을 보냈으니 한밤중이나 내일 새벽쯤에 애기가 태어날 수 있겠다고 생각했다. 그는 저녁 산책도 끝내고 잤다. 나는 잠깐 동안 걱정하며 잠을 잤다. 그러나 새벽까지 연락은 없었다. 나는 새벽에 108배를 하며 기도했다. 기도 중에 사위에게 전화가 왔다. 새벽에 배가 아파서 병원에 갔다고 했다. 시간은 새벽 5시 50분이었다. 병원에서 12시경, 혹은 오후 3시경까지 애기가 나올 수 있다고 했다. 나는 급히 남편에게 아침상을 차려주고 출근하라고 이른 뒤 병원으로 갔다.

딸은 촉진제와 무통분만 주사를 맞고 있었다. 시간은 흘러갔다. 엄마와 아이는 계속 실랑이를 벌리며 힘들게 시간을 보냈다. 나와 사위는 어떻게 도와줄 수 없었다. 그렇게 시간은 흘러 12시가 되어갔다. 나는 딸이 힘들어도 나와 사위가 아침을 못 먹었으니 우리가 우선 밥을 먹고 기다리는 편이 낫겠다고 생각했다. 나랑 사위는 병원 앞 밥집으로 갔다. 우리는 식사를 주문했다. 상차림이 만들어졌다. 그때 병원에서 보호자를 찾는 전화가 왔다. 사위가 급하게 병원으로 갔다가 다시 돌아왔다. 의사 선생님이 아무래도 수술을 해야 할 것 같다고 했다. 사위에게 밥을 먹으라 하고 나는 급히 병원 담당 의사에게 갔다.

- 아무래도 수술해야할 것 같습니다.
- 촉진제를 맞으면서 애기가 더 힘들어하고, 애기가 자궁 입구로 내려오면서 더
  힘들어하고 있다. 너무 힘들어하면 수술을 해야 합니다.

나는 갑자기 걱정이 커졌다. 수술은 생각해 보지 않았다. 여기 산모 중 가장 젊은 나이 축에 속했다. 다른 산모들은 30대 후반, 40대 초반이 많았다. 딸은 29살이었다. 산모에게 산소호흡기를 끼웠다. 딸은 눈을 감고 용을 쓰며 힘들게 시간을 보냈다. 밤새 잠을 못 잤으니 잠에 취해갔다. 나는 기도하며 조용히 잠을 자라고 권했다. 딸과 애기가 생사의 길에서 갈등을 겪으니 산부인과 의사가 위대했다. 새 생명을 태어나게 돕고, 어려움을 도와주니 말이다. 사위와 나는 계속 교대하며 지켰다.

사위가 지키다가 나와 교대했다. 나는 산모실로 들어갔다. 침대와 침대 사이에 심장 맥박수를 재고 혈압을 체크하는 기계를 장치했다. 한쪽은 내 딸을 다른 쪽은 다른 산모를 그 기계가 체크했다. 다른 산모 박동수는 156~158로 일정했다. 그런데 내 딸 맥박수는 125, 135, 140, 125, 113, 110, 100 … Error … 붉은 불이….

어? 이상하다? 다시 125, 130, 140, 115 … Error…. 나는 갑자기 숨이 막혔다. 뭔가 안 좋았다. 이것은 아닌데? … 그때 의사가 산모실을 방문했다. 20분을 기다리자고 제안했지만 20분 후에도 상태는 좋지 않았다. 의사는 '20분 더 기다려봅시다'라고 했지만 나는 '아닙니다. 당장 빨리 수술해주세요'라고 했다. 의사는 알겠다고 했다. 나는 간호사에게 물었다. 그때 딸아이는 나에게

- 엄마 나는 그냥 참고 순산하고 싶어. 엄마도 이모도 모두 수술 안 하고 낳았잖아.
- 안돼. 지금 너와 애기가 너무 힘들고 큰일 난다. 빨리 수술해야 된다.
- 수술은 얼마나 걸리나요?
- 1시간 반쯤이요.
- 네.
- 30분 준비하고 수술하는 데 1시간가량요.

나는 사위를 불렀다. 수술하는 데 1시간 30분 걸리니까 주문해 놓은 식사부터 하자고 했다. 식당 사람들은 붐볐다. 주문한 갈치조림을 먹을 때 입맛은 없었지만, 먹으려 애썼다. 그때 다시 사위에게 병원에서 전화가 왔다. 사위는 급히 가야 했다. 할 수 없이 나 혼자 먹어야 했다. 옆좌석 어머니도 산모 챙기러 온 사람이었다. 그는 자기 딸이 의사라고 자랑했다. 사위도 의사라 했다. 서울대 의사가 모여 만든 이 병원을 딸이 추천해 주어 이 병원으로 왔다고 했다. 당신은 좋겠소이다. 딸도 잘 키우고 사위도 잘 얻었으니. 나도 그러고 싶었으나 그러지를 못했소이다, 하고 속마음으로 삭혔다.

직업이 우수한 딸과 사위를 자랑하면 나는 내 안의 심장이 뛴다. 나는 내 딸을 정말 열심히 공부시켜서 훌륭한 직업을 가지게 하려 애썼다. 그러나 우리 애들은 욕심만 많지 열심히 노력하는 형이 아니었다. 나는 그런 것이 못마땅했다. 그리고 나는 마음을 바꾸었다. 전혀 그럴 생각이 없는 아이들. 그들은 모든 게 자신들이 좋다는 것이 좋다는 주장을 앞세우는 아이들. 나와 남편은 모든 것이 미진하고 미흡함을 내적으로 삭혀야 하는. 그래 너네가 공부하기 싫으면 내가 해야겠다 해서 나는 다시 공부를 했던 것이다.

식당에서 나는 주문한 식사를 포장해서 병원으로 왔다. 애기는 5분 만에 나왔단다. 애기 이름은 외할아버지가 웅으로 지었다. 신생아실로 갔다. 신생아는 많았다. 남자애기들 쌍둥이, 여자애기들 쌍둥이가 인큐베이터에 있었다. 그들은 2.6kg 정도였고, 웅이는 3.62kg이었다. 자연분만하려고 할 때 기계로 두상을 흡입했던지 애기 두상이 풍선처럼 커져 있었다. 애기 머리칼은 길었다. 오랜 시간 자연분만을 하려 해서 입술이 파랬고, 고추가 시커멓게 멍들었다.

정말 더 수술 시간이 지연되었으면 큰일날 뻔했다. 한참 후 수술을 끝내고 산모가 나타났다. 수술은 잘 되었다고 의사가 말했다. 나는 감사했다. 만일 조금 더 지연되었다면 손자의 몸에 더 큰 상처가 날 뻔했다는 생각이 들었다. 고추가 시커멓고 입술이 파란 것이 다행이었다. 만일에 두뇌에 산소가 부족했다면 뇌에 문제가 생겨 장애아가 될 수도 있다는 것을 들었기 때문이었다. 산모는 자연분만을 못 한 것에 대해 아쉬워했지만 나는 큰일날 뻔했다는 것을 알리고 건강한 웅이가 태어난 것을 감사한다고 이야기했다.

*

Musum SAN을 탐방했다.

아침에 G, J, Y와 함께 52번 고속도를 타고 달렸다. 산은 푸르고 강은 맑았다. 들과 산은 온통 초록색이었다. 비가 부슬부슬 쏟아졌다. 가다가 광주휴게소에서 차를 마셨다. 주변은 깨끗하고 아름다웠다. 공항 휴게소 같았다. 다시 차를 타고 산 박물관으로 갔다. 주차장도 아름다웠다. 입구에서 티켓팅을 하고 건강 체크를 했다. 박물관은 700m 고지에 있었다. 주변은 산과 하늘, 구름, 바람이 있었다. 건축물은 안도 다다오의 작품이었다. 그곳은 2013년 5월에 개관했다.

- 뮤지엄은 플라워가든, 워터가든, 본관, 스톤가든으로 되어있었다. 본관은 윙(wing) 구조물이 사각, 삼각, 원형의 공간으로 대지와 하늘을 사람으로 연결한다는 건축가의 철학이 있었다. 이곳은 건축과 예술의 공간이었다. 우리들의 삶을 멀리하고, 자연과 예술 속에서 휴식하는 곳으로 우리들의 즐거운 만남을 선사했다.

뮤지엄 입구는 플라워 가든이 있다. 그곳은 패랭이꽃으로 장식되었다. 가든 너머에 유명작가들의 조각품이 설치되어 잔디밭에서 휴식할 수 있었다. 자작나무를 따라 본관 쪽으로 들어가면 노출 콘크리트 벽이 나왔다. 그 벽을 따라 벽을 쳐진 곳을 지나면 멋진 워터가든이 보였다. 아! 아름답구나. 감탄사가 나왔다. 바닥은 몽돌이 깔렸고 그 위에 맑은 물이 층을 따라 흘러갔다. 뮤지엄은 그 수면 위로 떠 있어 보였다. 정말 환상적인 건축물이었다.

수면은 잔잔했다. 수면 위로 붉은 게 다리 조각품의 그림자가 물 흐름으로 움직였다. 수면의 끝에는 푸른 나무 그림자와 수면의 조화는 한 폭의 그림이었다. 비는 보슬보슬 왔다. 비에 젖은 나의 마음은 그들에게 더 예술적 감상을 일으켰다. 뮤지엄으로 들어갔다. 건축가, 안도 다다오의 스토리가 있었다. 그는 1941년에 오사카에서 태어났다. 그는 외곽의 촌뜨기로 공업고등학교 기계과 졸업했다. 고교 말년에는 권투선수가 되었다. 졸업 후 백수 생활을 하다가 건축일 노가다를 했다. 오랜 방황을 하다가 우연히 건축가의 길을 발견하고 독학과 답사로 최고 건축가의 반열에 들어갔다.

그가 건축을 배운 방법은 '독학'이었다. 책을 읽고, 공부하고, 중고르 코르뷔지에 전집을 사서 트레이싱을 하며 학습했다. 그는 혼자서 배우고 혼자서 자신의 인생을 맞부닥뜨리는 방법으로 공부했다. 그 다음 그는 답사를 해서 건축을 터득했다. 러시아, 핀란드, 스위스, 이탈리아, 그리스, 스페인, 프랑스, 오스트리아, 인도, 미국 등을 답사하며, 수많은 고전 건축을 보고 공부하며 독자적인 건축관을 형성했다. 그의 작품은 사각형, 원, 삼각형, 타원형 같은 순수한 기하학적인 형태를 선택하여, 그들을 이용해서 순응적 조화가 아니라 대조적 조화로 추상적이고 순수한 기하학의 건축을 만들었다.

그의 건축으로 노출 콘크리트는 그의 트레이드 마크가 되었다. 그는 루이스 칸으로부터 영감을 얻어 콘크리트의 새로운 매력을 개척했다. 그는 노출 콘크리트를 통해 미운 오리 새끼에서 백조로 생명을 불어넣은 창조적 건축가가 되었다. 그의 건축은 자연과 인공의 조화가 함께 공존할 때 더 큰 의미와 아름다움을 줄 수 있다는 것이 그의 믿음이다.

그의 유명한 작품으로 일본 오사카, (자연과 교감하는) 빛의 교회, 일본의 홋카이도, 물위의 교회, 일본, 나오시마, 베네세하우스 등 사진을 통해서 그의 스토리가 벽에 걸려있다. 그 아래 안도 다다오의 Drawing 2013이 있다. 거기에 이인희(한솔그룹 대표)의 사인이… 나는 갑자기 이인희의 죽음을 생각. 그는 이 뮤지엄과 이 근처의 오크베리 골프장에 심혈을 기울였을 텐데…. 이미 골프장은 타 회사에게 넘어갔다고. 인생의 무상을. 나는 슬프다는 생각으로.

다시 가이드를 따라 건축물 통로를 지나 삼각 코트로 이동했다. 하늘을 보면 삼각형 속으로 하얀 구름이 떠 있다. 바닥은 노출된 자갈밭이다. 이곳은 무(無)의 공간이자 사람(人)을 상징하여 ㅁ의 대지와 ㅇ의 하늘을 연결해주는 공간이다. 여기서 하늘을 올려다보면 마음이 차분하고 고요한 무아의 경험을 맛볼 수 있었다.

삼각 코트를 이어주는 통로의 벽(노출 콘크리트)에 눈높이의 자연채광과 벽 아래 발을 옮길 때마다 자연채광 창을 통해 시원한 바람이 들어왔다. 바람은 시원하여 에어컨 통풍처럼 느끼게 했다. 자연 빛으로 어둠을 밝히고 통로를 시원함으로 만들었다. 인공을 가미하지 않은 기능성 면에서 최고였다. 가이드는 층마다 철심을 세우지 않고 최대로 벽과 벽을 수직으로 이어 난간을 넓힌 것도 새로운 공법이라고 설명했다. 현대건축이 넓은 창을 통해 온 천지가 건축물 속으로 흡수하지 않게 한 것도 특징이었다.

눈높이의 작은 창을 통해서 빛이 들어오고 우리가 그 창을 통해 자연을 감상하게 하였다. 그 통로를 지나면 다시 현대적인 온 천지를 구경하는 창이 나타났다. 그곳은 산, 물, 하늘, 건축물이 통째로 우리 눈으로 흡수되었다. 그곳을 지나 파피루스 온실이 있다. 파피루스는 종이의 재료로 페이퍼 갤러리의 시작을 알려준다. 건축적으로 사각의 공간으로 대지를 상징한다. 실내 공간이면서 실외가 되는 공간으로 빛, 바람, 눈, 비 등 변화를 느낄 수 있는 공간이다.

우리는 쉬는 공간인 카페를 찾았다. 창을 통해 보이는 것은 환상이었다. 바닥은 넓은 호수 위에 아름다운 노천카페가 펼쳐져 있었다. 그 너머 산으로 둘러쳐진 아름다운 경관, 다시 더 넘어 더 높은 산이. 그 위에 뭉게구름이 하늘 위에 떠 있었다. 한 폭의 아름다운 수채화였다. 우리는 속으로 야호 소리를 냈다. 아름답구나! 그곳에서 샌드위치와 커피를 마셨다. 잠시 쉬고 스톤가든으로 이동했다. 이곳은 신라 고분을 모티브로 만든 9개의 부드러운 스톤마운드의 곡선으로 만들어졌다, 산책길을 따라가면, 해외작가의 조각품을 감상하고 대지의 평온함과 돌, 바람, 햇빛을 만끽할 수 있었다. 다음은 백남준 홀을 감상했다. 하늘을 상징하는 9m 높이의 원형 공간. 천장의 햇빛, 바닥은 호수를 상징하는 느낌으로 예술의 생동감을 보여줬다.

오후에 회화와 서사를 탐방했다. 서양화가 정병국이 그린 머리 뒷모습의 두상이었다. 의외였다. 보통 얼굴을 그리는데 그는 뒤통수를. 어? 왜? 나는 인터넷에서 작가를 찾았다. 그는 9살 때 아버지 지갑에서 영화표를 몰래 꺼내 영화관을 갔다. 거기서 하얀 스크린에 비치는 꿈같은 낯선 세계를 보며, 긴장과 설렘을 만난다. 그 후 그는 아버지 지갑의 지갑에서 몰래 영화표를 빼서 영화관에 가는 횟수가 잦아진다. 그러다 어느 날 그곳에서 아버지를 만난다. 순간, 죄책감과 영화를 볼 수 없는 아쉬움과 함께 불이 켜졌다. 그때 얼음처럼 굳어버린 작은 꼬마의 뒷덜미가 서늘해진다.

그리고 아버지는 가자고 말했다. 아이의 긴장은 풀리고 하얀색 스크린 위로 꼬마의 꿈이 커졌다.

나는 예술가들이 어떻게 처음에 예술을 시작했을까가 가장 궁금했다. 정병도 화가는 어렸을 때의 영화 스크린에서 만난 아버지에 대한 두려움, 죄책감, 그리고 꼬마로서의 당황함이 목 등 쪽으로, 타들어 갔던 것이 아버지의 인자함으로 사라졌다. 그리고 새하얀 스크린 위로 꼬마의 꿈이 펼쳐졌다는. 화가는 나에게 인상 깊은 감동이 일어났다. 나는 눈을 감았다. 나의 어렸을 때 기억을 생각해봤다. 예술적인 그 무엇은 없으나 나를 자극하는 어떤 것을 찾아보았다. 요즘 한여름의 뜨거운 열기로 잠을 못 자고, 밤새 찬 목욕탕에서 몸을 두어 번 담그고 식히며 잠을 자야 하는 시기인데, 올해는 기온이 낮았다.

낮은 기온으로, 나는 아직, 두툼한 이불로 배를 덮고 잤다. 그러다 새벽이 되면 매미 떼가 쓰~~ 쓰아~~ 하며 소리를 지른다. 그럴 때 나는 꼬마 6살짜리가 되어 할머니 집에서 팔짝팔짝 뛰며 시냇가 돌계단을 건너가고 주변 나무 위의 매미 떼가 소리를 질렀던 장면이 떠올랐다. 나무에서 나는 매미 소리 맴 맴 매매~~ 쓰아 쓰쓰~~ 그리고 물소리. 그 소리를 지금 똑같이 내 집에서 듣고 있다는 느낌이 교차되면서 복잡했던 머리가 시원해졌다. 그리고 뭔가 편안하며 추억 속의 나를 찾았다. 그러나 예술적인 그 무엇을 발견하지 못했다.

오우암 화가: 신작로를 따라 옛 교복을 입고 걸어가는 학생들. 그 옆으로 낡은 한복 차림으로 머리에 짐을 진 사람들. 이 그림은 내 안의 나를 자극했다. 정겹고 익숙한 과거의 외할머니 집을 생각나게 했다. 삼촌이 생각나고 이모가 생각났다. 장마에 다리가 떠내려가, 삼촌이 바지를 걷고 나를 업어서 물을 건넜던 생각도 났다. 화가(1938~)는 전쟁 고아였다. 30년 동안 수녀원에서 운전과 허드렛일을 하면서 그림을 그렸다. 보일러실에서 합판에 에나멜로 따라 그렸다.

허드렛일을 하느라 시간이 없지만, 수년간 그림을 멈추지 않았다. 자신의 생각과 감정, 기억을 표현하는 게 중요했을 것이다. 인간은 예술가로 태어난다고 들었다. 우리 안의 예술성이 살아나서 움직인다면 우리의 삶은 더 행복할 것이라 생각했다.

류해윤 화가: 세탁소와 복덕방을 운영했던 류해윤(1929~) 할아버지는 옥탑방을 작업실로 만들어 70세에 그림을 시작했다. 90세에 이르는 20년 동안 줄잡아 3,000여 점을 그렸다. 작품 1은 6·25 동란 때 어촌 섬 마을에서 귀향길이라는 그림이 아름답다. 뒤에 산이 있고 초가 마을이 정겹게. 지붕에는 고기를 말리고, 동네 어귀에 개와 닭이 있다. 남아있는 사람들은 손을 흔들고, 배를 타고 떠나는 사람들은 보따리를 배에 싣고 침울한 표정으로 항구를 떠나는 모습이다.

작품 2는 춘풍에 나부끼는 꽃잎과 옹달샘 우물가에 마을 아낙네들은 일손이 바빴다. 그림의 풍광은 벚꽃이 만발했다. 산에는 봄이 와서 나무는 푸르렀다. 기와집과 초가집 담장은 벚꽃으로 화려했다. 씨앗 고르는 아낙네, 절구를 찧는 아낙. 물을 긷는 아낙. 개와 닭, 소, 돼지들이 함께하고 장독대는 장독이 가득하여 풍요로움을 주었다. 집안 마루에는 마나님이 풀 먹인 옷을 다듬이로 두드리는 우리들의 옛 모습을 아름답게 표현했다.

류해윤 화가는 아들인 화가에게 20년 전 할아버지의 사진을 주면서 초상화를 그려달라고 하셨다. 차일피일 미루니까 어느 날 당신이 그리고 계셨다. 달력 뒷장에 붓펜으로 그리셨는데 표정이 안 닮았다면서 연달아 40장 정도를 그리셨다. 그렇게 아버지는 당신의 아버지에 대한 그리움을 그림으로 그렸다고. 초상화를 시작으로 고향마을 풍경을 소재로 그렸다.

나는 할아버지 화가들의 그림을 보면, 마음이 뭉클했고 칭찬하고 싶었다. 그들의 어려운 삶을 재생해서, 그림으로 만들어 냄이 정말 훌륭했다. 우리는 다시 출입구 쪽으로 이동했다. 플라워 가든 너머 잔디밭에 세계 유명 작가들의 조각작품을 감상했다. 자연과 예술작품이 어우러져 삶의 여백을 느낄 수 있어서 즐거웠다. 코로나19 이후 오랜만의 우리 친구들의 만남이 예술과 함께였기 때문에 더 뜻깊은 하루이었다.

어느 잠 못 드는 날.

잠을 자려고 눈을 감았다. 갑자기 머리가 아팠다. 나는 계속 작은 딸에 대해 초점이 맞춰졌다. 나이는 40세였다. 친구들은 나에게 딸에 대한 집착이 강하다고. 여동생도 언니는 아직도 딸에 대한 결혼을 생각하느냐고. 나는 그런 생각을 안 하겠다고 안 해지겠는게 아니라고. 사실 그랬다. 딸을 안 보고 멀리 떨어져 있으면 생각을 덜 할지 모른다. 그러나 작은딸을 수시로 보고 밥 먹는 일이 많은데 보면 볼수록 가슴이 답답하다. 뭔가 해결할 수 없다는 생각이 일어난다. 그러다가 요즘 일어나는 세계 정치적 흐름을 생각했다.

우리나라는 지금 난세에 부닥쳤다. 집권당은 단독 독재 형태로 계속 수십 년 정권을 유지하겠다고 온갖 국회법을 통과했고 집권당의 정치를 했다. 거기에 중공 비자금으로 문빠네는 온갖 정치자금을 받았고, 촛불시위 때 중공 스파이를 대동해서 정권도 잡았다. 물론 4·15 선거도 중공 공산당과 북한 공산당의 힘으로 부정선거를 만들어서 집권했다. 그런데 국제적인 검은 그림자들이 합세해서 중공을 죽이기로 했다. 중공과 친한 한국 기업들은 성장할 수 없게 하려 했다. 검은 그림자와 미국은 한통속이다. 미국은 민주당이든 공화당이든 미국의 국익을 위한 정치이다.

그래서 생각했다. 검은 그림자들은 결국 돈이다. 자금을 통해서 자기들의 이익과 미국을 위한 그리고 세계를 지배하는 것이다. 모든 것은 돈으로 해결할 수 있다는 생각을 했다. 나는 내 딸을 돈으로 팔 방법이 없을까를 생각해 봤다. 갑자기 가슴이 뛰었다. 그리고 책상에 앉았다. 나는 메모지를 놓고 생각했다. 내가 좋아하는 W를 놓고 생각했다. W는 테니스 멤버고 운동을 좋아하는 청년이다.

〈나의 프로젝트(청춘사업)〉

- W를 만난다.
- 나는 너를 인간적으로 좋아한다. 그래서 우리 딸 S랑 짝이 되기를 바란다.
- 언젠가 운동하면서 살짝 이야기를 한 적이 있을 때 W는 열린 마음으로 긍정적인 마음을 가져보겠다고 했다. 그리고 W와 S는 10년 전부터 운동장에서 함께 테니스를 쳤고 서로 잘 아는 처지였다. 그러나 S는 W를 말하면 나에게 소리를 치며 발악했다. 말도 아닌 소리를 한다고. 그래서 나는 W에게 부탁하고 싶었다.

  1) 우리 딸 S는 문제가 있다. 남자 이야기만 하면 길길이 날뛰고 엄마에게 눈을 흘기며, 말도 안 된다고 소리를 질러 댄다.
  2) S가 문제 있다는 것을 어미로서 인정한다. 그래서 청춘

사업으로 생각해 보자는 것이다. 몽골에 가면 좋은 야생마를 길들이기 하는 말몰이꾼이 있다. 그들은 말을 잘 길들이는 기술자다. 그 기술자는 좋은 야생마를 능숙하게 길들여서, 자기 애마로 삼고 인생의 동반자로 말과 함께 잘 살아간다.

3) 우선 내 딸 S는 성품이 올바르다. 너무 반듯하고 직선적이라 구부러짐을 못 참는다. 남에게 일어나는 비규칙을 용서할 수 없어 서로의 관계를 잊지 못해 탈인 것이다. S는 너무 곧아서 삐뚤어짐을 용서 못 한다. 대충 넘길 수 있는 일을 하지 못한다. 태어나기를 그렇게 태어났다.

4) 그러나 서로 정서가 맞으면 좋은 관계를 이룰 수 있을 것이다. 그러나 아직 그런 부류의 사람을 만나보지 못했다. 사실상 S는 유연성이 떨어지고, 상대방을 자기 기준과 비교하며 맞지 않다면, 옳지 않다고 상대편을 공격하는 사람이다.

5) S는 나이를 먹을수록 사람을 볼 때 이리저리 따져가며 공격하는 사람으로 변해있는 것이다. 그러나 잘 살펴보면 그 자신에 어떤 하자가 있는 것이 아니다.

6) 내 생각에 이젠 남자들의 사랑을 못 받아서 그런 현상이 더 강해진 것이지 않을까 생각한다.

7) 나이 어린 자기 사촌 동생들이 아기를 두세 명씩 낳았고, 어엿한 가정을 꾸리고 잘 살아가는데 너라고 제 마

음이 온전하겠는가 말이다. 한마디로, 공격성은 그런 것에 대한 자기 콤플렉스 현상으로 보인다.

8) 그래서 나는 W에게 강조하고 싶다. 야생마 기술자는 당근과 말이 좋아하는 것을 먹이고 닦이고 헌신해서, 애마를 만든다. S에게 말처럼 사랑을 주라고. S에게 맛있는 거 사 주면 되는 거라고.

9) 너희들, 어영부영하다 보면 세월은 가고 둘 다 결혼 못 할 수 있다는 것이다.

8) S 몫으로 전세 낀 작은 집을 끼워 시집을 보내려 한다.

9) W가 캐나다에서 1년 살아보고 왔으니 외국의 삶이 얼마나 팍팍한가를 알 것이다. 둘이 벌어서 살면 캐나다나 미국의 이민 생활보다 아마 여기서 사는 것이 100배 나을 것이다.

나는 잠 오지 않은 것을 혼자 이궁리 저궁리를 하며, 생각했다. 언젠가 신문에 몇백억 가진 부모가 사윗감을 고른다고 광고를 냈다. 그의 재산, 200억을 물려주려는 사윗감을 찾는다고. 많은 사윗감이 그 광고에 도전했을 것이다. 여러 사연이 많겠지만, 그 부모는 자기 딸을 결국 시집보냈을 것이다. 부모의 마음이 그렇게 안타깝다는 것이다. 나도 이제 그런 수법을 따라 하는 것이 최상의 방법이라 생각했다. 그리고 나는 프로젝트 청춘사업을 계획한 것이다. 그리고 가슴 떨리게 사업을 추진하겠다는 각오를 다지고 나는 큰 숨을 여러 번 쉬면서 한밤중 잠을 청했다.

그러나 이튿날 나의 프로젝트 에너지는 일어나지 않았다. 프로젝트를 실현하는 것이 부당한 것이 아닐까 생각했다. 나이가 40세인 성인을 내가 어찌하겠다는 것인지. 다시 나의 감정은 추락했다. 모든 것은 원점으로 돌아갔다. 무엇을 하겠다는 것은 그에 대한 에너지가 충만해야 함을 알았다. 지루한 시간은 흘러갔다. 어느 날 남편은 그런 계획은 필요 없다. 우리가 함께 만나서 모이는 것이 중요하다고 했다.

그럼 W 시간을 맞추어 우선 가족끼리 식사를 하는 것이 좋겠고. 나는 즉시 큰딸에게 전화를 했다. 테니스 치는 멤버로 함께 식사를 하자고. 그리고 그다음 주 우리는 음식점과 식사 시간을 정했다. 그렇게 시간이 흘러갔다. 만나는 시간은 저녁 시간으로, 7시경이었다. 그런데 W가 직장에서 늦게 끝나 8시경에 만나야 한다는 것을 알고 남편은 저녁이 너무 늦다고 야단이었다. 큰딸은 '그럼 나는 W에게 연락 못 한다'고 했다. 우리는 젊은 사람 퇴근자에 따라 시간을 맞춰 줘야 하는 것이라며 화를 냈다.

나는 맞다고 했고 결국 남편도 그렇게 하자 했다. 그래서 우리는 가족이 모여 식사를 했다. 분위기도 좋았다. 그다음 주가 바로 S의 생일이었다. 우리는 다시 S의 생일 잔치를 맛있는 식당을 정해서 식사하기로 했고 그다음은 손자 생일이라 또다시 약속을 했다. 이제 만나서 이야기하고 맛있게 먹고 이야기하는 것이 익숙해졌다. 모든 것이 자연스러워졌고, S도 W에 대해 거부하며 공격하지 않았다. 나는 W에게 물었다.

- 왜? 캐나다에 가서 1년을 살게 됐나?

- 제가 어렸을 때 꿈이 미국에서 사는 거였어요. 미국에 사는 할아버지 댁에 가면 그곳이 그렇게 좋았고, 대학생 때부터 저는 미국에 이민 가서 살고자 했는데, 그때 할아버지는 한국에 살라며 미국에 오지 말라고 했습니다. 그러나 저는 미국에 가고 싶어 안달을 했어요. 그러다가 미국이 아니면 다른 곳, 캐나다면 어떤가 생각했죠. 그래서 바로 캐나다로 갔고 그곳에서 셰프로 취직을 해서 1년 살았어요.

- 나는 캐나다가 싫었어. 그곳은 너무 추워서 내 취향이 아니었는데. 거기서 살 때 어땠는데?

- 자국민은 살 만한데 외국인은 힘들어요. 월급을 타면 우선 먼저 세금 50만 원을 내고 바로 방세 50만원 내면 반이 남는데, 1년 지내니 이것은 아니라는 생각이 들더라구요. 그곳에 이민 간 사람들이 10년째 방황합니다. 한국으로 다시 나올 수도 없고 거기에서 계속 사는 것도 편하지 않게 어정쩡하게 살고 있는 이가 많습니다. 나는 이건 아니다 싶어 바로 한국으로 나왔습니다.

- 잘했네. 외국에 사는 것이 얼마나 힘든데. 영국 유학생들 석사, 박사 딴 아이들이 게스트하우스하고, 삼겹살집 하더라고. 러시아 모스크바대학 졸업자들도 삼겹살집 하던데. 이탈리아, 스웨덴 등 유럽 유학생들 가이드 하든지 삼겹살집 하고 사는데 왜 그러고 사는지 모르겠더라고. W는 잘 온 거야.

- 저도 그렇게 생각해요. 한국에 왔더니 어머니가 아들 캐나다로 유학갔다고 했으니 셰프 얘기는 하지도 말라고 입단속을 하시더라구요. 어머니 자존심에 맞지 않은 거지요. 결혼할 제부에게도 숨기고, 다른 분들에게도 유학 간 것으로 말하신 거지요.

- 하하하 웃깁니다.
- 어머니는 음식을 못하십니다. 지금도 아버지는 반찬 타박을 하십니다. 제가 T 시 집을 찾으면 어머니는 음식을 이거 저거 많이 해주시는데 솔직히 맛이 없어요. 그래서 어머니 식구도 없는데 음식을 사 먹자고 말합니다. 그리고 어머니가 나이 들어 힘드시니까 사 먹는게 좋다고 권합니다. 제가 처음에 서울 왔을 때 놀랄 일이 2가지 있었어요. 나는 누나가 사는 집에 오면 모두가 다 해결되는 줄 알았어요. 그런데 혼자 사는 누나가 자기에게 고백할 것이 두가지라는 거에요. 하나는 자기가 지금 백수라는 거에요. 그래서 살고 있는 강남집의 관리비라든가 부대비용을 동생에게 상당부분 내달라는 것. 두 번째는 자기는 밥을 못하니까 네 밥은 네가 알아서 해결하라는 거에요. 부엌을 보니 컵라면만 산더미 같이 쌓였더라구요. 냄비에 끓이는 것도 귀찮아서 그랬더라구요. 황당했어요.
- 하하 호호
- 서울 와서 누나에게 밥을 못 얻어먹을 거라고는 생각지도 못했어요. 거기에 어느 날 누나가 길음동에 집을 분양받았어요. 그런데 세입자니 뭐니하며 속을 썩이니까 그 집을 팔아버렸어요. 자기는 강남을 떠날 수 없다나? … 그래서 그럼 왜 거기다 집을 분양받았냐고 제가 그랬지요. 그 집을 팔아서 강남에 빨리 샀어야 하는데. 이리저리 시간만 보내다가 집값이 다락같이 올라버려 이제 틀린 것 같아요.

우리는 이런저런 이야기를 더 오래했다. 자리를 옮겨서 팥빙수도 먹었다. 즐겁게 이야기를 하다 보니 시간이 늦었고 우리는 다음 기약을 하고 헤어졌다. 혼자 사는 것은 고독한 것이다. 사람과 관계를 맺으며 서로 소통하며 서로 이바구하며 맛있는 것을 즐기며 사는 것. 그것이 인간의 행복이지 않을까.

나는 그날 잠이 오지 않았다. 뭔가 인연을 맺을 수 있지 않을까, 생각하며 기도했다. 모든 것이 잘 풀리게 해달라 했다. 이튿날 남편과 나는 산책을 했는데 남편이 꿈을 꾸었다고 했다. 꿈속에서 무슨 일 때문에 학교를 가야 했는데 그 학교가 6시에 문을 닫았다. 그는 달려 갔지만 시간이 촉박했다. 숨이 찼다. 그래도 마구 뛰어갔다. 학교에 다다랐다. 수위가 막 교문을 닫았다. 잠깐이요, 소리쳤다. 내가 학교에 볼일이 있다고. 그럼 학생증을 보여달라고 수위가 말했다. 그는 옷을 뒤져서 간신히 학생증을 찾았고 학교에 가까스로 들어갔다. 그리고 꿈을 깼다.

그거 좋은 꿈이라고 해석했다. 태몽인 듯도 하고. 그거 S 시집 보내는 꿈 같다며, 이제 근심 걱정 안해도 되겠다고 했다. 나는 정말 마음이 편안해졌다. 그날 나는 용기를 내서 W에게 문자 메시지를 보냈다. 나는 전에도 신랑감 여럿에게 문자를 보냈는데 답이 돌아온 적은 없었다. 우리 애가 좋아하는 사람은 그쪽이 싫어하고 그쪽이 좋아하면 우리 애가 싫어했다. 나는 단지 어미로서 최선을 할 뿐이었다. 실망을 해도 나는 다시 S를 위해 시도했다.

- W씨 내 말에 부담 갖지 마셔. 그냥 인생 선배가 하는 말이라 생각하라고. 우리는 테니스 훼밀리니까.

- 난 W씨가 지혜로워서 좋아. 우리 정서에도 맞고. 그런 후배를 만난 것도 인연이 있어서 감사하지.

- 현대는 서로 통하는 사람끼리 맛있는 거 먹고 이야기하고 함께 여행하면 가장 행복한 삶이라고 생각해.

- 거기에 W씨와 S가 짝이 되면 더 좋겠지. 그러나 정 아니다 싶으면 테니스 멤버면 되는 거지.

- 그러나 둘이 어영부영하다 보면 금방 50세가 되고 외로움도 생긴다는 거지.

- 그래서 W씨가 청춘 사업으로 생각해 보라는 거지. 몽골에 가면 날뛰는 야생마를 잘 길들여서 애마를 만들 듯이 S를 잘 소통해서 함께 사는 것이 어떨지 제안해 보는 거지.

- 우선 S의 품종은 괜찮다는 거지. 수능 한 개를 틀렸는데 운이 안 좋아 숭실대 정외과에 마지막으로 갔거든. S는 지식은 많은데 지혜가 없고 융통성이 없다는 거지. 그 애는 맛있는 거 잘 사주고 저를 위해주는 사랑을 주면 되는 애야.

- 요즘 어떤 남자가 여자만을 사랑해주겠나. 그 애는 남자들의 헌신적 사랑을 바라는? … 하여튼 구시대적인 거지. 근데 그게 별거 아닌 거지. 맛있는 거 사주고 테니스 치고, 애들같이 칭찬해주면 되는 거지.

- 사업상 그놈 시집갈 때 전세 낀 작은집 끼워 보낼 거네. 이만하면 청춘사업 괜찮지 않나?

- 우리는 결혼해서 애들 고 3까지 작은 전셋집을 살았다네. 1억을 모으는 데 20년 걸렸지. 시댁과 친정 생활비를 보냈다네. 지금도 양쪽 요양비를 송금하네. 아마 100살은 넘게 살 것이네. 우리는 아직 더 20년 더 요양비를 부담하고 살 거네. 그것이 인생이라네. 힘들지만 결혼해서 애들 기르고 사는 맛도 괜찮다네.

혼자는 외롭지만, 동반자가 있으면 든든하거든. 그냥 고민하며 W씨의 진정한 삶을 선택하면 되는 거지.

- 우리는 어쨌든 이웃에 사는 테니스 가족 동반자로 존재할 것이니까.

이렇게 W에게 문자 보낸 용기에 대해, 나 자신을 칭찬했다. 이렇게 하는 것이 쉽지 않았다. 성사되든 안 되든 나는 최선을 다했다는 것에 만족했다. 이제 나는 조용한 명상을 하는 것이 좋겠다.

세월은 흘러갔다. 한동안은 마음이 편안했다. 그리고 어느 날 S의 휴가 날이 되었다. S는 비비큐 치킨에 맥주 마시는 것을 좋아했다. 나는 그를 위해 치맥으로 저녁 식사를 하자고 남편에게 제안했다. S도 좋다고 찬성했다. 함께 식사를 하면 나는 제일 먼저 끝났다. 부녀간의 식사는 술을 마시기 때문에 식사 시간이 길어졌다. 그들은 이런저런 이야기가 길어졌다. 거실에서 TV를 보는데 그들의 이야기 소리가 들렸다.

- 오늘 TV에서 하와이의 마우이섬이 나왔다. 그 섬이 아름답고 멋있으니까 엄마가 그러더라. 네가 결혼하면 네가 좋아하는 신혼여행을 하와이로 보내고 우리도 따라가자고.
- 그래서 무슨 애들을 따라가냐고 했더니 걔네는 걔네끼리 놀고 우리는 우리끼리 놀면 된다나. 그런데 내가 옛날에 엄마랑 갔었는데 마우이섬은 못 갔거든. 다시 한번 아빠도 가고 싶구나.
- 그럼 크리스마스 때쯤 W를 데리고 함께 가요. W는 아주 잘 따라올 거거든요.

들려오는 소리에 내가 오싹해지며 머리가 섰다. 아니 그럼 결혼을 안 하겠다는 거야? 아이고 두야. 우리가 지금 뭘 하자는 거야. 심장이 벌렁거렸다. S에 대해 노심초사가 다시 일어났다. 내 속으로 마음이 썩어들어갔다. 나는 TV 그림에 집중하고 그만 S의 고민을 끝내고자 했다. 그리고 옛 할머니처럼 나무아미타불 관세음보살을 외쳤다. 오랜 시간을 보냈고 S는 자기 숙소로 가버렸다. 그날 난 밤새워 고통의 꿈을 꾸었다. 이튿날 새벽 우리는 산책을 했다.

- 아니 지금이 8월인데 12월 크리스마스까지 결혼을 안 하겠다는 거야? 하와이 여행 때 W를 데리고 함께 여행을 하겠다니 말이나 되는거냐고.

- …….

- …….

- 나는 S를 이해할 수가 없네. 우리는 최선을 지금 다하고 있는 거라고. 70세 넘어서 이런 부모가 어딨냐고.

- 결혼은 걔네 거라고. 우리 인생이 아니라고.

- 우리는 여기까지라고. 우리는 퇴로를 만들어야 한다고. S가 만일 결혼 안 하겠다면 당신이나 나 거기에 W까지 뭐가 되느냐고. 문제는 S 때문에 모든 것이 우습게 되는 거라고. 누구처럼 결혼하고 이상한 짓거리만 생기면 더 낭패가 아니냐고. 있잖아. 우리 친구가 골프장에서 만난 색시를 자기 아들 소개시켰는데 잘 살다가 여자는 사치가 심하고 남자는 바람을 피워서 이혼했고, 그 손자를 지금 우리 친구(할머니)가 10년째 키운다는 거야. 이제는 우리가 뒤로 물러서고 저희들끼리 하게 만드는 거라고.

- 그래요. 맞습니다.

- 그러잖아도 이번에 만나서 식사하는 곳의 상호가 변경되어서, S에게 W 핸드폰 번호를 알려주고 같이 만나서 오라 했더니 아무 소리도 안 하더라구. 치킨 먹으러 오라고 한 문자는 얼른 넵 하고 대답했는데. 정말 미친다니까. 지가 무슨 공주라고.

- 아직 결혼할 생각 없다는 거지. 그렇다면 우리가 매번 만나서 저희들 치다꺼리 하는 거는 안 되는거지.

- 할 수 없이 제 인생은 제 인생대로 살 수밖에 없어. 저 혼자 살 수밖에 없는거지. 그러면, 모든 것, 국물도 없는 거지.

- 그래서 내가 W에게 S 핸드폰을 알려주고 전화해서 함께 오라고 했지. 그랬더니 네네, 하더라고. W는 딱 우리 정서에 맞는 사람이라고. 저놈이 복을 차는 거지.

- 우리는 퇴로를 만들어야 해. 사람 우습게 만들면 힘드니까.

- 맞아요.

- 이번 모임에서는 우리가 적당히 식사하고 여러 가지를 시켜놓고 계산 처리하고 나오자고. 그것들이 어찌했든.

- 그래서 내가 W에게 S를 제발 꼬드겨보라고 간곡히 말한 거잖아.

- 그놈도 아주 싫으면 안 만나겠지.

- 여하튼 우리는 최선을 다한 거에요.

- 자기는 제발 딸에게 너무 잘해 주지 마요. 그럼 애가 못돼져서 말이요.

그렇게 우리의 시름은 다시 시작되었다. 인생은 이런 것이었다. 행복과 불행은 항상 공존하는 일인 것이다.

다시 한 주가 지나갔다. S의 휴가 동안 우리는 테니스를 치고 치맥을 W와 함께하기로 했다. 그러나 계속 비가 왔다. 장마는 그치지 않았다. 나는 W에게 문자 보냈다.

- W씨 우리 테니스 치고 새로운 맥줏집을 탐방하려 했는데, 비가 오네? 그냥 화요일에 맥주나 함께 먹자구요. 시간이 되면요.
- 네 알겠습니다.
- 010 -****-3000. 내 딸 S의 핸폰이요. 그날 S에게 전화해서 함께와요. 새로 생긴 맥주집을 S는 알 테니까요. 맥줏집이 변경되어 상호와 전화번호를 모르니까요.
- 네네.

그리고 다시 딸 S에게 문자 보냈다.
- W씨 핸드폰이 010 -****-500*이다. 맥주 먹는 날 전화해서 같이 오든지. 네 집과 가까우니까. 여럿이 술 먹는 게 재미있잖아? 아빠도 즐거워하더라.

그런데 S는 W에 대해, 아무 소리가 없었다. 나는 속으로 그놈, 어이구, 하며 욕을 했다. 어쩌다 S에게 저녁을 '우리 집에서 먹겠니?' 하고 카톡을 보내면 그때는 얼른 '넵.' 하고 대답하더니만…. S와 W를 불러, 어느 때 만나서 밥을 먹으면, 뭔가 둘 사이가 가까워졌구나 생각이 들다가도, S의 태도를 보면 어? 아닌 거야? 생각하고. 그럼 물 먹은 거냐고, 그렇게 생각했다. 그리고 나는 다시 마음이 복잡했다.

언제까지 이렇게 밀당 놀이로만 계속할 것인가. 그러다가 그래, 인생이 뭐 그런거지 뭘, 하고 내 마음을 삭인다. 인생은 항상 미완성이니까 말이다.

시간은 쉽게 지나갔고 만나는 날이 찾아왔다. 만나는 그날, S는 우리 집으로 일찍 와서 샤워를 했다. 그래서 나는 W에게 문자를 보냈다.

- 우리가 저번에 갔던 음식점인 토우 가기 전 담미온 식당 2층이네. 상호는 꼬꼬엔 사케이고 전화번호는 532-000*입니다. 우리가 산책하고 오니까 S는 이미 우리 집으로 와서 기다리고 있습니다. 예약은 6시 반으로 이미 했습니다.

오후 6시 반에 우리는 맥줏집으로 갔다. W는 항상 일찍 와서 기다리는데 그가 오지 않았다. 나는 불안했다. 어? 뭐가 잘못됐나? 우리는 자리를 잡고 기다렸지만 오지 않았다. 문자 메시지를 보냈는데 답장이 없었다. 불안했다. 만남이 어그러진다는 사실이 불안했다. 나는 마음을 가라앉혔다. 그때 S가 '퇴근하고 잠든 거 아냐?' 나는 W폰으로 전화했다.

- W씨 왜 안 와?
- 아, 네. S씨 전화를 안 받아요.
- 샤워하느라 못 받았대.

- 지금 제가 운동 중이라 30분 늦을 텐데요.

- 괜찮아, 빨리 와.

- 네.

우리는 맥주와 안주를 시켜서 먹었다. 30분 후 W가 왔다. 다시 맥주를 시키며, 이야기를 했다.

- 어머니가 몇 살이시지?

- 용띠에요.

- 어? 우리랑 동갑이시네.

- 어머니가 운동을 좋아하셔요. 제가 유치원 가면 어머니는 테니스 치러 갔어요. 유치원 끝나면 테니스장으로 엄마 만나러 갔어요. 엄마가 국화부였어요.

- 아이고, 어머니 대단하셨네.

- 국화부는 전국적으로 알아주는 테니스 선수야.

- 어머니는 수학선생보다 체육선생하고 싶었대요.

- 그럼 W씨 엄마 닮았네.

- 네, 맞아요. 너무 외갓집을 닮았어요. 옛날에 엄마가 골프 제일 잘 쳤어요. 그리고 아버지, 나였는데, 지금은 나이도 드시고 내가 몇 개 접어줘서 함께 쳐요. 이번에 스코어 따지면서 박 터지게 쳤어요. 아버지랑 엄마랑 나랑요. 꼴찌만 안 하면 되거든요. 꼴찌하면 밥 사야 하니까요. 엄마는 친구들이랑 골프하는 거 싫어해요. 친구들은 대충, 스코어 표기를 파로 적어서 싫다고 했어요. 정확히를 적지 않고 캐디에게 파라고 기록하는 것이 싫대요. 그게 무슨 스코어 카드냐고요. 엄마는 정확히 기록해서 자기 점수를 확인하는게 좋대요.

- 엄마가 수학적이시네.

- 그런데 엄마는 음식을 열심히 차려요. 그런데 식구들이 보면 차린 음식이 먹을
게 없어요, 그래서 제가 부모님을 찾아가면, 만드는 게 힘드시니 음식하지 마시
고 나가서 먹자고 제안해요.

- 하하하.

조금 있다가 남편은 졸리다면서 너네끼리 먹고 오라며 자리를 떴
다. 나도 "새벽부터 아버님이 수영을 해서 피곤하셔서 그런 거 같다."
하며 자리를 떠났다. 가면서 생각하니 그것들에게 줄 빵을 돌려주지
않아서 맥줏집으로 갔는데 그것들이 출입문에서 나왔다.

- 이거 산책하다 우리 것 사는 김에 너네 것도 샀다. 각자 기호에 맞춰 먹어.

- 아이고 어머님 제가 사 오려 했는데….

- 야, 우리 잘 안 먹어 그런 거 걱정하지 마. 나 빵 사주는 것이 취미야.

그렇게 헤어지고 집으로 돌아왔다. 그들은 집이 같은 방향이니 함
께 갔을 것이다. 오면서 남편은 투덜댔다. 70 넘은 사람들이 그놈들
연애하는데 함께 이야기하고 술 먹어줘야 하는 것은 이치에 안 맞았
다며. 술 취한 사람에게 뭐라 대꾸할 수 없었다. 이튿날 나는 남편에
게 말했다. 그것들이 나이가 40이 넘었는데 중이 제 머리 못 깎듯 그
들도 연애나 결혼을 할 수 없으니 우리가 끼어 있는 것이라며. 만일
W가 남자답게 연애할 수 있었으면, 아마 이미 결혼했을 것이다.

승현이도 그렇고. W는 어머니가 페미니스트라 어머니가 힘 약한 누나를 밥 해 주라 해서 해줬다는 것이니. 그는 아마 누나에게 밥을 몇십 년 해 주다 보니 여성들을 그렇게 좋아하지 않을 것이다. 그런데 연애해서 자기 아내를 밥해주면서 케어하며 산다는 것이 역겹다는 생각을 가지고 있을지도 몰랐다. 여동생네를 초대해도 W가 음식을 다 만들어야 했다. 그런데 S의 태도도 도도하고 이기적이라 W네 누나와 동생 못지 않으니 관계가 유연하기가 힘들 것이다. 우리는 지금 인연이 되기를 기도하면서 최선을 하는 것이라고 강조했다. 그것이 어미의 힘이라 강조했다.

우리는 아직도 힘든 과정의 길에 서 있었다.

*

2020. 8. 3. 한국의 정세가 심상치 않다.

- 다주택 與 의원 " 월세 사는 게 좋다" 복장 터질 소리. 2년마다 전셋값 걱정하던 서민들, 다달이 월세에 허리 휘겠네.
- 주말마다 반복되는 도심 反정부 시위. "이것이 공정이냐?" "총선도 소급하자" 손가락 자르고 싶은 이들 많네.

<홍콩 사태에 침묵하는 민주화 선배 한국>

- 31년 전 베이징 톈안먼 광장에는 민주화와 언론 자유를 요구하는 대규모 시위가 일어났다. '자유가 아니면 죽음'이라는 플래카드를 든 수많은 학생, 시민들은 자유 만세, 민주 만세를 외쳤다. 중국 공산당은 인민 해방군을 동원하여 무자비하게 유혈 진압했다.

- 30년 후 톈안먼 사태 진상은 1만여 명이 피살된 것으로 평가했다.

- 톈안먼 사태 진압 직후 덩샤오핑은 '200명의 죽음이 중국에 20년의 안정을 가져올 것이다'라고 했다. 중국은 승승장구했다. 그러나 역사상 선진국이 되는 나라는 많지 않았다. 성공한 나라는 정치 자유화와 민주화를 공통점으로 가진 나라였다.

- 덩샤오핑은 권력을 분산하고 임기 제한을 두어 제한적 정치 민주화를 추진했다. 그것이 중국 경제 발전의 원동력이었다.

- 그러나 2012년 시진핑 주석은 법을 개정하여 종신 집권제로 만들었다. 수억 대의 CCTV, 얼굴 인식 프로그램 등을 통해 인민들을 감시하는 체계와 해외 정보 유입을 막는 인터넷 감시망을 구축했다. 중국기업에 천문학적 보조금을 주고, 외국기업에 반시장 장벽을 구축하여 중국은 디지털 전제주의를 만들었다.

- 홍콩에서 700만 시민 중 150만 명이 톈안먼 사태 30주년에 민주화 시위를 일으켰다. 덩샤오핑은 1997년 홍콩반환 시 최소한 50년간 홍콩제도를 존중하며 법률도 변하지 않고 간부도 파견하지 않겠다고 명문화했다.

- 그러나 중국은 홍콩 국가보안법을 제정하였고 정보기관을 홍콩에 설치했다. 그리고 시위자를 테러로 지정하여 체포, 종신형으로 처벌했다.

- 폼페이오 미 국무장관은 시진핑 주석을 '파탄된 전체주의 이념의 신봉자'로 지정했다.

- 우리의 6월 항쟁은 2년 뒤 톈안먼 민주화 시위에 적지 않은 영향을 끼쳤다. 그런데 광장 민주주의를 자랑하던 한국은 중국의 홍콩에서 일어난 일을 침묵한다. 홍콩 사태를 미, 중의 갈등으로 치부한다.

- 대한민국의 정체성은 무엇인가? 우리의 민주주의는 과연 무엇인가? 칼럼자는 말한다. 우리는 초라해진다고.

- 朝鮮 칼럼, 윤덕민(한국외대 석좌교수)-

- 권력 비리 수사 올 스톱, 검찰 다시 忠犬으로: 검찰은 작년 8월 말 대통령의 최측근인 조국 전 법무부 장관의 파렴치를 수사했다. 그 뒤 유재수(부산 부시장)를 구속하고, 청와대가 연루된 울산시장 선거 공작을 파헤쳤다. 그것이 '산 권력' 수사였다. 그런데 그 검찰 모습은 온데간데없다. 추 장관 아들의 휴가 미복귀 사건도 사실상 탈영이었는데 그것도 없어졌다.

- 울산 선거 공작 수사: 문통이 30년 지기를 당선시키기 위해 청와대 7개 부서가 총동원한 사건이다. 이것도 수사는 시늉만 한다.

- 라임, 옵티머스: 1조 6000억 원대 금융 사기 피해가 발생한 라임펀드 사건에선 민주당 의원이 라임 사기꾼에게서 선물을 받은 것으로 드러났다. 해당 의원이 돈을 받았지만, 그 의원을 소환하지 않았다. 옵티머스 사건에서 사기를 주도한 변호사 아내가 청와대 민정수석실에 근무하면서 옵티머스 주식을 50% 보유했다. 그런데 서울 중앙지검은 수사 대상이 아니라고 '정권 비리'에 손을 대지 않겠다고.

- 윤미향사건: 정의연 회계장부에 국고보조금 37억 원 보조금과 기부금이 누락된 것이다. 정의연은 사망한 피해자 할머니 계좌에서 뭉칫돈을 빼가고, 돈세탁을 했다. '위안부 쉼터'는 펜션으로. 그런데 검찰 소환은 없었다.
- 박원순 피소 유출, 2주 넘게 뭉개고 있다.
- 민주당이 총선에서 압승한 뒤 검찰에서 벌어지는 일들이다. 이 정권은 자신들의 불법 혐의를 수사했던 검사팀을 공중분해시키고 검찰총장의 손발을 잘랐다. 이제 검사의 2차 학살이 시작되고 대통령 충견 사냥개들만 남을 것이다.

이 나라는 이제 민주화가 사라졌다. 언론을 장악해서 정권의 허수아비가 되었다. KBS, MBC는 정권의 앞잡이가 되었다. 방송사들은 제대로 보도하지 않았다. 중국 공산당과 똑같다. 불리한 것과 나쁜 것은 보도하지 않는다. 잘한 것만 보도해서 국민의 눈을 속인다. 국민에게 여행지, 맛있는 음식, 맛집만을 소개한다. 아니면 트로트의 붐을 일으켜 혼을 빼고 정권의 허점을 감춘다. 그러지 않으면 코로나19 상황을 보도하고 국가는 국민을 아주 잘 보호한다고 설명했다. 결국 4·15 선거도 부정선거로 180석을 차지하고 정당하다니. 적폐 청산으로 정치를 휘두르더니 이제 다주택자를 죽이기 운동으로….

정권자들은 완전 공산화를 위해 달려가고 있다. 주택자와 무주택자로 이분화해서 적을 만들고 아귀다툼을 만들어 낸 다음 시장경제를 망쳐버리게 한다. 그리고 중공의 정치자금을 보상하려고 돈 있는 중공 인민들에게 서울 주택을 살 수 있게 혜택을 준다. 중공 인민들 때문에 서울아파트는 다락같이 오른다. 그러나 그것이 국민이 여러 채를 샀기 때문이란다. 어쨌든 현 집권자들은 시장경제를 망치는 것이 목표다. 그들은 자유체제 경제가 소멸되고 사회주의 배급체제를 만드는 것이 목적이다. 그래야 국민들이 공산화로 북한이나 중공과 같이 국가적 노예체제가 될 것이고, 계속 이어지는 그들만의 정권을 유지하겠다는 것이다.

어리석은 국민들에 의해 이루어지고 있음에 안타깝다. 여기에 여고 동창들까지 합세하고 있음에 기가 찬다. 회장을 하겠다. 회계를 하겠다. 임원진을 해보겠다. 그것은 자기 자신을 살리고 자기를 높이며, 국가를 살리는 길인 것이다. 그럼 자신들이 국가적 대들보가 된다는 것이다. 그들은 죽어가는 국가가 살아나는 국가로 착각하고 있는 것이다. 그들의 두뇌를 이해할 수 없다. 저희만 정권을 잡으면 모두가 살아나는 것이라니. 나라가 계속 추락하고 세상이 4차원 세계로 바뀌고 있는데. 어쩔 수 없이 미국에 의존해야 하는데. 그것들은 중공과 북한에 목을 메고 있으니. 그것들을 전부 중공이나 북한으로 쓸어 보내버렸으면 좋겠다.

웃기는 것이 그런데 그들의 자식들은 왜? 모두 미국에서 공부하고 미국에서 사나 모르겠다. 그의 자식들 모두를 중공이나 북한으로 보내야 마땅하지 않을까?

작가들의 삶을 이야기하다.

김원일 작가를 이야기하겠다. 1942년 3월, 김해에서 장남으로 태어났다. 1950년, 6·25 전쟁 중에 아버지가 월북했다. 대구 농림고를 거쳐 서라벌 예술대학 문예창작과를 졸업하고 영남대 국문과를 편입하여 졸업했다. 1966년 신춘문예에 당선되고 1967년 현대문학에 장편 〈어둠의 축제〉가 당선되어 등단했다. 어느 날 월북한 아버지 때문에 경찰서에 끌려갔던 작가의 어머니는 가마니에 둘둘 말아서 집으로 돌아왔다. 그러나 어머니는 말이 없었다.

어머니는 대구에서 양색시들의 한복을 만들었다. 그렇게 삯바느질로 가족 생계를 책임졌다. 원일은 직장을 다닐 수 없었다. 그는 아버지가 나타날까 봐 걱정했다. 그는 출판사의 어린이 백과사전 만드는 곳에서 10년 일했다. 결국 백과사전 만드느라 그는 글을 못 썼다. 다시 10년 이후에 글 쓰는 사람이 되었다. 그 후 아버지는 이북에서 괜찮다고 연락이 왔다. 그 후 1976년 아버지가 죽었다고 했다. 아들은 아버지 그럴 수가 있냐고 반문했다. 그의 동생 김원우도 글을 썼다.

김원우와 결혼한 사람이 우리 동창 P라 했다. P는 여고 시절 훌륭한 인재였다. 그리고 P는 K 대학 불문과를 졸업했다. P는 잡지사 기자였다. 그곳에서 김원우를 만나 결혼했다. 김원우는 형수 눈칫밥을 먹고 살았다. 거기에 우리 여고 선배 K 대학 나온 인재 Y와 P는 이종사촌이란다. Y는 외삼촌 딸이고, P는 Y의 고모가 된다. P와 Y의 엄마들은 여고 동창이란다. 그런데 Y는 잘살고, P는 살림이 곤궁하다. P의 엄마가 결혼할 때 사위가 너무 가난해서 속상했다. Y는 여고 시절 학생회장으로 활동적이었는데, 원래는 그런 성격의 소유자가 아니었다.

Y의 아버지가 죽었다. 그 후 동생이 돌베개 출판사를 물려받았다. 동생은 사회과학계에 유명한 사람이었다. 그때 출판사 사장은 김원우가 쓴 우장춘 박사에 대한 글을 제법 잘 썼다고 칭찬했다. 그 후 김원우 작가는 문학상을 받았고, 계명대학교 교수가 되었다. 아마 이제 우리 동창 P는 편안한 삶을 살고 있지 않을까.

우리들의 이야기는 계속되었다. 우리가 즐겨보던 주부생활 잡지에 대해 이야기 했다. 그것은 1965년 4월 학원사에서 창간한 여성종합교양 월간지였다. 1970년대는 20만 부에 이르렀다. 주부생활 기자로 P와 김원우가 함께 일했고 그곳에서 만나 결혼했다. 주부생활의 사장은 목포 사람이었다. 우리 동창 A의 시누이는 목포 사람이었다. 그는 목포시의 인재로 서울대를 들어갔다. 미모도 뛰어났다. 주부생활 사장은 A의 시누이를 탐냈고 사장 아들과 결혼시켰다. 그러나 사장 아들은 신부인 A 시누이가 버거웠다. 세월은 흘러갔다. 그런데 A 시누이의 남편은 10살 아래인 회사 직원 M과 눈이 맞았다. 그 M과 P는 그 회사 입사 동기였다.

어쩔 수 없이 A 시누이는 이혼을 해야 했고, 사장은 치사하게 이혼 비를 안 주려 했다. 사실 A 시누이네가 여성중앙출판을 할 때, A네가 출판물을 먹었고 그덕에 음악 출판계 악보, 카톨릭계, 미사 등을 통해 돈을 벌었다. 결국 A 남편은 자기만의 독특한 출판사업으로 번창 시켰다. 그래서 A네는 커다란 빌딩을 샀고 부유층으로 상승했다. 그러나 시누이가 이혼한 출판사 사장네는 사업이 번창하지 못하고 하락하며 유지하고 있었다.

어느 날 친구 B는 결혼식장에 갔다. 그곳에서 선배 Y를 만났다.

- 언니 어떻게 여기를 왔어요?
- 넌 어쩐 일이냐?
- 여기 신랑이 우리 집 근처에 사는 이웃인데, 엄마랑 아버지가 친한 계모임 멤버의 아들입니다. 그 신랑이 판사라지요?
- 그래. 우리 과 여학생이 2명인데, 나와 지금 결혼하는 친구야.
- 아, 그래요?

그렇게 선배를 만났다. 그 후 세월은 흘러갔다. 20년 이상의 세월이 흘렀다. 그런데 결혼한 Y 친구는 암으로 고생하다 죽었다. 그리고 우리 여고 동창 중 교수를 하며 20년을 홀로 아들을 키운 C 친구가 있었다. 그 친구는 결혼 1년 만에 남편이 암으로 죽었고 유복자를 홀로 20년 동안 키웠다. 그리고 함께 근무하던 동료 교수가 자기 형을 소개하였다. 그래서 재혼했다. 재혼한 판사가 바로 선배 Y 친구의 남편이었다. 소문에 의하면 C 친구의 새 시어머니는 C를 무척 좋아했다. C 친구는 마음이 후덕하고 온후하고 따뜻했다. 그런데 전 며느리는 검사부장 딸이었기 때문에 시어머니에게는 버겁고 힘든, 차가운 며느리였다.

나는 이런 이야기를 들었을 때 너무 깜짝 놀랐다. 너무 소설적이라서 말이다. 이렇게 사실적인 것이 상상할 수 없는 스토리라니. 잠이 오지 않는 한밤중에 나는 그 스토리를 다시 생각했다. 어떻게 하면 즐거운 스토리를 재현할 수 있을까를 생각하면서. 머리는 갑자기 복잡해졌다. 시대적인 배경을 삽입하면서 잘 기술할 수 있을까도 생각했다. 그러나 과연 내가 호기심 에너지로 충만해서 뭔가를 만들어내는 작업을 할 수 있을까 생각했다. 아직은 아니지만 시작은 하고 싶었다.

*

나는 지금 고민중이다.

50년 동안 지니고 있던 책을 모두 언제 없애버릴 것인가가 나의 문제다. 세월은 흘러가고 있다. 오늘, 내일, 아니면 언제? 5년 있다가? 10년 있다가? 내가 가진 책은 1,000여 권 정도. 예전에 나는 책으로 둘러싸여 있는 것을 좋아했다. 책이 없던 시절 친구 집에 가면, 친구 오빠가 많은 책을 벽면에 장식처럼 가득 채웠던 것이 그렇게 부러웠다. 온갖 문학 서적과 철학 서적 등이 꽂혀있는 그 자체가 부러웠다. 그 오빠가 책을 읽든 아니든 상관없었다. 소유한 것이 부러웠다. 책을 소유한 사람은 지식과 지혜를 겸비한 훌륭한 사람으로 여겨졌기 때문이었다.

어쩌다 책을 사면 나는 그것이 그렇게 소중할 수 없었다. 그러나 나는 무슨 책을 내가 좋아하는지 알지 못했다. 대학 들어갈 때까지 오로지 학교 교과서와 참고서로 책을 읽었고 다른 것을 읽을 틈이 없었다. 간혹 학교 도서관에서 책을 빌려 수업 중에 몰래 읽으면 그 책 속에 빠져 세계사 선생님께 혼난 적이 있었다. 그러다 대학을 들어갔고, 들어가서는 학교 교과서와 멀어졌다는 것으로 해방감. 그래서 마냥 즐거웠다. 그 후 대학생이니까 철학책 한두 권을 읽어줘야 하는 의무감이 있었다.

그런데 그 철학책을 한쪽 읽으면 잠이 쏟아졌다. 몇 개월 걸려 간신히 내용도 모르면서 끝마치는. 그런 대학 생활을 보냈다. 그 후 대학원을 들어가면서 문제가 심각해졌다. 수년 동안 나는 입학시험에 도전했다. 전공은 적어도 30~40권을 독파해야 시험을 칠 수 있었다. 영어와 제2외국어가 필수였다. 영어도 토플식 시험이었다. 우리 때와 다른 시험 형태였다. 매년 전공 서적 30~40권씩 집중적으로 공부한 것이 독서에 대한 능력을 많이 키워줬다. 해마다 새로운 학문적 이론을 가진 새 책을 공부해서 시험을 치는 연습을 오랫동안 한 것이 절실한 독서의 힘이 되었다.

세월은 흘러갔다. 석사 졸업 때도 그런 시험을 넘어서야했다. 그 후 다시 박사과정도 그런 시험을 치러야 했고, 졸업시험도 그렇게 시험을 쳐서 합격증을 받아 졸업했다. 오랜 훈련기간을 거치면서 나는 어려운 책이 없어졌다. 재미없는 책도 전공 서적보다 나았다. 독서는 나의 자연스러운 행위로 이어졌다. 퇴직하고 책이 없으면 허전했다. 책 없는 곳은 빈 공간과 빈 시간을 채울 수 없어서 당황스러웠다. 그렇게 나는 이제 독서 습관에 길들여졌다. 그러다 보니 나는 여행을 하려면 먼저 책을 챙겼다.

나는 먼저 여행 가기전 서점을 갔다. 그곳에서 마음을 수양하는 책, 감성을 자극하는 소설, 잡다한 지혜를 주는 책 등을 샀다. 장시간 비행기를 타고 가면서 읽는 재미는 특별했다. 수양하는 책은 나의 몸과 마음을 청결하게 했다. 감성적 소설은 그 소설의 주인공이 되었다. 새로운 기운을 가졌다. 주인공의 젊음은 나의 젊음이 되고 그가 성공하면 나도 성공했다. 그가 슬픔을 가지면 나도 슬펐다. 그렇게 책 읽는 내내 책 속에 빠졌고 주인공 삶을 따라 내가 변하는 것을 즐겼다.

그 책이 끝나면 나는 새 인생을 한 번 더 살았다. 그것은 나를 다시 하늘 높이 올렸다가 내리꽂고 나를 찾는 과정이 되었다. 잠시 휴식하며, 잠을 자고, 와인을 한잔하고 쉬다가 지루하면 또 자아를 찾는 책을 본다. 기내에서 조용히 책을 보는 맛이 새롭다. 책에 새겨진 내용이 더 가슴에 닿았다. 깨닫는 사람들의 이야기를 통해 나를 그들처럼 깨닫는 길을 찾아가려고 애썼다. 내가 닿을 수 없는 길이지만 책을 통해서 내가 그 길을 찾을 수 있을 것 같았다. 나는 계속 책 속으로 들어갔다. 가다 보면 책은 곧 내가 되었고 내가 책이 되었다. 그래서 이제 책은 나의 안내자가 되었다. 마음이 아프면 마음을 치유하는 책을 읽었고, 어려운 일이 생기면 그것을 극복하는 책을 읽었다. 감성적인 사랑이 필요하면 사랑의 책을 읽는. 경제성이 필요할 땐 경제성을 일으키는 책을 찾았다.

그런데 이제 내 방의 책을 다시 읽는 일은 없지만, 필요할 때 가끔 찾아보기는 한다. 주변 사람들은 복잡하고 지저분하게 책을 끌어안고 사는 내 모습이 못마땅하게 생각한다. 나도 나이가 듬뿍 들었으니 어느 정도 정리할 때인 거는 알고 있다. 그러나 쉽게 모든 책을 버리는 것은 안타깝다. 내 역사가 있는 것인데, 비싼 금괴는 아니지만, 내 역사를 가진 책이 나는 사랑스럽다. 아무래도 더 함께 시간을 가져야 할 것 같다. 좀더 때를 기다리기로 했다. 가끔 손자들은 내 책에 관심을 가지고 호기심도 가졌다. 무언의 교육적 가치가 있다고 생각했다. 그것은 나의 만족이기도 했다.

*

2020. 8. 16. 가족여행을 떠나다.

남편과 나는 전전 날부터 바빴다. 남편은 클린형으로 콘도를 예약했다. 클린형은 취사도구가 없었다. 그것은 호텔형이었다. 가는 인원이 12명이었다. 장소는 동해안, 삼척 솔비치였다. 우리는 처음 가는 곳이라 모두 기대했다. 갑자기 국가가 17일을 임시 공휴일로 잡았다. 나는 평일을 예약했는데 연휴가 되었다. 차가 밀릴 것 같았다. 일요일 새벽에 떠나야 길이 막히지 않을 것 같았다. 나는 큰딸에게 전화했다.

- 야, 우리는 내일 새벽 6시 반경 떠나야 할 것 같아.
- 엄마, 우리는 용(남편) 퇴근이 늦으니까 늦게 일어나서 적당히 시간을 맞춰 갈게요.

- 그래 그럼 알아서 해.

- ㅋㅋㅋ 엄마, 웅(손자)이가 자기는 잠을 안 잘 수 있으니까 새벽에 떠나재요.

- 그래? 그럼 같이 가다가 밥 먹고 하자.

손주들은 코로나로 물놀이를 못 갔다. 그들은 이 더위에 물놀이 가는 것이 소원이었다. 그들은 잠 안 자고 빨리 떠나기를 바랐다. 나는 준비할 게 많았다. 나는 남편에게 말했다. 이 나이에 몸이 성해서 움직일 수 있는 것도 고맙다고. 준비하는 것은 그냥 놀이로 생각하면 된다고. 우리가 농사짓는 것도 아니고, 직장가는 것도 아닌데 슬슬 놀이를 위해서 물건 챙기는 것을 즐기라고. 우리는 다이소로 갔다. 플라스틱 접시, 그릇, 가방, 가위, 칼, 컵, 랩, 비닐 봉투, 큰 가방 등을 샀다.

집에 와서, 밑반찬을 준비하고 된장, 고추장도 준비했다. 남편은 간이용 전기 레인지. 가스레인지도 준비했다. 전기 밥솥을 보자기에 싸고, 프라이팬 2개를 큰 가방에 챙겼다. 먹을 것, 음식 해 먹을 식품들도 챙겼다. 우리가 대학 때 가던 캠핑식으로 모두를 쌌다. 간이용 베개, 덮을 요도 추가로 넣었다. 수십 년간 이렇게 가족 모임을 했다. 여동생 아들 갓난이를 데리고 와서 방이 뜨겁다고 밤 새워 울어서 노인들이 잠을 못 잤는데….

그 녀석들이 이제 군대를 갔다 오고 대학을 졸업했다. 그다음 우리 손자가 태어나서 또 잠을 못 잤는데 그들도 이제 11살, 8살이 되었다. 세월은 빠르게 지나갔다. 어머니는 거동을 못하시고 요양원에 계시니. 모든 세대는 서서히 교체되어 갔다. 이런 것이 인생이었다. 이번 여행에 가족이 모여 함께할 수 있음에 감사할 뿐이다. 이제 서서히 모든 사회가 핵가족화로 변경되었다. 부모를 모시는 시대는 이제 거의 끝나간다. 이제 부모자식 간의 갈등은 없어지지만, 개개인은 외롭고 고독한 시대가 되었다.

그래서 일본 노인들이 슈퍼에서 물건을 훔치고 일부러 감옥에 가는 일이 있다고 한다. 거기서는 외롭지 않아서란다. 충분히 그럴 수 있을 것이었다. 오히려 가난한 시절 노인의 손도 빌려야 하던 시절, 도시 노인들이 모여서 이바구 하며 뜨개질을 해서 돈을 벌었다. 아니면 해변가에서 조개나 물고기를 크기대로 분류하여 돈을 벌고 같은 동료들끼리 이바구로 즐겼다. 심심하지 않았다. 갑자기 주제가 바뀌었다. 노인 세대의 고독함에 대해 다시 생각해 볼 여지가 생겼다.

다시 돌아가서 가족들의 여행 모임은 정말 고독감을 극복하는 최고의 선물인 것이다. 제아무리 멋진 자기들만의 오지 탐험을 하고 즐기더라도 여럿이 모여 함께하는 것 만큼 고독을 증발하는 것은 없을 터였다. 가기 전날 남편은 3시부터 나를 깨웠다. 챙길 게 많아 4시경에 일어나자는 것이다. 나는 눈을 감고 알았다고 했다. 결국 새벽부터 잠을 설쳤다. 가면서 차 속에서 먹을 것을 챙겼다. 우유, 빵, 인삼즙, 물, 옥수수…. 6시 반에 남동생이 여자 친구와 우리 아파트에 도착했다.

우리 차로 이동하기로 하고 짐을 실었다. 아마 가방이 10개는 되었다. 출발하면서 큰딸에게 전화했다. 만나서 떠났다. 새벽이라 차가 밀리지 않았다. 영동고속도로를 타고 직진했다. 8시 반경에 횡성 휴게소에서 아침 식사를 하자고 했다. 휴게소는 차가 꽉 찼다. 그 많은 사람이 쏟아져 나왔다. 줄을 서서 우동과 돈가스로 식사를 했다. 웅이는 물놀이할 시간을 한 시간 이상 까먹었다고 안달을 했다. 다시 출발했다. 12시경 삼척 콘도에 도착했다. 딸네 식구는 아쿠아 수영장으로 입장했다.

우리는 차를 타고 삼척항으로 이동했다. 예전의 시골 어촌이 아니었다. 항구는 높은 벽과 시멘트 기둥 줄기가 항구 주변을 장식했다. 조명 전등이 달린 오징어 배들은 항구 주변에서 쉬고 있었다. 빨래처럼 널은 오징어가 햇빛을 받으며 건조 중이었다. 우리는 항구 주변을 돌았다. 안쪽으로 들어갔다. 회 거리를 파는 점포 시장이 줄지어 섰다. 상인들은 사람들을 불렀다. 우리는 어시장 통로를 지나갔다. 배가 들어왔고, 배에서 생선을 하역했다. 짐차가 가득실은 배에서 생선 상자를 내렸고, 내려진 생선은 곧 경매했다.

커다란 문어는 8만 원에 낙찰됐다. 엄청 큰 문어였다. 시장에서는 25만 원 정도란다. 우리는 한참을 경매하는 곳에서 서성댔다. 다시 어시장을 통과하고 중앙시장으로 갔다. 중앙시장에서 야채와 과일, 회를 떠서 숙소로 돌아왔다. 우리는 이런저런 이야기를 했다. 남동생 여자 친구는 몇 년 전에 한 번 만나서 식사를 했지만 우리는 서로 낯설었다. 이번 기회에 시간이 맞아서 휴가 동안 익숙해 질 수 있었다. 둘은 서로 이혼한 사람들이었다. 남동생 회사 일로 만난 어느 회사 사장님이 이 여자를 소개해서 만났다.

나는 항상 남동생이 혼자 사는 것이 안쓰러웠다. 그런데 여자가 생겨서 얼마나 고마운지 모른다. 그런데 내 여동생은 자기 정서에 맞지 않다고 투덜댄다. 그럼 나는 여동생을 나무란다. 60세 넘어서 이렇게 오빠가 맞는 여성을 만난 것도 고맙다고. 네가 데리고 사는 것도 아닌데 왜 탓을 하냐고. 나는 그 여자의 호칭을 회사 직급으로 임 지점장으로 부르겠다 했다. 임 지점장에게 물었다.

- 어떻게 해서 기획 부동산에 들어갔어요?
- 처음에 제가 아이 책을 사줬어요. 그 책값이 매달 4만 원씩 내야하는데, 책 판매를 하면 4만 원을 안 내도 된다 해서 책값 4만 원을 벌려고 했는데 현찰 140만 원을 벌었어요. 하고 보니 내가 세일을 잘하더라고요. 그렇게 몇 년 다니는데 친구가 부동산으로 다녀 보라해서 다니게 되었어요.
- 잘했네요. 월급만 받아서는 부를 창출하기 어려워요.
- 제가 일찍이 누님을 만났으면 서울에 집을 샀을 거예요. 그게 아쉬워요. 2008년에 제가 가졌던 돈을 모두 주식해서 다 날아갔어요. 그때는 아무것도 몰랐어요. 그냥 있던 돈이 술술 빠져나가더라구요.
- 그래요. 부동산은 투자니까 현금이 빠져나가지는 않아요. 그런데 현금은 잘 빠져나가요. 나는 그래서 현금이 무서워요.

- 그래서 부동산이 있는 사람은 하우스 푸어에요.

- 맞아요.

- 회사는 어떤 일을 하나요?

- 회사에서 우선 개발할 땅을 사요. 그 땅을 용도 변경해서, 기반 시설을 합니다. 수도와 하수구, 차도, 전기 시설을 설치합니다. 그리고 택지를 분할해서 알맞게 소비자에게 판매합니다. 지금은 삼성이 회사 건설 중인 평택의 고덕지구가 핫한 곳입니다. 그곳에 여러 사람이 투자했습니다. 모두 분양하고 조금 남았습니다. 마지막으로 25평짜리가 남아있어요.

- 그건 얼마인데요?

- 6,000만 원합니다.

- 그런 거 괜찮겠네요. 얼마든지 경제성이 있어 보이네요. 지금 몇 년 근무했지요?

- 제가 12년 차입니다.

- 그럼 직급은요?

- 오너 밑에 제가 있습니다.

- 그래서 지점장이군요. 부동산은 무조건 오래 있는 것이 최고입니다. 쫓아내지는 않을 거잖아요.

- 그럴 거 같아요.

- 가끔 신문에 기획 부동산의 사기성 보도가 나오면, 그때부터 우리는 죽을 써요. 사실 사기를 치는 경우가 많거든요. 회사에서 땅을 사고, 산 땅을 담보로, 융자금을 빼고, 다시 그 땅을 손님에게 팔았으니, 그것이 사기가 되는 거지요.

- 그렇군요. 사실 기획 부동산에 나쁜 사람이 많다는 것이네요.

- 그래서 부작용이 많았고, 그렇게 되면 한참 동안 사업이 안 돼요.

이런저런 이야기를 통해서 우리는 새로운 가족 관계가 형성되었다. 숙소에서 보이는 바다는 아름다웠다. 멀리 외국 호텔에 온 것 같았다. 파란 하늘에는 뭉게구름이 떠있었다. 지평선 끝에 하늘과 바다가 경계선을 그었다. 왼쪽에는 울창한 숲이 있고 한가운데 모래 해변가가 아름답게 펼쳐져 있었다. 해변과 이어지는 파도 풀장, 온천장, 가우디 건축처럼 이어지는 여러 종류의 수영장이 해변을 장식했다. 때마침 현관 초인종이 울렸고, 큰딸네 가족이 우르르 몰려왔다. 모두가 배고프다고 안달을 했다.

우리는 바닥에 신문지를 깔았다. 밑반찬을 펼치고, 중앙에 회와 족발, 애들이 좋아하는 닭강정을 배치했다. 군데군데 김밥을 놓으니 상이 꽉 찼다. 맥주와 막걸리 소주를 곁들여서 각자 취향대로 건배를 외쳤다. 이런저런 이야기를 하며 맛있게 음식을 먹었다. 2시간 후 대충 정리를 하고 모두 산책을 나갔다. 수영장과 해변 조명이 아름다웠다. 붉은 색 조명으로 바닷가가 장식되고, 푸른색과 붉은색, 노란색, 보라색 등 형형색색으로 온천지를 장식했다. 우리는 해변에 장식된 조명등을 따라 산책했다.

해변가에 분수대가 물을 품었다. 빨강, 노랑 튤립이 화단을 멋있게 장식했다. 중간중간, 토끼 가족과 백말 가족에 사람들이 올라탔다. 가까이 갔을 때 그것들은 모두 조명등으로 장식된 정원이었다. 참 잘 만들었구나. 난 진짜 화단인 줄 알았는데… 해변을 산책하고 다시 옥상으로 옮겨갔다. 그곳은 진짜 분수가 바다를 향해 솟구쳤다. 아!
멋있구나. 이곳은 그리스의 산토리니 섬 같았다. 멋진 조각품이 사람
들을 반겼다. 우리는 산책을 하고 숙소로 들어왔다. 그리고 우리들은
잠을 잤다.

　이튿날 거실을 통해 보이는 풍경이 장관이었다. 하늘은 뭉게구름이
붉게 물들었다. 수평선 위에 등대 불빛이 번져 잔잔한 수면이 맑은 하
늘과 조화롭게 푸른빛을 품었다. 시간이 흘러갔다. 아침 밥을 하고
시원한 콩나물 김칫국을 끓여 해장했다. 태양은 빛났다. 하얀 벽과
파란 지붕이 바다를 품고 사람을 수영장으로 불렀다. 우리도 모든 식
구가 풀장으로 달려갔다. 시원한 바닷바람이 우리를 반겼다. 아름다
운 풀장 색이 가지각색이었다. 아이들이 오렌지색, 초록색, 붉은색, 노
랑색 수영조끼를 입고 철푸덕거렸다. 물은 따뜻했다. 꼬마들은 다시
넓은 수영장으로 이동했고, 거기서 지루하면 바닷가 해변에서 몸을
바다에 담갔다.

　모래는 뜨거웠다. 발을 데여 애기들은 팔딱팔딱 뛰었다. 사람들은
튜브를 타고 즐겼다. 바닷물은 맑고 투명했다. 심심찮게 파도도 밀려
왔고 사람들은 그 파도를 따라 파도타기를 했다. 가족끼리 바다를 배
경으로 사진을 찍었다. 어렸을 때에 그렇게 바다에 가고 싶었는데….
큰 고모네 식구들이 바다에 가서 사진을 찍은 것을 보고 부러워했던
생각이 났다. 그 시절은 먹고살기 바빠서 바다를 생각할 수 없었는데

이제 우리나라가 이만큼 잘 살아서 각자 차를 가지고 바다를 구경할 수 있으니 얼마나 고마운 일인가.

오후에 우리는 모두 숙소로 돌아왔다. 이제 붉은 태양이 서쪽으로 지는 아름다운 풍경을 구경할 수 있었다. 그때 여동생네가 신안군 가거도로 여행 갔다가 우리 콘도로 돌아왔다. 그들은 휴가를 내서 오지 섬으로 오지 탐험을 갔다 왔다. 여동생은 말했다.

- 언니, 우리 목포에서 배를 타고 4시간 갔어. 그날 낚시를 위해 배 탄 사람들이 300명이었어.
- 그랬는데?
- 난리도 아녔어. 사람들이 마구 토해서. 나도 토했어.
- 이모 나는 오지 탐험 못 할 거 같아. 이모는 대단해.
- 원래 이모는 그런 거를 좋아해.
- 나도 좋아하지 않아요. 휴가를 내라 했는데 무조건 가자 해서 따라갔어요.
- 숙소도 정하지 않고?
- 그래서 작은 텐트를 샀어. 섬에 내리니까 항구에서 마을까지 가까운 A, B, C가 있는데 우리는 B까지 갔어. A는 낚시꾼들이 이미 예약한 곳이고 우리는 B까지 어느 아저씨가 5만 원 받고 자기 친척 할아버지네 집으로 데려다 주었어. 그 할아버지네 집에서 텐트를 치고 잤어. 이튿날 그 섬의 가장 높은 산이 600m였는데 그곳을 남편하고 둘이 올라갔어. 꼭대기까지 갔다가 내려오는데, 다리에서 피가 흐르더라고. 글쎄 거머리가 양말을 뚫고 들어가 내 피를 빨아먹은 거야.

- 아니, 산에 웬 거머리?

- 우리나라에서 유일이 산에 거머리가 사는 곳이래.

- 그래? 웃긴다.

- 우리도 몰랐지. 거기서 항구 쪽으로 하산하고 어제 트럭으로 데려다 준 아저씨가 차비로 5만 원 주면 다시 항구 쪽으로 짐을 갖다준다는 거야. 그 아저씨가 서울에서 직업을 갖고 살았는데, 돈도 잘 벌리지 않고 해서 다시 고향으로 돌아온 거야. 그 아저씨 해남이야. 바닷속에 들어가면, 문어니, 조개, 해삼, 물고기 등을 그냥 손으로 잘 잡아. 우리에게 주는데, 너무 짜서 못 먹겠더라고.

- 우리 아침 8시 배를 타고 목포로 왔어. 거기서 오후 6시까지 번갈아가며 운전해서 삼척까지 온 거야.

- 정말 대단하다. 근데 미쳤다 야. 얼마나 먼데.

- 근데 여기 삼척 콘도 너무 좋다. 너무 멋지다. 여름에 여기에 오면 우리는 꼭 따라다닐 거야.

- 그러시든지.

우리는 다시 바닥에 신문을 펼쳤다. 고기를 구웠다. 양쪽에 전기 레인지로 프라이팬에 고기를 굽는데 먹는 속도가 빨라서 고기 익는 것이 더뎠다. 가족은 건배를 외치며 즐겼다. 여동생네는 사 먹을 곳이 없어서 계속 라면만 먹었는데 여럿이 먹으니 정말 맛있다면서 먹었다. 식사가 끝나고 산책을 하고 숙소로 돌아와서 이바구를 하며 잤다. 그 다음날 새벽 출근하는 자들은 새벽길을 떠났다. 우리는 아침 식사를 하고 느긋이 숙소를 나왔다.

가는 길에 남동생은 우리를 이효석 문학관 쪽으로 이동하여 구경시켰다. 그곳에도 사람은 많았다. 거기를 둘러보고 '메밀꽃무렵 무렵'이라는 음식점에 들려, 맛있는 메밀국수를 먹고 집으로 돌아왔다. 정세가 어지러우니, 남편은 이번 여름휴가에, 혹 전쟁 날까 걱정을 했다. 그러나 우리는 무사히 여름 가족여행을 잘 끝마쳤다. 그러나 며칠 후 나라는 코로나19가 번졌다고 난리가 났다. 수영장이 폐쇄되고 식당과 모임을 제한하였다. 국가는 국민에게 조용히 집에서 만남을 자제하고 있으라는 정부 방침의 핸드폰 문자를 보냈다.

휴가 후 우연히 나는 임 지점장에게 핫하다는 평택 땅을 조금 사보겠다는 생각이 들었다. 그러면서 땅에 대한 공부도 할 수 있을 것 같았고. 살면서 무엇인가에 관심을 갖는 것이 중요하다는 생각. 머릿속에서 계속 땅을 사보겠다는 것에 집중했다. 그리고 남편에게 임 지점장이 소개한 땅을 한번 사고 싶다고 말했다.
 - 어차피 돈이라는 것은 있는 돈을 투자하든 아니면 빌려서 투자하고 사는 것
   이 합리적인 것 같지 않냐고요.
 - 해녀는 죽을 때까지 물질을 하고, 농부는 죽을 때까지 농사를 짓다가 죽는
   것이 맞는거구요. 그래서 우리 그렇게 해보자고요.
 - 그럼, 그러든지.

저녁을 먹을 때 남편에게 이야기했다. 그리고, 그러라는 답을 구했다. 나는 밥 먹다 말고 바로 임 지점장에게 말했다.

- 그럼 제가 계좌 번호를 문자로 줄 테니 그곳으로 계약금을 넣으시지요.

- 네 알았어요.

- 대구은행, 504-**- ****** - * ㈜ 에스에치이노베이션 주소: 대구광역시 중구

  0000빌딩 2층 전화번호 053-***- ****

나는 곧 핸드폰으로 마이너스 통장에서 500만 원을 이체했다. 그리고 임 지점장은 이튿날 남동생과 계약한 땅을 보러 평택에서 만나기로 했다. 이튿날 9시에 남동생이 우리를 모시러 왔고 우리는 동생 차를 타고 평택 고덕지구로 갔다. 남동생은 가면서 자기가 처음 이야기한다면서 자기도 2016년에 땅 300만 원짜리 투자했다고. 그런데 지금 많이 올라 있다고. 거기서 다시 임 지점장을 만나기 위해 우리는 지제역에 차를 주차시켰다. 지점장 차를 타고 고덕지구 삼성타운을 구경하고 그곳에서 4~5킬로미터 떨어진 산업단지를 구경했다. 그 산업단지 코너에 산밑으로 81평중 25평이 내가 계약한 것이라 했다. 그것은 총 6,000만 원이다.

우리는 땅을 구경하고 그 근처에 전철이 들어올 지역을 탐방했다. 이거 저거 두루 지형을 구경하며 그 지역의 발전 관계를 공부했다. 공부도 중요하지만, 금강산도 식후경이라며 식당으로 갔다. 내가 살 땅 모형 사진을 폰에 찍어 저장했다. 그곳에서 청국장 정식으로 식사를 하고 카페로 이동했다. 그리고 계약서를 썼다. 나는 처음 땅에 대한 계약서를 작성했다. 잔금 5,500만 원은 8월 말까지 송금하기로 했다.

그럼 10% 할인이라며, 120만 원이 할인된다고 기록했다. 그리고 우리는 임 지점장과 헤어져서 서울로 돌아왔다.

*

2020.8.24. 최보식이 만난 사람_
노재봉 前 국무총리

- "文은 자신을 대통령 아닌 민족통일국가 세우려는 '남쪽 리더로 자부' 며칠 전 본지(本紙)에 '4,15 선거 부정 의혹을 밝혀야 한다'라는 전면 광고가 실렸고, 노재봉(84) 전 국무총리의 이름이 맨 앞에 있었다.

- 이번에 선거 무효 소송만 130여 건 제기됐다. 그러나 대법원에서 전혀 응답이 없다. 선거 무효 소송은 여섯 달 안에 끝내도록 돼 있는데 과연 재검표가 이뤄질지조차 불투명해졌다.

- 팔순 중반 전 총리 신분이면 세상과 거리를 두지 않나?

- 지금은 체제 위기다. 제자 교수들과 공부 모임을 하고 시국 상황을 이론적으로 규정해보려는 것이다.

- 문 대통령은 3년 반이 지났는데, 여전히 분열과 혼란이 여전하다.

- 분열과 혼란을 야기하는 것이 문 정권의 정치 기술이다. 그들은 적을 설정하고, 만들어서 증오와 복수심을 유발한다.

- 광화문 8·15집회에 비가 오는데도 5만 이상이 모였다. 문 대통령은 국가 방역 시스템에 대한 도전으로 용서할 수 없다고 말했다.

- 사실관계를 따지면, 문 대통령의 발언 시점에서 코로나 확산과는 무관하다. 그런데도 특정교회 탓으로 현 정권은 더 큰 악재를 이용해서 자신의 실정과 무능, 부정을 덮는 방식을 취해왔다.

- 역대 정권에서는 모든 권력 행위가 자유주의 체제로 이루어졌지만, 지금은 체제 전복적 상황이 진행되는 중이다.

- 박근혜 탄핵이라기보다 '체제 탄핵'의 성격으로 봐야한다. 촛불 집회를 동원해 체제를 뒤집는 탄핵인 것이다.

- 당시 국회 탄핵 소추안과 헌법 재판소의 탄핵 결정문을 보니 전혀 법률 문서가 아니었다. 합법성에는 '법의 통치'와 '법에 의한 통치'가 있다. 전자는 입헌주의다. 헌법에 의거해 권력행사의 자의적인 남용을 막는 것이다. 후자는 법에 의한 어떤 상황에서 다수당이 만들어낸 법으로 자의적인 권력 행사를 가능케 허용한다'

- '다수의 지지를 업고 히틀러나 스탈린 등 독재자도 그렇게 자의적인 법을 만들었다. 한국의 공수처법이 그런 경우다. 공수처법은 헌법적 근거가 없다. 부동산 규제와 세금 문제도 다수당이 법을 고쳐 밀어붙일 수 있다.

- 그러나 조세법정주의나 사유재산보호라는 헌법 정신을 훼손하는 것이다.'

- 지금 우리 사회는 '자유민주주의 대 전체주의'의 대립 구도로 봐야 한다. 문재인 정권은 자유민주주의체제를 바꾸려고 하고 있다. 그는 '대한민국 대통령'으로 생각하지 않는다. 나도 그를 대통령으로 보지 않는다. 그는 대한민국 존재를 인정하지 않는다. 그는 우리나라를 진정한 주권국가로 안 보고 이룩하지 못한 민족국가 건설의 투쟁 과정으로 생각한다.

- 이인영의 통일부 장관은 '국부는 이승만이 아니라 김구가 됐어야…' '이승만

은 미 제국주의의 앞잡이로 민족 분단을 가져왔고 대한민국은 미국 식민지'
라는 인식이다. 이는 북한 정권이 선전해오던 것이다.

- 이들은 대한민국은 부정해도 경제적 발전은 인정한다. 그러나 매판자본 때
문에 발전했다고.

- 현 정권에서 우리가 그동안 옳다고 여겨온 가치나 도덕관, 상식이 모두 허물
어졌다.

- 지금까지 자유민주주의 체제의 기준에서 보면 현 정권은 말도 안 되는 짓을
하고 있다.

- 현 정권은 다른 목적을 갖고 있다. 부동산 정책 실패를 비판하지만 현 정권
입장에서는 실패할수록 성공인 것이다. 정부 지원에 의존하는 국민 숫자가
늘어나는 게 체제를 뒤집는 목표에 합당하기 때문이다. 이것은 과거에 북한
에서 꾀했는데 이제 남쪽이 맡아서 체제를 바꾸려 하고 있다.

- 문재인은 대통령이 아닌 통일국가 세우려는 남쪽 리더
(성창경 TV) https://youtu.bo/JYSuSaSBBo -

아이고 속이 뒤집히는 일이다. 현 정권을 어떻게 하면 재정비해서
북쪽으로 싹쓸어 보내버릴 수는 없을까? 그렇게 똑똑했던 독일이 히
틀러에게 당했던 시대를 생각했다. 세계적인 한국의 똑똑함은 어디로
갔을까? 대깨문들 때문에 대한민국이 사라질 수 있다니! 아니 지금
사라지고 있다는 사실이 분통 터진다. 대깨문들은 우리 주변에 너무
많다. 그것들은 오로지 집권당에 충성해서 돈 뜯어먹는 데 혈안이 된
것이다. 환경 단체, 시민단체, 민노총, 한노총 등 날마다 그들은 진보

가 아니라 사회주의 체제, 아니 전체주의를 만들어서 저희끼리 나라를 저네들 입맛에 맞게 통치하겠다는 것이다.

어쩌면 그렇게, 중공 시진핑이나, 북한의 김정은 패거리와 똑같은 행동을 하는지…. 국민은 그래도 좋다고 찬양하고 있으니…. 그렇다고 우파가 집권을 한다고 달라지지도 않을 것이다. 그들의 집단도 자기들의 이익을 도모하며, 집권에만 작당을 할 것이니 말이다. 이제 우리도 미국처럼, 국익을 위하는 국익파가 필요할 때다. 미국은 좌파든 우파든 미국을 위한 것이면 모두가 용서한다. 우리도 오로지 국익을 위한 국익파가 존재하길 빌 뿐이다. 그래야 한국이 사는 길인 것이다.

국가는 각자의 국운이 있겠지만, 나는 태국이 한 번도 다른 국가로부터 침략을 당하지 않은 나라로 이해했고, 그 나라는 항상 편안한 나라로 생각했다. 그런데 1970년대 중반 수도승 아잔 브라흐마가 태국을 목격한 체험을 이야기한 것을 보았다. 그는 말했다.

- 세상 사람들은 이제 전보다 훨씬 더 가까이 연결되어있다. 그렇기 때문에 문제에 대한 해결책을 찾아야만 한다. 달아날 곳은 없다. 더 이상 중요한 갈등들을 외면할 수가 없게 된 것이다.
- 1975년 남부 베트남과 라오스와 캄보디아가 불과 며칠 간격을 두고 공산주의자들의 손에 넘어갔다. 당시 서양 열강들은 도미노 이론에 의거해 태국이 그다음 무너질 차례라고 내다보았다. 그 시절 아잔 브라흐마는 태국 북동부에서 풋중 생활을 하고 있었다.

- 그가 거주하던 절은 방콕보다 하노이가 두배 가까운 거리였다. 그는 대사관에서 등록하라는 지시를 받았다. 그때 서양 국가들은 태국이 조만간 공산국가가 되리라 생각했다.

- 그 당시 스승인 아잔 차는 유명한 수행자라 태국의 유명한 장성들과, 정부 관리들이 조언과 가르침을 듣기 위해 그의 절로 오곤 했다. 아잔브라흐마는 덕분에 상황의 심각성을 확인할 수 있었다.

- 군부와 정부는 국경 밖의 붉은 군대보다도 나라 안의 공산주의 활동가들의 동조자들을 더 염려했다. 수많은 태국 대학생들이 공산주의 게릴라들을 지원하기 위해 태국 북동부 정글로 몰려왔다.

- 무기는 태국 국경 밖에서 공급되었고 훈련도 그곳에서 행해졌다. 붉은 물이 든 그 지역 주민들이 그들에게 음식과 필수품을 제공했다. 그들은 분명 기분 나쁜 위협 세력이었다.

태국 군부와 정부는 세 가지 전략으로 해결책을 세웠다.

첫 번째는 자제였다. 군부는 공산주의자들의 활동기지를 알면서 공격하지 않았다. 두 번째는 용서였다. 공산주의 반란군이 전향하면 무조건 사면했다. 공산주의자들이 매복해서 마을 젊은이들과 공조해, 태국 군인이 가득 탄 지프차를 모두 몰살시켰지만, 그들 모두를 용서했다. 세 번째는 '근본적인 문제 해결'이었다. 군부와 정부는 게릴라 지역을 새 도로로 건설하고, 포장하여 가난한 농부들에게 수확물을 쉽게 판매하게 하였다. 그리고, 학교, 진료소, 전기를 설치하여 정부의 보살핌을 받았다.

결국 공산주의자들은 정부의 안내와 자제로 스스로 회의에 빠져 탈퇴했다. 그러나 그들은 무조건적인 사면이 이루어졌다. 그리고 그들의 지도력, 힘든 환경을 견디는 능력, 국민을 생각하는 마음을 높이 사서 태국 정부의 주요 요직이 제공되었다. 지금도 전직 공산주의 반란군 지도자였던 두 사람이 태국 정부의 장관으로 봉사하고 있다.

태국이 공산주의로 물들지 않는 것은 그래도 불교의 힘이 컸던 것으로 생각했다. 태국 군부 장성과 정부 관리자들이 수행자 아잔차를 찾아가서 조언을 구했고 그 조언대로 실현하여 태국을 공산주의로부터 구원한 것으로 보였다. 과연 우리나라는 어떨까? 한국은 개신교가 많다. 그런데 과연 그 개신교 신자들이 그렇게 자비를 베풀고, 사랑을 베풀 힘이 있을까? 그들은 너무 세력화가 되어 그들끼리만의 권력에 집중했다. 오히려 국익에 반대파가 될 수도 있다는 생각이었다.

서양의 역사에 기독교적 전쟁을 보면 얼마나 치열하게 싸웠던가. 얼마나 많은 사람이 죽었던가. 나는 언젠가부터 기독교적 신의 가치를 부정하게 되었다. 기독교적인 집단이 벌이는 속성은 아름답지 않았다. 그들은 기독교적인 모집을 통해 교회에 바치는 헌금에 목적이 있어 보였다. 진정한 기독교적 수행자들이 나에게는 보이지 않았다. 지금 한국은 매우 어려운 처지이다. 현집권당이 공산주의인 전체주의화를 하는 중이다. 국민은 계속 반항을 하고 있다. 그러나 현 정권과 언론은 친중과 친북 정책을 쓰며, 정권의 입맛은 그들의 잔치를 벌이고 나라는 추락하고 있다는 것이 무섭다.

*

등산을 하며, 인생의 길을 생각했다.(2020. 8. 29.)

3개월째 장마가 계속되었다. 내 생애 이렇게 계속 장맛비를 맞은 적이 없었다. 내가 날짜를 표기하는 것은 먼 훗 날 그 시기를 기억하기 좋아서였다. 오늘은 주말이었다. 출퇴근이 없는 날들이지만, 나는 주말을 따졌고 주말대로 예전 같이 생활했다. 나는 아직 왼발의 심줄이 끊어져서 거동이 불편했다. 정권자들은 전 국민에게 지금 코로나 바이러스가 악화되었다고 집회를 하지 말라고 경고했다. 나는 정치인들이 코로나를 이용하여 독재정치를 하고 있다고 욕했다.

남편과 나는 이제 심리적인 정치 중심을 벗어나고 싶었다. 그거야 우리나라 경제가 계속 추락함에 참을 수 없는 마음에서 일어나는 일이었다. 그래서 우리는 산행을 해보자고 제안했다. 먼저 무릎을 꽁꽁 동여맸다. 김밥을 시키고, 발바닥에 파스를 부치고 배낭을 메고 스틱과 우산을 챙겨 집에서부터 걸었다. 출발은 9시 30분경이었다. 그럭저럭 걸을 수 있었다. 길은 울퉁불퉁했다. 다리가 편하지 않았다. 가다가 서서히 비가 왔다. 우산을 썼다. 왼손으로 우산을, 오른손으로 두 개의 스틱을 들었다.

비를 작은 우산으로 받으며 도로를 걸었다. 차츰 비가 더 세게 왔다. 터미널 화장실을 이용하고 다시 걸었다. 1시간이 지나서 산 입구에 도착했다. 덥지만 비가 더위를 식혀주었다. 나무계단을 따라 간이의자 휴게소 쪽으로 올라갔다. 다리가 계속 오르는 것을 거부했다. 잠시 쉴 수 있으면 좋겠는데…. 쉴 곳은 없었다. 세찬 비가 더 쏟아졌다. 계단은 높았다. 왼쪽 어깨로 우산을 놓고 머리를 기울여 우산을 썼다. 스틱 두 개를 왼손과 오른손으로 짚었다. 다소 왼다리가 덜 불편했다. 쏟아지는 비를 작은 우산으로 받으며 계속 나무 계단을 밟으며 오를 때, 인생의 길도 이런 것이 아닐까 생각했다.

그래 맞아. 인생의 길은 힘든 길이라고. 다친 다리를 보듬으며, 힘들게 걸어가는 거라고. 간신히 스틱을 붙들고 힘든 계단을 오르는 것이고, 비를 막아내며 가는 길이라고. 삼사십 분 오르니 지붕 휴게소가 있고 사람이 가득 차서 처마 끝에 가까스로 비를 피하며 잠시 쉬었다. 그리고 다시 빗속을 비집고 산행을 해야 했다. 빗줄기는 더 세차졌다. 나는 고개로 우산을 붙드는 곡예를 익숙하게 익혀갔다. 스틱으로 몸을 의지하며 미끄러운 산을 올랐다. 나는 지금 산티에고에서 수행 길을 가는 거와 같구나.

두 번째 쉼터에는 내가 쉴 곳은 없었다. 이미 사람들로 만원이었다. 땀이 눈을 가렸다. 다시 천천히 올라갔다. 그래 이게 인생길이지. 쉴 곳이 없어 실망하고 내적으로, 공연히 화가 났다. 그런데 왜? 내게 화가 나는 거지? 우습잖아. 화를 내면 안 되는 거잖아. 맞아 그런데도 그냥 화가 난다니… 스스로 반성하여 자제하고 천천히 꼭대기를 향해 올랐다. 남편 발은 빨랐다. 나는 통증으로 느렸다. 심줄이 덜그덕거렸다. 힘들어서 이어지려던 것이 떨어졌나? 더 천천히 오르자.

남편이 먼저 올라 앉을 자리를 구석으로 잘 잡았다. 나는 느리게 그의 옆에 앉았다. 사람은 많았다. 자리 잡은 것이 고마웠다. 마침 시원한 바람이 획~ 지나갔다. 이게 행복이구나. 행복은 짧았다. 그래, 인생의 행복도 짧을 수밖에 없으리라. 내 옆에 멋있는 갈색 강아지가 엎드려 있었다.

- 야, 너 잘생겼구나.
- 아까 전에 한 할머니가 여기에 강아지를 앉혔다고 난리가 났어요. 자기가 앉고 싶다고. 그런데 우리 지금 거리두기를 하잖아요. 그래서 내가 이 강아지로 서로 거리를 두고 있었거든요.
- 그렇겠네요.
- 결국 그 할머니는 내려갔어요. 나는 비가 그치기를 기다리고요.
- 예쁜 강아지를 보니까 생각나네요. 우리 함께 테니스 치는 엄마가 생각이 나네요. 그 엄마가 공을 치러 안 나오는거에요. 나중에 알고보니 그 집 강아지가 죽어, 슬퍼서 한 달 동안을 안 나왔어요. 그래서 내가 여보셔요, 자기 친정 아버지 돌아가셨을 때 한 달 동안 애도했어요? 그때 안 했잖아요. 무슨 강아지를 그렇게 오래 애도를 하냐고요. 그런데 더 웃기는 것이 화분 옆에 강아지 사진을 놓고 또 그 뭐냐 화장한 것을 놓고 사진을 찍어놓고 날마다 애도한다는 것에요. 정말 못 말리지요.

- 거기에 요즘 우리 아파트 사는 젊은이들은 애기를 안 낳고 유모차에 강아지 두 마리씩 앉히고 유모차를 끌고 다니며 산책하는 것이 정말 못마땅해요. 그것도 아침, 저녁으로요.
- 맞아요. 우리 주변에도 그래요. 나도 이번에 미국으로, 강아지를, 애들이 보내 달래서 보냈는데, 강아지 옷은 너무 비싸서 남 다 줬어요. 강아지 옷이 무척 비싸거든요. 우리 집에서 여기 있는 강아지가 식구들이 제일 많이 챙겨. 예쁘잖아요. 거기에 사람 같이 배신을 안 하잖아요.
- 10년 전 이야기예요. 우리 부장네 강아지가 죽었어요. 그리고 그 부장이 자기네 강아지가 죽었으니 문상을 오라는 거예요. 우리는 그의 부하직원이니 안 갈 수가 없었지요. 그래서 부하직원들이 조의금을 가지고 함께 갔는데, 사진도 있고 하더라구요. 그런데 어떤 놈이 강아지 사진을 보고 털썩 엎드려서 절을 하는 거예요. 할 수 없이 우리도 안 할 수가 없더라구요. 그래서 강아지 조문을 했다니까요. 그랬는데 그 부장님이 좋아하시더라구요.
- 아이고 말도 안 되네요. 정말.
- 네. 그랬어요.

그렇게 우리는 그곳을 떠났고 다시 내리막 인생길을 힘들게 걸어서 집으로 돌아왔다. 인생길은 아마 우리가 죽음을 가져올 때 끝이 나겠지만….

*

막내딸과의 싸움(2020.8.31.)

　전날 나는 작은딸의 태도가 못마땅했다. 일요일 저녁인데, 남편은 불고기에 당면을 넣은 것을 먹고 싶다 했다. 그래서 맛있게 불고기 파티를 했다. 남편과 딸은 식사 시간이 느렸다. 나는 식사 시간이 빨랐다. 먹으면서 나는 딸에게 우리는 네가 시집가는 것이 소원이라 말했다. 딸은 시집 안 가는 게 목표라 말했다. 나는 속에서 부화가 일어났다. 먹은 빈 그릇을 싱크대에 올려놓고 나는 거실로 이동하여 TV를 켰다. 한참 있다가 식사가 끝났다. 나는 서민갑부 프로에 빠졌다. 딸에게 빈 그릇을 싱크대에 놓으라 했다. 그리고 그는 제 집으로 가버렸다.

　나는 밤에 딸의 괘씸한 마음(시집 안 가는 게 목표라는)에 상처를 받아 잠이 오지 않았다. 밤새 뒤척이다가 찌뿌둥한 몸을 일으켰고, 남편과 아침 산책을 했다. 그리고 남편에게 딸의 시집 안 가는 목표를 두고 욕했다. 어찌하면 좋을까를 생각하다가 아침 식사 후에 우리는 문자 메시지로 대판 싸웠다.

- 나는 공평하게 살고 싶다. 우리 할 말은 하고 사는 게 좋지.
- 나는 네가 시집가는 게 소원이다. 아빠도 그렇고. 너는 시집 안 가는 게 목표이고. 그런데 수현(셋째 삼촌네 딸)이가 시집 잘 가서 잘 살고, 달마다 70만 원씩 용

돈 주고, 이번에 셋째 애기(아들을 낳으려고)를 가졌다니까, 네가 수현이를 욕심 많다고 욕하며 성질을 부렸잖아. 그 후 너는 삐져서 너는 우리 집에 며칠 동안 안 왔지.

- 근데 그거 노처녀 히스테리고, 너의 불편한 심기가 사실이잖아. 네가 시집 못 가서 힘든 것을 포장하지 마라. 그리고 그것에 대해 포장해서 협박하면서 나에 게 오히려 상처 주잖아. 이제 협박하며 상처 주지 마.

- 나 너 때문에 어제도 한잠도 못 잤어. 네가 시집 안 가고 애기 안 낳는 게 목표 라고 해서. 날 협박하니까 행복하데?

- 난 평생을 널 시집 보내려고 기도하고 기도하며 산다. 그것이 널 위한 길이기 에. 탤런트들도 시집 못 간 사람들은 자기 속마음의 미친 마음을 말하더라. 인 간은 다 똑같은 거야.

- 수용하며 순리대로 살면 삶이 편해진다. 내가 평생 시어머니, 친정어머니 그들 의 말을 수용하며 생활비 힘들게 지금까지 주며 살았지만, 끝에 가서는 잘 살 고 있잖아.

- 너 학원 선생 하면서 월급 받는 것이 네 것이잖아. 너 학원생들에게 아주 잘해 주잖아. 그 애들이 곧 돈이 되니까.

- 너 40세까지 요즘 한 달에 100만 원 내 돈으로 쓰잖아. 방세로 30만 원, 테니 스비 25만 원, 관리비 20만 원, 인터넷으로 엄마 카드로 생활 조달비, 우리 집 에서 먹는 거 이거 저거, 그런데 너 나에게 고마워하니? 아니잖아. 오히려 염장 지르는 소리로 내 속을 썩이는 일이 더 많지.

- 우리 공평하게 살자고. 자비를 가지고 서로 위하며, 서로 돕고, 상대방 이야기 도 수용하며, 즐겁게 살자고. 나에게 학원생처럼, 적어도 100만 원어치 따뜻한

자비를 베풀어 달라고. 내 말도 수용해주고. 네가 우리 집에 와서 먹고만 가지 말고 네가 좋아하는 식사도 만들어서 우리를 기쁘게 해달라고. 적어도 일주일에 한 번은 그렇게 해달라고. 그래야 삶이 공평하다고. 너 학원생들 말 잘 들어주잖아. 나에게도 100만 원어치 값을 해줘야 공평하잖아.

- 또 하나 더 있다. 너에게 우리 집 기둥뿌리 하나라도 세금에 빼앗기지 않고 너에게 남겨주려 애쓰고 있다고. 언젠가 어느 날 땅에 투자한다고, 네가 그 돈 없어져도 괜찮냐고 나를 혼내면서 협박했잖냐? 그것은 아니지. 제발 협박하지 마라.

- 너 시집 보내고 늦었지만 언니랑 비등한 관계를 만들어주려고 하고 있지만, 현 정부가 주택 가진자들을 악인으로 몰아 세금으로 다 뺏길 거라고 걱정한 것이라고.

- 그런데 네가 나를 아니? 나 세금이 없어서 너무 너무 힘든 것을. 나 평생 돈 벌고 희생하며 살았어. 너 지금까지 우리 덕을 보고 살잖아. 너 협박하지 마. 100만 원어치 자비를 달라고.

- 어차피 지금 엄마네 집 가는 중이니 얘기할게요. 제가 왜 결혼하기 싫은 줄 아세요? 엄마 같은 엄마가 되기 싫어서예요. 자기 딸은 아무 의식도 없는 것처럼 자기 멋대로 자기 뜻대로 하고 싶으면서 그렇게 안 되니까 싫어하고 미워하고 그럴 거면 왜 낳았어요? 저도 태어나고 싶어서 태어난 줄 알아요? 안 그래도 코로나 때문에 직장이 죽네 사네 하는데 엄마까지 후벼파야겠어요? 만약에 내가 요식업이나 호프집 한다면 엄마가 나한테 이런 소리나 할까요?

- 내가 괜찮다 괜찮다 하니까 진짜 괜찮은 줄 알아요? 하루에도 몇 번씩 혹시 감사 나올까 신경 곤두세우면서 전전긍긍하는 거 알기나 아냐고요.

- 100만 원이라고 했죠. 네. 저 그거 벌려고 다리 다 붓도록 서 있고요. 어쩔 땐

너무 말해서 말하는 것조차 싫어요. 주말에 엄마 집에서 술 좀 마시고 스트레스 좀 풀었더니 그게 그렇게 고까운가요? 시집이요? 하 참 속 편한 소리하시네요. 집에 오면 힘들어서 그냥 아무 생각도 없이 쓰러져 자요. 사람이 아무 말 안하니까 누굴 호구로 아나.

- 한마디만 더 할게요. 지금 엄마는 세상 물정 모르는 철없는 아기 같아요. 지금 밖에 나가서 잘 살펴봐요. 부모 실직해서 혹은 앞으로 실직 예정이라 대판 싸우고 애들은 울고 내일 모레 이혼 신고 들어가고 지금 이게 현실이에요. 자영업자들도 오늘 내일 폐업 바라보며, 우는 사람이 대다순데 엄마는 신나게 골프나 치고 그러니까 딴 소리나하고 엄한 소리나 하는 거예요. 하던 대로 신나게 운동이나 다니고 골프나 치세요. 아등바등하는 사람 속끓게 하지 말고.

- 너 웃긴다. 그거와 시집과는 상관없지. 그리고, 미안합니다. 죄송합니다. 그렇게 말해도 시원찮을 텐데. 그거는 아니지. 나 젊어서 65세까지 밤잠 안 자고 공부하고 돈 번 사람이야. 이제 편해서 골프 치지. 너 웃긴다. 네가 나 돈 줘서 공 치는 게 아냐.

- 네가 나를 또다시 협박하냐? 나에게 100만 원어치 자비나 주라고. 나 얼굴 보지 말고 자비 좀 달라고. 내가 거지였으면 거지라고 발로 차고 나를 밀쳐냈을걸?

- 나 아무것도 필요 없다. 100만 원어치 자비를 줘라.

- 내가 엄마 친구 애들처럼 유학 보내달랐어요? 사업한다고 몇억 달랐어요. 혼자 살아보려고 하는 애한테 왜 난리예요. 그렇다고 제가 뭐 해달라고 떼쓴 적 있어요? 누가 골프 친다고 뭐라했어요? 자격지심 있어요? 말의 의도 파악조차도 안 되고 있네요. 어휴 노답.

- 언니한테는 찍소리도 못하면서 왜 저한테 난리세요? 언니네도 학원비네 뭐네 줄

거 다 주면서 저한테는 왜 이래요? 딸 차별해요? 그럼 언니한테도 100만 원 달라하세요. 왜 저한테 그러세요. 협박이요? 지금 누가 하고 있는 게 협박인데요?

- 친할머니 그렇게 욕하더니 미워하면서 닮는다고 어쩜 하는 짓이 너무 똑같네요. 추하기가 이루 말할 데가 없어요. 이러다가 얼굴도 똑같아지고 노년도 똑같아지겠어요. 어휴

- 그래 내가 닮아서 미안하구나. 넌 누구를 닮아서 시집을 못 가니? 그리고 언니네 요즘 학원비 안 내. 우리가 금요일마다 가르치고 있잖아. 거기에 우리 의료비를 언니 회사가 담당하고 있어. 우리가 직원으로 활동하니까. 친구 유학비 쓴 애들, 그들이 지금 부모가 생활비 없어서 부모 생활비 모두 송금하고 있어. 네 사촌들 수현이랑 승경이네 유학 아무도 안 갔어. 그래도 그들도 저희 부모 통장으로 용돈 다달이 보내주고 있고. 나 이런 거 말하기 싫어. 네 남자 찾아와서 결혼하면 우린 숙제 끝이야. 싸울 필요도 없어. 나는 너네 학원생처럼 자비를 달라는거지. 100만원어치 언어 폭력 말고 언어 자비를.

- 네 저도 이런 거 말하기 싫어요. 죄송한데요, 지금 엄마한테 생활비 좀 더 보태달라 안 하는 것만 해도 감사하게 생각하세요. 저도 죽겠으니까 아니 생각 해보니 콱 죽어 버리는 게 낫겠네요. 이 짜증나 는 세상 아등바등 왜 사나 몰라.

- 결혼하라구. 그럼, 학원 안 다니고 집안 살림하고 애기 낳아서 키우며 살면 된다고. 뭘 걱정하냐? 네가 네 삶을 감옥에 넣고 살고만.

- 엄마야말로 웃기시네요. 요즘 혼자 벌어서 되는 줄 알아요? 엄마가 어린애 같다는 게 이런 거예요. 무슨 쌍팔년도에요? 다른 집은 못 그래서 그렇게 안 사는 줄 알아요? 정말, 일 안 하더니 세상 물정도 하나도 모르는 먹통이 따로 없네요. 밖에 나가 물어보세요. 요즘 사람들이 결혼하기 싫어서 안 하는 줄 아세요?

엄마랑 하는 대화를 인터넷에 올리면 엄마는 대한민국 미혼남녀들에게 공공의 적이에요. 엄마가 10억 준다면 결혼 생각해 볼게요. 일하는 데 스트레스 받으니까 엄마 수신 차단해 놓을거에요.

- 그래 그게 좋겠다. 모든 게 너 잘했구나.

모든 것이 끝이 났다. 하루가 지났다. 작은딸과의 싸움(시집 안 간다는)은 곧 이별이 되었다. 나는 시원하고 상쾌하고 즐거워야 하는데, 그렇지 못했다. 그놈의 이기적이고, 비윤리적인 행동을 참을 수 없어서, 내가 그놈의 핸드폰에 문자를 주고 공평하게 살자는 메시지였지만 오히려 서로의 감정을 악화시켰다. 서로의 감정이 하늘 높이 올라갔고 나는 네가 나쁜 놈이라는 사실을 말하면, 그놈은 나를 나쁜 어미라고 소리쳤다. 그렇게 우리는 악마의 싸움을 계속했다. 거기에 남편은 나를 지적했다. 아니 왜 해줄 거 다 해주며, 대접을 못 받느냐고. 이제 우리가 40세인 놈을 어떻게 할 수 없다고.

차라리 모든 것을 끊고 거리를 두라고. 그놈, 오라고 해서 밥해 먹이며, 온몸이 아파서 괴로워하지 말라고. 그것은 어리석은 짓이라고 야단쳤다. 맞는 말이었다. 그래 미리 죽음을 앞둔 사람처럼 이별 잔치를 하고 말까? 그러는 것이 합리적일까? 생각했다. 그 후 계속 내 안의 나를 관찰하려 애썼다. 그런데 하루가 지나서 이놈이 밥을 먹으러 오지 않으니까 마음이 쓰라렸다. 눈물이 났다. 가슴이 아렸다. 그놈을 만나면 속에서 끓어오르는 감정을 삭힐 수 없어서 웬수 보듯 하면서…. 남편은 나에게 참고 기다리지를 못하고, 나 자신을 다스리지 못해서(그놈이 시집가려는 생각에 대해서) 그놈에게 싸움을 거는 것이 어리석다고 설명했다.

그렇기는 그랬다. 그리고 그놈이 밥을 먹으러 오지 않으면 부엌으로 가도 그놈이 생각났다. 그놈의 방이었던 방을 가면 또 그놈이 생각나고, 목욕탕에 가도 그놈이 생각났다. 그놈이 불쌍하고 어리석어서 눈물이 났다. 인간은 왜? 이러는 것일까. 나는 다시 그놈의 어릴 때를 생각해봤다. 그놈이 어렸을 때 오줌을 가릴락 말락 하는 시기였다. 그래도 그 시기를 잘 넘겼다. 그런데 갑자기 어느 때 잠자면서 오줌을 이불에 싸버렸다. 한두 번 용서를 하고, 다시 하면 안 된다고 타일렀다. 그런데 계속 그놈이 오줌을 싸는 것이었다. 그 다음 날 나는 오줌을 이불에 쌌다는 것을 알고, 잠에서 깨어, 나는 그놈의 엉덩이를 딱딱 두 번 때려주며, 오줌 안 싸기로 약속했잖아 하고 소리를 질렀다.

그 후 그놈은 오줌을 싸는 일은 없었다. 고등학교 시절이었다. 그놈이 여고생이 되고 입시생이 되었을 때, 수시로 아빠를 불러 자기 등때밀이로 사용했다. 그러면 자기가 서울대학교에 붙을 수 있을 거라고 하면서. 그놈은 그렇게 맹랑했다. 보통 대학교에 입학했고, 한참 후 어느 날 그놈은 자기 머리를 황금색으로 물을 들이고 집으로 왔다. 나는 기절할 지경이었다. 어찌 감히 저런 염색을 하는 것인가? 그런데 그놈은 피부가 하얗다. 그래서 노랑머리가 멋스러웠다. 학교 교수들은 그놈이 외국인으로 생각했다.

그놈은 고등학교까지는 교과서적이고 규칙적이었다. 성실하여 공부도 잘했다. 내 속을 썩일 일이 없었다. 대학 생활도 그런대로 잘 적응했다. 그러나 자기 목표가 없었다. 공부하는 것도 싫어했다. 오로지 먹고 노는 것을 좋아했다. 취직해서 돈 버는 것을 싫어했다. 물론 그놈은 몸에 알레르기가 심해서 성장 과정에 고통이 많았다. 온몸에 알레르기가 심해서 피가 나도록 긁었다. 온갖 한약과 양약을 먹어서 간 지러움을 극복하려 애썼다. 그래서 나는 면역성을 키워주려고 테니스 운동을 시켰던 것이다.

지금도 나는 그놈의 레슨비를 병원비라 생각하고 주는 것이다. 그래도 30대가 넘으면서 알레르기는 잦아들었다. 십대에는 문둥이들이 쓰는 병원 치료 주사도 많이 맞았다. 그래야 그놈이 잠을 잘 수 있었다. 나는 지금 그놈의 나쁜 사고방식이 어디서부터 잘못되었는가를 찾아보려고 생각하고 있다. 30대 초반에 이미 언니는 시집을 갔고 애기를 낳았다. 그놈도 시집을 가려고는 했다. 그런데 그놈이 좋으면 남자 놈이 싫다 하고, 남자가 좋다 하면 그놈이 싫다고 하는 일을 거의 10년을 했다.

이제는 남자 놈을 무조건 거부했다. 괜찮은 남자라도 그놈은 어떻게든 남자의 단점을 찾아내어 남자를 공격했다. 그것이 그놈의 일상이 되었다. 그것도 핏줄인 것인가? 어쨌든 우리 시어머니의 성격과 비슷한 점이었다. 거기에 그놈은 융통성이 없다. 그놈의 바른 규칙에 어긋나면 참을 수 없다. 그래서 상대방을 폭풍 공격으로 쓰러트렸다. 지금 그놈이 다니는 학원 원장이 그놈을 칭찬한다. 그놈 직장이라 다니는 학원(4~5년)을 한 번도 지각·결석한 적이 없는 것이었다.

나는 너무 철저해서, 그놈이 결혼도 못 하는 것으로 본다. 완벽한 성자 놈이 어디 있을 것이며, 그렇다고 제 놈이 어떻다는 것인가? 제 놈이 이기적이고 자기만 아는 에고이스트인데, 어떤 남자 놈이 그놈을 좋아하겠는가. 그래도 어미로서 나는 그놈이 결혼해서 제 새끼를 낳으면 상황이 바뀔 수 있을 것이라는 희망이다. 그리하여 다시 그놈에게 결혼시키려는 욕심을 부려보는 것이다. 내 ㅅ 친구가 '40이 넘었는데 아직도 딸에게 결혼에 대한 미련을 두느냐?'고 물었다. 응. 내가 어미니까. 아마도 죽을 때까지, 미국의 원주민이 비가 올 때까지 기우제를 지내듯이 결혼을 바랄 것 같다고 대답했다.

스토리는 지금 엉뚱한 곳으로 가고 있었다. 다른 때 같으면 그놈이 우리 집으로 와서 목욕탕에 뜨거운 물을 받아놓고 몸을 오랫동안 푹 담그고, 목욕과 샤워를 거하게 했을 것이다. 그리고 김치냉장고를 열어 오이지 두어 개를 입으로 깨물어 먹고, 내가 점심상을 차려놓으면, 맛있다, 맛있다 하며, 찌개를 몽땅 먹어 치우고, 다시 나물, 김치, 생선과 고기 등으로 배를 채웠을 것이다. 그리고 다시 커피를 마시고 양치질을 하고 학원으로 갔을 텐데…. 이번 주에는 어미랑 싸우고 나서 오지 않았다. 언제까지 유지될지 나는 모른다. 그동안에도 이런 경우는 여러 번 있었고, 대개 내가 가슴 아파서 그놈을 오라고 했을 것이다.

그놈을 생각하다 보니 주변을 돌아보았다. ㄱ 교수님 아들이 아마 50살이 넘었을 것이다. 교수님 아들은 박사였다. 그러나 결혼은 안 했고, 대학 강의를 했다. 그는 전공 강의만을 고집했는데, 50살이 넘으면서 설 자리가 없었다. 결국 혼자 오피스텔에서 살았다. 교수님이 연금에서 100만 원씩 매달 줘야만 했다. 그는 하루에 한 끼 먹기 운동을 했다. 그는 매주 ㄱ 교수님 댁을 방문했다. 그가 집에 오면 폭풍 식사를 했다. ㄷ 교수네 아들은 결혼했는데, 이혼했다. 아이는 어찌했는지 모른다. 여하튼 혼자 살았다.

ㅇ 친구네는 딸 둘이 결혼하지 못했다. 둘 다 의사였다. 하나는 피부과, 또 하나는 내과였다. 그들은 각자 오피스텔에서 외제 차를 몰고 각자 살았다. ㅅ 친구는 아들만 둘이었다. 큰아들은 대기업 다니고, 애기 둘 낳고 잘 살았다. 그러나 작은아들은 유학을 가서 결혼하지 않았다. ㅈ 친구 아들은 결혼했다. 그런데 작은딸은 결혼하지 못했다. ㅂ 친구네 아들 둘은 결혼하지 못했다. ㅁ 친구 큰딸은 결혼 못했고, 작은딸은 결혼했다. ㅈ 친구 아들 딸은 둘 다 결혼 못 했다.

이들 속에 내 딸도 결혼 못 한 것이 당연한 것으로 생각할 수 있을 터였다. 결혼 못 한 것이 이제 당연한 풍속화처럼 여겨졌다. 이혼도 마찬가지였다. 여기에 100만 원짜리 인생을 고맙게 생각하게 되었다. 내 여동생 친구 혜경이는 30년 전, 그의 아빠가 군수였고 집이 꽤 부자로 잘살았다. 그런데 결혼을 하지 않았다. 지금까지 혜경이는 부모님 모시고 셋이 살았다. 아버지 연금으로 80 넘은 노모를 모시고 그녀는 사는 것이었다. 그런데, 그 친구들이 그녀에 대해 세상 물정을 모르고, 세상의 이치를 몰라 답답하다고 입을 모았다.

그녀가 대학이나 나왔을까 의심을 할 지경이라 했다. 그는 평생을 갇혀있는 인생이었다. 늙은 부모도 구시대적 사람일 테고 그녀도 60세가 넘었으니 똑같이 노화현상을 겪는 것이었다. 친구들과 그녀는 말의 소통이 안 되었다. 그녀는 결혼을 안 했으니 친구와 소통하는 것이 제한적이었고 생각도 넓지를 못해 답답했다. 완전히 그녀의 뇌가 축소 현상을 가졌던 것처럼 느껴졌다. 이런저런 것을 생각하면, 인간은 결혼을 해야 관계가 결속되고, 사회적 유기관계가 잘 이루어져서 두뇌도 확장되는 것이리라.

며칠 동안 그놈은 우리 집에 안 왔다. 내 가슴은 쓰렸다. 그러더니 금요일에 드디어 왔다. 손자들이 공부하는 날에 와서 목욕탕에서 거하게 뜨거운 목욕을 하고 점심을 애기들과 거하게 함께 먹었다. 그래도 어미 눈은 마주치지 않았다.

- 이번 주 시골 이모네 집 외삼촌 생일잔치하러 가는데 너 같이 갈래?
- 안 가. 나 약속 있어요.

개뿔 네놈이 무슨 약속이 있냐? 친구도 하나 없는데. 나는 속으로 읊조렸다. 그래도 마음은 편안했다.

이튿날 일찍 우리는 여동생네로 갔다. 그들은 안성에 살았다. 그들이 만든 전원 주택은 6년이 되었다. 제법 자리가 잡혔다. 입구에 우체통이 있다. 봄이 되면 박새들이 알을 까서 새끼를 키웠다. 여름이면 처마 밑에 제비집을 지어 새끼를 키웠다. 처음에는 텃밭에 온갖 야채를 심고, 과일을 심었다. 그런데 그다음 해에 텃밭을 잔디밭으로 만들었다. 담장 밑으로 돌아가면서, 자두, 매실, 사과, 포도나무들을 심었다. 그리고 그들이 필요한 고추, 가지, 깻잎, 상추 등은 몇 포기만 따로 심었다. 그래도 그들의 식단은 풍요로웠다. 여동생은 강조했다. 자기네 집이니 자기가 알아서 음식을 대접하겠다고.

그는 우리를 천안 코스트코로 데려갔다. 거기서 저녁에 먹을 고기, 야채, 과일 등 필요한 것들을 구입했다. 구입한 물건들을 자동차로 이동하고 집으로 돌아오면서 막국수 집을 들러 점심을 즐겁게 먹었다. 차를 타고 돌아오면서 제부가 문재인 정권을 불평했다. 예전에는 내가 문 정권을 비난하면, 곡사포로 나에게 쏟아냈다. 형님이 뭘 모른다고. 알고 있는 뉴스는 모두 가짜라고. 그 뒤 우리는 정치 얘기를 안 했다. 서로 입을 다물어야 편했다.

이제는 역으로 제부가 불평했다. 나는 속으로 고소했다. 그는 자기네 강남 집을 재건축할 때 2년 이상 살아야 재건축을 할 수 있다는 조항을 비난했다. 그는 그곳에서 1년을 살고 직장 때문에 이사를 갔다. 그런데 지금 그집에 사는 전세자를 내보내고 자기네가 1년 더 살려고 알아봤는데. 당장 비싼 전세금을 은행에 대출하려 하니까 해주지 않았다. 그는 갑자기 화가 났다. 비싼 자기 집을 두고 전세 대출을 정부가 해주지 않으니까. 나는 속으로 그래 맞소이다. 그렇게 문정권을 찬양하더니 당장 자기가 손해를 보게 되니 마음이 달라진 것이다. 정권에 대해 비난하는 것으로.

모두가 다행이었다. 우리가 공통으로 정치 얘기를 할 수 있으니 말이다. 그동안 우리는 정치적 색깔로 보이지 않는 갈등이 있었다. 이제 적어도 그런 갈등을 겪지 않아 좋았다. 우리 일행은 집으로 왔다. 차를 마실 때 남동생네가 왔다. 그의 딸들 첫째와 막내가 왔다. 우리 형제 부부들은 뒷산으로 산책을 갔다. 냇물을 따라 뒷산으로 오르는데 주변의 논과 밭은 어느 회사가 모든 땅을 사들여서 새로운 커다란 공원을 만들었다. 북쪽 산에서 남쪽 산줄기 밑 모두를 정원수와 분수, 잔디 공원으로 새롭게 조성했다.

우리 일행은 그 주위를 한 바퀴 돌고 집으로 왔다. 오자마자 제부는 숯불을 피웠다. 갈비를 굽고 저녁을 준비했다. 우리 집 큰딸네가 도착했다. 상차림을 했다. 나는 손자를 데리고 텃밭으로 갔다. 애들에게 사과를 직접 따게 하고 포도 송이도 땄다. 그리고 씻어서 식탁에 놓았다. 사과는 덜 익었지만 포도는 아주 달았다. 신기했다. 집에 키운 과일이 상품처럼 싱싱하고 맛나다니. 나무에서 금방 딴 것이라 달고 싱싱했다. 우리는 케이크로 남동생 생일을 축하했다. 그리고 건배하며 즐겼다.

한창 이야기가 진행되었다. 갑자기 막내 손녀가 울었다.

- 엄마가 내 피아노 소리를 들어주지 않아. 엉~엉~
- 응, 왜?
- 엄마가 핸드폰만 해. 내 피아노 소리를 안 들어 주고. 엉엉.
- 그거야 너네 엄마는 원래 그래. 자기 것에 바빠.
- 엉엉….
- 엄마, 엄마는 뭘 알지도 못하면서. 나는 지금 피아노 소리를 핸드폰에 녹화하고 있는 중이라고요. 그런데 엄마는 나를 왜 그렇게 얘기하냐고요. 엄마는 그렇게 자기 딸을 내려야 하겠냐고요.

나는 갑자기 황당했다. 그러면서 제 놈이 제 새끼한테 믿음을 못주니까 그렇지. 제 놈이 진정으로 피아노 치는 것을 녹음했다면, 제 새끼가 그렇게 울겠냐고요. 그렇게 속으로 읊조렸다. 그러면서 우리는 서로 화가 치밀어 올라서 공격했다. 큰딸의 나이는 마흔 한살이다. 이제 그놈도 나에게 인생에 대한 반항을 할 나이였다. 깨달은 자들의 이야기를 보면 사람들에게 부모를 버려라, 그래야 자식들이 산다고 했다. 그것은 부모의 온갖 굴레를 벗어나야 자식이 자유를 찾는다는 뜻일 게다. 나도 한때 그 뜻이 맞다고 생각했다. 이제 역으로 내가 부모가 되었다. 내 자식들이 자유롭게 살기를 바란다. 나는 그들을 구속하고 싶지는 않았다.

그러나 가깝게 살고 서로 소통하다 보면 각자 생활방식이 달라 충돌한다. 예를 들면 손자 웅이가 계속 몸무게가 늘어 뚱뚱해진다. 나는 걱정이 되어 먹는 것을 조심하라고 일러 준다. 그럼 딸은 냅다 소리친다. 엄마는 꼭 이렇게 맛있게 먹는데 그 소리를 해야 하느냐고. 나는 찍소리를 못한다. 그러나 비대해지는 손자가 걱정스럽다. 사실 다른 집은 할미는 괜찮다 하고 그 어미는 안 된다고 하는데, 우리는 나쁜 할미, 제 어미는 좋은 어미이다.

이번에도 여러 가지로 공격하다가 나는 말했다.

- 나는 나쁜 엄마다. 그러나 내가 너에게 보내주는 경제적 지원만큼 적어도 언어의 자비를 주었으면 좋겠다. 나는 평생 양 부모에게 경제적 지원을 하면서 혹독한 언어로 상처를 받았다. 그러나 자식들한테까지 상처받고 싶지 않다.
- 언니. 그래, 고모에게 상처를 주는 것은 맞지 않아. 경제적 지원을 받는데….
- 내 철학은 떠나는 사람, 안 잡고, 오는 사람 안 막는다야. 나는 적어도 남에게 피해를 주지 않는다. 그리고 나는 자유롭게 살고 싶다. 나를 구속하지 마라. 내 멋대로 살련다.
- 그래요. 엄마는 나에게 맺힌 게 많아요. 내가 들어 줄게요. 나에게 다 풀어요.

그리고 모두가 끝마쳤다. 여기에 다른 사람이 개입되면 더 큰 소동이 벌어질 터였다. 그런데 그놈(큰딸)은 속상했던지 다른 방으로 갔다. 손자들은 제 어미를 달래며, 사람들이 모여있는 곳에 오지 않았다. 애기들은 외할미가 항상 자기 엄마를 혼내는 사람일 게고, 저네 어미는 울고 짜는 불쌍한 존재로 여길 거다. 이 상황은 내가 우리 시어머니 때에 당한 일과 똑같았다. 시댁에서 나는 너무 성실했고, 최선을 다했으며, 부당하게 대접받고 살았다는 생각.

그러나 내 딸을 볼 때, 딸은 최선을 다하지 않으며 산다는 생각. 제멋대로 자유롭게 살다 보니, 손자의 마음에 쌓이는 말할 수 없는 괴로움을 내가 알아채고 있다는 생각. 그러면서 나는 손자들에게 악마의 할미로 인식된다는 생각. 이치로 보면 옳은데 옳지 않다는 인식이 나를 화나게 했다. 그리고 내 안의 나를 바라보며 다짐했다. 이제 부모인 내가 자식을 버릴 때가 되었다고. 자식들은 이제 불혹의 나이가 넘었다. 이제 서로 멀리멀리 떨어져서 각자의 삶에 충실하기를 빌 뿐이었다.

*

새로운 것도 좋지만 나는 역사를 중요시했다.

내 여동생을 만나면 우리는 충돌했다. 우리는 나이 차이가 크다. 예전에는 다툼이 없었다. 서로가 무얼 하자 하면 서로 호의적으로 했다. 그런데 요즘, 동생은 내가 하자고 제안하면 토를 달고 부정적 제안을 내놓았다. 한참 아랫것과 싸우는 것도 남사스럽다. 그러나 그 과정을 견뎌야 하는 일이었다. 원수같이 싸워서 두절될 수는 없었다. 다툼이 일어나면, 서로 상처가 났다. 난 그(여동생)를 쳐다보기 싫었고 그도 언니가 미울 것이었다. 나는 서로의 만남을 멀리, 간격의 시간을 두어야 했다. 긴 시간은 보고 싶은 그리움을 주었다. 불미스러운 일로, 처음에 셋째 이모와의 싸움이 일어날 때이었다. 그는 내 편을 들지 않고 이모 편을 들었기 때문이었다.

난 이모 시누이 때문에 내 작은 집이 날라갔다. 그래서 나는 이모에게 30년 전 일이지만, 이모네가 나에게 미안하다는 말은 해줬어야 한다고 말했다. 그때 그는 그 사건을 언니가 잘못이라며, 이모 잘못이 아니라 했다. 나는 어이가 없었다. 이모가 자기 시누이를 끌여들여 아파트 분양을 시누이 명의로 하라 했다. 시누이가 서울에 살았는데, 한번도 집을 가진 적이 없었다고. 나는 명의를 돈을 주고 샀다.

그런데 그 명의는 하자가 있는 허위였다. 분양받으려고 작은 집을 판 것이 명의 빌린 것과 함께, 모두 사라졌다. 이치를 알지 못하고 그대로 여동생이 나에게 이모는 잘못이 없다고 말할 때, 나는 내 안의 30년 묵은 화를 폭발로 몰고 갔다. 사실 그 작은 강남 집이 지금 20억이었다. 이모 시누이 때문에 20억 자산이 날아갔다는 생각… 더구나 여동생 말은 나에게 더 큰 상처를 안겨줬다. 그 뒤 나는 더 이상 여동생을 보고 싶지 않았다. 그렇게 일 년이 넘어서도 쉽게 상처는 낫지 않았다. 그래도 나는 그 상처를 씻으려 애썼다.

나는 나를 치유하려 했다. 내가 나를 용서하는 방법을 찾았다. 그의 생일 때 가족끼리 골프를 쳤다. 다시 가족의 생일 때 가족 식사를 했다. 그렇게 1년이 지났다. 고것은 가족 휴가 때도 콘도에서 만나는 것을 꺼렸고, 언제부턴가 자기 주장을 세워 불편했다. 그는 자기가 주도하는 여행을 하고, 자기식의 여행을 하기를 바랐다. 그런데 그들은 이번 가족여행에 합세했다. 그들(부부)은 미리 자기네식 오지여행을 체험하고, 우리와 합류한 것이었다. 그들 스스로 즐겼지만 아마도 가족의 만남이 그리웠을 것이리라. 어쨌든 감정의 찌꺼기는 세월의 흐름으로 사그러졌다.

콘도에서 우리는 기쁘게 만났다. 바다와 모래, 맑은 하늘, 시원한 물놀이, 맛있는 만찬으로, 가족 간의 애정이 돈독해졌다. 이제 나는 마음이 고요했다. 그러나 아직 제부의 정치적 성향이 우리와 달라서 우리는 조심했다. 그는 철저한 좌파였다. 우리는 철저히 우파였다. 나는 정말 공산당이 싫었다. 나는 자유를 사랑했다. 좌파는 진보파가 아니라 공산당인 것이 싫었다. 나는 우리 국민을 이해할 수 없었다.

전체주의로 가는 집권당을 좋아하는 사람들을 나는 이해할 수 없었다. 이제 우파라는 통합당도 나는 증오했다. 그들은 집권당을 보조하는 제2군단으로 여겨졌다. 그들은 더 배신자로 보였다. 나에게 정치가들은 자기 권력에만 탐하는 나쁜 족속일 뿐이었다. 나는 나라를 살리는 국익파를 원했다. 남동생은 좌파는 아니지만, 중도우파? 중공에서 살았기 때문에 아마도 경제적 친중파? … 그는 중공에서 애들모두 대학을 졸업시켰고, 중공에서 거의 20년을 법인장으로 근무했다. 그때, 그는 국익을 위해 중공과 연계된 사업장에서 오랫동안 근무했다. 그때 정치적 문제는 나타나지 않았다.

2010년까지도 중공은 한국을 파트너로 귀하게 여겼다. 우리는 귀한 외국인으로 존중받았다. 그런데 시진핑이 집권하면서 강력한 독재 체제를 장기 집권하려는 욕심이 화를 불렀다. 접근 국가를 모두 자기 소유화했으며 위구르 신장을 독재와 노예화하는 정책을 썼다. 홍콩의 자유를 박탈하고 중공에 소속시켰다. 막강해진 중공의 부가가치를 시진핑은 온 세상을 삼켜버리려 했다. 그는 중공의 강력한 힘으로 세계를 장악하기 위해 공산당원을 만들었다. 그리고 각 나라에 스파이로 파견시켰다.

공산당원이 1억 명이라니 얼마나 많은 공산당원이 시진핑을 위해 충성하겠는가. 우리나라에도 수만 명이 들어왔고, 그들은 유학생과 함께 우리나라를 뒤흔들었다. 문재인의 정권도 국민의 촛불시위가 아니라 중공 공산당이 합세한 촛불로 정권을 세웠던 것이다. 중공 공산당원들은 각 언론사에 돈을 뿌리고, 온갖 정치적 집단에도 돈을 뿌렸다. 물론 중공 공산당의 정치 자금을 이용해서 문재인이 권력을 잡은 것이다. 문빠들은 권력을 잡고, 그들이 먹은 중공 공산당의 돈을 채워주기 위해, 멀쩡한 원전을 없앴다. 대신에 허접한 중공 태양광 패널을 중공 공산당들이 설치하였다. 그들은 경제를 창출해서 온갖 것을 세금에서 강탈해갔던 것이다.

국고 세금은 북한에도 주고, 중공에도 온갖 대가성으로 바쳤다. 저소득층에는 쌀을 주고 돈을 줬다. 그들은 문빠들을 찬양했다. 공짜로 돈을 주니 살맛이 났다. 쌀은 수시로 넘쳐나게 주어 그들은 쌀을 팔아서 돈으로 만들었다. 세상은 거꾸로 가고 있었다. 언론은 먹통이고, 문빠들은 원하는 중공 공산당과 합작하여, 가짜뉴스만 보도했다. 그들은 시진핑과 김정은의 수법을 똑같이 재현했다. 법무부 장관 추미애는 자기 아들을 두고 병역근무가 옳다고 몇 개월을 주장했다. 옳지 않은 것을 혼자 옳다고 떠들면 문빠들은 맞다고 맞장구를 쳤다.

법은 법이 아니었다. 국방부는 국방이 아니었다. 언론은 언론이 아니었다. 국민은 반반씩 나뉘었다. 부자와 가난한 자로. 집 가진 자와 안 가진 자로. 코로나 환자와 비 환자로. 국가는 수시로 묶었다. 움직이지 말라고. 사람들은 수시로 집안에 묶였다. 도시는 사람의 통로를 막았다. 강남 백화점과 고속 터미널은 유령의 도시로 만들었다. 문빠들은 빚을 내서 국민을 달랬다. 이제 1,000조를 내면 모든 것이 해결될 터였다. 조금 있으면 일 인당 빚이 일억 원이 될 거라 했다.

문빠들은 상관없다. 후손들은 상관없다. 온 천지를 환경단체가 환경을 외치며 중공 태양광 패널로 쑥대밭을 만들었다. 1,000조 빚을 내서 국민에게 나누어 주면서 그들은 여기저기서 조금씩 떼어먹어도 그들은 상관없다. 윤미향도 먹고, 민노총도 먹고, 한노총도 먹고. 위안부를 찾으며, 그들을 위해서 조금 떼어 먹고. 그래도 그들은 법에 맞고, 옳고 당연했다. 그들은 이 정권에 옳은 일만 했고 정당했다.

나라가 살려면, 중공이 멸망해 주어야 했다. 한국이 살려면 북한이 멸망해 줘야 하는 것이었다. 그래야 독재로 몰아가는 집권당이 몰락할 수 있을 것이었다. 중공은 문빠들이 끌어들였고 그들의 돈을 먹고, 그들의 정권을 잡았다. 언론계, 법계, 정치계에 돈을 뿌리고 그들의 세력 체제로 만들어 장기 집권을 구축하려는 것을 나는 증오했다. 자유주의 나라를 공산화해 가는 것이 나는 참을 수 없었다. 그것이 좋다는 국민들을 이해할 수 없었다. 추미애 아들의 군 휴가 미복귀 사건을 한 달 동안 미해결 사건으로 처리하는 검찰을 보면 나라가 망해가는구나! 생각했다.

이제 추 장관 아들 공익 제보자를 '인민재판'하듯 대놓고 협박하고 있는 꼴은 망가져 가는 나라의 현실을 실감하고 있었다.

- "우리는 매우 위험한 순간에 직면… 국가 명령 통제 체제에 길들여지고 있어" 한상진 서울대 명예교수(진보성향)는 말했다.(블로그: 동미소탐, Kharm, 2020.9.15.)
- 우리나라는 지금 국가명령통제 체제에 길들여지고 있는 것이다. 최고 권력자의 행위를 시민들이 받아들이겠다는 시민들의 요구로 권위주의 흐름이 정당화되고 있다.
- 정부의 공포심 조장: 문재인 대통령은 "종교의 자유, 집회의 자유도 제한할 수도 있다."라고 말했다.
- 문재인 정권은 처음부터 국가 기구와 권력, 재정을 동원해 과도하게 개인과 시장에 개입하는 '국가주의' 성격이 강했다.
- 헤게모니 장악: 현 정권이 '국가주의'로 몰고 가고 있으니, 야당은 파괴된 상식을 복원하는 쪽으로 저항해야 한다. 1980년대 내가 지도한 학생들은 사회 변혁 주체로 기대가 컸지만 586세대, '국가주의'로 변신했다.
- 그들의 머릿속에는 과거 노무현 정권의 실패 경험이 있다. 이 때문에 확실한 헤게모니를 잡으려고 했다. 사법부, 입법부, 헌법재판소, 언론까지 장악해 나갔다. 하지만 운동권 전술을 쓰면서 실패했다.
- 야당의 존재 이유: 현 정권의 폭주에는 야당의 책임이 크다. 김종인 한 사람에게 의존하는 것은 근대 정당의 개념으로 있을 수 없다. 그런데도 당내 여론은 김종인 체제에 만족하는 것 같은데? 싸우지 못하는 야당은 존재 이유가

없다. 야당은 상식을 가진 시민들과 힘을 합쳐야 한다. 지금 야당은 그런 움직임이 없다. 이게 진짜 야당의 위기다.

나는 한상진 교수의 말에 동의한다. 집권자는 코로나19를 이용하여 국민을 사회주의화 하는 것이 무섭다. 거기에 국민은 자기 자유를 스스로 박탈하는 것을 모르고 집권자에 공조하며 찬양하는 것이 괴롭다. 우리 국민이 세계에서 똑똑하고 머리 좋다고 말하는데, 현 정권의 막가파적 현상을 제지하지 못하는 것이다. 지금 우리 국민은 모두가 높은 학력자로 머리로만, 유튜브로 불만을 말할 뿐이었다. 현 정권을 뒤집을 만한 사람이 없다는 것이 문제였다. 그들은 권력과 재정을 동원하여 시민들을 순치하여, 새로운 독재 체제를 구축하며. 우리의 미래를 잃게 하고 있는 것이었다.

*

나는 이제 말없이 존재하는 사람이었으면 좋겠다.

사람이 많아지면, 나는 말을 너무 많이 했다. 모든 이를 제쳐 놓고 말머리를 잡았고 끊임없이 이야기했다. 그럼 다른 사람들이 하고 싶은 이야기를 못 했다. 그래서 그들은 그들끼리 말머리를 만들어내서 다른 이야기를 했다. 그럼 함께 모인 사람들이 여러 군데로 흐트러졌다. 결국 내가 함께 모인 사람들을 뿔뿔이 흐트러지게 했다. 이제 나는 귀만 열어 놓고 남의 말에 열중했으면 좋겠다. 나는 말을 삼가는 인물이 되기를 바란다. 왜 그리 말하기를 좋아하는지….

그동안 말이 많아서 혼쭐난 일이 얼마나 많았던가. 말이 많아서 가장 싫어했던 일은 시 외삼촌이었다. 만나서 식사를 대접할 때 그는 너무 말이 하고 싶어 식사를 하지 못했다. 오로지 당신의 말에 집중해서 끊임없이 당신의 이야기를 했다. 그런데 그 이야기는 평생을 들었던 이야기였다. 과거에 힘들게 살았던 이야기를 되풀이했다. 새로운 이야기는 없었다. 오전의 이야기가 오후에도 계속되었다. 그가 하루 종일 되풀이하는 이야기는 나중에 내 머리가 터질 듯이 스트레스를 받았다. 이제는 그를 만나는 것이 불편했다.

그런데 이제 나도 닮아갔다. 노인성 막가파로 닮아갔다. 작은애가 자기네 친할머니를 닮았다고 욕하는 것이 맞았다. 큰딸이 엄마는 자기를 괴롭히는 나쁜 엄마라는 것도 맞았다. 어쩌면 내 안에 내가 아이들을 키우면서 참을 수 없이 상처받았던 것을 그들에게 공격하며 발악을 할지도 몰랐다. 나는 어렸을 때 이유 없이 친정 엄마에게 혼났던 적은 가끔 있었다. 그러나 그것이 엄청 비난 받을 일은 아니었다고 생각했다. 그리고 나는 내 임무와 책임을 철저히 지키고 최선을 다했다.

그런데 시어머니에게 부당한 대우로 부적절한 일을 많이 겪었고, 황당한 일을 당한 적이 많았다. 시대적으로 그렇게 겪어야 하는 것도 아니었다. 여하튼 지금은 차라리 그렇게 불합리한 시기를 지냈기 때문에 내가 성장했고 여러 면에서 발전했다. 고생 끝에 낙이 온다는 말처럼, 이제는 모두가 고마웠다. 문제는 이제 다시 내가 마지막 시기를 어떻게 우아하게, 서로 공존하면서, 즐겁게 살 수 있는가하는 문제다. 가족이 모이면, 이상하게 말다툼이 생겼다. 아무것도 아닌데 상처를 주게 됐다. 어디서 문제가 일어나는가? 그것은 나의 문제였다. 내 안의 나가 발동을 했다.

나를 관찰해 봐야 했다. 나는 가족과 싸우면, 나이가 제일 연장자이니까 큰 소리를 질렀다(물론 막걸리 한잔도 걸쳤다). '나는 내 맘대로 산다', '가는 사람 안 잡고, 오는 사람 안 막는다'라는 말은 시외삼촌이 주장하는 말과 같았다. 결국 나도 막가파로 식구들을 괴롭히는 말이 되었다. 깨달은 사람들이 부모를 버려야 산다는 말을 했다. 나도 속으로 부모를 버려야 내 삶을 살 수 있다고 생각했다. 이제는 거꾸로 어미인 나는 자식을 버려야 산다는 시기가 왔다.

그래야 자식를 괴롭히지 않고 나만의 생을 조용히 사는 방법을 터득할 것이다. 자식과 함께하면 그들의 삶이 내 눈에 옳지 않았고, 그들이 보는 어미의 삶 또한 현대에 맞지 않는 삶으로 이해했기 때문이다. 우리는 적당히 서로가 이별해야, 나를 소중히 여기고 자식들도 귀히 여기는 힘이 생길 것이다. 나는 좀 더 큰 마음의 공부를 하고, 내 안의 나를 자비롭게 만들어야, 주변 사람들이 편안하고 고요하게 살 수 있을 터였다. 평생 시어머니의 시비와 공격이 내 안에서, 다시 대물림으로, 살아나서 자식을 힘들게 할 수 있었다. 나는 그것을 반성한다. 그리고 이제 더 이상, 주변 사람들에게 공격하지 않으며, 내 안의 자비를 베풀게 하라고 기도했다.

*

식물원에 구경 갔다.

가을빛이 역력했다. 붉은 상사화가 활짝 피었다. 9월 16일이었다. 오솔길을 따라 피어난 꽃이 아름다웠다. 계곡에 물이 졸졸 흘렀다. 인조 화단 조성도 아름다웠다. ㅇ 친구는 오랜만에 만났다. ㅅ 친구도 그렇고. ㅇ 친구의 품성은 세모 모양이었다. 그는 반듯했다. 그러나 이치에 맞지 않으면 곧 삼각뿔로 찔러버리는 공격형 성격이었다. ㅅ 친구는 반달형인 타원형이었다. ㅅ은 매사 둥글게 뭉치려 애썼다. 우리는 서로 조화로웠다. 식물원에서 오르락내리락 하며 정원을 돌며 구경했다. ㅅ 친구가 말했다.

- 골프치는 멤버네 자동차를 탔는데 깜짝 놀랐다. 그의 운전기사가 내 친구한테 하인 대하듯이 그렇게 말을 막하는데, 이해할 수 없었다. 그런데 나중에 알고 보니 그 친구 남편이 키가 작고 못생겼는데, 자기 부인이 예쁘게 잘생긴 거에

대한 콤플렉스를 이상하게 풀었다는 것이다. 그 남편은 젊었을 때 콤플렉스 때문에 자기 부인에게 못된 말을 하고 마구 때렸다는 것이다. 그러고선 미안함에 대한 보상으로, 1억짜리 수표를 부인에게 던져주었다. 그 부인은 그 돈으로 못 사는 친정을 거두고 살았다. 그런 나쁜 행동은 남편의 고질적 버릇이 되었고. 결국 남편은 부인을 귀히 여기지 않았으며, 오래된 운전기사 또한 남편의 행실처럼 그의 부인을 남편 식으로 취급했던 것이다.

- 그런 일 많아. 우리 후배 교수도 남편의 구타질에 어쩌지 못하고 살고 있어. 남편이 의사인데. 나도 그들을 이해할 수 없더라고.
- 진짜야?
- 응, 그래.
- 우리 딸이 의사와 선을 보라 했더니 딸이 자기는 절대로 의사랑 결혼 안 한대. 의사는 90%가 이상한 정신질환이 있다고. 그놈이 책을 너무 많이 읽어서 이상한 것을 많이 알거든.
- 지금 아프리카에 부부가 일을 하러 가면 남편이 막대기를 들고 밭으로 함께 일을 간다며. 가다가 갑자기 남편이 막대기로 부인을 두드려 팬다며. 그것이 남자의 자존심이고, 남자의 권위라고. 그것이 날마다 일상적인 일이래. 이해할 수 없는 것이지.
- 아니, 지금 20세기잖아. 그리고, 여기는 우리나라이고. 그럴 리가.
- 우리 옆집 건설업자야. 아들 둘이고, 돈은 많은 거 같고. 남편이 오면 부인을 그렇게 때리더라고. 밤새 죽어가는 소리를 해. 그러면서도 애들 키우고 잘 살아. 만나면, 인사도 잘하고. 우리는 어떻게 말할 수가 없지. 어느 날 애들 데리고 더 크고 좋은 집으로 이사 갔어.

- 다른 후배 남편 삼성맨이야. 그놈도 우리 후배를 그렇게 때린다니까. 영어 과외 해서 돈도 많이 벌었지. 애들 유학도 시키고. 그런데 남편이 부인을 때린다니까. 그래서 내가 이혼하라고 했어. 그런데도 못 하더라고. 내가 이해를 못 한다니까. 나는 우리나라에도 많은 여자가 남자에게 맞고 살아. 물론 요즘은 여자가 남편을 때려서 남자가 맞고 산다고도 들었지만.
- 또 다른 골프 멤버는 나이가 45살에 셋째 막내아들을 낳았어. 그런데 그 친구 골프 치는 것을 너무 좋아해. 하루는 그 집에 놀러 갔다. 현관에 나오는 꼬마 애기가 제 엄마와 친구를 보고 "사모님, 어서 오세요."라고 하는데, 내가 기절할 뻔했어. 그래서, 내가 너 제발 골프 치지 마라, 네 새끼 키우고 공치라고 소리를 쳤어.
- 그래, 우리 세상은 이런저런 별일이 다 있는 거 같아.

식물원에 설치한 두꺼비를 구경하며 벤치에 앉았다. 그곳에서 우동과 피자, 커피를 주문했다. 이제 함께할 친구들이 많지 않았다. 허리가 아파서, 다리가 아파서, 암을 수술해야 하는, 걸을 수 없는 나이가 되었다. 이제 수술하는데도 남편이 보호자가 될 수 없었다. 65세 이상자는 어디고 통과할 곳이 많지 않았다. 우리는 서로 위로하면서 우리의 여행지를 생각해봤다. 코로나가 지나가길 빌면서 내년 봄에 여고 동창들이 모여 2박 3일 여행하자며 헤어졌다.

나의 감각은 어디에 살아 있는가?

나는 다리가 아파서 잘 움직이지 못해. 처음에 왼쪽 무릎 바깥쪽에서 뚜둑하는 소리를 들었어, 바로 서 있던 자세가 땅으로 쓰러졌지. 일어설 수 없었어. 남편의 부축으로 일어섰지. 그러나 왼발을 디딜 수 없었고. 다른 사람이 와서 양 어깨를 받치고 걸었지. 집 옆 화단에 앉아 쉬고, 남편이 등산용 스틱을 집에서 가져왔어. 스틱을 짚고 집으로 들어갔고. 곧 한방으로 갔어. 곧 침을 놓고, 부황을 뜨고 뜨거운 팩으로 찜질하고 붕대 처방을 받고 집으로 왔지. 오면서 약방에 들려 염증약을 샀고.

염증약을 복용하고, 한방을 다녔어. 이제 3개월째 시간이 흘렀지. 하루에 만 보 이상을 걸어서 근육이 소멸되지 않으려고 했고. 친한 친구인 약사는 나에게 하루에 달걀 6개를 먹는 게 좋다고 했어. 그의 말대로 달걀을 넉넉히 먹으려 했지. 비슷한 부위를 다친 코치는 적어도 6개월 이상이 되어야 정상적이 되었다 하고. 아픔의 시간도 아픈 곳의 기록이 남아서, 그것은 힘이 되는 거지. 허리가 아파서 10년을 고생했으니 나만의 허리 통증을 이겨내는 법칙을 발견하듯이. 다시 재발이 되면 나만의 치료법을 사용하며 고통을 이겨내는 거야.

자기 몸에 고통이 많은 자들은 그들만의 치료 방법과 치료약을 개발해서 극복하는 사람들이 많은 거 같아. 내 위장이 10년 동안 아파서 힘들게 10년을 보냈거든. 노인들은 아픈 부위가 모두 제각각인 거지. 늦게 위장이 아파서 고생하는데 이미 10년을 앓았던 사람이 유경험자로 선생이 되는 거였어. 허리 통증도 그렇고, 이빨, 다리 통증도 그랬다. 절룩거리며 쓰레기를 버리려 나갔어. 경비 아저씨가 다리가 아프냐고 물었지. 심줄이 끊어져서 지금 붙기를 바란다고 했지. 305동 위층 아저씨가 등산을 엄청 좋아했다고. 어느 날 그 아저씨가 산에서 119에 실려 왔고. 이번에 이사 가는데 그가 좋아하는 등산 장비를 몽땅 버리고 갔다는 거야.

좋아하는 것을 너무 즐기면 안 되는거 같았어. 주변 사람들은 나에게 짓궂게 테니스 그만하라고 지적질을 많이 했거든. 그만하라고. 그러나 나는 나이가 들으니까, 어차피 테니스를 치면서 아프든지 안 치면서 아프든지, 아프기는 매한가지로 생각했어. 테니스 안 쳐도 아프고 사니까. 나는 차라리 즐기면서 아픈 게 낫다고 생각한 거지. 노인이 되니 혼날 일이 많아. 젊은 친척들은 나에게 너무 지나치게 테니스 운동을 한다는 거야. 나는 그냥 적당히 한다고 생각하는데. 젊은이들이 자기 새끼 데리고 운동을 하면 그들이 그렇게 예쁠 수가 없어. 요즘 젊은이들이 핸드폰에 빠져서 어미고 애들이고 각자 자기 채널을 즐기느라 몸이 망가지는 줄도 모르면서.

나이 들어 지적질을 하면 안 되는거 같아. 스스로 지적질 피하는 법을 배워야 되는데… 같은 동기생이라도 지적질하는 친구는 피하고 싶어. 그들도 아는데 안 되는거지. 지적질도 습관인 거 같아. 좋은 말과 칭찬의 소리를 하는 사람이어야 하는데… 평생 지적질을 받았는데 그것이 내 것으로 변할 수 있나 봐. 시어머니가 평생 빵만을 먹어서 미웠다는데. 어느 날 자기도 빵만 먹고 있더래. 웃기지? 즐거운 마음을 가지도록 나에게 주입시키는거야. 가끔 테니스 서브를 넣을 때, 하늘을 보며, 즐겁게, 행복하게 운동을 즐기자. 그런 마음을 마음속으로 생각하고 게임을 하면, 공격적 게임이 아닌 즐기는 게임을 하게 되지.

솔직한 삶은 중요한 거 같아. 지나치게 포장해서 좋은 소리와 칭찬만 하는 소리가 좋은 것도 아니야. 친구 ㅁ은 마음이 따뜻해. 운동 친구들에게 좋고 듣기 좋은 소리를 잘해. 멤버들도 좋아하고. 애들도 모두 훌륭하게 키웠어. 하나는 법조인이고, 다른 하나는 의사지. ㅁ네 시어머니가 조용하고 따뜻한 사람이었어. 시아버지가 돈이 많아. 밖에서 보면 ㅁ 친구는 유복하지. 시댁이 돈이 많으니 애들 학비 다 대주고, 생활비를 넉넉히 주니 고생이 없는 거지. 한 20년 잘 살았는데 남편 회사가 부도가 나고, 남편의 대기업에서 잘린 거고.

남편은 헝그리 정신이 없는 거지. 그냥 시댁에서 받는 돈으로 생활을 하면 되는 거고. 그 후 세월이 흘러갔어. 시어머니가 아프기 시작했고, 시아버지가 아프기 시작했어. ㅁ친구는 맏며느리였어. 시댁은 파출부를 두고 살았어. 시아버지가 거동을 잘 못 하게 되어 용변처리 하는 간병인을 두었어. 그래도 시아버지는 며느리와 아들이 용변 처리해주면 기뻐했어. 자연적으로 며느리가 아버님을 기쁘게 하고 싶은 거야. 자기 아들 학비와 생활비를 받으니 고맙게 생각하고 힘든 일을 해낸 거지.

ㅁ은 나름 그 시대에 좋은 대학을 나온 인재였어. ㅁ이 내적 고통이 없겠는가. 고통을 자기 안에 쌓았겠지. 세월은 흘러갔어. 시부모를 10년 이상 모셨어. 어느 날 둘 다 돌아가셨어. 그는 잠시 편안해졌지. 그 후 아들들이 결혼했어. 남편은 자기가 애기를 돌보겠다했지. 두 집 모두가 직장인이니까. 자기가 혼자 어떻게 돌보냐고. ㅁ 친구가 애들을 건사하는 거지. 날마다 애기들 새벽부터 어린이집 보내고 집으로 데려와서 밥 먹이고 저녁에 아들네집 데려다주는 거지. 큰 손자가 초등학교를 가고서부터 친구는 온몸이 아픈거야

다리가 아프고, 허리가 아파서 입원하는 경우가 많았지. 그해 가을 입원이 길어졌어. 병명 진단이 파킨슨병이라나. 그 소리를 들으니 눈물이 쏟아졌어. ㅁ 친구가 미웠어. 병신처럼 천사역을 맡더니 몸이 망가졌다고. 아이고, 바보 같으니라고. 제 몸 죽이는 줄 모르고 빌어먹을 무슨 천사냐 천사. 차라리 악녀가 되어 제 몸을 지키지. ㅁ 친구 욕을 하며 울었다. ㅁ은 계속 나를 보면 말하지. 시아버지 사랑이 크

고 시어머니 사랑이 크다고. 나는 속에서 열불이 나고. ㅁ을 보면, 역겨웠지.

우리는 서로 거리를 둘 필요가 있었어. 내가 못 견디는거야. 이런저런 이유를 대고 멀리했지. 내 마음이 사그러지면 그를 위로했어. 걱정하지 마. 파킨스병은 쉽게 안 죽어. 좋은 약이 얼마나 많냐. 약 먹으면서 길게 20년 살면 돼. 이리저리하면 90세가 넘을 거고. 병이 없어도 다리 아파서 움직이지 못하고 허리 아파서 병원 다니니까 도찐개찐 아니냐? 병을 가지고 사는 것은 똑같은 거지. ㅁ은 자기도 그렇게 생각해, 하며. 우리는 열심히 운동하고 힘을 기르기로 약속했다. 그것이 병을 이기는 길이니까 말이다. 그리고 맞아, 맞아, 하며 손뼉을 쳤다.

ㅁ은 계속 양쪽 손자를 케어하며 살아가고 있어. 아마도 그렇게 힘없을 때까지 죽어가면서 돌보미 할머니로서 역할을 다하다 가겠지. 그래 ㅁ 친구는 훌륭하다!

작은딸 승과의 싸움은 계속 되었다.

어느 날부터 작은딸이 말을 안 했어. 아마 그 전에 시집가라고 말싸움을 대판했던 거 같아. 고놈이 테니스 레슨 받고 우리 집으로 들어오면, 너 왔니? 물으면 대답이 없어. 고놈은 샤워 전에 운동복을 세탁기에 돌려놓고 샤워를 진하게 했어. 나를 피하고 말도 안 하더라고. 그런가 보다하고 나도 침묵을 지켰지. 처음에는 섭섭하고 뭔가 내가 큰 잘못을 한 거 같아. 고것이 괘씸하면서 얄미운 거야. 그래봤자 제 돈으로 살지도 못하면서 아빠와 엄마 돈으로 생활을 충당하며 사는 것이.

그래, 고놈이 얼마 동안 말하지 않고 살 수 있냐고 생각했지. 고놈하는 짓이 얄밉지만, 한편으로 불쌍한 거야. 먹는 것도 대충 마트에서 가장 싼 피자를 전자레인지에 데워먹고, 반찬도 없이 햇반이나 라면 먹으면서 학원 다닐 거 생각하면 가슴이 저리고 불쌍해서 눈물이 나는 거야. 그래도 시간은 흘러가더군. 고놈의 빈방을 보면 고놈 생각이 나고 또 눈물이 나지. 한 주일이 지나고 나는 새로운 마음을 가졌어, 고놈은 엄마를 속상하게 해서, 애를 먹이려고 작정을 했든지, 아니면, 더러워서 엄마 밥은 안 먹겠다고 다짐을 했든지. 여하튼 나 있을 때는 밥을 안 먹고 우리 집을 떠나는 거지.

고놈은 엄마에게 저를 시집 안 간다고 난리쳤던 것에 대한 보복을 철저히 하고 있는 거지. 처음 일주일은 내가 고놈에게 시집도 못 간다고 야단친 것에 대해 반성을 하고 고놈이 불쌍해서 눈물을 흘렸는데. 이제는 마음을 다져 먹었지. 그래, 어차피 홀로 사는 연습을 해야 하니까. 빨리 공부를 하는 편이 낫겠지. 가난한 유학생이 타국에서 홀로서기를 하듯이 고놈도 독립을 위해서 유학갔다는 생각. 그것은 나를 위로했어. 나에게 문제는 많아. 말이 많아서 탈이 생긴다는 것이지. 고놈이 나에게 말을 안 하고 외면하니까 처음에는 가족 간에 이게 뭔 일이냐?

그것도 시간이 지나가니 익숙해지더라고. 외면을 하든 말을 하지 않든 각자 자기 일에 충실하면서 부딪히다가 고놈이 적당히 우리 집을 떠나가면 되더라고. 지금 고놈이 현관문을 따고 들어왔어. 목욕탕에 불을 켜고 옷을 벗어 세탁기에 넣는 거야. 곧 목욕을 거하게 하겠지. 아빠랑 이야기할 건데 아빠가 자기 할 일이 있어서 나갔거든. 들어오면 서로 왔냐 하며 인사하겠지. 오늘은 손자들이 공부하러 오는 날이야. 밥을 먹고 갈지 안 먹고 갈지 몰라. 엄마 밥을 안 먹고 가면 싸움에서 이기는 걸로 착각하겠지. 좋아 좋아. 이 나이는 모든 것을 지는 게임 쪽으로 마음을 두려고 해.

어제 테니스게임을 했어. 다리가 아프지만 근육을 키우려고 애썼어. 진통제도 먹고. 코로나로 오랜만에 온 회원이 있었어.

- 아이고, 오랜만에 왔는데, 얼굴이 더 아름다워졌네. 몸도 슬림해졌네. 야, 너 아
  름다운 얼굴 좀 자주 보여주면 안 되는 거야? 애기도 이제 안 보는데 나와야
  지. 아침에 등산 간다면서. 오후에 나오면, 되잖아.
- 언니, 힘들어서 못 나와. 아침에 남편이 뒷산 가자 하면 따라가게 되고, 오후에
  는 못 나오게 돼요.

우리는 첫 게임 전에 넬리로 몸을 풀고 게임을 했지. ㅂ친구의 공은
여전히 칼날같이 날카롭고 공격적으로 공이 날아왔어. 아이고, 살아
있다며, 힘을 모아 받아넘겼지. 공을 치고받으며, 게임이 진행될 때,
내 안의 나에게 말하지. 즐겁게, 행복하게 공치는 게임을 하자고. 다
리가 아프니까 빨리 뛰어지지가 않는 거야. 그러나 공이 오면 몸이 적
응하며 달려가게 되거든. 다리는 통증이 오고 절룩거리며 다시 뛰고
를 반복하지. 내 파트너는 아침에 일을 많이 해서 에러가 많이 나더
군 결국 우리 팀은 지는 게임을 해버렸어.

다시 게임을 하고 익숙해지면서 공의 속력이 빠르고 재미있었지.
ㅂ은 상당한 공격수야. 오랜만이라도 그의 공격을 받으려면 온 힘으
로 받아내야 하거든. 다시 그가 우리 쪽으로 공격하는데, 공으로 내려
치는 소리가 회벽 면에 철심을 박는 소리가 났어. 우와, 대단해. 여하
튼 지는 게임이라도 상대편의 강한 힘이 있는 공을 다시 되받아치고,
정열적으로 지지 않으려는 게임을 하려고 애쓰면서 게임을 했던 것이
즐거웠어. 게임이 끝나고 우리는 함께 맥주집에 가자고 했어. 운동하

고 땀을 흘리고 치킨과 맥주를 마시는 것은 최고의 행복이야. 다리를 다친 후 갑자기 생각이 많아졌어. 일상적인 행복의 시간을 다시 생각했거든.

한의원을 갔는데 간호사가 나에게 물었어.

- 40년대 생이죠?

- 아뇨?

- 전 50년대 생인데요?

- 아, 네, 이름이 똑같은 사람이 많아요.

- 네.

다리에 물리치료를 받으며, 생각했어. 50년대면, 70세, 40년대면, 80세, 30년대면, 90세라는 사실을. 내 나이가 엄청 많구나. 지금부터 10년이 내 생애, 마지막 중요한 시기인 사실을. 남자는 70세 이상의 생존이 15% 이내라고 들었지. 남편 주변 친구들도 많이 죽음을 맞이했고, 내 친구 남편들도 50% 이상이 이미 이 세상을 떠났거든. 소중한 시간을 아름답고 멋지게 보내고 싶어. 제발 부정적인 것에 집착하지 말고 긍정적인 생각으로 주변 사람들에게 기쁨이 되는 내가 되고 싶어. 깨달은 사람은 아니더라도 함께 있으면 즐겁고 행복한 사람으로 되는. 얼마 안 있으면 떠날 사람이니까 즐기자는 것이야.

나에게 자비를 가지려고 해야 해. 그것은 부정을 긍정으로 바꾸는 힘이 있어. 자비심은 불쌍해서 눈물이 나며, 동정심이 생기고 도와주고 싶은 마음이 일어나게 하거든. 그것은 지나간 나쁜 기억을 사라지게 하고, 미워서 어쩔 수 없던 이를 부드럽게 감싸안을 수 있는 거지. 이번에 나를 실험했어. 이번에 친구 모임이 있었어. 친구들이 ㅈ 친구를 불러서 식사를 함께한다는 거야. 갑자기 내 몸이 경직되면서 ㅈ 친구가 싫다는 소리가 내 안에서 나는 거야. 온몸이 ㅈ을 거부하는 거지. 순간 당황스러웠지. 조용히 마음을 가다듬고 내 마음에게 말했어. 그러면 안 되는 거라고. 자비심을 가지라고.

곧 부정이 긍정으로 바뀌는 느낌. ㅈ 친구가 모임 자리로 들어왔어. 자비심이 생기더라고. 그를 향해 오! 너 멋있어졌어. 몸도 날씬해졌네. 그를 칭찬했지. 내 마음이 그를 거부하지 않고 그를 받아들이며 평안한 마음으로 안정이 되더라고. 싫고 부정적인 친구의 모습이 내 안에서 흘러넘쳤는데, 그를 칭찬 하면서 친구의 부정적인 면이 사라졌던 거야. 곧, 내 마음이 바뀐 거야. 부정을 긍정으로 바꿀 수 있다는 것을 증명한 거지. ㅈ 친구와 사이 좋게 식사를 할 수 있었고, 기분 좋게 헤어졌어. 내 마음을 아름답게 바꿀 수 있는 능력을 발견해서 즐거웠어. 나에게, 누가 자기의 어떤 말을 하면, 그 말에 대해 부정적인 것을 먼저 발견해서, 그 말에 대해 부정적인 부분을 말하는 경우가 많았거든.

나이가 많아지면, 남자든 여자든 더 부정적이고, 공격적이 되는지 모르겠어. 그들은 자기 중심적으로 생각하고 자기 기준에 안 맞으면 상대방을 비방하며 욕하는 거지. 내가 그런 존재로 변해가는 것이 괴로운 거야. 속된 말로 착한 사람을 보고 부처님 가운데 토막 같다고 하잖아. 부처님의 자비심과 예수님의 사랑 등은 어디로 갔을까? 평생을 듣고 배웠는데…. 자비심을 가지자. 자비심을. 자비심은 자신을 긍정적인 마인드로 만들어주는 힘이 있어. 꺼끄럽고 불편한 것들을 부드럽게 수용하게 하거든.

수도 스님들이 자비심을 강조하는 것도 자기 수행의 방편이 아닐지. 나이가 먹을수록 난 공격적이 되더라고. 한번 일어난 공격적인 마인드는 자제하기가 어렵고 새로운 공격 대상을 찾는 거야. 그것도 습관인 거지. 주변 사람들이 얼마나 괴롭겠어. 시어머니의 공격 대상은 자식들과 며느리였던 거지. 그것이 발달하여, 지금은 공격 그 자체가 당신의 언어가 되었어. 그는 말투 자체가 공격이고 본성이며, 언어인 거지. 그를 욕할 게 아니야. 며느리도 나이를 먹으면서 시어머니와 똑같아지는 것이, 나 스스로 무서운거지. 며느리가 가장 혐오한 것을 어쩌면 그렇게 똑같이 배워서 사용하게 되는 것인지. 그게 바로 내림 아니겠어?

나는 반성을 해야 했어. 그리고 수용적인 사람이 되었으면 좋겠어. 그럼 공격적이지는 않을 거잖아. 사실 공격적인 친구들은 거리를 두고 회피하고 싶잖아. 부드럽고 포근한 사람을 우리는 선호하잖아. 그런데 나 자신은 그렇게가 안 되는 거야. 그래도 노력은 해봐야지. 포근하고 따뜻하면 주변 사람들이 행복할 것이고, 그들을 따라 나도 행복해지는 것이고. 나를 변화하는 것은 나의 에고를 버리는 것이야. 상대방을 이해하며, 그를 수용해주며, 용서하는 거겠지. 또한 자비심을 가져 그를 보듬어주는 것이면 최상이 되겠지.

그래서 나는 나만의 수행법을 개발해 보는 거야. 산행을 하여 자연과 더불어 스스로 마음을 다스리는 일, 운동을 열심히 하여, 마음과 몸을 닦는 일, 귀찮고 힘든 잡일을 많이 하여 머리를 비우는 연습, 기피하는 사람들을 밀치지 않고 수용하려는 마음 연습 등….

*

오랜만에 글을 이어쓰니 글이 뒤죽박죽이 되었네.

2020년 내내, 코로나19 확진자 수를 늘렸다 줄였다 하며, 방송인과 정치가들은 자기들의 입맛에 맞게 국민을 조종하는 것에 우리는 환멸을 느끼지. 거기에 코로나를 이용해 정부가 개천절날 1만 명이 넘는 경찰력을 동원해 서울 도심을 틀어막았어. 결국 '코로나 계엄', '정치방역'이라고 우리는 비판을 할 수 밖에. 지금 입만 열면 민주화 운동 경력을 앞세우고 광장 민심으로 집권했다는 정권이 정권 비판 시

위를 못 하게 막는 기막힌 일이 벌어지고 있는 거지. 그런데, 나훈아
가 KBS 2TV '2020 한가위 대기획-대한민국 어게인 나훈아'가 최고의
시청률을 기록했고, 공연중 그의 소신 발언이 화제를 불렀지. 그의
멘트는 우리 국민의 속을 시원하게 풀어주었어.

  정치권을 강타한 그의 소신은 그야말로 최상이었다니까. 언론과 정
치, 국방, 법무부에서 벌어진 일들에 나훈아가 일격을 가해준 셈이지.
그가 국민의 속을 시원하게 속풀이 해줬다니까. 추석 TV에서 방영한
콘서트에서 그는 "왕이나 대통령이 국민 때문에 목숨 걸었다는 사람
은 한 사람도 본 적이 없다." "이 나라를 누가 지켰느냐 하면 바로 오
늘 여러분이 지켰다. 여러분이 세계 1등 국민이다." "KBS는 국민의 소
리를 듣고 같은 소리를 내는 정말 국민을 위한 방송이 됐으면 좋겠
다."라고 했다니까. 그동안 KBS 방송을 볼 수가 없었어. 그것들 문재
인 하수인이거든. 어쩌면 그렇게 시진핑과 똑같은 방송을 하는지.

  그것들 편에 이익이 되는 것만 방송을 해요. 국민들 코로나19 걸린
다면서 정부 욕하는 집회를 만들까 봐 협박하는거지. 그런데, 나훈아
의 발언을 편집하지 못하고 내보냈으니. 물론 그가 편집해서는 안 된
다는 작심을 하고 했으니. 화병 걸린 국민이 이심전심으로 통한 것이
지. 우리는 무조건 그를 고맙고 통쾌해서 환호하며 깃발을 들고 환영
하는 것이지. 그는 예전에도 그의 그런 철학이 있었다고 밝혀졌어. 노
태우 시절, 정치권에서 그에게 "국가와 민족을 위해 정치를 좀 하셔야

겠습니다." 권유했더니 그가 '울긴 왜 울어'를 누가 제일 잘 부릅니까. 마이클 잭슨이 저보다 잘 부릅니까?' '그거야 나 선생님 제일 잘 부르지요.' '그래요, 저는 정치가 아니라 노래를 해야 합니다.' 나훈아는 결국 정치적 영입이 무산되었다는 것이지.

그는 한평생 자신의 음악을 '뽕짝'이라 했고, 우리 민족의 피에 뽕짝이 흐른다 했지. 삼성 이건희 회장 생일에 나훈아에게 노래를 해달라고 했어. 그는 거절했어. "나는 대중 예술가요. 내 공연을 보기 위해 표를 산 대중 앞에서만 공연합니다. 내 노래를 듣고 싶으면 표를 사세요." 했다는 거지. 1996년 일본 공연에서도 '쾌지나 칭칭나네'를 부르며 즉석 가사로 "독도는 우리 땅"을 외쳤대. 이후 일본 우익 세력이 죽여버리겠다는 협박을 받고, "때리직일려면 직이뻐라캐라"고 했대. 그는 분명 애국자인 거야. 현 정치가들은 나훈아 똥이나 빨아먹어야 한다니까.

이번 쇼에서 부른 신곡 '테스형', 처음에 웬? 테스형? 무슨 뜻이야? 생각했지. 알고 보니 소크라테스를 테스형이라 부른 것이야. 그의 머리를 의심하며, 아니 어떻게 테스형을 지었을까 생각했어. 기발한 아이디어였어. 그에게 남다른 철학을 느꼈어. 그가 작곡을 하고 가사를 붙이는 힘이 강하더라고. 갑자기 훈아형이 존경스럽더라고. 수만 시간을 노래하고, 작곡과 작사를 했으니 달인이 된거야. 그는 74세야. 그의 동료 가수들은 목소리가 죽었어. 나오지를 않아. 그는 목소리가 살아있더라고.

그의 외모도 많이 변했어. 젊어서는 야성적이고, 느끼했어. 시골과 도심 변두리 저급층의 어려운 구걸자들처럼 보였거든. 이번 쇼에서 그는 멋지고 우아한 예술가 타입으로 변했어. 아주 매력적이었지. 그를 선호하는 층이 많아졌어. 우리 사회를 전체주의 독재로 이끌어가는 정치가와 언론들에 우리 국민은 끓탕을 하고 있는데, 한방으로 독설을 쏟아내는 철학자가 나타났으니. 요즘 계속 이슈로 뜨고 있잖아. 한때 영화배우 김지미와 1971년부터 교제를 시작하다가 1976년부터 1982년까지 6년 동안 결혼 생활을 했지. 김지미가 7살 많았어. 살다가 이혼했는데, 여자는 혼자 살려면 돈이 필요하다고 가진 돈을 몽땅 주었어. 다시 노래 부르기로 계약한 돈 1억을 받아, 2/3를 김지미에게 추가로 주었지. 나훈아는 김지미를 자신을 어른으로 만들어준 고마운 여인으로 생각하는 거지.

나훈아는 멋진 남자야. 그렇지? 대개 연예인 여자를 뜯어 먹으려는 자들이 우글우글한데. 그게 아니고 여자를 배려해서 남자 가진 것을 몽땅 털어줬다는 거 아냐. 다시 계약한 거까지 추가로 주며. 정말 있을 수 없는 이야기야. 가수 혜은이가 200억 빚을 평생 100억 벌어서 갚았지. 지금 100억을 다시 갚으려고 노래하고. 빚진 남편은 이혼하고 감옥에 갔잖아. 세상은 요지경이야. 김지미와 나훈아는 이혼했지만 서로 좋은 관계의 친구인 거지. 친구들과도 말했지. 나훈아가 매력적인 남자가 된 것은 분명 김지미 때문일 거라고. 김지미의 상위층 문화의 영향을 받았다는 거지.

인생은 웃겨. 몇 번의 결혼을 무조건 욕할 일도 아닌가봐 나훈아의 마지막 인생은 김지미의 멋진 사랑의 뮤즈가 들어간 자기 철학을 만들어낸 것인 거지. 그는 가수의 왕, 철학으로 국민을 위로했으니. 그의 신곡 테스형도 우리국민을 위로해 줘서 고맙고. "그저 와준 오늘이 / 고맙기는 하여도 / 죽어도 오고 마는 / 또 내일이 두렵다 / 아! 테스형 / 세상이 왜 이래 / 왜 이렇게 힘들어…"

*

시절이 어지러우니 세상도 어지럽고 미래가 불투명해.

미국 대선이 2020년 11월 3일이야. 현재 대통령인 공화당 도널드 트럼프와 과거 부통령을 역임한 민주당 조 바이든이 후보로 확정되었어. 누가 대통령이 되느냐에 따라 한국은 입장이 바뀌는 거지. 트럼프는 중국을 적으로 몰고 집중하고 있고. 조 바이든은 중국보다 북한이 적이라 하고 김정은을 깨부수려 하는 거지. 우리 정부는 입장이 애매한 거지. 종북세력이니까 김정은을 찬양하는 거잖아. 거기에 중국을 추종하고. 미국과도 관계가 애매한 거고. 그러니까 안보는 미국이고, 경제는 중공이라 하니. 트럼프가 미치는 거지. 조 바이든은 중국을 파트너로 생각하고 김정은은 적이 되는 거지. 그러면 우리 정권자들은 조 바이든과 문제가 생기는 거지.

지금 세상은 어지러워지고 있어. 정치인들은 각자의 생각을 따로 하는 거지. 트럼프, 문재인, 김정은은 한편이 될 수 없는 거야. 초점은 북한의 비핵화인데, 모두 그거에는 아무 관심이 없어. 각자의 자기 집권을 위해 평화를 표방하면서 정치적인 평화 쇼를 한 것이야. 그것들 정말 웃기지. 국민을 속이며 별짓들을 다 하고 있는 거지. 우파든 좌파든 정치가들은 다 똑같은 거지. 자기들 집권에만 집착하며 국민들 속이는 데 아주 이력이 났어요. 사람은 속일 수 있지만 바이러스에는 거짓말이 통하지 않는가 봐. 코로나19가 그것들 3 동맹자들을 허물고 있으니.

북한이 연평도 인근 상해에서 장시간 표류해서 기진맥진해 있던 해수부 공무원 A 씨에게 총격을 가해 살해하고 시신에 기름을 부은 뒤 불을 질러 훼손했다는 뉴스가 떴어. A씨는 자녀 둘을 둔 평범한 가장이야. 근데 웃기게 군 발표에서 그가 월북을 시도하다가 죽었다고 발표한 거지 이게 말이 되냐고. 그 시간에 문 대통령은 그 소식을 묵살하고 화상으로 제75차 유엔총회 기조연설에서 남북 종전선언을 제안했다니. '종전' 이벤트에 집착해서 국민의 생명이 사라지는 거는 상관없다는 거야? 아이고 열이 나서 힘드네.

열 받게 하는 것이 한두 가지가 아니야. 사람이 드문 야외에 나가는데, 마스크 안 쓰면, 벌금이 이십 만원이라나? 완전 독재지. 이제 그것들이 국민을 감옥에 가두고 그들 입맛에 맞게 길들이는 데 취미가 붙었어. 어리석은 국민이 문제지. 그것들이 좋다고 뽑아주는 국민이 더 문제지. 6·25 사변이 북한이 쳐들어온 게 아니래. 미국이 사주해서 사변이 생겼다나? 어느 강사가 학생들에게 그렇게 역사를 가르치고 있대. 머리가 돌아버릴 것 같잖아. 요즘 역사 공부할 일이 많아. 조선이 왜 일본에 합방이 되어 노예생활을 36년이나 했는지 검토해 봐야 한다니까. 역사는 반복되니까.

남정욱 작가의 말에 의하면, 조선 500년은 셋으로 나뉠 수 있다네. 첫째, 훈구(勳舊)가 100년. 둘째, 훈구가 사림(士林)을 잡아 죽인 50년. 셋째, 사림이 해 먹다가 나라를 말아먹은 350년. 여기서 훈구는 세조 반란에 참여한 사람들을 말하는데, 조선 개국부터 중종반정까지의 공신을 들 수 있다는 거야. 사림은 그들의 정신적, 물질적 타락을 비난하며 등장한 거지. 훈구는 성리학 전공자이지만, 자주적이고, 실용적 학문을 가졌어. 명나라에 형식적이었고. 명나라 황제처럼 하늘에 제사를 올렸고 단군 제사를 모셨지. 불교도 존중하고, 과학 기술, 상공업, 군사적인 면 등을 육성하고 확대했어.

그들은 부국과 강병에 '촉'이 있었던 거야. 그런 부국강병의 싹이 연산군 실각 이후 끝난 것이고. 그 후 농본사회를 이상향으로 삼는, 지배계급은 대학, 피지배계급은 소학을 읽고 실천하는 유교 왕국이 탄생했다는 거지. 세종은 훈구 중흥 시기인 거야. 그 때는 왕권과 신권의 균형을 갖춘 시기였어. 이 둘을 기반으로 세종은 조선을 만들었고, 이후의 400년은 세종이 만든 나라를 유지하고 보수했을 뿐이야.

훈구는 사림과의 싸움에서 밀린 게 아니라 자기 논리 안 만들고 후배 양성 안 한 끝에 소멸한 것이지. 이후 이어진 사림의 지배 동안 조선은 암흑이었어.

왕조 사회에서 군주가 백성을 위해 뭔가를 한다는 말을 믿을 수 없지만 세종의 '애민'은 믿을 만한 것이라고. 조선사는 대한민국 역사와 비슷한 부분이 있다는 것이지. 훈구에 해당하는 게 대한민국 산업화 세력이야. 이들은 자주적이었고 과학과 기술문명을 중시했어. 이들이 성장과 성공에 취해 세력의 확대 재생산에 무심한 사이 386 사림은 치고 올라왔고 결국 대한민국을 접수했지. 문명보다 정신, 과학보다 목가적인 농본을 중시한다는 점에서 386 사림은 조선 사림과 닮은 거야. 원전을 포기하고 바람과 태양에 의지하겠다는 것이지. 반문명적인 사림의 지배가 조선시대와 같은 결말로 끝나지 않기를 바랄 뿐이라고 말했어.

위 작가의 글을 읽고 어쩌면 그렇게 이 시기가 딱 맞아가는지 겁이 나서 죽겠어. 그런데 우리 동창 중 또 그렇게 사림 역할로 이 정부를 찬양하며 지들끼리 똘똘 뭉쳐서 난리를 치는 부류가 생겼어. 겉으로는 여고 총동창 모임을 위한 것이지만 내적으로는 문 정권의 정치적 냄새를 피운단 말야. 그것이 맘에 들지를 않아. 문빠 떨거지로 뭔가 수작을 부리려는 의도가 보인다는 거지. 나이도 많은데 왜? 그렇게 정치 색깔을 치장하여 대장을 하고 싶은 건지 알 수가 없어. 앞잡이처럼 군다는 것이 못마땅한 거지. 노골적으로 너 돈을 내라. 찬조금을 내라. 그것은 동창 기수를 위해서 마땅하다는 거지. 카톡에 통장계좌 번호를 명시하면서 내지 않은 사람은 적폐자 몰이로 몰고 가는 느낌? … 누구 누구들은 100만 원씩을 냈으니 너희들도 당연히 얼마라도 내야 옳은 것이 아니겠냐는 거지. 그 모습은 완전히 사회적 선동이고, 전체주의적 행동인 거지. 이제까지 총동창회 선배들이 이런 막가파적 행동을 보지 못했거든.

물론 처음부터 총동창 회장을 해보겠다고 앞장서서 야심을 품고 면식이 없는 동창들을 흔들어서 주소록을 작성하여 자신의 길을 개척하는 것은 있을 수 있는 일이야. 그런데 회장 하려는 의도와 다르게 그는 정치 색깔이 짙다는 것이 문제라는 거지. 그의 주변 가족은 환경 단체의 일환으로 많은 협찬의 삶을 살았고 어떡하면 자기들의 입신양명에 도움을 가져볼까 하는 의도가 있다는 것이 싫다는 것이야. 회장직에 보조하는 동기동창들도 색깔이 순수하지 못한 이가 있다는 것이 마음에 안 들어.

매사 큰일에는 액이 끼기 마련인데. 큰일을 도모함에 진정으로 순수하고 헌신적이면 사람들은 그들을 인정하고 알아볼 수 있는 것일 거야.

*

가을 여행

연휴가 있는 날 우리는 서해안을 탐방하기로 했어. 40년 전 내가 다니던 연무대 중학교가 그립고 어떻게 변했는가 가 보고 싶었지. 차가 밀리지 않게 아침 일찍 떠났어. 아침은 기내식으로 하려 했는데, 여행의 맛을 느껴보려면 아침 우동을 사 먹는 것이잖아. 천안쯤에서 식사도 하고 볼일도 보며 차를 마시는 것이 좋을듯했지. 차도 쉬고 사람도 쉬는 거야. 우리는 식당으로 들어갔어. 줄이 길게 늘어섰어. QR코드를 찍고, 열 체크를 하라는 거였어. 핸드폰을 켰어. QR코드가 잘 안 나타나는 거야. 간신히 찾았어. 인증번호를 읽어서 바탕화면에 적어야 하는데 쉽게 잊어버려서 받아쓰지를 못했어. 몇 번의 시행착오를 거쳐서 식당 입장이 허용되었어.

갑자기 짜증이 나면서 울화통이 일어났어. 이것들이 국민을 독재하려고 별짓을 다 한다는 생각이 일어나더라고. 유부 국수를 주문해서 맛있게 먹었고. 집에서 가져간 과일과 커피를 마시고 화장실 갔다가 쉬다가 차를 탔어. 천안에서 공주를 거쳐 논산, 연무대로 갔어. 학교 전경은 그대로인데 정문이 서쪽으로 바뀌었고 예전의 정문은 후문으로. 그 앞에 있던 문방구는 폐쇄되었어. 정문 쪽으로 큰 도로가 났고 중앙시장은 천막치고 그대로 유지하였어. 우리는 동서남북을 돌아 중앙시장 주차장에 주차했지. 시장에 사람들이 모였어.

사람들을 따라 가게를 둘러보는 것은 나의 즐거움이야. 트럭에서 고구마 상자가 내려지고, 우엉 상자, 연근상자, 고구마, 고추, 무, 호박, 도라지, 파프리카 등이 내려졌어. 상인은 상자를 풀어 소쿠리에 진열하고 주변 사람들이 몰려들었어.

- 아저씨 이거 얼마에요?

- 5,000원.

- 이거는요?

- 그거도 5,000원.

- 아저씨 고구마 1상자는 얼마예요?

- 이거 맛있는 밤고구마예요. 한 상자에 23,000원이요.

- 연근 만 원어치요, 도라지 만 원어치, 생강 만 원어치, 저 소쿠리인 파프리카, 그리고 고구마 한 상자 주세요.

산 물건을 검은 비닐에 담고, 고구마 상자를 남편과 둘이 들어 트렁크에 담았지. 물건들이 모두 싱싱해서 마음이 뿌듯했어. 부자 된 느낌이었어. 다시 차를 타고 길을 찾았어. 점심 때쯤 군산에 도착했지. 어렸을 때의 복잡하고 시끄럽던 도시가 아니더군. 항구로 유명했고 먹거리로 유명했는데. 도시가 한산하고 사람이 없는 거야. 예전에는 군산항에서 장항 가는 배에 짐꾼이 가득했던 기억이 있었는데. 그곳도 조용한 거야. 멀리 제련소 굴뚝만 보였어. 바닷가에는 몇몇 낚시꾼이 있더군. 예전의 그 모습은 찾을 수 없었어. 그냥 조용한 시골 어촌에 불과했어.

*

魚友 야담으로, 어수웅의 주말뉴스인 나훈아와 조정래를 읽었어.

(조선일보 2020.10.17.)

- 나훈아의 '테스형'이 정권만 바라보는 '개념 연예인'이 아니라 대중을 왕으로 모시는 '대중 연예인'. 어록이라는 거지. 거기에 훈장을 사양했다는 대목이 인상 깊었다는 거야. "세월도, 가수라는 직업의 무게도 무거운데 훈장을 달면 그 무게를 어떻게 견딥니까. 노래하려면 영혼이 자유로워야 하는데, 훈장 달면 아무것도 못 할 것 같습니다."

정부 훈장을 거부한 예술가가 또 있는데, 일본 소설가 마루야마 겐지(77)였어. 그는 아쿠타가와상으로 화려하게 데뷔했지만, 문학은 일대일 예술이라며 50년째 고향 산골에서 자신의 글만 쓰는 외골수라네. 그는 예술가를 '음지식물'로 비유하고 비료를 너무 많이 줘도, 빛을 너무 많이 쬐도 죽는다는 것. 비료는 돈, 빛은 명예. 너무 적어도 안 되지만, 그렇다고 둘만 추구하면 몹쓸 예술가가 된다더군. 겐지는 예술가가 국가와 권력에 꼬리를 흔들면 안 된다고 했어.

"정의로운 권력이란 존재하지 않는다. 독립된 존재, 자유로운 영혼이어야 예술가다. 국가가 채찍을 내리치면 저항해야 하고, 사탕을 주면 거부해야 한다. 예술가는 자존심을 지킬 수 있느냐 없느냐에 따라, 감동을 줄 수 있을지 여부가 결정된다."

사람은 가지 각색이지만 적어도 소신을 지키고 흑백을 가리며, 자신 있게 자신을 지키며 살았으면 좋겠네.

*

나는 요트에 관심이 많았지.

외국 여행을 하면 휴양지 해변은 요트로 가득 찼거든. 크고 작은 요트는 환상의 날개를 머릿속에서 펼치는 거야. 넓은 푸른 바다, 반짝이는 밤하늘의 별들. 보름달이 하늘에 떠서 바다를 비추는 풍경. 해가 바닷속에서 뜨는 붉은 태양의 정열, 해가 지는 저녁 노을의 황금빛 바다 등이 내 머리를 흔들어 놓지. 선진국에 서 있는 요트의 모습은 부유함의 상징이었어. 어느 해 북유럽에 서 있는 대형 요트는 그야말로 환상이었어. 난 가이드에게 물었어.

- 이런 종류의 요트는 얼마나 하나요?
- 이건 비쌉니다. 알기로 170억쯤.
- 억! 170억이요?

- 네. 유럽의 어느 귀족이래요. 주인공은 2명이고 직원은 수십 명이요.

- 170억 요트 주인이라. 대단하네요.

유럽의 귀족이란 우리가 상상할 수 없는 재산가라 생각했지. 유명 패션으로 내가 아는 똥가방과 브랜드 옷 등이 몇백만 원을 하는 것인데, 그것을 그런 귀족이 입고 쓰는 그런 브랜드 물건들이었던거야. 그런데 한국인은 몇 년 치 월급을 저축하여, 너도 나도 그 유명한 것들을 사야만 직성이 풀린다는 것이고. 그런 사실이 좋은 일인지 나쁜 일인지 알 수는 없지만, 한국인들의 선호도가 대단해서, 그 유명한 브랜드 회사는 한국인에게 매년 자기네 회사의 새 브랜드 상품을 실험해보는 집단으로 쓰인다네. 개발한 새 상품을 한국인이 좋아하면 세계시장에서 성공을 하고, 선호도가 좋지 않으면 세계시장에 그 제품을 내놓지 않는다나.

국제적으로 한국의 국위가 높아진 것이겠지. 영화에서만 봤던 요트가 요즘 한국에서도 관심이 많은 거 같아. 나도 물론 그렇고. 물과 친밀도가 없어서 요트는 겁이 나고 어찌해야 할지 모르겠는데 요트는 낭만, 사랑, 영화, 음악, 연인, 환희, 젊음 등의 단어가 생각나게 하는 것이라 좋아. 요트를 보면 즐겁고 기쁜 마음이 내 안에서 일어나는거야. 그런데 요즘 외무부 장관의 남편, 이일병 교수의 논란이 일어났어. 그는 요트 여행이 자기의 마지막 꿈이었다 했거든, 그리고, 내 삶을 다른 사람에게 신경 쓰면서 살 수 없다 말했잖아.

그에 대해, 어떤 사람들은 말년에 꿈을 실행하는 데 정치적 비판은 부당하다 했고, 또 어떤 이는 코로나 백신이 조금 있으면 나올 텐데 장관 남편이 정부 지침을 어기니, 욕먹어도 싸다고 했어. 지금 국가가 계속 추락하고 있는 정부를 보면, 정부 주요 인사들의 행동은 더 부적절한 행동으로 보이는 것이지. 내게 선박왕 오나시스는 일찍이 인생의 모델이었어. 오나시스가 배를 이용하여 큰 부자가 되었거든. 그는 중고 선박을 사서 그것을 수리하고 임대하여 나중에는 선박왕이 되었던 거지.

강화도에 기거하면서 난 작은 돛단배나 고기잡이 배에 관심이 많았어, 언젠가 그런 낡은 배를 가지고 싶은 욕망이 있었지. 그러나 바다는 무서웠어, 육지와 너무 다른 곳이었고 두려움이 몰려왔어. 가까이 배와 친해지는 환경이 없었어. 배는 역시 이질적인 존재로 나타났지. 그런데 요즘 바다나 강에 요트가 많이 정착하고 있는 거야. 다시 내 마음이 울렁이면서 요트를 보게 되는 거지. 난 가끔 나를 보면, 어떤 생산적인 일을 좋아하는 거 같아. 만약 요트를 사서 경제성이 크게 일어난다면, 그거에 관심이 많이 일어날 거 같아. 경제성으로 부가가치가 생산된다면, 마음이 요동치면서 적극적으로 요트에 몰입할 것 같아.

요트는 애초에 경제성보다 낭만을 즐기는 소비성향이 강한 것으로 생각이 되는 거지. 나에게 낭만은? 어떤 것인가? 인간의 본성이니 나도 낭만을 좋아하겠지. 대학 때의 낭만은 나를 지금까지 견디게 하는 즐거운 에너지였겠지. 가끔은 그 옛날의 젊은 낭만을 그리워하면서 추억대로 그것을 따라 하고 싶으니까. 그럼, 요트를 타 보는 거야. 낭만이든 뭐든 바다에서 타보고 나를 실험해 보는 거야. 요트가 경제성이 어떤지 살펴보고 확인해 보는 거지. 그냥 관심을 가져보는 거지.

실천할 수 있을지는 모르겠어. 나이가 들어가면서 매사 행동반경이 느리고 협소해지니. 지금은 다리 힘줄이 파손되어 4개월째 복구하려 애쓰고 있지. 다리를 묶고 물리 치료차 걷고, 쉬고, 운동치료를 하고 있는 중이야. 통증이 심하면 소염제를 먹으며 회복하려 애쓰고. 시간이 가야만 완전 복구가 이루어질 거 같아. 그러면서 사는 게야. 그렇지만 정말로 내가 좋아하는 것이 무엇인가를 생각해 본다는 거지. 대학 졸업 후 처음에 중등교사가 되었을 때 즐거웠어. 섬 마을 선생처럼 사명감도 있었고 열심히 학생들 가르치는 정열도 있었지.

시간이 가면서 처음에는 할 일도 많고 배울 일도 많아서 정신을 못차리고 살았어. 한 5년이 지나니까 권태기가 오는 거야. 언제 선생을 그만둘까에 집중했지. 그러다가 애가 태어나니 이때다 싶어 얼른 퇴직했지. 애들 둘을 키우면서 5년 6년이 되면서 생활이 익숙해졌고 나만의 공간과 시간이 필요했어. 그러나 그럴 수 없었어. 애기 업고 온갖 취미 생활에 도전했지. 매듭수예, 꽃꽂이, 바가지 공예 등. 그것들은 오래 나를 견디지 못하게 했어. 생활의 나태는 나를 병으로 몰고 갔고 나를 세우지 못했지.

왜? 아플까? 온몸이 아프고 힘들어서 죽을 지경이었어. 친구 따라 강남 간다고 남편 친구 부인이 대학원을 다녔어. 어? 나도 가 볼까? 그럼 경제성이 생길 수 있을 것 같은데. 어차피 아파서 누워 할 일이 없으니 책이라도 보면 덜 아프겠지. 그리고 책에 집중했지. 아픔을 잊을 수 있더군. 어려운 책일수록 도전 정신이 생겼지. 심심풀이 땅콩처럼 책을 보는 거야. 매년 가을이 되면 시험을 치렀지. 처음 몇 년은 입학시험으로. 몇 년 후 입학하고서는 중간고사, 기말고사, 학년말 시험, 졸업시험, 제2외국어 시험, 떨어져서 재시험.

시험은 해마다 치렀어. 그러다 보니 나는 시험 인생이 되는 거지. 그런데 웃겨. 시험이 나의 취미가 되는 거야. 시험을 치는 기간이 공고되면 그때부터 책에 몰입하는 거야. 도서관이든 부엌이든, 버스, 지하철, 어디든 책에 몰입하는 거지. 고통도 없어지고 오로지 통과하겠다는 다짐하며, 온몸과 마음을 다 쏟아붓는 거지. 내 귀에는 시어머니 잔소리가 미약해지는 거지. 남편과 갈등이 안 생기는 거고. 모든 것은 예스맨으로 일관하게 되는 거야. 내 자신이 시험 통과 하나에만 열중하는 거였어.

석사에서 박사과정으로 들어가면서도 내 인생은 시험 인생이 되었지. 교수들은 10년이 지나야 박사학위를 주겠다는 것이었고. 난 그러시든지 말든지 주는 대로 받겠다는 것이었고. 결국 40대 말까지 시험 인생으로 살았어. 그것이 좋았고 책이 좋았어. 후회는 없더라고. 뭔가 좋아하는 일을 했음에 뿌듯한 것이야. 60대 중반까지 대학생들과 소통하고 살았던 것도 즐거웠고. 내 인생을 마감하는 것도 보람찼어.

육십 대 중반 퇴직하고 오륙 년은 즐겁게 놀았어. 테니스, 수영, 골프, 등산, 여행 등 여러 가지를 즐겁게 했어. 그런데 또 그게 아닌 거야. 내가 다시 몰입할 수 있는 게 없다는 것이야. 스스로 즐기는 것이 나를 즐겁게 하는 것이 아닌거야. 무엇인가 생산성 있는 경제성이 있는 것에 몰입하고 싶은 거야. 웃기지? 나를 다시 되돌아보며 진정한 내가 하고 싶은 것을 또다시 찾아본다는 거지.

난 힘들고 어려운 일을 좋아하는 편이라 생각했지. 그래서 등산을 좋아했을 거 같아. 서너 시간을 힘들게 산을 타고 오를 때, 무척 힘들지. 온몸에 땀이 흐르고 호흡이 가빠지며, 다리가 아픈 거야. 그것은 꼭 우리네 인생 같아. 눈만 뜨면 힘들게 올라가야 하는, 지치고 힘들어도 앞으로 나아가야 하는 무엇인가 이치를 닮은 거 같아. 정상에 오르면 성취감이 생기지. 다시 하산을 하지만, 그도 쉽지 않은 거지. 인생도 그래 정상으로 오르면 내려올 때가 있는 거라고. 나이가 들어 무릎관절이 아프고 근육이 쇠퇴해지니 산행하기는 어렵지.

힘들지만 오랜만에 난 산행을 했어. 심줄근육 파열로 4개월을 움직이지 못한 거야. 간신히 아파트 주변을 돌며 다리 심줄근육을 회복하려 애썼어. 처음에는 일어서지를 못했지. 내가 처음에 테니스 서브를 넣으려 할 때 갑자기 다리에서 뚜둑 뚜둑하는거야. 그 자리에서 난 주저앉았지. 움직일 수가 없었어. 회원들이 나를 부추겨서 집으로 옮겼지. 이튿날 한방을 가서 치료했어. 그런데 사람들은 다시 외과에 가서 사진 찍어 보고 다리에 철심을 박은 뒤 깁스를 해야 한다는 거지. 그래야 쉽게 낫는다는 거야. 그리고 다리가 좋아지면 철심을 빼고, 조금 있다가 다시 깁스를 제거한 후 걷는 연습을 하는 물리치료를 받아야 된다는 거였어. 그러려면 시간상 육 개월 이상은 훨 넘을 것 같았지.

나와 똑같이 골프친구가 다리 심줄이 끊어졌어. 그 친구는 정형외과에 가서 깁스를 했어. 어느 것이 더 쉽게 나을지는 모르겠어. 테니스 치는 젊은 후배들은 이미 나같이 다쳐서 경험을 했고 나에게 그거요, 4개월쯤 되면 병원 안 가도 스스로 회복된다, 고 했지. 나도 그 애들처럼 그 방식을 따른 거라고. 단지 난 나이가 많아서 회복이 늦을 거라는 거지. 4개월이 다 되어가니 조금 나아져서 걷기는 걸어. 다리를 굽힐 수 없어서 계단 오르거나 내리는 것이 늦고 심줄이 당겨서 신경을 자극하여 악 소리가 나는 거야.

이번 산행을 위해 무릎에 안티푸라민을 바르고 보조 밴드를 하고 그 위에 다시 압박 밴드를 했어. 발바닥에도 안티푸라민을 도포하고 양말을 신었어. 소염제도 미리 복용했지. 난 등산복 차림을 갖추고 산행을 했어. 반쯤만 올라갈 셈이었지. 힘들기는 했지. 청계산 김밥을 좋아해서 청계산이 가고 싶었거든. 김밥을 사서 맛있게 먹겠다는 욕심으로 산을 오른 거야. 역시 산 타는 거는 힘든 인생이구나를 느끼며 천천히 올랐어. 평소보다 2배나 느리게 느리게 말이야. 헬기장까지만 가기로 했어. 더 이상 무리를 하면 못 내려올까봐.

헬기장은 따뜻했어. 10월 중순이 넘었으니 주변은 가을 단풍이 한창이었어. 나무 데크에 돗자리를 깔고 앉을 자리를 만들었어. 12시가 훨 넘었어. 김밥을 펼쳐 놓고 식사를 했지. 맛이 아주 꿀맛이야. 사람은 일을 해야 하나 봐. 일을 하고 밥을 먹어야 제대로 입맛이 살아나니까. 후식과 커피를 마시고 한참을 쉬다가 하산을 했지. 내려갈 때는 계단이 아닌 흙을 밟고 내려가는 길을 찾아 하산했어. 온 산은 단풍으로 물들어서, 붉은색, 노란색, 녹색이 어우러져서 빛이 났어. 참 아름답구나! 가을 구경 멀리 갈 일이 없구나. 전철 한두 번 타고 오면 되는 것을.

우리는 천천히 느리게 느리게 하산했어. 힘들면 어디고 앉아서 쉬다가 움직였지. 시간은 꽤 걸렸어. 한 시간 반 걸릴 것을 3시간 이상 걸렸으니. 원터골 입구까지 오면서 다리가 심하게 아파 왔어. 아무래도 전철 타고 집으로 가기에는 무리일 거 같았어. 택시를 타고 집으로 돌아가려 했지. 그런데 등산복 판매 매장에 사람들이 가득찼어. 세일을 하는 것이야. 남편은 나에게 한번 가보자 했지. 난 고개를 끄덕거리고 뒤따라 갔지. 등산복 상의를 둘러봤어. 회색, 붉은색, 푸른색, 카키색, 사이즈가 없었어.

그런데 샛노란색은 사이즈가 있었어. 가격이 십육만 팔천 원인데 세일가로 일만 원. 어? 이게 뭐야. 얼른 집었지. 그 뒤 2만 원, 6만 원, 모자 2만 원 이거 저거를 골랐어. 이십 오만 원짜리가 한 벌에 6만이라니. 색깔도 맘에 들었어 검정색. 거기서 한참을 보냈어. 기분이 상승되었어. 감히 살 수 없는 것들을 1~2만 원에 사다니. 계산을 하고 상가를 나오는데 다리가 안 아픈 거야. 걸어서 공짜 지하철을 타고 집에 온 거지. 나 참 웃긴다. 그렇게 아프던 다리가 안 아프다니. 난 돈 버는 것을 좋아하나 봐. 세일 가격은 돈을 엄청 번 것 아닌가? 여하튼 난 못 말리는 인생이야.

여러 가지를 생각했어. 청계산 입구 굴다리 밑에, 노 할머니들이 자기가 농사지은 무, 배추, 콩, 푸성귀를 가지고 와서 팔았어. 그들은 돈을 많이 버는 게 아니라 그것이 놀이인거지. 그 놀이를 위해서 그들은 새벽부터 밭에 가서 자기가 농사지은 것을 가져다가 굴다리 밑에서 파는 거고. 그 돈은 손자들에게 나누어 주겠지. 그들은 그렇게 돈을 버는 자체가 행복한 거지. 나에게 생산적인 것은 몸을 만들고 아프지 않게 하는 것이 돈 버는 것이겠지.

*

책을 읽었어.

"탄트라, 더없는 깨달음"(오쇼 강의 / 손민규 옮김) - 빛과 어둠: 어둠
은 실존하지 않는 거래. 실체가 없다는 거지. 그렇기는 해. 빛이 있는
곳에 어둠이 없으니까. 어둠을 이기려는 것은 바보라는 거지. 오히려
자신이 싸우는 것이 어리석다는 거야. 실체가 없으니까. 도덕 전체는
어둠에 대한 싸움이라 그것은 어리석은 거라는 거지. 예를 들어 미
움, 분노 등이 실존하지 않는 거야. 분노는 자비의 부재이고, 미움은
사랑의 부재이고. 그래서 도덕주의자는 부질없는 짓인 거래. 결국 종
교와 도덕의 차이점이 나타난다고.

도덕은 어둠과 대항하며 싸우고, 종교는 내면에 숨어있는 빛을 밝
히려 한다는 거야. 마음은 무조건 싸우려는 경향이 있거든. 그것은
위험하고 에너지 낭비라는 거지. 분노가 일어나면 실재인 건지 부재
인 건지를 알고 깨달아라. 그것이 부재 상태임을 직시하면 올바른 길
로 들어설 것이야. 사실 화가 나면 우리 자신의 빛이 사라지고 어둠
이 들어왔기 때문이라네. 무의식적으로 화를 낸다는 거지. 의식의 본
질은 빛이고 분노의 본질은 어둠이라는 거지.

어떻게 어둠을 몰아내는지 묻지 말래. 먼저 자기 마음을 들여다보

고 왜 그런 것들이 거기에 있는지 보라는 거지. 근심, 걱정, 불안, 번
뇌가 거기에 있는 것은 그대가 의식적이지 않기 때문이라는 거지. 자
신이 의식을 갖고 깨어나면 돌연 어둠이 사라진다는 거고. 우리의 존
재는 빛이 된다는 거지. 자신은 내면의 불꽃을 모르고, 망각했다는
거지. 이놈의 망각이 내면의 빛을 가린다는 거야. 그 망각이 어둠이라
는 거지. 그것으로 우리는 자신을 완전히 잊고 방향감각을 실종했다
는 거야.

나에게 어둠이 들어오면 자각을 해 보는 거야. 어제는 몸이 힘들었
어. 새벽에 수영을 갔다 와서 아침을 만들어 먹고 다시 등산을 한 거
야. 다리는 아프지만, 다음 날 비가 올 테니 집에 하루 종일 있으면 갑
갑하다고 남편이 제안한 거지. 꼭대기는 힘들고 헬기장까지만 하자고
한 거지. 물론 다리에 물리 치료를 하겠다는 마음이었어. 내려올 때
너무 힘들었거든. 남편은 낭만적인 사람이야. 하산하면서 멋진 곳에
가서 멋지게 저녁을 먹자는거야. 난 몸이 너무 힘들어서 고개를 흔들
었어. 집에서 쉬고 싶다고. 그럼 시켜 먹자는 거야. 고개를 끄덕였지.

힘들게 집에 도착했고 샤워를 했어. 치킨을 시켰는데, 남편이 감자
사라다에 오이 당근이 들어가서 섞여진 일본식 사라다가 좋겠다 해
서 만들어주겠다 했지. 6시가 되어 치킨이 먼저 도착했어. 감자와 달
걀은 아직 덜 익었고 몸은 천근이었어. 갑자기 내 안의 화가 나는 거
야. 그때 나에게 내가 물었어. 근데 왜? 넌 화가 나는 거야? 그것을 계

속 물으니 내가 웃기더라고. 화가 가라앉더라고. 힘들지만 사라다를 완성하고 야채 샐러드도 완성해서 식탁에 올렸어. 식탁에 앉았고 건배를 했어. 피곤함이 사라지고 마음이 안정되었어. 화는 분명 어둠인 거야. 빛이 어둠을 이길 수 있을 것 같기는 해.

붓다는 자기 자신을 기억하는 사람은 빛이 되고 자신을 망각한 사람은 어둠이 된다는 거야. 어둠을 틈타 온갖 도둑과 강도가 그대를 공격하고 재앙이 일어난다는 거지. 그대 자신을 기억하고 더 많이 기억하려고 노력할 때마다 본래의 자리로 돌아온다는 거지. 자각이 있을 때 그대는 돌연 모든 곳에서 똑같은 불꽃이 타오르고 있다는 거야. 의식이 더 깨어나면 저절로 변화가 일어나기 시작하고 점점 더 빛의 본질에 속하게 되며, 어둠은 사라진다는 거지. 수백 만년을 어둠속에서 살아왔다 해도 한순간에 불을 밝힐 수 있다는 거야.

어둠의 삶은 빛으로 사라진다는 것을 믿으려 하고 있어. 내 안의 빛은 무엇인가. 그것은 마음의 울림으로 나타나는가? 지금 내게 일어나는 울림을 생각했어. 열흘만 있으면 시어머니의 생신이야. 평생 시어머니는 자식에게 요구하고 청구하며 자기의 삶의 비용을 채우려 한 사람이었지. 거기에는 자기의 욕심과 자식의 사랑이 결합된 어둠의 빛이라 할 수 있어. 어둠이 강렬해서 우리는 강한 폭력으로 이해했어. 그렇게 사오십 년을 어둠 속에서 견디고 산 거지. 자식들은 빛이 사라진 거야. 거기에 넷째 삼촌은 죽음으로 영원히 사라졌고.

난 시어머니에 대한 빛이 없어졌어. 그런데 시어머니는 요즘 남편에게 자기의 빛을 언어로 조금씩 전달하는 느낌이 났어. 이가 모두 빠졌다느니. 병원에 가서 무슨 치료를 했다는 둥. 그동안은 언어가 오고 가지를 못했거든. 전화가 오면 무조건 공격해서 어둠의 빛을 보내거든. 식구들은 빛을 낼 수가 없었어. 어둠의 빛이 강렬해서. 이번에 빛을 발휘해서 잔치를 벌이고 싶어. 잘 될지는 모르지만. 시어머니가 죽어서 형제가 모여 얼굴을 보면 뭘 해? 한 번이라도 만나서 밥 먹으며 살아있을 때 얼굴을 보자는 거지. 잔치를 하자는 거야. 어머니를 위해서가 아니라 우리를 위해서.

시어머니의 생신 날짜가 가까워지고 있으니 그것을 이용하여 형제끼리 만나면 좋겠다는 거지. 코로나로 온 나라를 묶고 폐쇄하고 만나지를 못하게 하니. 친척 친지들이 그동안 만나지 못했잖아. 사람이 사람을 못 만나고 고립되어 산다는 것은 힘든 일이야. 삶의 재미가 없는 거지. 만나서 수다를 떨고 맛있는 것도 먹으며 사는 것이 즐거움이잖아. 퇴직한 남자들도 친구나 직장 동료도 없이 집에서 박혀 사는 것이 얼마나 힘들겠어. 이럴 때 가족이 모여 이런저런 이야기를 하며 맛있는 음식을 먹는 것은 행복인 거지.

난 시어머니의 어두운 빛을 쫓아내고 자식들의 밝은 빛이 켜지기를 바라는 거지. 올해가 90세라는데 이 기회에 당신의 축복을 찬양하며 가족의 행복을 기원하며 건배를 하자는 거야. 그런데 마침, 막내 삼촌이 형들에게 문자 메시지를 보냈어. 어머니 생신이 올해 90세라는 것을 형님들은 알고 계신가를. 형들은 모두 알고 있다고 답했지. 난 시어머니의 꼼수를 읽은 거고. 막내아들을 시켜서 내 생일 90세인데 너네 왜 조용하느냐는 거지. 이거저거 생각하면 어둠의 빛이 나를 지배할 거고 난 고개를 흔들어 떨쳐버렸어.

난 순수한 마음을 가지려 했어. 자비심을 가지고. 그래, 시어머니 돌아가셔서 초상집에서 형제들이 만나는 것은 슬픈 일이니 잔치를 열어주자. 둘째, 셋째 동서들과 상의하자. 둘째 동서에게 전화를 했어.

- 야, 시어머니 생신인데, 90세 잔치를 하면 어떻겠니? 이빨도 다 빠지시고, 어머니 돌아가셔서 형제들이 초상집에서 만남을 가지는 것은 좀 슬픈일이 아니냐? 살아계실 때 만나서 함께 식사도 좀 하자. 아들들은 어머님 모시고 잠자며, 재미난 이야기 하고 시간을 보내고 동서끼리 잠을 자며 돈독한 시간을 가져보는 게 어떻겠어?
- 좋아요. 형님.
- 그럼 20만 원씩 봉투 만들어 드리고 나머지는 내가 다 낼게.
- 그건 안되지요. 형님네도 퇴직한 지가 오래되었는데. 막네 빼고 셋이 똑같이 내요.
- 그러든지. 코로나로 음식점에서 만나기도 힘들고, 시댁에서 어머니 음식 만드는 것도 싫어하니 이거저거 음식을 시키고 필요한 것을 주문하자고.
- 예전에도 회 떠가고, 족발 시키고, 음식 주문했는데, 시어머니가 못하게 말렸어요. 그리고 음식값을 당신에게 달라고 했잖아요.
- 여하튼 우리 다시 해 보자. 내가 셋째에게 연락하고 넌 막내에게 연락해.

셋째에게 연락을 했지. 자기는 자기 딸이 3번째 임신을 했는데, 잠 자다가 문제가 생겨서 병원에 입원을 했고 자기가 손자들 두 명을 케 어하고 있어서 갈 수 있을지 모른겠다는거야. 그것은 네가 알아서 하 고 생신 잔치를 알고 있으라 했어. 그 시기에 난 시어머니에게 생전 전화를 하지 않았는데 한 거야. 사실 난 시어머니의 전화 트라우마로 심적 고통으로 고생을 많이 했거든. 수십 년 시어머니의 폭언으로 밤 낮 당한 게 많아. 시어머니에 대한 분노, 억압이 나를 스스로 제어하 지 못했거든. 그런데 전화를 한 거지.

- 어머니 저예요.

- 누구?

- 큰 애미입니다.

- 응~ 내가 지금 아파서 죽겠어. 이가 아파서 성모병원에 갔고, 귀가 아파서 오래 병원을 다녔어. 그 약을 오래 먹으니 밥맛이 없는 거야. 먹을 수가 없어 기운이 떨어진 거야.

- (여전히 시어머니는 똑같구나. 내가 시집올 때가 49세였는데 그때도 날마다 전화하면 금 방 까무러치도록 아픔을 호소하시더니 90세인 지금도 똑같으시군) 그럼 링거라도 맞으 셔야지요.

- 그거 아무것도 아냐. 차라리 하루에 밥 3공기를 꼬박 먹어주는 게 나아.

- 어머니, 생신이 다음 주 목요일인데요, 우리가 어머님이 돌아가셔서 초상집에 서 만나는 것은 너무 슬프잖아요. 그래서 만나서 밥이라도 함께하는 것이 좋을 거 같아요.

- 아니다. 지금 코로나인데 아녀. 너네 코로나 걸리니까 안 된다.

- 아니, 애비도 70세가 넘어서 엊그제도 친구가 죽고, 지금 병원에서 죽어가고 있으며, 내일 모레도 친구들이 죽어가고 있는데, 괜찮아요.

- 그래도 안 된다. 안 돼.

- 그러니까 어머니 집에서 하자구요. 음식 시키고 만나면 돼요. 저녁에 만나서 식사하고 아들들 술도 한잔해야지요. 직장 다니는 사람들을 위해서 토요일 저녁에 해요.

- 안 된다. 점심에 하자.

- 점심에 하면 남자들이 술을 못 먹잖아요. 저녁을 일찍 먹으면 되잖아요. 그리고 이 기회에 어머님은 아들들과 잠도 함께 자고요.

- 아니다. 일찍 먹고 가거라. 3시간만 있다 가라.

- 그러든지요.

결국 결정하고 생일 잔치를 하기로 했다. 남편은 동생들에게 그렇게 전달했다. 한참 후 둘째가 다시 나에게 전화했다.

- 형님 막내 삼촌이 목요일에 생일잔치한다고 어머니에게 연락이 왔대요.

- 그게 무슨 소리야? 토요일 하자고 했는데.

- 어머니가 그러셨대요.

- 내가 다시 어머니에게 연락할게. 또 뒤집기 시작하네. 평생을 뒤집으며 살았으니. 밤새 또 연구하시겠네.

- 어머니! 제가 직장 다니는 사람들 때문에, 이번 주 토요일에 하기로 했잖아요. 목요일은 안 된다고요.

- 그러던지….

다시 갈등은 시작되겠구나. 환갑잔치 대여섯 번 뒤집고, 칠순에, 팔순, 팔팔 생신처럼. 시댁 모임을 가지면 시어머니는 생트집을 만들어 자식들을 불편하게 하는 것이 자기의 자존감을 높이는 것인가 봐. 아니면 이놈 저놈 못하는 것을 지적질하는 것이 습관처럼 길들여 졌고 자기도 모르게 그 행동이 나오는 거지. 주변에 그런 노인들 많아. 자기 동료 친구들에게도 이렇게 하면 안 된다고 지시하고, 저것은 어때서 틀렸다고 지시하는 거지. 그들은 자기 허물을 모르면서 남의 허물은 잘도 꼬집는 거야. 그동안 난 시어머니의 지적질을 참을 수밖에 없었는데, 지금은 나도 늙은이가 되어서, 그런 지적질하는 행동을 나 스스로 용서 할 수가 없으나 또다시 수용할 수밖에 없는 거야. 어쩌겠어. 그렇게 살아오신 분을 이해해야지. 그래도 수용할 수 있어서 다행이야. 이것도 마음의 수행이라 생각하면 마음이 편안해져.

이것도 이제 나에게 마음의 여유가 생겨서일까? 오랫동안 뭉친 어둠이 사그러지는 것이 나를 이해할 수 없어. 물론 시어머니도 나에게 공격적이지는 못하시지. 시어머니는 나에 대한 여자로서의 시기 질투 같은 것이 많았을거야. 그게 뭔지는 모르는데. 우선 경제적인 힘이 아닐지. 내가 당신에게 보내는 모든 돈을 아들이 벌었지만, 내가 가진 어떤 에너지(돈)의 유동성이 당신이 가진 에너지보다 더 강한 힘을 발휘한다는 것. 그것은 당신이 따라할 수 없는 일이라서 스스로 화가 나는. 그래서 그 화가 가족의 모임이 있으면, 당신의 분노 형태로 반란을 일으키지 않았을까.

그런 것을 내가 지혜롭게 대처하지 못한 것이 어리석었던 것이지. 그래서 나는 그 굴레에서 벗어나지 못하고, 스스로 예속하고 복종하며, 어둠에 갇혀 산 거 같아. 그러나 그것이 인생의 공부일지도 모르지. 이제 그 굴레에서 벗어났다는 것에 감사해야지. 끝까지 그 굴레를 벗어나지 못하고 죽음을 맞이하면 얼마나 불행하겠어. 이제 내 안의 나를 조금씩 볼 때가 있어. 이번에 90세 잔치를 하며 나를 관찰해 보겠어. 진정한 나를 찾을 수 있을지. 시어머니에 대한 어둠의 빛을 내가 어떻게 대처하며, 밝은 빛으로 포장할 수 있을지, 나를 관찰해보는 것이 나의 숙제야.

일단. 눈을 감고 눈, 코, 입, 살갗 등을 스스로 점검하듯 초점을 맞추고 시어머니의 시선을 관심 있게 관찰해 보는거야. 나의 관찰자가 한순간에 사라지는데 잘 할 수 있을지 몰라. 이제 좀 더 지켜보는 연습을 하고 스스로 어둠의 그림자들에서 벗어나 진정한 자유를 찾아야 할 텐데….

신문을 안 읽으니까 마음이 편안해졌어.

온통 세상이 시끄러우니까 속이 불편해. 트럼프랑 바이든이 대통령 선거에서 이기고 지는 문제들로 지금 시끄럽지. 거의 바이든이 이기는 추세인데 트럼프가 법원에 소송을 내고 서로 미국 국민들이 자기 편을 들며 싸우는 것은 우리나라와 똑같더라고. 그래도 트럼프의 하는 짓은 깨끗하지 못해. 트럼프는 애초에 대통령감은 아니었어. 그의 삶은 양아치 같은 느낌이야. 바르고 곧게 올바른 삶으로 보이지 않아. 온 세계를 뒤흔들며 자기 얼굴을 세우는 편에 서 있는 느낌이었지. 지도자들이 정치를 하되 있는 듯 없는듯하면서 국민을 편안하게 해주는 정치인이면 좋겠다는 것이야.

한국도 지금 쑥대밭이지. 추미애와 윤석열이 한판 붙어싸우는 느낌이지. 추미애는 윤석열을 쫓아내려고 난리를 치고, 윤석열은 문재인네 정치권의 비리를 밝혀내려 하니 싸움이 커질 수밖에 없는 거지. 국민은 두 패로 갈라져서 문빠가 잘하고 있다 하고 반대파는 문빠네가 국민의 돈을 주식과 비리를 통해서 통째로 먹어버린 것을 참을 수 없어 하니 치열하게 싸울 수밖에 없는 거야. 문 정권은 비리가 너무 많은 거지. 온갖 세금을 풀어서 정치자금을 쓰고, 이거저거 사업을 벌여서 정치가들끼리 나누어 쓰며 부동산 투기를 하는거지. 부동산이 오른다고 국민이 소리치면, 아직도 세계 다른 나라 부동산보다 싼 편이라며 옹호하지.

정권자들은 이때다 싶어 세금을 두배 3배 올리면서 부족한 자금을 환수하는거야. 완전 떼강도 놈들처럼, 무조건 지들 나라처럼 지들 마음대로 법을 바꾸고 난리를 치는 거지. 국민은 아우성을 치는데 돈을 퍼서 받은 놈들은 문빠가 되어서 엄청 잘하고 있다고 북 치고 장구 치는거지. 나라는 날이면 날마다 싸움질이지. 북한 총격에 죽은 공무원 실종 사건에 문재인네는 월북했다 하니 이게 나라 꼴이냐고. 지들 새끼들이 당해야 하는데. 멀쩡한 국민이 죽었는데 엉뚱한 말로 죽은 가족 가슴에 피눈물을 흘리게 하다니.

나라 꼴이 말이 아니야. 2020년이 빨리 지나갔으면 좋겠어. 새해가 밝아오면 새 희망이 생길는지. 이것도 세상사는 공부인가 봐. 이런 것도 없으면 심심할 거다 생각해 보는 거지. TV는 또 어떻고? 날마다 코로나 환자 수를 늘였다 줄였다 하면서 국민을 정치에 맞추는 거야. 정치를 잘못한다고 데모를 하려 하면 코로나 방역를 한다며 국민을 통제하고 움직이지 못하게 발을 묶어 놓는거야. 국민이 조용하고 잠잠하면 슬쩍 경제가 안 좋다며 1단계로 내려서 움직이게 하고. 그것들 웃기는 짜장면이라니까. 어떡하면 독재를 해서 국민을 길들일까 연구하는 거지. 신나게 돈을 풀어 지들 집권자들에게 표를 주어 장기 집권에 혈안이 되어있잖아.

지들 편에게는 투표만 하면 통장으로 100만 원씩 입금해줬다잖아. 어리석은 국민이 어쩌겠나. 돈이 좋으니 돈 넣어주는 놈에게 무조건 찍어주는 거지. 나라는 썩든 말든 내 배만 채우면 되는 거지. 난 나라를 생각하면 속터지고 잠이 안 오니까 힘드는데. 애국자 같은 거 난 필요 없어. 제대로 올바른 길을 가는 것이 좋아. 그동안 요즘의 세상 읽기가 내 마음속에 남아 있는 거였어. 그 후 난 세상 읽기를 그만하려 했던 거지.

*

90세 생신 잔치를…

네 맘대로 그러든지… 시어머니의 마지막 말씀은 이튿날부터 나에게 조바심이 일어나게 했지. 그분은 그렇게 호락호락 넘기는 분이 아니셨으니. 전화만 오면 그분의 아니다 난 안 하겠다는 말씀일 것으로 생각이 드는 거지. 시간은 흘러갔어. 그 다음날 셋째 삼촌이 형에게 전화를 한 거야. 자기가 어머니께 이번에는 형님들이 주선하는 대로 어머님이 꼭 따르시라 했으니 다시는 이상한 번복으로 곤혹스러운 일이 일어나지 않게 못을 박았다고. 형과 형수가 걱정 안 하셔도 될 거라는 거지. 다시 시간은 흘러갔어.

남편은 고속버스 예매를 해왔고 우리는 갈 준비를 했어. 난 후배와의 약속이 있어 도서관을 갔지. 오후에 남편이 나에게 전화를 했어. 어머니가 자기는 생일을 하고 싶지 않고, 코로나가 있으니 싫다는 거라고. 당장 내일 자기 집에 오지 말라는 거지. 그래서 예매표를 물려야겠다는 거야. 어쩔 수 없는 거지요. 평생 자기 뜻대로 사셨으니. 그후 아들들은 어머니에 대해 화가 나서 전화통을 붙들고 형제끼리 이야기했지. 이제 그들이 큰형수를 욕하고 어머니 말을 안 들어준다고 40년 넘게 헐뜯고 험담했던 것들을 이해할 거라는 거지.

웃기는 것이 평생 어머니의 행동은 자식들에게 인계되어 함께 모이고 만나는 일들이 쉽지 않다는 거지. 그게 보여주는 교육? 아니면 길들여지는 습관으로 만들어진다는 거야. 언젠가 형제들이 모여서 식사를 하고 오순도순 이야기를 해 보자는 제안을 했지. 한번은 유성호텔에서. 그 다음은 콘도에서 또다시 강화도에서. 그러나 그들은 여러 핑계를 주어 만남을 가지지 못했어. 그 후 난 이 집안은 어렵구나. 다시는 이런 모임을 가져서는 안 되겠다는 거지. 그러거나 말거나 남편은 내적으로 엄청 스트레스를 받은거지.

난 남편에게 강화도를 가자고 제안했고 우리는 떠났어. 일단 스트레스를 받으면 가슴에 그 찌꺼기가 남아서 나쁜 에너지가 쌓이는 거야. 이럴 때는 훨훨 털어버리는 거지. 가을이라 사람이 많았어. 한 시간 거리를 3시간 걸렸어. 어시장에 가서 젓갈을 사고 회를 뜨고 야채를 사서 숙소로 돌아왔어. 푸짐한 탕을 끓여서 회에 막걸리 한잔 먹으며 어머니에 대한 토론을 했지.

- 어머니는 평생을 그렇게 사셨기 때문에 안 변하는 거야. 슬퍼하지 말아.
- 안 가니까 여기 오고 더 즐거운 거야. 모든 것을 털어버려. 평생 그랬는데 뭘.
- 어머니에게 당신만의 이유가 있겠지, 라고 난 생각해. 어머니는 내 얘기를 거부하는 걸 자기의 권위라고 생각하는거 같아.
- 맞아. 그게 당신이 즐기는 권력이야. 아들을 이긴다고 생각하는 거고.
- 야, 한잔 드시고 어머니가 있어서 형제끼리 서로 이야기를 할 수 있어서 감사하다고 생각하셔.
- 이런 게 스토리잖아. 늙어서 어떤 할 이야기가 없어. 어머니의 이상한 행동으로 형제끼리 이야기를 하는 거잖아.
- 우리 건배를 하고 모든 것을 털자구요. 건배, 건배.

식사를 하고 고려 저수지로 산책을 갔어. 낚시꾼들이 즐비하게 어두운 호수에 찌를 타원형으로 물속에 담그고 고기를 낚고 있었어. 여기 저기 구경을 하며 산책하고 숙소로 돌아왔어. 잠이 오지 않았어. 책을 읽다가 잠이 들었고 새벽 4시경 눈이 떠졌어. 멀리서 닭이 울었어. 꼬끼요, 꼬끼요. 옛날 외가에 갔던 생각이 났어. 추운 겨울 닭장에서 닭이 꼬끼요 하고 울면 외할머니가 앞치마를 두르고 부엌으로 가셨지. 이모나 젊은 며느리들이 잠에서 깨어나지 않게 조심스럽게. 어둠은 아직 짙었어. 할머니는 호롱에 불을 켰고 마루를 지나 부엌으로 가서 구들에 불을 지폈지.

독 안에서 물을 바가지로 퍼서 가마솥 뚜껑을 열고 그 속에 물을 퍼넣고 물을 끓였지. 불은 가마솥의 물을 뜨겁게 끓였고, 불길은 아궁이로 들어가니, 안방이 따끈따끈했어. 나는 어렸고 방바닥에 손을 대고 따뜻하다며 좋아했지. 물이 보글보글 끓을 때, 바깥 행랑채에서 일꾼이 소죽을 끓였어. 진 새벽부터 할아버지의 성화에 일꾼은 소죽을 끓여야 했으니까. 소들은 외양간에서 코를 벌름거리며 음매 소리를 내고 밥을 달라했지. 날이 훤해지면서 외숙모는 부지런히 앞치마를 두르고 부엌으로 갔고, 이모는 할머니의 성화에 못 이겨 부엌으로 들어갔어. 이미 할머니가 다른 가마솥에 밥을 안쳐 놓았어. 끓어 오르는 밥솥을 외숙모는 뚜껑을 열어 거품을 빼고 삼베 보자기를 깔고, 물에 불린 마른 푸성귀에, 밀가루를 묻혀서 뜸들이는 밥솥에, 그것을 올렸지. 나중에 양념장을 뿌려서 반찬으로 먹으면 맛있거든.

갑자기, 그렇게 키 작은 외할머니 생각이 났어. 여기 창밖은 아직 캄캄했어. 그 어둠이 어릴 때의 외갓집과 똑같은 거야. 눈을 감고 이런저런 생각을 하다 보니, 배를 타고 또 다른 섬을 가보는 것도 남편에게 좋을 듯싶었어. 몸에 남은 불편한 감정들을 씻어내기에 좋아 보였어. 힘들 때, 우리가 외국 여행을 다녀오듯이. 잠자는 남편을 깨웠지. 우리 다른 섬을 가보자고. 고개를 끄덕거렸어. 인터넷으로 배편을 찾아어. 외포항에서 9시 10분발이 있었어. 볼음도, 아차도, 주검도로 가는 배가 출항했어. 남편은 오케 했어. 갑자기 바빴어. 아침 밥을 서두르고, 반찬으로 두부탕을 했지. 섬이 가까워도 30분 전에 입항선에 가야 하니까. 시간은 금방 6시, 7시, 8시가 되더라고.

차를 타고 선착장으로 갔어. 신상 명세서를 쓰고 주민등록증을 가지고 줄을 섰지. 8시 30분인데 빨리 승선하라는 거야. 아직 표도 안 샀는데. 볼음도는 1시간 10분 걸린다해서 볼음도 티켓을 왕복으로 끊었어. 달려가서 승선을 했지. 곧 배가 떠났어. 출항을 하니 갈매기가 떼를 지어 따라오고. 사람은 별로 없었어. 2층 선상 벤치에 앉았어. 늦가을 바다 바람은 차가웠지. 기분은 엄청 시원했어. 후미에서 바다를 가르고 빠르게 배가 나가니까 꼭 알래스카의 겨울 바다를 타고 갔던 생각이 나더라고. 하얀 물거품을 일으키며 넓은 대양을 향해 가는 모습이 장관이었어.

태양은 바다를 향해 빛이 쏟아지는 모습은 지중해 어느 바다와 똑같았지. 야, 멋지구나. 우리는 항구와 멀어지고 들과 산을 둘러보며 차가운 바람으로 풍욕을 즐겼어. 태양, 거센 파도, 푸른 하늘. 모두가 감정의 찌꺼기를 날려버렸어. 1시간 후 볼음도에 도착했어. 선착장은 아무 것도 없어. 바다와 해초, 소나무 숲, 저어새, 끝없는 해변과 뻘이 있었어. 상점이 없으니 이물개로 싸간 것으로 점심을 먹었어. 그곳에서 2시간 동안 해변을 걷고, 소나무 솔밭을 거닐었지. 저어새 떼를 구경하고 30분 전에 선착장으로 가야 했어.

미리 와서 숙소에서 일박 한 사람들이 선착장으로 모였어. 그 뒤를 우리가 따라갔어. 배는 오지 않았어. 남편은 북쪽 바다 건너 산이 북한의 9월 산이라 했어. 탈 배가 오지 않으니 우리는 기다렸어. 이놈의 배가 북쪽에서 나타날까? 아니면 남쪽에서? 멀리 바다를 보며 기다린 거지. 그것은 내가 어렸을 때, 친할머니 집에서 도시로 가기 위해, 신작로에서 무작정 우리가 탈 버스를 기다리는 모습 같았어. 어렸을 때 아버지가 나를 데리고 할머니네 집으로 갔어. 거기서 볼일을 보고 우리가 도시 우리 집으로 갈 때 할머니와 삼촌들이 보따리에 잡다한 먹을 것을 보자기에 바리바리 싸서 차 시간에 맞춰 신작로로 갔고, 거기서 연착하는 버스를 몇 시간씩 기다렸지.

어느 땐, 차가 몇 번씩 빼먹고 막차를 타기도 했어. 기다릴 때 산모퉁이로 돌아오는 차 모터 소리를 사람들이 듣곤 아! 이제 차가 오려나 보다고 소리쳤지. 어? 차 소리가 아닌데? 어, 저 소리는 차 소리 같기는 한데, 하며 멀리 산 너머 차 엔진 소리를 사람들은 듣고 판단했지.

여기서도 남편의 모습은 그 시절과 똑같았어. 한참을 기다리니 배가 섬과 섬 사이로 들어오고 있었어. 어? 저기는 섬이 붙어있는 모습인데 그곳에서 배가 오네? 배는 빠르게 선착장으로 들어왔고 승객들은 빠르게 탔어. 배가 연착해서 빠르게 달렸지. 배를 타고 바다를 건너는 기분은 특별했어. 우리가 이 집을 사고 석모도에 다리가 놓였고, 교동도에도 막, 다리가 생겼다. 그리고 처음 내가 이사 왔을 때부터 강화도의 초지 대교가 놓여서 항상 육지처럼 살았어. 강화도는 섬이라는 느낌이 없었지.

이번에 볼음도를 가보니 섬은 바다에 배를 타고 건너야 섬이라는 맛이 났어. 다리로 가는 것은 편하고 좋을지 모르나 여러 가지로 섬답지는 않았던 거야. 배가 돌아 올 때, 선착장은 선수항이었어. 물때가 안 맞아서 외포리로 배가 들어 올 수 없던 거야. 물이 빠져서 외포리항은 뻘이 되어버렸던 것이지. 선수항에서 내려 우리는 마을 버스를 타고 외포항으로 왔어. 이미 오후 세네 시가 넘었어. 젓갈집에 들려 가을 게를 듬뿍 사고, 장대를 사서 집으로 돌아왔네. 볼음도에서 뜯어온 칠면초를 튀기고 게장을 끓였지. 장대도 지지고. 우리는 막걸리 한잔을 하고 즐거운 여행을 한 사진을 동영상으로 만들어 감상했어. 정말 즐거운 여행이었지.

*

수영을 하고 갑자기 허리가 아팠네.

그동안 다리가 아파서 그쪽에 온 신경을 썼지. 그래도 수영을 할 수 있어서 내 몸에게 감사하고. 오늘은 오리 발 수영을 하는 날이었고 젊은이들을 따라 하느라 힘에 겨웠지. 50분 동안 계속 수영장을 돌았어. 자유형, 배형, 평형, 접형. 코치 선생님이 하라는 대로 한 거야. 코치 선생이 한 손은 뻗고 다른 손은 일자로 몸에 붙이고 오리발로만 자유형으로 수영하라 했는데, 내 몸은 그 방법으로 하면 다리에

쥐가 나서 수영을 할 수가 없었어. 여러 번 시도 했는데 다리가 계속 움직일 수 없어서 코치는 그냥 자유형으로 수영하라고 했어.

사람은 각자 어떤 기능에 적응이 빠르고 느린 것이 있는 것 같아. 자신이 새로운 어떤 것에 적응이 잘되는지 안 되는지 모르거든 여러 가지를 접해보면서 스스로 확인할 수 있는 것이 신기해. 요즘 자신을 돌아보는 경우가 많아. 몸이 아프면 자신을 반성하는 거야. 내가 뭘 잘못 해서 아플까? 잘못 먹은 것은? 잘못된 자세가 무엇이었나? 또 뭐가 잘못해서? 이러면서 되돌아보는 거지. 허리가 묵직하면서 굽히고 펴는 것을 못 하니까 마음이 조급해지면서, 생각했어. 진작, 좀 더 잘 움직일 때, 좋은 일들을 많이 할 걸… 몸을 움직이지 못하면 돈이 있으면 뭘 할거고, 그동안 서운한 사람들, 정서에 안 맞다고 내친 사람들에게 미안해지는 거야.

왜 그리 마음이 옹졸해서 사람들을 너그럽게 봐주질 못하는지 나 자신을 후회하는 거지. 상대방의 처사가 아름답지 못하다고, 도덕적이지 못하고 그들의 행위가 잘못이라고. 탓하는 것에 집착하는 마음이 나를 실망스럽게 하는 거야. 나이가 들면 상대방에게 내 마음에 안 든다고 공격하는 거야. 갈수록 더 심각해지지. 가까이 있는 지금 함께 있는 남편을 가장 고마워해야 하는데, 어떤 때는 미워지면서 나와 다르게 생각한다고 공격하고 마는. 그리고 후회하면서 나를 자책하는 거지.

그런데, 허리가 아파서 움직일 수 없으면 갑자기 감사한 마음이 커지는 거야. 이것도 감사하고 저것도 감사한. 내안의 갈등이 싹~ 사라지는 거야. 인간은 자신의 처절한 어려움이 있어야 감사할 줄 아는 것인가? 내 안의 갈등 없이 온전한 삶은 무엇인가? 깨달은 사람들이 쓴 수많은 책을 읽었지만, 읽을 때는 그들의 깨달음이 조금씩 내 마음을 달래주고 감동을 받아. 그런데 그 책을 잠시 접어두면 내 안의 속은 도떼기 시장처럼 시끄럽고 요란하다고. 깨달은 사람들은 진리를 깨달아서 고요하고 조용하며, 항상 기쁨이 넘쳐흐른다고 들었는데… 나는 영~ 가까이 가지를 못하네.

이번에 '크리슈나무르티와 함께한 1001번의 점심 식사'라는 책을 서점에서 발견했어. 크리슈나무르티는 진리를 깨달은 사람으로 그가 쓴 많은 책을 읽었거든. 그런데 독일인 마이클 크로닌이 어느 날 크리슈나무르티의 사상을 담은 책을 우연히 접하게 되면서 그의 강연을 쫓아다니게 되고, '진리탐구'에 동참한다. 그 후 그는 이 책을 쓴 작가가 된다. 작가는 1975년 9월 크리슈나무르티가 세운 '오크 그로브 학교'에서 그의 식사를 책임지는 요리사로 일하게 되며 삶의 의식에 새로운 변화를 맞이하는 작가야.

이 책을 사서 책장을 펼치니 갑자기 마음이 편안하며 알 수 없는 기쁨이 샘솟았어. 작가는 크리슈나무르티의 모습 태도 강연 상황 등을 세밀히 기록해줘서 내가 그들의 강연 잔치에 끼어있는 듯해서 좋앉아. 조금씩 조금씩 아껴서 그들의 강연 잔치를 음미할거야. 책을 읽을 때는 자신이 진리를 탐구하는 사람 같아. 그러다가 이상한 상황이 돌아오고 나에게 불리한 것이 보이면 진리와 상관없이 못된 성질과 악에 받친 나쁜 소리가 튀어나오며, 언제 이성적인 사람이었냐는 거지. 에너지가 많아서일까? 하여튼 못 말리는 인생이라니까.

이제 에너지도 사그러질 때가 되었는데. 조용하고 고요함을 더 사랑하는 편이기는 한데. 나의 진정한 모습을 확인해 볼 필요가 있기는 한 거야. 어제저녁에 영화를 올레 TV에서 봤어. 'if only'였고. 언젠가는 '이터널 선샤인'이었지. 'if only' 눈앞에서 사랑하는 연인을 잃은 남자는 다음 날 아침, 자신의 옆에서 자고 있는 연인을 보고 놀란다. 기쁨도 잠시, 정해진 운명은 바꿀 수 없단 것을 깨달은 그는 더 늦기 전에 자신의 진정한 사랑을 전하기로 마음 먹는데….

'이터널 선샤인' 조엘은 아픈 기억만을 지워준다는 라쿠나사를 찾아가 헤어진 연인 클레멘타인의 기억을 지우기로 결심한다. 기억이 사라져 갈수록 조엘은 사랑이 시작되던 순간, 행복한 기억들, 가슴 속에 각인된 추억들을 지우기 싫어지기만 하는데….

위 작품들은 아카데미상, 조합상, 영화상, 편집상, 주연상 등을 받은 작품인데, 그 작품들이 나에게는 맞지 않았어. 스토리는 빠르고 숨이 가빴어. 무슨 이런 영화가 있는 거야? 요즘 영화가 다 그런건가?

힐링 영화이기를 바랐는데. 조용하고 힐링이 되며 스토리도 잔잔했으면 좋은 거지.

'8월의 고래(1987)'-메인섬에서 60년을 살아온 리비와 사라. 이들은 남편도 떠나 보내고 서로를 위해 살고 있어. 리비 언니는 장미를 사랑하고, 소소한 일상을 좋아하며 사람들과 잘 어울렸어. 반면 사라는 장님이고, 냉소적으로 부정적이었어. 그리고 러시아 귀족이 나타나며 두 자매의 잔잔한 일상의 삶이 흔들리는 장면이 났지.

그 영화는 잔잔하며 노인들의 삶이 보이는데, 나를 반추하는 계기가 되었어. 자매의 성격과 성향이 다르다는 점. 늙어서 자매가 함께 살기 어렵겠다는 점. 동생이 언니에게 공격적이라, 언니가 보살피기가 어려웠고, 사라의 자식도 사라를 케어하기 힘들어서 함께 할 수 없음을 리비가 말하고 있었어. 그런 장면을 보면서 노인은 무조건 성격이 부드럽고 다정하게, 이웃들과 잘 어울리는 노인이 좋겠어.

남편이 죽었어도 결혼기념식 날, 멋진 드레스를 입고 식탁에 홀로 앉아, 테이블에 꽃 장식을 하고, 와인 잔을 들고 남편 사진에게 이야기하면서 축배를 드는 것이 멋있었어. 러시아 귀족을 저녁 초대했을 때도, 식탁에 음식을 차리고 멋진 드레스를 입고, 함께 식사하는 모습도 특별했어. 우리는 식사 준비에 바빠서 자신의 치장은 생각지도 못하는 일이거든. 요즘은 대부분 외식을 하니까 우리 시대와는 다르겠지만. 젊을 때 시간과 경제를 살리는 의미가 커서 외식은 엄두도 못 냈으니까. 요즘은 그런 의식이 없을 거야. 외식문화가 당연하니까.

요즘은 코로나19로 우리 옆집을 보면 쿠팡 배달이 쌓여 있어. 새벽 배달로 큰 가방 하나, 둘. 오후 배달로 저녁 가방이 하나. 그 집 현관에는 항상 쿠팡 주머니가 3개씩 쌓여 있거든. 각자 잘 살아가는 거겠지. 그런데 그 집안 경제가 걱정되는 거지. 얼마나 돈을 잘 버는지 모르는데 날마다 그렇게 시켜서 먹으면 저축은 언제 할까 걱정이 되는 거야. 우리 작은애는 나에게 쓸데없는 오지랖이라고 욕을 하지만.

생각은 또 옆으로 샜구만. 그 영화는 나의 노인 시기를 견주고 조용히 세월을 보내고 추억을 생각하는 영화였어.

갑자기 책상에 있던 여행 사진을 다시 보게 되었어. 17년 전 미국에 갔던 사진이었어. 그때 젊었기는 하네. 대학 동창들과 하와이를 간거야. 청바지에 반티셔츠, 모자. 배경은 푸른 바다가 있네. 2003년에 대학 동창끼리 미국 서부를 간거였어. 그때의 생각이 나네. 돈이 많은 친구들은 유학을 갔고 그곳에서 정착했다느니. 또는 어느 친구는 스튜어디스를 했는데 미국 부자가 그 친구를 유혹하느라 비행기 정착지에 장미 꽃다발을 100송이씩 보내서 결국 결혼해서 살았다느니 하는 소문이 구름을 타고 흘러 다녔지. 미국은 나에게 부의 상징이었어. 미국만 가면 부가 덤으로 오는 것으로.

내가 어리석은 거지. 여하튼 미국은 영화의 장면처럼, 화려하고 아름답고 세계를 지배하는 꿈의 나라였어. 우리는 몇 년동안 계모임을 해서 저축했지. 조금씩 조금씩. 아마 5년 아니 그 이상을 모았을걸. 막상 가려니 모두가 참석을 못하더라고. 여고 동창 몇몇을 끼웠고, 우리 남편을 추가했지. 남편은 고급 공무원이나 주변머리가 없는 거지요. 고지식해서 안 되는 게 많은 사람이었거든. 국가에 문제가 있으면 안 되느니. 또 부당해서도 안 되고. 아니 남들은 밥 먹듯 유학 가고, 출장을 가던데, 이 양반은 이유가 많아요. 선배에게 혹은 후배에게 양보 양보.

무슨 도덕적 인격이 그리 중한지. 결국 나이 들어 우리 모임 여행자로 꼽사리를 꼈으니. 우리의 총무가 모두를 주선했지. 우리는 직항이 아닌 저렴한 미국 비행기를 택했어. 일본 하네다에서 7시간을 공항에 머물다 가면 일인당 70만 원이 세이브된다고. 우리는 10명이면 700만 원을 세이브할 수 있어서 찬성했던 기억. 미국 서부 지역 탐방인데 처음에 하와이에 도착한 거야. 기후도 좋고 처음 미국 영토를 밟은 거 그게 좋은 거지. 우리는 신이 났어. 하와이 사진을 보니 바람의 계곡에서 바람에 휘날리며 손잡고 있네. 근엄하게 선글라스를 끼고 화려한 모습을 드러내며. 다른 장면은 야밤에 불빛과 구름과 바다가 뒤섞인, 지금 보면 내 옷이 제일 촌스럽구만. 검정 가방을 둘러메고, 친구들은 화려한 루즈가 돋보이네. 즐거운 표정이 젊어서 좋네.

다음 장면은 식사를 열심히 하는 장면이네. 하와이 음식이 화려했지. LA갈비가 무한 리필이었어. 맛이 엄청 좋았어. 갈비도 맛있게 재우고. 한국 김치보다 더 맛있는 거 있지. 해외 여행가면 한국 음식이 모조품이라 이 맛도 저 맛도 아니라서 괴롭잖아. 차라리 그곳 현지식이 좋다는 느낌이었어. 그런데 한국 할머니 꼭 한식을 먹겠다니까 가이드가 안 갈 수도 없고. 그런데 하와이는 정말 한국보다 더 한국적이라니까. 한국 여행자들 맛있게 먹는 장면이 모두 행복하네. 이국적인 야자수 밑에서 동창들 일렬로 모여 찍은 사진. 야자수와 넓은 바다, 아득히 먼 산, 푸른 하늘과 흰 구름을 배경으로 찍은 사진. 노을 지는 검은 바다를 배경으로 찍은 사진에 키 작은 당찬 친구가 내 팔을 잡고 흰 구슬 장식 목걸이가 돋보이네.

사진의 주인공들은 젊어서 좋네요. 기억이 없는데 배 앞에서 사진을 찍었고 일렬로 자리에 앉은 폼으로 사진이 찍혔네요. 배경은 버스를 타고 이동하는 장면도 있고. 백화점에서 선물을 사고 힘들어서 친구들과 바닥에 쭈그리고 앉은 모습도 있네요. 화려한 불빛에서도 한 컷. 극장가가 즐비한 곳에서도 한 장면. 시내 중심가를 도는 야간 장면. 한낮에 지상 위의 육교 다리에서 웃는 J친구, 적당한 미소와 멋진 선글라스를 끼고, 배경은 멀리 높은 빌딩과 탑이 푸른 하늘을 이고 있는 장면. LA에서 버스를 타고 모하비 사막을 달렸던 기억이 났어.

그때 사막은 모래가 쌓였고 사람이 모래를 밟는 장면만 기억했는데, 그곳은 구릉지 사막이었어. 무한히 펼쳐진 구릉지 사막이 끝이 없었지. 오랫동안 달려서 은광촌에 도착했어. 그곳은 폐광촌이었어. 조그만 상점들은 미국기를 내걸고 손님들을 유혹했어. 날씨가 뜨거워서 사막을 확인했어. 다음 장면은 요세미티 국립공원에서 찍은 거였어. 험준한 바위와 키 큰 나무를 배경으로 친구들과 사진을 찍었네. 바위와 나무를 배경으로 한 사진이 많아. 금문교에서 단체 사진을 찍었네. 장, 정, 혜, 선, 권, 조 6명이 금문교 다리 앞에서 2003. 8. 11.에 찍은 거야. 그 사진 배경은 해가 비쳐 하늘이 허옇게 보이고, 샌프란시스코만이 잔잔하며, 요트가 있었어.

사진상 붉은 철교가 금문교라는거지. 금문교는 샌프란시스코의 상징적 건축물이야. 골든게이트 해협을 가로질러 샌프란시스코와 북쪽 마린카운티를 연결하는 다리지. 페리가 교통수단이었는데 다리를 놓은 거야. 그것은 현대건축물 7대 불가사의 하나야. 그 다리를 건설할 때 많은 사람이 죽었고 그 죽은 사람들이 중국 노동자가 많았다고 가이드가 설명한 기억. 그 노동자들에게 샌프란시스코에서 바위가 많고 쓸모 없는 지역을 보상으로 19세기, 중국인에게 거주지로 주었는데, 20세기에 그곳은 다운 타운이 되었다네. 한때 샌프란시스코에 지진이 일어나 시가지가 타버렸지만, 중국인의 거주지는 바위로 된 곳이라 타지 않았다고 가이드는 설명했었.

불야성 밑에서 찍은 사진. 이곳은 라스베가스네. 네바다주 한가운데 있는 도시. 호텔과 카지노가 즐비한 번화 도시네. 도박의 도시고 화려한 곳으로 눈을 뜰 수가 없이 화려한 곳이야. 뜨거운 열기와 불빛의 도시네. 화려한 호텔들의 아름다움, 벨라지오 분수 쇼에 수많은 인파가 찍혔어. 천장에는 다양한 야광 쇼가 빛을 받으며 화려한 꽃을 피우는 장면을 찍었네. 호텔 로비 천장은 푸른 하늘에 흰 구름이 있는 장면. 그것은 정말로 흰 구름 같아서 나의 눈을 의심했어. 이집트의 파라오 조각상, 황금별이 걸린 종 위의 독수리 앞에는 금발 머리 예쁜 언니, 백발의 외국 노신사, 청바지에 갈색 모자를 쓴 동양인 등이 뒤섞여서 호텔 앞을 지나가는 장면, 꽃밭 위에서, 아니면 야광 호텔을 배경으로 기쁨을 가지고 나는 그곳에서 2003. 8. 13. 나의 모습을 찍었네.

그랜드캐넌을 배경으로 남편이 서 있는 사진이네요. 평원 중앙이 내려앉아 생긴 계곡이 장엄합니다. 아래로는 콜로라도 강이 유유히 흘러요. 그곳에 인디언들의 삶이 보여요. 신비스럽네요. 아래 계곡으로 인디언이 말을 타고 길을 따라갔던 기억이 나네요. 웅장하고 장엄한 계곡이에요. 그곳에서 한참을 머물렀네요. 영상으로 그랜드캐넌 비디오를 보았고 그랜드캐넌을 기억하기 위해 비디오도 사왔다는 기억이 나네요.

울창한 산림과 거대한 바위 아래 찍힌 사진은 아마도 요세미티 국립공원 같네요. 뒤에는 하이시에라 지역으로 요세미티 폭포가 보입니다. 산 위로 등산을 하는 사람도 있고, 암벽을 등반하는 사람들도 있습니다. 빼곡한 나무숲을 걸어 다니는 산책길은 아름다웠다는 기억이네요.

샌프란시스코 항구에서 찍은 물개가 가득히 모여있어. 아침에 물개를 보고 항구 옆 식당에서 조식을 한 사진이야. 물개들이 쉼터로 만든 나무 패널에 뭉텅이로 엉겨서 붙어있는 사진이야. 특별한 동물원 같아. 바람이 세찬가 봐. 서핑하는 배가 파도 물결을 타고 있는 사진이 있네. 멀리 금문교가 보여. 알카트라즈 교도소가 바다 가운데 찍혔어. 폐쇄된 곳이나 영화 촬영장소로 이용한다고 들었어.

하와이에서 인디언 공연을 하는 사진이 많이 있네. 머리에 인디언 벨트를 두르고 선글라스를 낀 딸과 붉은 모자를 쓴 엄마가 함께 사진을 찍은 친구가 있네요. 그 딸은 지금 결혼해서 아들과 딸을 낳고 잘 살 텐데 이 사진을 보면 그리운 추억이 나겠네요. 파인애플 농장에서 과일을 먹는 모습이 있네요. 샌프란시스코 항구에서 배를 타고 머리를 바람에 휘날리며 찍은 사진이 많네요.

유니버셜 스튜디오 사진이 보이네요. 영화를 찍는 장면을 스튜디오에 그대로 설치해 놓았어요. 해적과 싸우기 위한 선박과 해적선을 물리치려는 배우들이 함께 모선을 잡고 연기를 하는 장면이 찍혔네요. 사람들이 많아서 표를 끊는 장면도 보입니다. 스튜디오 면적은 넓어요. 영화에 찍히는 동네가 그대로 설치되어 있는 거예요. 우리가 주인 공이 되는 느낌이에요. 해적선이 물에 떠 있는 곳에서는 물이 출렁이고 해적과 싸움을 하는 사진을 찍을 수 있었어요.

이십 년 전 사진을 보고 다시 미국을 탐방하는 기분이 들었어요. 세월이 참 빠르네요. 우리가 벌써 7학년이 되었다니요. 물론 이미 죽은 친구들도 많으니까요. 아직도 건강하게 살아 있음에 감사해야지요.

*

어머니의 마지막 인생.

갑자기 친정 어머니로부터 전화가 왔다.

- 나다.
- 네 엄마. 웬일이세요?(엊그제 어머니와 여러 통화를 했다)
- 네가 전화를 계속해도 안 받아서.
- 네. 운동하러 갔어요.
- 그래? 이제 다리가 안 아프네.
- 그냥 운동장 의자에 앉아 있었어요.
- 그래, 그렇게 해야지.

- 나 H네 집, 안산으로 가려고.

- 네?

- 내가 여기서 못 살겠다. 아무래도 나가야겠어.

- 아니 그럼, 엄마를 누가 케어하라고요.

- 아들에게 말했어. 방을 하나 얻으라 했어. 나 여기서 못 살겠다고. 내가 여기서 4번이나 방을 바꾼다는 게 말이나 되냐구. 그랬더니 아들이 알겠다고 했어. 지금 방을 얻을 거야.

- 아니, 엄마 이제 그곳에서 나오면 국가 지원금 150만 원 안 나와요. 내가 70만 원 내는데 그 이상 나는 못 내요.

- 아들이 알아서 한댔어. 그런 줄 알라고.

- 네.

머리가 복잡했다. 밥 먹다가 입맛이 모두 사라졌다. 일어서지도 못하고 앉지도 못하는 양반을 어찌하라고. 수시로 똥을 싸는데 그 똥을 누가 치울 거고. 난 허리도 못 쓰고 다리도 온전하지 못한데. 내가 요양원에 갈 판인데. 남동생에게 전화를 했어. 전화를 받지 않아. 문자 메시지를 보냈어.

- 엄마가 요양원에서 나온다고 나에게 전화했어. 네가 모두 알아서 한다고 했다며. 방을 하나 얻으라고 했다는데. 당신은 조금 있으면 안산으로 간다고 하시더라. 근데, 그건 절대 아니지. 명심하라고.

- 누가 엄마를 케어할건데? 24시간 돌보미 비용이 몇백일 거야. 엄마가 나오시

면 절대 안 되지. 네가 회사 다니며 어떻게 돌보냐고. 네가 죽겠다.

- 매형도 그곳이 최상이라 하신다. 그렇게 좋은 곳이 어디 있냐고. 나오시면 난 불효자가 될 거다. 내 몸 나도 건사하기 힘드니까.

조금 있다가 다시 남동생에게 전화가 왔다.

- 누나 전화했어?
- 응, 네가 엄마 방 얻어준다며. 당장 안산으로 나올 거 같이 하시더라.
- 아냐. 엄마가 말씀하셔서 네, 네, 대답만 한 거야.
- 지금 나올 거라고 기대하시는데?
- 아냐. 거기가 제일 좋은데 뭘. 대답만 한 거지. 못 나오셔.
- 알았어.

난 어이가 없었다. 남동생이 모셔 오면 막내 여동생과 내가 죽을 판이었다. 저는 계속 회사 다니고 우리가 케어를 해야 했으니. 당신이 죽음이 임박했다고 3개월 동안 우리는 정성껏 모셨지. 당신은 그때를 그리며 다시 남동생네 집으로 오길 바라는 것이리라. 여동생은 다시 나에게 말했어. 100여 명 요양원 할머니 중 우리 어머니가 가장 똑똑하시다고 요양사 친구가 말해줬다고. 어머니가 마음에 안 드는 일이 생기면 반란을 일으킨다고. 언니는 모르는 척 하라고. 그래 알았어.

모든 것을 받아들이며 수용적으로 적응했다고 생각했는데. 어머니는 또다시 자기 요구를 관철하며 주변 사람을 괴롭혔지. 입주할 때도 핸드폰 때문에 난리가 났었어. 당신은 자기 맘대로 핸드폰을 쓰겠다 하고 요양원 측에서는 안 된다 했어. 결국 어머니가 이겼지. 그 핸드폰으로 당신은 사실 당신 아들에게 날마다 몇 번씩 전화하며 걱정하고 참견하고 시비를 걸었어. 아들은 유일하게 핸드폰 받아주는 것이 효도라 했고. 난 자주 전화를 했는데 이렇게 엉뚱하게 전화하는 어머니가 힘들더라고. 에라 모르겠다. 이제 나도 당신에게 멀어져야겠다는 생각이 드네. 나도 죽음을 준비하려 하는데, 당연히 어머니도 90이 넘었으니 모든 걸 체념하고 죽음을 맞이하는 연습을 했으면 좋겠다는 생각. 집착과 과거의 생각에서 벗어나서 현재 숨 쉬고 편안함에 감사했으면 좋으련만.

*

2020.11.23. 미국이라는 나라에 대한 것들.

요즘 이슈로 일어나는 사건에 충격적인 사건으로 난 너무 혼란스럽구나. 거기에 조선일보 뉴욕 특파원의 이야기는 내 마음을 더 괴롭히고 있어. 특파원들은 미국 대통령 트럼프가 대선이 치러진 지 3주가 지났는데 자신이 이겼다는 가상 현실 속에 지지자들을 가둬놓은 채, 자신이 4년간 이끈 나라에 온통 침을 뱉고 있다고 유튜브에서 들었다.

그는 패배한 모든 주에서 투·개표에 불법이 있었다면서 무차별 소송전을 벌이거나 재검표를 요구하고 이도 저도 안 되면 개표 결과를 확정하지 말라고 강요한다는 것이다. 이는 신사적 태도의 문제가 아니다. 독립된 각 주의 선거 권한을 공격하고 차기 정부의 정상적 출범을 막는 것은 240년 미 헌정 질서를 교란시키는 행위라 했다.

진짜 동기가 무엇이든, 트럼프는 자신이 위임받은 권력을 겸허하고 무겁게 받아 들여본 적이 없는 것은 분명하다며 트럼프를 나쁜 놈으로 맹비난했는데….

내가 알고 있는 상황과 너무나 다르다는데서 문제가 생겼어. 나도 처음에 트럼프가 부당하다 생각했지. 그런데 지금은 아니라는 거지. 그리고 특파원들은 중국 돈을 먹고 중국 편을 드는 것이 아닌가 생각이 드는 거야. 좌파가 아니고 우파라고 한 특파원이었는데 이게 아닌가 봐. 지금 나에게 충격이 크네. 다음은 진실 뉴욕 TV에 나타난 유튜브야.

2020년 미국 대선에서 도미니언 보팅 시스템에 의한 부정선거를 조사하고 있는 도널드 트럼프 미국 대통령 법률팀 변호사인 시드니 파월 전 연방검사가 21일 현지시간 이번주에 "블록버스터급 사건들이 올 것"이라고 말했다. 일부 주지사들이 '도미니언'의 투표시스템을 이용한 부정선거에 연루된 것 같다며 부정선거 입증을 위한 증거 정리

작업을 하고 있다며 프로그램의 알고리즘이 민주당 조 바이든 후보 표는 1.25배로 가중 시키고, 트럼프 대통령 표는 0.75로 낮췄다고 밝혔습니다. 득표율로 보면, 바이든 62.5%, 트럼프 37.5%가 나오게 됩니다. 그런데 이거 4·15 부정선거에서 나온 비율과 같습니다(서울: 63.92%/더불어 민주당, 36.08%/미래통합당, 경기: 더불어 민주당/63.54%, 미래통합당/36.46%) 당시 우리나라 언론들은 63대 36의 음모론이라면서 사전투표 조작의 정황적 증거에 대해 팩트 체크랍시며 통계적 의미가 없다고 무시했는데.

미국트럼프 법무팀은 사이틀 서버를 압수해 조작증거에 대한 물증을 가지고 있기 때문이라고. 일부 주지사가 도미니언의 투표시스템을 이용한 투표조작에 연루된 것 같다며, 조지아는 내가 날려버릴 첫 번째 주가 될 것이라며, 브라이언 캠프를 지목했다는데. 트레이너 위원장은 '저스트더 뉴스 AM'과 인터뷰에서 '실제로 사기가 발생했다는 것을 알 수 있다'고 말했다고. "트럼프 캠프의 선거 절차의 투명성에 관한 의문 제기가 대통령 직무 수행에 필요한 합법성을 위해서도 매우 중요하다."라며 긍정적으로 평가했다는데.

줄리아니 변호사는 "도미니언이 대선 정보를 통째로 다른 국가로 보냈는데 믿을 수 없는 일"이라고 말했고. 이미 이 자체로 위헌이라는 것이라는데. 트럼프 대통령도 해커들이 도미언 투표기를 손쉽게 해킹하는 2019년도 NBC에 나온 영상을 올렸고 도미니언 CEO가 청문회에서" 중국산 부품이 들어 있다."고 시인하는 영상도 올린 바 있다고. 도미니언 시스템에 민주당이 연루된 정황은 넘쳐나고 있다네. 파월 전 연방 검사는 "선거 기간에 도미니언 시스템이 서너개 국가로 정보를 보냈다는 증거를 확보했다며" "이들 국가는 실시간으로 개표상황을 보면서 숫자를 조작했다."고 했다는데.

그녀는 "지구상에서 최악의 공산주의 국가들로부터 외세의 간섭을 받았다는 중대한 증거가 있다."라고 덧붙였다. 자유민주주의 국가에서 선거 부정이란 결코 있어서도 안 되고 있을 수도 없는 국가의 체제를 파괴하는 행위라고. 이번 2020년 미국 선거에서는 나올 수 있는 모든 패턴의 선거 부정 행위들이 등장했다고. 미국의 부정선거 의혹은 반드시 한 치의 의혹도 남기지 않고 수사와 재판을 통해 해소가되어야 한다고. 왜냐하면 미국만큼 법치가 살아있고 균형과 견제를 이루는 사법 시스템을 보유한 나라는 많지 않기 때문에 미국에서조차 부정선거 조사가 제대로 이뤄지지 않는다면 다른 어느 나라에서도 부정선거를 입증하기는 아주 어려울 것이기 때문이라고.

위의 유튜브를 보면 미국도 최대의 전쟁을 하고 있는 듯했어. 미국 기업이나 정치인들이 차이나 머니를 받았던 거지. 그래서 그들이나 한국 정부나 좌파가 된 거라구. 결국, 각국의 언론인들도 모두 좌파야. 좌파. CIA도 좌파. 빌게이츠도 좌파. 타임즈도 좌파. 구글도 좌파. 당선인이라고 주장하는 바이든도 좌파. 물론 문빠네도 좌파야. 그들은 중국의 차이나 머니를 받았을 테고. 아니면 기업적으로 깊은 관련이 있다는 거지. 내가 생각하는 것은 중공이 미국 정치를 간섭하고 좌지우지할 수 있다는 것이 충격적이지. 한때 트럼프는 중공을 견제하기 위해서, 중공 공산당이 미국에 축적한 돈을 환수하려 했던 기억이 있어.

그들 공산당원이 미국에서 스파이 짓을 하고 정치개입을 하려는 것을 막으려고 중국 유학생을 대거 쫓아내기도 하고. 내가 우려하는 것도 중국이 한국을 집어삼켜서 중공의 하수인이 되게 하는 게 싫다는 거고. 그런데 이미 한국 정치인들도 차이나 머니를 받아서 자기 세력을 확보하고 정권을 잡았다는 거지. 그래서 한국 정치 권력자들은 시진핑을 끌여들여 자기 집권을 공산화해서 정권 유지를 계속 유지하겠다는 속셈이라고. 이제는 우파도 정치적 결합 속에서 함께 차이나 머니를 먹었다는 생각이야. 그래서 난 중공이 망하기를 바라. 그리고 중공 집권 권력자인 시진핑도 사라지기를 바라는 거라고.

시진핑은 절대자의 권력을 죽을 때까지 해보겠다는 심보야. 아니 전 세계를 손아귀에 집어넣고 흔들어보겠다는 심사가 보여. 미국의 정치도 지금 좌파가 많고 모든 힘 있는 언론이 좌파 편향적 보도로 전 세계를 혼란에 빠뜨리고 있잖아. 어디가 진실인지를 모르겠는 거라. 하물며 한국은 어떻고. 언론이 썩었다고. 진실이 없어. 조선일보 특파원의 '王도 이럴 순 없다'를 보고 과연 트럼프가 틀린 건지, 바이든이 틀린 건지 알 수 없게 하는 대목이었어. 처음에 나도 트럼프가 잘못인 것처럼 생각했어. 미국 언론이 한국 언론보다 진실하다 생각해서. 그런데 그게 아니더라고. 미국 언론도 썩었더라고.

지금 미국은 남북 전쟁처럼 싸우고 있다. 시간을 두고 어느 팀이 이길지? 쩐의 전쟁일까? 권력의 전쟁일까? 시간이 해결해주겠지.

세월은 흘러갔어. 대선이 2020.11. 3.이니 벌써 한달 보름이 다 되어 가네. 미국 검은 세력의 허수아비인 바이든네와 정의를 가진 트럼프와의 싸움처럼 보이는데…. 어느 것이 진실인지 알 수가 없네. 전반전은 바이든네가 우세했어. 법조계, 언론계, CNN, FBI, 미국 연방대법원 등은 모두 차이나 MONEY에 길든 집단이었을 것 같은데. 그들은 바이든이 승리했다고 모든 법적 조치를 하겠다고 난리가 났지. CNN은 대대적으로 세계에 퍼트렸고. 그래서 한국은 바이든이 승리자라고 알렸지.

그런데 유튜브를 보면 또 그런 것이 아닌 것처럼 보이고. 그리고, 또다시 이미 도미니언 시스템 조작으로 바이든을 승자로 만든 것처럼 보이기도 하고. 그것이 부정선거라는 것도 알려졌어. 그러나. 미국의 모든 기관은 트럼프를 부인하고 바이든 쪽에 손을 드는 거야. 그래서 성실하고 진실한 정의의 사람들이 증언을 하며, 부정선거를 주장하고 있는데…. 우리나라도 물론 4·15는 분명 부정선거야. 그러나 언론이나 법조계 우파나 좌파 정치계 아무도 말하지 않고 좌파 정권에 손들었 잖아. 그들도 차이나 머니를 먹은 거 같아 보여.

KBS, MBC 등 모든 방송사, 언론사가 똑같이 공조하잖아. 난 조선 일보를 많이 믿었는데, 이것들도 못 믿어. 트럼프를 욕하는 걸 보고 생각했지. 이것들도 한국의 4·15 부정선거라는 말을 한마디도 안 했 잖아. 이제 우파라는 이것들이 트럼프를 욕하는데. 부정선거라는 말 은 안 하더라고. 뉴욕특파원이 '미국 역사상 처음으로 국민투표에 기 반한 대통령 선거에서 패배한 후보가 연방법을 이용해 주 전체 선거 결과에 도전하고 있다'고. 물론 미국 연방법원서 위스콘신주 투표 무 효 소송을 기각했어. 그런 미국을 보면, 트럼프가 과연 검은 세력을 이길 수 있을까 생각했어. 조선일보에 다시 미국 바이든, 트럼프의 대 선 불복을 겨냥한다며 "민주주의에 대한 공격."이라 말하는데…

나는 조선일보가 확실한 팩트를 국민에게 전달하고 있냐고 묻고 싶 은 거야. 위의 보도된 문구를 보면 트럼프는 나쁜 놈이고, 바이든은 선량한 피해자로 보도하는 것인데, 어디가 진실이고 어디가 거짓인지 알 수가 없는 거야. 미국 전역이 중공공산당의 개입과 차이나 머니로 난리가 났는데. 한국과 똑같이 미국선거가 공정하다고 인정하는 모습 은 정말 최악의 우파 정치언론이 좌파 쪽의 언론으로 변해가고 있는 모습이야. 어쩌면 한국의 우파언론도 차이나 머니에 길들여가는 단체 이지 않을까 하는 생각이 들어서 한국의 앞날이 걱정스러웠어.

미국은 지금 내분으로 싸우고 있어. 역사적으로 검은 세력과 결탁한 민주당 바이든과 정의파인 트럼프가 대결 중인 것처럼 유튜브 방송에서 떠들고 있는데. 역사가 어떻게 흘러갈지 모르겠네. 미국이 정의파가 이겨야 한국 정치가 살아날 수 있을 텐데. 어느 편이 정의파이냐고. 지금 한국의 정치는 공수처를 통과해서 좌파 집단의 체제를 유지하고 영원한 권력을. 윤석열 검찰총장 징계를 '無法' 일관. 정직 2개월… 사상 첫 검찰총장 징계. 대통령 재가가 남았지만, 징계 확정될 듯.

정권에서 입맛에 맞다고 검찰총장을 뽑아놓고 이제는 입맛이 맞지 않아서 내쳐야 하는. 웃기는 짜장면이지. 제들끼리 쌈박질하는 꼴이지. 진중권 교수는 '문재인 대통령이 추미애 법무부 장관을 앞세운 친위 쿠테타로 헌정을 파괴한 것'이라 했지.

그런데 여기 나오는 사람들은 모두 같은 파당이었거든. 지들끼리 쌈박질하는 꼴이야. 결국 당국의 협조가 있는 셈이지. 아직 우리 국민은 더 힘들게 살아야 하나 봐. 더 썩어서 문드러져야 정신을 차리려나 봐. 지금의 상황은 어떻게 변할지 모르겠네. 미국이나 한국 정치판은 완전 드라마라니까. 세월이 어떻게 흘러가는지 지켜봐야 할 거 같아.

세월은 흘러 갔어. 그리고 새해가 되었지. 오늘 신문(2021. 1. 8.) 조선일보 헤드라인은 이랬어. " 트럼피즘이 美 민주주의를 짓밟았다."

- 대통령이 부추기고 … 트럼프 "대선 불복 포기 안 한다. 의회로 가자"

- 극성 지지자가 공격 … 200년 만에 의회점거 사태, 진압 중 4명 사망

- 이번 사건은 사실상 트럼프가 부추긴 것이다.

- 경찰이 의사당 난입을 막는 과정에서 4명이 숨졌다.

- 이번 사건은 '미국 우선주의'를 내세운 트럼피즘의 민낯을 드러냈다는 평가다.

- 트럼프는 거센 반발에 직면했다. 민주당에선 트럼프를 탄핵해야 한다는 주장
  이 나왔다.

- '의회로 가라' 美 트럼프 선동에 국회 의사당 난입 사태 발생. 이제껏 못 봤고,
  앞으로도 보기 어려운 대통령.

한국의 언론이나 미국의 언론은 모두가 트럼프는 선동자며, 민주주의를 짓밟은 자로 말했지. 그러나 선거 전 과정을 보면 바이든네가 처음부터 부정선거로 당선을 시켰어. 그것은 선거 기계를 조작해서 만든 거잖아. 트럼프 표를 바이든 쪽으로 이동시켜서 만들었고, 부정표를 만들어서 바이든표에 합산한 것을, 트럼프 쪽에서 기계 조작을 확인했는데. 그것은 올바른 것이 아닌데, 트위터나, 언론사, 방송인들은 모두가 트럼프가 졌으니 승복을 하라는 거지.

한국의 4·15 부정과 같은 수법인 건데… 한국의 야당이나 방송, 언론 등과 똑같이 부정선거를 옳다고 말하고 있는 거지. 미국은 그 부정 때문에 시위를 하는 거고. 한국은 알면서 모른 척하고 있으니 더 웃기는 거야. 정의가 무슨 정의야? 역사는 항상 이기는 자가 승리자로 역사를 기록하는 거지.

미국의 부통령이 하는 꼴을 보면 웃기는 거야. 트럼프를 배신하는 것이 사람이 아닌 꼴이지. 우리 입장에서는 바이든이든 트럼프든 누가 대통령이 되도 상관없어. 그러나 그른 것은 그른 거고 옳은 것은 옳다는 거지. 미국의 자유의 상징인 의사당이 자국민에게 짓밟혔다고 언론이 떠드는데. 어느 것이 진짜이고 거짓인지 알 수 없다는 거야. 트럼프는 현직 대통령이야. 그런데 부정선거를 밝혀지지 못하고 있으니. 군사 복합체와 트위터, FBI, 타임즈, 언론사, 민주당 등이 합작을 해서 자기네 기득권을 유지하고, 이익 증대를 위해, 대통령을 하수인으로 사용하는 것이라네.

말하자면 검은 그림자들이 미국정권을 좌지우지하면서 그들의 입맛에 맞게 공화당과 민주당에서 적당히 대통령을 선출하는 것이지. 결국, 오바마나 힐러리, 클링턴 등이 그들과 공동체라는거지. 그래서 적당히 돈 받아 챙기고 계속 권력과 결탁하며 영원히 편하게 살아가는 거고. 그런데 트럼프는 아니니까 빨리 버리는 카드이어야 하는 거야. 그들이 계속 권력과 돈을 위해서. 여기에 중공 공산당까지 합세해서 미국을 장악하니. 말이 안 되는 거라고 국민이 반기를 든 거지. 그런데 그들은 트럼프를 제거해야 하는 거고. 국민들은 그들의 검은 속셈을 알아서 국회의사당까지 쳐들어갔던 거야.

시간은 계속 흘러가고 있어. 바이든 당선자가 대통령이라고 떠들고 있지만 그들도 떳떳하지 못해서 멋진 퍼레이드는 하지 못하는거 같

아. 끝까지 싸우고 있는 트럼프는 지금도 전투 중이야. 어떻게 변할지 모르겠어.

*

동기 회장(친구)에게 전화가 왔네.(2020. 11. 25)

- 잘 지냈어?

- 응,

- 몸은 괜찮고?

- 오늘 처음으로 다리 밴드를 빼고 산책을 했어. 처음에 시큰시큰하더니 15분쯤 힘들게 걸었어. 그러더니 좀 나아지더라. 우리는 무조건 걸어야 해.

- 그래, 걷는 것이 중요해.

- TV에서 생로병사에 나왔어. 71세 할머니가 침대에 누워서 걷지를 못하는 거야. 당연히 화장실도 못 가지. 아마 수술하고 오랫동안 병상에 누워 있었나 봐. 간호사가 붙들고 걷기를 시켰어. 힘들겠더라고.

- 그래, 우린 열심히 걸어야 해.

- 이번에 C가 맹장 수술했대.

- 엉? 언제?

- 우리 여고 골프 가는 날. 내가 Z을 데려갔으면 큰일날 뻔했어. 그날 수술했대.

- 그렇네.

- 전날에 배가 살살 아팠는데, 다음 날 새벽에 참을 수 없어서 아들 병원에 갔대. 전날에 아들이 어머니 식사를 하지 말라고 했대. 뭔가 예측을 한거 같아. 그 병원에서 일주일 동안 있었고 계속 링거를 맞았다네. 링거 맞는 거보다 음식을 먹는 게 나은데. 내 친구들 여행간다고 수시로 링거 맞고 하는데, 그게 좋은 게 아니라데.

- 맞아. 수시로 음식을 섭취해서 몸을 만들어야지. 링거는 물에 탄 설탕물이라잖아. 그리고 비타민 첨가하겠지.

- 총회장단들 하는 것을 보면 웃겨. 이번에 우리 기수 카톡에 회장 S가 A채널 방송에 가는 중이라면서 사진을 찍어 올렸어. 다시 지금 작가와 곤충 음식을 협의 중이라면서 사진을 찍어 올린 거야. 그런데 그 임원진이 아무도 댓글을 달지 않았대? 다른 때는 S회장 짱! 짱! 하며 축하 소리를 올리고 난리일 텐데. 이번에는 S가 잘난척하는 것이 식상했나 봐. 아예 댓글이 없어.

- 문화 사랑방에 올렸으면 난리를 냈을거야. 그만 좀 올려라. 네가 무슨 회장을 한다고. 지가 텔레비전에 나온다고 이야기하는 거 이해는해. 그런데 언제 자기가 방송에 나온다고 알리면 될 것이지 방송국에 가는 중이라니, 작가와 협의 중이라고 떠벌리는 것이 좀 부족한거지.

- 그래 맞다. 그 애는 부족한데 자기를 과시하려는 것에 초점을 맞추니 모두가 싫어하는 거야. 잘난 사람들은 자기를 잘났다고 알아달라고 안 하는데, 그 애는 잘나지도 않았는데 회장직 감투를 쓰고 싶어 안달을 했잖아. 어거지로 회장직을 맡고 동기생을 쥐고 흔들려 하니 도망가는 거지.

- 지 손자를 낳았다고 핏덩이 사진을 찍어 카톡에 올렸어. 우리 나이가 지금 얼마인데. 핏덩이 사진을 올려. 다른 손자는 고등학교를 다니는데. 그 핏덩이 사

진에 대여섯 명이 눈도 안 뜬 것을 축하!! 축하!! 올리고 난리야. 누가 개인적인

그런 사진을 동기생 카톡에 올리냐. 거기에 P가 어떤 것을 올렸는데 회장 S가

P에게 개인적인 것 올리지 말라고 했어. 누가 누구를 나무라는 거냐고.

- 누가 그랬어. S는 원래 인정받고 싶고 잘난척하고 싶은 그런 애라고.

- S 회장이 우리 친구 K에게 전화해서 다음 달 음식점에서 모임을 하는데 과일

  을 후원해 달라고 했대. 그런데 K가 못한다고 했잖아.

- 걔는 정말 뻔순이다.

- 너에게는 화환을 해달라 해서 네가 해줬는데, 다시 전화해서 꽃다발을 또 해달

  라 했잖아. 네가 꽃다발은 못 하겠다 했고. 그 애 염치가 없는 애야. 1억 쓴다는

  회장이 웬 또 과일 후원이냐? Y에게 전자제품 후원해 달라하고. 무슨 회사가

  화장품 후원, 제약 회사에게는 박카스, 어디는 행주, 샴푸 등…

- 근데 우리가 거지냐? 동창 모임이 무슨 좋은 일을 하는 것도 아니잖아. 그런데

  찬조에 혈안을 하다니.

- 찬조자들이 S 자기를 보고 해 줬다는 허세를 내세우는 거지.

- 진짜 못 말리는 인생이네.

- 여하튼 12월에 우리 집에서 망년회 할게.

- 그래 여기서 애들 모여서 갈게.

- 또 다시 전화할게.

- 그래.

맹장 수술한 C에게 전화했다.

- C야, 너 맹장 수술했다며?

- 응. 넌 맹장 수술했니?

- 아니.

- 조금이라도 젊어서 하는 게 좋은데.

- 걸리면 하는거고, 안 걸리면 안하는거지. 그렇다고 미리 할 일은 아니잖아. 언제했니?

- 여고 골프 가는 날에.

- 너 몸이 안 좋다고 안 가서 다행이다. 큰일날 뻔 했구나.

- 전날에 배가 살살 아팠어. 아들이 와서 진찰하고 저녁은 드시지 말라고 해서 안 먹었어. 그런데 새벽에 배가 몹시 아팠어. 바로 아들네 병원에 가서 수술했어. 일주일 있다가 나왔어.

- 그랬구나. 무조건 걸어. 근육 빠지면 못 걸어.

- 동기 회장네에서 12월에 만나기로 했는데 뭘 준비해 가지? 난 애들 집 안 가봤는데. 넌 가봤니?

- 한두 번.

- 사건이 있었어.

- 어떤?

- 자동차 사고가 있었어. 그날 비가 보슬보슬 왔어. 아파트 입구에서 입주자 전용 라인이라 다른 입구로 들어가야 했지. 나는 비상등을 켜고 창문을 내렸지. 그리고 손으로 뒷 차에게 손짓을 하며 뒤로 물러나주라고 했지. 그리고 서서히 차를 뒤로 뺐어. 그런데 그 차가 안 물러나고 가만히 있었던 거야. 그거 멍청이 아니냐? 10센치만 물러나면 내가 다른 입구로 들어갈 텐데. 살살 뒤로 가는데

덜컹하고 부딪쳤던 거지. 그래서 내렸지. 그놈이 어떤 나이든 남자를 불러서 나

오더니 1,000만 원 물어 달란다. 벤츠 제일 좋은 차라고. 그리고 경찰을 부른

대. 그래서 부르라 했지. 거기에 대물과 대인이라고 해서 친구들이 무슨 대인이

냐고 소리쳤어. 나중에 난 대인 아니라고 했지. 보험사에서 와서 상의한다고 해

서 그러라 했지. 보험사가 경찰이 나를 부를 거래. 대인 문제로. 좋다고 했지.

결국 사백 내지 오백만 원 물어줬어. 친구가 미안해 죽겠다고 해서 내가 걱정

말라고 했지. 모두 액땜한 거라고.

- 그런 나쁜 놈이 있냐?

- 돈 많은 놈들이 더 지랄이라고 친구들이 그러더라.

- 그랬구나.

- 만날 때, 뭘 사갈까? 넌?

- 나 그날 컨디션이 좋으면 옥수수빵을 구워가든지. 아니면 사가든지. 넌 과일

  이나 음료수를 사가면 되겠지. 그날 우리 집에 9시 15분까지 와. 그럼 너를

  데리고 성당으로 가서 Y 친구를 데려가지 뭐. Y는 그가 좋아하는 성당에서

  만나자 하고.

- 그래. 우리 서로 건강하고 그때 만나자. 안녕.

*

테니스장이 폐쇄됐다(2020. 11. 27)

우리 아파트는 재개발을 기다리고 있어. 주변 아파트가 대부분 재건축을 했거든. 그런데 현 정권의 세금 문제로 법이 바뀌어서 10년이 연장됐다나. 그래서 8년이 남았다나 봐. 며칠 전부터 아파트 동 대표와 회장단이 테니스 코트장을 없애고 다른 운동 시설을 교체하겠다 해서 싸움이 일어난 거야. 갑자기 머리가 아프면서 글을 쓰고 싶지가 않네. 심호흡을 하고 책을 읽어야겠어.

<탄트라, 더 없는 깨달음>

- 마음을 비우고 아무것도 생각하지 마라.

- 어떻게 마음을 비우는가?

- 주시하라. 능동적이 아니라 수동적으로 주시하라. 강가에 앉아서 흘러가는 강물을 지켜보듯이 수동적이 되어라. 그것은 긴장도 없고, 조급함도 없다. 그대는 그저 지켜볼 뿐이다.

- 마음을 비우고 아무것도 생각하지 말라.

- 이 수동성이 자동으로 마음을 비워 줄 것이다. 행위의 물결, 마인드 에너지의 진동이 가라앉고, 그대 의식의 표면에 잔물결 하나 일지 않을 것이다. 의식이 투명한 거울이 된다.

- 입을 굳게 다물고 앉아라. 사념에 동요되지 말고 수동적으로 마음을 주시하라.
- 아무것도 기다리지 말고 그저 지켜보라. 그리고 텅 빈 대나무로 느껴라. 이때 갑자기 무한한 에너지가 그대 안으로 쏟아져 들어오기 시작한다.

- 주지도 말고 받지도 말고 마음을 쉬게 하라.
- 마하무드라는 집착없는 마음과 같다. 이렇게 수행하면 조만간 깨달음을 이룰 것이다.

- 수행이란? 더 릴렉스하라. 지금 여기에 존재하라. 행동을 늘리고 행위를 줄여라. 더욱 수동적이고 텅 빈 존재가 되어라. 주시자가 되어라. 그대 자신을 있는 그대로 받아들여라. 행복하게 받아들여라. 삶을 찬미하라. 그러면 어느 순간 모든 것이 무르익는 계절이 오고, 그대는 붓다가 되어 활짝 피어난다.

나는 이 구절을 계속 읽어볼 뿐이야. 뭔가 알 것도 같고 모르는 것도 같아. 어느 것을 말하는가 다시 생각해보지. 일단 마음에서 갈등이 일어나지는 않는 것 같아. 갈등이 일어나면서 미워하고 좋아하고, 싫어해서 어쩌지 못하는 어떤 마음의 소용돌이가 일어나지 않는 거 같아. 그냥 마음이 평화롭고 고요한 상태? 그것이 마음을 쉬게 하는 것으로 보여. 자신을 있는 대로 보여주고 보이는 대로 받아주는. 모든 것을 넘어서는 초연한 주시자가 되라고. 그러면, 행복이라는 것 같은데…

다시 돌아가서. 테니스 회원들이 반란을 일으켰지. 그러나 이번 아파트 동대표와 회장 임원진들이 아주 악동들이라는 거야. 테니스 코트장이 2면인데, 한 면은 코치 2명이 레슨을 해. 나머지 한 면은 회원들이 공을 치는 거야. 여성회원은 오후 4시부터 6시까지 치고 6시 이후는 퇴근한 동호인들, 남자가 불 켜놓고 운동하고. 그런데 동대표들이 우리 주민 1,200세대 중 적은 인구가 코트를 사용한다는 거지. 그래서 코트장을 용도 변경하여 다른 운동으로 해보겠다는 거지. 코트장 밑은 똥통이라 주차할 수도 없는데 그들은 주차장을 만들겠다고 혈안이 된거고.

원래 30년 전 아파트단지에 규정상 테니스 코트장을 만들어 주민 건강을 위한 시설로 의무적인 것이었어. 우리는 몇십 년 잘 운동하고 즐겼는데, 주민이 교체되면서 많은 젊은 세대가 입주한 거야. 거기에 한집당 차가 2~3대 있으니 주차가 힘들고 그곳에 대거 주차시설을 하겠다는 건데. 지하 시설이 주민들의 하수 똥통이라 주차를 하면 가라앉는다는군. 그런 거와 관계없이 대표자들은 무조건 없애겠다는 집착으로 싸움이 벌어졌어. 남자 회원들이 발악을 하며 방어하지만 대표단이 워낙 악동이라 당할 수가 없는 거지. 남자 측에서 구청에 용도 변경 반대 표시를 보내고 변호사를 사서 대응하는.

그러나 악동 대표단은 주민들에게 주차장을 위해 테니스장을 폐쇄해야 한다고 독려하는 붉은 플래카드를 붙이고, 테니스 레슨 하는 사람들의 차에 노랑 딱지를 부치는 거야. 수시로 이웃 동네 주민이 공 치러온다고 사진을 찍어 카톡에 올려 여기 주민이 아니라면서 여기서 공을 치면 안 된다고 글을 올리는 거야. 결국 투표를 해서 2/3 동의를 얻었다고 그날로부터 포크레인을 불러 테니스장을 파버린 거지. 그런데 그 투표용지가 허술해서 저희끼리 작당을 할 수 있다는 거지. 미국 선거도 작당하고, 한국 4·15선거도 부정선거인데 이까짓 거 주민투표야 말할 것도 없는 거지.

악당 대표들은 놀이터 옆, 콘테이너 박스에서 구두수선 20년 동안 운영하던 말 못하는 장애인도 쫓아냈다는데… .이것들은 완전 공산당 빨강이 같더라고. 완장을 채워주었더니 주민들 모두를 흔들어대며 제멋대로 행사를 하는 거야. 몇십 년 살면서 이런 일이 없었는데. 정치 권력자들처럼 구는 것이 아주 심각하네. 그것들이 아파트 재건축에 입단해서 돈 먹고 알 먹고를 하려는 수작이라 하는데. 끔찍스럽네. 테니스장 철폐도 그 시공업자와 짜고 지들 돈을 받고 합작해서, 뭔 꿍꿍이를 하려는 건지.

요즘은 무서워. 테니스장 폐쇄에 대해 찬성, 반대를 투표에 부치고 종료 후, 그 다음 날 우연히 산책하다가 테니스장을 파헤치는 걸 봤다니까. 그런데 사실 지금 여기 주민이 거의 세입자라고. 1200세대 중 800세대가 찬성을 해야 하는데, 어떻게 800세대가 나왔다는 건지 알 수가 없다는 거지. 외부에서 사는 주인이 그 투표를 하기 위해서, 미국에도 많이 사는데, 투표를 정확히 했겠냐고. 재건축 찬성 투표도 아직 2/3보다 훨 낮다고 들었는데. 난 그들을 이해할 수가 없는 거야.

큰딸은 말하기를 '엄마 이제 그 테니스장이 사라질 시기인가 봐요. 그렇게 생각하면 편해요.' '그렇기는 그런가 보다. 마음을 빨리 비우는 것이 낫겠지.' 생각했어. 그러나 마음은 쉬 비워지지 않았어. 서초구에 있는 체육센터를 찾았어. 종합운동장에 테니스장 12면이 있었어. 회원도 많고, 클럽도 많았지. 시니어 클럽은 없었어. 사이트에 백호클럽이 있었어. 그 클럽은 아침 새벽 6~8시에 치는 클럽이었어. 새벽 운동을 하면 되는 거 같았어. 그런데 수영을 하면 주중에 반밖에 못 하고. 그래도 총무에게 문자를 주고 전화했지. 그랬더니 지금 테니스 코트장 수선하느라 내년 1월 중순에 오라는 거야. 알겠다 했어.

난 아직 다리도 온전해지지 않았어. 그래도 다리 근육을 기르려고 뒷산에 산책을 갔지. 그곳에서 테니스 멤버를 만났어. 우리는 테니스장의 문제에 대해 온갖 것을 욕했지. ㅂ친구가 언니와 회장님이 종합운동장의 코트장을 한 면을 확보하면 우리들이 그곳에 가겠다했어. 그것은 어렵다고. 너는 한 달에 몇 번 오고, 다른 멤버도 일주일에 한두 번 오는데 그게 말이 되냐고 했지. 회원 4명 채우기가 어려워서. 내 다리가 아파서 소염제 먹고 가야 인원이 채워졌는데 그게 어렵지 않느냐고 했지. 그 후 여러 가지를 생각했어. 우리 나이가 많은데 젊은 애들과 견주며 공을 친다는 것이 쉽지 않다는 것이지.

남편은 남자로서 생각이 많아요. 자기가 처음에 아파트 테니스장 남자 회원에 들어갔을 때, 어느 어린 회원이 여기 서라 저기로 가라 하는데 도저히 참을 수가 없던거야. 거기에 나이 많은 사람들은 성격도 더럽고 봐주기가 어려운 부분이 많더라는 거지. 자기는 한 면을 자기가 독자적으로 얻어서 여성회원들을 불러서 치고 싶다는 거지. 한 달 코트비가 20만 원이면 싸다는 거고. 난 그것을 반대했어. 당신은 나하고만 쳐도 본전을 다 뺀다는 것이고. 그러나 그것은 어려운 일이라 했지.

우리는 금방 분위기가 싸해지며 서로의 의견이 충돌되었어. 물론 1년에 240만 원 자기 돈 낼 수 있어. 그러나 우리 나이가 사실 날마다 공을 칠 수 있는 나이도 아니고 말야. 일단 시간을 두고 생각할 일이었지. 한참을 지나서 우리가 너무 젊은 사람들과 공을 치는 것은 힘들 거고. 공을 잘 치는 사람들과 공을 치는 것도 쉽지 않을 거라 했어. 오히려 공을 못 치는 사람들과 어울려서 공을 가르쳐주고 놀이 삼아 공치는 것이어야 할 거라고. 그래야 그 사람들이 우리를 내치지 않을 거고 호의적이 되는 거라고. 그들은 2~3년 있으면 우리를 따라올 것이고 함께할 수 있을 것이라 했지.

어쨌든 테니스 회원들은 쇼크 먹었어. 그리고 우리 회장님은 가슴 아파서 울먹이며 참을 수 없어 했지. 난 그 악동들에 대해 참을 수가 없어서, 분통 터져 스스로를 잠재우는 데 애먹었고. 일이라는 게 순서가 있는 건데. 테니스장을 폐쇄하는 거 좋아 그것을 서서히 양해를 구하며 시간을 두고 땅을 팔 수 있잖아. 하루아침에 땅을 파버려서 운동을 못하게 하니까 속이 시원하냐고. 이 나쁜 악동들아. 내년 3월이나 작업을 할 텐데, 그동안 기간을 두고 합의하면서 운동장을 비워 달라 하면 문제가 생기냐고. 코치들도 갑자기 밥줄이 끊어지고. 그것들 하는 짓거리가 완전 깡패라니까. 나이 든 사람이 싸울 수도 없고. 속이 터지고 분통이 났었지. 이제 모두가 과거가 된 거네.

*

강화도를 방문하면서.

오랜만에 우리는 강화도에 가려고 길을 나섰다. 시동을 걸고 도로를 따라 한참을 갔다. 갑자기 계기판에 이상한 기호가 뜨면서 체크 문자가 떴다. 12년 넘은 차라, 차는 우리와 함께 노후가 되어가는 중이었다. 엊그제 난방 자동 센서가 25C도 이상 오르고 내리지를 않아서 고쳤는데, 다시 체크 표시가 떴다. 머리가 아팠다. 올림픽 대로를 진입하기가 두려웠다. 남편은 신호등 앞에서 차를 돌렸다. 단골 카센터로 갔다. 기사가 있었다. 그곳에서 점검을 받고 수리하고 길을 잡아 다시 떠났다. 다행이었다. 부품이 없으면 며칠을 기다려야 하는데. 올림픽 대로가 뚫려 우리는 빠르게 이동했다. 아침 한강은 고요하고 잔잔했다. 강 건너 친구네 아파트로 아침 햇살이 빛났다. 마음은 경쾌했다.

새로 산 CD에서 발라드 음악이 나왔다. 잔잔하면서 가슴으로 울리는 멜로디가 마음을 즐겁게 했다. 대학 학창 시절이 생각났다. 학교에서 대학생들이 데모를 해서 군인들이 교문을 지키고 학생진입을 막던 시대였다. 같은 과 학생들은 커피를 마시러 다방에 들렀다. 그때 팝송과 발라드가 디제이에 의해서 음악이 나왔다. 디제이에게 음악을 신청하면 그는 음악 소개를 하고 신청자 이름을 안내해주며 음악을 틀어 주었다. 내 기억으로 70년대 학창 시절은 그냥 놀고 먹는 대학생이었다.

학비를 들여 대학을 보냈더니 맨날 놀고 먹는다고 어른들은 대학생을 욕했다. 아닌 게 아니라 우리는 날마다 친구를 만났고, 미팅을 하고 차를 마셨고 이바구를 하며 놀았다. 어느 때는 영문과 친구를 만나고, 또 어떤 때는 공대생, 문과생 등과 어울리며 놀았다. 날마다 그날이 그날이고 이날이 그날이 되었다. 여름이면 캠핑을 갔고, 겨울이면 다방 아지트에서 만났다. 난 역 앞 지하 넓은 한밭 다방에 설치한 열대어 수족관을 좋아했다. 길다란 수족관에 수초들이 수포에 흔들리면 작은 열대어들이 떼를 지어 숨박꼭질을 하는 모습이 아름답다.

어항 속의 물고기는 곧 나의 꿈과 이상과 같았다. 미지의 아름다운 천상의 세계를 헤엄치며 자유롭게 배회하는 모습같이 보였다. 난 그곳에서 내 꿈과 희망을 보며 기쁨을 느꼈다. 난 그곳이 좋았다. 추운 겨울 눈이 쌓여 움직이기 어려울 때 그곳에서 친구를 기다리며 어항의 열대어를 따라 움직였다. 그곳은 따뜻하고 아늑했다. 따뜻하고 달달한 커피를 마시며 먼 세상의 꿈을 이야기하며 음악을 들으면 행복했다. 친구는 클래식 음악 다실로 옮겼고, 다시 팝송 음악 다실로 옮기며 디제이에게 음악을 신청했다.

다시 돌아와서. 발라드 음악 리듬은 나의 먼 과거 50년 전의 학창 시절을 생각나게 했다. 젊음의 푸른 시기가 생각나서 즐거웠다. 친구 박이 생각났다. 그는 나를 자신이 좋아하는 음악 세계로 이끌어주던 친구였다. 그의 집을 가면 레코드판을 틀고 다양한 음악을 감상했다. 팝송, 발라드 음악, 가곡 등을. 그러다가 싫증이 나면 기타를 쳤다. 내가 그를 따라 노래를 불렀다. 그러면 그는 다시 이중창으로, 높은 음을 화음으로 반주했다. 우리는 잘 맞았다. 그는 음악을 사랑하고 즐겼다.

내 주위에 그만큼 음악을 사랑하는 이는 없었다. 그는 나에게 음악을, 낭만을 가르쳐주었다. 음악을 들으면 난 그가 생각난다. 그런데 어느 날부터 소식이 두절 되었다. 그가 발가락 수술을 한 후부터 연락이 끊겼다. 발에 문제가 생긴 것 같은데. 문자를 주거나 소식을 줘도 답이 없다. 그의 어머니도 다리에 문제가 생겨서 돌아가신 걸로 기억한다. 그가 어쩌면 어찌 된 것일까를 생각했다. 아직 그럴 나이는 아닌데. 여하튼 그 친구가 그립다. 나에게 음악을 즐기게 해준 친구인데….

　잔잔한 음악이 내 마음을 과거에서 현재를. 쌀쌀한 기온은 차 안의 아늑함과 아름다운 선율이 내 안의 꿈을 일으키다니. 차는 이동 음악 카페가 되고 난 저 높은 하늘의 구름이 되다니. 기쁨. 환상. 꿈이 겹쳐 날개를 달았다. 이런 마음 처음이야. 이 음악 너무 좋아. 이 음악은 나와 정서가 맞는 거야. 이런 음악 없이 인생을 어떻게 살까? 가끔 어떤 친구들은 '얘 무슨 음악이니, 시끄러워 죽겠다'고 소리를 쳤다. 그들을 이해할 수 없었다. 음악은 삶의 기쁨인데…. 물론 정서가 맞지 않은 음악은 아니지만. 내 정서에 맞는 음악은 삶의 기쁨이었다.

　금방 숙소에 닿았다. 도시가스를 놓는다고 기술자들이 매관을 설치하고 땜질하며 주변을 시끄럽게 했다. 우리는 오후에 차례가 된다고 연락이 왔다. 숙소는 추웠다. 보일러를 켰다. 남향이라 햇빛은 방 안까지 깊숙이 들어왔다. 점심은 컵라면으로. 우리 집과는 달랐다. 시골에 농촌이고 추운 지역이라 라면은 맛있었다. 역시 춥고 배고프고 힘든 열악한 곳에서 라면은 제맛이었다. 등 따습고, 배부른 곳에는 라면의 참맛을 알지 못했다. 그곳에서는 뭐든 맛있었다.

　오후에 옆집 할머니를 계단에서 만났다.

- 어머, 할머니 오랜만이에요. 건강하시죠?

- 계단을 오르려면 숨이 차.

- 천천히 오르셔요. 그래도 밥해 먹고 요양원 안 가시고 이렇게 오르락내리락하
  는 것이 행복이셔요. 지금 연세가 어떻게 되지요?

- 90이요.

- 아이고, 우리 시어머니랑 같으시네요. 우리 친정 어머니는 92세인데 요양원에
  계세요. 그래도 눈만 뜨고도 100세 사실 겁니다. 천천히 움직이세요.

- 아, 참, 여기 할아버지 주는 우유와 빵 내가 먹었어. 올 때마다 받아먹어서 미
  안해서.

- 아이고 잘하셨어요. 신경 쓰지 마시고 마음에 부담도 갖지 마셔요,

- 할아버지는 작년에 갔어.

- 돌아가셨어요?

- 그래요.

- 그랬군요. 전혀 몰랐네요. 할아버지 오토바이가 여기에 항상 있어서요. 어디서
  돌아가셨어요?

- 숨이 가빠서 병원에서.

- 네.

우리는 각자 자기네 집으로 들어갔다. 그런데 할머니가 담은 동치
미 통이 문 옆에 놓여 있었다. 투명한 그릇에 주먹만 한 알 무를 빼곡
히 세워서 고추, 파, 마늘, 생강 등 양념을 넣어 만든 것이 뽀얗게 익
어 맛있게 보였다. 내 입에서 침이 고였고 맛있는 동치미가 먹고 싶었

다. 틀림없이 할머니가 올해 농사지은 것으로 김치를 담았을 것이다. 나는 큰 국그릇을 가지고, 할머니 현관을 두드렸다.

- 할머니, 여기 담은 동치미가 너무 맛있을 것 같아서요. 조금 주세요.
- 맛이 없을 건데.

할머니가 뚜껑을 열자, 얼른 무를 하나 들고 입에 넣어 깨물었다. 시큼하며 시원했다.

- 아이고, 맛있어요.
- 이거, 배추김치도 맛이 없을 건데 먹어봐요.
- 맛있어요. 잘 먹겠습니다.

그릇에 김치를 가지고 집으로 왔다. 조금 있다가 할머니는 다시 내가 좋아하는 총각김치도 한보시기 갖다 주었다. 그날은 맛있는 김치 파티를 했다. 보일러도 고치고 주변 시설을 점검하고 이튿날 새벽에 그곳을 떠났다. 아직 해가 뜨지 않아 어둠이 짙었다. 새벽 바다는 특별했다. 멀리서 잔잔한 파도가 일었다. 서서히 바다가 밀려들었다. CD 음악의 아름다운 선율이 마음을 자극했다. 고요하면서 행복이 느껴졌다. 자동차는 완전 이동 카페가 되었다. 학창 시절의 음악은 나를 젊었던 시절의 추억으로. 그러면서 놀고 먹었던 대학 학창 시절이 내 인생의 최고 시절로 생각했다.

대학 학창 시절 후 내가 언제 날마다 먹고 논 적이 있었을까? 없던 거 같았다. 결국 그 학창 시절의 농땡이가 평생의 에너지로 쓰고 살지 않았을까. 그리고, 젊었을 때의 그 에너지를 축적했던 것을 이제는 늙어서 하나씩 꺼내먹으면서 나만의 추억으로 즐거움을 맛보며 사는 것이리라.

*

사람에게는 운명적으로 숨기고 싶은 것이 있다.

요즘 서구는 결혼 서너 번 하는 것은 다반사로 알려졌지. 사실이 그렇고. 어쩌다 현대 소설을 읽으면 소설 속의 인물들은 성적 문란으로, 혼란스러워서 동물의 세계 같아. 그런 거 생각하면 사실 구시대인, 우리 아버지 세대는 시대적 배경이 남존여비 시대라서 그런지 후처를 많이 두었어. 그것이 흠이라 자식들은 지금까지 가슴앓이로 쉬 쉬하며, 평생을 살았을 거야. 그런데 서구를 생각하면 아무것도 아닌 거지.

자식 대인 우리 세대에 아버지 때문에 고통받은 사람이 많은 거야. 지금은 그 아버지들이 이미 고인이 되었지만. 우리 아버지 세대는 부인이 죽어서 후처를 얻기도 하고. 더러는 본부인이 있는데 사랑하는 여자 때문에 본부인을 버리는. 그들의 자식들은 양쪽에 상처를 받는 거지. 말을 안 해서 그렇지 평생을 부모에 대한 애증을 끌어안고 사는 거고. 나는 주위에 많은 친구와 친척이 그런 지경에 있는 것을 보고 자랐어. 자식 입장에서 아버지는 너무 부당한 거야.

한 친구 아버지는 훌륭했어. 교육계에서 알아주는 인물이었어. 그 아버지는 딴 여자를 좋아했어. 그 아버지는 사랑하는 여자와 살았어. 본부인과 그 자식들은 버리고. 작은 부인네 애들은 자기가 가르치고 본 부인네 자식은 몰라라 한 거지. 본부인 자식은 온갖 일을 다 하고 아르바이트를 다 했지. 어쩌다 학비가 모자라 아버지를 찾아가면 쌀쌀맞게 내치고 말았지. 문제는 나중에 그 자식이 대기업 다니고 잘 나가니까 죽을 때는 그 자식네 집에 와서 죽었다는 거지. 난 정말 내 속이 끓어서 말을 못 했다는 거지.

다른 경우도 있어. 친구가 후처의 자식이야. 친구는 똑똑하고 알아주는 법조인이었어. 물론 그의 아버지도 유명한 법조인이야. 그런데 그 친구 아버지는 사실 전부인과 자식을 버리고 친구 어머니인 자기 어머니와 살면서 그 친구를 낳은 거지. 친구나 그 친구 아버지는 법조인으로 훌륭했어, 그들은 여러 가지로 행복하게 잘 살았지. 그런데 어느 날 친구 아버지와 어머니는 차를 타고 가다가 뒤에서 달려든 트럭에 덮쳐서 그 자리에서 즉사하고 말았어. 그 소식을 듣고 과거를 아는 사람들은 전실 자식과 본부인을 버렸으니 죄 받은 거 아니냐고 입을 모았지.

433

세월은 흘러갔어. 어느덧 친구도 나이가 들어 70세가 넘어갔지. 갑자기 그 친구의 몸에 암이 생기기 시작했어. 그 친구는 몇 년동안 온갖 돈을 병 치료에 쓸어 넣었지. 결국 그 친구는 죽고 말았어. 친구는 생각했어. 아버지의 악업이 사랑하는 아들에게까지 가는 것이 아닌가. 우리는 대대로 올바르게 살아야 함을 깨닫는 거지. 악업은 언제고 다시 소생할 수 있는 것이라고.

또 다른 친구 아버지가 훌륭했지. 그의 아들도 훌륭했지. 내 남편과 대등하게 함께 공부하고 서울로 좋은 학교에 들어갔어. 둘은 선의의 라이벌로 협력하며 성장했지. 둘은 각 분야에서 성장했어. 어느 날, 그 친구 어머니가 돌아가셨어. 그러면서 그 집 사연이 나타났어. 어머니는 후처였던 거야. 전처 가족이 있었고. 그의 아버지는 본 부인을 두고 딴 살림을 한 거지. 문제는 친구가 서울에 세를 살면서 아버지를 모실 수 없는 거지. 결국 본처에게 아버지는 가야한 거지. 나이가 많으시니까.

그 친구는 좋아하는 여자와 결혼했어. 그런데, 그 여자는 어머니가 돌아가셔서 새엄마를 얻은 거야. 거기에 이복 동생들이 있었어. 그래서 친정을 잘 가지 않았어. 친정은 남쪽의 초도시였어. 잘 살다가 갑자기 부인이 암에 걸린 거야. 어린 애기를 낳고. 친구는 절망이었지. 거기에 그 친구는 초시로 발령받았어. 결국 장인댁에 그 애기를 맡기고 직장을 다녔지. 결국 외할아버지가 외손자를 키웠다고. 아이가 성장해서 아버지는 재혼했어. 지금은 모두 잘 살고 있어. 외할아버지는 죽었지만, 그 손자는 외할아버지와 자기 어머니 사진을 제일로 여기며 살아가는 것이지.

인생은 쉽지 않아. 주변을 보면 힘든 일이 너무 많아. 나는 항상 생각해. 주변 가족, 친지들이 어려운 일을 잘 견디며 행복하게 살기를. 우선 교통사고가 없기를. 건강하여 암에 걸리지 않기를. 이혼하지 않기를. 그래서 우리 사위나 제부에게 감사패를 주고 싶다고 칭찬한다니까.

*

훌륭한 교육철학을 난 모른다.

교직계에 관계된 문제를 생각하고 그 분야에 관심 있는 일을 한 것은 삼십 년 이상이었을 것이야. 그런데 교육이라는 주제는 어려웠어. 시대적 흐름이 다르니까 더 그렇고. 거기에 딸의 교육 방법과 내 방법은 완전히 다르니까 생각하는 차이가 벌어지더라고. 요즘 코로나 시절이라 손자들이 학교를 가지 않아. 벌써 일 년이나 됐어. 애들은 학교에 가게 되면 일주일에 한두 번을 갔다가 코로나가 심해지면 다시 집에서 놀고 있는 거야. 그런데 주변의 친구 애들은 영어 학원이니 수학학원 등을 다니고 그래도 시간이 남으면 학원 탐사를 하는 거야. 부모가 집에 없으니까.

강남 애기들은 그들 부모가 대기업을 다니니까 자기 자식들에게 학원비를 쏟아붓는 경향이 있기도 하고. 가까이서 애기들이 밤 9시경 책가방을 메고 계단을 올라왔어. 내가 손자들이랑 나이가 같으니까 물어보지.

- 애기야, 너 어디 갔다오는 거야? 학원 갔다오는거야?
- 네.
- 아이고 힘들겠구나. 공부 열심히 하네.

그 애기는 우리 손자 반 애기였어. 그때 우리 손자들은 집에서 오로지 핸드폰이나 아이폰으로 놀고 장난만 치고 있지. 그리고 난 걱정이 되는 거야. 그러나 우리 큰딸은 그런 거와 상관이 없지. 애들이 원하는 대로 그냥 해주는 착한 어머니일 뿐이야. 난 그 애를 키울 때 나름 최선을 다하려 애썼어. 그러나 그 애는 그거와 상관 없이 제멋대로 하는 경향이 강했어. 그런데 제 새끼야 더 말할 것이 없는 거지. 일주일에 한 번씩 할아버지와 할머니한테 영어나 수학을 배우러 우리 집에 왔었어.

학원비가 딸네 월급보다 많으니 어쩔 수 없었지. 할아버지가 실력이 좋으니 잘 가르치는 것도 알고. 큰 손자가 외 할아버지를 잘 따르고. 그러다가 학교에 일주일에 2번씩 가니까 못 오겠다 해서 그래 그럼 그래라 한거지. 그런데 다시 코로나가 심해져서 학교엘 안 가는 거야. 그럼, 딸이 교육적인 욕심이 있다면 어떻게 해서든 외할아버지에게 보내서 공부도 시키고 농구를 시켜 체력을 길러주는 게 도리인데. 그러지를 않는 거야. 큰 손자도 먹기만 해서 비대해지고 있어서 걱정이 많은데. 저 딴에는 조심을 시킨다 하지만 조금 있으면 몸무게가 육칠십 킬로가 넘어갈 추세인데 강력하게 제재를 못 하는거지.

어느 날 내가 주변 애들을 봐서 애들을 공부시키러 보내라 했어. 그런다고 하더니 애들이 안 간다는 거야. 그게 어미냐고. 누가 하기 싫은 공부를 하고 싶겠나. 어미니까 강하게 시키려 하는 것이 어미 책임인 거지. 그것도 어미가 공부를 시키려 하니까 아들하고 싸워서 할아버지한테 보냈던 거지. 난 원래 뭔가를 열심히 시키고 지도하고 잘하게 하고 싶은 그런 의욕이 강한 거 같아. 손자들이니까 그러고 싶기도 하고. 우리 딸은 저 좋아하는 테니스 잘 치려는 욕심만 가득한 거야. 아이들 교육? 글쎄 내가 봐서는 애들에게 시키고, 애들을 닦달하고, 그런 것이 없는 거야.

한 마디로 규칙이 없는 거 같아. 늦게 일어나도 좋고 애들이 널널하게 하고 싶은 대로 사는 걸 선호하는 거지. 그것이 그들의 생활방식이고. 난 규칙적이고 철저한 편이었지. 새벽에 일어나서 피아노 연습시키고, 공부시키고 그러면서 살았던 거지. 그 애는 전혀 그런 거와 먼 나라의 DNA였던 거야. 엄마 때문에 그렇게 살 뿐이었고. 난 평생을 그렇게 규칙적인 교육을 받았고 그것이 맞는 생활방식으로 굳어졌을 테고. 직장 다닐 때도 의무와 책임을 다하면서 일했기 때문에 그런 것이 당연한 것이었지. 한마디로 성실하고 책임감이 강했기 때문에 자식에게도 그것을 강요한 것이었어.

그런데 자식들은 나와 같지 않았던 거지. 그래서 그들도 힘들고 나도 힘들었던 거야. 내가 책임 있게 한 만큼 자식들도 성장하지 못한 것이 한스러웠던 거고. 그렇게 오랜 세월이 흘러갔어. 이제 그들도 사십이 넘었어. 어느 날인가 큰애가 그러더라고 엄마같이 그렇게 사는 것이 힘든 것이라나. 아침, 점심, 저녁 한결같이 아빠를 밥해주고 사는 것이. 자기가 몇 개월 그렇게 사니 미칠 것 같다나. 그래서 난 평생을 그렇게 살았다고 했거든. 우리는 지금도 만나면, 서로 다른 것이 너무 많은 거 같아. 사람들은 큰애와 내가 닮았다고 하는데. 우리는 다른 것이 너무 많다고.

그래도 아들들보다 낫다는거야. 친구가 그랬어. 자기는 아들네 식구 데리고 콘도로 휴가 가는 것이 꿈인데 그럴 일이 없다는군. 며느리나 아들들이 싫어하니까 그렇다는 거지. 지금 우리는 또 새로운 시대를 맞이하고 있어. 어떤 친구네는 한 집에서 모두가 함께 사는 듯이 아들네 식구, 딸네 식구를 모두 관장하면서 지시하고, 모든 것을 돈으로 지휘하는 것이야. 그 친구 대단한 사람이야. 욕심이 많은 거지. 어떤 친구는 그것이 부러워서 침을 흘리지만. 가정 마다 각자 자기네의 성역이 있으니까. 그속에서 각자의 성장을 꿈꾸며 살아가는 거겠지.

그동안 내 욕심을 가지고 열심히 자식에게 크게 되리라는 기대로 최선을 다했어. 그러나 그리되지 못했다고 실망할 필요는 없는 거야. 친구네 딸을 친구가 정말로 열심히 최선을 해서 키웠고 법조인이 되었고 법원의 판사가 되었어, 우리 모두가 부러웠지. 결혼도 잘하고. 그런데 그 딸이 40세가 넘어, 과로로 새벽 2시경 화장실에서 죽었거든. 애기들이 우리 손자네랑 똑같고. 그 딸을 키운 그 어머니는 어떻겠는가. 말할 수가 없지. 아마 평생을 가슴에 대못을 박고 피멍을 달고 사는 거지. 생각만 해도 끔찍스러웠지. 그 친구는 잠수해서 보이지 않아. 그 후, 난 큰딸아, 못나도 좋으니 오래만 살아다오라고 빌었어.

인생이 별거인가. 손자들이 제 어미하고, 못나면 못난 대로, 잘나면 잘난 대로 오손도손 살면 되는 거지. 내 욕심은 하나의 허상인 것을. 무엇이 더 좋을 것이며. 더 무엇을 해야 하겠는가 바람이 부는 대로 바람 따라 흘러가면 되는 것을.

*

부모의 잔소리는 항상 자식을 괴롭혀.

어렸을 때부터 우리는 항상 잔소리를 들으며 살았어. 십대, 20대, 30대, 40대, 50대, 60대, 70대… 90대 노모는 아직도 육십 넘은 아들에게 밥 먹었냐? 밥 거르지 마라. 밤 늦게까지 운전하지 마라. 출장을 자주 다니지 마라 등등… 그렇게 우리 세대는 부모에게 길들여졌고 그것이 버릇이 되고 다시 자식에게도 잔소리를 늘어놓게 되는 거지. 그런데 요즘 세대는 부모의 잔소리를 들을 수 없는 세대가 되었어. 사춘기, 젊은이들의 반항이 부모를 능가하듯이 결혼한 자식들도 그런 현상이 일어나는 거 같아. 세상은 돌고 도니까.

그 손자들이 다시 부모와 갈등이 일어날 테고 그러다 보면 자식은 자기 부모를 이해하는 거겠지. 40대 때 나는 내 어머니에게 어찌했을까. 어머니와 나 사이는 좋은 관계였는가를 생각해 보기도 하지. 요즘 우리 세대 할머니는 손자를 보면서 자식에게 생활비를 받는 사람이 많아. 대부분 남편들이 퇴직했고, 국민연금으로 생활을 하는 것은 쉽지 않으니까. 물론 재산이 많아서 온전히 자식에게 생활비를 대 주는 집도 있지만, 그런 집은 흔치 않고. 부모가 헌신적으로 자식을 길렀고 그 자식이 다행히 잘 풀려서 대기업 다니고 연봉도 높으니까.

그런데 돈을 받고 손자를 키워주는 것을 어떻게 경계를 짓냐에 따라 갈등을 일으킬 수 있다는 것이 문제지. 딸 입장에서는 돈을 주었는데. 어머니가 더 많은 것을 해주기를 바랄 수 있고 어머니 입장에서는 몸이 안 좋아서 손자 케어하기가 힘들어서. 그러나 생활이 궁핍하니 안 할 수가 없는거고. 여하튼 서로의 문제는 복잡하게 일어나는 거야. 그것은 오고가는 돈이 보이지 않는 갈등을 불러일으키는 것이고. 처음에는 어머니가 불쌍해서 딸이 돈을 주고, 어머니 입장에는 딸이 안쓰러워서, 애기를 봐주는. 그런 것이 복잡하게 얽이는 것이지.

부모자식 간이라 틈이 생기고 감정이 짙어지지만, 세월이 지나면 다시 좋은 감정이 되는 거야. 서로를 불쌍하게 생각하는 마음 때문에. 그렇게 자식과 부모의 관계도 성장과 발전이 교차되면서 세월에 따라 서로를 이해하며 동반자가 되어가는 것이리라. 그동안 우리 세대는 대부분 평생 부모에게 봉사만 했다. 더러는 부모님이 돌아가셔서 유산을 넉넉히 받았고. 보통 우리네 같은 이는 아직도 부모님을 위해 경제적 지원과 부모가 원하는 민원 처리를 해 줘야 하는 입장이지. 친구들은 지금, 고아가 좋다나. 나에게 그런 생각은 안 했지만, 부모가 자식을 괴롭히는 것을 요구하면, 이제 그만 봉사하고 싶다는 생각.

요즘은 어머니에게 전화를 안 해. 수시로 요구하고 당신의 뜻대로 뭔가를 시도하는 것이 못마땅해서. 요양원에 계신 어머니는 걸어보려고 아직도 침대를 붙들고 운동을 하신대. 당신이 조금만 걸을 수 있

으면 걸어서 나올 수 있다고. 이럴 때 난 머리가 아파. 그럼 어머니를
누가 케어하냐고. 똥을 누가 받으며, 일으키고 앉히며 식사를 서빙하
는 것도 해야 하고. 요양원은 간호사들이 해주니 괜찮지만. 이제 나
도 케어받으며 살아 야할 지경인데. 다리가 아파서 오그리고 펴지를
못하는데. 어머니는 막무가내로 나오겠다고 땡깡을 놓는 거야.

이제 전화를 아예 안 하고 말았어. 이런저런 이야기할 것도 없고.
거기서 간섭하며 이거저거 지적받는 것도 싫고. 그런데 내가 내 딸에
게 우리 어머니 짓거리를 하고 있으니 말이야. 내가 싫어하는 것을 말
이야. 남편 생일에 가족이 모였어. 코로나라 우리 집에서 음식을 시켜
먹기로 했지. 저녁 6시 반에 음식을 주문하여 오게 했지. 치킨 2마리,
피자 한 판, 중국요리 대형 2가지, 회 대형 2접시. 사람들도 모였어.
막내 여동생, 남동생네, 큰딸네, 작은딸, 조카 등. 큰딸은 코로나 자가
격리로 참석 못하고.

케이크 촛불을 켜고 건배했지. 각자 선물, 돈 봉투로 생일 축하를
했어. 애들이 좋아하는 양주 폭탄주도 먹으면서. 그리고 모두 헤어졌
어. 그런데 큰딸네 선물이 없는 거야. 난 카톡을 보냈지.

- 딸아, 아빠 생신인데 5만 원 주셔. 지하상가 가서 아빠 티셔츠 사주게, 세일하
  는 거로. 모두가 줬는데 네 거가 없어서. 아빠가 섭섭? … 그렇지? …
- 아니에용. 그냥 드릴게요.ㅎㅎ

- 그래. 네가 큰 사람이니까. 그것이 네 위치니까.

- 네에.

- 어느 소설에서 그러더라. 해가 우리에게 빛을 비추는 걸 고마워하지 않듯이 부모 자식은 서로 고마움을 모른다고. 이번에 이모가 자기 아들 때문에 쇼크 받았대. 엄마한테 자기가 결혼하면 자기네집 절대로 올 생각을 말라고. 자기 부인이 불편할테니까. 야, 임마, 너네집 안간다. 이놈아. 속으로 욕했대. 그런데 지금 함께 일하는 과장님이 그거 당연하다며, 결혼한 자기 딸이 자기집 오지 말랬대. 사위가 불편하다고. 언니 요즘 세상이 그래. 언니 절대로 애들집 가지 마, 하더라. 그래서 그런다고 했어. 이모는 자기 생일 때 애들에게 극장표 끊어오고 생일돈 봉투 달라고 한대. 나도 그래 그랬어. 너도 나중에 그러거라. 동생이 ○○원 조카가 ○○원 삼촌 ○○원, 지점장 ○○원, 이모 ○○원과 김치 한 독. 너 내가 돈 5만 원 달란다고 삐지고 슬퍼하지마라. 우린 인생을 함께 살아가는 중인거니까.

그런데 갑자기 큰딸이 전화했어. 울면서 소리를 치더라고. 자기가 돈 봉투를 지 남편에게 줬다고. 이게 무슨 소리야? 난 다시 남편의 돈 봉투를 확인했다. 적지 않은 것이 있었던 거야. 잘못 확인이 된 거고. 다시 문자 메시지를 보냈지.

- 미안 미안. 우리가 잘못 본 거야. 실수하는게 인간인 거지. 봉투에 이름을 안 쓰고 그냥 줘서 모른 거지. 모르고 지나갔으면 슬펐겠네.

- 우리 부부 싸움났지.

- 아빠는 그런 걸 몰라.

- 그랬구나.

- 야, 봉투 하나가 소파 속으로 들어갔어. 미안 미안, 나이들면 꼼하잖아. 이게
  인생 공부라 생각해라.

- 네에. 용(사위)에게 국민은행 봉투에 넣은 거 꼭 전해드렸다니까 섭섭해 하지마
  세요.

- 맞아 맞아. 찾았어. 괜히 미안하구나. 누구 딸인데. 역시 넌 최고야.

가끔 자식들이 부모 생일에 밥 얻어먹고 생일 선물 없이 사라지면 뭐라 할 수 없는 찝찝한 기분이 들더라고. 내가 자식들 교육을 잘못 시킨 것인가 반성도 하고, 사십이 넘은 새끼들이 제발 기본은 하고 살아주기를 바라는 거지. 우리는 부모 생신에 바라바리 음식을 만들어 주고 다시 생일 선물을 드려야 한다는 강박관념이 있었구. 부모 입장은 우리를 키워줬다는 생색을 내며 우리에게 자식의 도리와 효도를 강요하며 힘겨운 요구 조건도 평생을 들어주지 않았던가. 지금도 자식 생일과 상관없이 자기식의 민원 처리를 요구하는 부모인데.

사실 우리도 민원 처리 받을 때가 한참을 넘어섰구만. 수명이 긴 부모들은 죽을 때까지 케어 받고 요구할 것이리라. 거기에 자식들 민원 처리로 골머리를 앓아야 하는 것이니. 생일 때 아주 조그만 선물을 받아서 즐거운 게 아니라, 자식이 올바르게 살고 있음을 확인하는 것인데. 물론 자식들이 훌륭해서 지금 우리와 같은 세대 부모에게 온갖

케어를 해주고 경제적 지원을 받아 즐거운 사람도 있겠지만. 그렇다고 그것이 부모 입장으로 즐겁지는 않아. 그들 자식이 힘들고 불쌍하지.

난 적어도 그렇게는 살고 싶지 않아. 당당하게 내 생일에 자식들 불러서 맛있게 음식을 시켜 먹고 모두들 축제 분위기로 생일 잔치를 하면 되는 거지. 단지 조그만 성의를 자식들이 해주면 되는 거라고. 그것이 자식이 부담스러울 수도 있겠지만. 그러니까 난 그들에게 5만 원을 달라고 해. 그 돈으로 고속 터미널 지하에 가서 일만 원짜리 옷 5개 산다고. 그럼 너도 나도 부담스럽지 않다는 거지. 이번에 딸은 주었는데 난 못 받았다고 이런 카톡으로 시비가 걸려진거야. 그래서 갑자기 딸이 전화를 해서 울고불고 한거고. 난 사과를 하고 미안해서 이튿날 과일과 햄버거, 반찬을 해주고 사과의 뜻을 보냈지.

- 두부조림 맛있네요. 아침부터 애들과 맛있게 잘 먹겠습니다.
- 그래, 그리고 애들 코로나로 너무 집에 있으면 방 귀신으로 몸이 허약해질라. 놀이터에서 많이 놀게 하셔.

이 카톡을 올렸고 갑자기 싸한 기분이 드는 거야. 또 뭔가 잘못했구나 생각이 들더라고. 자식은 이제 어려운 건데. 다시 카톡으로 올렸어.

- 그런데 나 웃기지? 할 말 없으면 지적질을 하니. 나 못 말려!

70세가 되면 벙어리가 되어야 하는데. 하여튼 열심히 노력중이다. 네가 아직 어리니까.

옛날에 외할머니가 자두를 시골에서 머리에 잔뜩 이고 차를 타고 온 거야. 그걸 나에게 받으러 서울 고속 터미널로 마중 오라 했지. 넌 아직 학교에서 안 오고 난 승헌이를 데리고 늦게 간 거야. 외할머니가 늦게 마중을 왔다고 소리를 얼마나 치던지. 그리고 자두 보따리를 나에게 주고 신당동 이모네 집으로 가겠다는 거지. 없는 돈을 마련해서 차비와 택시비를 주고 맛없는 자두를 들고 집에 오는데 내 돈 나간 것이 서너 배 더 큰 거야.

속으로 화가 나더라고. 난 절대로 애들에게 빌미로 돈 안 받겠다 했어. 90 넘은 외할머니 나에게 전화해서 너 코로나 위험하니 나가지 마라. 너 왜 네 동생 전시회에 가지 않았느냐. 참견을 하는 거야. 나는 안 한다 하면서 너에게 길들여진 대로 참견을 하고 있더라고.

난 가이드 라인을 정했어. 네가 이혼 안 하고, 병으로 암에 안 걸리고, 애들 100킬로 몸무게 만들지 말고, 교통사고 안 나면 된다고.

난 지금 마음의 공부를 하는 중이야. 네가 시간을 가지고 기다려 봐.

- 할말 또 있다. 엊그제 아는 부동산에서 전화가 왔어. 3억 5천 만원 하는 물건이

급매로 나왔는데, 전세 끼고 9천 만원에 살 수 있다고. 그 사람 세금 때문에 급하게 판다고 나더러 사레. 그래서 난 세금 낼 돈이 없어서 못 산다고 했지. 종잣돈이 있으면 좋겠더라고. 융자를 내주면 옛날 같이 할 수 있을 텐데.

- 네 아들 이번에 보니까 사춘기가 오고 있어. 넌 지혜로우니까.

- 외할머니도 제대로된 어머니상은 아니네요. GG 그래도, 양쪽 어머니한테 시달린 덕분에 엄마가 열심히 공부해서 박사님 되셨잖아요. 고통을 공부로 승화시켰으니 그것도 생산적으로 봤을 때 성공한 인생이에요.

- 외할머니 밥 잘해주는 성실한 어머니보다 낭비 안 하고 저축 열심히 하고 자식들 열심히 공부시킨 것이 성공한 거지. 젊어서 고생은 사서도 한다잖아. 그말이 맞는거같아. 목요일에 엄마친구 만나기로 했는데, 아는 지인이 코로나로 오늘 죽었단다. 그래서 취소했어. 조심해야겠다. 그 친구 논현동 사는데.

- 나이 드신 분들은 더 조심하셔야 해요. 애들도. 죽으면 너무 허무하잖아요. 돈 너무 아끼시지 마시고. 먹고 싶은 음식, 과일, 음료, 다 양껏드세요. 나이들면 소화도 안되고 먹고 싶어도 못 드신대요.

- 지금도 안 먹고 싶은데 뭘.

- 그러니까요, 신선한 걸로 조금이라도 땡기는 걸로 맛있게 드시도록 해봐요.

- 오케이.

자식과의 갈등을 원만하게 해결해서 제자리로 오는 것은 힘든 일인 거야. 내 자식과의 관계는 우리 시대의 부모와의 관계랑 너무 차이가 나는 거지. 우리 시대는 한마디로 주종관계처럼 부모 말씀은 오로지 복종이었던 거야. 합리적인 것은 없었어. 그에 비해 우리 시대는 좀 달라. 물론 가정의 형편에 따라 다르기도 하지만. 돈이 많은 사람은 많은 대로 없는 사람은 없는 대로 문제가 많은 거지. 많은 사람은 자식에게 끊임없이 퍼주고 퍼주며, 보이지 않게 부모가 자식을 종속시키는 부분이 있더라고.

아니면 돈을 끊임없이 퍼주고 맘씨 좋은 부모가 자식들에게 대접을 못 받으며, 자기네 살림이 궁핍해지던지. 멀리서 보면 양쪽 다 합리적이지 못한 거야. 난 그 친구들을 보면 가슴이 답답해. 적당히 자식과 거리를 두고 이성적으로 사랑하면서 존중받고 서로가 적당한 간격으로 좋은 관계가 유지되기를 바라는 것이지. 나도 그러고 싶어. 그러나 그런 것이 쉽지 않더라고. 젊은이의 시각과 나이 든 시각이 다르고, 철학이 다르니. 우리 세대 사람들이 더 꼰대성격이 강해 물론 오래 돈을 벌었으니 경제성도 높을 것이고.

70이 넘어서면서, 노인들의 경제성이 많이 추락했지만. 경제성이 높은 노인은 자기만의 고집으로 자식들과 갈등이 많을 거야. 자식은 부모의 경제성을 더 많이 받기를 원하기 때문에. 자식이 더 높은 경제성을 가진 부모는 역으로 자식에게 더 많은 것을 지원받고자 할 테고. 항상 돈과의 관계는 복잡한 거 같아. 평등할 수도 없고. 난 항상 부모로부터 평생을 지원센터로 살아와서 자식에게 그런 마음이 없어서 다행이야. 우리 세대는 부모가 살아질 때까지 지원 센터로 존재하는 것이야. 그럴 수 있어서 감사하지.

가끔 자식이 짜증 내면 그래. 너네가 양쪽 부모에게 돈을 지원하며 케어하냐고. 우리는 평생 부모를 케어하고 살았다고. 그러면 그들이 다소 수그러 드는 것 같아. 조금 불편하고 힘들게 사는 것이 좋아. 더 힘드는 것에 민감하지 않을 테니까. 인생은 그런 거 아니겠나 싶어.

*

급변하는 시기를 겪으며.

ㅂ 친구가 전화했다. 그는 말했다.

- 난 친구 지간에도 예의가 있는 것이 좋아.
- 맞아 그건 그래.
- 가끔은 친구들이 자기 욕심만 채우고 불쌍해서 도와주면, 그것을 모른다니까.
- 그래 그런 친구 있지. 이제 그런 친구 용서하기 힘들 때도 있고. 이제 우리 정서에 맞는 사람끼리 살아야 해. 우리가 케어 받을 나이니까.
- 요즘은, 이제 회장단들이 조용하더라? 날마다 동창회 기금 마련한다고 후원금을 내라고 난리를 치더니. 재경 ○○○동창회 취지로 발전기금, 장학금 지원, 유지관리, 화합운영비라며 회장 통장 계좌에 돈을 부치라고 난리 치는 것이 못마땅했어.
- 무슨 맡겨놓은 돈을 찾아가듯이 닦달하는 것이, 완전 문빠 정치기금 갈취하는 듯하더라.

- 수법이 똑같아. 그것들 색깔이 똑같고. 완전 문빠들이잖아.

- 야, 돈은 총무가 관리하는 거지. 회장이 관리하냐?

- 매사 자기를 내세우고 인정받고 싶어 안달을 하잖아. 그 애 원래 DNA가 그렇 다고 그 애 친구가 그랬어.

- 지 손자 눈도 안 뜬 것을 사진 찍어 올리는 것도 우습고. 박수부대들이 축하 축 하 올리고 난리야.

- 누가 그런 걸 올리냐?

- ㅈ 친구에게 전화해서 총학생회를 음식점에서 하는데 과일을 후원해달라고. 그래서 못한다고 했대.

- ㅇ친구에게 자기 사무실에 전자제품 후원해달라 해서 못 한다 했다잖아.

- 너에게 우리가 회장이라며 자기 회장 취임 때 화환 보내달래서 보냈잖아. 거기에 다시 꽃다발도 또 해달라고 해서 그것은 못 하겠다고 했고. 네가 무슨 봉이냐고.

- 아무튼 ㅅ 회장 대단해. 그가 하는 소리를 들으면 싫더라고

- 그거 당연한 거야. 네 마음이 솔직한 거지.

- 댓글 올리고 아부하고 하는 것이 자연스럽지 못한 거잖아.

- 우리가 보는 관점이 다르고 올바르지 않다는 생각. 그것이 정당한 거지.

- 매달 모이는 12월에 안 모였대. ㅅ 회장 손가락 다쳤다더라. 3주 동안 깁스하고. 조용해. 수술하는데 VIP 간호사가 자기 간호를 잘해줬다고 일상 일거수일투족 을 다 써넣으니. 공유하는 카톡에 자기 얘기를 너무 많이 해. 잡다한 거까지.

- 그 애는 기본적으로 틀린 거야. 내가 걔 얘기를 흉보니까 난 뭐냐고. 난 걔 욕만 하고. 그런데 자꾸만, 임원진들이 ㅅ 회장 대단해라고 박수부대가 찬양을 하면 난 싫더라.

- 그게 당연하다니까.

- 또다시 바쁜 ㅅ 회장 다쳐서 어떻게 해 하고 아우성을 치면 속이 메스껍더라고.

- 야, 그런 애 없으면 우리 얼마나 심심하겠냐. 그런 애가 있어서 심심풀이 땅콩
  이 되는구나 생각하라고. 그냥 즐겨 우리끼리. 걔네 식구가 대부분 협찬 인생
  으로 들었어. ㅅ 회장이 남편이 환경 회장이라며.

- 정치색을 띠는 게 더 맘에 안 들어. 거기에 입금명단을 1번부터 나열하고, 액수
  도 얼마 냈다는 것을 기입하는 것도 웃기고. 기능성화장품, 박카스, 별별 사은품
  등을 찬조받았다고 자랑하는 것도 자연스럽지 않은 거같아. 우리가 무슨 힘든
  사람들에게 도움을 주는 단체가 아니잖아. 그런데 왜, 손을 벌려? 웃기잖아?

- 우리 기수는 총회장을 안 뽑겠다는데 굳이 자기가 하겠다고 나서서 자신을 찬
  양하며 난리를 치는 것도 꼴 보기 싫고. 거기에 ㅅ 회장 최고, 최고 하며 박수
  부대가 있다는 것도 웃기고.

- 자기가 서울대에서 곤충에 대한 식품 강의로 200만 원씩 받는다고 자랑을 하
  는데 이해가 안 돼. 요즘 먹거리가 풍부한데 그거 먹을 사람이 있을까. 그리고
  무슨 강의가 한 번에 200만 원이냐? 국립대학에서 강의 한 번 하면 200만 원
  을 주는 곳이 어디있냐? 무슨 스타 강사라고. 도무지 믿을 수가 없는 거야.

- 우리 나이가 얼마인데 이제 딸 손자를 봤다고 사진을 올리고, 그러면 박수부대
  가 모션을 넣어가며 최고 최고를 올리고. 자기가 무슨 방송과 곤충식품 강의를
  할 거라면서 작가와 만나는 장면 등을 사진찍어 보내다니. 웃겨. 그냥 언제 자
  기가 이런 프로에 나오니 봐달라고 하면 되는 것을. 내년인데 아직도 멀었구만.

- 거기에 ㅊ 친구가 무슨 이야기를 하다가 자기는 고스톱 실전에 강하다고 올린
  거야. 그랬더니 회장이 이곳은 개인 카톡이 아니라면서 여기에 올리지 말래.

- 야, 웃긴다. 저는 모든 것을 올려도 되고, ㅊ의 농담은 안 되는 거야. 완전히 문빠네처럼 내로남불이고만.

- 이제 총학생회장 되었다고 우리 사이트에 총동창회 행사를 편집해서 동영상 보내고 난리를 쳤던데? 문화사랑방에 와서 차기 총학생회장이 되겠다고 뜬금없이 나타나서 난리를 치며 소동을 일으키더니만. ㄱ 친구가 그를 좋다고 밀어붙이면서 사랑방 친구들에게 강압적인 멘트를 날리더니. 10년 이상 예술 공부를 하고 만나고 했던 사랑방 친구들은 갑자기 나타나서 총학생회장을 하겠다는 ㅅ 친구에게 어색해서 이게 어찌되는 것인가에 머리를 흔들었잖아.

- 이제 벌써 모든 것이 과거가 됐다. 우리는 옆에서 그들을 보며 즐겨. 박수부대도 심심하니까 건강해서 하는 거니까. 그렇잖으면 아파서 누워있던지 죽음을 기다릴 거잖아.

- 오늘 ㄱ 친구네집에 김치와 밑반찬 갖다주고 왔어.

- 너 못 말린다. 너의 정열 대단해.

- ㄱ 친구가 반찬할 줄도 모르고. 마음이 안 된거야. 고추 시킨 거 주면 계란 지단이라도 말아먹고, 김하고 밥 먹으면 되잖아. 그 친구 살이 많이 빠졌어. 예전의 당당한 모습이 없어. 아집만 남았어. 본인은 엄청 똑똑한데 몸이라도 살이 쪘으면 좋겠어.

- 우리 친구 ㅎ도 혼자 사는데 새우젓하고 밥 먹는다고 했어.

- 그래? 혼자 밥 하기 싫으니까. 여자들 귀찮아하잖아.

- 난 남편을 위해서 저녁 4시만 되면 정신 바짝 들고 밥하잖아. 놀다 와서 힘들더라도 밥해주잖아. 평생 습관이 들었어.

- 맞아 맞아 우리는 밥 엄청 열심히 해준다. 너나 나나.

- 밥 잘해주는 것이 병원 덜 가는 거잖아.

- 작년에 팔을 다쳐서 깁스 3개월 하고 풀었는데, 팔이 벋정 팔이야. 막대기 같았어. 간호사가 무조건 쓰라는 거야. 그래야 팔이 부드럽다고. 나 엄청 힘들었어.

- 그랬구나. 우리 어머니도 죽는다고 못 먹고 3개월 누워있어서 다리 근육이 빠져 전혀 못 걷는 거야. 우리가 부엌에라도 이리저리 걷고 일하는 것이 힘이 되는 거야.

- 어제 TV에서 아프리카 알제리가 나왔는데 그곳 정말 미로 같은 집이더라. 구시가지가 완전 미로 연결 고리로, 하얀 벽집 사이가 무슨 벌집처럼 연결되었어. 참 매력적이더라. 내가 모로코 갔을 때 특별하다 했는데 그 나라도 그렇더라.

- 입센로랑이 게이인데 디자인이 생각나지 않으면 알제리를 갔다잖아. 거기를 가면 영감이 많이 떠오른다고.

- 그렇구나. 그럴 수 있어. 내가 강화도의 참 맛을 몰랐는데, 이번에 부안 쪽으로 여행을 갔잖아. 그곳 항구에서 밥을 먹고, 어시장을 탐방했어. 그리고 섬과 섬에 다리를 놓아 무녀도, 선유도, 장자도를 구경했어. 선유도가 참 아름답더라. 예전 학창 시절에 배 타고 3시간 동안 멀미를 하고 캠핑 갔는데. 그때 그렇게 아름다움을 못 느꼈어. 모기가 많아 모기 때문에 죽을 지경이었던 생각만 많지.

- 다시 채석강, 격포 해수욕장, 곰소염전, 국립변산자연 휴양림 등을 둘러보고 왔어. 그리고 그 후에 강화도를 가니까 그동안 못 보던 것이 보여졌어. 같은 바다지만 새롭게 보여졌어. 바다의 아름다움, 배를 타고 볼음도를 탐방하는 기쁨, 배를 타고 갈 때 찬란한 태양이 바다를 가르는 모습, 모래가 깔린 해수욕장, 섬 주위의 아름다운 바위 등은 어디나 똑같았어. 그 후 나는 강화도 앞 바다를 사랑

하게 됐지. 입생 로랑이 디자인이 생각나지 않으면 여행한다는 거 이해가 간다.

- 너 네 딸네와 가평 놀러 갔다왔다며. 재미 있었냐?

- 가서 혼났어. 애기가 잠을 안자고 울어서.

- 그래. 간다고 너 먹을 거 다 싸서 갔을테고. 우리 나이가 내일 모레면 70세가

   되는데. 힘들지. 잠 못 자면. 옛날 사진 보면 우리 애들이 대 여섯살 때 우리네

   엄마가 57세~58세였거든.

- 내가 딸에게 작은애가 3살인데 잠자지 않고 울어서 혼내주라고 했어. 그런데

   딸하고 사위가 싫어하데?

- 맞아, 지 새끼니까.

- 이튿날, 애기가 걸을 때 힘들어 해서 손을 잡으려 하니까 할머니 손을 뿌리치

   더라. 할머니가 혼내주라는 것을 알아들었나 봐.

- 애기들도 다 아는 거지.

- 그래도 딸네니까 너네랑 놀러 가는 거야. 아들네는 함께 놀러 가지 않아. ㄱ 친구

   가 그러잖아. 자기네는 아들네가 가지않는다고. 콘도 좀 함께 갔으면 좋겠다고.

- 경비는 딸이 냈냐?

- 아니. 우리 영감님이 다 냈지.

- 그랬구나.

함께 여행 간다는 것도 쉽지 않구나. 우리 세대도 즐기고 자식 세
대도 즐길 수 있고, 손자들도 즐길 수 있는 그런 환경이어야 하는구
나. 우리가 이번 여름휴가 때 그래도 갖춤을 가진 휴가였구나를 생각
했지. 콘도를 잡을 수 없어서 난 8월 중순 일, 월, 화를 예약했어. 그

러면 연휴가 끝나서 콘도를 잡을 수 있을 것 같아서. 그래서 당첨이 됐지. 그런데 갑자기 월요일이 공휴일로 변경되어 연휴가 되었어. 처음에는 딸네 애들하고 우리만 가서 삼척 콘도에서 수영하고 놀면 될 것이라 생각했어. 애기들하고 함께 놀 수 있는 것은 물놀이니까. 수영하고 온천하면 된다고 생각했지. 그런데 연휴가 되어 남동생에게 같이 가자 했고, 네 여자친구도 갈 수 있으면 같이 가자 했어.

가는날 남동생이 여자친구와 우리 집에 왔고, 딸네들과 함께 떠났어. 일단 사람이 많으면 재미가 있거든. 여자친구도 정서가 우리와 같으니까 곧 익숙한 친구가 됐고. 콘도에 가서 우리는 찜질과 수영을 모두가 함께 했어. 애기들과 파도 타기하고 여기저기 돌아다니며 수영하고 바다에 가서도 하고 풀장에서도 하고 시간은 금세 지나갔어. 맛있는 저녁을 먹고, 그 다음날은 여동생네 가족이 오고. 그들은 오지 섬 탐험을 했다나 봐. 식구가 많아지니 재미가 더한 거고. 애기들은 저희들끼리 놀다가 자다가 싸움질하며 울다 웃다 하더라고. 그게 사는 거고 행복이더라고.

어디를 가든 비슷한 연배가 있어서 서로 이야기 소통이 잘 되는 것이 좋은 거 같네. 같은 또래들이 어울리게 하는 것도 중요하고. 운동을 하든 게임을 하든 서로 즐거운 것을 함께하는 것도 중요하고. 남녀노소가 즐길 수 있는 것은 물놀이 같아. 아름다운 곳을 산책하고 구경하는 것도 좋고.

난 음식 만드는 것을 좋아하나 보다.

결혼 후 40년 넘게 밥을 해 먹었어. 여자니까 당연히 해야 했고 하는 것이 임무라 생각한 거 같아. 시집가서 시어머니를 따라다니며 어머니가 시키는 대로 했어. 파는 이렇게 썰어라. 마늘은 이렇게 다져라. 깨는 통깨를 간이 절구통에 넣고 이렇게 빻아서 양념통에 넣어라. 시어머니의 말대로 파 길이를 줄자로 재듯이 도마에 놓고 표본대로 썰었지. 그러나 시어머니 음식은 내 입에 맞지 않았어. 돼지고기가 주원료였는데 배추 볶음, 비지탕, 두부탕 등. 나게는 독특한 돼지고기 냄새가 역겨웠어. 난 채식과였거든. 소고기 불고기는 내가 좋아했어. 그러나 불고기에 당면을 넣고 끓이는 것은 싫어했지.

시어머니 만두는 내가 좋아했어. 만두를 해 먹는 일이 많았거든. 집 식구들이 모이거나 명절이 되면 만두를 만들었어. 이제 만두 경력이 40년이 넘은 거지. 남편은 나이가 들면서 입맛이 없으니까 아침마다 만두를 먹겠다는 거야. 이미 시중에 냉동 만두도 많으니까 주문을 해서 만두 대여섯 개씩을 삶아 달라는 거지. 그렇게 하다가 시어머니 식대로 만두를 만들게 되었고 요즘은 한 덩어리씩 속을 만들고, 밀가루를 빚어서 한 덩어리씩 만들어 냉동실에 넣어놓고 먹을 때마다 빚어놓아. 아니면 빚어서 얼려놓던지.

그 세월도 많이 지나갔네. 아침 식사가 만두야, 만두. 처음에 난 날마다 못 먹었지. 난 대충 빵과 우유로. 이제 그것도 귀찮아서 난 아침 식사로 한 개 남편은 큰 것으로 3개와 고구마 반토막으로 통일시켰어. 거기에 양배추와 당근 절임, 과일, 커피가 아침 식사야. 점심은 남편이 좋아하는 고등어 자반 구이에 소고기찌개나, 된장찌개에 밑반찬 이거 저거면 돼. 저녁은 메인요리 하나에 와인 한 잔, 아니면 막걸리와 맥주 등을 선택해서 한 잔씩 먹어. 난 사실 밥맛이 없어. 먹고 싶지 않아. 술을 한잔 먹으면, 음식이 손에 가는 거지. 술을 먹어야 고기나 야채가 입으로 들어가더라고.

웃기는 것은 음식이 먹고 싶다 했어. 그런데 그 음식이 갑자기 안 먹고 싶은 거야. 나도 못 말린다니까. 어느 때 짬뽕이나 칼국수가 먹고 싶어 음식점에 갔어. 그 음식을 시켰는데 한 젓가락도 안 먹고 못 먹겠는 거야. 그런 일이 많으니까 남편은 내가 먹고 싶은 것을 꼭 확인하지. 나도 내가 힘든 거고. 음식도 그래, 총각김치가 먹고 싶어서 많이 담았어. 딱 한 번 먹고 내가 안 먹는 거야. 남편이 혼자 먹느라고 힘든 거고. 이제는 절대 못 담그게 하는 거지. 이번에 동치미가 먹고 싶은 거야. 절대 남편이 못 담그게 했지.

난 너무 먹고싶어 결국 담갔어. 맛있게 익으면 다른 사람 많이 주고 조금만 남기려고. 나도 못 말린다니까. 오늘은 엊그제 친구 집에서 영상을 본 맛집 탐방의 요리를 하려고. 아침 일찍 일어나서 돼지고기

간 것에 양파, 파, 마늘을 듬뿍 넣고 양념을 해서 치댔어. 후추, 깨, 소금, 올리브유를 넣어 반죽했어. 그것을 호일에 넓게 펴서 놓고 그 위에 가지, 토마토를 납작하게 썰어 넣고 양념하고 그 위에 다시 치즈를 얹은 거야. 그것을 돌돌 말아서 호일로 다시 싸서 묶고 오븐에 굽고 있지. 지금 한 시간 반이 되었어. 맛이 어떨지 궁금해.

실패작일지도 몰라. 열심히 해놓으면, 남편과 딸은 아주 잘 먹어. 그런데 내 취향이 아니면 난 못 먹지. 어제도 그랬거든. 여하튼 난 음식 만드는 것을 좋아하는 거 같아. 뭔가 창조하는 느낌이 있고 음식 작품에 대한 기대와 설렘이 있는 거 같아. 힘들지도 않고. 많이 만들어 주다 보니까 그런가 봐. 친구들은 나보고 사이비 선생이라나. 음식이 사이비식이라는거지. 그래도 맛있다나 봐. 이래저래 웃긴다면서 그냥 먹어주더라고. 남편은 힘들게 만들고 허리 아파하니까 싫어하지. 뭐든 싫어하는 게 많아. 가만히 보면, 남자들이 부정적인 부분이 많더라고.

점심 때 호일에 싸서 익힌 음식은 맛있었어. 치즈가 들어가서 내 입맛에 맞았어. 돼지고기의 특유한 향이 사라지고 고소한 치즈 냄새가 맛을 자극했어. 호일을 네 등분해서 딸, 나, 남편이 큰 접시에 담아 먹는데, 도저히 그냥은 먹기가 꺼려졌어. 딸에게 안 되겠다. 우리 와인 한잔하며 먹자고 제안했지. 그래서 아주 맛나게 먹었네. 후식도 먹고 잠시 TV 보며 쉬다가 저녁 때 남편과 산책을 갔어. 산책을 하며 이런저런 이야기를 하다가 남편에게 말했어.

- 우리 딸은 내년에 시집을 가겠다 하는데 이해가 안가.
- 함께 공을 재미있게 치는 심 기자랑 친하고 친구니까, 장가도 안 갔으니 심 기
  자가 결혼상대로 어때?
- 걔는 안돼. 너무 자기 혼자 좋아하는 취미가 많고 동호인으로 활동하는 곳이
  많아서 안 된다고요.
- 그럼 누구랑 결혼하겠다는거야? 이해할 수가 없어.
- 작은딸은 힘들어. 그러다가 결혼 못 하지 못해.
- 이제 날마다 그 애 얼굴 보고 밥 해먹는 것도 스트레스 받아. 아무래도 이번 주
  말에는 멀리 강화도에 가서 쉬다 와야겠어. 날마다 밥 3때 해먹는 것도 스트레
  스 받아. 밥 해먹는 것도 힘들어.

그런데 갑자기 분위기가 싸~ 해졌다. 자기의 자존심이 상했던 모
양이야. 요즘 말로 집에서 3번 밥을 얻어 먹으면 삼식이라는 말을 기
억했는지. 여하튼 그때부터 마음이 상해있으면서 우리는 산책을 한
거야. 오면서 난 오늘 점심을 잘 먹어서 배가 안 고프니, 우유와 옥
수수를 먹어야겠네 했지. 남편도 매번 3끼를 다 먹을 수는 없다면서
우유만 먹겠다는 거야. 그리고 집으로 왔어. 오후 6시가 넘었어. 식
탁을 닦는데 닦을 필요 없다는 거야. 우유잔을 식탁에 놓았지. 자기
가 알아서 먹는다고 신경 쓰지 말래. 아까 전에 화난 것이 뒤끝으로
살아난 거고.

속으로 맘대로 하서 했지. 난 김치냉장고에서 막걸리를 갔다가 잔에 반쯤 붓고 찬물 반 컵을 타서 꿀꺽꿀꺽 마셨어. 마음에 엉킨 것이 사라지라고. 냉동실 옥수수 하나를 전자레인지에 뜨겁게 데웠지. 남편은 화난 채로 거실에서 TV를 보고. 나는 옥수수를 우적우적 먹으며, 막걸리를 마셔댔지. 한잔 먹으니 기분이 상승되고 내 맘이 풀리더군. 다시 반잔을 더 먹고, 유튜브를 봤어. KBS joy 프로에 30살 시한부 암환자가 '무엇이든 물어보살'에 나온건데. 그것을 보며 얼마나 눈물이 나는지. 옥수수를 먹으며, 막걸리를 마시며, 펑펑 우니까 속이 펑~ 뚫리는 거야.

'내가 죽고 나면, 혼자 남을 누나가 걱정돼요'라는 대목이 슬프더라구. 우리 인생은 죽어가는데, 마음의 감정이 요동을 쳐서 옆에 있는 사람들을 계속 왜 괴롭히는지 나도 모르겠더라고. 또 다른 것을 봤어. 거기에는 말기암 아빠에게 마지막으로 하고 싶은 말이 '어떻게 하면 아빠를 잘 보내드릴 수 있을까요'였는데 진심을 담아 아빠에게 전하는 14살 딸의 편지였어. 이런 영상을 보니 내 마음의 사악한 것들이 사그러지더라고. 곧 걸레를 들고 온 집안을 청소했어. 남편은 계속 삐져서 TV를 보고.

온갖 곳을 닦았지. 다시 물을 떠다가 화분에 물을 주었어. 목욕탕으로 갔어. 뜨거운 물을 받았어. 온몸을 담그고 책을 읽었어.

아무 노력 없이 자연스러운 상태에 한가롭게 머물 수 있다면
곧 마하무드라의 경지에 오르리라.

떨로바는 내적인 현상을 의미한다. 그는 자연스럽게 릴렉스된 상태를 강조한다. 자연스럽다는 것은 그대가 처한 상황 속에 존재하는 것을 의미한다. 그대가 한 남자의 부인, 아니면 어머니라면 어떤 일이 일어나건 그대로 받아들여라. 그래야만 편하고 자연스러울 수 있다. 모든 것을 자연스러움을 기준으로 삼아라. 수도원이든, 시장 안이든, 히말라야 산속이든 자연스럽다면 아름다운 일이다. 오직 한 가지, 자연스럽고 자유로워야 한다는 것이다. 내면에 긴장이 없이 릴렉스하면, 곧 존재계와 하나가 되는 절정에 도달할 것이다.

깨달음은 저절로 일어난다. 그대가 할 일은 수동적으로 기다리는 것뿐이다. 느긋하고 자연스러워라. 때가 오기를 기다려라. 모든 것에는 때가 있는 법이다. 때가 되면 그 일은 저절로 일어날 것이다. 그대가 준비되면 깨달음은 별안간에 찾아온다. 갑자기 그대는 꽃이 피어나는 것을 보게 된다. 문득 그 향기로 가득 차게 된다.

마음이 차분하며 자연스러워졌어. 목욕탕에서 나와 몸을 씻고, 옷을 갈아입었지. 내 방 책상으로 가서 금융 확인을 하고 송금할 것과 입금된 것을 확인했지. 둘째 동서에게 전화했어. 오랫동안 연결이 안 됐거든.

- 나야. 잘 살고 있지? 안 아프고?

- 아, 예 형님. ㄱ 아빠는 자주 아파요. 이거 저거 끓여줘도 먹지를 않아요. 계속 설사를 하니까요.

- 설사를 해?

- 먹기만 하면 쏟아요.

- 나 닮았네. 장이 차면 그렇고 나이 들어서 면역성이 떨어지니까 그렇지. 뜨거운 팩이라도 사주지.

- 말을 안 들어요.

- 남자들이 그렇더라고.

- 시아주버님은요?

- 응, 내가 아까 산책하면서 세끼 밥해 먹는 게 힘들다고 했다고 삐졌어. 자존심이 상했나 봐.

- 아이고 치사하게 삐지시기는요. 형님이 얼마나 잘해주시는데요. 우린 형님같이 못해줘요.

- 야, 살다 보면 못할 소리도 막 나오잖아.

- 그럼요. 형님 허리는요?

- 그동안 다리 아파서 등산을 못 했더니 허리가 아픈거야. 아파트 뒷산을 다리 묶고 몇 시간 갔다 왔어. 좀 허리가 나아진 거 같아.

- 맞아요 형님 등산에 허리가 좋대요. 요즘 나는 발바닥이 그렇게 아파요.

- 나도 한때 그랬어. 혈액순환이 안 되서 그럴 거야. 그럴 땐, 발바닥에 안티푸라민을 잔뜩 바르고 양말을 신고 걸어봐. 그럼 좋아져. 누군가 카톡으로 알려줬어.

- 그렇게 해야겠네요. 요즘 사람들이 무릎이 아프다고 하면 형님 말대로 진통제 먹고 걸으라고 해요. 근육이 사라져 못 걷게 된다고요.

- 그래, 빨리 저녁 먹어. 입맛 없어도.

- 안녕히 계세요.

남편과 거의 24시간을 붙어산다는 것은 숨통이 막힐 것 같은 느낌이 있어. 젊어서는 일하느라 바빴고, 애들 키우느라 바빠서 서로 얼굴 마주 볼 시간이 없었으니. 이제 모든 시간이 멈춰버린 느낌도 있고. 코로나19가 없을 때는 일주일에 한번 골프 가고, 저녁 4시만 되면 테니스치고, 곧 집에 와서 밥해 먹고 설거지 하기 바빴지. 그러다가 저녁 뉴스 좀 보고, 한국기행 TV 채널 보면서, 이미 내 눈은 감겨버렸고. 그렇게 나날이 무엇인가 바쁘게 돌아갔지. 그런데 요즘, 정부에서 규제가 심해진 거야. 12월이 되면서 연말, 연시에 모든 사람을 정부에서 차단한 거지.

3사람 이상은 만나지 말라. 다른 가족과 만나면 안 된다. 콘도에 가려면 주민등록증 등본을 가지고 가서 한 식구가 아니면 입실을 할 수 없게. 이것이 나라야, 독재지. 저희들 하는 것은 제대로 나라를 운영하지 못하면서 국민들만 숨통 죽이고, 꼭꼭 눌러서 움직이지 못하게 하니. 온천지가 숨통이 터지는 거지. 저희가 나라 꼴을 엉망으로 만든 것을 감추고 코로나 방역으로 모든 것을 대신하려니 매사가 망가지는 거지. 그것들이 국민 살림을 알게 뭐야. 오로지 세금과 빚으로 눈 가리고 아웅 하며 국가 살림을 거덜 내고 있으니. 그것이 좋다고 문빠들은 찬양을 하고 있고. 아무래도 더 나라가 망가져야 국민이 정신을 차리겠나 봐.

*

H씨가 우리 집에 왔어.

H씨는 우리와 테니스를 자주 쳤던 사람이야. 처음 이십 년 전부터 우리 코트에서 레슨을 받던 청년이었고. 그가 레슨을 오래 받았지. 그는 S대 체육과에 들어갔고 졸업했어. 우리는 그를 한동안 만나지 못했어. 20년 후 그는 어느 날 우리 코트에 나타났고. 세월이 흘러 그를 알아보지 못한 거야. 우리 딸들과는 만나기도 하고 공도 치고 했던 모양이야. 그가 레슨 받는 시간과 우리가 다른 코트에서 게임하는 시간이 같았어. 손자 웅이와 비슷한 시간에 서로 다른 코치에게 레슨을 받았지.

손자가 레슨을 끝내면 내가 공을 주워 주는데 그때 H씨가 손자 공을 잘 주워 주었어. 마음이 따뜻하다고 생각했지. 거기 레슨받는 다른 남자들은 냉정하고 인정 없거든. 절데 여자 팀들에게 인사하는 법이 없는 거야. 나이 차이가 많은데도. H씨는 착하고 순리대로 수용하는 사람이니까 그에게 공을 쳐주고 싶었어. 그가 레슨이 끝나면 우리 팀에 한번 껴주어 함께 게임을 해주고 그랬어. 가끔 우리 팀 회원들이 그를 꺼려 했어. 아직 게임에 미숙하니까. 그러나 우리 팀 회원이 모자라는데 한 번씩 껴주고 회원이 없을 때 그가 채워 주면 되는 것을 젊은 엄마들은 내쳐대는 경우가 많아.

그러다 우리는 친해졌어. 그는 우리 작은딸과 나이가 동갑이야. 어느 날 나는 그에게

- H씨 우리 작은딸과 어떻게 해보는게 어때?
- 네? 예, 저 이번에 소개받기로 했어요.
- 내 말은 부담 없이 열린 마음을 가져보라고.
- 아, 예. 열린 마음요?
- 그래, 열린 마음.

우리 작은딸은 성질이 곱지 않아 사람들이 싫어했어. 수용할 줄을 모르지. 그러나 부당하고 잘못된 것은 아니야. 그런 것은 용서 못해. 성격이 까시럽고 이기주의자라는거지. 그러나 저 나름대로 철저해서 부당하거나 잘못된 것은 용서 못해. 학창시절 개근상과 우등상을 중등 시절 연속 3년 상을 받은 애거든. 그와 우리 딸들이 함께 여러 번 술을 먹었대. 큰딸이 작은딸을 욕했어. H와 모이는 장소를 작은딸이 못 찾은거야. 늦게 카페를 찾아와서 장소 찾으려고 전화를 했는데 술

좌석에서 이야기하느라 못 받은거야. 작은딸이 늦게 찾아와서 언니와 H에게 폭풍 화를 낸 거지.

그러니 H가 우리 딸을 좋아하겠냐고. 그래도 H가 착해서 맛있는 닭다리를 시켜주며, 작은딸을 달랬다는군. 우리들은 화가 나도 적당히 화를 달래는데. 그 애는 그러지를 못하는 거지. 어느 남자가 S를 좋아하겠나. 그러니까 시집을 못 가는 거지. 십년 동안 결혼 상대자를 보여주면 얘는 이게 나쁘고, 쟤는 뭐가 어떻고 맨날 타박만 하니. 나도 S가 꼴 보기 싫고 저는 저대로 스트레스 받은 거지. S는 결혼에 대해 뭐랄까 나에 대한 반항심만 키웠지. 나를 보면 이렇게 행복할 수가 없다면서 공격하는 거지. 이제 나이가 40세가 넘어갔으니. 내가 속으로 그놈에게 묻고 싶은거지. 그래 아직도 너 혼자 사니 그렇게 행복하냐고. 사촌들 제 동생들도 모두 결혼해서 애가 둘이니 셋이니 했고, 언니네 애들도 십 대가 지나갔으니.

S를 생각하면 난 잠이 안 오는 거지. 나만 보면 그놈은 그놈대로 울화가 터질 테고. 난 나대로 불쌍해서 눈물 나고 시집 안 간다고 발악하며 공격하니 그 꼴도 보기 싫고. 인간은 동물이라고. 동물의 최상 본능은 자기 새끼 키우며 사는 거야. 제아무리 잘난 인간이 철학이니, 예술이니 이성 등을 따져 물어도 동물의 본능대로 살아야 행복이라는 거지. 서서히 세월은 흘러가고 있어. 나의 본성도 사그러지겠지. 자식의 행복을 찾아주는 것도, 희미해지겠지. 깨달음의 책은 매사 초

월을 주장하고 있어. 모든 것을 비우고 한 차원 높게 초월을 하면, 스스로가 편해진다는 거야.

때가 되면 그 시기가 오겠지. 이야기가 딴 곳으로 새버렸네. 아무튼 난 죽을 때까지 S와 싸우면서 죽어가겠지….

이웃에 사는 친구네가 이사를 가려 하네.

오늘이 29일이니 12월도 오늘까지 3일 남았다. 2020년은 코로나로 모든 사람이 집에서 갇혀 살았지. 국가의 통제로 국민은 독재정치에 길들여졌고. 정권의 실책을 코로나 방역을 한다며 언론을 길들이고 법치를 불법으로 독재하는거지. 여당은 단독정치로 세금 나눠먹기에 혈안이 되고. 그들은 영원한 집권을 꿈꾸면서 달려가는 것이야. 우연히 유튜브를 봤어.

- 유시민 노무현재단 이사장이 25일 유튜브 방송에서 미국의 경제학자 헨리 조지를 언급하며 "더는 땅을 사고팔면서 부자가 된다는 생각조차 할 수 없는 세상이 됐으면 좋겠다"고 했다.

- 이에 대해 서울대 경제학과 선후배인 국민의 힘 윤희숙 의원이 "헨리 조지는 인간의 노력이 들어간 건물이나 토지 가치를 올리는 활동에는 세금을 매기면 안 된다"고 주장했다고. "참여정부가 이미 헨리 조지를 소환해 종부세라는 기묘한 세금을 만들었지만 부동산 가격은 기록적으로 상승시키는 실패를 초래한 바 있다"고도 했다.
- 윤 의원은 "헨리 조지의 사상은 '가치를 창출하는 경제활동에는 세금을 매기면 안 된다'는 것이고, '토지를 제외한 모든 세금은 철폐해야 한다'는 것이다." 재건축, 재개발의 초과이익환수 제도는 말하자면 헨리 조지의 사상과 정면으로 충돌한다'는 것이다.

유 이사장을 보면 거짓말의 대표이사로 생각이 들어. 그는 매사에 거짓으로 방송을 장악하고 자기는 대단한 존재로, 입으로는 악업을 짓는 진실자임을 말하는 자이니까. 그를 보면 소름이 끼친다는 생각이야. 학벌이 뭐가 중요하겠나. 그는 미국 경제학자 헨리 조지를 언급하며 앞머리는 잘라먹고 자기가 필요한 부분을 자기 이론에 맞춰 자기 이론이 맞다는 것인데…. 이 어이 없음을 어찌할꼬. 거기에 문빠들도 덩달아 맞장구를 치며 그 이론에 맞춰 법치를 세우고 정책을 세워온 나라가 먹통이 되어서 부동산정책이 더 엉망으로 되어가고 있으니, 서민만 죽어나는 꼴이야. 윤 의원의 지적으로 그가 얼마나 .엉터리 인물인가를 다시 확인했다는 것이지.

나는 이 기사가 통쾌해서 사진을 찍었고 곧 초대된 집으로 갔어.

그 집은 같은 동네에 살지만, 사는 모습이 달라. 현관 입구부터 잘 짜여진 유리 현관문이 우리를 맞이했지. 신을 벗고 유리문을 통과하면 백색 신형 바닥재가 거실과 부엌, 안방과 다른 방을 장식했어. 소파는 몇 년 전 우리가 봤던 주황색 소파가 아니네. 어, 다시 쿠션 좋은 신소재 블랙 소파로 바뀌었네. 소파 위에는 멋진 깔개와 등받이, 방석이 있네. 그것은 꽤 값비싼 것들이었네. 거실 옆 창가에 아담한 테이블과 멋진 화려한 의자. 궁궐에 있는 레이스 달린 테이블보 등이 아름다웠어.

장식장에 꽂힌 화려한 골프 사진들이 빼곡히 꽂혀있는데 그것은 어느 유럽의 귀족들이 날마다 파티를 하는 모습 같았어. 외국 여행 순방 사진, 사위와 딸, 친구네 부부가 세상 곳곳을 다니는 모습. 사진과 장식장에 어울리는 소품 등이 그 집의 품격이 보였어. 식탁 위에 덮인 아름다운 귀족적인 식탁보와 음식이 차려진 그릇은 우리네와 아주 달랐어. 귀족들이 쓰는 예술적인 그릇 세트는 미적인 아름다움을 만들어냈지. 그냥 멋있다는 감탄사가 나왔어. 냅킨도 예술적 그림이 그려졌지.

우리는 맥주를 잔에 붓고 축배를 들었어. 바깥에서 만날 수 없으니 집에서 만나는 것이 좋다며 번개팅을 가진 거지. 마침 우리는 해외여행을 위한 저축을 했는데 그 돈이 너무 많아져서 결산을 하게 됐고 그것을 기념으로 축배를 들은 거지. 그러면서 정치 얘기를 했고 현정권의 세금 정책을 욕했지. 그때 내가 찍은 기사를 읽으며 윤의원을 통해 유시민이 얼마나 나쁜 놈인가를 말한거지. 친구는

469

- 맞아요. 맞아.
- 그래요. 그래.

하며 맞장구를 쳤어. 난 심각하고 유이사장의 허위와 거짓으로 국민을 우롱하며 공산당식 이론법을 토지에 매겨 평등이론을 내 세워, 국가 것이라서 매매하면 안된다니 말이 되는가를 물었지. 그것들은 북한 공산당 수법을 적용하여 국가를 공산화하려는 것이라고 큰소리 치며 욕했지. 그들은 나보다 더 잘 아는 것처럼 대답했는데… 그 후.

- 자기네는 여기서 재건축하는 게 10년 더 있어야 한다는데….
- 이사갈 생각은 없는가?
- 난 그 기간을 기다릴 수 없어서 이사가는 것도 고려하는 것이네. 우리가 기다리다가 새집에서 살 수 없을 것 같은 생각이 있어서.
- 자네는 어떤가?
- 난 여기가 좋아 여기서 살다가 죽을 거야.
- 우리는 새집에서 살고 싶어. 재건축하고 살 시간이 없잖아?
- 그러기는 하지.
- 그래요, 재건축 기다리다 죽을 수도 있죠. 그럼, 할 수 없는 거지요.
- 우리는 외국에 있는 딸이 우리가 죽으면 재산을 팔아 돈을 챙겨 외국으로 떠나는 것은 아니라는 생각이 있어.
- 우리 옆집도 그랬어요. 어느 날 할머니가 돌아가시니까 딸과 아들이 와서 며칠 만에 아파트 팔아서 정리하고 떠났어요. 가기 전에 동해안을 여행한 후 우리 집에 커다란 생선 한 마리 사다 주고 갔어요.

- 그런 소리를 들으니까, 집값도 올랐고, 나이도 많으니 적당히 쓰며 사는 것이 좋겠고. 그래서 처음에는 속초나 강릉으로 이사 가서 거기에 사는 친구들처럼 살까 생각했어.

- 그런데 여기 주차장 문제도 어떻게 한다는 건지. 알 수가 없으니.

- 그런 거 신경 쓰지 마세요. 알아서 하겠지요.

- 난 새 아파트의 무인 시스템에 카드로 완벽하게 하는 게 좋아요.

- 그래요? 난 아날로그로 올드 스타일인 지금처럼 경비가 있는 것이 좋아요.

- 난 아니에요. 깔끔하고 완벽한 전자식이 좋아요.

- 난 새집에서 살고 싶어요. 전원주택처럼 넓고 편한 곳이 좋아요.

- 골프 치는 멤버가 판교나 광교 근처에 사는데, 그런 쪽으로 갈까도 생각 중이요.

- 한 친구가 강남에 집이 있는데 2년 동안 살아야 해서 이번에 이사 와서 2년 살고 그 집을 팔 계획이라 하더라구요. 그도 재건축 하려면 오래 걸리니, 팔아서 골프 치고 건강하게 살겠다 해요.

- 그런데 사장님네 이삼십 억 있다고 하셨잖아요. 그거 쓰고 살면 되잖아요.

- 예? 없어요.

- 난 여기서 그냥 편하게 살겠어. 교통도 여기는 좋고, 사람이 늙을수록 도심에 살아야 한다니까 여기서 죽을 때까지 살거야. 재건축도 우리 평수대로 지원하기를 바라. 더 큰 것도 필요 없고. 살다 남으면 새끼들이 알아서 챙겨가겠지. 죽을 때까지 재건축 못 해도 상관없고.

- 팔면 세금 문제가 클 것 같아.

- 15년 이상 살았잖아. 거기에 나이도 많고.

- 그래요. 이십 억 넘지만 세금이 일이억 정도 내면 그동안 다른 것 투자 한 거보다 낫지 않아요?

- 그렇지요.

- 아마 그동안 번 것보다 더 번 것 같은데요?

- 그렇기는 그래요.

시간은 많이 흘러갔어. 치킨에 맥주, 피자, 떡, 땅콩 등으로 파티를 한 거지. 친구 부인이 못 먹는 게 많아서 음식점에서 만나기가 어렵거든요. 거기에 코로나로 3명 이상 만나면 벌금이 300만 원이라며. 말이 되냐고요. 정치인들 집단으로 만나는 것은 괜찮고 국민은 그것들 법칙에 따라야 한다니, 웃기는 거지요. 골프도 3명 이상 치면 안 된다며, 4명이 골프 치면 코로나를 걸리고 3명이 골프치면 코로나가 안 걸린다니요, 이것도 말이 되냐고요. 저녁 9시까지만 식당이나 카페 등을 허용한다니, 그때까지 코로나가 안 걸리고 그 이후는 코로나가 걸린다니, 정말 웃기는 짜장면 아니냐고요.

우리는 시간이 늦어져서 집으로 왔어. 오면서 마음이 무거웠지. 서로 골프칠 때, 내가 김 사장에게 물었던 기억을 했어. '사장님네는 여기 이사올 때 10억이 있었으니 지금은 저축해서 이십 억쯤은 되겠지요?' '그걸 어떻게 알았어요?' 그랬는데. 오늘은 '돈이 없어요' 해서 의아했지. 그동안 그들은 너무 화려하게 산 것이야. 이십 년 동안 파출부 쓰고, 식사는 거의 사 먹었어. 골프 치고 일 년에 2번 여름과 겨울 한 달씩 태국에 가서 골프치고 살았어. 이십 년 동안 자동차 서너 번 외제니 뭐니 바꿨지. 집 수리 서너 번 자기들 취향에 맞게 고치고, 또

고쳤지. 가전제품도 품격있는 것으로 바꾸고, 소파 침대 간이 탁상 등도 신제품으로 멋지게 새로 교체했더라고. 골프채 새로운 거 나오면 바꾸고, 가방, 옷 등을 철철이 맞춰서 사 입었어. 외국 여행도 너무 자주 갔었지.

여기저기 유럽 이탈리아를 거쳐 영국, 프랑스를 다녀왔고, 다시 지중해 크루즈 여행이니 일본 여행. 또 다시 동남아 크루즈 여행 등을 수시로 갔었어. 그러다가 친구들이 일본 골프를 가자 하면 그쪽 일본 골프를 따라갔고, 그 친구들이 캐나다 골프를 가자 하면 캐나다 골프를 갔던 거야. 그들은 숨 막히도록 즐겁게 살았지. 그 사이 또 미국 딸네 집으로 여행 갔고 사돈네 불러서 며칠 몇 박을 파티하고 여행한 것도 그들이 모두 사비나 회사비로 비용처리 했을 거고. 그 다음 해에 다시 딸과 사위를 데리고 유럽 쪽으로 여기저기 여행 다녔잖아. 비용은 물론 부모가 모두 낸거고. 즐겁게 산 것이니 후회는 없을 거야.

이거 저거 따져보니 어느 집 갑부들보다 너무 너무 잘산거였어. 현금 100억 가진 남편 친구들 그렇게 못 살더라고. 이십 년 동안 함께 살았는데, 여행도 못 다니고, 옷도 절대 안 사 입어. 자동차 이제까지 한 번도 안 바꿨어. 오히려 그들은 짠돌이 같이 보이더라고. 그러나 자기 집 60억짜리 잘 지키고 살잖아. 회사를 가졌다고 회사 돈으로 마구 쓰던 사람들 회사 망하면 모두가 잠수하고 살아서 소통이 안 된다고 들었어. 그래도 이 집은 그렇지는 않은 거지. 여하튼 집을 팔아 이사는 가야 하는가 봐.

우리는 하루하루를 소중하게 낭비하지 말고 행복하게 살아야겠어. 그것이 답인 거야. 허세 부리지 말고 자기가 있는 대로 솔직히 사는 거야. 가진 것도 없으면서 많이 가진 것처럼 보이는 거 그런 것은 옳지 않아. 시기심으로 친구들에게 교만을 떨며 상대방을 비방하면 못쓰지. 어느 날 우리가 산책을 하러 현관 밖으로 나가는데 그 친구 부부를 만난 거야. 그런데 갑자기 그 부인이 우리를 보고, 50억은 돈도 아니라면서 말하는 거야. 난 아무 말도 안했어. 그냥 산책을 했어. 그러나 계속 50억은 돈도 아니라면서 돈 많은 사람이 많다고 강조를 하더라고.

나에게 그 소리를 하면서 우리가 마치 50억을 가진 것에 대한 비하적인 발언으로 나를 억누르려는 심보더라고. 그러거나 말거나 난 아무 소리를 안 했지. 산책을 끝내고 집으로 오면서 불쾌했지만 그렇다고 싸울 수도 없고. 그냥 지나갔지. 난 없으면 없는 대로 말하고 있으면 있는 대로 말하는 걸 좋아해. 어느 해 여름, 그 집 차가 BMW였는데 여름이 너무 더워서 세워둔 BMW 차에서 불이 나서 난리가 났지. 그 집은 한 달 동안 태국 골프를 가서 주차장에 차가 계속 서 있었어. 우리는 오며 가며 그 차를 보고 걱정했지. 제발 터지지 말라고 빌면서.

다행히 아무 일 없었고 그 친구네는 오자 마자 조금 있다가 새 차로 바꾼거야. 아무 일도 없는 거처럼. 나 같으면 그 차 때문에 고민했다든지, 어쨌다든지 말을 했을 텐데…. 그들은 솔직하지 못한거지. 좋은 거만 말하고 부정적인 것은 숨기고 사는 거지. 돈이 없어서 이사 가는 게 아니고 새집 살고 싶어서. 새집의 카드시스템이 자기는 좋아서 가야만 하는. 아이고 그런 내숭 이제 그만 듣고 싶어. 솔직한 것이 좋아 난. 우리는 언제 물 새듯 경제가 사라져서 힘들지 모르니까 조심하면서 살아야겠어. 다행히 나는 생산성 있는 삶을 사랑해. 만들어 먹고, 헌 것을 고쳐 쓰는 걸 좋아해. 새것을 버리면 죄 받는 거 같거든.

우리 집에 있는 물건은 거의 20년 이상 된 거야. 성한 것이 없어. 발 닦는 것도 20년 넘었어. 냉장고, 가스대, 전자레인지, 세탁기, 이제 텔레비전, 소파, 식탁, 골프채, 장롱, 이불 등은 30년 이상, 새것이 없네. 꽃은 죽으면 새로 사지. 냉장고 문짝이 덜컹거려. 그런데 냉장고 AS 하는 사람이 부르지 말래. 가스는 수동 가스불로 불을 당겨서 불을 붙여. 자동차 수시로 에어컨, 난방 안 되면 수리해서 쓰는거고. 이번에 여자 동생이 만두 해 먹는데, 언니 제발 냉장고 좀 바꾸라고 했어. 멀쩡한데 왜 바꾸냐고 했지. 동생은 서너 번 바꾸었거든. 언니는 남한테 잘하면서 그런다고 난리를 쳤어. 제발 남한테 잘하지 말고, 냉장고나 바꾸래. 나는 냉장고가 아직 멀쩡한데….

그래서 난 양가 부모들 요양비, 생활비에 잡비, 새끼들까지 돈이 나간다고 말했어. 멀쩡히 자가로 사는 사람이 없으니까. 왜 현대그룹 회장이 돈이 없어서 구두 밑창을 구두수선 하는 사람에게 수선하며 살았는지 나는 이해한다고 말했지. 내 여동생도 고개를 끄덕거리더라고. 나가는 구멍이 너무 커서 내 것을 챙길 수 없는 거라고. 우리는 이미 퇴직한 지가 오래된 사람이었어. 그런데, 나의 인생은 말이다. 죽는 날까지 최선을 다하며 사는 것이 훌륭한 것이라 생각하고 그냥 사는 것이거든.

*

새벽에 잠이 안 오면 가까이 있는 책 아무거나 그냥 읽어.

- 저 너머 피안의 세계 -
- 평범한 마음은 항상 더 많은 것을 가지려고 한다. 은유적으로 말하면 평범한 마음은 끊임없이 먹는다. 사물뿐만 아니라 사람까지 잡아먹는다. 평범한 마음은 식인종이다. 남편은 아내를. 아내는 남편을. 친구들은 친구들을. 부모는 아이들에게. 아이들은 부모에게. 평범한 마음의 모든 관계는 타인을 완전히 흡수하는 것으로. 그것은 일종의 잡아먹는 행위다.

- 그 다음 종교는 비범한 마음을 가르친다. "베풀어라. 나누어 줘라. 기부하라" 평범한 마음은 불행하다. 항상 더 많은 것을 요구하고 갈망하기 때문이다. 비

범한 마음은 항상 행복하다. 더 많은 것을 요구하지 않고 베풀기 때문이다. 그러나 주고 싶은 욕망이 일어나고 그것을 할 수 없어서 슬프다.

- 불교와 자이나교, 도교는 세 번째의 마음을 창조했다. 그것은 "무심(無心)"이다. 그들은 초연함을. 그리고 무소유를 설파한다. 그들은 행복하지 않고 불행하지 않다. 그들은 무심한 상태로 쉬고 있다. 침묵을 느낄 수 있다.

- 틸로빠는 이 세 가지 상태 모두를 넘어선다. 범주로 분류하기 힘들다. 틸로바는 사물이 아니라 그대 자신이다. 그대 자신 안에서 쉬어라. 줄 것도 없고, 받을 것도 없다. 무관심할 대상도 없다. 오직 그대만 존재한다. 그것은 여유로움과 자연스러움이 활짝 피어나서 이런 상태가 온다. 그것은 차이점이 미묘한데, 그 구분에 대해 명상하고 이해하도록 노력하면, 삶의 길 전체가 분명하게 보일 것이다. 그 다음에는 아주 쉽게 여행할 수 있다.

이해할 수 있을 것 같기도 하고 전혀 이해할 수 없기도 했어. 핵심은 나 자신의 안으로 들어가라는 말 같은데. 인간의 본능을 구분해 주는 말은 나에게 충격적이기도 하고. 우리는 대부분 소유욕이 강하잖아. 무조건 더 많이 가지고 싶은 것이 본능이라 했는데. 그것을 종교적으로 인간의 마음을 바뀌게 한 것이 베풀어라 였다니. 그래야 선한 사람이며, 복을 받는다고 가르쳤겠지. 불교에서는 무소유를 가르치고. 그 다음, 그런 모든 것을 초월한 것이 지복의 상태로, 자신의 존재를 가장 깊이 경험했을 때 오는 상태라고. 아무튼 나에겐 어려운 부분이야.

오늘이 2021년, 1월 5일이니 어제는 새해의 시작 날이지. 연휴에 토요일 일요일이 다 끝났으니. 우리는 12월 31일, 콘도예약 추첨에 당첨되어 모든 식구가 홍천 스키장으로 놀러가기로 했어. 남동생네, 여동생네, 우리 딸네들. 합해서 10명 이상이었어. 거기서 샤부샤부 끓여먹고, 삼겹살 구워 먹자 했는데. 갑자기 코로나로 국가에서 5명 이상 만나지 말라고 명령을 내렸고. 콘도에서는 주민등록표를 가져와서 한식구 3명 이상은 안 된다는거야. 웃기는 나라가 됐지. 3명은 콘도가 안 걸리고 4명이 있으면 걸린다는 거냐고.

골프도 3명은 되고, 4명은 안 된다는거지. 이놈의 정치가 놈들이 우리나라를 공산화짓거리를 해요. 문빠들이 환장을 한 건지 저들은 몰래 와인 파티를 하고 어디를 가고 난리를 치면서 국민들을 쪼이는 것이 웃기고 난리를 친다니까. 그것들이 얼른 이 나라가 사라지기 전에 폭망해야 되는데. 모두 다 사형감들이지. 원전 철폐하고 자영업자 다 죽이고, 4년 동안 적폐 청산으로 대통령들 다 감옥에 넣고, 세금 뜯어다가 자기 것들 몰래 빼먹고 인심 쓰면서 국민에게 나누어주며 별별짓을 다하고 놀아나는 거지.

정권 말년이 되면서 온갖 악행이 드러나니 그걸 숨기려고 법치를 망가뜨리면서 다시 정권을 잡겠다고 발악을 하는 거야. 나랏돈 다 잡아먹어서 나라 빚은 몇백조를 쓸어먹고. 조 단위는 그것들 돈도 아니라니까. 문빠들은 문재인 대가리가 깨져도 문재인이라 그들의 이름이 대깨문이라더니. 뭐, 어쩌겠어. 문빠들을 좋아해서 국민이 뽑았으니. 나라는 더 계속 추락하고 있는 거지. 어리석은 국민들이 문빠를 계속 찬양하고 있으니 나라가 더 망가져야 정신 차리겠지. 문빠네 권력자들은 돈 챙기고 다음 권력을 유지하려 악을 쓰고 있는 거고.

우리들이 정신차려야 하는데 선거인 중개자인 야당은 어떻고 그것들도 자기 신분 유지하고 적당히 여당에게 손잡아주며, 자기 몫 챙기는 꼴이니. 그것들이 사람이냐고. 그놈들이 더 나빠요. 옳은 소리 한 번 안 하고 그 뭐냐, 이중 간첩질하듯 김종인이라는 대표, 그놈도 나이 80세에 딴짓하며 여당에 손잡고 있는 꼴은 역사의 심판 받을 놈이야. 그런데, 왜? 내가 정치판을 읽으며 속 터져 하는지 모르겠네. 난 정치에 관심이 없다고. 그런데 세금을 뜯어가는 정치가들이 정말 미친다니까. 이번에도 집이 두어 채 있다고 오천 만원을 뜯어가는 거야.

내가 집값을 올려달랬냐고. 그것들이 정치를 잘못해서 강남 집값을 올려놓고 완전 강탈을 해요. 그런데 그 다음해는 3배로 올려서 세금을 일억 오천을 뜯어간다니. 이것들이 사람이냐고. 집을 팔 수도 없어요. 세금이 60%이니까. 친구 하나가 대지 많은 일반주택인데 세금 때문에 사는 집을 팔 수밖에 없는 거야. 거기에 우리는 퇴직자잖아. 그래서 팔았어. 53억에 팔았는데 세금이 28억이래. 세금 내고 남는 거가 없다더라고. 얘네들이 이제 강탈자야. 이것들이 돈 한 푼을 벌어봤냐고. 평생 운동권으로 남의 것 뺏어 먹는 자들이 정권을 잡은 거잖아.

이것들이 국민을 속이고 세금 나누어주면서 가난한 사람들 쌀 사주고 용돈 주며 부자 놈들이 나쁘다고 선동질하는 꼴이 완전 빨갱이 짓거리지. 어리석은 서민들은 보태주는 것이 좋아서 문빠들을 찬양하고. 그것들은 나라를 팔아서 김정은에게 바치고 싶어서 안달 나고. 진보주의가 아니라 완전 빨갱이들인 거지. 그것들이 공산주의를 만들어 시진핑과 공조하고 김정은과 공조해서 영원한 권력을 소유하겠다는 거지. 거기에 동참하는 것들이 언론사와 방송사이고. 촛불시위로 정권을 잡았는데, 시진핑이 공산당원을 특파하고 차이나 머니를 뿌렸으니 시진핑 형님을 한국에 모셔오려고 문재인이 안달을 하는 거고.

김정은이가 생각만큼 미국의 감시로 문재인에게 돈을 뜯어 낼 수 없으니까 지랄발광을 하는 거고. 문재인은 온갖 것을 다 갖다주려 해도 미국 때문에 주지를 못하는 거고. 거기에 미국 검은 세력들이 트럼프를 몰아내고 바이든을 세워서 허수아비로 만들고, 기득권층 세력을 유지하려고, 중공 공산당원을 대동하고 차이나 머니를 뿌린 거고. 그것을 알아차리고 트럼프가 부정선거를 고발했는데, 검은 세력과 한통속인 바이든 세력들이 트럼프가 선동을 해서 국가를 망치려고 한다는 거지. 그리고 그 세력이 트럼프를 탄핵하려는 거고.

검은 세력들이 자기네는 정의이고 트럼프는 반역이라고 떠들어 대는 거지. 한국 언론도 바이든 편을 들어서 트럼프가 반역이라고 떠들고. 정말 웃기지? 역사는 승리자가 정의로 기록되는 거고. KBS 뉴스에서 트럼프가 반역으로 몰아가며 대담하는데 저것들이 인간이여? 하며 TV를 껐다니까. 내가 보고 있는 조선일보 그것들도 미국 특파원이라면서 트럼프를 반역자로 몰아가고 있더라고. 부정선거를 이용해서 당선인이 된 것은 부당하다고. 어째서 그것이 옳은 것이냐고. 미국에서 결국 검은 세력자들이 평생 정치를 이용해서 잘 먹고 잘 살았는데 영원히 그렇게 하겠다는 거지.

미국이 무슨 자유 민주주의 나라여? 이번에 미국이 얼마나 썩은 나라인가를 확인한 거지. 트럼프가 없었으면 미국의 썩은 실체를 알 수가 없었던 거야. 오바마, 힐러리, 클링턴 등은 돈 먹은 거문 그림자들의 하수인인 거야. 지금도 펜스 부통령도 마찬가지고. 트럼프를 엿 먹였잖아. 사실 정치인들은 모두 썩은 놈인 것은 알지만. 미국이 중공 공산당원들과 결탁하는 것은 웃기는 일이잖아? 대국이 그런데 소국인 우리나라는 어떠겠느냐고. 중공을 끌어들여 패권을 당연히 잡으려 했고 그렇게 한 거지. 그래도 전 정권은 중공을 끌어들여 패권을 잡고 그러지는 않았는데….

이번 정권을 잡은 것들은 패권을 잡으려고 온갖 것을 중공에 퍼주기로 하고 손잡았겠지. 태양열 패널을 중공 것으로 해서 팔아먹었잖아. 온 천지가 쓰레기로 변했잖아. 타고 다니는 전동킥보드 그것도 중공 것으로 전국에 뿌렸잖아. 젊은것들이 좋다고 타고 다니는데 제 호주머니 돈이 중국으로 달아나는 것도 모르고. 원전도 가져가라. 너네 필요한 거 다 가져가라고 했잖아. 국민은 그것도 모르고 정부에서 쌀 주고 용돈 주니, 문재인 찬양! 문재인 찬양! 외치고 있는 거고. 나라가 썩어서 어디로 갈지 모르는데.

머릿속에 있는 욕을 하니 속이 시원하네. 요즘 문재인 욕하면 잡아가서 감옥에 넣잖아. 문재인 빨갱이라 했다고 그 뭐냐, 어떤 목사 감옥에 갔다가 이번에 살아와서 다행이지만. 문빠네 판검사 웃기잖아? … 세상이 요지경이라니까. 난 정치 쪽에서 멀어지고 싶어. 그런데 자꾸 눈에 보이고 밟혀서 힘들어 죽겠다고. 거기에 동창들 중 문빠를 보면 내가 미친다니까. 그것들 나라 팔아먹을 한통속이니까.

*

친구집에 모여라.

아직도 친구 남편은 일을 하고 계셔. 그 덕에 나는 심심하면 3012번 버스를 타고 그네 집에 가거든. 남편과 24시간을 365일 지낸다는 것은 힘에 겹다는 생각이 있기도 하고. 그 친구 이름은 박 실장이야. 박 실장은 마음이 후덕하고 남에게 헌신적이며 마음이 따뜻해서 좋아. 그는 수시로 친구들을 모아 밥을 해줘. 이 친구는 가여워서. 저 친구는 너무 몸이 안 좋아 못 먹어서. 동네 할머니가 팔이 부러져서.

아니면 허리가 아파서. 그는 수시로 김치를 담가서 나누어줘. 박 실장은 손맛이 좋아. 김치의 달인이지. 온갖 야채를 사다가 자기 취향에 맞게 음식을 만들어 먹어.

길거리에서 파는 할머니 야채 나물은 무조건 모두 사다 놓지. 할머니 것을 팔아주고 싶어서. 박 실장은 자비심이 많아. 타고난 거지. 불쌍해서라는 말을 입에 달고 사니 그는 전생에 부처님 아니면 예수님이었나 봐. 그러다 보니 돈도 많이 떼어 먹히더라고. 돈도 못 받았는데 친구가 아파서 죽었어. 그 친구가 죽으면서 미안하다고 했다니까. 박 실장이 있어, 내 인생이 화려하고 행복해져서 좋아. 이번에도 박 실장은 친구들을 모아서 자기네 집에서 우리끼리 신년회를 한다고 해서 그의 집을 갔지. 박 실장이 부르면 난 신이 나는 거야. 뭘 만들어 가서 맛있게 먹을까를 생각해.

내가 건강하니까 그런 생각이 들어. 아프면 하고 싶어도 못 하잖아. 그런 마음이 들어서, 어떤 때는, 나 스스로를 칭찬하고 싶다니까. 난 그런 마음이 항상 들어서 열심히 음식을 만들 수 있으면 좋겠어. 그것이 행복이니까. 우선 푸줏간에 가서 간 돼지고기 1.5킬로를 사왔어. 거기에 파, 마늘, 양파, 버섯, 브로콜리 등을 다져서 소금, 후추, 올리브유를 넣어 치댔지. 오래 치대서 종이 호일 위에 김밥처럼 그 고기를 넓게 폈어. 그 위에 가지를 썰어서 얹었어. 다시 그 위에 토마토를 썰어서 얹고 올리브유와 소금 후추를 뿌렸지. 마지막으로 그 위에 피자치즈를 올렸어. 그것을 프라이팬에 올려 불판에 놓아 구웠어.

삼십 분을 기다렸어. 치즈가 다 녹았지. 구수한 냄새가 났어. 그것을 식혔지. 다시 옥수수빵도 가져가고 싶은 거야. 먼저 그릇에 옥수수 가루에 강력분 밀가루를 섞었어. 거기에 베이킹 파우더, 설탕, 식초, 올리브유, 달걀, 우유, 두유, 효모균, 소금, 호두, 초콜릿, 살구 등을 섞었어. 대충 넣었어. 수분이 부족해서 물을 첨가하고 반죽을 했지. 반죽한 것을 종이 호일을 깔고 둥근 팬에 넣었어. 30분을 구웠어. 그런데 속이 안 익은 거 같아서 30분을 더 구웠어. 그리고 식혔는데. 수분이 너무 말라서 빵도 아니고 비스킷도 아닌 어정쩡한 음식이 된 거야. 그래도 먹을 수는 있는 거지.

일단 모두 음식을 가방에 넣어 친구 집에 갔거든. 각자 친구들은 신이 났어. 그들은 과일, 김, 떡, 약과, 고구마 튀김 등을 가져왔고. 우리는 식탁에 앉아서 커피를 마시며 잡담을 했지. 조금 있다가 예전에 내가 준비해 간 만두 거리를 박 실장이 신년회에 먹겠다고 숨겼나 봐. 그것을 꺼내 우리는 만두를 빚었어. 누가 더 잘 빚느냐고 떠들면서 우리는 만두를 빚었어. 박 실장은 만들어진 만두를 모두 냉동실에 얼렸어. 박 실장은 친구들에게 점심으로 2개씩만 먹으라고 삶아주고 내가 만들어 간 고기 피자를 한 조각씩 접시에 놓아주었어. 그리고 반주로 막걸리를 한 잔씩 주고 축배를 들었지. 그리고 빵과 과일, 약과에 커피를 마시고 즐거운 음악 여행을 했지. 가곡 채동선 작가의 삶을 쫓으며 벌교의 일본식 여관을 구경했어. 기타 음악 소리를 들으니 영문과 친구가 생각났어.

그 친구는 음악을 좋아했어. 그가 있는 곳엔 항상 음악이 있었지. 팝송과 클래식, 가곡, 발라드 등을 그와 함께 나도 즐겼어. 지금 생각하니 그가 있었기 때문에 내가 음악을 즐긴 거야. 우리 주변에 그만큼 음악을 좋아하는 사람은 없었거든. 오히려 만나면 음악이 시끄럽다고 핀잔을 주는 친구들이 많은 거야. 그런데 살아가면서 음악은 정말 없어서는 안 되는 필수품인데…. 그가 있으므로 음악을 즐길 수 있었고 사십 년 이후 아니 50년 이후에도 음악으로 추억을. 그리고 아련한 젊음의 추억이 머릿속을 장식하더라고.

그 친구는 어느 해부터 연락이 두절됐어. 난 그가 좋아하는 음악이 나오면 그 친구가 생각났고 그에게 문자를 보냈지. 그러나 소통이 안 됐어. 오래전에 우리는 문자 소통을 했지. 오 년은 넘었을 거야.

- 잘 살고 있니? 가을 노래를 들으니까 너 생각이 난다.^*^
- 가을에 왜? … 난 평화롭게 평온하게 잘 지내고 있어. 공부도 하구^*^^
- 그래. 열심히 하시오 공부를.
- 고마워~~

- 카톡보다가 네가 없음을 알았어. 너 카톡 안 하는거야? 영어 공부만 하지말고
  핸드폰 카톡 좀 하시구료.
- 쓸데없는 일 같아서~~ 할 일이 넘 많아서. 의미 없는 일 아닌가벼. 지금 바쁘요,
  공부하느라.

- 그러시오.

- 감사해요

- 내가 동영상을 보냈는데 카톡이 아니라 동영상이 안 되어서 전화 했던 거야.

아직도 이 친구는 공부를 했고, 공부 때문에 바쁘다고하다니, 우리 나이가 얼마인데, 7학년이 넘어가는데, 특별한 사람이기는 하구나 생각했다.

*

아침에 내 안을 들여다봐야 했어.

식사 준비로 가스 불을 켰지. 냄비에 물을 붓고 남편에게 만두를 삶아 주려 했어. 가스 불이 잘 타다가 조금 있다가 불이 꺼지는 거야. 가스 불이 4곳이 나오는데 두 개는 작은 거고 2개는 큰 거야. 큰 것 하나는 망가져서 자동호크로 불붙이기 작동이 안 되는거야. 성냥을 켜든 손잡이 가스 불을 켜서 붙여야 되는 거고. 그런데 오늘은 잘되는 것도 불이 스르르 꺼지고 마는 거야. 남편에게 어? 불이 자꾸 꺼지네? 했더니 바늘로 가스 구멍을 뚫으라는 거지. 그전에도 그런 일이 있으면 그랬거든. 그 소리를 들으니 갑자기 내 안에서 화가 벌컥 쏟아지는 거야. 왜 그런 거야? 나에게 내가 물었어. 나를 쳐다보니 다소 화가 가라앉았어.

아마 20년이 넘었으니 이제 가스레인지를 바꿔야 되겠다는 남편의 말을 기대했나 보다. 그런데 수선해서 쓰면 된다고, 바늘로 가스 구멍을 뚫으라고 했던 말이 섭섭한 모양이었어. 난 반성했지. 요즘 극기 훈련을 안 해서 그런지 매사 짜증이 나나 봐. 난 힘들고 불편하고 아파서 몸을 못 쓰는 곳이 많지도 않은데, 그러면서 왜 매사 감사할 줄을 모를까. 내가 너무 편해서 그럴까 하는 생각이 들었어. 남편과 둘이 시간을 보내는 시간이 많으니까 내가 공연히 남편을 괴롭히려는 심사가 생길까. 나 혼자가 아니고, 나를 보필하며 함께 놀아줘서 고마워해야 하는데. 그런 심사가 사라진 거야.

코로나가 있기 전에는 테니스 치고, 골프 치고, 시간 맞춰 수영하면 하루가 다 가버렸어. 사이사이 밥하고 빨래하고 청소하기 바빴거든. 지금은 그렇지를 못해서 짜증이 생기는 것 같아. 둘이 공조해서 차 타고 이동하고 운동하며 친구들이랑 만나서 밥 먹고 하는 것을 못 해서일까? 남편은 참 대단한 사람이야. 24시간 집을 지키며 혼자 잘 놀아. 난 수시로 친구나 여동생을 만나서 밥도 먹고 시장 탐방, 백화점 탐방도 하며 즐겁게 사는 편인데. 그는 친구와 친척 그 누구도 만나지 않고 집과 집 주위를 돌며 사는데 조용하게 자기식대로 사는 거지.

수도자가 따로 없어, 그는 가끔 셋째 시동생과 통화를 하기는 해. 그 삼촌은 수원 아래 그 뭐냐 동탄에서 사는데, 집에서 혼자 있는 게 불편해서 텐트를 가지고 주변 야산에 간다는군. 그 야산에서 텐트를 치고 하루를 지내다 집으로 온대. 그 부인은 옆에 사는 딸네 집 애기들을 보러 가고. 둘째 아들은 회사 가고. 삼촌은 텐트 속에서 퉁소 불고 햇볕 쬐면서 그렇게 혼자 즐기며 산다네. 내가 너무 한가한가 봐. 무심으로 모든 것을 초월하며 깨달은 사람처럼 제 복을 느끼지를 못하는 거지.

그래도 어제저녁엔 잠을 설쳤어. 새벽 1시에 잠이 깼는데, 잠이 안 오는 거야. 처음엔 작은딸이 시집 못 가는 것에 대한 걱정, 그 다음엔 큰딸의 마인드가 내 취향이 아니라서 걱정으로 그것들이 어떻게 될까 봐 걱정 걱정… 그런데 40세 넘은 애들을 내가 왜 걱정을 해야 되는데? 그것을 벗어나려고 온갖 별짓을 해도 잠이 안 오는거야. 결국 작은 방에 와서 이 책 저 책을 뒤적이다 읽다가 다시 침대로 갔지. 눈을 감고 관세음보살을 읊조렸어. 갑자기 내 마음이 편안해지더군. 그리고 잠이 들었어.

난 아직 내가 어떤 존재인가를 탐색해야 하나 봐. 어떤 것을 좋아하고 무엇을 해야 하는지를 알 필요가 있는가봐. 어제 여동생을 만났어. 그동안 싸울 일도 있고 엄마 때문에 불미스러운 일도 있었지만 어제 우리 정서가 맞는 일을 찾은 거야. 지난주에 우리는 남동생 사무실에서 만났어. 우리는 함께 밥을 먹고 수다를 많이 떨었지. 여동생이 일을 잠시 쉬어서 답답하니까 일을 다시 하기 전에 만나게 된 거야. 형제가 같은 성씨를 가졌고 DNA가 같아서 비슷한 것이 많잖아. 여동생은 우리가 이렇게 형제간에 우애가 좋은 것은 첫째는 정직이야. 둘째는 언니와 내가 시간 약속이 칼같이 잘 지키는거라고.

물론 오빠는 시간이 흐리지만. 오늘도 오빠 사무실 간다했더니 언제 약속했냐고 물었어. 지난주에 약속해서 오늘 언니도 온댔는데, 왜 오빠는 모르냐는거지. 그날 갑자기 남동생은 사업자가 많이 와서 그 사무실에서 벗어나야 했고 여동생은 나를 데리고 이케아 백화점에 가자 했어. 우리는 전철로 석수를 가서 거기서 1-3버스 광명역 쪽으로 갔고 하차해서 백화점을 갔어. 스웨덴 가구 백화점인데 어마어마 했어. 대단하더라고. 여동생은 가구를 좋아하고 집 꾸미는 것을 엄청 좋아해. 나에게 언니네도 20년이 넘었으니 가구 모두를 바꾸라고 난리를 치지. 젊어서는 돈 없고 돈 버느라 바빠서 못하고, 늙어서는 귀찮아서 못 하고, 돈 아까워서 못 하는거지.

모두가 적정한 타임이 있는 거 같아. 사람이 늙으면 매사가 늙는 거 같아. 머리가 반짝반짝 안 돌아. 거기서 우리는 아이쇼핑을 하고 출구로 빠져나왔어. 두어 시간 산책을 한 편이지. 우리는 되돌아서 차를 타고 전철을 타고 집으로 돌아온 거야. 집에 오니 저녁 6시가 되었어. 여동생과 여기저기 쏘다니는 게 맞는 거 같았어. 둘의 정서가 맞는 거지. 필요할 때 시간 맞춰서 시장 탐방, 빌딩 탐방하는 것은 재미있는 일인 거야. 건축가 유현진의 말 대로 유럽의 골목 상거리가 인간에게 새로운 볼거리를 보여주는 좋은 여행지가 된다는 것처럼.

이것이 바로 내가 나를 발견하는 것이라는거지. 백화점을 돌아다니
면서 동생은 서울집에 새로운 세입자가 온다고 계약체결을 했어. 내
가 얼마에 오느냐고 물었어.

- 2억쯤 더 받으려고 내가 더 받을 수 있는데. 언니 난 많이 받으면 물어주니까
  싫어. 이번에 2억 올려 받아서 아들들에게 대학 졸업했으니 1억씩 주고 서로
  부모 자식 돈거래를 끊으려고. 이제 알아서 장가를 가든 안 가든 맘대로 하라
  고. 지금 전세를 각자 살고 있으니까.
- 그래, 그것도 좋다. 너 애들 독립 잘 시켰네.

나도 작은딸을 그래야 하는가 생각해봐야겠다고. 지금 오피스텔
사는데 오피스텔 하나 사주고 퉁 치고 말아야 하는지. 그럼 반월세
자기가 알아서 저축을 하든 어쩌든지.

- 넌 나보다 똑똑하구나.
- 언니는 마음이 여려서 그래. 빨리빨리 정리하는 게 애들을 독립시키는 거잖아.

각자 주특기가 있고 부족한 것을 각자가 지니고 있는거 같았지. 사
람마다 어디에 초점을 두고 중요한 가치를 두는지는 각자가 알아서
하는 거지. 여동생과의 단둘이 만남에서 나는 신나는 것 같은 것을

발견했어. 내가 하고 싶은 것을 여동생도 좋아했다는 거야. 내가 어디 가고 싶다 하면 여동생은 그래 가자, 언니 하더라고. 남편에게 어디 가고 싶다하면 그것은 생각할 문제였지. 그리고 어느 날 그 말은 사라지고 어둠 속으로 가 버리는 거지. 다음주에 우리는 남대문 시장을 탐방하기로 했지. 우리는 만나서 여기 저기 다니면서 구경하고 맛있는 거 사 먹는 게 즐겁더라고.

이제 우리는 계속 날을 잡아서 탐방을 하면 좋겠다는 생각을 했지. 물론 시간의 제약이 있겠지만. 사실, 제부가 없고 남편이 없으니까 얼마나 자유스러운지 몰라. 마음도 편하고 우리 맘대로 해서 좋아. 남자들은 그 나름 또 다른 생각이 있고 그들은 감정이 무겁고 힘들고 느리고 조용하잖아. 여성은 감정이 가볍고, 빠르고, 반짝반짝 빛이 난다고 할까? 여하튼 남성들보다 편하고 자유스러운거. 이번에 그런 생각이 들었어. 좋은 친구들도 그렇기는 해. 그러나 시간 제약과 거리 제약이 있어. 더구나 코로나로 어르신들 조심하라 하니 자유스럽지가 않아. 여동생은 나보다 나이도 젊고 매사 빠르니까 난 그를 잘 따라다니면 되고. 내 새끼들과 시장 탐방 해본 일이 없어. 그게 안 되더라고. 그러나 여동생은 모든 것이 잘 되서 좋아. 그를 통해서 내가 뭘 좋아히는지를 찾아봐야겠어.

집으로 와서 식사를 하며 외인을 마시며 남편에게 얘기했지.

- 작년 망년회로 우리집에서 가족 모임을 갖고 파티를 했을 때, 우리집 큰딸이 이모랑 숙모랑 여럿이 있는 데서. 자기는 시집갈 때 엄마가 해 준 게 없다며 질질 짜며 말했어. 자기는 유학도 안 가고, 돈이 적게 든 싼 여자라고. 그때 내가 다시 그에게 말했지. 그 당시 난 너에게 차를 사서 보낸 사람이라고. 나에게 큰 돈이었다고. 우리가 공무원이었는데 그렇게 한 사람 없다고.
- 지금 생각하니 이모네는 말단인데, 이번에 전세금 2억 올려 받아서, 사내아이들이니(대학 졸업도 했고) 1억씩 주고 저희들이 장가를 가든 안 가든 부모와의 거래로 퉁치겠다고 한 것을 큰애가 들었던 모양이야. 그래서 그렇게 울고불고한 거 같아.
- 걔가 영리하고 똑똑한 거 같아. 나도 아무래도 언제고 전세비를 올려받으면 큰딸이랑 작은딸에게 일억씩 주고 퉁쳐야겠어. 저희들이 돈을 낭비하든 말든 저희들 마음대로 살라고.
- 그럼 세금을 내야하는데?
- 당연히 내야지. 자기네 부자 친구들은 손자에게도 세금 내고 1억씩 줬잖아. 우리 애들은 40세가 넘었다. 늙어서 돈 주면 고마워 하지도 않아. 저희들도 늙었으니까. 그리고 여동생네 애들은 20대라고.

남편은 못마땅한 얼굴로 입을 다물었지. 그러거나 말거나 나의 얘기를 전달했고 나는 다시 나의 셈법을 공부하며 고민을 했어. 우리는 칠십이 넘어 집값이 올라 1억이라는 숫자를 생각해봤는데, 요즘 돈이 흔해 빠졌는지 젊은 애들이 돈을 무서워하질 않아. 강남이라 부모가 부자라서 돈 이야기를 많이 들어서 우리 애들도 여러 가지를 생각할 수는 있겠지만. 여하튼 즐겁지 않은 이야기였어. 여동생이 제 아들 연애해야 한다고 돈을 빌려 작은 차를 사줬을 때도 난 놀랐으니까. 생각이 다르지만, 어쨌든 애들이 연애를 잘하더라고.

엄마가 고리타분해서 작은딸이 연애도 못 하고 결혼도 못 한다는 생각. 이제 그런 생각도 지겹고. 내 인생이 아니니까 모르겠다는 생각을 하기로 했어. 작은딸 결혼에 대한 생각으로 꽉 차면 밥을 먹을 수가 있나. 잠을 잘 수가 있나. 고민 고민하다가 머리가 터지려 한 세월이 10년을 넘었어. 그런데 어쩌겠어. 결혼할 놈이 마음을 가져야지 옆에서 백날 잔소리하고 싸워도 감정만 사나워지는 거지. 이제 포기하니까. 그러다가도 다시 결혼문제에 집착하면, 또 잠 못 자는 일이 벌어지고 날을 새운다니까. 그럴 때 기도를 해요 나를 잠 재우려고, 관세음보살을 입으로 읊조리며 나를 달래보려고.

이런 게 인생이겠지. 여동생은 나에게 이렇게 말해.

- 언니 자기 친구 혜경이가 그의 아버지가 옛날에 군수 였기 때문에 잘 살았잖아. 영문과 나왔는데 시집을 안 갔어. 평생을 부모와 지금까지 살잖아. 혜경이 이제까지 돈을 한번도 벌지를 않았어. 아빠 연금으로 3명이 사는 거야. 어느 날 자기가 돈을 벌고 싶대. 그런데 지금 나이가 59세잖아. 내년이면 60세 환갑이라고. 그에 비해 ㅅ이는 아주 좋은 거라고. 학원 선생하고 있잖아.
- 100만원짜리 인생으로 평생 살아야 하니까 그도 걱정이고 불쌍한 거지.

- 언니 그래도 혜경이보다 낫잖아.

- 그래 맞다.

- 그리고 그 똑똑한 40대 여자 판사가 과로로 죽는 거보다 나아.

- 그래. 인생이 그런 거니까.

- 우리 형제가 이정도 밥 먹고 사는 것이 고맙지.

요양원에 계신 어머니는 수시로 우리에게 전화를 했지. 남자 동생에게는 날마다 시도 때도 없이 전화를 하고, 여동생에게는 떡 사 와라, 뭐 사 와라, 그게 먹고 싶다며. 나에게는 꼼수를 부릴 때 전화를 하신다고. 이번에는

- 야, 나 아무래도 막내에게 돈 천만을 받고 싶은데 이게 내 돈을 안 주는구나. 그 것이 아르바이트해서 돈 이백만 원은 넘게 받을테고 큰 아들이 졸업해서 얼마, 작은아들이 얼마 수월찮이 돈을 모았을 텐데 내 돈을 안 주네. 네가 돈을 쓸 곳이 있어서 달라고 해야겠어. 네가 내 요양비를 다 내니, 난 그 돈 받아서 너를 주고 싶어.

- 내가 낼 테니 제발 그러지를 마셔요. 엄마 죽고 나서 형제 이간질이 되어 싸움 붙이지 말고요.

- 난 그 돈이 받고 싶은데.

- 엄마 아들 돈 다 줬는데 그 애 좀 줬다고 생각하시라고요.

- 예전에 천만 원 줬는데. 냉장고 산다고 50만 원도 주고. 또 뭣을 한다고 돈을 줬는데?

- 남들은 돈이 많아서 집도 사주는 부모도 있으니까.
- 내가 어떻게 너네를 키웠는데…
- 엄마 물론 훌륭하셔. 그런데 엄마가 지금 93세야. 대한민국 엄마 나이에 아들 딸 전화하며 큰소리치는 사람 아무도 없어. 그러면 안 되는거야. 잘난 우리 시어머니도 90 넘어서는 전화를 안 하셔. 당신 돈 달라고 할 때만 전화하셔.
- 난 네 것들한테 돈 안 달라잖아.

그리고 엄마는 화가 나서 전화를 끊었다. 한참 시간이 흘러갔다. 당신이 화해하는 뜻으로 다시 전화를 했다.

- 야, ㅊ손자가 돈 일억을 벌었단다. 빵 팔아서. 장하더라. 그러니 네가 걔 집 좀 사주거라.
- 그 애 말도 하지 마세요. 그거 내가 집 사서 불려준 거잖아요. ㅊ이 이천 얼마를 내고 내가 불려서 육칠천 만들어 준거라고요. 빵 팔아서 언제 일억을 만들어요.
- 그런 거구나.

그렇게 전화는 끊어졌어. 인생은 무엇인가? 서로의 관계가 아닌가? 다시 더 생각할 고민인 거 같아. 어머니가 나에게 전화를 할 때만 받기로 마음 먹었지만, 내 마음은 서글프고 어머니가 불쌍해서 마음은 항상 짠해졌다.

*

극기 훈련을 위해 아파트 뒷산을 갔는데…

아직 다리가 아프지만, 해를 넘겼으니 걸을 수 있다고 생각했지. 일요일이라 삶이 지루하니까 등산복을 챙겨입고 뒷산을 걸어보자고 남편에게 말했어. 발걸음이 느려서 다른 사람보다 두 배로 시간이 걸리니까 점심 때가 넘을 수도 있을 거 같았어. 대충, 달걀 삶은 거와 남은 빵조각, 커피, 대추차, 귤 몇 개를 챙겨서 배낭에 넣고 천천히 살살 걸어서 올라갔지. 처음에는 힘이 났고 걸을 만했어. 날씨는 화창했고 햇빛이 찬란하니 상쾌한 마음이 그렇게 행복할 수가 없데?

우리가 20분쯤 걸어서 몽마르뜨 공원까지 왔어. 화장실에 들러 밖으로 나왔지. 햇빛이 찬란했고 서래마을이 나무 사이로 한눈에 보였어. 2020. 1. 17. 찬란한 햇빛을 기억하기 위해 날짜를 따져본거야. 작년의 햇빛이 아니었어. 12월의 햇빛은 침침한 회색빛이었거든. 그런데 갑자기 찬란한 햇빛과 더불어 나에게 행복이 밀려오는 거야. 그냥 기쁘고 가슴이 벅차면서 행복하게 기쁨이 일어나더라고. 그러면서, 깨달은 자들이 말하는 지복이 이런 것인가, 생각했어. 이런 기분일 거 같았어. 그리고 우리는 발걸음을 옮겼지.

할아버지 쉼터에서 잠시 쉬고 오르락내리락 산자락을 따라 이동했어. 아파트가 나오고 다른 산줄기를 따라 오르락 내리락 하며 걸었어. 가다가 힘들면 벤치에서 쉬었지. 청권사 쯤에 왔을 때 다시 돌아 산자락을 따라 내려오는데 갑자기 다쳤던 다리 심줄이 엉키면서 통증이 왔어. 비탈에 쉬면서 무릎관절을 안정시켰어. 걸을 수가 없었어. 그래도 걸어야 했어. 산에서 어쩔 수가 없었지. 간신히 왼발 안쪽을 디디면서 천천히 통증을 완화하며 걸었어. 그래도 어쩔 수 없을 때는 벤치에 앉아서 쉬었지.

시간은 흘러갔고 나는 다리의 통증을 가지고 산을 올라갔지. 작은 정자가 있는 꼭대기 벤치까지 올라왔어. 거기가 우리 집까지 반이 되는 곳이야. 거기 벤치에서 간식을 먹고 쉬다가 걸었는데. 정말 갈 수가 없는 거야. 까마득하다는 생각이 들더라구. 한숨만 나왔어. 남편에게 말했어.

- 나 너무 아파서 걸을 수가 없어, 아무래도 이 길로 내려가서 택시를 타고 가야 겠어.
- 그냥 나를 짚고 걸어.

내 안에서 화가 났어. 어떻게 할 수가 없었어. 난 말을 안 하고 가만히 서서 있었어. 속으로 남편을 욕했지. 웬 남자가 저 모양이야. 나 같으면 남편이 아파서 못 걷는다면 차를 만들어서라도 가져오겠구만. 사실은 내 위치가 있는 곳은 정자 쪽으로, 넓은 아스팔트 도로가 깔려 있어서 택시가 올 수 있을 것 같아서 한 말이었거든. 그런데 남편은 산 쪽으로 내려가는 거야. 자기가 나를 업고 갈 수도 없으면서. 그리고 내가 지금 두 개의 스틱으로 걷는 것이 어려워서 그런데. 아이고.

　화를 식히며 나는 걷기 연습을 시도했어. 눈을 찌그리고 이를 깨물며 걸었지. 도저히 힘들어서 어쩔 수가 없으면서 걸었어. 한 발자국 걷다가 다리를 굽혔어. 일어나서 다시 굽히기를 하고 걸으니 좀 통증이 사라졌어. 그렇게를 반복하며 오랜 시간을 거쳐 집에 도착했지. 그 사이 난 남편을 미워하다가 다시 마음을 잡아 고마워했지. 남편의 고집으로 어쨌든 통증을 참으며 다리 근육 운동을 했으니 말이다. 집으로 돌아와서 뜨거운 물에 근육 통증을 달래고, 약을 먹으니 걸을 수 있었어. 이제는 걸어만 다녀도 성공이라는 것이라네. 화를 참아서 좋아지는 것도 있다는 것이고. 젊어서는 화를 품어내야 스트레스가 없어져서 암에 안걸리고 산다고 했는데. 그것도 아닌가 봐. 잠시 참고 지나가면 어려운 것들도 아무 것도 아닌 것이 되는 거야.

　이제부터 무슨 일이 일어나면 그 일을 두고 시간을 만들어서 거리를 두는 거야. 기쁨이든 슬픔이든. 그것은 화가 날 때, 화를 가라앉게 할 것이고, 기쁨은 기쁨을 자제하여, 그 기쁨을 오래 즐기게 하는 힘이 있을 것 같아.

딸의 전화는....

　오랜만에 흥분해서 큰딸이 전화했어. 사기 전화로 시달림을 받아서 고통을 받다가 확인하고 무적의 용사처럼 물리친 거야. 그것들이 노동부처에서 온 거처럼 회사에서 교육을 받아야 한다고 협박한 것을 알아챘고. 그것들을 오히려 고발한다고 협박을 해서 물리쳤던 거야. 그 사실을 나에게 알리려고 전화하며, 고조된 목소리로 말하는 거야. 말에 힘이 있었어. 딸의 살아있는 에너지를 보았어. 코로나로 애들을 돌보며 힘이 없이 맥이 막힌 것처럼, 사는 재미가 없어 보였어. 그런데 강력한 적과의 싸움으로 생기가 솟아보이네.

　동물들이 먹이를 찾아 움직일 때 얼마나 조심하고 먹이를 잡기 위해서 마지막 강한 에너지를 쏟아 강력하게 앞으로 전진하여 먹이를 잡는가. 그래도 못 잡는 실패률이 얼마나 높은가. 그 동물들은 지루함이 없어. 항상 살아서 감시하고 긴장하여 자신이 먹이로 잡히지 않으려 애쓰는 삶이잖아. 요즘 우리는 너무 편하게 살아가는 거지. 먹을 것 풍부하고 따뜻하게 살며 동물이나 위험한 것들에게 노출되지 않았잖아. 그래서 사람들이 이상한 짓거리로 비 인간적인 일을 많이 하나?

이번 트럼프 선거를 통해 그동안 몰랐던 미국의 지하 검은 그림자들이 밝혀졌잖아. 정말 모두 사형시켜야 할 일이더군. 이미 바티칸 교황이나 그의 측근들은 이미 성애자로 죽음을 당했지만. 이상하게 이야기가 다른 데로 가버렸네. 딸 ス이 나에게 거의 보름 만에 전화를 즐겁게 했다는 거야. 아들이면 할 일이 없겠지? 그나마 같은 여성이니까 서로 소통이 되는 거고. 부모 자식 관계가 정말 좋아서 소통하며 즐겁게 할 수 있는 일들이 무엇일까? 시간상 함께 할 수 있는 일이 없는 거야.

딸은 아이들 챙겨야지, 자기가 하고 싶은 것을 하고 집안일 하고 여하튼 바쁜 거야. 내가 직장을 다닐 때도 그랬어. 직장일하고 집안일 그리고 시댁 친정일 등에 참여하고 보조하고 어쨌든 바쁜 삶인 거지. 그래서 아마 우리는 콘도 문화가 발달했던 거 같아. 유일하게 겨울, 여름에 온 가족이 모여 설악산이나 홍천으로 휴가를 갔고 함께 즐겼던 것 같아. 친정 식구 모두들과 우리 가족 모두가 함께 했고 그 기간이 30년이 넘었으니까. 그런데 시댁 식구들은 그게 안 돼. 모두 약속을 해놓고 모두가 어떤 이유를 달아, 파투를 내더라고. 꼭 시어머니를 닮았어. 이상하데? 예전엔 시간이 안 맞아서. 지금은 모두가 시간이 넉넉한데도 안 되는 거야.

이제 각자 삶의 방식이 다른 거야. 주어진 시간대로 자기식대로 사는 거지. 어떤 방식이 옳고 틀린 거는 없으니까. 자기가 좋아하는 방식대로 살면 되는 거니까. 딸 ス을 보니 에너지 출혈로 삶의 생기

를 본 것이, 적에 대한 싸움이었다는 거지. 그러니 삶의 갈등이 어쩌면 삶의 에너지가 아닐까 생각했어. 미움도 사랑도 삶의 에너지였어. 깨달은 자는 초월을 강조하는데 초월은 삶의 에너지가 사라지는 것인데….

내가 어머니에 대한 사랑의 마음이 사라졌는데, 내 딸이 나에 대한 사랑이 있겠는가를 생각했지. 어머니의 잔소리를 70이 넘어서는 안 듣겠다는 생각으로 전화를 안 했지. 그러면 어느 날 어머니가 불쌍하고 안쓰러워서 마음이 짠해져. 그러다가 어머니의 이상한 요구와 민원 처리 말이 나오면 짜증이 나더라고. 차라리 어머니가 안쓰럽고 애잔한 슬픈 마음을 간직하고 살아가는 것이 어머니에 대한 사랑이 있는 거 같아. 난 어머니의 사랑이 마음속에 머물고 있는 쪽을 택하겠어. 그래서 딸 ㅈ에 대해서도 미움보다 사랑이 머무는 쪽으로 가고 싶어.

딸 ㅈ이 엄마가 필요할 때 전화를 하겠지. 이번에 ㅈ이 나에게 전화를 건 기간이 열하루나 이틀 된 거 같아. 물론 사이 사이에 가끔 카톡으로 여러 정보를 보낸 적은 있지만. 작은딸 ㅅ은 날마다 우리 집에 들러 점심을 먹고 학원에 수업하러 가고. 주말은 우리 집에서 저녁을 함께 먹지만. 한때 결혼 이야기만 나오면 나에게 눈총을 주고 말을 안 하고 난리를 치더니만. 이제 그 싸움도 지쳤어. 될대로 대라는 식으로 우리는 변했어. 한동안 ㅈ딸 애기들이 궁금했는데, 큰손자가 10대가 넘어가니 우리랑 소통할 일이 없어졌어.

손자들은 할아버지에게 공부 배우는 일도 싫어하네. 우리도 편한 대로 살자 하는 거지. 제 자식 제 어미가 애들 말대로 살아가는데, 그런 방식의 딸이 마음에 안 들어. 어머니로서 강하게 아이들을 제대로 열심히 공부시키고 교육에 힘쓰는 엄마가 되기를 바라는데, 그는 그런 마음이 없어. 저 편한 대로 제 방식대로 자유롭게 키우는데, 우리 세대는 아니잖아. 아이들을 좀 더 많이 무언가 가르치고 보여주고 체험해 주고 싶은 마음이 강했잖아. 내 딸은 그러지를 않아.

그런데 우리가 뭐라 말할 수 있겠어. 할아버지에게 공부하면 공짜고 좋은 것들을 많이 배울 수 있는데, 저도 제 새끼와 싸워서 공부를 가르칠 수 없다면서 왜 제 새끼를 끌어안는지를 모르겠더라고. 살림이 어려워서 애들을 학원에도 못 보낸다면서. 강남 다른 집 손자들이 영어 학원이니 수학, 국어 학원을 다니며 열심히 배우는 것을 보면 내 속에서 열불이 나는데… 내 딸은 그런 거와 상관이 없어. 웃기는 일이야.

난 내 생각을 정리했어. 네 생각대로 자유롭게 사는 것이 네 행복이겠지. 내가 그렇게 열심히 내 딸들을 키우려 했지만, 그들은 항상 모든 것이 다른 세상에 살았던 사람이었으니까. 내 속으로 낳았지만 그렇게도 달랐으니. 이상과 꿈이 다른 것인지 DNA 자체가 다른 것인지… 여하튼 세월이 흘러 이제는 평범하게 잘 살아줘서 고맙구나, 생각해. 그리고 제발 사고 나지 말고, 아파서 암 걸리지 말며, 이혼하지 않고, 일찍 죽지 않고 살면 되는 거라고 나는 생각하는 거야.

한번 전화가 오더니 연거푸 다시 ㅈ 딸에게 전화가 왔어.

- 엄마 내 친구 대단한 애가 있어. 함께 테니스를 치는 애인데. 그 애가 천안 서점을 운영해. 그리고 거기서 카페도 하고. 책이 경제성이 없으니까 커피까지 판대.
- 그래, 너도 여행사로만 회사를 운영할 수 없으니 제2, 제3을 생각해서 겸용을 해야 경제성이 있을 거 같아.
- 나도 그렇게 생각해요. 그래서 고민 중이구요.
- 그 애한테 배울 게 많을 것 같다.
- 그래서 언제 천안으로 놀러 가려고요.
- 야, 나도 가고 싶다. 어떻게 운영하는지 살펴보고 싶다.
- 그래요 함께 가요.
- 근데 그 친구가 카페 차린 이유는요. 어렸을 때 집이 쫄딱 망했대요. 언니랑 자기는 어려서 뭐가 뭔지 모르는데, 어느 날 아빠랑 엄마가 자기들에게 묻더래요. 너네 4계절 있는 나라가 좋으니? 더운 나라가 좋으냐고요. 둘은 아무래도 4계절 있는 나라가 좋다고 했대요. 그래서 아빠가 먼 친척이 있는 거 같은 키르키스탄으로 이사를 갔대요. 언니가 초등학교 4학년. 자기는 초등학교 2학년 때 갔는데 거기에는 한국인이 하나도 없고 외국인도 없어서. 그 나라 자체의 학교로 무조건 입학시켰대요.
- 가서 보니 말도 못 하지요. 외국인이라 애들이 자기들을 동물원 구경하듯이 하고, 돌을 던져서 머리를 맞으며 살았대요. 날마다 학교 가기 싫어서 울며 다녔고. 집에 와서도 맨날 울기만 하고 살았대요. 부모는 600만 원밖에 없었고. 그것을 가지고 갔는데, 워낙 물가가 싸서 그런 대로 살았는데. 거기 선생님이 그

친구에게 과외 선생님도 붙여주고 잘 다독거려주었다고. 세월이 흘러 고등학교를 졸업할 때쯤 부모가 아무래도 한국에 가서 노동이라도 하며 살겠다 했다고 해요..

- 그때 언니는 한국으로 가겠다 했는데, 동생은 한국 가면 고졸생이 싫어서 자기는 거기서 대학을 가겠다 해서 그곳에서 대학을 다녔고. 대학 학비가 그곳은 쌌고 힉생들도 이해해주는 분위기라 즐겁게 대학을 졸업했대요. 결국 그는 영어, 키르키스탄어. 러시아어, 중국어 등에 능통한 사람이 되었어요. 그는 스스로 개천에 용났다고. 그가 천안에 온 이유는 천안에 키르키스탄 회사가 설립되었고 대학 4학년 때 미리 취업이 되어서요.

- 그런데 월급이 많은데 그것은 키르키스탄 기준이라 한국으로는 월급이 빈약하다는 거예요. 다시 그는 오만 항공사에 입사해서 돈을 벌었어요. 처음엔 경제성이 좋아서 괜찮았는데, 2년 후 그는 적성이 안 맞더래요. 항공사 허드렛일보다 책에 관한 일이 하고 싶은 거죠. 결국 천안 아파트로, 수원과 인접한 아파트를 키르키스탄 친구들 3명과 함께 얻어서 삼성 임직원에게 언어를 가르치는 과외 선생을 했고, 거기서 성인 영어와 러시아어를 가르쳐서 돈을 많이 벌었대요.

- 그렇게 돈을 모아 서점을 열고 돈이 안 되서 거기에 강연과 세미나, 포럼 등을 접목 시켰대요. 다시 커피를 팔고 책, 작가들의 사인 등을 만들고, 공간을 이용해서 독서 스터디 카페 등을 열었대요.

- 그 친구에게 배울 게 많더라구요. 지금 결혼은 못 했어요. 그가 키르키스탄 부자 남자와 사귀었는데, 자기는 거기서 살기 싫고, 남자가 한국에 오면 여기서는 그가 바보가 된대요. 그 남자 친구는 대대로 정치가들 집안이고 그도 정치가가 되고 싶은 사람이고요. 키르키스탄 남자들은 자상하고 여자에게

무척 잘하는 사람들이래요. 그런데 한국 남자들은 너무 가부장적이고 자기중심적이라서 힘들대요. 지금 사귀는 사람은 10살 위이고 자기를 잘 맞춰주는 편이래요. 그래서 고민 중이래요.

- 그 여자는 내가 배울 것이 많은 친구에요. 지금은 대표 경영자라 아주대 MBN에 들어갔고, 그는 멘토링을 배우고 뭔가 이끌어 주는 것을 배우려고 한대요.
- 그래 대단하구나. 그 친구는 어려서 고생해서 그런가봐. 그러니 젊어서 고생은 사서도 한다잖니?
- 그런 거 같아요.

*

아빠 미국정치의 논평에 엮이지 마시라고요.

작은딸은 아빠를 보고 유튜브가 말하는 딥스테이트의 검은 그림자들의 행동에 엮이지 말라고. 분명 미국 정치의 선거가 부정선거인 거를 모두 밝혔는데 그것을 법원에서 아니라고 한 거잖아. 부정 선거는 아는데, 딥 스테이트의 집단의 권력으로 모든 것이 밝혀지지 않게 그들의 힘으로 밀어붙이는거지. 그러나 이번 기회에 미국이 얼마나 쓰레기 정부들이 권력적으로 엮이며 분탕질하고 사는 것인지를 알 수 있었던 거야. 민주당은 중공과 엮여진 완전 좌파정부더라고.

바이든 대통령은 시진핑을 구원했고 그 둘은 서로 막강한 사이였어. 바이든의 아들과 바이든은 중국에 빨대를 꽂고 경제를 쟁취하는 사이였다는 거지. 미국의 정치는 딥스테이트에 의해 이루어지는 거야. 한번은 공화당이 그 다음은 민주당이. 무슨 국회의원이 80세까지 하는 거야? 이해할 수가 없어. 낸시 펠로시가 80세고 연방하원의회 의장이잖아. 그가 딥스테이트의 권력을 쥐고 공조하는 인물인 거지. 딥스테이트는 사회주의인 거야. 아마존, 페이스북, 대기업들, CNN, 타임즈, FBI 등 모두가 사회주의고 딥스테이트와 공조하는 거지.

그들은 중국과 비즈니스 관계로 공조하는거지. 트럼프는 그것을 취임할 때부터 알고 있는 거지. 그 때도 딥스테이트는 힐러리를 밀었는데, 그게 뒤집힌 거고. 딥스테이트는 트럼프를 러시아 스파이로 몰아서 탄핵을 하려한 거고. 트럼프가 그들의 입맛에 안 맞는 거였어. 거기에 펜스 부통령은 트럼프를 배반해서 딥스테이트와 공조한 거라고. 그래야 차기 공화당 대통령이 될 수 있다는 거지. 야, 정치계는 완전 비즈니스관계이고, 자기들의 이익 집단인, 나쁜 악마들이라고. 그것들이 무슨 정의가 있으며, 도덕, 진리같은 것이 있겠는가. 미국의 바이든은 한마디로 허깨비 대통령인거야.

바이든은 악마들이 요리해 먹기 좋은 사람이야. 나이도 많고 그들끼리 잔치하기 좋거든. 오바마, 클린턴, 힐러리 등도 악마집단의 주역이고. 사회주의 국가와 뭐가 달라? 이번에 트럼프와 선거를 하는 중에 부정선거가 밝혀졌고 딥스테이트의 정체도 알려진 거지. 그것도 유튜브를 통해서. 우리 남편은 그 유튜브에 빠져서 헤어나지를 못했다니까. 딥스테이트는 악마집단이라는 것을 밝혔지. 그러나 웃기게끔 트럼프가 악마를 밝히겠다고 뭔가 암시를 두달동안 줬다는 것이 그놈도 똑같은 놈이라는 거야.

악마들이 성애자들이라는 것과 그들이 어린아이를 이용해서 죽이고 이용하고 별별 짓을 다 했다는 유튜브를 조금씩 내보냈다는 거야. 끔찍한 일들을 악동들이 했다는 사실을 밝히면서 그 악동들을 제거할 거라는 식으로 방송 유튜브를 했거든. 교황과 그 측근들 9명이 처단됐다는 둥. 교황 측도 성애자로 별별짓을 다 해서라고. 역사적으로 있었던 교황을 들먹이면서. 트럼프 퇴임식 전까지 그 악동들을 처단하기 위해 계엄령을 발동한다는 식의 뉘앙스를 보내며 독자를 울렸고. 아무 일 없이 퇴임식을 마치고 플로리다로 갔다는 거지.

트럼프는 결국 어떤 정치적 결탁을 만들어서 자신과 가족의 안전을 담보로 조용한 퇴임이었던 것이 아닐까. 그가 무슨 국가를 위한 정의가 있을 것이며, 공정한 민주주의의를 실현하는 인물이겠는가 그는 단지 이익을 위한 장사꾼일 뿐이라는거지. 그렇게 역사는 힘 있는 쪽으로 기울면서 흘러가는거라고요. 그동안의 역사가 그랬잖아요? 이번에 그 악마집단이 하버드 나온 사람 젊은 사람들을 그쪽으로 몰고갔다는군요. 빌게이츠, 페이스북 창업자 주크버그 등. 그 악마들이 존 F. 케네디 암살 사건 (1963년. 11. 22)도 악마들의 짓이라네요.

이 모든 것이 사실이 아니라도 나에겐 상관없어. 그것에 엮여서 무슨 큰일이 있는 것도 아니고. 남편이 그 유티브에 빠져서 한 달 동안 정치드라마를 즐겼다는 거야. 남편이 그렇게 재미있어 하데… 요즘에는 갑자기 한국 우파 유튜브가 재미없다고 안 듣더라고.

나는 정치 같은 거 재미없어. 엊그제 남대문 시장으로 여동생과 탐방했는데, 요즘 날씨가 따뜻한데. 그 많은 상인들이, 코로나로 겨울 옷 만든 것을 고스란히 못 팔고, 남겨질 텐데, 걱정이 되네. 어쩔 것인가. 이놈의 정부는 세금 나눠 줄 생각으로 표심만 잡으려 하니 죽일 놈들이지. 대책을 마련하지 않고.

*

어느 날부터 방구석을 사랑해야 하는…

다리가 삐끗하더니 다리 심줄이 다시 손상된 거 같아. 여동생이 큰 딸에게 엄마 다리가 문제라며 빨리 병원에 가서 확인해 보라고 난리가 났어. 결국 정형외과에 가서 무릎 사진을 앞뒤로 찍고 치료를 받았어. 다리가 시큰거리고 힘을 줄 수가 없어서 나도 겁이 났어. 사진을 본 의사는 지금 퇴행성 관절과 겹쳐있다며 치료를 받으라 했어. 딸은 외할머니가 다리 아파서 요양원에 들어간 것을 알고, 엄마가 아직 10년 동안 다리를 써야 하니까 조심해서 다리를 아껴 쓰라고 당부했지. 물론 나도 그럴 거라 했고.

집에서 생산적인 일이 무엇일까 생각했어. 그것은 음식을 만드는 일이었어. 남편이 정치적인 유튜브를 보면, 난 음식 유튜브를 보거든. 다양한 음식들이 영상으로 돌아가는 거야. 우연히 감자와 소스가 나오는 거야. 감자를 삶아서 으깨고 거기에 전분 가루를 솔솔 뿌려서 그것을 겉피로 만들어. 거기에 달콤한 팥소를 넣으면 감자 팥빵이 되는 거야. 다시 고기와 치즈를 넣고 기름에 튀기면 고로켓이 되고. 감자를 프라이팬에 넓게 펴서 그 위에 온갖 야채를 뿌리고 고기 간 것 등을 뿌리고 그 위에 피자치즈를 얹어 구우면 감자 고기 피자가 되는 거였어.

다음은 인절미를 만드는 영상이 나왔어. 찹쌀을 불려서 믹서에 갈아 그것을 체에 치고 단호박을 삶아서 으깨서 찹쌀과 섞어서 찌는 거야. 그 찐 것에 고물을 묻히면 호박 인절미가 되더라고. 물론 갖가지 떡을 다 섞으면 다른 떡이 되는 거겠지. 여하튼 찜이나 찌개도 하나로 통합되는 과정을 조리하면 쉽게 머릿속에서 익히게 될 거 같아. 요리를 하는 것은 예술 작품을 만드는 거 같아서 즐기게 돼. 만들고서 무슨 맛이 날까 궁금하고 내 취향과 맞을까 하는 마음도 생기니까 그것이 재미있어.

사람들과 만나는 관계를 좋아하지만, 요즘 코로나19로 정부에서 만나는 것을 통제하잖아. 혼자 즐기며 사랑할 수 있는 일이 있는 것이 중요한 시기가 되었어. 다행히 난 책을 좋아해. 눈이 아프지 않으면,

즐길 수 있는 소설책이 있으면 얼마든지 시간을 즐길 수 있을 거 같아. 언젠가 정말 좋아하는 소설을 써 보면 좋겠지만 자신이 없어. 캐릭터를 만들고 극적인 상황을 허구로 만든다는 것 자체가 내 취향이 아니기도 하고. 내가 현재를 만족하며 충실히 살아가는 모습을 보여줄 뿐이야. 먼 훗날 후손들에게 우리 시대에 어떻게 살았나를 그대로 보여주고 싶어.

*

나의 일상

오늘은 일요일이야. 나이가 많아졌다는 생각이 들어. 옆집 살던 여고 동창이 유방암으로 죽은 지가 벌써 14년이 되었다는 생각. 아! 내가 참 오래 살았구나. 10년 전에는 우리의 삶이 어떻게 사는 것이 행복할까. 도시에서? 시골에서? 아니면 그 중간쯤? 그런 것을 생각했는데… 전원주택에서 살겠다고 집을 짓고 마당에 잔디를 깐 아저씨가 발이 아파서 거실을 기어다녔어. 그는 손자들이 오면 반가운데 자신이 그 손자들과 놀아줄 수가 없어서 슬프다고. 그래서 다리를 수술하겠다는 영상을 보게 되었지. 그 아저씨 나보다 나이가 한참 어렸어.

우리 나이는 함부로 이사를 다닐 것도 아녀. 내 몸이 편안할 수 있고 쉽게 가게를 갈 수 있으면 좋은 거 같아. 고층 아파트에 사는 것 보다 저층으로 오르고 내리기 쉬운 곳이어야 해. 먹는 것도 쉽고 영양이 좋은 음식이 좋을 거 같아. 이왕이면 몸이 자주 아프니까 병원이 가까운 게 좋겠지. 내가 좋아하는 일들을 쉽게 할 수 있으면 더 좋겠고. 가까이에 친한 친구로 정서가 맞는 찰떡궁합인 친구였으면 더할 나위 없겠지. 갑자기 다리 심줄이 끊어져서 걸을 수가 없으니까 할 수 있는 일이 없었어. 모든 것을 남에게 의지해야 하니까 매사 쉽지가 않아.

나이가 더 많을수록 이런 일이 많아질 텐데…. 한달 전 작년만 해도 이 다리로 등산을 즐겼는데. 이제는 절대 등산을 할 수 없을 수도 있다고. 10년 이상을 수술 없이 조심해서 써야 하니까. 어느 쪽에서 심줄이 갑자기 끊어질지를 모르는 거야. 이제 친구들에게 등산, 아니 가까운 뒷산이라도 가자 하면 안 되는 거였어. 몇 년 전 친구를 데리고 축령산 갔다가 산 중턱에서 미끄러졌던 ㅂ 친구를 119를 불러서 차 타고 내려왔을 때부터 그것이 다리의 경고였을 텐데, 그걸 몰랐던 거지. 난 산 타는 것을 무척 좋아하거든.

산책도 좋아하고 운동도 좋아하는데…. 한계를 몰랐는데 조금씩 나를 알아야 해. 내 몸의 상태를 가늠해서 사용해야한다는 거지. 이제 소소한 것들을 귀중히 여기며, 생활을 즐겨야해. 거기에 좋아하는 책을 읽고, 영화를 보며 좋아하는 친구들과 만나 맛있는걸 먹으면 좋겠지. 나 외에 다른 사람들을 케어하는 것은 불가능하게 됐어. 손자를 보는 일도 못 하고 부모님들 케어나 다른 어떤 일도 하기는 어려울 거 같아. 이제 음식 만드는 일을 하면 내 몸에 감사를 해야 하는 시기야. 사실 음식 만드는 것을 지겨워 하고 힘들어 했는데….

내가 할 수 있는 작은 일을 사랑하고 감사하며 사는 것이 어쩌면 행복일 거야. 저 멀리 행복이 있는 게 아냐. 여기 지금 내가 할 수 있어서 행복인 거였어. 내가 싫어하는 청소하기, 설거지하기, 찌꺼기 버리기, 베란다 청소, 싱크대 정리, 목욕탕 청소, 책 정리, 책상 정리, 옷 정리 등을 하고 싶어도 몸을 쓸 수 없어서 못 하는 것, 그것이 정말 슬픔이고 불행이었어. 남이 나에게 욕하는 거? 아무렇지도 않아. 욕하라지. 나와 무슨 상관이야. 모든 것이 마음을 내려놓을 수 있는 거였어.

지금은 미워했던 사람들도 마음속에서 지워낼 수 있을 거 같아. 그들의 행동이 미워서 참을 수 없이 용트림하듯 내 안에서 올라와 나를 괴롭혔던 것들이었는데. 이제 서서히 그것들이 가라앉아 잠들어버리는 시기인가 봐. 이런 것이 늙었다는 것일까. 아무튼 나에게 남겨진 고요함과 평화로움은 좋은 일 같아.

저녁이 되어 힐링 영화를 찾았어. '산의 톰씨'로 2018년의 일본 영화였지. 주인공들은 직접 기른 채소로 밥을 짓고, 단정하게 일상을 채워나가는 초보 농사꾼 '하나'와 '토끼', 그리고 토끼의 딸 '시오리'와 하나 상의 조카 '아키라'가 등장한다. 그들은 밤마다 천장에서 시끄럽게 하는 다락방의 쥐를 잡기 위해 아기 고양이 '톰'을 기르고, 닭을 길러 날마다 달걀을 채취하는 기쁨을 가진다. 그 후 염소를 길러 염소 우유로 치즈를 만들어 먹는 행복한 삶을 보여준다. 그 영화를 보면서 그들의 일상을 나도 함께 즐겼어.

영화가 끝난 후 다시 생각했어. 그 주인공들의 사연은 하나도 밝혀지지 않았어. 그러나 그들은 뭔가 온전한 가족관계는 아니었어. 시골집에 딸과 둘이 살고 있는, 거기에 작가인 하나 상과 중학교만 졸업하고 따라온 그의 조카 그들은 무엇인가 결핍이 있는 사람들이었어. 그들은 말 없이 채소를 가꾸며 농사를 짓고 동물을 키우며 서로 돕고 어울리며 살아가는 모습이었어. 그들은 화려하지 않았어. 오히려 소박하고 불편한 것이 많았어. 쥐들의 난동, 염소가 달아나서 일어난 갈등을 수습하는. 그래도 그들은 조화롭게 잘 살아가는 모습을 독자에게 보여주며 힐링을 느끼게 했지.

삶을 다시 생각해 보는 거야. 무엇이 우리의 삶을 편안 하고 안정되게 하는가를. 그들의 일상에서 휠링을 느끼듯이 내 삶의 일상이 행복인 것을 발견하는 거지. 보름 전 눈이 많이 왔을 때 미끄러져서 다친 다리를 다시 다친 거야. 심줄 끊어진 것 중에 다시 어떤 부위가 손상이 된 거 같아. 처음엔 일어서서 걷기가 힘들었거든. 이젠 걷기는 할 수 있지만 사오십 분만 지나면 다리가 뻣뻣하게 아파오는 거야. 결국 걸을 수가 없으니 산책하는 것도 어려웠어. 그러나 싱크대에서 나는 서 있을 수 있는 거야. 그것도 심하게 아프면 음식도 못 해먹을 테니, 감사해야지. 다리에게 그래 이정도라 고맙구나. 이 나이까지 나를 지탱해주었으니 감사하구나.

이번 주 월요일 처음으로 종합운동장에서 테니스를 개장했어. 단지 내 코트장을 새로 선출된 조합 임원진이 폐쇄조치로 포크레인이 땅을 파 버렸거든. 요즘 젊은 것들이 완전 문빠들 조합같아. 30년이나 쓰던 것을 주차장이 부족하다고 투표에 부쳐서 주민투표가 많이 나왔다면서 어느 날 테니스 코트장을 부서버리더라구. 어차피 없어져도 시설 철거니 구청의 허가를 받을 거니 유연성 있게 서로 합의 하면서 조화롭게 코트장을 비워 달라면 얼마나 좋을까. 코트장은 아직도 땅이 파헤쳐진 상태로 있는 거야. 적어도 6개월 이상을 걸리는 것을. 그 임원진은 재건축을 이용한 자기들만의 작당을 만들어서 주민들 돈을 한마디로 뜯어먹으려는 수작이 진행되는 것 같아.

테니스 회장은 일주일에 한두 번 운동할 수 있는 코트장을 잡은거야. 그런데 코로나로 코트장을 막았잖아. 그러다가 4면씩만 코트 입장하는 것으로 개방했어. 회원들이 함께 모였고 오랜만에 해서 즐거웠대. 난 다리가 아파서 참석을 못 했지. 오늘도 아마 못 갈거야. 다리를 쉬어줘야 할 거 같아. 이제 좀 걸을 수 있는데 더 악화되면 걸을 수도 없을 테니까. 엊그제 친구에게 전화가 왔어.

- 너 다리 아프다며?

- 응.

- 나도 아프잖아.

- 나 엄청 좋아졌어. 나 맛사지 해. 비싼 맛사지. 22만 원짜리야. 그거 하고 많이
  좋아졌어. 온몸 맛사지인데 5시간 걸려 내가 퇴행성 관절염이잖아. 그거하고
  피부도 좋아지고 몸이 한결 좋아졌어.

- 다행이다. 이젠 안 아프냐.

- 응 괜찮아. 참, 우리 딸 애기 낳았어. 그래서 거기 왔다갔다하면 시간이 금방
  지나가. 아이고 시간이 아까워 죽겠어. 왜 그리 시간이 잘 가냐? 우리 나이가
  너무 많아.

- 맞아 우리 주위에 앞뒤를 보면 우리 나이가 제일로 많잖아.

- 글쎄, 말이야.

- 우리 딸애 파출부 아줌마가 그러더라. 60쯤 됐는데, 자기 딸이 시집을 안 갔는
  데, 41살이래. 그런데 그 딸하고 집에서 엄청 싸워서 나가라고 했는데 그것이
  안 나간다는거야. 결국 자기가 그 딸을 피해서 이렇게 애기 보는 집을 전전한
  다는 거야.

- 그 말이 이해가 되더라. 난 내 작은딸 내보냈잖아. 나도 그 애랑 못 살아. 결국
  학원 선생하며 살아.

- 직업이 있으면 됐지.

- 그래도, 관리비는 아빠가 주고, 생필품은 내 카드로 인터넷으로 주문해서 간다

니까. 날마다 점심에 와서 밥 먹고 학원을 가.

- 야, 그거 밥해주는 것도 큰일이다.

- 아빠랑 놀아주니까. 술 먹고 이바구하고 남자가 놀 사람이 없으니까.

- 맞아, 왜 남자들은 퇴직하고 아무도 안 만나는거야? 누구도 만날 사람이 없어
  지는 거야?

- 모르지.

- 야, 요즘 너 뭘 해먹니?

- 사골국이 최고여, 사골국에 떡국을 자주 해 먹지.

- 넌 원래 학교 다닐 때부터 그런 것을 잘 먹었어.

- 야, 너 그 심줄 살리려면 뼛국을 먹어줘야 해. 그거 해 먹어라. 내가 가르쳐줄게.
  우선 우족을 사고 도가니, 사골, 잡뼈, 심줄, 사태를 사서 물에 대여섯 시간 담
  가서 피를 빼는 거야. 큰 솥에 뼈를 우르룩 끓여서 첫물을 버리는거야. 다시 뼈
  를 찬물에 씻어서 큰솥에 6시간을 고아 센 불로. 사태와 심줄은 2시간 정도 끓
  이다가 건져서, 고기를 쪽쪽 찢어서 김치냉장고에 넣고 국을 데워 먹을 때 파
  하고 함께 넣어서 먹어.

- 처음 끓인 곰국은 큰 들통에 넣고 그 뼈에 물을 다시 부어 대여섯 시간 끓이면
  2차물이야. 3차물을 붓고 또 그렇게 끓여. 그래서 1차 것, 2차 것, 3차 것을 모
  두 섞어서 김치냉장고에 넣고 데워서 먹는거야. 끓일 때 나는 위에 뜨는 기름을
  수시로 떠서 버리는거야. 그리고 맑은 우윳빛 나는 국물만 나오게 해. 끓을 때
  마다 건져서 많이 버린다고. 그 기름은 몸에 해롭거든. 파를 송송 썰어서 밥에
  김장김치하고 먹으면 얼마나 맛있는데.

- 알았어. 해 볼게.

- 너 삼일 있다가 전화해서 점검해 볼 거야.

- 그래 알았어. 난 남의 말 잘 듣잖아.

- 그거 먹으면 네 다리 심줄 좋아진다니까. 다시 전화 한다?

- 응. 그래. 너도 건강해라.

다음 날 아침에 우족을 사러 갔다. 우족 2개에 심줄, 사태 고기값은 20만 원이었어. 아이고 사서 먹는 게 낫겠네. 속으로 읊조렸어. 그래도 해 먹어 보자. 예전엔 돈이 없어서 아니면 남에게 사다 주기만 했는데. 곧 우족이 배달되었어. 하루 핏물을 뺐어. 이튿날부터 큰 솥 2개에 나누어서 끓였어. 처음 끓여서 10분 있다가 모두 버리고 뼈를 씻어서 다시 솥에 넣고 끓였어. 처음 물은 시커멓고 탁한 물이 나왔어. 계속 물을 2시간 끓이면서 국 위에 뜨는 기름을 걷어내면서 끓였어. 그리고 거기에 사태를 넣어 끓였어. 친구는 1시간 반 동안 사태를 끓여서 건지라 했는데 사태가 질긴 거야. 다시 1시간 더 끓여서 물렁해질 때 건졌어. 나머지 뼛국은 계속 끓이고 5시간 지나서 국을 베란다에 식혔어.

그런데 그 국물이 역겹지가 않고, 구수한 냄새가 났어. 오전 내내 끓여서 끓인 국을 식혀서 다른 그릇에 옮겼어. 거기에 다시 물을 가득 붓고 끓였어. 그렇게 3번을 끓여서 모두 섞어서 김치냉장고에 넣었어. 식힌 국물은 모두 묵처럼 굳어 있었어. 첫날 우리는 그 섞은 국물을 냄비에 넣고, 썰어 놓은 사태를 넣어 끓였어. 먹을 때 왕소금으로 간을 하고 파를 송송 썰어 넣어 국에 밥을 넣어 먹으면 맛이 아주 좋았어. 반찬으로 김장김치를 곁들이니 정말 맛이 있었어. 예전에 한 번 끓였는데 냄새가 고약하고 힘들었는데 이번에는 성공한 거였지. 끓이는 장면을 친구에게 보여주면서 맛있다고 사진을 찍어 보냈어.

- 친구야, 남편과 작은딸이 너무 맛있다고 10인분은 먹어치웠어.
- 그렇지? 맛있어 보이네. 자주 끓여 먹어. 귀찮긴 해도 수고한 보람이 있어. 아무튼 매우 잘했어요.
- 고마워요. 근데 우족이 10만 원 사태가 10만 원이야. 솥에 더 넣을 수도 없고. 사 먹는 게 낫지 싶다가도 네 말 듣기로 했어. 정말 맛있었어. 네 덕이야. 고마워.
- 서울이라 물가가 비싼가? 여기는 우족 한 개가 29,000원인데 하여튼 푸짐하게 한바탕 끓여도 이십만 원은 안 들어. 한번 끓이면 온 식구가 한참 동안 맛있게 잘 먹어. 그런데 그 동네 너무 비싸다.
- 그런 거야?
- 근데 그 맛을 알면 자주 끓이게 될 거야.
- 응, 맛있었어. 그럴지도 모르겠네.

오랜만에 친구와 소통이 될 수 있어서 즐거웠지. 나이가 많아지면서 친구 간에도 소통할 일이 없어. 공통 화제가 없는 거야. 남편이 가버린 친구들이나 여러 이유로 혼자 사는 친구들은 대충 식사를 해결하는 거 같아. 음식 만들 일이 없어. 부부가 날마다 밥을 밖에서 해 결하는 경우가 많아. 몸이 안 좋으니까 몸이 허락하지 않아서도 그렇고. 원래 음식에 취미가 없고 돈도 넉넉하니까 처음부터 음식을 주문해서 먹은 친구도 있고. 밖에서 일을 하는 친구는 사 먹을 수밖에 없었고, 바쁘니까 주문해 먹는 데 익숙하다 보니 음식과는 거리가 먼 거야.

모두들 사정이 다르니까. 내가 중국에 15년 전(2008년)에 갔을 때 중국 사람들은 모두 음식을 사 먹었어. 집에 부엌이 없는 집이 많았지. 그때 참 이상하다 생각했어. 지금 우리집 음식 문화는 대부분 사 먹든지, 배달해서 먹는 문화가 되었어. 엊그제 한국인의 밥상에서 김훈 작가가 이야기하는데도 그런 이야기를 했어. 집에서 만들어 먹는 음식문화가 사라지고 있다고. 우리 시대는 집집 마다 김치 문화가 조금씩 다르거든. 어머니 손맛이 다르듯이 각각의 지방이 다르잖아. 그런데 요즘 젊은 세대는 김치를 모두 사 먹잖아.

이야기가 삼천포로 빠졌네. 내 나이에 음식을 즐겨 만들어 먹는 친구들은 음식으로 할 이야기가 많고 서로 교류할 수 있는 즐거운 화젯거리가 있어서 좋다는 거지. 난 친구 덕에 예술을 좋아하다 보니 화가, 음악가, 건축가, 시인, 소설가, 사진작가 등의 예술 작품을 감상하고, 그들의 삶 속의 비하인드 스토리를 좋아하더라고. 특히 예술가들의 뮤즈를 통해서 예술적인 영감을 얻어내는 그들의 힘에 나는 관심이 많아. 그들의 혼이 들어 있는 예술 작품을 이해하지 못하지만 가까이 접근해 보려는 거지.

내가 무얼 좋아하는가를 생각해봤어. 다행히 나는 음식 만드는 것을 좋아하는 거 같아. 특별한 것은 아니더라도 그것이 생산성이 있어서 좋아. 식재료를 슈퍼에서 사다가 이거 저거 만들어 놓으면, 그것이 맛있고 사 먹는 것보다 저렴하게 먹을 수 있으니, 돈을 버는 기분이 들거든. 젊었을 때 돈이 없어서 힘들었잖아. 그래서, 애들 좋아하는 닭 튀김도 얼마나 많이 만들어줬냐고. 젊은이들은 기름 냄새 난다고 절대로 집에서 안 튀겨 먹잖아. 그들은 비비큐를 주문해서 시켜 먹겠지.

음식에 관심이 있으면 관심 있는 친구들과 이야기를 하고 좋아. 여러 스토리가 만들어지거든. 나이 들어 친구들과 오랜만에 만났는데 사실 할 이야기가 없더라고. 그런데 너 요즘, 뭐 해 먹니? 뭐가 맛있니? 어떻게 해 먹니? 등등 할 얘기가 많아지거든. 관심이 없는 친구들은 특별히 할 이야기가 없고 다른 이야기로 이동하기도 쉽지 않아. 나이가 많아진 새끼 이야기도 아니고 이미 세상을 떠난 남편들 이야기도 할 수 없고. 손자들도 10대가 되면 할머니랑 놀 일이 없다고.

우리는 과거 이야기를 하지만, 과거 이야기만 계속할 수는 없잖아. 그렇다고 새로운 미래를? 창조하고 대단한 자기만의 이야기가 있을까? 난 소소한 만남으로, 우리는 예술에 관한 영상을 봐. 다큐라든지 음악, 미술, 박물관, 건축 등 다양한 영상을 보며 맛있는 것을 먹어. 점심은 친구가 준비한 음식을 먹으며 영상을 즐기는 편이고. 쉴 때는 자기 자식들과 손자들 웃기는 이야기를 하며 쉬고. 남편과 싸우는 일도 솔직히 말해. ㅂ 실장이 영감님과 싸우면 영감이 먼저 거실 한 가운데에 흰 수건을 던진대. 이게 뭐야 물으면 항복한다고.

남편과 싸우면 내가 말을 안 해. 그럼 남편은 더 안 해. 나중에 내가 화해의 모션으로 뭘 먹을 거야? 하고 물어. 그러면서 풀지. 얼마 남지 않은 여생을 골내면서 살 필요 없다는 생각이 내 머리를 지배하거든. 까짓거 남편에게 져 주는 거야. 당신 그래 잘났다고 속으로 욕하면서. 이 나이에 건강하게 살아줘서 고맙다는 거지. 남편은 365일 집에 있는 형이야. 나는 어느 날 갑자기 속에서 천불이 나고. 그럴 때나는 친구 집으로 달려가서 밥도 먹고, 이바구도하고 영상도 보고 하루를 보내고 오는 거지.

남편은 친구도 안 만나고. 직장동료, 선배, 후배, 자기네 형제들 아무도 안 만나고 살아. 이상한데, 그게 정상인가 봐. 다른 친구 남편들도 그렇대. 시동생이 가끔 남편에게 전화하면 받는 거 같아. 그 시동생도 혼자 지내는 거야. 왕년에 한가닥한 사람일수록 더 조용하게 사는 모습? 젊은 시절 떠들썩했던 인물 중에 가끔 잠수해서 사라진 사람들도 많아. 너무 조용하면 이미 죽었겠고. 인생이 그렇더라고. 요즘 남편은 밤낮 유튜브 영상을 즐기며 혼자 놀고 있어. 영상 보며 즐기다가 밥 먹고, 다시 즐기다가 산책하고 때가 되면 밥 먹고 잠자는 거지.

*

아침에 작은딸에게 카톡을 보내야지…

작은딸에게 카톡을 보내려니 여러 가지 생각이 밀려왔어. 시집 못 간 아이들의 부정적인 마인드는 우리가 이해할 수 없는 점이 많았거든. 그들은 긍정보다는 부정적인 것이 강해보여. 무언가 꼬투리를 잡아서 사람들을 지적질을 하거든. 거기서 쾌감을 느끼는 것인지, 아니면 자기 안의 화를 뭉쳐서 상대방에게 쏟아내는 행동인지도 모르고. 나는 그애를 보며 나를 반성했어. 젊은 시절 애들을 사랑으로 얼러 키우지 못한 것이지. 그때는 먹고살기 바쁘니까. 그렇다고 어미로서 학대하고, 부당하게 나쁜 짓을 한 게 아니잖아.

작은딸이 나를 적대시하며 예의바르게 행동하지 않는 것이 힘들다는 거지. 결혼하라는 소리만 하면 이상한 행동이 나오는 거야. 오랫동안 자기만이 가지는 트라우마가 있겠지. 내가 좀 더 가까이 그를 이해하려 하지만 우리는 그러지를 못하는 거야. 나는 그 애를 보면 DNA 탓만 하거든. 언제부턴가 그애와 이야기를 할 게 없어. 서로 모두가 너무 다르니까. 딸과 소통하고 시장 탐방을 하면서 즐기는 게 좋다는 친구가 있었는데. 물론 요즘은 애들이 바쁘니까 그렇지를 못하는 시대야.

나는 오늘 아침에 고민 고민 하다가 어쨌든 작은딸에게 카톡을 보냈어. 안 읽을지도 몰라. 그 앤 내 카톡을 안 읽는 것이 대부분이거든. 뻔하다는거지. 그래도 난 자주 카톡 문자를 보내보는 거야.

- 세상에서 제일 사랑하는 사람은 누구인지 아니? 그것은 자기가 낳은 자기 새끼라는 거지. 모든 동물이 그렇게 태어난거라구. 우리가 배 고프면 밥을 먹듯이…. 넌 젊은 애야. DNA가 아빠, 인동 할머니(친할머니), 떡볶이 할아버지(시외삼촌)가 가진 딱딱하고 네모진(검은 물체를 지니고 사는) 것은 아직은 아닐 거야. 그들은 늙었으니까. 이미 노화로 석회석화가 되었으니. 그래도 아빠는 수영을 배우는데 2년이 넘었잖아. 아직도 처음 초보수준이고. 그렇지만 자세가 **훌륭하셔.** 항상 열린 마음으로 끝까지 수영을 배우려는 마음이 훌륭하다고. 너도 그럴거야. 항상 열린 마음이길 빌어. 그것은 부자가 되는 길이고 행복이 찾아오는 길이거든. 엄마가 부자가 된 것은 항상 열린 마음으로 살아서 그래. 그것은 아빠도 인정한다고. 너도 나를 1/2이 닮아서 부자가 되고 행복하게 될 거라고. 좀 더 크게 열린 마음을 가져주면 좋겠어.

법륜스님, 결혼 못 한 강의를 듣고 생각이 나서 이 글을 쓰게 됐어.

1. 넌 얼굴이 예쁘잖아. 신체도 건강하고. 테니스도 잘 쳐요. 학원생들도 잘 가르치고 재미있게 살고 있잖아.

2. 너의 부모는 이혼도 하지도 않고 지금 행복하게 잘 살고 있는 거고. 네 부모가 너에게 생활비 달라. 용돈 좀 보태달라고 치근대지도 않고.

3. 우리는 네가 결혼할 사람 데리고 오면, 너를 위해 만사를 오케 사인 보내줄 거고.

4. 너에게 험이라면 단지 결혼이 다소 늦어지는 거라고.

5. 네가 만일 신랑감을 찾지 못했다면, 우리와 함께 공치고 밥을 먹는 S군은 어떠냐고 묻고 싶다고. S군은 신랑감으로 괜찮아. 젊어서 다소 네 취향대로 미남은 아니더라도 그것은 살다 보면 인품이 생겨서 멋진 매력자가 될 수 있다고. 거기에 그의 성품이나 마인드는 좋잖아.

6. 엄마 친구들 사위나 며느리들이 모두 스팩이 좋아. 좋은 대학에 전문직, 아니면 대기업 다니잖아. 그러나 그들은 이기주의자가 많아 모두가 자기 중심적이지. 부모하고 정서적으로 안 맞는 이가 많아. 그들은 너무 잘났으니까. 어떤 이는 어쩌다 잘난 척하다가 사고로 이미 사라진 이도 있지만. 그들은 정서가 다르니까, 부모와 일 년에 한두 번 만나서 예의를 차리며 살더라고. 부모 입장에서는 외국에 가서 살지 않는 것에 고마워하며. 그들은 이혼 안 하고 살아줘서 오히려 고맙다 하는 것이지. 인생은 그런 거더라.

7. S군이 네 맘에 안 들면 그것은 할 수 없는 거고. 너는
　　혼자 왕따 당하며 그냥 네멋대로 지금같이 이프지 않고
　　살면 되는거고.

- 이번주 토요일 언니 생일 때 S군을 네가 초청해서 데리고 오면 좋겠어. 저번에
　우리 집에 S군이 사온 소고기 값도 하고. 우리는 초청 못 해. S군이 가족 모임에
　오고싶지 않거든. 주인공은 너네들이잖아. S군도 주인공으로 오고 싶어 하거든.
　네가 싫으면 그만두면 되고. 이글을 읽어주면 좋겠구나. 넌 머리만 너무 똑똑해.
　실제생활에서는 너도 알다시피 꽝이잖아. 넌 허상과 영상에 너무 가치를 두고
　사는거 같아.

　나는 이글을 보내고 내심 조바심을 가지고 시간을 보내고 있는 것
이야. 이놈이 오? 엑스? 중 어느 것을 선택할지. 아니면 카톡 메시지
를 읽지 않았을까? 이튿날, 나는 일이 생겼고. 우리 집에서 잠시 그놈
과 내가 교차하는 시간이 있었는데. 그는 밝은 모습으로 만났고. 그
놈은 나에게 엄마는 오늘 테니스를 친다면 조심하라고 이르더라고.
그러나 그놈의 속은 알 수가 없었어.

*

몇 개월 만에 테니스를 쳤네요.

다리 심줄이 파괴된 후 6개월이 지났어. 그런데 다시 눈밭에서 넘어져서 손상된 부위가 다시 상한 후 엄청 노력했어. 정형외과에서 치료, 다음날은 한방에서 치료, 그 다음날은 찜질방으로 가서 찬물에서 걷기운동, 뜨거운 탕에서 걷기운동 등을 서너 시간씩 했어. 그중 찜질방에서 온몸을 탕에서 걷기 뻗기 굽히기 운동을 한 것이 나은 거 같아. 몸의 흐름을 좋게 하는가 봐. 다리가 부드러워졌어. 테니스 멤버는 종합운동장에서 일주일에 2번씩 운동을 시작했는데 나는 참가할 수가 없었지.

이번 주 월요일에는 갈 수 있을 것 같았어. 미리 근육 이완제를 먹고, 소염제를 먹어 진통이 없게 했지. 다리에는 미리 파스를 부치고 무릎 아대로 보호했고. 코트장으로 갔어. 넓은 공간이 시원한데 입장이 까다로웠어. 큐알코드 찍고, 마스크 확인하고, 체온 확인하고, 4명씩 입장을 하더라고. 우리는 팀 4명이 들어갔어. 나랑 회장이 한 팀이고 상대편은 ㄱ 멤버와 ㅂ 멤버였어. 처음으로 인조 잔디에서 공을 치니 공은 쉽게 흔들렸어. 그래도 바닥이 잔디라서 다리에는 무리가 덜한 거 같았어. 상대 팀은 이미 여러 번 쳤었고 나는 오랜만에 쳐도 그런대로 어울릴 수가 있었어.

처음에 회장이 서브를 넣고 게임이 진행되었지. 우리가 득점했어. 두 번째 상대편의 ㄱ 멤버가 서브를 넣었어. 그런데 내가 다리 아픈 것을 의식해서 짧게 내가 받을 수 없게 만들었어. 갑자기 어이가 없었어. 그렇게 쳐서 이기는 게 재미있을까? 갑자기 열이 오르더라고. 마음을 단단히 먹고 미리 준비해서 서브를 짧게 넣는 것을 곧 받아쳐서 공격했지. 그렇게 해서 2번째도 우리가 득점해서 결국 1:0, 2:0, 3:0으로 우리 편이 이긴 거야. 그리고 내 서브 게임이 시작되었어. 상대편은 악을 먹고 나에게 공격을 했어. 나는 속으로 우리 편 득점은 2게임이 목표였거든.

2게임을 득점하면 4명이 골고루 2번 서브를 넣을 수 있고 아주 짧게 시간을 마치는 것이 아니면 되거든. 내 서브게임은 졌지. 다시 우리의 반격이 시작되었고 3:1, 4:1, 5:1이 되었고. 나는 회장에게 주문을 했지. 내 서브게임은 질 테니 마무리를 잘해야 이길 거라고. 그런데 우리 쪽에서 에러가 많이 났고 끝내지를 못했어. 결국 5:2가 되면서 내가 서브 게임을 하게되고 상대편은 바짝 쳐들어 오면서 내 서브 게임을 가져갔어. 그리고 5:3, 5:4, 5:5에 마지막 내 서브 게임에 내가 질 수밖에 없었던거야. 계속 듀스 게임이었고 나는 마지막 게임을 선언했어. 이번 서브로, 동점이어도 끝을 내는 것으로. 그러나 결국 우리의 에러로 지고 말았어.

정말 치열하게 접전을 했고 얼마나 재미있는지 다른 사람들은 모를 거야. 그날 우리는 집으로 돌아와서 맥주를 마시며 남편하고 이것이 행복이야 했지. 비록 내일, 다시 다리 심줄로 고통이 있을지라도…. 몇 십년 테니스를 친 몸 근육은 살아 있었어. 운동을 하니 이렇게 신이 나고 살맛이 나는 일이라니! 그것은 밥맛도 좋아지고 기분도 상승하는 일이었어. 세상에서 가장 행복한 사람으로 그날 기억이 되는 날이었어.

*

친구들과 김영택 펜화전을 관람했어.

펜화가 김영택(조용헌: 칼럼니스트)에 대하여: 펜은 서양의 대표 필기구로 뾰족하고 딱딱해서 건축이나 기계의 정밀한 설계도면을 그릴 수 있다. 동양을 대표하는 붓은 부드럽고 뭉툭해서 정밀한 설계 도면을 그리기 어렵다. 따라서 서양은 설계 도면을 대량 복제가 가능하며 후세 사람들에게 전수하기가 쉽다. 그러나 동양은 그럴 수 없다는 것이다. 그래서 서양의 과학이 동양을 앞지르게 되는 것이라고. 동양의 붓은 서예나 산수화처럼 감정을 전달하는 장점이 있으면, 서양 미술은 사실 묘사의 발달이라는 것이다.

김영택 선생의 펜화는 정밀한 사실묘사에서 느껴지는 이성적 감각과 함께 동양화에서의 감성적 감흥이 함께 존재한다는 것이다. 그래서 서양의 펜화가 아닌 자신만의 펜화를 만들려는 작가의 투혼이 살아있다는 것이다. 그의 작품은 동양의 선비들이 추구하던 그윽한 품격을 보여준다. 주제는 세계 전통문화재를 다루었다. 작품으로 프랑스 노르망디 몽생미셸, 캄보디아 따프럼, 일본 효고 히메지성, 터키 이스탄블 술탄 아흐멧, 중국 베이징 자금성 등 다수의 작품을 감상했는데.

작가는 독학으로 배운 펜화에 영기까지 담아내고 인간시각도법을 창안하여 새로운 작품세계를 개척하는 선생의 열린 사고에 '항상 솟아나는 샘'이라는 의미의 '늘샘'이라는 호가 참 잘 어울렸던 것이다.

전시회 그림은 프랑스 노르망디 몽생미셸. 966년 베네딕투스회 수사들의 수도장으로 수세기 중, 개축되어 대표적인 순례지로 발전한 곳인데. 펜으로 화가가 수만 번의 선을 그려서 완성한 작품이었어. 아주 미세하게 아름다움을 표현했어. 캄보디아 따프럼, 일본 효고 히메지성, 터키 이스탄블 술탄 아흐멧, 중국 베이징 자금성 등 세계 문화유적지 그림이 많이 전시되었어. 화가는 떠났지만 전시가 예정대로 열려서 의미가 깊은 것이었어. 인생은 짧고 예술은 길다는 말이 맞아.

전시 가는 날은 그 전날에 눈이 많이 온 탓으로, 길이 미끄러워 혼났어. 이미 다리 심줄이 끊어져서 고생하는 터라 눈이 무서웠어. 전시회를 보고 우아한 점심 식사를 하러 갔어. 친구가 미리 예약을 했어. 전망이 좋았어. 현대식 빌딩과 옛 건물이 어우러져 새로운 장면을 연출해주더구만. 오랫동안 방구석에 갇혀 숨통을 쥐고 코로나를 예방해야한다는 정부의 방침대로 우리는 살아가고 있었잖아. 그것을 빌미로 정치가들은 자기들의 엄청난 실책을 숨겨 국민을 속이고 있고.

그 잘난 교수들과 서울대, 연고대 생은 뭐하고 있는 건지? 거기에 국방 군인들은 또 한심하게 놀고 먹고 자고 있는 것을 봐줘야 하다니! 똑똑하고 능력있는 자들은 모두 비겁하게 정권에 빌붙어 세금을 뜯어먹고 살고 있으니…. 여권 인사들은 한결같이 폭행에, 성폭력에, 윤미향 같은 정의기억연대 후원금을 유용하는 그 떨거지들, 환경부와 야생보호 한답시고 온갖 법률을 만들어서 세금을 작살내는 기생충들의 집단이 온 나라를 거덜내고 있으니…. 법치가 무너진 지는 오래고. 그 법치 잔치로 야당도 함께 동반하고 있으니….

원전을 폐기하고 북한에 원전을 옮기려고 온갖 짓을 다하고 있고. 문빠네가 아주 국가를 통째로 김정은에게 갖다 바치고 싶어 안달을 하고 있으니 나라가 온전해지겠는가 말이다. 거기에 문빠 집단을 옹호하며 세금에 빨대를 대고 함께 빨아 대며 문빠를 찬양하고 있으니. 아직도 우리는 더 망해야 살 것 같구나. 지식인과 젊은이 들이 더 추락하고 먹을 게 없어야 나라가 살 수 있을 것인가. 갑자기 신문을 읽으면서 공영 방송 KBS가 사라지기를 바랐어. 그게 공영 방송이 아니라 문빠네 찬양하는 곳이더군.

달이 뜨는 음악으로 문재인을 찬양했다고? 시청료가 아깝구나. 그런 데도 국민이 좋다고 뽑았으니. 할 말이 없는거지. 나라가 더 죽어야 한 다니까. 선심 정치로 온 나라가 뒤집혔으니 국민은 자존심도 없고 부자 놈 돈 뜯어서 가난한 놈들 돌려준다며 좋아하니 몇천 조는 그것들이 돈도 아녀. 권력자들, 그 놈들은 평생 데모만 하고 데모로 권력을 잡았 으니, 평생 돈만 번 국민이 그놈들의 행태를 알 수가 있냐고. 제들끼리 뭔가 불리하면 제들끼리 살해하고 심장마비라니, 자살이라니 소문으로 방송하고, 저희네 편을 죽이고 권력을 유지하는. 그것이 공산주의 수법 일 거야. 이야기를 하다 보니 옆으로 길이 다른 데로 가버렸어.

그 다음 날은 P 실장과 영상 르누아르를 관람했어. 그는 프랑스 화 가야. 그는 여성과 아이들의 행복한 순간들을 주로 그렸지. 그의 그림 은 밝고 화사한 여인의 아름다움을 그렸어. 그가 그린 모델로 디디의 나체를 그렸는데, 몸이 얼마나 아름다운지. 나도 그 여인의 몸에 빠져 들었어. 목선과 허리선이 정말 아름다웠지. 그런 그림을 그리다 보면 화가는 모델에게 빠져서 둘이 사랑을 하게 되나 봐. 여하튼 그는 그 가 그린 모든 모델과 사랑을 하고 애기를 낳고 다시 다른 모델을 구 하는 거 같았어.

프랑스는 예술의 나라고 사랑도 예술적으로 하며 생활도 예술적으 로 사는 거 같아. 그 화가는 칠십팔 세쯤, 화가의 몸이 망가져서 다리 의 관절염과 손가락 관절염으로 몸을 쓰지 못했어. 물감을 짜주는 사람이 있었고 화가는 붓에 물감을 묻혀 그림을 그렸어. 손은 모두 밴드로 감아서 간신히 붓을 들 수 있었어. 그림을 그릴 때 화가가 원하는 곳으로 이동시키기도 했어. 그것은 집안일을 하는 여자들이 화가를 의자에 앉혀서 물가로 이동시켰어. 그러면 물에서 노는 여자들의 모습을 그림으로 그렸어.

주방일과 집안일을 하는 여자들은 대부분 화가가 모델로 썼던 사람이 많았고 모두가 예뻤어. 그들 중에 아이를 낳은 여자들도 있었어. 그런데 그중 어느 모델에게서 낳은 아이가 십대 초반 아이였는데, 학교를 안 보내는 거야. 그냥 집안에서 놀게 하고 자기 시중을 들게 했어. 아버지로서 책임을 안 지는 거? 그 화가는 밤새 몸의 통증으로 발악을 했어. 옆방에 잠자던 그 십대 아이는 잠을 못 잔다고 불평을 했지. 그런데 아장 아장 걸음을 걸으려는 애기도 있었는데 그 애도 아마 그 화가 아들일 거야. 창 너머로 발걸음을 걸으려는 그 모습을 보고, 화가는 속으로 '걸어야지, 앞으로, 나아가야지'하며 읊조렸어.

거기에 화가의 모델, 디디와 군대 갔다가 발을 다쳐 돌아온 아들은 사랑을 했지. 굴곡이 많았지만 그들은 결혼을 했고, 후에 영화 사업을 하여, 화가 아들은 유명한 쟝 감독으로, 디디는 영화 배우로 활약하여 유명한 사람이 되었다는군, 유럽의 남녀 사랑은 혼란스러워. 더구나 예술가들의 사랑은 이해하기가 힘들어.

요즘 코로나로 명절이 와도 4명 이상 만나면 안 된다나?

권력자들은 와인 파티에, 시장 탐방에 그것들이 움직이면 코로나가 안 걸리고 국민이 움직이면 코로나가 걸려서 안 된다는 것인지. 여하튼 이번 설에 한 가족 5명 이상 만나면 이웃에서 고발을 하고. 그러면 벌금을 물린다네. 웃기는 나라야. 차츰 공산화로 가고 있는 거지. 원전을 환경탓으로 파괴하고 북한에 만들어주겠다니. 그런 대통령이 어디 있냐? 국가를 팔아먹는 사형감이지. 그래도 돈 풀어줘서 좋다는 국민은 어떻고. 지지율이 40%라네. 우리가 더 망가져야 국민이 정신 차리려나 봐. 아이고 속 터져. 지금 소매업자들이 빚더미에 있고 눈물을 삭히고 있을 텐데. 세금 조금씩 풀어주면서 그거나 받아먹고 그것들 노예로 살라는 거 아냐? 그런데도 좋다고….

아무튼 이번 설에 남편은 동생들에게 정부의 방침을 따르자고 했어. 우리가 먹을 수 있게 간단히 제사 음식을 마련하면 되는거야. 거기에 사옹원이라는 제품의 다양한 부침개를 박스로 보내왔어. 동그랑땡, 떡갈비, 깻잎전, 동태전, 육전 등. 제사로 쓸 수 있는 것들이 많아서 그것을 사용하기로 했어. 먹어보니 맛도 좋았어. 이제 쉽게 제사를 지낼 수 있어서 좋아. 양이 많으면 남아서 먹기도 힘든데 잘 됐더라고. 시금치, 숙주, 고사리, 도라지, 버섯 종류의 나물만 하면 되는 거야. 거기에 산적과 유과 과일 등만 제사로 쓰면 되겠지.

나이가 들어서 몸이 안 따라주면 어쩌나 했더니 걱정할 게 없어졌어. 이제 형제끼리 모여서 맛있는 거 시켜서 먹든지, 적당히 고기 구워 먹으면, 좋을 거 같았어. 형제가 있어, 만나고, 술 한잔 먹으며 즐기면, 그것이 명절이고 행복이 아니겠나. 시댁 형제들이 이미 죽었거나 거동을 못해서 못 만나니까 명절이 심심하다는 친구가 많아. 더구나 자기 자식들이 외국으로 이민을 가버린 친구들은 만날 일이 없더라고. 만나려면 돈이 너무 많이 드는거야. 칠십이 넘어서 경제력이 없으니까.

젊어서 유학 보냈더니 그냥 그곳에서 정착하여 살더라고. 돈 없어서 유학 안 보낸 게 효자가 되더군. 세상은 웃겨 젊어서는 돈이 없어 유학을 못 보낸 것이 안쓰러웠는데…. 인생이란 정한 길이 없는 거였어. 요즘 모든 체육 시설도 문을 닫았고 할 일이 없는 거야. 몸이 늙어 등산도 못하고 눈은 그래도 쓸만해서 영상이나 영화를 많이 볼 수 있었어. 나는 스토리를 좋아해서 좋아. 책도 좋아하고 힐링 영화, 아니면 다큐 등도 좋아하는데 이번에는 아주 강한 영화를 봤어. 강렬해서 잠이 안 왔어. 제목은 '그을린 사랑'으로 개봉이 2011년이고 캐나다 영화야.

줄거리는 쌍둥이 남매인 잔느와 시몽은 어머니 나왈의 유언으로 생부와 형제를 찾는 일이야. 어머니가 남긴 편지를 전하고 장례를 치르라는 거였지. 시몽은 중동으로 가서 엄마의 과거를 추적합니다. 엄마 라왈은 기독교 가정에서 태어났는데 무슬림 청년과 사랑에 빠지고 임신까지 합니다. 집안의 반대로 야반도주하다가 남자 친구는 오빠들에게 죽게 되고 그녀는 간신히 할머니의 도움으로 목숨을 구하고 출산을 해. 아이를 키울 수 없어서 발뒤꿈치에 점 3개를 마킹 후 기독교 고아원에 보내. 엄마는 아들을 잊지 못해 다시 찾으러 가다가 감옥에 투옥돼.

이때 악랄한 고문 기술자에게 갖은 고초를 겪고 그의 아이까지 출산해. 버려질 위기였던 아이는 산파의 도움으로 태어나. 잔누는 엄마 미션이 이 아이일 거라 생각하고 시몽과 함께 산파를 찾아 나서고 어렵게 만나는데. 충격 소식을 들어. 그 때 감옥을 탈출 시킨 아이가 자신들 잔느와 시몽이라는 것이다. 아버지1 이슬람 청년 사망, 그의 아들 (점3개)은 행방불명, 아버지 2 고문 기술자, 그의 아들(알고보니 잔느와 시몬)이 등장, 아버지 2와 3개의 점이 있는 아들이 같은 인물이었다. 엄마의 미션은 성공이지만, 전쟁이 모든 것을 불태우고 파멸로 가는 길임을 보여주는 영화로 상상할 수 없는 끔찍한 영화이었는데, 영화 감상을 하니 즐거운 명절이 되는 것 같았어.

그래도 작은 설날은 한산했어. 올 사람이 없어졌으니까. 아침부터 차례를 지낼 나물 음식만 마련하면 되는 거야. 그날 저녁에, 새벽 1시

535

반에 화장실 갔다가 잠이 깨서 잠이 안 오는 거야. 백까지 셈을 하고 다시 거꾸로 셈을 했지. 온갖 기도문을 외우고 별 난리를 쳤어. 그래도 잠이 안 오는 거야. 작은딸 시집 못 간 이유가 떠오르면 속이 터지는 거야. 나를 잠재우려고 애썼지. 그래, 눈이라도 감고 잠 못 자는 것도 공부라며, 공부를 해야지 공부. 그러면서 눈만 감고 있었어. 2시, 3시, 4시, 5시 쯤에 잠이 들었어 5시 반에 알람 소리에 일어났어. 몸은 천만 근이라 무거웠어.

차례 준비를 했어. 시댁 전통방법으로, 밥을 하고 미역국을 끓이고, 전을 지지고, 제사 나물, 조기를 굽고, 과일을 닦아, 제사상을 차렸지. 남편과 내가 술잔을 따르고 차례 절차대로 차례를 지냈어. 이런 날 시집 안 간 놈이 시중을 들어주면 좋을 텐데…. 그럴 위인이 못 되는거 같아. 아니면 그 애는 말을 해야 알아 듣는?.... 왜? 알아차리지를 못하는지. 저는 엄청 똑똑하고 모르는게 없는데 세상의 이치를 몰라요. 태생이 그렇더라고. 내가 시중을 들으며 차례는 끝났지. 사실 차례라는 것이 조선시대의 유물이잖아. 그 유물로 평생 시어머니가 맏며느리인 나를 노예처럼 권력을 행사한 거고. 난 알면서 당해준 거고. 이제 당신은 90세가 넘었고 난 70이 다 된 거고. 인생이 빠르더라고.

차례가 끝났으니 설에 올 딸네와 막내 여동생이 함께, 즐거운 저녁 모임을 위해 음식을 마련하기로 했어. 동파육이 좋겠다 했어. 미리 사다 놓은 삼겹살 2킬로를 압력솥에 삶았어. 그 고기를 체에 받쳐 물기를 빼고 프라이팬에 기름을 두르고 앞뒤로 노릇하게 지졌어. 그 고기를 다시 적당한 크기로 저며 온갖 양념을 넣어 단짠으로 졸였지. 팔각 향이 배여 맛이 좋았어. 저녁에 온 가족이 모여서 동파육과 잡채, 물김치, 전을 차려놓고 축배를 들었어. 이런 날 남편은 맥주에 17년산 양주를 넣은 폭탄주를 돌리면서 새해 축하를 하지.

작은딸은 환호를 불러. 사위 동생인 사돈까지 와서 모두가 손뼉을 치며 좋아해. 남편이 모두에게 세뱃돈을 주었어. 정년퇴직한 지가 오래 되었지만 우리는 아직 세뱃돈을 줄 수 있어서 행복했어. 평생 우리는 세뱃돈을 받지 못했으면서⋯. 집이 먼 여동생만 우리 집에서 잠을 자고, 아침식사가 끝나고 떠났어. 우리는 배웅 겸 산책을 하고 돌아왔어. 그리고 TV를 봤어. 계속 보는데 갑자기 시댁에서 전화가 왔어. 시어머니였어.

- 어머니가 간다 하면 오지 마라 하시고 이제는 안 온다고 하시는 거는 어머니 잘못이잖아요.
- 이놈, 저놈⋯
- 소 새끼 말 새끼⋯
- 학교 보낸 거 다 갚아라⋯
- 부모가 부모라고 그렇게 얘기해도 되는 거예요?
- 어머니!!!

- 엄마 뭐해?

- 지금 아빠에게 인동 할머니가 소 새끼 말 새끼 하며 욕 얻어먹는 거 안들으려
  고 거실을 왔다 갔다 해.

- 왜 또 그러시는데?

- 계속 생활비 추가로 80만 원, 50만 원 더 달라니까 주었는데, 아마 세뱃돈을
  더 안 드려서인 거 같네. 아빠 용돈이 거덜 났나 보지.

- 지금 한시간째 욕 먹고 있어. 있다가 통화하자.

남편은 얼굴이 시뻘겋다. 화가 나서 어쩔 줄을 몰랐지. 나는 힘드니
까 강화도에 가자고 제안했어. 아니라면서, 가다가 사고 날 수 있다면
서 거부했어. 맘대로 하시든지. 그것도 공부니까. 속으로 읊조리면서
힐링 채널을 봤어. 그리고 점심을 먹었지. 남편은 계속 뚱하며 힘들어
했어. 커피를 마시고, 이거저거 과일도 먹고. 남편은 거실로 가서 TV
채널 스포츠게임을 보면서 마음을 달래더라고. 나는 내 방으로 와서
유튜브를 보다가 잠이 들었어.

사실 나도 남편과 잘 다툼이 생겨. 일단 각자의 정서가 다르니까.
어쩌다가 동생하고 3월 중순에 울릉도에 가보자 했어. 그리고 남편에
게 얘기를 했더니 안 된다는거야. 거기에 우리가 호두 나무를 시골에
심어 놓았는데, 몇 년 동안 안 가봤으니까 2월 중순에 가자고 했거든.
그것도 안 된다는거야. 갑자기 내 안에서 화가 올라왔어. 잠시 멈추
다가 남편에게 말했어.

- 자기는 내가 무슨 말만 하면 부정하더라.

- 그게 아니잖아. 우리가 대구 팔공산 가기로 했는데 당신 다리가 아프니까 취소했잖아.
- 요즘 코로나로 모두가 취소할 때잖아.
- 그거는 그래. 그거 인정해.
- 그러나 3월 중순에 울릉도에 가보겠다는 거잖아. 시골은 2월 중순에 가보자 한 거고.
- 내가 다리가 아프지만 갈 마음이 생긴 것은 다리가 완화되었다는거지.
- 아직 안 된다고. 더 다리가 좋아져야해.
- 나는 다리가 완벽해지면 좋지만 70년을 산 다리가 완벽해지지는 않아. 자동차 70년 타고 다닌 것 봤어? 아니잖아. 어지간하면 움직여 보는 거라고. 정 아파서 아니다 하면 못 하는 거겠지.

일단 서로 격한 마음을 잠재웠어. 시간을 두고 상대방 생각을 이해하려 했어. 나에게 남편이 평생 거부하던 생각이 났어. 상하이 갈 때도 당신은 북한 때문에 못 가겠다해서, 당신은 손바닥으로 나라를 지키고 있어 나 혼자 갈 테니까 했던 생각. 여하튼 남자들은 항상 부정적인 발언을 외쳤던 생각이 났지. 이럴 때 마음을 빨리 바꾸려고 날씨가 좋네, 햇빛이 찬란한 거 보니 봄이 왔다고 화제를 돌렸어. 그러면서 속마음으로 서로 마음이 상하지 않으면서 즐길 수 있는 방법을 생각했어.

이럴 때는 각자 생각으로 자유롭게 사는 것으로. 남편이 하고싶은 대로 살고, 내가 하고 싶은 대로 하고 사는. 말하자면 내가 가고 싶으면 나만 가는거고, 남편이 가고 싶은 곳은 남편 혼자 가는 것으로. 그런데 남편은 혼자 하는 법이 없어. 무엇이든 나를 껴야하는거야. 물론 독자적으로 뭘 하겠다고 한 적도 없어. 그러다가 친구 남편이 많이 세상을 떠났으니 싸우지 말고 오순도순 살아보자는 마음을 가지는 거야. 각자 자유를 존중하며 즐겁게 자신의 마음에 상처를 입지 않고 편안하게 살 수 있기를 바라는 거지.

설이 지났으니 둘째 동서에게 전화했어.

- 여보세요?
- 나야.
- 시어머님인 줄 알고 안 받으려 했어요.
- 경이 아빠가 전화했는데 어머님이 전화할 거니까 받지 말라고 했어요. 전화 받으면 스트레스가 심해서 온 몸에 두드레기가 나고 난리가 나니까요.
- 그러잖아도 오늘 한참 동안 어머니가 당신 아들에게 소 새끼 개 새끼하며 욕을 퍼대시더라.
- 그는 인간의 어머니가 아니신거야.
- 니들 명절인데 나에게 오지도 않고 나를 고려장 시킨다며 욕하고, 그동안 키워주고 학비 댄 거 모두 토해놓으라고 난리, 너 알량한 생활비 준다고 거만하게 나를 깔본다고 난리. 여하튼 어디서 그렇게 할 말이 많은지 난리가 났어. 돈으로 따지면 이십 대에서 칠십 대까지 우리 몸에 빨대를 꽂고 빨아 먹었잖아 당신이. 시어머니에게 간 돈 몇 억은 될 건데. 그렇게 난리시네.

- 나중에는 시아주버님이 화가 나서 나 그런 사람 아니라고 한마디 하더라. 어머님 그러시는 거 아니라며, 우리가 간다면 못 오게 막고, 티켓 끊어서 차 타고 가다가 온 날이 얼마나 많냐고 이야기 하더라. 이번 명절이 왜? 고요한가 했지. 명절만 되면 평생 지적질로 온 식구를 닦달했는데 그것도 버릇이고 습관인 거지. 당신 스트레스 푸는거고. 나쁜 습관이 굳어 버린거야.

- 삼촌도 난리 났겠지?

- 사무실로 어머님이 전화했대요. 오랫동안 욕을 하며 화를 냈대요. 그런데 엊그제는 손자들이 전화하니까 아픈 데도 없고 기분 좋게 받으면서 오지 말라고 했대요. 그리고 경이 아빠한테는 손자들도 차가 있고 한데 막내 삼촌이 차가 없이 사는 것이 안쓰럽다고 말씀하셔서 경이 아빠가 우리도 이제 차를 샀다면서, 우리 애들도 다 빚내서 차를 산거라고 했대요. 그애들도 차 때문에 허덕이고 살고 있다고 했다는군요. 이제 당신이 아들들에게 돈 안 달란다고 하시더니만.

- 이제 어머님에게 가도 혼나고, 안 가도 혼나고, 이래도 저래도 혼만 나니 난 가만히 있을래요. 어느 때, 둘째 아들이 술을 먹고 택시 타고 가다가 할머니네 집에 내렸대요. 그리고 할머니에게 대들었대요. 왜 할머니는 우리 엄마만 혼내고 못 살게 구냐고 깽판을 쳤나봐요. 그런데 어머님 그런 소리 나에게 비밀로 하고 딴소리만 하시더라고요. 언젠가 내가 경이 아빠랑 이혼할 테니 어머님이 경이 아빠 데리고 살라 했어요. 그랬더니 내가 왜 걔를 데리고 사냐고 하시더라구요.

- 아마 코로나로 아들들이 푸짐한 세뱃돈을 못 줘서 더 화가 나서 난리를 쳤겠지. 수시로 팔십 만원 달라. 오십 만원 달라. 백만 원 달라하니까 우리 남편도 힘들겠지.

- 사실 셋째네가 제일 알찬데, 형님네가 강남에 산다는 이유로 그러시는거 같아요. 셋째네는 딸네 애들 봐준다니까 그런가 봐요. 똑같이 퇴직해서 오래됐는데

도요.

- 야, 시어머니같은 악동이 있으니 우리가 이야깃거리가 있어 고맙다고 생각하자. 돌아가시면 집집이 욕할 이가 없어서 심심해.

- 그렇기는 해요. 흐흐.

*

노자는 이렇게 말한다.

- 옛날 옛적, 사람들이 자연스럽게 살 때에는 종교가 없었다. 그들은 극락과 지옥에 대해 염려하지 않았다. 그들은 도덕적인 개념에 대해서도 생각하지 않았다. 사람들이 자연스러웠을 때에는 법률도 없었다.

- 노자는 법률 때문에 사람들이 범죄자가 되었으며, 도덕률 때문에 부도덕하게 되었다고 말한다. 지나치게 발달한 문명 때문이다.

- 공자는 인간을 문화적으로 만드는 3천 3백개의 계율을 만들었다. 그리고 균형을 맞추기 위해 갑자기 노자가 출현했다. 가만히 두면 공자가 사회전체를 죽일 형국이었기 때문이다. 3천 3백 개의 계율이라고? 이건 너무 심하다! 이런 식으로 인간을 문명화시키면 진정한 인간은 완전히 사라질 것이다. 그렇게 문명화된 인간은 결코 인간이 아닐 것이다. 이때 노자가 불쑥 튀어나와 모든 계율을 걷어차 버렸다. 그는 아무 계율도 갖지 않는 것이 오직 하나의 황금률이라고 말했다. 노자가 종교라면 공자는 문화다.

- 종교는 약처럼 필요한 것이다. 종교는 약이다. 병든 사람은 약이 필요하다. 병이 많을수록 더 많은 약이 필요하다. 자연을 잃어버렸을 때 사회는 병든다. 자연을 망각했을 때 인간은 병든다. 틸로빠는 자연스럽고 여유로운 상태를 전적으로 지지한다.

- 자연과 함께 하는 여유로움을 항상 기억하라. 자연스러워지려고 너무 노력한 나머지 부자연스러워질 가능성이 있다. 예를 들어 음식에 까다로운 자연식주의자들이 지나치게 신경을 쓴 나머지 자연식품이 아닌 것은 절대 먹지 않겠다고 하면 그것은 부자연스럽다는 것이다. 그것은 까다롭고 광신적인 사람이 될지도 모른다는 것이다.
- 여유롭고 자연스러워라. 이것이 틸로바의 가르침 전부다.

- 노자는 수용성을 가르친다. 그러나 틸로바는 수용과 거절 모두를 초월한 어떤 것을 가르친다. 어떤 것을 거절할 때 그대는 부자연스럽게 된다. 그대는 내면에 분노를 갖고 있는데 그것을 거절한다. 도덕적인 가르침 때문에, 그리고 마찰과 폭력 등 분노가 초래할 난관 때문이다. 분노와 더불어 사는 것은 쉽지 않다. 분노 속에 산다면 어느 누구와도 공존할 수 없다. 분노는 문제를 일으킨다. 분노는 그대를 계속 투쟁하면서 삶을 낭비한다.

- 마하무드라는 모든 수용과 거절을 넘어선다. 그거는 자연스러운 상태를 지키는거다. 싸움도 없고 항복도 없다. 긍정도 없고 부정도 없다, 무슨 일이 일어나든 그대로 허용된다. 그저 여유롭고 자연스러워라. 그대 자신이 되어라. 발생하는 모

든 일을 허용하라. 그대가 없이도 세상은 계속 돌아간다. 강물이 바다로 흘러들고, 별이 움직인다. 아침에 태양이 떠오르고 계절이 바뀌고, 나무가 자라 꽃을 피우고 시들 듯이….

요즘은 유튜브를 통해 다양한 동양철학에 대하여 공유할 수 있고 서양철학과 비교하며 인문학을 들을 수도 있어서 좋다. 또한 논어, 맹자, 공자, 노자 등을 읽어주는 오디오가 있어서 눈으로 읽기 어려운 책들을 잘 해석해 주는 곳도 있어서 배우기가 쉬웠다. 이번을 통하여 그 동안, 내가 알았던 공자의 이론을 노자의 이론과 비교하게 되었다. 그리고 나에게 노자 이론이 더 자연스럽고 나에게 잘 맞는 것 같다는 사실을 발견하게 되어 기뻤다.

*

친구 딸 40대가 시집을 간다네.

친구가 나에게 자기 딸 시집을 간다고 전화한 날, 나는 참 잘했구나! 하고 칭찬을 해줬어. 그리고 내 딸은 시집을 갈랑가 하고 고민했지. 내가 고민을 할 때, ㅇ 친구도 고민을 했어. 아들이 장가를 못 가서.

- 네 아들은 30대잖아.
- 그래도 외국에서 안 돌아 오니 가기가 힘들 것 같아.

- 나는 날마다 보고 있으니 잠이 안 와.

- 어느 때는 나 몰라 하다가도 그놈 생각을 하면 나도 통~ 잠을 못 잔다니까.

- 근데 우리 시누이가 지금 80세가 넘었어. 딸 나이도 50세가 넘었고. 그 시누이
도 이번 설에 딸 때문에 잠을 못 잤다며 힘들어하더라.

- 그렇구나. 나는 40세가 넘어 50세가 되야 내가 딸 시집 가는 거를 포기해서
마음이 안정되겠구나 했는데 그게 아닌가 봐.

그날 결국 나는 다시 잠을 설쳤어. 친구 딸이 시집을 간다니까 그냥
잠이 오지를 않아. 눈뜨니까 새벽 1시경이었는데 눈을 감고 있어도 잠
이 들지 않는 거야. 책을 보고, 다시 눕고, 셈을 하고 거꾸로 셈을 다
시 하고, 엎드리고 반듯한 자세로 큰 숨을 쉬고, 계속 뒤척이다가 누
워서 밤을 세웠지. 새벽에 TV를 켜고, 눈이 시려우니까 눈을 반쯤 감
고 요가를 했어. 요가를 하니 몸이 뜨거워지면서 몸이 풀렸어. 그때
눈이 떠졌지. 아침 식사를 하면서 계속 내 마음은 불편하고 힘들었어.
이럴 때는 족욕을 하면서 몸을 달랬지. 마침 큰딸에게 전화가 왔어.

- 엄마 아침 먹었어?

- 응.

- 엄마 용(사위)이 계속 짜증을 내면서 시비를 거는거야. 용은 TV를 좋아해서 TV
를 보고 나는 TV보 는 거 싫어하니까 이어폰 끼고 음악을 듣는데 이어폰 끼고
있다고 난리. 친구가 전화 와서 크게 웃었는데 그 웃음이 누구 닮았다고 난리.
그래서 그 자리를 피하고 용을 마구 욕하면서 글을 썼더니 그게 풀리더라 엄
마-아?

- 그래 맞아. 엄마가 시어머니에게 얼마나 당했냐? 그걸 글로 쓰면 치유가 된다 니까.

- 근데 어제 친구 딸이 결혼한다니까 잠을 못 잤어. 거기에 아줌마 시누이 딸이 50세가 넘었는데 그 시누이가 80세도 넘었고. 그런데, 그 시누이가 시집 못 간 딸 때문에, 이번 설에 잠을 못 잤다고 하며 힘들다고 했대. 나는 40세가 한참 넘으면 엄마가 시집 못 간 딸을 포기해서 편안해질 줄 알았지. 그런데 그게 아 닌가 봐.

- 야, 내가 죽어야 끝나나 봐.

- 아이고 엄마.

- 걔는 관계를 못 한다잖아 이모가. 그게 맞는 거지. 그래서 그 S친구를 다시 해 보자고 했는데.

- 걔는 내 말을 안들어. 내가 무슨 소리를 하면 개소리로 듣잖냐? 아빠말은 듣 지, 그런데 아빠가 그런 소리를 하냐? 안 하지. 결혼 소리만 하면 뒤로 빠져 요. 아빠가 돼서 좀 뭔가 쓴소리를 해서라도 연결을 해보게 해야 되는게 아니 냐? 어떡하면 스스로 해결할 거라고 하는데. 개뿔이다. 그럴 수 없다는 거지. 이제까지 걔네 친구나 누가 온 적이 있냐고. 속 터져서.

- 엄마 이번에 내가 S에게 밥 먹자고 시간을 가져볼게.

- 그래. 그래보자.

우리는 통화를 끝냈어. 통화 소리가 커서, 내가 남편에 대한 불만의 소리를 들었을 거였어. 좋은 반응으로 작은딸과 밥을 먹을 때 어떤 시도라도 할 것인가 두고 봐야 할 거 같아.